Nicki Fleischer wurde 1970 im Sauerland geboren. Bücher sind seit ihrer Kindheit ihre zweite Welt. Nach dem Abitur hat sie in Essen und Bamberg Informatik studiert. Ihre Masterarbeit zum Thema IT-Forensik im Jahr 2016 hat sie der Polizeiarbeit näher gebracht, dies war der Anstoß für ihren ersten Roman. Heute arbeitet sie für eine Umweltberatung und als Autorin. In ihrer Freizeit tanzt sie (auch auf der Bühne) und lernt gerade als Flugschülerin das Fliegen. Sie lebt bei Frankfurt am Main und schreibt Krimis, Thriller, Kurzgeschichten und Science-Fiction.

NICKI
FLEISCHER

BLUT
PROTOKOLL

THRILLER

Erstausgabe März 2021

Made in Stuttgart with ♥

Blutprotokoll

ISBN 978-3-96817-499-0
E-Book-ISBN 978-3-96817-351-1

Covergestaltung: Rose & Chilli Design
Umschlaggestaltung: ARTC.ore Design
Unter Verwendung von Abbildungen von
© robertsrob, kjpargeter
shutterstock.com: © bogdan ionescu, worawut2524,
Vasilii Koval, AjayTvm
Lektorat: Daniela Pusch
Satz: dp DIGITAL PUBLISHERS GmbH
Druck und Bindung: Books on Demand GmbH, Norderstedt

Prolog

Der Oktober bringt euch den TOD!

Mein Name ist Peter Groß. Ich saß regungslos in meinem Auto. Ich hatte am Straßenrand gehalten, nachdem ich aus der Tiefgarage gefahren war. Das Radio lief. Die Stimme der SWR3-Nachrichtensprecherin drang in mein Bewusstsein und mutierte zu unverständlichem Geschwätz. Wurde zum lästigen Hintergrundgeräusch der absonderlichen Bilder, die sich in meinen Kopf drängten. Regen platschte gegen die Autofenster. Die Tropfen brachen das Licht der Straßenlaternen wie Prismen, bevor die Scheibenwischer sie zerfetzten und wegfegten. Wie Splitter zerbrochenen Glases. Ihr Glitzern verwandelte meine Gedanken in surreale Szenerien. Nackte Menschenkörper auf gleißend hell beleuchteten Seziertischen, mit aufgesägten, leeren Schädeln, ihr Hirn lag neben ihnen in einer Schüssel. Wissenschaftler mit grellweißen Kitteln und irren Fratzen stocherten mit meterlangen Nadeln und Pipetten darin herum. Wenn sie fertig waren, zogen sie Saugrohre von der Decke, Schläuche wie überdimensionale, gefräßige Raupen, die gierig das unnütz gewordene Gewebe aus den Schüsseln verschlangen. Die Kittelträger auf der anderen Seite des Labors öffneten die Bäuche toter Schwangerer und zogen Föten aus ihren Gebärmuttern. Das auslaufende, geronnene Blut und das tote Gewebe schwappten auf die Seziertische. Es färbte ihre reinen Kittel rot, aber es störte sie nicht. Sie interessierten sich nur für die Föten, legten sie in Stahlwannen und griffen nach Skalpellen. Mir entfuhr ein gellender Schrei. Ich presste mir die Hand auf den Mund.

Der Oktober bringt euch den TOD!

Den Zettel hatte ich vor zwanzig Minuten in unserem Briefkasten gefunden. Ein kleines, unscheinbares Blatt Papier, das nur zweimal gefaltet und eingeworfen worden war. Ungläubig hatte ich die sechs handschriftlich verfassten Wörter angestarrt, mit zittrigen Händen, unfähig, mich zu rühren. Die Schrift war schmal, lang gezogen, zackig und kippte nach rechts. Es schien, als würden die ersten fünf Wörter dem *TOD* hinterherlaufen, und ihn überrennen, ihn auslöschen wollen, um den Oktober vor seinem bitteren Schicksal zu bewahren. Aber der *TOD* blieb stehen. Er ließ sich nicht abdrängen, nicht widerrufen, er war das Urteil der letzten Instanz. Wie eine ungerechte, unabwendbare Todesstrafe, die alles Vorherige sinnlos machte. Als ich die Bedeutung der anonymen Nachricht erfasst hatte, setzte mein Herzschlag für einen Moment aus, eine unsichtbare Hand drückte mir die Kehle zu.

Nachdem meine Atmung wieder eingesetzt hatte, war ich stolpernd losgegangen, hatte weder rechts noch links geschaut, hatte mich hinunter in die Tiefgarage geschleppt, ohne den Regen, den Wind und die Geräusche wahrzunehmen. Meine Gedanken, wie Scheuklappen, schotteten mich von der Umwelt ab. Es gab nur noch diesen Zettel. Ich steckte ihn in die Jackentasche, setzte mich in mein Auto, atmete tief ein und fuhr los. Mit dem Zettel. Er steckte noch immer in meiner

Tasche. Ich konnte ihn nicht spüren, zu klein und formlos war er. Aber er war da. Ein winziger Zettel so schwer wie ein Betonklotz, ein Gewicht, dass einen herunterzog, tiefer, immer tiefer, bis in die Hölle. Eine Bedrohung, die einem jeden klaren Gedanken raubte, einen durchdrehen ließ.

Der Oktober bringt euch den TOD!

Es war früh am Morgen, noch dunkel. Ich startete den Motor, schwenkte vom Seitenrand auf die Fahrbahn und fuhr mit meinem alten Opel Kombi zum LKA. Häuserzeilen, Lichter und Bäume flogen an mir vorbei, aber ich nahm sie kaum wahr. Meine Hände und Füße kribbelten, blanke Angst davor, dass jede Sekunde etwas passieren könnte. Das Autoradio lief immer noch. Nachrichten, Wettervorhersage und Staumeldungen hatten mich nicht erreicht, aus den Lautsprechern plärrte jetzt Musik. Sie begann mich zu nerven, ich stellte es aus. Endlich Stille. Ich hörte nur noch den ruhigen Motor meines Kombis, das monotone Tackern, das nur hin und wieder von einem leisen Quietschen unterbrochen wurde. Der Keilriemen. Ein vertrautes Geräusch, seit Jahren. Es beruhigte mich, ich konnte wieder denken. Dann kam die Einsicht. Mir wurde heiß. Ich hatte einen entsetzlichen Fehler begangen.

Um die Schuldigen identifizieren zu können, musste ich alle Gesprächsnotizen, Protokolle und Berichte noch einmal durchgehen. Und nach meinem Fehler suchen. Das war jetzt das Wichtigste.

Der Oktober bringt euch den TOD!

Ich parkte vor dem LKA ein.

Mein Name ist Peter Groß. Heute war der 30. September 2019. Zwei Wochen war es erst her. Ich blieb in meinem Auto sitzen. Auf meinen Knien lag eine Kladde mit Protokollen, getarnt mit einer Urlaubskatalog-Hülle. Meine zittrigen Hände blätterten sie zögerlich durch, schlugen die Seiten zurück zum Anfang. Ich fing an zu lesen.

Teil 1

<u>Gesprächsnotiz:</u> LKA Wiesbaden, Büro 1.21 Peter Groß und Karin Weidmann, Freitag 13.09.2019, 07:32 Uhr: Telefonanruf von Dienstellenleiter Gerhard Driller, 17. Polizeirevier (Höchst) - Polizeipräsidium Frankfurt

„Groß!"

„Schönen guten Morgen, Peter. Gerd hier. Erheb dich, es gibt was für euch zu tun. Scheint eine größere Sache zu sein, vermutlich Kampfstoff."

„Guten Morgen, Gerd. Was liegt an?"

„Ein Toter in einem Büro der Pharmorena AG in Frankfurt Höchst. Es handelt sich um Dieter Kuschinski, dreiundfünfzig Jahre alt. Keine äußeren Anzeichen von Gewaltanwendung. Sein Chef hat ihn gefunden, er lag regungslos vor einem Fenster im vierten Stock. Die Handflächen des Toten sind stark gerötet."

„Verstehe, ein Toter mit feuerroten Handflächen im Büro eines Pharmakonzerns ..."

<u>Protokoll:</u> Frankfurt, Industriepark Höchst, Pharmorena AG, Büro 4-1.25, Freitag 13.09.2019, 08:08 Uhr: Zeugenbefragung durch Peter Groß von Bernhardt Moscher, männlich, 48 Jahre, Teamlead Quality Validation bei der Pharmorena AG

„Guten Morgen, mein Name ist Peter Groß, ich leite die Ermittlungen. Wer sind Sie?"

„Guten Morgen, Herr Groß. Ich bin Bernhardt Moscher. Ich habe meinen Mitarbeiter Dieter Kuschinski um kurz vor 07.00 Uhr dort hinten vor dem geschlossenen Fenster liegen sehen. Hier, durch diese Glastür. Ich habe den Raum nicht betreten."

***

„Es ist also niemand zu ihm hinein gegangen, um ihm zu helfen? Die Tür wurde bisher nicht geöffnet?", hatte ich gefragt. Ich hatte nicht verstehen können, wie man einen seiner engsten Kollegen dort hatte im Todeskampf liegenlassen können. Mich überkam ein ungutes Gefühl, das mich noch einige Male während der Ermittlungen heimsuchen sollte. Damals wusste ich es noch nicht. Heute war mir klar, dass sich der Beginn des Falles noch äußerst harmlos darstellte.

„Nein. Seine Augen standen weit offen, sein Gesicht war verzerrt, so wie jetzt auch noch", verteidigte Moscher sein distanziertes Verhalten. „Er war schon tot, das konnte ich von der Glastür aus erkennen. Wir haben bei der Pharmorena strenge Sicherheitsrichtlinien, da wir mit hochsensiblen, chemischen und organischen Verbindungen arbeiten. Ich habe also den Alarm ausgelöst. In einem Fall wie diesem ist es jedem unserer Mitarbeiter untersagt, etwas anderes zu unternehmen, als die Rettungsdienste und die Polizei zu verständigen. Auf keinen Fall darf man die Türen öffnen, verstehen Sie?"

„Auch nicht hier oben in den Büros?", wollte ich wissen und hinterfragte die für mich unsinnig klingenden Sicherheitsvorkehrungen.

Moscher kam mir gleich zu Beginn aalglatt vor. An ihm perlte jeder Vorwurf ab. Er hatte seine eigenen Werte, seine eigenen Richtlinien. Er trat selbstsicher auf, war niemand, der sich etwas vorschreiben ließ. Ein Alpha-Tier.

„Auch nicht hier oben. Wir haben unten vor den Labors mehrere Sicherheitsschleusen. Ein Übergreifen von gesundheitsgefährdenden Stoffen in die oberen Etagen sollte nicht möglich sein. Aber durch unglückliche Geschehnisse, menschliches Fehlverhalten oder technisches Versagen können Substanzen entweichen und auch nach hier oben oder sogar nach draußen gelangen."

„Sie rechnen also mit einem Worst Case Szenario?", unterstellte ich ihm.

„Ich halte mich an unsere Richtlinien!"

„Hat Herr Kuschinski Familie?", wechselte ich das Thema, um weiterzukommen und mehr über die Hintergründe der Tat zu erfahren.

„Er war alleinstehend, hatte eine Eigentumswohnung in Kriftel. Dieters Eltern sind tot. Sonst weiß ich nur von einem Onkel in Salzburg, Gundolf Kuschinski. Dieter hat öfters von ihm erzählt, amüsante Geschichten. Der Onkel ist Bühnenbildner am Marionettentheater, ein Lebenskünstler. Von anderen Familienangehörigen weiß ich nichts."

Moscher schaute durch die Glastür zum Tatort hinüber. Er sah nicht begeistert aus. Unterdrücktes Entsetzen schimmerte in seinen Augen. Es schien mir, als ginge es ihm nicht um den bedauerlichen Tod seines Kollegen. Nein, es ging um etwas anderes. Etwas, das nicht hätte passieren dürfen. Etwas, das den Lauf der Dinge stören würde.

„Sie sind Dieter Kuschinskis Chef?“, fragte ich und riss ihn damit offensichtlich aus seinen Gedanken. Es zuckte kurz in seinem Gesicht, dann hatte er sich wieder unter Kontrolle.

„Ja.“

„Was war seine Aufgabe in Ihrem Team?“

„Er ist, äh, war Senior Quality Engineer und zuständig für das Quality Risk Management. Er hat einen Risikoplan aufgestellt und Prozeduren zur Risikobewertung entwickelt.“

Mit diesem Metier hatte ich in meinem bisherigen Leben keine Berührungspunkte gehabt, es waren böhmische Dörfer für mich. Ich musste es wohl oder übel zugeben: „Ganz ehrlich, davon verstehe ich absolut nichts, Herr Moscher. Was genau hat er in den letzten Wochen gemacht? Erklären Sie es mir bitte so, dass ich es verstehe!“

„Er hatte regelmäßige Treffen mit den Drug Developern, also mit unseren Wissenschaftlern, die an neuen Wirkstoffen forschen und Medikamente entwickeln. Er hat ihre Systeme, Apparate, Prozesse und Arbeitsweisen untersucht, und eventuelle Risiken identifiziert, bewertet und Gegenmaßnahmen zur Risikominimierung aufgestellt.“

Risiken. Ich wurde hellhörig. Risiken konnten durchaus eine Ermordung nach sich ziehen. Vor allem Risiken während einer Medikamentenentwicklung. Es musste dabei um sehr viel Geld gehen, vermutete ich.

„Verstehe. Wie oft hat er Sie über identifizierte Risiken informiert, Herr Moscher?“

„Wir hatten wöchentliche one-to-ones, also Einzelgespräche, in denen er mich über den aktuellen Stand seiner Tätigkeit informiert hat. Dazu hat er gemeinsam mit zwei Quality Engineers aus unserem Team Tagesberichte über unser Tracking-Tool verfasst und an mich assigned. Dort ist seine Arbeit nachzuvollziehen."

„Würden Sie meinen Kollegen von der KTU Zugriff auf dieses Tool gewähren?", bat ich Moscher. „Die werden auch sein Notebook mitnehmen. Sie melden sich gleich bei Ihnen."

„Ja, natürlich", meinte Moscher kühl.

„Wir gehen davon aus, dass Herr Kuschinski ermordet wurde, Herr Moscher. Man sieht seine knallroten Hände von hier aus. Da Sie vom Fach sind, was könnte die Rötungen an seinen Handflächen hervorgerufen haben und binnen kurzer Zeit tödlich wirken?", wollte ich von ihm wissen, davon ausgehend, dass er sich in der Giftküche auskannte.

„Ist reine Spekulation, aber mir fällt als erstes Kontaktgift ein. Deshalb habe ich auch den Raum nicht betreten. Wenn ein solches Gift diffundiert, liegt man kurz darauf tot daneben."

Bingo, er kannte sich also tatsächlich in der Giftküche aus!

„Tödliches Gift scheint in Mode zu kommen, ist ja in letzter Zeit öfters durch die Presse gegangen", merkte ich an. „Aber wie ich gelesen habe, kann man es nicht einfach in der Apotheke kaufen. Welches käme da also infrage, Herr Moscher?"

„Nun ja, ich gehe davon aus, dass es schnell gewirkt haben muss, daher könnte es ein Nervenkampfstoff wie Sarin oder VX gewesen sein.

Bei Rizin und anderen Giften dauert es Tage, bis das Opfer verstirbt. Aber an sowas kommt man in der Regel nicht heran. Schnell wirkt auch das natürliche Gift aus den Knollen des Blauen Eisenhuts, der ist wiederum erheblich einfacher zu beschaffen. Es gibt auch einige Fische, deren Sekrete hochtoxisch auf menschliche Zellen wirken.“

„Sehr interessant. Werden solche Gifte hier bei Ihnen im Gebäude gelagert?“

Ich schaute Moscher unverblümt an. Er verzog keine Miene bei seiner Antwort. Ungewöhnlich, die Worte klangen nach Entrüstung, sein Gesicht war wie eine nichtssagende Maske.

„Natürlich nicht! Wir entwickeln keine biologischen oder chemischen Waffen, Herr Kommissar. Wir sind ein Pharmakonzern, kein Rüstungsunternehmen.“

„Wie auch immer, unsere Rechtsmedizin wird bald herausfinden, ob und welches Gift es war, dann sehen wir uns nach der Bezugsquelle um“, drohte ich Moscher. Ich konnte mir nicht vorstellen, dass er so ahnungslos war, wie er sich gab.

„Eine Bezugsquelle werden Sie bei uns auf keinen Fall finden, das kann ich Ihnen versichern.“

„Gut, Herr Moscher. Eine andere Frage: Ich habe mich auf dem Weg zu Ihnen kurz schlaugemacht. Es geht bei der Entwicklung neuer Medikamente um Millionenbeträge, erstens bei der Vergabe von Forschungsaufträgen, zweitens beim Absatz, richtig? Bei so viel Geld hört die Freundschaft bekanntlich auf.

Können Sie sich vorstellen, dass etwas aus Herrn Kuschinskis Arbeitsumfeld der Grund für seine Ermordung sein könnte?“

„Nein, auf gar keinen Fall!“

***

Nein, auf gar keinen Fall! Bernhardt Moscher hatte mir auf widerliche Art und Weise direkt ins Gesicht gelogen, das wusste ich inzwischen. Diese verdammten Wissenschaftler. Ich ekelte mich vor ihnen. Sie waren wie ein bösartiges Geschwür. Im Laufe der Ermittlungen war mir klar geworden, dass dieses Geschwür unaufhaltsam weiter und weiter wuchs, es hatte sich in Frankfurt Höchst festgefressen und war aus dem Industriepark bis über die deutschen Grenzen hinaus gewuchert. Selbst wenn wir das abnorme Gewebe zu packen bekämen und herausreißen würden, es war schon zu groß. Die hinterlassenen Schäden wären irreparabel. An einigen Stellen würden unverwüstliche Reste hängen bleiben, die neue unkontrollierbare Geschwüre wachsen ließen. Würden wir das abnorme Gewebe zu packen bekommen? Ich verspürte eine lähmende Angst um meine Kollegen. Würden alle der Bedrohung standhalten? Selbst ich alter Hase konnte mich nicht davon freisprechen. Waren einige bereits von ihnen manipuliert worden? Auf Karin konnte ich mich verlassen, da war ich mir sicher. Aber die anderen?

Ich hatte mir zur Sicherheit alle Dokumente auf mehrere USB-Sticks kopiert, falls mir etwas passieren sollte, und diese an unterschiedlichen Stellen deponiert, damit die Informationen nicht verloren gingen, wenn jemand etwas verschwinden ließ oder unsere internen Systeme angegriffen würden. Ich hatte alles mehrfach ausgedruckt, und die Kladden an verschiedenen Orten gelagert. Das war weiß Gott nicht zulässig, aber selbst bis in das LKA könnten ihre giftigen Tentakel eindringen. Und ich wusste nicht, wer von meinen Kollegen schon infiziert war. Ich nahm mir das nächste Protokoll vor.

***

***Protokoll:* LKA Wiesbaden, Verhörraum 4, Samstag 14.09.2019, 12:45 Uhr: Zeugenbefragung durch Peter Groß von Bernhardt Moscher, männlich, 48 Jahre, Teamlead Quality Validation bei der Pharmorena AG**

„Sie arbeiten bei der Pharmorena AG in Frankfurt Höchst, ist das richtig, Herr Moscher?"

„Ja, richtig, das wissen Sie doch alles schon. Und dafür bestellen Sie mich an einem Samstag her?"

„Wir zeichnen die Befragung auf, ist nur fürs Protokoll. Herr Moscher, wie haben Sie gestern den Tag noch verbracht?"

„Ich bin nach Hause. Unser Büro wird für unbestimmte Zeit gesperrt sein. Egal was es war, es war tödlich. Der Raum ist kontaminiert, er wurde versiegelt. Wirklich schade, das ist ein Hindernis für Ihre Spurensucher. Es darf aktuell keiner rein."

***

Es darf aktuell keiner rein. Dieser Mistkerl. Als wenn er das bedauert hätte. Ich konnte mich an das Gespräch erinnern, als wäre es erst gerade eben gewesen. Mit seiner einbetonierten Unschuldsmiene hatte er mir während der gesamten Befragung direkt in die Augen gesehen. Nichts Bedauerndes, Befremdetes, Aufgerütteltes, einfach nichts. Den Mord an seinem direkten Kollegen hatte er wie nichts weggesteckt. Ich vermutete, weil sich hinter der sauberen, wissenschaftlichen Fassade Abgründe verbargen.

„Das stimmt, aber machen Sie sich darüber keine Sorgen, bald sind wir wieder vor Ort. Unser Spezialkommando hatte entsprechende Schutzkleidung, als sie die Leiche abtransportiert haben. Und die Kollegen haben, soweit sie das konnten, Spuren gesichert. Sobald wir wissen, worum es sich bei dem Gift handelt, geht es weiter“, erwiderte ich.

„Ich drücke Ihnen die Daumen, dass es klappt, Herr Groß. In den anderen Büros lief die Arbeit jedenfalls nach Dieters Ermordung nur schleppend weiter. Der Schock darüber sitzt immer noch tief. Aber wir können die Versuchsreihen nicht sich selbst überlassen. Es hängen Menschenleben davon ab, dass wir zu guten und sicheren Ergebnissen kommen.“

„Wie läuft eine Medikamentenentwicklung bei Ihnen ab, Herr Moscher?“

Ich hatte mich bei der Frage vorgebeugt, um ihn genauestens beobachten zu können. Jede Zuckung in seinem verlogenen Gesicht, jeden Wimpernschlag, jeden Tropfen Schweiß, der ihm aus den Poren drang, wollte ich sehen, den Wahrheitsgehalt seiner Worte erkennen.

„Das ist gar nicht so einfach. Pro Jahr werden abertausende Anträge für die Entwicklung neuer Medikamente gestellt. Die Forschungsarbeit ist verdammt teuer, man braucht Fördergelder, es handelt sich meist um Millionenbeträge. Über neunzig Prozent der Anträge werden abgelehnt. Man kann sich also glücklich schätzen, wenn man unter den wenigen Antragstellern ist, denen eine Zusage erteilt wird. Und nach jeder Testphase wird weiter aussortiert. Vieles wird während der Entwicklung wieder eingestampft."

Auch wenn ich es nicht wollte, diese Aussage hatte mich an dem Tag der Befragung beeindruckt. Das war mir nicht bewusst gewesen. Zu Beginn hatte ich Bernhardt Moschers Worten noch Glauben geschenkt. Sie klangen sachlich. Ehrlich. Wahrhaftig. Und mit dieser Masche hatte er mich hereingelegt. Ich hatte mich blenden lassen von seiner charismatischen Art. Verdammter Mistkerl!

„Also ein hart umkämpfter Markt, richtig?", hakte ich nach.

Nun beugte er sich vor, sah mir mit seinem durchdringenden Blick tief in die Augen, als wolle er mir damit seine Worte direkt ins Gehirn einspritzen, um keinen Zweifel aufkommen zu lassen. Ich spürte seinen Atem, so nah kam er mir.

„So ist es, Herr Kommissar", meinte Bernhardt Moscher.

„Wer gibt Ihnen so viel Geld, Herr Moscher?", wollte ich wissen, lehnte mich zurück, um wieder Abstand zu gewinnen.

„Das ist ein internationaler Markt, kaum ein Unternehmen operiert lediglich in Deutschland.

Die Globalisierung ist im Pharmasektor in vollem Gange. Fördergelder kommen von überall her, auch von der Europäischen Union. Darin sind Megainvestoren und Forschungseinrichtungen genauso involviert wie Politiker", erklärte Moscher ohne Regung.

Wie konnte er nur dermaßen emotionslos bleiben? Hing doch seine gesamte Forschung von den Fördergeldern ab. Sobald der Geldhahn abgedreht wurde, war es mit ihm und der Pharmorena vorbei. Genau an dieser Stelle musste ich nachhaken. Sei auf der Hut, Peter Groß, lass dich jetzt nicht an der Nase herumführen!

„Und trotzdem kann einem in der nächsten Entwicklungsphase die Genehmigung verweigert werden?", fragte ich.

„Genau so sieht es aus, Kommissar Groß", antwortete er.

Er blieb kühl, zurückhaltend. Zumindest versuchte er es. Aber ich bemerkte ein kaum sichtbares Zucken an seiner linken Augenbraue. Er schien selbst zu bemerken, dass ihn seine kurz abhandengekommene Kontrolle verraten könnte, und senkte für einige Sekunden seinen Blick. Jetzt hatte ich ihn. Bleib am Ball, Peter Groß!

„Auf welchem Gebiet forschen Sie, Herr Moscher? Ein neues Insulinpräparat?"

Ich versah die Frage mit einem Tonfall, der dem eines Vorwurfs gleichkam. Ich wusste, dass es kein Insulin sein konnte. Hier musste es um etwas Sensationelles, Bahnbrechenderes gehen, wenn ein Mensch dafür ermordet worden war. Ich hoffte ihn damit aus der Reserve locken zu können.

„Der Industriepark Höchst ist bekannt für Insulin. Aber nein, wir haben uns auf etwas anderes spezialisiert: Psychopharmaka. Die Medikamente, die wir entwickeln, sind etwas völlig Neues auf dem Markt", meinte er überheblich, als ginge es nur darum. Der Mord an Kuschinski spielte jetzt schon keine Rolle mehr.

Psychopharmaka. Damit hatte ich nicht gerechnet. Es hörte sich banal an. Mit dieser Antwort erwischte er mich auf dem falschen Fuß. Ich musste eine neue Strategie entwickeln. Ich musste Zeit gewinnen, um mir etwas zurechtzulegen, das mich in dieser Befragung weiterbrachte.

„Worum genau handelt es sich bei den Medikamenten?", fragte ich abwesend.

„Ich gehe davon aus, dass Sie auf dem Gebiet ein Laie sind, Herr Kommissar. Ich versuche es Ihnen zu erklären", fing er an und haute mir Fachterminologien um die Ohren. „Es gibt verschiedene genetisch bedingte Erkrankungen, die zu abweichendem menschlichen Verhalten führen. Gegen viele dieser psychischen Erkrankungen gibt es noch keine Medikamente, da Gendefekte oder eine Erbkrankheit sie verursacht haben. Ein Beispiel dafür ist Chorea Huntington, bei dieser Krankheit werden Teile des Gehirns zerstört, infolgedessen treten Störungen bei der Steuerung der Muskeln und psychischen Funktionen bis hin zur Demenz auf."

„Das klingt nach einem bedeutenden Durchbruch, wenn Sie damit erfolgreich sind", versuchte ich, ihm noch mehr zu entlocken.

„Das stimmt, es existiert eine Menge von Krankheitsbildern, die wir in naher Zukunft beheben oder von

vornherein verhindern können, und zwar nicht durch die umstrittene Genmanipulation, sondern medikamentös, sogar pränatal!"

Er war wieder in seinem Element. Wenn ich jetzt richtig vorging, würde er hoffentlich zum Punkt kommen. Zu dem Punkt, der die Ermordung eines Wissenschaftlers nach sich geführt hatte.

„Also Medikamente, die Gendefekte reparieren? Und das noch vor der Geburt?", wollte ich wissen.

„So ist es."

Das war alles, was er daraufhin gesagt hatte. Ich hatte damit gerechnet, dass er mehr über seine Versuche herausrücken würde. Nichts dergleichen. Ich schluckte meinen Ärger hinunter.

„Wie lange sind Sie schon bei der Pharmorena, Herr Moscher?", wechselte ich das Thema, um zu einem späteren Zeitpunkt noch einmal auf die Medikamente zurückzukommen.

„Seit Firmengründung vor dreieinhalb Jahren", antwortete Bernhardt Moscher knapp.

Er war also von Anfang an dabei.

„Wie ist die Pharmorena AG entstanden?", wollte ich wissen.

„Es war so etwas wie eine feindliche Absplitterung von einem französischen Konzern. Unsere vier Gesellschafter haben sich von ihm getrennt und sich zusammengetan. Sie haben einiges an Kapital mitbringen können, dazu kamen noch Fördergelder, stille Teilhaber und andere Investoren. Der Industriepark Höchst ist ein innovativer Chemie- und Pharmastandort, wird gefördert und soll weiter ausgebaut werden. Da waren wir einfach zur richtigen Zeit am richtigen Ort",

erzählte Moscher in einem Tonfall, als wäre es allein sein Verdienst.

„Wie groß ist Ihr Team, Herr Moscher?"

Ich fragte weiter erst einmal unverfängliche Dinge, um ihn in einer angenehmen, bequemen Situation zu belassen. Bevor ich wieder zuschlagen konnte.

„Wir sind zu acht. Ich, drei Kolleginnen und vier Kollegen, von denen jetzt einer tot ist."

„Nennen Sie bitte noch einmal die Namen Ihrer Mitarbeiter?", bat ich ihn und schrieb einige Stichpunkte mit.

„Das sind Birte Hanssen, Yvonne Heitmann, Doris Kern, Adam Frost, Joachim Wert und Karlheinz Schumann."

„Waren gestern alle im Büro?", pirschte ich mich langsam vor, um wieder zum eigentlichen Thema zurückzukommen.

„Nein, zum Glück nicht, nicht auszudenken, wenn noch andere mit dem Gift in Kontakt gekommen wären. Yvonne und Karlheinz sind die nächsten Wochen in London, dort findet ein Kongress statt, sie arbeiten dort zusammen mit externen Wissenschaftlern in einem Partnerlabor an einer Versuchsreihe. Doris und Joachim haben wegen der Zeitverschiebung im Homeoffice gearbeitet, sie hatten tagelange Videokonferenzen mit Medizinern in New York. Es waren also gestern nur Birte und Adam im Haus, aber sie kamen erst nach 09.00 Uhr, wir haben Gleitzeit."

„Verstehe. Was genau ist die Aufgabe ihres Teams in dem Pharmakonzern?"

Ich musste noch etwas durchhalten, mich zügeln. Ich zwang mich, ihn weiter in seiner Komfortzone zu belassen, ihm keine unangenehmen Fragen zu stellen. Später konnte ich dann angreifen und würde ihn unvorbereitet treffen. So hoffte ich.

„Mein Team ist für die Qualitätssicherung zuständig. Es dürfen keine Fehler passieren, verstehen Sie? Unsere Ergebnisse müssen stimmen, sonst kann man ein neues Medikament nicht auf den Markt bringen, oder man wird schon während der Entwicklung aus dem Programm geworfen."

Jetzt waren wir unverhofft an einen sensiblen Punkt gelangt. Es war aber noch zu früh. Ich musste zurückrudern, wieder trockene Theorie abfragen.

„Wie läuft so eine Risikominimierung ab, Herr Moscher?"

„Wir müssen an alle Eventualitäten denken. Sie kennen den Contergan-Fall? Da wurden keine Tests an trächtigen Versuchstieren durchgeführt, aber das Schlafmittel wurde an Schwangere ausgehändigt. Unverantwortlich! So etwas darf heute nicht mehr passieren. Unser Ziel ist es, Risiken zu identifizieren, ihre Ursachen zu erkennen und Maßnahmen zur Vermeidung zu entwickeln. Die Qualität muss in jeder Phase stimmen! Das gilt nicht nur für die verwendeten Wirkstoffe, sondern auch für alle Materialien, Prozesse und Systeme, die wir zur Medikamentenentwicklung einsetzen."

Moscher fühlte sich in seiner Rolle wohl. Das war gut so. Noch.

„Woran hat Herr Kuschinski aktuell gearbeitet?", fragte ich weiter.

„Er hat die Prozeduren der Forschungsabteilung für erblich bedingte Hirnkrankheiten untersucht. Er hat in

den letzten Wochen die Arbeitsprozesse, Methoden und Aufzeichnungen der Kollegen kontrolliert."

Ich konnte mir darunter absolut nichts vorstellen. Ich hatte ehrlich gesagt zu diesem Zeitpunkt keine Ahnung, was diese Menschen hier trieben. Ich musste die Abläufe besser kennen, mir ein Bild darüber verschaffen.

„Nur, damit ich es besser verstehe, was könnten zum Beispiel Risiken in diesem Bereich sein, Herr Moscher?"

„Zum Beispiel Mängel bei eingesetzten Testverfahren, Materialien und Kontrollstudien. Dann noch bei Sicherheitsüberprüfungen vor der ersten Anwendung am Menschen, beim Zulassungsverfahren und natürlich auch bei der Einhaltung gesetzlicher Vorgaben. Es gilt, die meisten Risiken bereits vor und während der präklinischen Studien zu identifizieren und soweit es geht einzudämmen."

Man musste also den kontrollierenden Instanzen später eine saubere Arbeitsweise darlegen können, damit das neue Medikament in die nächste Entwicklungsphase kam und letztendlich auch genehmigt wurde.

„Was sind präklinische Studien?", wollte ich wissen.

„Das umfasst die Zellstudien und Tierversuche. Auf die präklinischen Studien folgen Tests an gesunden Menschen, dann klinischen Studien, also der Test an den Patienten. Das Ganze dauert in der Regel mehrere Jahre."

Mehrere Jahre. Das hatte ich nicht gewusst. Mir wurde langsam aber sicher klar, wie viel an einer derartigen Medikamentenentwicklung dranhing. Bis zu diesem Tage hatte ich mich nicht damit beschäftigt. Es ging um Millionen, vielleicht sogar Milliarden an Geldern. Auf diesen Moment hatte ich gewartet.

„Welche Risiken hat Herr Kuschinski aufgedeckt, Herr Moscher?“, preschte ich vor und unterstellte mit meiner Frage Risiken.

„Keine erheblichen“, Moscher blieb gelassen. „Dieter Kuschinski war ein Experte auf seinem Gebiet, er hat vieles im Vorfeld ausschließen oder beheben können. Bis auf eines: Wir mussten vor Wochen unsere Petrischalen austauschen, die kostengünstigen Kunststoffversionen haben nicht gehalten, was der Hersteller uns versprochen hat, wir haben auf hochwertigere umgestellt.“

Das sollte alles gewesen sein? Ich ärgerte mich einmal mehr. Rutschte mit meinem Stuhl vor. Ich bekam diesen Moscher einfach nicht zu packen. Ich musste tief durchatmen, um die nächste Frage halbwegs gefasst stellen zu können.

„Was haben Sie mit den Petrischalen gemacht?“

„Wir haben sie für die bEnd.3 Zellkultur-Linie eingesetzt, das sind Brain Endothelzellen des Gehirns, welche die Blood Brain Barrier, auch BBB genannt, bilden. Das ist eine hochspezialisierte, strukturelle und biochemische Barriere, die das Eindringen bestimmter Moleküle in das Hirn reguliert. Es laufen bei uns gerade Versuchsreihen mit Mäusen ...“

Ich wäre ihm am liebsten ins Gesicht gesprungen. Er wollte mich wiederholt mit Fachausdrücken erschlagen. Beruhige dich, Peter Groß, bleib ruhig!

„Danke, das reicht, Herr Moscher, ich komme nicht mehr mit“, gab ich schlicht zu und verlangte nach einer

verständlichen Erklärung. „Was war das Problem mit den Petrischalen?“

„Einige Kunststoffschalen waren nicht steril, ihre Verunreinigung hat unsere Versuche versaut. Man hat hier am falschen Ende gespart.“

Wieder nichts Greifbares. Dieser Mistkerl!

„Gab es noch andere Probleme, die Herr Kuschinski aufgedeckt hat?“, fragte ich ungeduldig.

„Nein, keine weiteren Probleme. Moment, eines gab es doch noch: Dieter hat einen Software-Fehler in unserem Analyse-System entdeckt, der wurde vor drei Wochen durch ein Update des Software-Herstellers behoben.“

Ich wurde hellhörig. Software. Ich dachte kurz an unsere IT-Spezialisten. Ich wollte sie direkt nach der Befragung auf den Fall ansetzen. Wir mussten das Notebook von Dieter Kuschinski genauestens untersuchen. Aber nicht nur das. Bestimmt konnte man auch einiges aus den IT-Systemen der Pharmorena AG herausholen.

„Ist das eine Software, die nur Sie einsetzen?“, hakte ich nach.

„Nein, die ist im Forschungsbereich weit verbreitet, die nutzen viele Firmen. Und das Update haben alle Anwender erhalten.“

***

Ich saß immer noch in meinem Auto vor dem LKA. Ich schaute hoch zu meinem Büro. Ob Karin bereits dort war? Dann starrte ich wieder auf die Aktensammlung auf meinen Knien. Die Worte aus Dieter Moschers Befragung schallten immer noch in meinen Ohren.

Das Protokoll hatte sie mir in mein Gedächtnis zurückgerufen. Hatte mich zurückversetzt an den Anfang der Ermittlungen. Risiken. Es hatte Risiken gegeben. Angeblich. Ich blickte auf. War der Risk Manager Dieter Kuschinski in eine Falle gelaufen? Hatte er mit seinen Analysen die Genehmigung der nächsten Forschungsphase hinausgezögert oder gar unmöglich gemacht? Weil er sich an die offiziellen Regeln gehalten hatte, die andere hatten umgehen wollen? War er Bernhardt Moscher in die Quere gekommen? War Dieter Kuschinski deshalb umgebracht worden, weil der Pharmorena AG durch seine Prüfergebnisse eine Absage für die nächste Entwicklungsphase gedroht hatte? Oder war es ein Konkurrent gewesen, der die Pharmorena AG auf ihrem Weg zum Erfolg ausbremsen wollte?

Wieder blickte ich auf die kastenförmigen LKA-Gebäude. Sie wirkten wie zusammengewürfelte Plattenbauten. Hinter jedem Fenster arbeiteten zig Kollegen unermüdlich an der Verbrechensbekämpfung. Wir machen auch Fehler. Fehler, die genauso lebensbedrohlich sein konnten wie Fehler in der Medikamentenentwicklung. Würde man der Öffentlichkeit mitteilen, wie oft Täter entkamen, wie oft wir den falschen Spuren folgten, wie oft wir einfach danebenlagen, ja, wie oft wir versagten, aber trotz allem nicht aufgaben? Wie oft wir die Bevölkerung vor der abartigen Wahrheit schützten, indem wir sie nicht darüber informierten, was in unserer zivilisierten Welt geschah – viele würden sich fragen, ob es noch einen Sinn machte, in dieser hochentwickelten Gesellschaft zu leben.

War es in der Pharmabranche ähnlich?

Hielten Forscher und Entwickler systematisch unbequeme Wahrheiten zurück, um zu ihrem definierten Ziel zu gelangen, ungeachtet dessen, ob es den ethischen Richtlinien entsprach? Hauptsache die Millionenzuschüsse wurden genehmigt und die nächste Entwicklungsphase erreicht? Wussten die Managementetagen dieser Megakonzerne überhaupt, was sie taten? Konnten sie wirklich während einer hochkomplexen Medikamentenentwicklung alle möglichen Auswirkungen abschätzen? Oder gab es die Contergan-Methode auch heute noch? Waren die Pharmorena-Mitarbeiter darüber informiert, was in diesen Konzernen tagtäglich entschieden und durchgeführt wurde?

Obwohl bereits zwei Wochen seit der Ermordung Dieter Kuschinskis vergangen waren, gab es noch zu viele offene Fragen. Ich musste einen Ansatzpunkt finden. Einen Ansatzpunkt, der uns endlich weiterbrachte. Ich nahm mir das nächste Protokoll vor.

***

<u>Protokoll:</u> LKA Wiesbaden, Verhörraum 3, Samstag 14.09.2019, 13:20 Uhr: Zeugenbefragung durch Peter Groß von Sigrid Mertens, weiblich, 53 Jahre, Leitende Reinigungskraft bei der Saubermann GmbH

„Frau Mertens, Sie leben in Sindlingen und sind Vorarbeiterin bei der Firma Saubermann GmbH, stimmt das?“

„Ja.“

„Wie kommen Sie zur Arbeit?“

„Mit der S-Bahn, S5, um etwa 15:00 Uhr.“

„Die fährt zum Industriepark Höchst?"

„Nein, ich fahre bis zur Galluswarte und gehe dann zum Saubermann in Frankfurt, von dort fahren wir zusammen mit dem Firmenwagen nach Höchst. Ich sammle die Truppe in Frankfurt ein, und nehme unser Arbeitszeugs mit."

***

Frau Mertens war mir sofort sympathisch. Aber viel helfen würde sie uns leider nicht können, befürchtete ich.

„Was ist das alles?", fragte ich sie.

„Reinigungsmittel, Wischmops, Besen, Staubsauger, Mülltüten und so."

„Sie dürfen Ihre eigenen Arbeitsmittel mitbringen?", wunderte ich mich.

„Bei der Pharmorena nicht, aber bei anderen Kunden, wo wir vorher sind. Wir dürfen ja erst ab 19:00 Uhr bei der Pharmorena antanzen."

„Aha. Und dort dürfen Sie nichts mit reinnehmen?", hakte ich nach.

„Nein, das ist strengstens verboten. Unser Wagen wird auf dem Parkplatz abgestellt und wir gehen dann rein. Beim Pförtner müssen wir unsere Taschen, Handys, Jacken und Schuhe abgeben. Dann kriegen wir Kittel und Schuhe von ihm", meinte Frau Mertens und rollte dabei die Augen.

Das hatte ich vermutet. Die Sicherheitsstandards bei der Pharmorena waren hochgesteckt. Es durfte nichts von außen hereingebracht werden.

„Schuhe abgeben?", lachte ich.

„Ja, jeder von uns hat beim Pförtner ein Paar Schuhe stehen, nur mit denen dürfen wir die Büros betreten. Wir könnten sonst irgendwas Schäbiges von draußen reinschleppen, oder von dort drinnen was raus."

„Putzen Sie denn auch in den Labors?", fragte ich weiter.

„Um Himmels willen, nein! Das ist viel zu gefährlich, das machen Spezialisten, interne Leute von der Pharmorena."

„Und womit putzen Sie dann die Büros?"

„Es steht alles in den Besenkammern bei der Pharmorena. Es gibt in jeder Etage eine. Aber wenn mal was fehlt, müssen wir Ersatz beim Pförtner anfordern."

Hier wurde anscheinend sehr großer Aufwand betrieben, damit nichts ins Gebäude hineingeschmuggelt werden konnte. Nicht zu erklären, wie jemand Gift dort eingeschleppt hatte. Wie konnte das passiert sein?

„Fehlte vorgestern etwas in den Besenkammern der Pharmorena AG?"

„Nein", erwiderte Frau Mertens.

„Sie haben vorgestern Abend zusammen mit ihrem Team wie jeden Tag die Büros der Abteilung Quality Validation bei der Pharmorena AG gereinigt?"

„Ja, wie immer. Wir waren nur etwas später dran, war Stau", entschuldigte sich Frau Mertens.

„Ist Ihnen etwas aufgefallen? Zum Beispiel an den Schreibtischen, Schränken, Regalen oder Fenstern? War irgendetwas anders als sonst, vor allem bei Herrn Kuschinski im Büro?", fragte ich gespannt. Ich ging davon aus, dass Frau Mertens über eine hervorragende Beobachtungsgabe verfügte.

„Nein, nichts."

Schade.

„Bitte geben Sie uns die Namen ihrer Kolleginnen und Kollegen, die dabei waren“, forderte ich sie auf.

„Das habe ich doch schon gestern Herrn Driller aufgeschrieben“, beschwerte sich Frau Mertens und schob sich eine Haarsträhne aus dem Gesicht, die sogleich wieder vor ihr rechtes Auge zurückfiel.

„Heute sind wir hier im LKA und zeichnen das Gespräch mit Ihnen auf, genauso wie mit Ihren Kollegen. Das ist reine Routine, bitte beantworten Sie meine Frage“, bat ich sie.

„Schon gut. Dabei waren gestern Maria Barthel-Garcia, Gitta Busch, Peer Sander. Gitta und Peer sind aber für die unteren Etagen zuständig, sie waren nicht beim Kuschinski im Büro.“

„Sie waren also zu viert im Gebäude, aber nur zwei von Ihnen in dem Kuschinski-Moscher-Büro?“

„Ja, genau so war das. Wir sind meist zu viert, wenn keiner krank oder im Urlaub ist. Andere Leute von der Saubermann GmbH dürfen bei der Pharmorena nicht rein, man muss erst so einen Personencheck machen lassen, den haben nur wir vier bestanden“, erklärte Frau Mertens und rollte wiederholt die Augen.

„Warum muss man diesen Check machen?“, fragte ich, konnte mir jedoch vorstellen, worum es dabei ging.

„Strenge Richtlinien. Die wollten auch ein polizeiliches Führungszeugnis von uns sehen. Es reicht schon, wenn man Verwandtschaft aus einem osteuropäischen Land hat, da nehmen die einen nicht.“

***

Protokoll: LKA Wiesbaden, Verhörraum 1, Samstag 14.09.2019, 14:06 Uhr: Zeugenbefragung durch Peter Groß von Maria Barthel-Garcia, weiblich, 41 Jahre, Reinigungskraft bei der Saubermann GmbH

„Frau Barthel-Garcia, was können Sie uns von ihrer Arbeit bei der Pharmorena AG erzählen?"

„Ich nicht wissen, nur putzen."

„Haben Sie am Abend des 12.09.2019 etwas Besonderes bei der Pharmorena beobachten können."

„Nein, ich nicht wissen Besonderes."

„Es gab nichts Ungewöhnliches an dem Abend?"

„No, alles wie sonst."

„Überlegen Sie bitte noch einmal. Ist Ihnen nichts an dem Fenster im Moscher-Kuschinski-Büro aufgefallen? Sie haben doch dort geputzt!"

„No!"

***

Immer noch prasselte Regen auf die Frontscheibe. Ich beobachtete, wie dicke Tropfen kleine Bäche bildeten, die an dem Glas herunterliefen. Wie meine Gedanken, die ziellos durch meinen Kopf flossen. Ich musste mich konzentrieren, nachdenken. Bei den Befragungen der Reinigungskräfte war mir nichts auffällig vorgekommen. Nun war ich mir nicht mehr sicher. Frau Barthel-Garcia hatte mit spanischem Akzent gesprochen. Deutsch zu reden, war ihr sichtlich schwergefallen. Sie hatte jedwede Ausschweifungen vermieden, sich kurz gefasst, ja, abgeblockt.

Ich hatte ihre Ablehnung während der Befragung dahingehend interpretiert, dass es ihr unangenehm war, ihre Aussage in einer Fremdsprache zu machen. Jetzt, wo ich das Protokoll mit zeitlichem Abstand noch einmal durchging, fiel mir auf, dass jeder Satz eine pure Abweisung war. Sie hatte nicht aussagen wollen. Und das hatte nicht an der Fremdsprache gelegen. Ich wusste jetzt, dass ich jeden Satz in den Protokollen kritisch hinterfragen musste, mir die Situation wieder in mein Gedächtnis zurückholen musste, um auf die richtige Fährte zu gelangen. Dieter Kuschinskis Mord musste etwas mit den Vorkommnissen in der Pharmorena AG zu tun haben, da war ich mir einhundertprozentig sicher. Auch, wenn es bisher alle bestritten hatten. Ich griff nach der nächsten Gesprächsnotiz. Gerichtsmedizinerin Dr. Ute Gazek. Trotz der aktuell mehr als ernsten Lage musste ich unwillkürlich grinsen.

***Gesprächsnotiz:* Goethe-Universität Frankfurt, Montag 16.09.2019, 09:24 Uhr: Besuch Peter Groß im Institut der Rechtsmedizin, Forensische Medizin, bei Dr. Ute Gazek, Rechtsmedizinerin, Obduktionsergebnis Dieter Kuschinski**

„Peter, du hier?"

„Welch herzliche Begrüßung, Ute. Du kannst dir denken, warum."

„Es geht bestimmt um die Leiche von Dieter Kuschinski. Hab ich recht?"

„Sehr scharfsinnig, Ute."

„Dass ihr immer so früh bei mir auf der Matte stehen müsst! Ich soll euch innerhalb weniger Stunden Todeszeitpunkt, Todesursache, körperliche Konstitution, Vorerkrankungen, sexuelle Vorlieben, Henkersmahlzeit und Hobbys des Toten sowie, wenn es geht, auch gleich noch seinen Mörder präsentieren. Und was macht ihr? Und wie lange braucht ihr für die Aufklärungen?"

***

Ute war einfach unverbesserlich. Mit ihrer unverblümten Art hatte sie es sich reihenweise mit den LKA-Kollegen versaut. Ich nahm es mit Humor, anders konnte man die Sache nicht bewältigen, auch wenn es äußerst schwerfiel.

„Ist schon klar, Ute. Was kannst du denn bisher zu Dieter Kuschinskis Leiche sagen?"

„Er wurde nicht mit Sarin getötet."

Herrlich. Das waren ihre kurzen, knappen Sätze, die einen zur Verzweiflung brachten. Sie enthielten zwar eine Kernaussage, brachten die Ermittlungen aber keinen Schritt weiter. Ich sah sie fragend an. Sie quittierte meinen Blick mit Genugtuung. Es schien sie zu freuen, mich quälen zu können. Wir standen vor ihrem sogenannten Leichenschrank. Sie zog Schublade Nummer 3.47 auf. In der Gerichtsmedizin stank es in jeder Ecke, aber jetzt wurde es wirklich bestialisch. Ich hielt mir den Ärmel meiner Jacke vor die Nase und schluckte, als Ute das grüne Laken zurückschlug und ich Dieter Kuschinskis Gesicht und Oberkörper sah.

Seine Haut war grau, seine Augenhöhlen eingefallen und dunkel verfärbt. Seine Brust war behaart wie die eines Affen.

Ich wandte mich ab und fragte: „Nicht Sarin?"

Mehr konnte ich nicht sagen, der Gestank brachte mich um. Ich war nicht fähig, den Mund noch länger zum Sprechen zu öffnen.

„Nein."

Hervorragend. Ich war kein Stückchen weitergekommen. Ute war eine noch härtere Nuss als Bernhardt Moscher. Ich musste mir auf die Lippen beißen, um nicht loszuschreien.

„Womit dann?", fragte ich knapp und wusste, dass sie diese Spielchen liebte, mich gerne quälte.

„Mit dem Gift aus den Knollen des Blauen Eisenhuts."

Jetzt war es endlich raus. Ich schüttelte den Kopf. Es würde wieder ewig dauern, bis ich alles aus Dr. Ute Gazek herausgequetscht hatte. Und das genau war der Grund, warum die Kollegen jedes Mal mich vorschickten, wenn es um die Ergebnisse der Gerichtsmedizin ging. Ich fuhr mir durchs Haar und atmete tief durch, bereute es aber gleich. Dieser widerliche Gestank.

„Wie macht man das, Ute?", fragte ich und stopfte mir meinen Ärmel dabei fast in den Mund, um beim Sprechen den ekelhaften Gerüchen zu entgehen.

Ute ließ das unbeeindruckt. Sie kam nicht auf die Idee, Dieter Kuschinskis sterbliche Überreste wieder einzupacken und sie in den Leichenschrank zurückzuschieben.

„Die Spurensicherung hat ergeben, dass an der Rückseite des Fenstergriffs eine kleine Klinge mit einem Power-Kleber angebracht worden war, wie die Spitze

eines Skalpells, von vorne nicht sichtbar. Genau auf dieser wurde ein Extrakt aus der Knolle des blauen Eisenhuts angebracht."

Sie sah mich auffordernd an, zog eine Augenbraue hoch, als wollte sie mich darauf aufmerksam machen, dass ich mich noch nicht mit ihrer Antwort zufriedengeben sollte. Ich spielte das Spielchen weiter mit.

„Verstehe, Dieter Kuschinski hat sozusagen in die Vollen gegriffen und sich dabei die Handfläche aufgeschlitzt. Durch den Schnitt in der Haut ist das Gift in Nullkommanichts in seinen Körper gelangt, stimmt's?"

Ich weiß heute nicht mehr, wie ich es schaffte, in Anbetracht des Gestanks diese große Anzahl an Wörtern heurauszubekommen. Aber Ute Gazek lächelte! Das kam wirklich nicht oft vor. Ich war stolz auf mich.

„Gar nicht so schlecht, Peter, kannst als Praktikant bei mir anfangen."

Bleib auf der Hut, Peter Groß, das ist gewiss eine Falle!

„Hmm, ist bestimmt ein ruhiger Job."

„Du musst die ersten drei Monate Seziertische reinigen."

Du Giftspritze, dachte ich bei mir.

„Okay, Ute, ich bleibe beim LKA."

„Wusste ich doch. Aber das allein hätte ihn nicht so schnell umgebracht, auf diese Weise hätte es mehrere Stunden gedauert. Eine wichtige Sache fehlt noch an der Geschichte."

Ich hatte es befürchtet.

„Und das wäre?", stellte ich die Frage, die sie so gerne hören wollte.

Endlich bedeckte sie den Ermordeten und schob ihn zurück in den Leichenschrank. Wir schlenderten gemeinsam aus dem Raum heraus.

„Dieter Kuschinski hatte Spuren des Gifts an und in der rechten Hand. Über die Wunde ist es in seinen Blutkreislauf gelangt. Ich konnte es aber auch in seinem Mund nachweisen."

„In seinem Mund?", fragte ich entsetzt.

Mir blieb der selbige offen stehen. Nun kein Problem mehr, wir hatten die Leichenhalle bereits verlassen und standen im Flur.

„Ja, Peter. Und an seiner verletzten Hand habe ich seinen Speichel gefunden. Es muss so gewesen sein: Er hat zum Öffnen oder Schließen des Fensters den Fenstergriff umfasst, sich die Haut an der Klinge aufgeschlitzt. Seine Hand hat daraufhin stark zu bluten angefangen, er hat sich reflexartig das austretende Blut abgeleckt, hat damit das Extrakt mit dem Mund aufgenommen, ist unter Krämpfen und mit extremer Atemnot auf den Boden gestürzt. Er hat sich den Hinterkopf dabei aufgeschlagen und verstarb während seiner Bewusstlosigkeit."

Was für ein Drama. Ute hatte die ganze Geschichte bis zum geht-nicht-mehr in die Länge gezogen.

„Der Sturz war aber nicht todesursächlich, nehme ich an?", fragte ich, um auch den letzten Zweifel auszuräumen.

„Sehr fachmännisch ausgedrückt, Peter. Überleg es dir doch noch einmal, ich könnte dich hier wirklich brauchen.

Nein, der Sturz war nicht todesursächlich, er hat ihm vermutlich nur kurzzeitig die Lampe ausgeschaltet, währenddessen ist er auf Grund von Lähmungserscheinungen an den Atemorganen, die das Gift hervorgerufen hat, erstickt."

„Wie lange hat der Todeskampf gedauert?"

„Höchstens eine halbe Stunde."

Eine halbe Stunde. In dieser halben Stunde hätte jemand in das Büro kommen und ihn retten können. Warum war das nicht passiert?

„Wie viel von dem Gift ist notwendig, um einen Menschen damit zu töten?", wollte ich noch wissen, bevor ich endlich aus der Gerichtsmedizin herauskam.

„Lediglich zwei Gramm. Als Schnittblume ist die Pflanze nicht zugelassen, Peter, also denk gar nicht erst darüber nach, mir demnächst mal einen Blumenstrauß zu schicken."

Das wäre einmal eine gute Idee gewesen.

„Ich mag deine Art von Humor, Ute. Woher bekommt man denn diese Knollen, wenn nicht im Blumengeschäft?"

„Während einer Wandertour durch die Dolomiten. Vielleicht auch in heimischen Beeten mutiger Gartenbesitzer. Und in der Pharmaindustrie?" Ute zwinkerte mir zu.

„Sehr witzig, Ute, sehr witzig."

„Eine Sache noch, Peter: Je länger die Pflanze gelagert wird, desto mehr nimmt die Wirkung ab.

Der Mörder muss sie also irgendwo angebaut, kurzfristig geerntet, ein Extrakt angemischt und es zusammen mit der Klinge am Fenstergriff angebracht haben, bevor Dieter Kuschinski in seinem Büro ankam.“

***

Mir wurde langsam kalt. Der Motor war bereits seit einer halben Stunde aus. Der Innenraum meines Kombis kühlte gnadenlos ab. Ich musste ins Büro, wollte aber vorher noch die Fragen in meinem Kopf sortieren, die dieses Protokoll aufgeworfen hatte. Warum mordete jemand auf diese Art? Warum so viel Aufwand? Der Mörder musste zum Tatzeitpunkt nicht am Tatort sein. Ein großer Vorteil. Niemand hätte ihn während der Tötung beobachten können. Niemand hätte wissen können, wann er den Fenstergriff präpariert hatte. Niemand hätte sagen können, wer es gewesen war. Wer kommt also infrage? Jemand, der sich außerhalb der Bürozeiten im Pharmorena-Gebäude aufgehalten hat und somit ohne Zeugen in aller Ruhe einen Mord vorbereiten konnte. Jedoch auf die Gefahr hin, dass es den Falschen erwischt. Es war jemand, der sich unauffällig in den Büroräumen bewegen konnte, jemand der Zutritt hatte oder sich unrechtmäßig Zutritt verschaffen konnte. Ein Gebäudereiniger? Ein Pförtner? Ein Techniker? Ein Lieferant? Oder gar einer der internen Angestellten, die Schichtdienst leisteten?

Mehrere Menschen waren bereits tot. Weil ich einen Fehler begangen hatte? Sollten noch mehr sterben?

Der Oktober bringt euch den TOD!

Der Zettel in meiner Jackentasche! Der Zettel mit den sechs Wörtern. Kurze Wörter mit großer Macht. Über denjenigen, der sie liest, der sie hasst, der sie nur noch loswerden will, der sie am liebsten nie gelesen hätte. War meine Familie als Nächstes dran? Oder war es bereits passiert? Mein Handy drückte in meiner Gesäßtasche. Ein Fremdkörper wie ein eingepflanzter Sensor in der Haut, der gleich Alarm schlagen und mir dabei einen Stromschlag durch alle Glieder jagen würde. Aber es blieb stumm. Noch.

Ich musste Hanne und Finn schnellstmöglich von hier wegschicken. Heute war der letzte Schultag, am 01.10.2019 begannen die Herbstferien in Hessen. Heute Abend mussten sie fort. Die Stunden, die mir heute noch bevorstehen, würden sich hinziehen wie eine zähe, klebrige Masse, die sich nicht bewegen lassen, sich nicht von ihrem Untergrund ablösen ließ. Jede einzelne Minute würde mich umbringen, und die Ungewissheit, ob nicht bereits etwas passiert war. Sechshundert Minuten. Welchen gottverdammten Fehler hatte ich nur begangen? Ich musste weiterlesen. Ich würde später ins Büro gehen.

***

<u>Gesprächsnotiz:</u> LKA Wiesbaden, Büro 1.21 Peter Groß und Karin Weidmann, Montag 16.09.2019, 11:43 Uhr: Telefonanruf von einem Unbekannten

„Groß!“

„...“

„Hallo, wer ist da?“

„...“

„Hier spricht Peter Groß vom hessischen LKA in Wiesbaden! Wer ist da? Hören Sie mich?“

„...“

„Wir können feststellen, von wo aus Sie anrufen, und wahrscheinlich auch wer Sie sind. Also melden Sie sich!“

„Ich ...“

„Ja?“

„Ich muss mit Ihnen reden, Herr Groß.“

„Dann tun Sie das doch endlich!“

„Nicht am Telefon. Besser persönlich, sofort.“

„Sagen Sie mir noch Ihren Namen?“

„Später!“

„Dann kommen Sie her, hessisches LKA Wiesbaden, Büro 1.21. Ich warte auf Sie.“

***

***Gesprächsnotiz:* LKA Wiesbaden, Büro 1.21 Peter Groß und Karin Weidmann, Montag 16.09.2019, 13:58 Uhr: Telefonanruf von Dienstellenleiter Thomas Kraus, 4. Polizeirevier (Bahnhofsgebiet) - Polizeipräsidium Frankfurt**

„Hallo Peter, es gibt wieder einen Toten.“

„Verdammt, Thomas. Wo?“

„Frankfurt Gutleutviertel. Er wurde von jemanden auf der Gutleutstraße Höhe Baseler Platz vor einen

LKW gestoßen, er war sofort tot. Zeugen haben den Täter flüchten sehen, er konnte entkommen, ist erst durch die Straßen gerannt und dann am Hauptbahnhof unten bei den U-Bahnen verschwunden. Es sind noch zwei Männer hinterhergelaufen, aber sie konnten ihn nicht einholen."

„War es ein Mann oder eine Frau?"

„War nicht zu erkennen, die Person hatte sich ihre Kapuze tief ins Gesicht gezogen und einen Schal getragen."

„Verdammt noch mal, Thomas! Haben die Zeugen einen Streit beobachtet?"

„Nein, der Täter ist ihm entgegengegangen und hat ihn sofort auf die Fahrbahn geschubst."

„Also ein gezielter Angriff. Hatte der Tote ein Handy bei sich?"

„Ja."

„Ich brauche die Nummer. Und natürlich seinen Namen, seine Anschrift und so weiter."

„Kriegst du, Peter."

***

<u>Gesprächsnotiz:</u> LKA Wiesbaden, Büro 1.21 Peter Groß und Karin Weidmann, Montag 16.09.2019, 18:01 Uhr: Telefonanruf von Frank Wedel, Leiter Kriminaltechnik

„Hallo Peter, Neues vom Toten."

„Schieß los, Frank!"

„Es handelt sich um Orhan Aydin. Wir haben auch seine Mobilfunknummer herausbekommen. Er hat dich heute um 11:34 angerufen."

„Scheiße."

„Das ist noch nicht alles, Peter."

„Was noch?"

„Er hat die letzten sechs Jahre für FlashData gearbeitet, das ist ein IT-Dienstleister aus dem Frankfurter Gutleutviertel."

„Ja, und?"

„FlashData hat Teile der IT-Infrastruktur bei der Pharmorena AG implementiert."

***

Orhan Aydin. Was hat der IT-Spezialist über die Pharmorena AG gewusst? Hatte er während seiner Arbeit tiefere Einblicke in die Arbeitsweisen des Konzerns gehabt, als wir bisher wussten?

Der Oktober bringt euch den TOD!

Wieder und wieder musste ich an die Morddrohung denken. An den Zettel, der heute Morgen in meinem Briefkasten gesteckt hatte, und der nun in meiner Jackentasche schlummerte, wie der Tod in einer dunklen Nische. Der hervorsprang, sobald sich jemand nicht nach den Regeln verhielt. Nach den Pharmorena-Regeln. Der zuschlug, kaltblütig und ungeachtet dessen, wen er vor sich hatte und wie dieser Mensch sterben würde. Es ging nur um die eine Sache, die geschützt, nein, verdeckt werden musste. Und wer der Wahrheit zu nahe kam, musste sterben. Aber was war nur die Wahrheit?

Was hatte die Pharmorena AG zu verstecken? Was war diese ganzen Menschenleben wert? Sie entwickelten Medikamente, die Menschenleben retten sollten. Stattdessen wurden im Namen der Wissenschaft Zeugen umgebracht, die der Wahrheit zu nahe kamen. Eine Wahrheit, deren Schutz in den Augen der Täter solch brutale, rücksichtslose Vorgehensweisen legitimierte. Mit zitternden Händen griff ich zu den nächsten Protokollen.

***

Gesprächsnotiz: LKA Wiesbaden, Büro 1.21 Peter Groß und Karin Weidmann, Montag 16.09.2019, 18:11 Uhr: Unterhaltung Peter Groß mit Kollegin Karin Weidmann, Kriminalkommissarin

„Karin, wir brauchen unbedingt die heutigen Videos aus den Überwachungskameras der U-Bahnhaltestellen im Hauptbahnhof Frankfurt Main."

„Ich kümmere mich darum."

***

Wir hockten in unserem Büro und rauften uns die Haare. Was würde noch alles passieren?

„Kannst du dir vorstellen, dass ein und derselbe Mensch einen Giftmord begeht und einen Tag später jemanden vor einen fahrenden LKW schubst, um ihn zu töten?", fragte ich meine Kollegin.

„Nein, Peter, eigentlich nicht. Das passt nicht zusammen. Aber wenn der Mörder uns suggerieren möchte,

dass die beiden Morde nicht zusammenhängen ...", überlegte Karin.

„Da magst du recht haben."

Ich dachte nach, wer soweit im Voraus plante. Wer bei der Ermordung von Menschen dermaßen abgebrüht war, dass er unterschiedliche Mordmethoden kombinierte. Ein Profikiller?

„Peter, wir dürfen uns hier nicht verrennen, alles ist möglich. Die Frage ist, warum der Täter so vorging. Warum hat er diesen umständlichen Giftmord begangen?"

Da hatte Karin natürlich recht. Wenn dieser Profikiller einen Fenstergriff präpariert hatte, musste ihm bewusst gewesen sein, dass er nicht garantieren konnte, dass es den Richtigen trifft. Es sei denn, er war sich einhundertprozentig sicher, wer als Nächster diesen Griff berühren würde. Das war doch absurd!

„Er hat den Fenstergriff im Vorfeld präpariert, so musste er nicht anwesend sein, um sein Opfer ins Jenseits zu befördern. Das Opfer war allein, konnte sich nicht selbst helfen. Keiner hat etwas beobachten können."

„Da hätte es auch einfachere Wege gegeben. Vor allem, wenn man sicherstellen will, dass es den Richtigen trifft. Es ging ihm um das Gift, es hat eine Bedeutung für ihn."

„Nur welche, Karin? Und wie konnte der Mörder sicherstellen, dass er auch seine Zielperson erwischt?"

„Wir müssen objektiv an die Sache herangehen. Keine voreiligen Schlüsse ziehen, nur weil die Mordmethoden für unterschiedliche Täter sprechen.

Wir haben die Verbindung über FlashData. Beide Opfer hatten mit der Pharmorena AG zu tun, Peter!"

***

***Protokoll:* FlashData, Frankfurt, Gutleutstraße, Besucherraum 0.04, Dienstag 17.09.2019, 10:18 Uhr: Zeugenbefragung durch Peter Groß von Simone Gerling, weiblich, 34 Jahre, Project Manager Unified Communication bei Flashdata**

„Guten Tag, mein Name ist Peter Groß, wir haben telefoniert. Frau Gerling, erinnern Sie sich an die Arbeiten bei der Pharmorena AG vor vier Jahren?"

„Ja, das werde ich nie vergessen."

„Inwiefern?"

„Dort lief alles unter strengster Geheimhaltung, sowas hatten wir noch nie. Nichts durfte das Gebäude verlassen, die Pläne waren nur vor Ort einsehbar. Man musste Notebooks, Smartphones, alle Geräte, mit denen man Fotos oder andere Aufzeichnungen machen konnte, am Eingang beim Pförtner abgeben. Das Einzige, was wir noch hier in der Firma haben, sind die dürftigen Verträge, die wir mit der Pharmorena AG abgeschlossen haben."

***

Simone Gerlings Augen waren gerötet, ihr Augen-Make-Up verschmiert. Sie hatte geweint. Sie bemühte sich, Fassung zu bewahren. Sie faltete ihre Hände und legte sie auf ihre Knie. Wir saßen auf einem schwarzen Ledersofa vor einem Glastisch.

Auf ihm waren Prospekte ausgelegt, die die IT-Leistungen der FlashData anpriesen.

„Würden Sie uns die Verträge kopieren?“, bat ich sie.

„Natürlich, ich gebe sie Ihnen gleich mit.“

„Was hat Ihr verstorbener Kollege, Herr Orhan Aydin, für die Pharmorena gemacht?“

Simone Gerling schloss kurz die Augen, bevor sie antwortete: „Er hat die Telefonanlage konfiguriert, die Soft-Phones installiert und Video-Konferenzsysteme implementiert.“

„Wie lange war er dort?“

„Über ein halbes Jahr jeden Tag.“

Das kam mir sehr lang vor, um Telefone aufzustellen. Aber ein anderer Punkt interessierte mich noch mehr: „Das heißt, er kannte die Räumlichkeiten und die Mitarbeiter dort?“

„Mitarbeiter der Pharmorena AG hat er da kaum angetroffen, es war ja zum Teil noch eine Baustelle. Aber ganz bestimmt kannte er das Gebäude gut. Keiner von uns war so lange dort wie er.“

„Das heißt, es waren noch andere Kollegen von Ihnen bei der Pharmorena?“, wollte ich wissen.

„Ja, so viele Telefone schafft einer alleine nicht. Und für das Video Conferencing braucht man immer zwei Leute, weil die Bildschirme groß und schwer sind.“

Ich hatte Hoffnung, dass uns die Mitarbeiter der FlashData weiterhelfen konnten. Sie kannten das Gebäude und eventuell sogar einige der Mitarbeiter.

„Wer war noch vor Ort?“

„Drei unserer Trainees, Leute, die gerade ihr Studium abgeschlossen hatten und bei uns einen einjährigen

Trainee Contract abgeschlossen haben. Training on the job", antwortete Simone Gerling.

„Geben Sie mir bitte ihre Namen?"

„Das kann ich machen, aber sie sind alle nicht mehr bei uns: Silke Jakob, David Korte, Frederick Wilhelm."

Meine Hoffnung schlug in Enttäuschung um.

„Wo arbeiten sie jetzt?"

„Keine Ahnung, sie haben nach und nach gekündigt", meinte Simone Gerling. „Ist schon drei Jahre her. Die beiden Herren wollten ins Ausland gehen, das weiß ich noch. Fragen Sie am besten in der Personalabteilung nach, vielleicht wissen die mehr."

„Okay. Ich habe von strengen Sicherheitsrichtlinien bei der Pharmorena AG gehört. Hat Herr Aydin auch einen Personencheck machen müssen?"

Simone Gerling rollte die Augen.

„Ja, das war eine Tortur. Die haben sogar seine Familie interviewt. Sie hatten erst Bedenken, weil er türkischer Abstammung war. Er ist in Frankfurt geboren und aufgewachsen, hat an der TU Darmstadt Elektrotechnik studiert. Nachdem wir ihnen gesagt haben, dass er unser bester Mann ist, haben sie ihn akzeptiert. Nur er durfte dann in den sensiblen Gebäudeteilen arbeiten."

„Was waren die sensiblen Gebäudeteile?" Bei meiner Frage bekam ich eine Gänsehaut. Es gab Räume, in die nicht jeder hineindurfte?

„Die Untergeschosse, wo die Forschungsabteilungen und Labore eingezogen sind."

Das war es also!

„Interessant. Und Herr Aydin war über ein halbes Jahr vor Ort? Ist das normal?", wunderte ich mich.

„Nein, ist es nicht. Die Pharmorena kam immer wieder mit Sonderwünschen und neuen Anforderungen um die Ecke. Es wurde auch einige Male der Vertrag dafür angepasst, aber vieles hat Orhan einfach auf Zuruf gemacht. Sie haben ihm immer versprochen, dass sie das alles schriftlich fixieren werden. Haben sie aber nicht. Dafür haben wir nie Geld gesehen. War ein Minusgeschäft für uns."

Moscher und Konsorten waren also auch noch Betrüger. Eine nicht mehr zu bremsende Wut stieg in mir hoch.

„Also war Herr Aydin länger dort, als geplant?", schloss ich.

„Ja, mit ihren ständig neuen Anforderungen haben sie unseren Zeitplan gesprengt. Orhan hat zwei, drei Monate länger gebraucht. Die Büros waren am Ende teilweise schon besetzt."

„Dann hat er also doch noch einige Pharmorena-Mitarbeiter kennengelernt, Frau Gerling?"

„Er ist ihnen begegnet, ja. Aber mit ihm gesprochen haben sie kaum. Die haben von der Konzernleitung einen Maulkorb verordnet bekommen, hat Orhan einmal erzählt. Selbst der Pförtner war stumm wie ein Fisch."

Stumm wie ein Fisch. Die Pharmorena-Mitarbeiter hatten also Redeverbot auferlegt bekommen. Ganz offensichtlich gab es unter den Wissenschaftlern etwas zu verheimlichen. Nur was?

„Den Herren wollte ich mir sowieso vornehmen", antwortete ich. „Haben Sie Herrn Aydin denn gestern noch gesehen?"

„Ja. Ich kann es noch gar nicht glauben, dass er jetzt … dass er jetzt … tot ist. Wer hat das nur getan?“

Simone Gerling liefen Tränen über das Gesicht. Sie sah mich flehend an. Ich erkannte Angst in ihren Augen. Pure Angst. Sie befürchtete, dass FlashData zum Ziel von Mördern geworden war.

„Das werden wir herausfinden, ich verspreche es Ihnen!“, versuchte ich sie zu beruhigen.

„Ich kann Ihnen sagen, die Chefetage der Pharmorena AG ist besetzt mit aalglatten, scharf kalkulierenden Haien, die haben uns über den Tisch gezogen!“, sprach sie weiter. „Es war Kalkül von ihnen, dass sie gleich nicht alle Anforderungen an uns gegeben haben. Das war Verschleierungstaktik, erst am Ende kam heraus, was sie alles installiert haben wollten, vor allem in den Untergeschossen. Diese Mistkerle haben jetzt Orhan auf dem Gewissen, bestimmt wusste er zu viel.“

Simone Gerling schluchzte, griff in ihre Jackett-Tasche, um ein Papiertaschentuch herauszuziehen.

„Was könnte das gewesen sein?“, wollte ich wissen.

Sie schniefte. „Ich weiß es nicht, ich weiß es wirklich nicht. Aber es ist doch auffällig, dass er gerade jetzt vor einen LKW geschubst wurde, oder? Was sind das nur für Schweine!“

„Ich kann Ihre Aufregung verstehen, Frau Gerling. Ist Ihnen denn gestern etwas an Herrn Aydin aufgefallen?“

Sie tat mir leid, aber ich musste weiterfragen. Das war mein Job.

„Er hat während der Mittagspause den Zeitungsbericht über die Pharmorena AG und den Mord an dem

Mitarbeiter gelesen. Dann ist er aufgesprungen und rausgerannt."

Dieser Satz traf mich wie ein Pfeil. Ich schreckte hoch und fragte: „Hat er etwas dazu gesagt?"

„Nein."

„Wann war das, Frau Gerling?"

„Muss so um halb zwölf gewesen sein."

Um eins? Kurze Zeit später hatte er mich angerufen!

„Kennen Sie den Zeitungsbericht?", fragte ich, meine Hände fingen an zu kribbeln. Ich musste diese Zeitung haben!

„Ja, wir haben ihn hier alle noch angesehen."

„Ist Ihnen daran etwas aufgefallen? Etwas, was Herrn Aydin zu der plötzlichen Reaktion veranlasst haben könnte?"

„Nein."

***

Ein hämmerndes Klopfen an meiner Autoscheibe riss mich aus meinen Überlegungen, die wie ein Strudel um die geheimen Untergeschosse der Pharmorena AG und den Zeitungsbericht kreisten. Ich zuckte zusammen und schaute von den Protokollen auf. Es war Karin.

„Nächster Halt: HLKA Wiesbaden!", schrie sie durch das geschlossene Seitenfenster.

Ich musste lächeln. Ihr blonder, strubbeliger Haarschopf glänzte nass im Strahl einer Laterne. Mit ihrem unverwechselbaren Humor brachte sie mich wie gewohnt auf den Boden der Tatsachen zurück. Ich musste jetzt mit ihr ins Büro gehen, komme was da wolle. Ich öffnete die Fahrertür und stieg aus. Sofort prasselte unerbittlich der kalte Regen in mein Gesicht. Ich zog die Kapuze hoch.

„Hast du einen Regenschirm dabei?“, fragte Karin mich.

„Klar, warte.“

Ich lief zum Kofferraum, holte ihn heraus, spannte ihn sofort auf und hielt ihn ihr entgegen. Wir quetschten uns gemeinsam unter den blauen Stadtschirm Frankfurt, auf dem die Häuserzeile rund um den Römer abgebildet war. Mein Sohn hatte ihn während eines Klassenausflugs in die Finanzmetropole gekauft und mir zum Geburtstag geschenkt.

„Damit kannst du dich in Wiesbaden nicht blickenlassen, Peter“, grinste Karin.

„Muss ich ja auch nicht, du brauchst ihn ja“, versuchte ich mich an einem Scherz.

Sie merkte, dass etwas mit mir nicht stimmte. Es brauchte nur ein Wort, eine feine Nuance in meiner Stimme, einen Blick in mein regennasses Gesicht, und sie wusste Bescheid.

„Was ist los, Peter? Warum hast du so lange im Auto gesessen und im Urlaubskatalog geblättert? Brauchst du eine Auszeit?“

„Das ist nur Tarnung, Karin“, erklärte ich, klemmte mir die Mappe unter den Arm und zog den schwerwiegenden Zettel aus der Jackentasche, den ich heute Morgen in meinem Briefkasten entdeckt hatte.

„Was ist das?“, fragte sie und las die eine Zeile, die den Oktober als Todbringer proklamierte.

„Peter, verdammt, du musst ..."

„Ich weiß. Lass uns reingehen und noch einmal ganz von vorne anfangen."

***

<u>Protokoll:</u> LKA Wiesbaden, Verhörraum 1, Mittwoch 18.09.2019, 11:51 Uhr: Zeugenbefragung durch Peter Groß von Maria Barthel-Garcia, weiblich, 41 Jahre, Reinigungskraft bei der Saubermann GmbH

„Frau Barthel-Garcia, warum wollten Sie uns noch einmal sprechen? Ist etwas passiert?"

„Ich muss Ihnen sagen."

„Was müssen Sie uns sagen?"

***

Das Protokoll ließ mich wieder in dieses absurde Gespräch eintauchen. Frau Barthel-Garcia hatte es sich offensichtlich noch einmal anders überlegt. Sie hatte sich bei mir gemeldet, um eine weitere Aussage zu machen. Wenig später saß sie vor mir. Sorgenfalten traten auf ihre gebräunte Stirn unter den schwarzen Haaren, die mit feinen silbrigen Strähnen durchzogen waren.

„Was mir wieder eingefallen", meinte sie.

„Was denn?", wollte ich wissen und trommelte ungeduldig mit meinen Fingern auf die Tischplatte.

Ich sah ihr an, dass ihr die Aussage schwerfiel. Sie kämpfte mit sich, schaute rechts und links an mir vorbei, vermied jeden Blickkontakt. Dann starrte sie vor sich auf den weißen Tisch und sprach weiter.

„Etwas Wichtig, wegen Fenster bei Pharmorena."

„Was ist mit den Fenstern?“, fragte ich. Der Satz hatte mich aufschrecken lassen. Es war also doch etwas mit den Fenstern gewesen!

„Fenster von Herr Moscher, Griff waren schief. Als ich war putzen am Abend bevor Kuschinski tot.“

„Wie bitte?“

Ich konnte es nicht fassen. Die kam hierher, um mir zu erzählen, dass ein Fenstergriff schief war? Ich schlug mit der flachen Hand auf den Tisch. Frau Barthel-Garcia zuckte zusammen.

„Si! Griff von Moscher Fenster waren schief“, meinte sie kleinlaut.

Ich musste aufpassen, sie nicht zu verschrecken. Die Aussage strengte sie schon genug an, ich durfte es mir jetzt nicht verscherzen. Nicht, bevor ich nicht wusste, was mit dem Fenstergriff passiert war.

„Aha, er war also schief“, wiederholte ich.

„Si. Und Herr Moscher nicht mögen schiefe Sachen.“

„Soso.“

Der Herr Moscher mag keine schiefen Sachen. Das war es also, was mir Frau Barthel-Garcia hatte mitteilen wollen. Ich kam mir vor wie in einer Realsatire.

„Herr Moscher alles gerade legen auf Schreibtisch, in Regal, in Schrank. Wenn wir putzen, wir müssen genauso gerade zurücklegen, sonst er schimpfen. Auch nicht mögen schiefe Fenstergriff.“

„Ist das denn wichtig, Frau Barthel-Garcia?“, fragte ich ungehalten, riss mich aber sofort wieder zusammen.

„Si! Jemand anders haben gemacht!“

„Sie meinen den Griff schief gestellt?“

Welch hinterhältiges Verbrechen, jemand hat einen Fenstergriff schief gestellt. Ich griff mir an die Stirn und hoffte, dass Frau Barthel-Garcia bald fertig wäre.

„Si!"

„Haben Sie ihn denn nicht wieder gerade gestellt, den Griff, bevor Sie am Abend das Büro verlassen haben?", heuchelte ich Interesse, um ihren Redefluss nicht zu stoppen. Vielleicht kam ja doch noch etwas Wichtiges bei dem Gespräch heraus. Immerhin war sie eine der Letzten am Tatort gewesen.

„No, no, no! Ich immer achten drauf, dass alles grade, aber an dem Abend haben vergessen, weil wir zu spät wegen Stau. Ich haben beeilt. Türmann uns sonst schmeißen raus und wir nicht fertig."

Ich begann, mich zu langweilen, fragte aber trotzdem: „Wann haben Sie den schiefen Fenstergriff bemerkt, Frau Barthel-Garcia?"

„Erst kurz bevor wir gegangen, ich habe durch Glastür gesehen."

Um noch etwas Sinnvolles aus ihr herauszubekommen, fragte ich: „War denn an dem Abend noch jemand anderes im Büro von Herrn Kuschinski und Herrn Moscher?"

„No."

„Man könnte ja jetzt glatt denken, Frau Barthel-Garcia, dass jemand von Ihnen den Griff beim Putzen schief gestellt hat!", provozierte ich sie, um das Gespräch noch einmal zu beleben.

„No! Wir nicht waren, Sie mir glauben!"

Ich glaubte ihr. Diese Unterhaltung war dermaßen sinnlos.

„Also, Sie meinen, das mit dem schiefen Griff hat jemand extra gemacht, um Herrn Moscher zu ärgern?“, fragte ich dennoch.

„Si, aber nicht zum Ärgern! Haben jemand anders gemacht, weil wusste, dass Moscher wieder gerade macht. Und darum Gift am Griff gemacht. Türmann haben erzählt, dass Moscher sonst oft zuerst in Büro morgens. Und dann Moscher tot, nicht Kuschinski!“

***

Ich erinnerte mich, wie sich mein Puls damals erhöht hatte, nachdem Frau Barthel-Garcia diesen letzten Satz gesprochen hatte.

Ich schaute von dem Protokoll auf und sah Karin an. Sie saß gegenüber an ihrem Schreibtisch und blätterte mit zusammengekniffenen Augenbrauen durch einen Stapel Papier. Sie war, genau wie ich, in die Protokolle vertieft. Sie registrierte nicht, wie ich sie beobachtete. Ich lächelte. Ich war froh, sie an meiner Seite zu haben. Sie würde die Lücken ausfüllen, die ich nicht fähig war, zu schließen. Sie würde mir wieder auf die Beine helfen, wenn ich gestürzt war. Sie würde für mich einstehen, wenn ich am Ende war. Jetzt fühlte ich mich wohler. Gemeinsam mit ihr würde ich den Fall zu einem akzeptablen Ende bringen. So hoffte ich zumindest. Ich nahm mir die nächsten Protokolle vor.

***

<u>Gesprächsnotiz:</u> LKA Wiesbaden, Büro 1.21 Peter Groß und Karin Weidmann, Mittwoch 18.09.2019, 12:23 Uhr: Telefonanruf bei Kollegin Karin Weidmann, Kriminalkommissarin

„Weidmannsheil, Karin."

„Hahaha, der Witz hat schon einen Bart, Peter."

„Nichts für ungut."

„Klar, Peter, wie immer auf der Jagd. Was gibt's?"

„Ich habe eine Bitte an dich: Besorge mir alles über die Reinigungskraft Maria Barthel-Garcia von der Saubermann GmbH. Woher stammt sie? Wer waren ihre Arbeitgeber der letzten Jahre? Was macht sie in ihrer Freizeit? Welche Kontakte pflegt sie? Und natürlich alles über ihre Familie."

„Muss ja ein heißer Feger sein. Was ist mit ihr?"

„Karin, du glaubst es nicht, was sie hier gerade für eine wahnwitzige Aussage gemacht hat. Ich muss wissen, ob sie glaubwürdig ist, oder ob sie jemand zu uns geschickt hat, der Einfluss auf unsere Ermittlungen nehmen will."

***

<u>Gesprächsnotiz:</u> LKA Wiesbaden, Büro 1.21 Peter Groß und Karin Weidmann, Mittwoch 18.09.2019, 18:07 Uhr: Telefonanruf bei Bernhardt Moscher, männlich, 48 Jahre, Teamlead Quality Validation bei der Pharmorena AG

„Herr Moscher, entschuldigen Sie die späte Störung, Sie möchten bestimmt bald Feierabend machen. Ich habe aber noch eine Frage an Sie."

„Kein Problem, Kommissar Groß, immer heraus damit. Ich bin sehr daran interessiert, dass der Mordfall an Dieter Kuschinski schnellstmöglich aufgeklärt wird. Wir alle möchten seinen Mörder auf der Anklagebank sehen. Unsere Mitarbeiter machen sich große Sorgen, dass noch mehr passiert. Wir sind eine Aktiengesellschaft, die einen Ruf zu verlieren hat. Wir müssen die Hintergründe schnellstmöglich offenlegen, sonst werden die Aktionäre abspringen, verstehen Sie? Unsere Zukunft hängt von Ihnen und Ihren Ermittlungsergebnissen ab, Herr Groß!"

***

Bernhardt Moscher hatte sich offensichtlich bereits zu Beginn unserer Ermittlungen in der Position gesehen, die Kriminalpolizei in die Pflicht zu nehmen. Von uns sollte also nun die Zukunft der Pharmorena AG abhängen. Ich hätte lauthals losgelacht, wenn dieser Fall sich nicht derart ernst dargestellt hätte. Die Zukunft der Pharmorena AG hing einzig und allein davon ab, was deren Vorstand mit dem Tod von Dieter Kuschinski zu tun gehabt hatte. Ich war fdest davon überzeugt, dass mit den Versuchsreihen etwas nicht stimmte, und der ermordete Qualitätsmanager Dinge aufgedeckt hatte, die eine legale Genehmigung der nächsten Entwicklungsphase verhindert hätten.

„Damit machen Sie jetzt aber ganz schön Druck, Herr Moscher.

Sie plagen also mehr Sorgen um die Pharmorena AG als um die Umstände von Dieter Kuschinskis Tod?", versuchte ich ihn aus der Reserve zu locken. Leider konnte ich seinen verlogenen Gesichtsausdruck am Telefon nicht sehen.

„Nein, natürlich nicht! Aber die Presse fällt gerade über uns her. Gerüchte machen die Runde, dass es hier nicht mit rechten Dingen zugeht. Das muss aufhören! Wenn es um unsere neuen Medikamente geht, muss die Gesellschaft Vertrauen zu uns haben. Verlieren wir unsere Reputation, können wir dichtmachen. Dann stehen hunderte hochqualifizierte Fachkräfte auf der Straße. Die haben fast alle Familie. Und unsere Versuchsreihen und die ganzen Fördergelder waren für die Katz. All unsere Arbeit war umsonst, auch die von Dieter. Ganz zu schweigen von den Patienten, die nicht von unseren Forschungsergebnissen profitieren können."

Sieh an, das waren also Bernhardt Moschers aktuelle Sorgen. Ich hätte ihm durch den Hörer an den Hals springen können. Stattdessen versuchte ich, ruhiger zu atmen, zählte mit geschlossenen Augen bis fünf und sagte: „Verstehe, es drängt also, Herr Moscher. Dann will ich gleich zur Sache kommen. Es ist eine, sagen wir mal, persönliche Frage, die ich habe."

„Nur zu."

„Haben Sie ein Problem mit schiefen Dingen?", fragte ich ohne Vorwarnung.

Er antwortete nicht.

„Herr Moscher, sind Sie noch dran?"

Er schindete Zeit, um sich eine Antwort zurechtzulegen.

„Ja, ich höre Sie. Aber was hat die Frage mit dem Mord an Dieter zu tun?"

Er hatte noch keine plausible Antwort parat. Ich baute weiter Druck auf: „Bitte antworten Sie wahrheitsgemäß. Welche Bedeutung Ihre Antwort hat, kann ich jetzt noch nicht beurteilen, aber ich würde nicht danach fragen, wenn es belanglos wäre. Also?"

Seine Stimme wurde lauter, als wolle er sich mit seinen Worten selbst überzeugen: „Herr Groß, ich bin Perfektionist, und wenn ich das nicht wäre, dann hätte ich niemals meine aktuelle Position bei der Pharmorena AG einnehmen können. Ich hasse Fehler jeglicher Art, genauso wie Unachtsamkeit, Ungenauigkeit, Unpünktlichkeit, Unzuverlässigkeit. In unserer Abteilung herrscht penible Ordnung, alles hat seinen Platz, das ist in unserer Branche unabdinglich. Und das erwarte ich auch von unseren Mitarbeitern. Medikamente, die Millionen Menschen anwenden, können nicht im Chaos entwickelt werden."

„Ich schließe daraus: Sie mögen keine schiefen Dinge? Legen Schnellhefter wie Lineal gerade auf den Schreibtisch?", hakte ich zufrieden nach. Er mochte keine schiefen Dinge!

„Damit könnten Sie richtigliegen, Schiefes mag ich weder im Labor, noch im Büro und auch nicht privat."

„Danke für Ihre Offenheit, Herr Moscher. Da fällt mir ein, eigentlich habe ich noch eine zweite Frage", wo ich schon einmal dabei war, konnte ich gleich noch einen weiteren Punkt aus Frau Barthel-Garcias Aussage überprüfen.

„Und die wäre?", fragte Bernhardt Moscher.

Ich erkannte selbst am Telefon seinen gereizten Ton. „Wer ist üblicherweise zuerst im Büro?“

Wieder keine Antwort.

„Herr Moscher, ich höre Sie nicht mehr. Wer ist üblicherweise zuerst im Büro? Antworten Sie!“

„Ich bin noch in der Leitung, keine Sorge. Wenn Sie mich so fragen, zu achtzig Prozent bin ich zuerst im Büro. Ich fange für gewöhnlich um 07.00 Uhr morgens an, wenn nichts Besonderes ansteht. Dieter kam je nach Bedarf, abhängig von den Versuchsreihen. Sie fragen bestimmt, weil ausnahmsweise Dieter als Erster dort war, als er ermordet wurde?“

„Ja, genau deshalb frage ich. Warum war er an besagtem Tag als Erster im Büro, Herr Moscher?“

Bernhardt Moscher hatte meine Frage durchschaut. Seine Antwort klang wieder gereizt: „Wir hatten am Vortag einen Durchbruch bei unserer aktuellen Forschungsarbeit. Sie müssen verstehen, eine solche Forschungsreihe baut auf unterschiedlichen Vorgängen und Versuchen auf. Und wenn das Ergebnis einer Testreihe ansteht, dann ist es gleich, an welchem Tag oder zu welcher Uhrzeit das passiert, wir müssen anwesend sein. Dieters Aufgabe war es, die Qualitätssicherung vorzunehmen, er musste dazu um 07.00 Uhr bei den Kollegen in der Entwicklung vor Ort sein. Er war deshalb bereits um 06.00 Uhr im Büro, um sich vorzubereiten und alles Nötige einzupacken.“

Hörte sich plausibel an. Wie alles, was er sagte. Verdammt, ich musste ihn irgendwie zu packen kriegen.

„Das heißt ...“, begann ich, er unterbrach mich jedoch.

„Moment, Herr Kommissar, mir fällt gerade etwas ein.“

Ihm fiel vermutlich gerade jetzt etwas ein, um mich aus dem Konzept zu bringen. Was meinen Ärger über ihn nur noch mehr anstachelte. „Was?“, rief ich in den Telefonhörer.

„Dieter kam immer mit dem Fahrrad zur Arbeit, von Kriftel aus, wo er lebte.“

„Und?“

„Als Erstes hat er immer die Fenster aufgerissen, wenn er ins Büro kam. Jeden Tag. An seinem Todestag lag er mit geröteten Handflächen vor dem Fenster. Und Sie haben mich nach Kontaktgift gefragt. Sie erinnern sich, Herr Groß?“

„Ich erinnere mich und verstehe, was Sie mir jetzt sagen wollen. Er hat demnach geschwitzt und wollte lüften, nachdem er das Büro betreten hat, und ist dabei mit dem Gift in Kontakt gekommen. Und dass er jedes Mal lüftet, wenn er im Büro ankommt, weiß bestimmt die komplette Belegschaft?“

Ich ahnte, worauf Moscher hinauswollte. Er versuchte mir deutlich zu machen, dass es kein Versehen, kein Anschlag auf ihn selbst gewesen sein konnte, sondern dass tatsächlich Dieter Kuschinski ermordet werden sollte.

„Ich denke schon, dass es nahezu alle wussten“, antwortete er mit einem nicht zu überhörenden Ton der Genugtuung in seiner Stimme.

„Nun gut, Herr Moscher. Aber weiter: Sie sagen also, dass er einen festen Termin bei den Kollegen in der Forschung hatte?“, versuchte ich zum eigentlichen Thema zurückzukommen.

„Ja, so war es. Ich wollte um 06.30 Uhr ins Büro kommen, um mich noch kurz mit ihm zu besprechen. Ich

habe mich unglücklicherweise etwas verspätet, meine Autobatterie war an dem Tag leer, ich habe den ADAC rufen müssen, dann bin ich mit dem Wagen meiner Frau gefahren. Als ich um kurz vor 07.00 Uhr ankam, war Dieter schon tot."

„Und die Kollegen von der Forschung haben davon nichts gemerkt, weil er noch nicht zu spät war, wollen Sie mir das damit sagen?", fragte ich nach.

„Ja, die hätten sich gewiss gemeldet, wenn er um 07.00 Uhr nicht bei ihnen gewesen wäre. Aber so ..."

***

Ich blickte von dem Protokoll auf. Ich spürte meinen Herzschlag. Jedes Mal, wenn ich ein Protokoll einer Befragung von Bernhardt Moscher las, bekam ich erhöhten Puls. Dieser Mann war ein rotes Tuch für mich. Was dieser Wissenschaftler sagte, hörte sich plausibel an. Er war geschickt, um nicht zu sagen manipulativ. Er manipulierte mit sorgfältig gewählten Worten, in einer Art, dass man es kaum bemerkte. Was mich stutzig machte, war, dass alles, was er sagte, einhundertprozentig zusammenpasste. Er erklärte die Dinge in einer Form, dass man keinen Zweifel daran hegen konnte. Oder wollte. Es war bequemer, den Menschen zu glauben, als all ihre Aussagen zu hinterfragen. Aber genau das war mein Job. Ich musste mich zwingen, aus dieser Zwickmühle herauszukommen, ihm nicht zu glauben, selbst wenn alles Gesagte so logisch und nachvollziehbar klang. Während der ersten Befragungen war mir dieser Fehler noch passiert, jetzt fühlte ich mich gegen ihn gewappnet.

Ich musste nur den Ansatzpunkt finden, der die wahren Hintergründe aufdeckte. Der tägliche Job dieser Forscher und Wissenschaftler war es, andere Menschen durch unverrückbare Argumentationsketten von Dingen zu überzeugen, die sie selbst nicht in all ihren Variationen und in all ihrer Komplexität überblicken, geschweige denn bewerten konnten. Medizin ist pure Statistik, hatte mir unsere Gerichtsmedizinerin Dr. Ute Gazek einmal gesagt. Deshalb beschäftigte sie sich lieber mit Toten. Statistiken darüber, ob Medikamente wirksam seien, würden manipuliert, hatte sie mir erklärt, und eine belastbare Aussage böten sie in der Medizin, wenn überhaupt, erst nach Jahrzehnten der massenhaften Anwendung am Menschen.

***

<u>Gesprächsnotiz:</u> LKA Wiesbaden, Büro 1.21 Peter Groß und Karin Weidmann, Mittwoch 18.09.2019, 18:20 Uhr: Telefonanruf bei Kollegin Karin Weidmann, Kriminalkommissarin

„Weidmannsheil, Karin."

„Nicht schon wieder."

„Doch, liebe Karin. Noch eine Bitte."

„Wieder eine Frau zu überprüfen?"

„Nein, dieses Mal ein Mann."

„Schieß los."

„Ich muss wissen, ob Bernhardt Moscher am 13.09.2019 zwischen 05.00 und 06.00 Uhr mit dem ADAC telefoniert hat."

„Okay, das kriege ich auch noch hin."

„Gut. Wann kommst du endlich wieder ins Büro?“

„Du vermisst mich schon?“

„Natürlich, ich brauche die Wortgefechte, die ermittlungstechnischen Anregungen, die psychologischen Analysen, das ...“

„Schon gut, Peter, ich bin bald zurück. Nur noch die eine Sache mit dem ADAC. Du bist selbst schuld, schickst mich ständig quer durch das LKA-Gebäude.“

***Gesprächsnotiz:* Wohnung Peter Groß, Wiesbaden Biebrich, Donnerstag 19.09.2019, 03:44 Uhr: Telefonanruf von Simone Gerling, weiblich, 34 Jahre, Project Manager Unified Communication bei FlashData**

„Herr Groß, ich bin’s, Simone Gerling von FlashData.“

„Was?“

„Simone Gerling.“

„Es ist mitten in der Nacht. Was wollen Sie?“

„Sie haben gesagt, ich kann Sie jederzeit anrufen, wenn mir etwas einfällt.“

„Ja, ja. Und was ist so wichtig?“

„Ich weiß jetzt, was an dem Zeitungsbericht nicht stimmte.“

„Was?“

„Dort stand, die Pharmorena hat ein sechsstöckiges Gebäude mit Büros zuzüglich drei Untergeschossen, in denen die Forschungsabteilungen in einem Hochsicherheitstrakt hinter mehreren Schleusen arbeiten.“

„Ja, und?“

„Orhan hat damals erzählt, dass er für die Installationen in den Untergeschossen fünf Etagen runter musste. Nicht drei, sondern fünf! Verstehen Sie?“

***

***Gesprächsnotiz:* LKA Wiesbaden, Büro 1.21 Peter Groß und Karin Weidmann, Donnerstag 19.09.2019, 12:31 Uhr: Telefonanruf von Silke Jakob, weiblich, 27 Jahre, ehemaliger Trainee bei FlashData**

„Groß.“

„Guten Tag, Herr Groß. Mein Name ist Silke Jakob. Ich wohne jetzt in Freiburg, habe aber noch einige Freunde in Frankfurt, da habe ich ein Jahr gearbeitet. Von denen habe ich eingescannte Zeitungsausschnitte geschickt bekommen und gelesen, dass das LKA Wiesbaden nach dem Mörder von Herrn Kuschinski von der Pharmorena AG sucht. Und dass ... dass ein Mitarbeiter der FlashData ums Leben gekommen ist.“

„Ja, Frau Jakob, da sind Sie bei mir genau richtig. Welchen Bezug haben Sie zu dem Fall?“

***

Ich bekam eine Gänsehaut an meinen Unterarmen, als ich begann, dieses Protokoll zu lesen. Meine Finger zitterten, waren wie elektrisiert, als ich die erste Seite umblätterte. Die Aussage von Silke Jakob hatte weitere wichtige Hintergründe zu dem Pharmorena-Fall aufgedeckt. Ich ließ das Telefongespräch noch einmal auf mich wirken. An dieser Stelle durfte mir nichts entgehen.

„Ich war einer der Trainees von FlashData", begann Silke Jakob.

„Ah, verstehe, Sie waren mit Orhan Aydin bei der Pharmorena AG, um die Telefon-Anlage und Konferenz-Systeme dort aufzubauen." Ich erinnerte mich an das Gespräch mit Simone Gerling von der FlashData, Silke Jakobs ehemaliger Chefin. „Sehr gut, dass Sie sich bei mir melden. Können Sie zu uns nach Wiesbaden kommen und eine Zeugenaussage machen?"

„Nein, nicht so schnell, ich bin gerade auf dem Sprung in den Urlaub", antwortete sie leise, als würde sie es bedauern.

Ich musste schlucken. Meine Hoffnung hatte sich sogleich wieder aufgelöst.

„Wohin geht es denn?", fragte ich.

„Nach Fuerteventura, zum Surfen, 10 Tage lang."

„Das hört sich gut an, Frau Jakob, da beneide ich Sie. Was können Sie uns denn zu dem Fall Kuschinski sagen?"

„Es ist ... es ist so, dass ich ... also ich war mal mit dem Orhan zusammen", gab sie mit zitternder Stimme zu.

„Verstehe ich das richtig, Sie waren zu der Zeit, als Sie bei FlashData arbeiteten, ein Paar?", fragte ich gespannt, eine ganz neue Wendung. Vielleicht konnte sie uns sogar Hinweise zu Orhan Aydins Ermordung geben.

„Ja, kann man so sagen. Wir Trainees durften bei der Pharmorena nur einfache Arbeiten übernehmen, aber durch Orhan habe ich mehr mitbekommen als ich durfte."

Mehr mitbekommen als sie durfte! Ich verspürte ein Kribbeln in meinem Bauch. Endlich jemand, der mehr wusste, als es dem Pharmorena-Vorstand lieb war!

„Hatten Sie in letzter Zeit noch Kontakt zu ihm?“, wollte ich von Silke Jakob wissen.

„Nein, wir haben uns vor zwei Jahren getrennt, deshalb bin ich auch wieder in meine Heimat Freiburg gezogen.“

„Was genau haben Sie denn damals mitbekommen, Frau Jakob?“, fragte ich gespannt, ich ahnte, dass nun völlig neue Erkenntnisse auf mich einprasseln würden.

„Also erst einmal muss ich Ihnen den Hintergrund erklären, Herr Groß.“

Bleib ruhig, Peter Groß, lass sie reden!

„Nur zu“, forderte ich sie auf. Ich konnte es nicht erwarten, zu hören, was sie zu erzählen hatte.

„Heute wird in Firmen, vor allem wenn sie in einen Neubau ziehen wie die Pharmorena, auf herkömmliche Telefone verzichtet. Es wird über den PC, zum Beispiel über Skype, telefoniert. Dazu benötigt man nur ein Headset, das man an seinen PC oder Laptop anschließt. Nach der Installation der entsprechenden Software kann man dann sofort loslegen.“

„Aha. Und?“

„Na ja, die Pharmorena AG hat zusätzlich noch eine, ich nenne es mal altmodische Telefonanlage bei FlashData beauftragt.“

„Warum?“

„Die IT-Sicherheitsleute dort haben diese sogenannten Softphones als Sicherheitslücke eingestuft. Sie befürchteten, dass ihre IT-Systeme gehackt und die Telefongespräche abgehört oder aufgezeichnet werden *könnten. Deshalb haben sie die Softphones für gewisse Telefonate verboten."*

Für gewisse Telefonate verboten. Für welche Telefonate? Was hatte die Pharmorena AG zu verbergen? Und wie wollte sie einen Hackerangriff verhindern? Ich hatte keine Ahnung von diesen Themen.

„Ich kenne mich damit nicht aus, Frau Jakob. Was sagen Sie als Fachfrau zu dieser Einschätzung?"

„Es ist Quatsch, sogar bei Großbanken wurden von uns Softphones installiert. Die waren paranoid bei der Pharmorena. Sie hatten wahrscheinlich eine Riesenangst, dass ihnen einer Ideen klaut oder sowas."

Ging es wirklich nur um Ideenklau? Industriespionage? Oder ging es um illegale Versuchsreihen, von denen keiner etwas mitbekommen sollte? Diese Zeugin konnte uns bestimmt in Bezug auf die Beantwortung dieser Fragen voranbringen.

„Verstehe. Und wie ging es dann mit Ihnen dort weiter, Frau Jakob?"

„Eigentlich hätte ich nur Telefone auspacken und im Erdgeschoss in einem Besucherraum konfigurieren dürfen. Orhan hat sie dann runter in die Untergeschosse gebracht, nur noch die Kabel reingesteckt, sie überprüft und dann die Telefonanlage entsprechend geschaltet."

„Und weiter, Frau Jakob?"

„Dann hat Orhan mir erzählt, dass er später noch einmal zur Pharmorena musste, weil er die Telefone oben in den Büros neu einrichten sollte, und zwar anders, als es abgemacht war. Wir hatten schon einen Zeitverzug bei denen im Untergeschoss, weil die ständig etwas geändert haben wollten, immer mehr Funktionen, immer

mehr Logik für die Schaltung ankommender und rausgehender Gespräche. Die Büros waren da bereits bezogen. Beim Test der Telefonanlage hat Orhan dann unbeabsichtigt ein Gespräch von Herrn Kuschinski mitgehört. Es war so spannend, dass er es bis zum Ende belauscht hat."

Orhan Aydin hat Dieter Kuschinski belauscht! Deshalb waren nun beide tot, daran hatte ich ab diesem Zeitpunkt keinen Zweifel mehr gehabt.

„Herr Kuschinski ist also trotz der altmodischen Telefonanlage abgehört worden. Mit wem hat er gesprochen? Und worum ging es?", hakte ich nach.

„Den Namen von dem zweiten Gesprächsteilnehmer hat Orhan nicht mitbekommen, muss jemand aus der Forschungsabteilung gewesen sein, weil die sich über ein ganz neues Medikament unterhalten haben. Und über Mäuse."

Mäuse? Bestimmt waren es Versuchstiere gewesen. Aber was hatte die Pharmorena AG mit den armen Kreaturen angefangen, wenn niemand etwas davon wissen durfte?

„Über Mäuse? Worum ging es dabei?", fragte ich und hoffte, dass sie mehr darüber wusste.

„Es ging um Hirnforschung und so Zeug, und dass die Mäuse zu spät ankommen. Ich habe keine Ahnung davon, aber die wollten Gendefekte medikamentös reparieren, die man noch nicht einmal mit Operationen beheben kann. Und weil Genmanipulation in Deutschland verboten ist, wäre das ein Megaerfolg gewesen."

Es ging um Defekte in menschlichen Gehirnen. Wie konnte man dafür Mäuse zu Versuchszwecken verwenden? Ich musste das später unbedingt mit Dr. Ute Gazek klären.

„Und was hatte es für Auswirkungen, dass die Mäuse noch nicht da waren?“, wollte ich wissen, während ich mir eine Notiz dazu aufschrieb.

„Herr Groß, wirklich, ich ... ich kann mich nur entschuldigen dafür, dass ich das nicht eher gesagt habe. Ich und Orhan, wir hätten damals zur Zeitung gehen sollen, oder so. Aber ob die uns geglaubt hätten? Es war ja zu dem Zeitpunkt noch kein Verbrechen passiert, aber es war alles nicht okay, was die da gemacht haben. Außerdem habe ich es ja selbst nicht mitbekommen, habe es nur durch meinen Ex-Freund erfahren. Der Orhan hat ... er hat ...“

Was redete die Zeugin plötzlich für ein wirres Zeug? Ich musste sie dringend auf den Boden der Tatsachen zurückholen. Nur war ich mittlerweile mindestens so aufgeregt wie sie.

„Ganz ruhig, Frau Jakob! Was hat er?“

„Er hat nach diesem ersten Gespräch öfters zugehört, immer wenn er neue Telefone aufgestellt oder das System neu konfiguriert hat. Er ist von einer Etage zur nächsten und hat sich regelmäßig in die Telefonanlage eingeklinkt.“

Orhan Aydin hat mehrere Male die Wissenschaftler der Pharmorena AG abgehört. Jetzt wurde es interessant!

„Aha, also wiederholter Verstoß gegen das Fernmeldegeheimnis“, warf ich ihr im Scherz vor, um das Gespräch etwas aufzulockern. Es half nicht.

„Ja, aber jetzt ist er deshalb tot! Er ist umgebracht worden, weil er zu viel wusste! Ich kann das noch gar nicht begreifen. Nur ... nur weil er was gehört hat!“

„Frau Jakob, jetzt beruhigen Sie sich bitte. Sie konnten ja damals nicht ahnen, dass das Ganze zu zwei Morden führen würde. Dann sagen Sie mir jetzt, was Sie wissen, und wir können entsprechend gegen den oder die Täter vorgehen.“

Ich hörte wiederholt ein Schluchzen am anderen Ende der Leitung. Das Gespräch schien Silke Jakob schwerzufallen. Gewiss kamen Erinnerungen in ihr hoch, die sie für immer aus ihrem Kopf hatte verbannen wollen.

„Orhan hat verschiedene Gespräche belauscht. Ich erinnere mich nicht mehr an die ganzen Namen, aber es waren Abteilungsleiter aus der Forschung und Entwicklung und von der Konzernspitze dabei. Manchmal waren es auch Telefonkonferenzen mit Wissenschaftlern aus anderen Ländern, die nur englisch sprachen. Es ging dabei um etwas, das die Welt verändern würde, haben die immer gesagt.“

Etwas, das die Welt verändern würde. In der Giftküche der Pharmorena AG zusammengebraut und mit illegalen Mitteln genehmigt.

„Was sollte das sein?“, fragte ich und musste dabei schlucken.

„Sie hatten Angst, dass die Konkurrenz ihnen die Idee klaut, alle beteiligten Wissenschaftler mussten eine Verschwiegenheitsklausel unterschreiben und hatten ein jahrelanges Wettbewerbsverbot in ihren Verträgen. Sie haben bei der Medikamentenentwicklung alles mit

ihrer Forschung am Gehirn für diese Psychopharmaka getarnt.“

„Was war das, was die Pharmorena AG tarnen wollte, Frau Jakob? Jetzt sagen Sie schon!“, drängte ich.

„Demenzforschung.“

Demenz? Jetzt war ich mehr als enttäuscht. Ich hatte mit etwas Sensationellem gerechnet. Aber: Demenz?

„Gibt es da nicht schon unzählige Medikamente?“, fragte ich die IT-Expertin, die sehr wahrscheinlich genauso wenig Ahnung davon hatte wie ich.

„Ja, zur Linderung, aber nicht zur Heilung.“

„Die Pharmorena will ein Medikament zur Heilung von Demenz entwickeln?“

Nun bildete sich doch ein Kloß in meinem Hals. Demenz sollte heilbar werden? Wie wollte die Pharmorena AG das erreichen? Bisher hatte ich immer gelesen, dass Demenz unheilbar wäre. Dass das Gehirn und mit ihm alle Erinnerungen zerfallen würden. Alles unwiderruflich gelöscht.

„Ja. Sie wollten mit diesen Medikamenten in das Gehirn eingreifen, es verändern. Wie das gehen sollte, konnte Orhan nicht erklären, er hat diese Fachgespräche kaum verstanden, vor allem die in Englisch“, erklärte Silke Jakob.

„Das ist ja unglaublich. Überlegen Sie, hat Herr Aydin mal den Namen Moscher erwähnt?“

„Ja, ich erinnere mich, das hat er, stimmt. Der war mehrmals bei den Telefonkonferenzen dabei.“

Dieser verdammt Mistkerl!

„Tja, da hat mir der Herr Moscher nicht alles erzählt. Und was genau war an der Vorgehensweise der Wissenschaftler nicht okay?“, fragte ich weiter.

Das war der springende Punkt. Konnte Silke Jakob uns mitteilen, inwieweit die Versuchsreihen der Pharmorena AG illegal waren und uns damit den Grund für die Ermordung Dieter Kuschinskis liefern? Ich atmete tief durch. Vermutlich verlangte ich zu viel von der jungen Frau.

„Ach ja, das habe ich ja noch gar nicht gesagt. Bei den Demenzsachen haben sie immer von Probanden gesprochen. Der eine hatte das und der andere dies, und der reagierte so auf den Wirkstoff und der nächste wieder anders. Und dann hatten die noch Nebenkrankheiten, die sie mitbehandeln wollten. Manche hatten auch Schlaganfälle, und ihr Gehirn arbeitete seitdem nicht mehr richtig. Daran haben sie auch geforscht. Aber an wem sollen die die neuen Wirkstoffe zu dem Zeitpunkt getestet haben? Das ist ja schon fast vier Jahre her."

Vier Jahre war das Ganze schon her. Das hatte ich während des Gesprächs gar nicht bedacht. Es war ursprünglich um Mäuse, Versuchstiere gegangen. Nun hatte Orhan Aydin also bereits vor fast vier Jahren etwas von Versuchen an Menschen mitbekommen? Ich begann, an Silke Jakobs Aussage zu zweifeln. War sie doch nur eine Wichtigtuerin?

„Das ist eine wirklich interessante Frage, Frau Jakob. Und Sie sind sich sicher, dass die Wissenschaftler nicht von Versuchstieren gesprochen haben?", versuchte ich klarzustellen.

„Nein, es ging auf keinen Fall um Versuchstiere. Das passte einfach nicht zusammen. Die Pharmorena AG war erst vor Kurzem dort eingezogen, es gab noch keine Tiere in den Labors, noch nicht einmal Käfige hatten sie da. Orhan hatte das Gebäude gerade erst mit

den Telefonen bestückt. Er hat doch gehört, wie sie selbst gesagt haben, die Mäuse kämen zu spät an."

Selbst die Mäuse waren zu spät gewesen. Wie konnte sich das also alles abgespielt haben? Wo waren die Versuchsmenschen gewesen, wenn es sie tatsächlich gegeben hatte? Meine Zweifel an Silke Jakobs Worten wuchsen unaufhörlich.

„Das kann nicht zusammenpassen, Frau Jakob. Vielleicht hat Ihr Ex-Freund da etwas missverstanden?"

„Wir können ihn leider nicht mehr fragen. Aber ich bin mir sicher, dass er nichts durcheinandergebracht hat", meinte sie forsch.

„Mit Spekulationen kommen wir aber leider nicht weiter. Wir brauchen belastbare Fakten", dämpfte ich ihr Engagement.

„Ich weiß, Herr Groß. Aber noch was, was wirklich stimmt, Sie können das mit der Rechnungsstellung der FlashData auch nachprüfen: Orhan hat mir erzählt, dass er in fast jedem Labor ein Videokonferenzsystem aufgebaut hat. Das macht gar keinen Sinn."

Sie sprang von einem Thema zum anderen. Kein gutes Zeichen. Ich musste einen kühlen Kopf bewahren, um nicht den roten Faden zu verlieren. Was hatten diese Konferenzsysteme mit den Versuchen zu tun? „Warum?", fragte ich sie.

„Die gehören in Meeting-Räume oder in Chefetagen, aber nicht in den Keller und in jedes Labor. Die Geräte sind schweineteuer."

„Wie viele dieser Konferenzsysteme hatte die Pharmorena denn beauftragt?", fragte ich enttäuscht. Ich sah hier keine Zusammenhänge mehr.

„Für die Untergeschosse alleine zwölf, dann noch zehn weitere für die Räume oben und eins für den Vorstand. Jetzt fällt mir in dem Zusammenhang auch ein, dass die über einhundert Videoüberwachungskameras bestellt hatten. Einige waren natürlich für das Pharmorena-Gelände draußen und für die Flure oben. Aber viele wurden in den Untergeschossen angebracht. Orhan hat erzählt, dass jeder Zentimeter da unten überwacht wird."

„Apropos Untergeschosse, wie viele gab es davon?", wenigstens dieses Thema wollte ich mit dieser undurchsichtigen Zeugin geklärt haben.

„Orhan meinte fünf. Aber in den Zeitungsberichten, die mir meine Freunde geschickt haben, wurden nur drei erwähnt."

„Wie kam Herr Aydin in die unteren zwei, die uns die Presse verschwiegen hat?"

Ich hoffte, dass sie mir zumindest einen Hinweis zu dieser wichtigen Fragestellung geben konnte. Und ich wurde nicht enttäuscht!

„Er musste mit dem einen Fahrstuhl ins dritte Untergeschoss, weiter ging der nicht. Dann musste man durch mehrere Schleusen, hinter der letzten gab es noch einen Fahrstuhl, und der ging weitere zwei Etagen runter. Ich selbst war aber nie da unten."

„Sagenhaft. Wir werden das überprüfen", antwortete ich und schrieb mir eine weitere Notiz dazu auf. „Wer hat Herrn Aydin beim Tragen der großen Bildschirme in den Geheimetagen geholfen?"

„Von uns Trainees durfte keiner mit nach unten, das hat einer aus dem Facility Management der Pharmorena gemacht. Den Namen kenne ich aber nicht."

Auch hier kein Weiterkommen. Die Pharmorena-Leute waren verdammt schlau vorgegangen.

„Herr Aydin war also der einzige Externe, der in den Untergeschossen gearbeitet hat?“

Und er war tot, fügte ich in Gedanken hinzu, schluckte die Worte jedoch hinunter, um Silke Jakob nicht weiter mit dunklen Gedanken an ihren ermordeten Ex-Freund abzulenken.

„Ja, abgesehen von den Leuten der Baufirma, die das Gebäude hochgezogen haben. Den Laden gibt es aber nicht mehr, hat mir Orhan erzählt.“

Die Baufirma! Stimmt, darum mussten wir uns auch noch kümmern. Die Bauarbeiter mussten doch noch wissen, was sie in den Tiefen des Industrieparks Höchst hineingegraben hatten.

„Wissen Sie noch, wie die Baufirma hieß?“, fragte ich.

„Irgendwas mit Stock? Bin mir nicht sicher.“

„Und was meinen Sie, könnte man mit so vielen Videokonferenzsystemen da unten anstellen?“, ging ich zum vorherigen Thema zurück. Es interessierte mich nun doch, was das eine mit dem anderen zu tun haben konnte: versteckte Forschungslabore und Videokonferenzsysteme.

„Na ja, die da unten eingeschlossenen Forscher könnten mit Wissenschaftlern und Ärzten oder anderen Mitarbeitern kommunizieren, die die Geheimetagen nicht betreten dürfen oder weit entfernt im Ausland sitzen.“

Silke Jakob befand sich gerade in einem Horrorfilm, so kam es mir vor. Sie war geschockt gewesen vom Tod ihres Ex-Freundes und von dem Zeitungsartikel, den ihr ihre Freunde aus Frankfurt hatten zukommen lassen. Und dann hatte sie sich in etwas verrannt.

„Das hört sich aber weit hergeholt an, Frau Jakob. Vielleicht hat sich Herr Aydin da in etwas hineingesteigert?"

„Und deshalb ist er jetzt tot, weil er sich in etwas reingesteigert hat? Herr Groß, durchsuchen Sie Orhans Wohnung. Vielleicht hat er ja seine Beobachtungen aufgeschrieben, gefilmt, fotografiert oder so", bettelte Silke Jakob. Ich hörte wieder, wie sie am Telefon schluchzte.

„Vielen Dank für Ihre Aussage, Frau Jakob, das hilft uns bestimmt weiter. Wenn Sie aus Ihrem Urlaub zurück sind, würden Sie Ihre Aussage bitte wiederholen und das Wortprotokoll dazu unterzeichnen? Sie können das auch gerne bei unseren Kollegen in Freiburg machen, ich werde mich mit ihnen in Verbindung setzen."

„Ja klar, mache ich, Herr Groß. Auf Wiederhören."

***

„Ist Frau Jakob eigentlich aus dem Urlaub zurück?", fragte mich Karin.

Sie schaute geschlaucht von dem Ordner auf. Ihre Augen waren gerötet und sahen müde aus, sie brauchte dringend eine Pause. Wir hatten die letzten Stunden gemeinsam vor den Protokollen gesessen und sie zum x-ten Male ausgewertet. Bis hierher war uns noch keine Unstimmigkeit aufgefallen, die uns während unserer bisherigen Ermittlungen entgangen wäre. Aber wir waren noch lange nicht fertig.

„Ich habe keine Ahnung“, meinte ich.

„Das Gespräch ist laut Protokoll über eine Woche her. Sie muss zurück sein. Ruf sie an“, forderte Karin mich auf.

Ich griff zum Telefon und tippte Silke Jakobs Telefonnummer aus dem Protokoll ab. Ich hörte ein Tuten. Es tat sich nichts am anderen Ende.

„Geht keiner dran?“, fragte Karin mich.

Ich schüttelte den Kopf. Karin blätterte weiter in dem Ordner. Die Kollegen hatten alle Kontaktdaten von Silke Jakob ermittelt und zu den digitalen Akten gepackt, die ich ausgedruckt hatte. Ich legte auf.

„Hier, versuch es mit ihrer Handynummer. Sie muss es mit in den Urlaub genommen haben“, meinte Karin zu mir.

Ich wählte die Handynummer. Es klickte.

„Der Gesprächsteilnehmer ist zurzeit nicht erreichbar. Bitte versuchen Sie es später noch einmal“, erklärte mir eine weibliche Maschinenstimme, ich legte wieder auf.

„Los Peter, lass uns schauen, ob sie einen Messenger wie WhatsApp oder Signal nutzt“, sagte Karin und speicherte die Handynummer von Silke Jakob auf ihrem Smartphone. „Ja, da ist sie, bei WhatsApp. Ein junges Ding auf dem Surfboard, schau mal, das Profilbild. Soll ich ihr etwas schicken?“

„Nein, warte erst einmal. Wir sehen, ob wir sie später erreichen. Wenn es bis heute Abend nicht klappt, schickst du ihr eine WhatsApp. Wir können nachher auch einen Facebook- und Instagram-Check machen und prüfen, ob sie Fotos aus ihrem Urlaub in Fuerteventura gepostet hat.“

„Na gut. Wollte nur etwas Abwechslung. Dann mal her mit dem nächsten Protokoll."

***

***Protokoll:* LKA Wiesbaden, Verhörraum 5, Donnerstag 19.09.2019, 13:02 Uhr: Zeugenbefragung durch Karin Weidmann von Birte Hanssen, weiblich, 28 Jahre, Quality Engineer, Team Quality Validation bei der Pharmorena AG**

„Mein Name ist Karin Weidmann, ich ermittle zusammen mit meinem Kollegen Peter Groß in dem Mordfall Dieter Kuschinski. Ich möchte Sie darüber belehren, dass das Gespräch aufgezeichnet wird, Frau Hanssen. Schön, dass wir endlich reden können."

„Es tut mir leid, Frau Weidmann, ich war die letzten Tage krankgeschrieben, genauso wie mein Kollege Adam Frost. Ich habe mich anscheinend bei ihm angesteckt."

„Verstehe. Dann legen wir mal los, wo Sie wieder genesen sind, Frau Hanssen. Sie sind also Junior Quality Engineer in Herrn Moschers Team, stimmt das?"

***

Diese Befragung hatte Karin geführt. Ich war nicht dabei gewesen, daher las ich dieses Protokoll gleich mehrmals. Erneut fiel mir auf, wie geschickt die Pharmorena-Mitarbeiter argumentierten, wie sie uns abfertigten, wie es ihnen immer wieder gelang, mit fundierten Argumenten ihren Hals aus der Schlinge zu ziehen.

Ich konnte immer noch nicht sagen, wer bei den bisherigen Mordfällen welche Rolle gespielt hatte. Aber ich war mir sicher, dass sie nicht unschuldig an Dieter Kuschinskis Tod waren, zumindest nicht alle von ihnen.

„Ja, das stimmt, ich arbeite für Herrn Moscher", antwortete Frau Hanssen.

„Gab es irgendwelche Differenzen in ihrem Team? Oder Feindschaften mit anderen Abteilungen?"

Karins Frage war obsolet gewesen. Natürlich dementierte in dem Pharmakonzern jeder, dass etwas nicht mit rechten Dingen abgelaufen war. Sie stellten sich als Heilige dar. Mir wurde übel bei dem Gedanken, was sich in der Realität dort hatte abspielen müssen. Heute wusste ich mehr als an dem Tag, als dieses Protokoll geschrieben worden war.

„Nein. Wir haben alle an einem Strang gezogen", log Birte Hanssen. „Wissen Sie, wenn man an so etwas Großem arbeitet, schweißt das enorm zusammen. Wir hatten alle nur ein Ziel vor Augen: Die neuen Psychopharmaka gegen genetisch bedingtes, auffälliges Verhalten auf den Markt bringen, und mitansehen, wie die Menschen innerhalb von wenigen Wochen geheilt sind, ihre eigene Persönlichkeit aufbauen, die ihnen die Gendefekte zerstört haben. Und dann hätten wir auch mit den pränatalen Präparaten anfangen können. Das ist noch einmal eine Nummer komplexer, da die Behandlung im Mutterleib stattfindet."

„Wie kann das funktionieren, bevor man weiß, was das Neugeborene für Krankheiten haben wird?", wunderte sich Karin.

„Es handelt sich ja um Erbkrankheiten. Man muss eine Fruchtwasseruntersuchung machen, um festzustellen, ob der Fötus davon betroffen ist."

„Verstehe, da fühlt man sich ein bisschen wie der Schöpfer persönlich, stimmt`s?", meinte Karin skeptisch. „Haben Sie eng mit Herrn Kuschinski zusammengearbeitet?"

„Ja, das habe ich. Die Kollegen Yvonne Heitmann, Doris Kern, Joachim Wert und Karlheinz Schumann haben ihre eigenen Bereiche. Sie sind älter als ich und Adam, haben viel Erfahrung in der Forschung und sind von Beginn an dabei", schwafelte Frau Hanssen. „Sie arbeiten fast ausschließlich mit externen Wissenschaftlern zusammen, deren Studien unsere Annahmen untermauern sollen. Je mehr Forschungsergebnisse zusammengetragen werden, desto wertvoller und zuverlässiger ist das Endergebnis."

„Warum machen das nicht ihre internen Wissenschaftler?", hakte Karin nach.

Ich konnte beim Lesen der Zeilen regelrecht spüren, wie meine liebe Kollegin Karin sich gegen die zurechtgelegten Aussagen der jungen Frau auflehnte. Ich vermutete, dass gewisse Arbeitsgebiete der Pharmorena AG ins Ausland verlagert wurden, damit sie der Kontrolle in Deutschland entgingen. Aber warum nur?

„Das Thema ist zu komplex", erklärte Birte Hanssen, und wie immer hörte es sich logisch an, was diese Forscher sagten. „Gendefekte können in Kombination mit vielen anderen Krankheiten auftreten. Wir müssen die Zusammenhänge verstehen und Wechselwirkungen der Medikamente ausschließen. Wir sind für die Hirnforschung zuständig, kontaktieren dann aber zum

Beispiel Wissenschaftler, die auf dem Gebiet der Herz-Kreislauf-Erkrankungen oder Diabetes forschen. Oder auch bei ganz harmlosen Krankheiten: Oft werden einem bei Behandlungen Antibiotika oder Narkosen in der Zahnmedizin verabreicht, das darf bei der Kombination der Wirkstoffe keine negativen Auswirkungen haben. Wir versuchen dann, unsere Erkenntnisse zusammenzuführen und unsere Präparate zu optimieren."

„Verstehe", kommentierte Karin, dem hatte sie leider Gottes nichts entgegenzusetzen, zu ausgefeilt war die Argumentationskette. „Hat das auch etwas mit Demenz und Schlaganfällen zu tun?"

„Demenz und Schlaganfälle? Nein, hat es nicht."

Ich kannte Karin, sie war eine enge Freundin. Sie glaubte Birte Hanssen kein Wort, sie war sich sicher, dass auch Demenzforschung betrieben wurde. Ich konnte es an jeder Silbe ihrer nächsten Frage erkennen. Sie zweifelte den Großteil von Hanssens Aussage an, wollte endlich wissen, was Hanssens und Frosts Aufgabe in dem Pharmakonzern war.

„Und was haben Sie und Herr Frost nun genau gemacht?"

„Ich und Adam sind vor einem Jahr als Juniors eingestellt worden, wir kamen direkt von der Uni. Wir sollten Dieter unterstützen."

„Warum?"

„Die klinischen Tests für unser neues Medikament sollten nächstes Jahr anfangen. Davor sollten Tests an gesunden Menschen durchgeführt werden. Dafür sollten wir zu dritt die präklinischen Studien abschließen, das ist eine Menge Arbeit und enorm wichtig. Nur im

Falle einer sauberen Dokumentation der Testergebnisse wird die nächste Phase genehmigt."

So gestaltete sich ihr Job bei der Pharmorena AG also. Sie waren Schreiberlinge, fassten zusammen, was andere mit ihren Tests erreicht hatten. Oder auch nicht erreicht hatten.

„Es hing demnach der Erfolg der bisherigen Forschungen von den Ergebnissen und der Dokumentation der aktuellen präklinischen Studien ab?"

Hier musste das Problem liegen, das hatte Karin sofort erkannt und es mit ihrer Frage auf den Punkt gebracht.

„Ja, so kann man das sagen", wich Birte Hanssen aus.

„Und, wie sind die Ergebnisse ausgefallen, Frau Hanssen?"

„Gut. Es war alles okay, wir hätten bestimmt eine Zusage bekommen."

„Sie hätten bestimmt eine Zusage bekommen, Frau Hanssen?", auch wenn es nur gedruckte Worte auf Papier waren, ich konnte mir gut vorstellen, wie Karin diese Frage gestellt hatte, ungläubig, verärgert, ungehalten, zornig.

„Ja, denke ich."

„Das heißt, Sie haben nun keine Zusage?"

Wieder spürte ich die Anspannung, die Karin während der Befragung überkommen haben musste. Etwas stimmte an der Geschichte nicht, und langsam kam sie auf eine bedeutende Fährte.

„Ähm, also, das ist so, weil Dieter ermordet wurde und unser Büro nicht zugänglich war, hat sich alles verzögert."

„Welche Auswirkung hatte das, Frau Hanssen?"

Karin ließ sich nicht von ihrer Fährte abbringen. Sie war wirklich gut darin. Sie hatte Birte Hanssen in die Enge getrieben.

„Tja, wir, ähm, wir konnten unsere Berichte nicht fristgerecht abgeben. Der letzte Bericht, an dem Dieter gearbeitet hat, ist gar nicht fertig geworden, weil er jetzt tot ist. Vor allem bekommen wir das auch ohne Dieter jetzt nicht mehr so schnell hin. Keine Ahnung, wie es weitergeht. Eigentlich kann nur Herr Moscher einspringen und Dieters Aufgaben übernehmen. Jemand anderes würde Jahre benötigen, um sich neu einzuarbeiten."

Warum würde jemand anderes Jahre dafür benötigen? War dies wieder nur eine Ausrede? Eine Ausrede dafür, dass illegale Methoden der Pharmorena AG vertuscht wurden?

„Hat Herr Moscher das gesagt?", wollte Karin wissen.

Selbst auf dem Papier wirkte jedes einzelne Wort wie eine Pfeilspitze, die sich nach und nach tiefer in das abartige Gewebe dieses Pharmakonzerns bohrte.

„Ja, er meint, jemand Neues einzustellen, würde keinen Sinn machen", konterte Birte Hanssen. Sie war versucht, alle Zweifel auszuräumen, es gelang ihr nicht.

„Warum können nicht Sie oder Herr Frost die nächsten Schritte alleine übernehmen?"

„Wir haben keine ausreichende Berufserfahrung, Frau Weidmann, wir können es einfach nicht."

***

***Protokoll:* LKA Wiesbaden, Verhörraum 2, Donnerstag 19.09.2019, 13:02 Uhr: Zeugenbefragung durch Peter Groß von Adam Frost, männlich, 31 Jahre, Quality Engineer, Team Quality Validation bei der Pharmorena AG**

„Mein Name ist Peter Groß, ich möchte Sie zu dem Mord an Dieter Kuschinski befragen. Schön, dass Sie wieder gesund sind, Herr Frost."

„Ja, gerne, habe nichts zu verbergen."

„Sehr gut, dann fangen wir gleich mal an. Ich dachte, dass es bei der Pharmorena AG um Hirnforschung und Psychopharmaka geht. Jetzt ist uns aber mehrfach das Thema Demenz und Schlaganfälle zu Ohren gekommen. Was genau machen Sie auf diesem Gebiet?"

***

Parallel zu Karins Befragung von Birte Hanssen hatte ich mir Adam Frost vorgeknöpft. Und mit dieser Frage wollte ich ihn gleich zu Anfang überrumpeln. Bisher hatten alle Pharmorena-Mitarbeiter geleugnet, dass ihre Forschung mit Demenz und Schlaganfällen zusammenhing.

„Äh, gar nichts! Wie kommen Sie darauf?", bellte Adam Frost und rutschte auf seinem Stuhl herum.

„Die Begriffe sind bei den letzten Gesprächen immer wieder gefallen. Also?", bohrte ich weiter.

„Wer soll das gesagt haben? Von unseren Mitarbeitern bestimmt niemand, weil wir nämlich mit Demenz und Schlaganfällen nichts am Hut haben. Zumindest intern nicht.

Wir haben externe Wissenschaftler, mit denen wir an der Kombination unseres neuen Wirkstoffes mit anderen Präparaten forschen, weil Patienten oft an weiteren Krankheiten leiden, unter anderem an Diabetes, Herzrhythmusstörungen oder auch kleineren Sachen wie Grippe oder Mittelohrentzündungen. Vielleicht auch an Demenz und den Folgen eines Schlaganfalles?"

Adam Frost versuchte die Fassung wiederzugewinnen, und stellte mir gleich eine Gegenfrage, die seine gespielte Unwissenheit untermauern sollte. Ich ließ mich davon nicht beirren.

„Diese beiden Krankheitsbilder haben nur indirekt mit der Pharmorena zu tun, wollen Sie mir das erzählen, Herr Frost?"

„Was anderes kann ich mir nicht vorstellen."

Im Gegensatz zu ihm konnte ich mir sehr viel vorstellen. Dieser Pharmakonzern hing mir schon lange zum Halse heraus. Dieses Gespräch machte es nicht besser.

„Sie sind also in alle Versuchsreihen involviert? Liegen Ihnen Informationen zu allen Vorhaben der Pharmorena AG vor?", stachelte ich ihn weiter an.

„Nun ja, das kann man so nicht sagen", relativierte er sofort. „Ich bin ja erst ein Jahr dabei. Die Konzernleitung hat mich bisher nicht in ihre Strategieplanung einbezogen."

„Warum stellen Sie dann solche Behauptungen auf?", zischte ich – keine Antwort. „Also könnte es theoretisch sein, dass doch im Bereich Demenz und Schlaganfall geforscht wird? Ist ja auch beides nicht so weit entfernt vom Gehirn, oder?", meinte ich spöttisch.

„Mag sein, aber ich weiß davon nichts."

Adam Frost knetete seine Hände, die vor ihm auf dem Tisch lagen, und schaute zu Boden. Er wirkte ertappt.

„Was wissen Sie denn über Dieter Kuschinski?“, fragte ich weiter. „Hat er sich mit Kollegen angelegt? War er ein unangenehmer Geselle? Es ist ja nicht gerade eine erfreuliche Sache, wenn man von jemandem tagein, tagaus kontrolliert wird, vor allem wenn man ein unter großem Druck arbeitender Hirnforscher ist, oder?“

„Das kann ich nicht behaupten“, leugnete Adam Frost. „Er war sehr geschätzt unter den Kollegen. Er hatte den kompletten Überblick über den gesamten Prozess unserer Medikamentenentwicklung. Wenn ihm ein Risiko oder sogar Fehler aufgefallen ist, waren ihm alle ziemlich dankbar. Nur mit seiner Hilfe war es möglich, die Qualität hoch zu halten und die Genehmigung für die nächste Phase zu bekommen.“

Wieder dieses haltlose Geschwafel. Alle waren ihm dankbar gewesen. Warum war er dann jetzt tot, verdammt noch einmal?

„Welche Fehler sind ihm aufgefallen?“, wollte ich wissen.

„Probleme mit den Petrischalen und der Software.“

Wieder die gleiche Geschichte wie von Bernhardt Moscher. Ich war mir sicher, dass sie sich alle abgesprochen hatten.

„Und was war Ihre Aufgabe dabei, Herr Frost?“

„Ich sollte Dieter Kuschinski zusammen mit Birte entlasten. Wir haben ihn wo es nur ging unterstützt.“

Wo es nur ging ... dieser Adam Frost nervte mich.

Er hatte anscheinend von Bernhardt Moscher Standardantworten vorgelegt bekommen, die er auswendiggelernt hatte. Alles an Aussagen war einhundertprozentig aufeinander abgestimmt. Einer von ihnen hatte Dieter Kuschinski umgebracht. Und alle hielten sie zusammen, um denjenigen zu schützen. Noch.

„Wie?“, fragte ich scharf, beugte mich vor, stützte meine Hände auf den Tisch und starrte ihm direkt in die Augen.

Adam Frost zuckte zurück.

„Er ... er hat eng mit der Forschungsabteilung zusammengearbeitet. Er kam jeden Nachmittag zu uns hoch und hat seine Ergebnisse in Stichpunkten an uns übergeben. Wir haben dann seine Aufzeichnungen ausformuliert und in unserem Tracking-Tool erfasst. Wir haben seinen Terminplan an die Kollegen in der Forschung kommuniziert, bei Verzögerungen eingegriffen und Bestellungen von Material übernommen.“

Wofür hatte Adam Frost Medizin studiert? Er war bei der Pharmorena AG eine bessere Sekretärin, mehr nicht.

„Waren Sie selbst auch in der Forschungsabteilung?“, fragte ich, um herauszubekommen, ob er auch etwas anderes als Schreibkram gemacht hatte.

„Nein, das hat er immer allein gemacht.“

Ich lehnte mich wieder zurück und schaute ihn fragend an.

„Sie und Birte Hanssen waren also nur bessere Handlanger?“

„Was soll das denn heißen?“, rief Adam Frost.

Ich musste mir ein Grinsen verkneifen. Das hatte gesessen.

„Was haben Sie und Frau Hanssen studiert, Herr Frost?“

„Medizin!“

„Nach wissenschaftlicher Arbeit hört sich das alles aber nicht gerade an“, meinte ich schmunzelnd. Mein Urteil bekam ihm nicht gut.

„Wenn Sie meinen“, meinte er schnippisch. „Für mich und Birte ist das der erste Job nach dem Studium. Bisher haben wir nur Praktika absolviert. Man fängt halt klein an. Und die Pharmorena ist ein topp Arbeitgeber im Pharmasektor, die Kommilitonen haben sich um die offenen Stellen hier geprügelt.“

„Und Sie und Frau Hanssen haben es geschafft. Hatten Sie Bestnoten?“

Nun ließ ich meinem Grinsen freien Lauf. Um ihn zu ärgern.

„Nein, das nicht gerade“, gab er zu und biss sich auf die Lippen.

„Warum wurden Sie beide eingestellt, Herr Frost?“

„Fragen Sie Moscher.“

***

Protokoll: LKA Wiesbaden, Verhörraum 5, Donnerstag 19.09.2019, 14:00 Uhr: Zeugenbefragung durch Peter Groß von Bernhardt Moscher, männlich, 48 Jahre, Teamlead Quality Validation bei der Pharmorena AG

„Herr Moscher, schön, dass Sie zu uns kommen konnten. Wir haben noch einige Fragen an Sie."

„Kein Problem, wenn es denn endlich zu Ergebnissen führt."

***

Dieses arrogante Arschloch, dachte ich, als ich begann, das nächste Protokoll zu lesen. Bernhardt Moscher erlaubte sich, Druck aufzubauen, uns aufzufordern, den Mord an Dieter Kuschinski endlich aufzuklären. Dabei war ich mir sicher, dass Moscher selbst hinter der Sache steckte, oder zumindest daran beteiligt gewesen war. Selbstgefällig hatte er vor mir gesessen, als ich ihn erneut befragte, ein Bein lässig über das andere geschlagen, ein Arm auf die Stuhllehne geschwungen hatte er mich auffordernd angesehen. Er hielt meinem Blick stand, wich mir nicht aus.

„Wir tun, was wir können, Herr Moscher", zischte ich und ärgerte mich darüber, dass ich in diesem Moment meine Emotionen nicht unterdrücken konnte.

„Das hoffe ich doch", stichelte Moscher weiter.

Ich atmete tief durch, blätterte in einer Mappe vor mir und hob ein Blatt Papier hoch. Dann schaute ich ihn an.

„Ich habe mir das Protokoll von unserem letzten Gespräch hier im LKA noch einmal durchgelesen, Herr Moscher. Und wir haben gerade mit ihren Mitarbeitern Birte Hanssen und Adam Frost gesprochen. In allen Gesprächen fiel das Wort Demenz. Sie haben es, lassen Sie mich nachsehen, im Zusammenhang mit der Krankheit Chorea Huntington erwähnt. Frau Hanssen und

Herr Frost hingegen wissen nichts davon. Können Sie mir das erklären?"

„Ganz einfach, Herr Kommissar, die zwei sind blutige Anfänger", fing er an und lehnte sich vor, starrte mir mit durchdringendem Blick in die Augen, als wolle er mich hypnotisieren. „Die beiden arbeiten seit knapp einem Jahr für mich. Sie wurden eingestellt, um Dieter Kuschinski zu entlasten. Wir haben ihnen erst einmal die einfachen Sachen übergeben. Mitten in einer Medikamentenentwicklung, gerade in der heißen Phase vor den ersten klinischen Studien, übergibt man seine Arbeit nicht an junge Kollegen, die noch grün hinter den Ohren sind. Sie haben Dieter zugearbeitet, er hat aber den Großteil des Risk Managements übernommen, in Absprache mit mir."

„Das erklärt immer noch nicht, was genau Ihre Arbeit mit Demenz zu tun hat, Herr Moscher. Oder mit Schlaganfällen, davon haben wir auch gehört. Beantworten Sie meine Frage", forderte ich ihn wiederholt auf. Ich befürchtete, bald die Fassung zu verlieren.

„Dazu wollte ich ja noch kommen, Herr Kommissar, auch wenn ich nicht verstehe, warum das so wichtig sein soll. Sie sollen den Mord an Dieter aufklären und nicht unsere Forschung hinterfragen!", blaffte er mich an. Ich hätte ihm eine runterhauen können, ballte meine Hände unter dem Tisch zu Fäusten, riss mich zusammen. „Also zu Ihrer Frage, Herr Kommissar: Frau Hanssen und Herr Frost hatten keinen direkten Kontakt zu den Forschungsabteilungen, soweit sind sie noch nicht. Dieter war die einzige Schnittstelle, und er hat ihnen lediglich das Berichtswesen für unsere Psychopharmaka-Forschung überlassen. Selbst das

war schon eine große Herausforderung für die zwei, glauben Sie mir. Sie mit den externen Wissenschaftlern und ihren Forschungsergebnissen zu konfrontieren, hätte sie vollkommen überfordert. Und genau dort gibt es zwei Teams, die sich auf Demenz und Schlaganfall spezialisiert haben. Es handelt sich dabei um Forschungsgruppen in der Schweiz.“

„Halten Sie Ihre Mitarbeiter absichtlich klein, Herr Moscher?“, startete ich meinen nächsten Angriff in der Hoffnung, dass es ihn verunsichern würde.

„Wie soll ich das denn verstehen? Ich denke nicht, dass Sie beurteilen könnten, inwieweit man junge Mediziner in solch hochkomplexe Thematiken einbringen kann“, echauffierte sich Moscher. Ein kleiner Erfolg für mich, der meine Stimmung wieder hob. „Es dauert Jahre, bis sie sich das nötige Wissen angeeignet haben, um einmal eine Position wie die von Dieter Kuschinski einnehmen zu können.“

„Da sind wir auch gleich beim nächsten Thema, Herr Moscher. Wer wird Herr Kuschinskis Position übernehmen? Gibt es schon einen Nachfolger?“

„Unsinn, es kann keinen Nachfolger geben“, regte sich Moscher auf, es schien ein Reizthema für ihn zu sein. „Wir müssen ohne weitere Verzögerung unsere Forschungsergebnisse dokumentieren, um die nächste Phase genehmigt zu bekommen. Wir haben hier enormen Zeitdruck. Man kann nicht einfach eine andere Person daran setzen, die noch keine Berührungspunkte mit unseren Tests hatte.“

Warum nur, du durchtriebener Mistkerl? Weil ihr diesem neuen Angestellten gleich eure illegalen

Machenschaften preisgeben müsstet? Etwas anderes konnte meiner Meinung nach nicht der Grund sein.

„Was ist dann die Lösung, Herr Moscher?"

„Ich werde es selbst übernehmen müssen."

Bernhardt Moscher wollte den Arbeitsbereich von Dieter Kuschinski selbst übernehmen? Wie wollte er das schaffen, zusätzlich zu seinem eigenen Aufgabengebiet? Das würde er nicht lange aushalten, vermutete ich. Warum war es so wichtig, dass kein anderer das Qualitätsmanagement übernahm, noch nicht einmal jemand von intern? Es musste Dinge geben, von denen nur Dieter Kuschinski und Bernhardt Moscher gewusst hatten.

„Erklären Sie mir doch bitte einmal, was Ihre Aufgaben als Teamlead sind, Herr Moscher. Und natürlich die Aufgaben, die Sie übernehmen, weil die Position über Ihnen noch nicht besetzt wurde."

Mit dieser Frage wollte ich Moscher eine Komfortzone einrichten, in der er sich wohlfühlte. Er sollte reden. Belangloses, Irrelevantes. Und wenn er wieder in seinem üblichen Narzissmus aufging, würde ich zuschlagen, ihn mit einem Ruck aus seiner Sicherheitszone reißen. Und hoffentlich würde er dann Fehler begehen.

„Ich leite aktuell das komplette Risk Management für unsere Forschung, und das wird auch noch einige Zeit so bleiben", prahlte er. „Wie ich Ihnen bereits sagte, habe ich noch weitere Leute in meinem Team, die hauptsächlich mit unseren externen, zum Teil auch ausländischen Wissenschaftlern zusammenarbeiten. Ich koordiniere all diese Bereiche, und sorge dafür, dass als Endergebnis etwas Brauchbares dabei

herauskommt. Alles fließt in unsere Medikamentenentwicklung ein. Unser Erfolg liegt aktuell allein in meiner Hand."

„Wie werden Sie es schaffen, Dieter Kuschinskis Aufgaben nebenbei zu übernehmen?", fragte ich vorsichtig, um ihn nicht weiter zu verärgern. Aber gleich war er dran!

„Ich werde interimsweise einige Themen an meine Kollegen Joachim Wert und Karlheinz Schumann übergeben, sie haben die dafür notwendige Erfahrung. Yvonne Heitmann und Doris Kern wiederum können einige Tasks von den beiden übernehmen. So verschieben wir die Aufgaben etwas, was natürlich für alle zu Mehrarbeit führen wird. Aber für die nächsten Monate gibt es keine andere Lösung. Wir haben strikte Timelines, die eingehalten werden müssen, sonst verlieren wird die Zulassung für unsere weiteren Tests."

„Verstehe." Ich hielt mich erst einmal zurück, denn genau diese Zulassung schien mir nach der Befragung von Birte Hanssen fraglich. „Warum haben Sie Frau Hanssen und Herrn Frost aus der Menge der Bewerber ausgewählt? Sie haben nicht gerade überdurchschnittliche Uniabschlüsse vorzuweisen, habe ich gehört."

„Sie schienen mir während der Bewerbungsgespräche am geeignetsten, Herr Groß", belehrte Moscher mich und kniff dabei die Augen zusammen, wie ein drohender Fuchs. „Es kommt bei uns im Risk Management nicht auf breite, tiefgehende medizinische Fachkenntnisse an. Die beiden verfügen trotz ihrer Jugend über ein sicheres Auftreten, lassen sich nicht aus der Ruhe bringen, wissen die Dinge richtig einzuschätzen, sind zielorientiert, erfolgshungrig und haben

ausreichend Verstand. Andere Medizinstudenten sind vielleicht im Krankenhaus besser aufgehoben."

Sie waren also leicht zu manipulieren, geldgeil und gingen über Leichen, schloss ich.

„Interessante Auswahlkriterien, Herr Moscher. Dann noch mein letzter Punkt. Wir haben mit dem ADAC gesprochen", wechselte ich abrupt das Thema, um ihn zu verwirren. Und um nach diesem Punkt endlich zuschlagen zu können.

„Haben Sie ein Problem mit Ihrem Auto?", fragte Moscher zurück und lachte spöttisch. Er wusste genau, worum es ging.

„Nein, habe ich nicht. Aber Sie hatten ein Problem mit Ihrer Autobatterie", erklärte ich.

„Ach, das meinen Sie. Sie haben also tatsächlich überprüft, ob meine Aussage stimmt? Hahaha."

Sein widerliches Lachen würde ihm gleich im Hals steckenbleiben.

„Ja, das haben wir, müssen wir sogar, Herr Moscher. Und wir sind erstaunt über das, was uns der Herr vom ADAC gesagt hat", klärte ich ihn auf.

Nun lehnte ich mich zurück und grinste. Ich genoss seinen belämmerten Gesichtsausdruck. Langsam kroch eine Welle von Unsicherheit an ihm hoch, das erkannte ich an seinen Augen, die eine Nuance zu hektisch zwischen den Gegenständen auf dem Tisch hin und her sprangen. Ein Telefon, ein Stapel Papier, ein Aufnahmegerät, ein Mikrofon.

„Aha. Ich bin gespannt, was Sie mir jetzt erzählen", meinte er, um Zeit zu gewinnen, und positionierte sich neu auf seinem Stuhl.

Ich sah seinen zuckenden Mundwinkeln an, dass er sich bereits passende Antworten zurechtlegte, um meinen Ausführungen zu widersprechen. Sollte er doch. Es würde ihm nichts nützen.

„Sie haben am 13.09.2019 um 05.02 Uhr beim ADAC angerufen. Der freundliche Helfer kam um 05:36 an Ihrer Garage an und hat festgestellt, dass die Batterie ihres BMW X6 M Sport Edition leer war. Sie wohnen in Kronberg, Herr Moscher. Wie lange fahren Sie zur Arbeit?“

Herr Moscher kniff wieder die Augen zusammen. Welch abartige Frage von mir. Er wusste genau, worauf ich hinauswollte.

„Kommt drauf an. Wenn ich früh fahre, eine gute halbe Stunde. Fahre ich zur Rush Hour, dann kann es schon eine Stunde und mehr werden“, relativierte er und ließ damit alles offen.

„Kann ich mir vorstellen. Aber am 13.09.2019 hatten Sie kein Problem mit Stau, der ADAC-Mann hat Sie an dem Tag nicht angetroffen, er hat lediglich mit Ihrer Frau gesprochen. Wo waren Sie also zwischen 05.00 und 07.00 Uhr, Herr Moscher?“, fragte ich ihn, lehnte mich vor, bis unsere Gesichter nur noch Zentimeter trennten. Ich durchbrach bewusst den Wohlfühlabstand, drang in seine Privatsphäre ein, um ihn zu verunsichern.

Er schob seinen Stuhl zurück. Entfernte sich wieder von mir, bevor er sprach.

„Sie möchten mir hier einen Strick draus drehen, nicht wahr?“, warf er mir vor. „Ich sagte bereits, dass ich erst kurz vor 07.00 Uhr im Büro war, egal, was dieser Kerl vom ADAC behauptet. Was soll das jetzt?“

„Stimmt es nicht, dass Sie gar nicht mehr zu Hause waren, als der ADAC bei Ihrer Frau vorgefahren ist? Haben Sie das Auto Ihrer Frau genommen?“

„Ja, natürlich habe ich das Auto meiner Frau genommen. Es ist richtig, dass ich bereits weg war, als er ankam. Aber wann er ankam, das kann Ihnen nur meine Frau sagen. Ich vermute, er verschönt seine Abrechnungsstatistik damit, dass er frühere Ankunftstermine und längere Arbeitszeit angibt“, beschuldigte er den ADAC-Mann.

„Wir werden das noch einmal überprüfen, Herr Moscher“, drohte ich ihm.

„Tun Sie, was Sie nicht lassen können.“

„Werde ich, Herr Moscher, werde ich.“

Bernhardt Moscher stand mit den Worten auf: „Da das Ihre letzte Frage war, werde ich jetzt gehen und mich wieder an die Arbeit machen.“

„Moment!“, rief ich und sprang auf. „Eine Sache ist mir noch eingefallen“.

„Was?“, bellte Moscher und drehte sich demonstrativ nicht zu mir um. Er hatte bereits die Türklinke in der Hand.

„Sie haben gerade gesagt, Sie würden die Zulassung für Ihre weiteren Tests verlieren, wenn Sie jetzt jemand Neues in Ihrem Team einarbeiten“, startete ich einen letzten Angriff und genoss jedes einzelne Wort.

„Und?“

Er drückte die Türklinke herunter und machte Anstalten, hinauszugehen.

„Sie haben die Zulassung für die nächste Phase bereits verloren, Herr Moscher, stimmt`s?“

Moscher blieb ruckartig stehen. Umklammerte immer noch die Türklinke. Ich betrachtete seinen Rücken. Seine Schultern hoben und senkten sich, er atmete beschleunigt. Ich hörte ihn schnaufen. Er blieb zum ersten Mal stumm.

„Sie haben die Zulassung nicht erhalten, Herr Moscher, weil durch Dieter Kuschinskis Ermordung einige Dinge verzögert wurden. Das haben wir von Ihren Mitarbeitern erfahren. Also leugnen Sie es nicht!"

„Das ist alles nur sinnfreies Gerede von hirnlosen Idioten!", schrie er, riss die Tür auf und stürzte in den Flur.

***

Karin schaute auf und rieb sich den Nacken. Wir hockten schon mehrere Stunden über den Protokollen, wir mussten unbedingt eine Pause machen.

„Lass uns etwas essen, Peter. Danach fassen wir noch einmal die widersprüchlichen Aussagen zusammen. Vielleicht fällt uns jetzt noch etwas auf, was wir letztes Mal übersehen haben."

„Guter Vorschlag", meinte ich und schloss meine Urlaubskatalog-Mappe in meiner Schreibtischschublade ein.

„Ich bestelle uns Pizza, okay?", schlug Karin vor.

„Einverstanden."

Was Finn jetzt gerade machte? Und Hanne? Ich musste die Gedanken an meine Familie beiseiteschieben und mich auf den Fall konzentrieren, auch wenn es mir brutal schien, meine Frau und meinen Sohn auf den zweiten Rang zu degradieren. Wenn ich jetzt versagte, sähe es noch schlechter für uns alle aus.

Die Drohgebärden dieser Pharma-Haie reichten bis zu meiner Haustür. Ich schloss die Augen, massierte meine Schläfen mit den Zeigefingern, als könnte ich damit die allgegenwärtige Angst um Hanne und Finn aus meinem Kopf herausdrücken.

„Kommst du, Peter?“, fragte Karin, sie stand ungeduldig an der Tür.

„Ja.“

Wir gingen hinüber in die Etagenküche, nahmen uns Teller, Besteck und Gläser aus dem Schrank. Noch waren wir allein, aber in einigen Minuten würden bestimmt die Kollegen hereinschneien. Im Moment wollte ich jedoch niemanden sehen, geschweige denn sprechen. Wir setzten uns an den Tisch und füllten unsere Gläser mit Mineralwasser.

„Ich will wieder normal leben können, Karin.“

Karin griff nach meiner Hand und meinte: „Lass dich nicht von denen einschüchtern. Wer weiß, was sie mit diesem lächerlichen Zettel sagen wollten. Wie oft haben wir schon Drohbriefe erhalten, Peter? Glaubst du wirklich, sie würden Leute vom LKA töten? Mal abgesehen von dem Schusswechsel, den wir eventuell schon nächste Woche zwischen den Schornsteinen vom Industriepark Höchst mit denen haben und haushoch überlegen sein werden?“

Ich musste lächeln. Karins Spezialität war es, durch tröstende Worte völlig abwegige Szenerien zu skizzieren, so dass die ganze Situation so lächerlich wirkte, dass man auch die reale Gefahr nicht mehr allzu ernstnahm. Ich fühlte mich trotzdem miserabel. Ein enormer Druck lastete auf mir, schnürte mir meine Brust zusammen, dass mir das Atmen schwerfiel.

Mit dem aktuellen Ermittlungsstand konnten wir uns nicht vor der LKA-Präsidentin blickenlassen. Zum Glück war sie noch für die nächsten drei Tage in Berlin. Ihre Telefonanrufe könnten wir abwimmeln, ihre E-Mails ignorieren oder zumindest ausweichend beantworten, auch wenn das später böses Blut geben würde. Aber spätestens nach ihrer Rückkehr mussten wir alles auf den Tisch legen, was wir vorweisen konnten, und sei es noch so dürftig.

„Peter, du hörst mir gar nicht zu!", fuhr mich Karin plötzlich an, grinste aber dabei.

„Hast du was gesagt? Lass uns im Büro essen", bettelte ich.

Ich wusste, dass sie es hasste, wenn man die Schreibtische mit Essen bekleckerte und verschmierte, aber ich wollte jetzt niemandem von den Kollegen begegnen. Sie würden wieder nach dem aktuellen Stand der Ermittlungen fragen, und der hatte sich fatalerweise seit letzter Woche nicht geändert. Karin nickte verständnisvoll, stand auf, stapelte Teller und Besteck aufeinander und ging los. Ich lief mit unseren Gläsern und einer Flasche Mineralwasser hinter ihr her. Wir stellten alles auf unseren Schreibtischen ab, als schon ihr Handy klingelte.

„Weidmann. Okay, ich komme runter."

Sie legte auf, ging durch die Tür hinaus und rief mir zu: „Pizza ist schon da."

Nach wenigen Minuten kam sie mit zwei Pizzakartons zurück und stellte sie ab. Ihr Gesicht zeigte ein Lächeln, mir war klar warum. Wir hatten uns beide eine Napoli bestellt, daher öffnete sie erst einmal nur einen

Karton und verteilte die Stücke auf unsere Teller. Wir fingen an zu essen.

„Ich habe der Susi unten am Empfang gesagt, sie soll es weiter bei Silke Jakob probieren, dann haben wir das nicht auch noch am Hals."

„Gute Idee, Karin."

„Ich sehe es dir an, Peter."

„Was?"

„Da du sowieso nicht warten kannst, lass uns gleich nebenbei ein Brainstorming machen."

Ich musste lachen, sie konnte meine Gedanken lesen. Sie zog einen Schmierzettel aus der Schublade, legte ihn neben ihren Teller, griff mit der rechten Hand nach einem Bleistift, während sie mit der linken ein Stück Pizza zum Mund führte.

„Bekannte Widersprüche: Die Demenz- und Schlaganfallforschung, zu der von allen Zeugen Ausflüchte kamen. Wird bei der Pharmorena daran geforscht, oder haben sie das wirklich extern ausgelagert? Und ist Silke Jakobs Aussage dazu vertrauenswürdig, Peter?"

Karin listete den ersten Punkt auf dem Schmierzettel auf und kaute weiter an ihrer Pizza. Die Napoli war hervorragend, wie gewohnt. Die Sardellen waren angenehm salzig, nicht zu viel, nicht zu wenig. Die Kapern waren genauso perfekt. Ich schloss für einen kurzen Moment meine Augen und genoss den herrlichen Geschmack, der meine Zunge eroberte, ein Geschmack nach Ferien. Erinnerungen an unsere Italienurlaube kamen in mir hoch. Die wunderschöne Landschaft der Toskana, die heiße, manchmal auch feuchte Luft im Sommer, die herrschaftlichen alten Villen, die traumhaften Strände. Italien, das war immer die Zeit der

Harmonie gewesen, des Genusses, der Freude. Keine Bedrohung, kein Gedanke an die Menschen, die mir daheim das Leben zur Hölle machten. Plötzlich traten Hanne und Finn in das Bild, schoben sich in den Vordergrund und sahen mich vorwurfsvoll mit in die Hüften gestemmten Händen an.

„Peter?"

Ich zuckte und riss die Augen auf.

„Äh, ja, ich kann es nicht sagen. Hoffentlich erreicht Susi Frau Jakob bald."

Karin schüttelte den Kopf. „Hör bitte zu, Peter! Genauso die Probanden, die Silke Jakob erwähnte. Die scheint es schon während des Neubaus des Pharmorena-Gebäudes gegeben zu haben. Wo waren diese Probanden, und was genau wurde mit ihnen gemacht?"

Ich schluckte meinen Bissen traumhaften Teig mit fruchtiger Tomatensoße, italienischen Kräutern und dem kräftigen Geschmack nach Mittelmeer und gleißender Sonne herunter und sagte: „Ein Mysterium. Auch durch Silke Jakob ins Gespräch gebracht. Sie ist bisher die Einzige, die uns etwas von der Schattenseite der ganzen Geschichte erzählen konnte. Dann der nächste Knackpunkt: Die Sache mit den Untergeschossen ist noch nicht geklärt. Dass es die gibt, haben uns mehrere Mitarbeiter von FlashData bestätigt, also muss etwas dran sein. Wir lesen als nächstes am besten die Protokolle zu diesen Themen noch einmal durch."

„Machen wir, Peter. Wie ich sehe, neigt sich deine italienische Backware auch schon dem Ende zu? Ich hole den zweiten Gang."

Karin stand auf, zog den zweiten Karton zu sich und öffnete ihn. Sie verteilte die nächsten acht Pizzastücke auf unsere Teller, faltete den Karton wieder zusammen und stellte ihn beiseite.

„Die haben immer von einer Phase gespro..."

„Still, Peter!", rief Karin plötzlich. „Wo du Phase gesagt hast, kommt mir gerade ein Gedanke. Lass mich bitte in Ruhe überlegen, sonst ist er weg."

Ich blieb still. Ich wusste, dass Karins helles Köpfchen gleich einen guten Einwand liefern würde. Nur hatte sie dabei ihre ganz eigene Herangehensweise. Wir aßen stumm unsere Pizza auf, dann lehnte ich mich in meinem Stuhl zurück, beobachtete sie und wartete. Sie kaute, starrte dabei an die Decke, und zog mit ihrem Zeigefinger Kreise in der Luft. Gedankenschleifen, die sie einfangen wollte, aber noch nicht zu fassen bekam. In ihrem Gesicht arbeitete es, bis sie mich plötzlich anschaute.

„Jetzt hab ich's!"

„Was?", fragte ich und beugte mich neugierig vor.

„Die Petrischalen!"

„Was ist damit?"

„Endlich eine neue Unstimmigkeit!"

„Was meinst du?"

„Warum haben die so kurz vor den ersten Tests an gesunden Menschen Petrischalen bestellt, sogar die billigen Kunststoffdinger alle noch durch Bessere ersetzt?"

„Ich verstehe nicht ganz, Karin."

„Na, die braucht man ganz am Anfang der Medikamentenentwicklung für die Zellkulturen, oder? Aber damit waren sie doch längst fertig, als Dieter Kuschinski ermordet wurde!"

„Verdammt, Karin, damit liegst du richtig. Das heißt, ich vermute, dass du richtigliegst. Ich kenne mich da auch nicht so gut aus. Ich könnte die Gazek danach fragen, um auf der sicheren Seite zu sein."

Karin lehnte sich mit einem finsteren Blick zurück. „Wenn du Lust hast, dich mit der zu unterhalten. Ich werde es auf jeden Fall nicht tun."

„Musst du nicht, mache ich schon", grinste ich. „Schreib die Petrischalen mit auf. Bestimmt arbeitet die Pharmorena-Forschungsabteilung schon an dem nächsten Präparat, vermutlich inoffiziell, ohne Forschungsauftrag, und dafür brauchen sie neue davon."

„Und ich werde das Gefühl nicht los, dass es sich dabei um die Bereiche Demenz und Schlaganfall handelt", mutmaßte Karin und kritzelte etwas auf ihren Schmierzettel.

Zufrieden stand ich auf, packte die Pizzakartons zusammen, um sie später in den Altpapier-Container zu werfen. Das wiederholte Lesen der Protokolle hatte sich gelohnt. Wir waren auf der richtigen Spur, da war ich mir endlich sicher.

„Halt, Peter, bleib stehen", meinte Karin plötzlich, erhob sich und kam mir zögerlich entgegen. „Da hängt etwas unten drunter."

Ich hob die Kartons an und schaute nach, was sie meinen könnte. Dann sah ich es auch: An einem der Kartons klebte ein weißer Umschlag. Eine Seite des Klebebandes hatte sich gelöst, so dass er nun herunterbaumelte.

„Bezahlt hast du das Essen aber schon, oder?", fragte ich Karin spaßeshalber, obwohl ich wusste, dass wir von der Pizzeria eine monatliche Abrechnung erhielten.

„Was denkst du denn, dass gleich die Mahnung dranhängt?“

Sie griff nach dem Umschlag und sah ihn sich näher an. Er war nicht zugeklebt. Ich stellte die Kartons vor unsere Bürotür in den Flur und sah Karin fragend an. Ich ging zu ihr zurück, stellte mich neben sie. Sie zog die Lasche aus dem Umschlag, drehte ihn um und schüttelte den Inhalt heraus. Ein kleiner, weißer Zettel flatterte auf meinen Schreibtisch.

Bald ist Oktober!

Mir blieb die Luft weg. Ich sackte in mich zusammen, hielt mich an meinem Schreibtischstuhl fest. Mir wurde schwindelig. Ich musste würgen. Die Szenen der letzten gelesenen Protokolle flatterten mir plötzlich durch den Kopf. Wirre Bruchstücke, die sich zu einem undurchsichtigen Mosaik zusammensetzten. Drohende, verunsichernde Bilder. Die letzten Bilder, die ich vor meinen geistigen Augen sehen würde, bevor ich starb? Hanne? Finn?

***

<u>Protokoll:</u> Frankfurt, Industriepark Höchst, Pharmorena AG, Empfang, Donnerstag 19.09.2019 16:08 Uhr: Zeugenbefragung durch Peter Groß von Heinrich Kurz, männlich, 70 Jahre, Pförtner bei der Pharmorena AG

„Guten Tag, Herr Kurz, meine Name ist Peter Groß, ich bin ..."

„Hab schon von Ihnen gehört. Das letzte Mal, als Sie hier waren, hatten wir einen Giftanschlag."

***

Der ältere Herr mit den weißen Haaren und dem riesigen weißen Schnäuzer hatte mir die Worte entgegengebrummt. Sie klangen wie ein Vorwurf, als wäre ich schuld an dem Giftanschlag.

„So ist es leider, Herr Kurz. Wie wird denn der Zugang zum Pharmorena-Gebäude geregelt und wie kann man diesen umgehen?", wollte ich von dem Pförtner wissen.

„Erstmal gibt es ja eine Zugangskontrolle für den Industriepark Höchst", begann er, nun scheinbar doch in seinem Element. „Wie Sie es bestimmt schon am eigenen Leibe erfahren haben. Es gibt verschiedene Tore und Eingänge, für Besucher und Lieferanten. Alle Zugänge und Bereiche sind mit Videoüberwachung gesichert. Es gibt mehrere Meldestellen, an denen man sich beim Zutritt anmelden und beim Verlassen des Geländes wieder abmelden muss. Die eintretenden Personen werden kontrolliert, Besucher müssen von den Firmen angemeldet werden.

Personen ohne Arbeitsauftrag und Kinder unter vierzehn Jahren dürfen gar nicht rein, das Mitbringen von Tieren ist verboten."

Das hörte sich nach Standardsätzen an, wie man sie bestimmt jedes Mal hörte, wenn man danach fragte. Allgemeingültige Regeln, die es zu beachten gab. Aber die interessierten mich nicht. Ich wollte wissen, wie man ungesehen in den Industriepark hineingelangen konnte.

„Ein Fremder hätte es also ohne Einladung eines Mitarbeiters schwer, hier einzudringen?"

„Das kann man so sagen, Herr Kommissar."

„Nehmen wir an, der Mörder von Herrn Kuschinski wäre kein Mitarbeiter der ansässigen Firmen gewesen. Wo, denken Sie, hätte er am einfachsten auf das Gelände des Industrieparks kommen können?"

„Über den Main", brummte Herr Kurz.

„Über den Main?"

„Ja, mit einem Boot hätte er irgendwo anlegen und sich unbemerkten Zugang beschaffen können. Greenpeace hat das auch schon einmal hinbekommen. Der Hafenbereich wird zwar beleuchtet und videoüberwacht, aber des Nachts könnte sich dort jemand an einer dunklen Ecke durchs Gebüsch reinschleichen. Der wäre dann aber spätestens an mir gescheitert", stellte Herr Kurz klar. „Und gefilmt worden wäre er auch."

„Danke für den Hinweis, ich werde unsere Kollegen dort hinschicken und die Videos anfordern."

„Wenn Sie mich fragen, es war kein Externer."

„Wie meinen Sie, Herr Kurz?"

„Das muss jemand aus unserem Haus gewesen sein."

Herr Kurz war mir mit einem Schlag sympathisch. „Warum denken Sie das?", fragte ich und hoffte, dass er meinen Verdacht weiter bestätigte.

„Wie ich schon sagte, selbst wenn es jemand schafft, in den Industriepark einzudringen, er würde nicht an mir vorbeikommen. Unser Gebäude ist mit einem vier Meter hohen Stahlzaun gesichert, oben wurde Stacheldraht angebracht. Wer trotzdem rüber will, kriegt als Willkommensgruß Elektroschocks. Das gesamte Gelände ist beleuchtet und jeder Zentimeter videoüberwacht. Unsere Software meldet bei Bewegung an dem Zaun einen Alarm. Größere Vögel haben ihn schon mehrfach ausgelöst. Ein Mensch würde also außer an den Toren, wo meine Kollegen rund um die Uhr kontrollieren, niemals hier reinkommen. Und selbst wenn er mit einem Fallschirm landet und dann drin ist, er müsste bei mir durch die Tür gehen", erklärte Herr Kurz, stellte sich bei den Worten aufrecht hin, stemmte die Fäuste in die Hüften und zuckte mit seinem überdimensionalen, weißen Schnurrbart.

Ich musste wieder grinsen. Herr Kurz war nicht gerade groß gewachsen, er war anderthalb Kopf kleiner als ich. Wollte ich an ihm vorbeikommen, ich würde es problemlos schaffen.

„Wer ist am 13.09.2019 bei Ihnen in den Nacht- und Morgenstunden durch die Tür gegangen?"

„Nur die Mitarbeiter, die auch für die jeweilige Schicht angemeldet waren, das habe ich bereits geprüft. Bei ungeplanten Arbeitseinsätzen hätten sich die Kollegen in diese Liste hier eintragen müssen, an dem Tag war aber nichts außer der Reihe. Die Putzkolonne war am Vorabend da."

„Die Putzkolonne?", fragte ich und erinnerte mich an Frau Barthel-Garcia und ihre verwirrende Aussage.

„Ja, denen traue ich nicht über den Weg. Da sind ein Holländer und eine Spanierin dabei", beschwerte sich Herr Kurz, ein Hauch Fremdenfeindlichkeit umgab seine Worte.

„Und?"

„Sag ich nur so. Ich schaue immer ganz genau, dass die, die von ihnen reingehen, nach dem Putzen auch wieder rauskommen", gab Herr Kurz an.

„Und sind am 12.09.2019 alle wieder rausgegangen?"

„Natürlich. Was die aber beim Moscher im Büro getrieben haben, das kann ich Ihnen nicht sagen", deutete der Pförtner an.

„Aha. Dann hätte ich jetzt gerne einen Ausdruck aller Personen, die vierundzwanzig Stunden vor Dieter Kuschinskis Ermordung das Gebäude der Pharmorena AG betreten haben. Kriegen Sie das hin, Herr Kurz?"

„Natürlich, können Sie sofort haben", meinte Herr Kurz, ging um seine Empfangstheke herum und setzte sich vor einen PC.

„Wie sieht es innerhalb des Gebäudes aus, gibt es da auch eine Zugangsregelung?", fragte ich weiter.

„Ja, jeder Mitarbeiter darf nur in bestimmte Bereiche eintreten. Dafür gibt es Zugangskarten. Wir können das Sicherheitssystem auslesen lassen und Ihnen dazu Listen geben, wer wann in welchen Räumen war. Oder besser, mit welcher Zugangskarte die Türen geöffnet wurden. Die Türen sind zwar auch videoüberwacht, aber wenn sich jemand eine Maske überzieht, zum Beispiel einer von der Putzkolonne, und die Karte eines

Kollegen entwendet, bringt Ihnen das nichts, da können Sie nur raten, wer das war."

Das war mir klar. Und mir wurde klar, dass Herr Kurz die Putzkolonne in den Focus der Ermittlungen schieben wollte. War das ein Ablenkungsmanöver? Hatte Moscher ihm das Ganze aufgetragen?

„Haben die Putzleute Zugangskarten?", fragte ich, um das Thema weiter voranzutreiben. Ich wollte wissen, was hinter den Beschuldigungen steckte.

„Ja, für die Büros, in denen sie putzen dürfen. Sie bekommen die Karten von mir, sobald sie hier ankommen, wenn sie gehen, müssen sie die wieder abgeben. Ist mir ein Dorn im Auge. Ich schicke hin und wieder die Security hoch, damit sie das Putzvolk da oben kontrollieren."

Der Drucker an der hinteren Wand fing an zu pfeifen. Er zog Papier ein, dann ertönte ein leises Quietschen.

„Aha. Und haben die sich bisher schon einmal auffällig verhalten?", tastete ich mich weiter vor.

„Nein, nichts. Bisher", stellte Herr Kurz klar, stand auf, ging zum Drucker und brachte mir die ausgedruckten Listen.

***

***Protokoll:* Frankfurt, Industriepark Höchst, Pharmorena AG, Besucherraum 1-3.12, Donnerstag 19.09.2019, 16:52 Uhr: Zeugenbefragung durch Peter Groß von Bernhardt Moscher, männlich, 48 Jahre, Teamlead Quality Validation bei der Pharmorena AG**

„Guten Tag, Herr Moscher. Schön, dass Sie Zeit für mich haben."

„Unangemeldete Besuche sind hier unüblich, Herr Groß, aber weil Sie es sind. Worum geht es denn schon wieder?"

***

Er war schon wieder gereizt. Bestimmt hatte er den Ausgang unseres letzten Gesprächs nicht vergessen. Das Thema verpatzte Zulassung *hatte ich bei diesem Termin nicht ansprechen wollen. Es ging mir um etwas Anderes. Ich ließ ihn bezüglich der Zulassung im Ungewissen. Dieser Punkt sollte noch etwas in ihm weiterkochen.*

„Ich habe mit Ihrem Pförtner Herrn Kurz gesprochen. Und er hat mich auf eine Idee gebracht. Ihr Büro hat die Nummer 4-1.25, ist das richtig?"

„Ja, das stimmt. 4 für den vierten Stock, Büro Nummer 25 in Flur 1. Warum?", fragte Moscher skeptisch zurück.

„Weil wir die Aufzeichnungen von Ihrem Zugangssystem analysieren werden. Ich bräuchte von Ihnen noch eine Aufstellung über die Mitarbeiter-Nummern Ihrer Kollegen, die üblicherweise Ihr Büro betreten. Die konnte mir Herr Kurz nicht geben. Wir möchten sehen, welche Ihrer Kollegen sich vierundzwanzig Stunden vor Dieter Kuschinskis Ermordung wann in welchen Räumen aufgehalten haben."

„Die Aufstellung können Sie haben. Frage ist nur, ob es etwas bringt."

„Es wird uns Aufschluss darüber geben, wer von wo aus in Ihr Büro gekommen sein könnte, um eine scharfe Klinge und das Gift aus der Knolle des Blauen Eisenhuts an dem Fenstergriff anzubringen", streute ich erste Ermittlungsergebnisse ein und wartete gespannt auf Moschers Reaktion.

„Was sagen Sie da, es war doch ein natürliches Gift? Und eine Klinge?", fragte er verdutzt.

Damit schien er nicht gerechnet zu haben. Einen Giftanschlag hatten wir bereits an Dieter Kuschinskis Todestag vermutet, aber um welches Kontaktgift es sich gehandelte hatte, gab ich Moscher erst jetzt preis. Hatte er im Vorhinein nichts von dem Mord gewusst? War er doch nicht beteiligt gewesen und war nun davon überrumpelt, dass jemand eine Giftpflanze gezüchtet und deren Knollen zu einem tödlichen Brei gemischt hatte, um jemanden aus Moschers Team zu beseitigen? Sei vorsichtig, Peter Groß, vor dir befindet sich ein hervorragender Schauspieler!

„Ja, das konnte unser Rechtsmedizinisches Institut feststellen, Herr Moscher. Hatten Sie etwas anderes in Verdacht?"

„Nein, nein. Doch, äh ... Ich dachte ... ich bin die ganze Zeit von einem Kampfstoff ausgegangen", stotterte er.

Die Knolle des Blauen Eisenhuts brachte ihn sichtlich aus der Fassung. Ich war überrascht. Warum nur?

„Weil in letzter Zeit Berichte dazu durch die Presse gegangen sind?", fragte ich. „Oder weil Sie als Mitarbeiter eines Pharmakonzerns generell in diese Richtung denken? Oder weil Sie auf keinen Fall Ihr Büro betreten wollten, als Sie Dieter Kuschinskis Leiche dort entdeckt

haben? Das wäre ja bei Kampfstoff unmöglich gewesen!“

„Soll das eine Unterstellung sein, Herr Kommissar?“, bellte er mich an. „Nein, ich konnte mir nicht vorstellen, dass es der Blaue Eisenhut gewesen sein soll. Seine Wirkung lässt bei längerer Lagerung nach. Das bedeutet, der Mörder muss kurz vor mir am Tatort gewesen sein. Das hielt ich bisher für mehr als unwahrscheinlich. Ich hätte vermutet, dass der Fenstergriff am Vortag präpariert wurde.“

„Genauso war es aber nicht, Herr Moscher. Wer ist Ihnen am 13.09.2019 morgens auf dem Weg in Ihr Büro begegnet?“, überrumpelte ich ihn mit der nächsten Frage.

„Da muss ich nachdenken. Zuerst Herr Kurz, der Pförtner, er war wie immer unten am Eingang. Dann habe ich den Kollegen Günter Hanssen unten am Fahrstuhl getroffen. Er war auf dem Weg ins Labor -3-2.01.“

„Wer ist das?“, wollte ich wissen. Den Namen hatte ich bis zu diesem Zeitpunkt nie gehört.

„Head of Drug Development.“

„Head of ...?“, überlegte ich, mir sagten diese Anglizismen nichts.

„Er ist der Chef der Medikamentenentwicklung. Und er sitzt im Vorstand der Pharmorena AG.“

„Von wo kam er?“, wunderte ich mich.

War es üblich, dass Vorstandsmitglieder am frühen Morgen auf dem Weg in ein Labor waren?

„Er war auch gerade erst reingekommen. Es ist einer der Kollegen, mit denen sich Dieter an dem Morgen treffen wollte.“

Dieter Kuschinski hatte sich am Tage seiner Ermordung früh morgens mit einem Vorstandsmitglied treffen wollen? Warum? War es um ein identifiziertes Risiko gegangen? Eines, das die Erreichung der nächsten Phase verhindert hätte? Das wäre ein Thema gewesen, das man mit dem Vorstand besprechen musste!

„Um wie viel Uhr sind Sie ihm am Fahrstuhl begegnet?", fragte ich weiter.

„Muss kurz vor 07.00 Uhr gewesen sein."

„So früh? Was hatte Günter Hanssen mit Herrn Kuschinski vor? Und warum im Labor? Wäre ein Gespräch in seinem Büro nicht angebrachter gewesen?"

„Das weiß ich alles nicht. Günter hat mir nur gesagt, dass er erst kurz vor dem Treffen mit Dieter angekommen wäre, wie ich", wich Moscher aus.

„Wir werden das überprüfen, Herr Moscher. Können Sie mir jetzt noch die Liste der Räume, Büros und Labors geben?"

„Ich rufe unser Facility Management an, sie werden Ihnen die Liste ausdrucken", versuchte er mich abzuwimmeln.

„Wo Sie gerade Facility Management sagen, ich bräuchte noch etwas von Ihnen."

„Was denn noch?", fragte er mit einem für meinen Geschmack zu scharfen Ton.

„Bau- und Gebäudepläne."

„Warum das denn?", fragte Moscher.

Ihm blieb dabei der Mund offenstehen. Damit hatte er nicht gerechnet. Ich vermutete, dass es sich bei den Plänen um einen sensiblen Punkt handeln musste. Sonst hätte er anders reagiert.

„Wir möchten uns ein Bild davon machen, wie sich Ihre Kollegen am Tag vor Dieter Kuschinkis Mord hier im Haus bewegt haben“, erklärte ich. „Und das geht am besten, wenn uns die kompletten Pläne vorliegen. Wir können so auch alle Eingänge, Fenster und Türen identifizieren, die sich für einen Einbruch eignen.“

„Da eignet sich gar nichts, das Gebäude ist ein Hochsicherheitstrakt!“, versicherte er mir.

„Sie möchten uns die Pläne nicht übergeben, Herr Moscher?“

„Doch, doch, können Sie haben, machen auch die Kollegen vom Facility Management. War's das jetzt endlich? Ich muss zurück an die Arbeit.“

***

***Gesprächsnotiz:* LKA Wiesbaden, Büro 1.21 Peter Groß und Karin Weidmann, Donnerstag 19.09.2019, 18:47 Uhr: Telefonanruf von Dienstellenleiter Gerhard Driller, 17. Polizeirevier (Höchst) - Polizeipräsidium Frankfurt**

„Groß!“

„Hallo Peter, hier ist Gerd. Du hattest mir vor knapp einer Stunde ein E-Mail geschickt und gebeten, dass ich die Verkehrsdelikte vom 12. und 13.09.2019 durchsehen soll und mir dazu ein paar Namen durchgegeben.“

***

Mein Kollege Gerd. Auf ihn war Verlass. Ich schnappte mir ein Blatt Papier und einen Bleistift.

„Ah ja, Gerd, ich möchte wissen, ob einer der Pharmorena-Mitarbeiter im Straßenverkehr negativ aufgefallen ist", erklärte ich ihm mit einem Grinsen. „Hast du etwas finden können?"

„Ja, habe ich, Peter", antwortete er. „Obwohl ich nur für Höchst zuständig bin, habe ich mich auch mal bei den Kollegen schlaugemacht. Ich hoffe, das ist dem Herrn recht so."

„Klar, Gerd. Schieß los!"

„Sitzt du?", machte Gerd es spannend.

„Ja", antwortete ich zögerlich.

Was würde nun kommen? Ich ahnte, dass Gerd mir eine kleine Sensation übermitteln würde.

„Gut, dann pass mal auf: Du hast mir unter anderem Günter Hanssen genannt. Er wohnt in Bad Soden, oben in dem Neubaugebiet Wilhelmshöhe, und sein dunkelblauer Mercedes E-Klasse ist in der Nacht vom 12. auf den 13.09.2019 um 03:36 Uhr in Liederbach auf der L3014 auf Höhe einer Bushaltestelle von einem feststehenden Blitzer abgelichtet worden. Ist aber keine fotografische Glanzleistung, ich schicke dir das Foto per E-Mail."

„Von einem Feststehenden auf seinem täglichen Arbeitsweg?", fragte ich ungläubig.

„Ja, er muss tief in Gedanken versunken oder besoffen gewesen sein. Der Blitzer steht da schon seit Jahren", bestätigte mein Kollege aus Höchst.

„Gut gemacht, Gerd. Sein Auto war also drei Stunden eher unterwegs, als er uns weismachen wollte. Laut Moscher war Hanssen erst um kurz vor 07.00 Uhr im

Eingangsbereich der Pharmorena am Fahrstuhl. Hast du noch mehr?“

„Ja, von den Kollegen aus Mitte, weiß aber nicht, ob es wichtig für dich ist“, meinte Gerd und machte es damit noch einmal spannend.

„Nur raus damit!“, forderte ich ihn auf.

„Also, Peter: Frankfurt, Bahnhofsviertel.“

„Ach du Scheiße, ich weiß nicht, ob ich es wirklich hören will“, meinte ich im Scherz.

„Nein, nein, nicht, was du denkst, Peter. Dort hat vor drei Monaten ein Blumengeschäft aufgemacht.“

„Ein Blumengeschäft?“ Ich musste laut loslachen.

„Ja, hahaha. Der Eigentümer steht unter dem Verdacht, unter der Hand Cannabis zu verticken. Er wird observiert, die Kollegen von Frankfurt Mitte wollen rauskriegen, woher er das Zeug hat, oder ob er es sogar selbst anbaut. Und hör genau zu, du hast mir noch den Namen Karlheinz Schumann genannt. Der hat am 12.09.2019 ein Knöllchen bekommen, eine Straße von dem Blumengeschäft entfernt, genauso wie Günter Hanssen.“

„Beide haben dort geparkt?“, fragte ich und sprang von meinem Bürostuhl auf. Das wurde ja immer besser!

„Ja, zur gleichen Uhrzeit.“

„Hat dieser Blumenhändler auch den Blauen Eisenhut im Angebot?“, spaßte ich.

„Davon habe ich keine Ahnung, Peter. Frag ihn!“

***

Bald ist Oktober!

Die Worte hatten in meinem Kopf gepocht wie ein Presslufthammer. Mein Magen hatte sich umgedreht. Eine weitere Drohung gegen uns. Auch Karin war es übel geworden. Sie hatte sofort vermutet, die Pizza wäre vergiftet gewesen, so wie der Fenstergriff der Pharmorena AG. Wir sind dann zu den Toiletten gerannt und haben uns übergeben. Jetzt saßen wir wieder in unserem Büro, völlig erschlagen, niedergekämpft von einer unbestimmbaren Bedrohung. Würden wir bald tot umfallen? Ich griff nach dem Telefonhörer und rief unten bei Susi Knippschildt am Empfang an.

„Wer hat die Pizza geliefert?“

„Salvatore, wie immer“, meinte Susi.

„Der würde uns nicht umbringen“, murmelte ich.

„Was sagst du?“, fragte Susi.

„Ach, nichts. Ruf bitte in der Pizzeria an. Er soll uns sofort zurückrufen, wenn er wieder da ist. Und schicke uns sofort einen unserer Ärzte hoch!“

„Mache ich, Peter. Was ist de...?“

Ich legte auf und starrte Karin an. „Es war Salvatore“, sagte ich, aber es beruhigte sie nicht.

„Wir brauchen dringend einen Arzt“, flüsterte Karin.

Das Telefon klingelte, mein Herz blieb stehen. War es Hanne? Ist zeitgleich noch mehr passiert? Wurden hier parallel mehrere Angriffe gefahren? Ich musste durchatmen, bevor ich die Nummer auf dem Display ansehen konnte. Ich kannte sie, nahm den Hörer ab.

„Groß!“

„Eh, hallo Peter, hier ist Salvatore. Was gibt’s denn so Wichtiges, war die Napoli nicht gut?“

„Die Pizza war hervorragend wie immer, Salvatore. Aber der Karton ließ zu wünschen übrig!"

„Der Karton? Mamma mia, wollt ihr demnächst alles auf dem Silbertablett serviert haben? Können wir auch machen, kostet aber", scherzte Salvatore.

Wäre Karin am Telefon, würde sie wieder ihr breites Lächeln zeigen, das jedes Mal ihr Gesicht eroberte, wenn Salvatore seinen Charme spielen ließ.

„Es würde uns schon reichen, wenn wir keine Morddrohungen mit der Pizza geliefert bekämen", erklärte ich eine Nuance zu scharf.

„Commissario, was sagst du da, Morddrohung?"

„Na ja, ist vielleicht etwas dramatisch ausgedrückt. Aber was ich dich fragen muss: Wo kam der Briefumschlag her, der an dem einen Pizzakarton hing?"

„Ein Umschlag? Ich weiß nichts von einem Umschlag!"

„Überleg mal, ob etwas Ungewöhnliches passiert ist, als du uns die Pizza gebracht hast."

„No, commissario, no! Mamma mia."

Es blieb still am anderen Ende der Leitung, Salvatore schien zu überlegen.

„Aah, jetzt fällt mir was ein! Als ich vor dem LKA geparkt habe und ausstieg, hat mich eine schöne Frau angesprochen und nach der Uhrzeit gefragt. Ich hab kurz auf die Uhr gesehen, vielleicht hat sie dabei was an die Kartons drangeklebt?"

„Die Pizza Napoli hat also nicht sie gebacken?"

„Was für ein Schwachsinn, Peter, nein!"

„Wie sah die Frau aus?"

„Jung, hübsch, blond, blaue Augen, circa ein Meter siebzig, schlank, dunkler Wollmantel, graue Strumpfhose."

Bei der Personenbeschreibung war Salvatore höchst zuverlässig, vor allem, wenn es um weiblichen Mitbürgerinnen ging. Ich musste grinsen.

Ich hielt den Hörer zur Seite und raunte Karin zu: „Wir brauchen keinen Arzt." Zu meinem Gesprächspartner sagte ich: „Salvatore, bitte schau gleich noch mal bei uns rein, wir machen mithilfe deiner unübertrefflichen Beobachtungsgabe ein Phantombild von der mysteriösen Dame."

„Eh? Ein Phantombild von einer Frau, die mich nach der Uhrzeit gefragt hat?"

„Wir benutzen es nur intern."

Es klopfte an der Tür, Dr. Friese trat ein, stellte seinen Arztkoffer auf meinen Schreibtisch und klappte ihn auf.

„Moin! Was machen Sie für Sachen? Haben Sie sich den Magen an der Pizza verdorben?"

„Kann man so sagen", murmelte Karin. Sie schien sich noch nicht mit meiner Einschätzung der Lage zufriedengeben zu wollen.

„Nein, nein", ging ich dazwischen. „Uns wurde am Pizzakarton eine Drohung mitgeschickt. Wir wollen nur sichergehen, dass sie ..."

„... dass uns keiner vergiftet hat!", fügte Karin zu.

„Nur die Ruhe, das haben wir gleich", urteilte Dr. Friese, kramte in seinem Koffer und zog mehrere Gerätschaften und steril verpackte Tütchen heraus.

Er begutachtete unsere Pupillen, nahm uns Blut ab, prüfte Puls und Blutdruck. Dann fegte er noch die letzten Krümel von unseren Tellern zusammen und steckte sie in eine kleine Plastiktüte.

„Es sieht gut aus, alles okay. Ich nehme mir jetzt sofort Ihr Blut vor“, meinte Dr. Friese, packte alles wieder zusammen und verabschiedete sich.

Wir waren nun recht sicher, dass uns die Pizza, deren unverdaute Überreste wir gerade in die Wiesbadener Kanalisation gespült hatten, nicht umbringen würde. Die unbekannte Frau hatte wahrscheinlich den Zettel unbemerkt an einen der Kartons geklebt, aber nicht unser Mittagessen vergiftet. Wenn Salvatore angekommen wäre, würden wir gleich mit dem Phantombild anfangen. In der Zwischenzeit konnten wir mit den Protokollen vom 20.09.2019 weitermachen.

***

***Protokoll:* LKA Wiesbaden, Verhörraum 1, Freitag 20.09.2019, 09:04 Uhr: Zeugenbefragung durch Peter Groß von Günter Hanssen, männlich, 50 Jahre, Head of Drug Development**

„Guten Morgen, Herr Hanssen, mein Name ist Peter Groß, ich leite die Ermittlungen im Mordfall Dieter Kuschinski. Schön, dass Sie herkommen konnten.“

„Ich tue mein Bestes, Herr Groß.“

***

Wie alle hier in diesem Pharmakonzern, fügte ich in Gedanken hinzu. Nur war das Beste nicht gerade wahrheitsfördernd und menschenfreundlich. Geschweige denn legal.

„Dann fangen wir einmal an. Sie sind fünfzig Jahre alt und sind seit Beginn bei der Pharmorena dabei, stimmt's?", begann ich mit unseren üblichen Ja-Fragen.

Mit diesen Ja-Fragen checkten wir die positiven Reaktionen der Zeugen ab und bereiteten ihnen eine angenehme Atmosphäre, bevor es ins Eingemachte ging.

„Ja, das stimmt."

„Sie haben den gleichen Nachnamen wie Birte Hanssen. Sind Sie verwandt?", fuhr ich vorerst mit den angenehmen Fragen fort.

„Ja, sie ist meine Nichte, die Tochter meines Bruders. Er lebt in Hamburg. Birte hat in Mainz Medizin studiert und sich bei der Pharmorena AG beworben. Sie wohnt noch in Mainz in einer WG."

Das erste Gespräch mit Herrn Hanssen lief gut an. Noch wiegte er sich in Sicherheit, fühlte sich wohl. Ich erkannte es an seiner lässigen Art, mit der er auf seinem Stuhl saß, den rechten Arm über die Rückenlehne gelegt, die Beine übereinandergeschlagen. Noch.

„Schön. Es ist also ihr erster Job nach dem Studium?", fragte ich, um seine Komfortzone weiter auszubauen.

Das war eine unserer Verhörstrategien, um die Verdächtigen bei einfachen, unverfänglichen Themen beobachten zu können. Und später die Unterschiede zu erkennen, wenn sie anfingen, zu lügen.

„So ist es", meinte er und strich sich durchs Haar. Noch ging es ihm gut.

„Haben Sie sich für die Einstellung Ihrer Nichte bei der Pharmorena eingesetzt?", wollte ich wissen.

„Nein, mir passt es eher nicht, dass sie bei uns ist. Aber die Personalabteilung wollte sie unbedingt haben."

Sein linkes Augenlid zuckte, als er das sagte. Er log.

„Warum?“

„Ich bin im Vorstand. Die Personaler kennen mich, denken, dass es eine gute Entscheidung war. In der Pharmabranche ist es nicht einfach, zuverlässigen, qualifizierten Nachwuchs zu bekommen. Viele bauen ganz schönen Mist beim ersten Job, aus Unwissenheit und auch aus Faulheit. Die kennen nur ihr lässiges Unileben, erfreuen sich an der Spaßgesellschaft, machen Party, denken mehr an Freizeit als an die Arbeit. Das können wir uns hier nicht leisten. Wir müssen rund um die Uhr Höchstleistung bringen.“

Er nahm seinen Arm von der Rückenlehne seines Stuhls und setzte sich gerade hin. Seine Körpersprache änderte sich. Er schien sich auf meinen Angriff vorzubereiten. Dumm war er nicht. Trotzdem war es ein schlechter Versuch, mit vielen Worten meiner Frage auszuweichen.

„Verstehe, also eine zuverlässige Nachwuchskraft aus gutem Hause. Aber warum hat es Ihnen nicht gepasst, dass sie bei der Pharmorena arbeitet, Herr Hanssen?“, hakte ich nach.

„Weil ich Arbeit und Familie strikt trennen möchte“, antwortete er, sein linkes Augenlid zuckte wieder.

„Kennt Ihre Nichte Details aus Ihrer Forschungsarbeit?“, begann ich vorsichtig mit den unangenehmen Fragen.

Vorsichtig, um die ersten negativen Reaktionen erkennen zu können, die sich später steigern würden. Meine Fingerspitzen kribbelten vor Vorfreude. Dieses Mal war ich besser vorbereitet, es sollte nicht so laufen, wie bei Moscher. Zugegebenermaßen hatte der mich anfangs mit seinen fantastischen Zukunftsszenarien ganz schön hinters Licht geführt. Mit Hanssen würde mir das nicht noch einmal passieren.

„Nein, nicht mehr als ihr Kollege Adam Frost. Auch intern halten wir uns an die Vorgaben der Konzernleitung, die strategischen Themen verlassen unsere Abteilung nicht. Ist in anderen Branchen übrigens genauso", log er weiter.

Ich konnte mir mittlerweile ein gutes Bild darüber machen, wie wahrhaftige Aussagen bei ihm klangen, wie er sich gab, wenn es nichts zu bestreiten gab.

„Kann ich mir gut vorstellen. Erklären Sie mir bitte, welche Position Sie bei der Pharmorena haben." Ich wechselte wieder zu den Wohlfühlthemen.

„Ich bin Head of Drug Development, verantworte die gesamte Medikamentenentwicklung", antwortete er nicht ohne Stolz.

Wahrscheinlich konnte man auch stolz sein, wenn man eine solche Position ausfüllte. Die Frage war nur, zu welchem Preis?

„Eine recht hohe Position also?", schmeichelte ich weiter.

„Da haben Sie Recht, Herr Groß." Ein überhebliches Grinsen schlich über Hanssens Gesicht.

„Arbeitet Herr Moscher unter Ihnen?" Ich wusste, dass er das nicht tat, wollte Hanssen nur Honig ums Maul schmieren, bevor ich ihm das Schwert ins Herz bohrte.

„Nein, das Risk Management ist neben uns Drug Developern angesiedelt, sonst würden wir uns ja sozusagen selbst kontrollieren, das hätte keinen Wert", gab Hanssen zu und knetete seine Hände, als wollte er damit das Organigramm der Pharmorena AG umformen.

„Verstehe. Gibt es über Herrn Moscher auch einen „Head of" oder wie Sie das nennen?" Ich wusste, dass die Stelle noch offen war, wollte aber noch weiter sein Verhalten bei den Nein-Antworten abchecken.

„Nein, leider nicht, die Position konnte bisher nicht besetzt werden. Keiner der Bewerber war geeignet", antwortete Hanssen, seine Finger veranstalteten einen Trommelwirbel auf der Tischplatte, das Thema schien ihm zu missfallen.

„Scheint nicht einfach zu sein", stichelte ich weiter.

„Das stimmt. Aber Bernhardt Moscher macht seinen Job dafür umso besser. Es drängt also nicht, jemanden einzustellen. Dank seiner Expertise können wir uns den Luxus leisten, auf den Richtigen zu warten", erklärte Hanssen und legte seine Hände nun flach vor sich auf den Tisch, als wollte er sich damit selbst unter Kontrolle halten. Mir war aufgefallen, dass seine Stimme umso lauter wurde, je größer seine Abneigung meinen Fragen gegenüber war.

„Verstehe. Aber die Forschung gehört in Ihren Bereich?", lockerte ich die Situation mit einem angenehmeren Thema auf.

„Die Medikamentenentwicklung unterliegt mir. Die Forschung ist ein separater Bereich, mit dem ich eng zusammenarbeite", antwortete er wieder etwas leiser.

„Mit der Forschungsabteilung habe ich noch gar nicht gesprochen, das steht auch noch an, Herr Hanssen. An wen kann ich mich da wenden?"

„Dr. Reiner Baum ist dort Teamlead, er verantwortet die Tierversuche, hat einige Labormitarbeiter und externe Kollegen. Dr. Baum berichtet wiederum an Dr. Dr. Kopf, der ist Director Experimental Brain Research."

Was für abstoßende Titel diese Wissenschaftler trugen. Ich musste würgen. Versuchte jedoch, mir meinen Ekel nicht anmerken zu lassen.

„Ist notiert, danke. Das heißt, in der Forschung dreht sich bei ihnen alles um das ... das Gehirn?“, unterstellte ich ihm.

„Ja, das kann man so sagen. Wir arbeiten natürlich auch mit externen Forschern zusammen, die auf ihrem Gebiet Spezialisten sind. Dabei geht es um Herzkreislauf, Demenz, Schlaganfall, Diabetes oder auch Wechselwirkungen und Nebenwirkungen mit anderen Medikamenten.“

Jetzt waren wir soweit, tiefer in die Materie einzudringen.

„Woran genau arbeiten Sie aktuell?“, fragte ich, lehnte mich vor und sah ihm in die Augen.

„Unser strategisches Ziel sind die Multi-targeting Therapies, das heißt, wir möchten ausschließlich Medikamente entwickeln, die gleich mehrere Krankheitsbilder abdecken. Das ist eine große Herausforderung, aber dahin geht der Trend. Patienten leiden nun mal meist an mehreren Erkrankungen, gerade Menschen mit Gendefekten oder alte Menschen. Es ist weitaus effektiver, und vor allem schonender für den Organismus, wenn man nur ein Präparat verabreicht, das ein Minimum an Nebenwirkungen verursacht.“

Jetzt war Hanssen im gleichen Modus, wie es Moscher gewesen war. Er fing an, von seiner Arbeit zu schwärmen, mir Zukunftsvisionen aufzutischen, um mich vom eigentlichen Kern seiner Aufgaben abzulenken. Ich fiel dieses Mal nicht darauf herein.

„Hört sich hervorragend an, Herr Hanssen. Aber warum wird jemand in Ihren heiligen Hallen umgebracht, der nur Gutes für unsere kranken Mitbürger im Sinn hatte?“, warf ich ihm vor und ballte meine Fäuste unter dem Tisch. Reiß dich zusammen, Peter.

„Da fragen Sie mich, ehrlich gesagt, zu viel. Ich kann Ihnen das nicht beantworten“, wich Hanssen meiner Frage aus. Ich hasste ihn dafür.

„Was treiben Sie im Frankfurter Bahnhofsviertel, Herr Hanssen?“, wechselte ich abrupt das Thema, um ihn seiner Sicherheit zu berauben.

„Wie bitte?“

„Rauschgift oder Prostitution, oder beides?“, fuhr ich ihn an.

„Was erlauben Sie sich?“

„Ihre Mercedes E-Klasse hat am 12.09.2019, einen Tag vor Dieter Kuschinskis Ermordung, dort im absoluten Halteverbot geparkt“, warf ich ihm vor. „Genauso wie das Auto Ihres Kollegen Karlheinz Schumann. Was haben Sie beide im Bahnhofsviertel gemacht?“

„Ach, das meinen Sie“, meinte er und atmete sichtlich auf. Wahrscheinlich hatte er sich bereits eine Ausrede dafür zurechtgelegt. „Ich habe für meine Frau Blumen gekauft, sie hatte an dem Tag Geburtstag. Und Kollege Schumann hat mich begleitet, weil wir danach zusammen essen gegangen sind.“

Ich glaubte ihm kein Wort. Sein linkes Augenlid gab mir recht.

„Dafür fahren Sie bis nach Frankfurt ins Bahnhofsviertel? Mit zwei Autos? Sie wohnen in Bad Soden, dort direkt um die Ecke, im Main-Taunus-Zentrum, hätten Sie auch Blumen und Essen bekommen. Und in Bad

Soden gewiss auch! Was war also der wahre Grund für Ihren Besuch in dem dubiosen Blumengeschäft, Cannabis?", versuchte ich ihn mit einer falschen Behauptung zu kriegen. Gewiss hatte er dort statt nach Drogen nach Giftpflanzen Ausschau gehalten.

„Was soll das? Ich dachte, Sie suchen nach Dieters Mörder!", versuchte er, abzulenken. Die Wahrheit wollte er mir offensichtlich nicht sagen.

„Ich bin gerade dabei, Herr Hanssen. In welchem Untergeschoss liegt Ihr Labor?" Wieder Themenwechsel, um ihn weiter aus der Fassung zu bringen.

„Was? Im dritten."

Hanssens Hände zitterten, er zog sie vom Tisch und legte sie vor sich auf die Oberschenkel.

„Nicht im fünften?", fragte ich und lehnte mich noch weiter zu ihm vor.

„Nein! Was ...?"

„Wo finde ich Dr. Reiner Baum?", fuhr ich ihn an.

„Auch im dritten Unter...", begann er verunsichert, seine Augen zuckten von links nach rechts, er war unfähig, einen Punkt zu fixieren. Gleich hatte ich ihn.

„Nicht im fünften?", hakte ich nach und stand dabei auf, um mich zu ihm hinunterbeugen zu können. Mickrig sah er nun aus. Ein mickriger Lügner.

„Unsinn, was reden Sie denn da? Es gibt kein fünftes Untergeschoss, wir haben nur drei!", krächzte er.

„Entschuldigen Sie, dann muss das hier ein Fehler in meinen Notizen sein, ich korrigieren ihn gleich", sagte ich mit ruhiger Stimme, setzte mich wieder und kritzelte etwas in mein Notizblock. „Noch einmal zurück zu den Blumen. Kennen Sie den Blauen Eisenhut?"

„Ja, das ist ein Hahnenfußgewächs, das im Mittelalter als Pfeilgift benutzt wurde", antwortete er und atmete durch. Er legte seine Hände wieder zurück auf den Tisch und begann sie zu kneten. „Zwei Gramm von dem in der Wurzel enthaltenen Aconitin sind bereits tödlich."

„Sie wissen also Bescheid", unterstellte ich ihm.

„Herr Moscher hat mir gestern erzählt, dass Sie ihn über Dieters Todesursache aufgeklärt haben", meinte Hanssen und starrte dabei seine Hände an.

„Das ist richtig. Da wir endlich sicher sind, dass es kein Kampfstoff war, wird das Büro von Herrn Moscher nun auch wieder zugänglich sein. Es kommen gleich Kollegen von der Kriminaltechnik, die das komplette Fenster ausbauen und die Gegenstände aus Dieter Kuschinskis Schreibtisch mitnehmen werden", drohte ich. „Aber das ist ein anderes Thema. Bleiben wir mal bei Ihnen. Welche Blumen haben Sie Ihrer Frau gekauft?"

„Seltsame Befragungsmethoden, Herr Groß, muss ich schon sagen", sagte er und schüttelte den Kopf. „Schwarze Rosen, die liebt sie. Eine pro Lebensjahr."

„Sehr außergewöhnlich. Und vor allem teuer in der Menge. Ich gehe davon aus, dass Ihre Ehefrau über vierzig Jahre alt ist, richtig? Dieser Blumenladen hatte so viele vorrätig?"

„Ja, sie ist über vierzig. Und nein, er hatte sie nicht vorrätig, ich habe sie schon eine Woche vorher bestellt."

Hanssen schien das Ganze genauestens durchgeplant zu haben. Noch bekam ich ihn nicht zu fassen. Noch.

„Das werden wir sofort prüfen lassen, Herr Hanssen. Wann waren Sie am 13.09.2019 im Labor?“

Der 13.09.2020 war der Tag von Dieter Kuschinskis Ermordung gewesen. Wenn Hanssen nun ohne lange nachzudenken antworten würde, war er tief im Thema. So tief, dass es verdächtig war.

„Ich hatte um 07:00 Uhr einen Termin mit Dieter Kuschinski und hätte für die Vorbereitungen um 06:00 Uhr im Labor sein müssen, habe mich aber leider etwas verspätet.“

In die Falle gegangen. Ich rieb mir die Hände unter dem Tisch.

„Ein Defekt am Auto? Mussten Sie den ADAC rufen?“ Folgte nun die gleiche Ausrede wie bei Moscher?

„Nein, es lag eher an der Geburtstagsfeier meiner Frau. Ich hatte schlichtweg verschlafen.“

Nun gut. Es war der Tag nach dem Geburtstag seiner Frau gewesen. Kein Wunder, dass er den Tag nicht vergessen hatte und ohne Zögern hatte antworten können. Ich hätte mich ohrfeigen können.

„Verstehe. Sehr unpassend, gerade an diesem Tag, oder?“

„Ja, ich weiß, kommt nicht wieder vor“, grinste er.

„Warum sind Sie dann mit Ihrem Mercedes in der Nacht zum 13.09.2019 auf der L3014 Richtung Liederbach gefahren?“, wollte ich wissen. Das passte nicht mit der Feier und dem dazugehörigen Alkoholkonsum zusammen.

„Da habe ich nachweislich im Bett gelegen, und mein Auto stand in der Garage“, antwortete er, sein linkes Augenlid zuckte nicht. Verdammt.

„Hat es nicht", behauptete ich und biss mir auf die Lippen. Ruhig, ruhig, Peter. „Es ist erst sieben Tage her, Sie haben den Bußgeldbescheid bestimmt noch nicht erhalten. Aber ich kann Ihnen jetzt schon verraten, dass Sie dort wegen überhöhter Geschwindigkeit geblitzt worden sind. Ich denke auf dem Weg zur Arbeit. Hatten Sie Differenzen mit Herrn Kuschinski?"

„Ich kann nicht geblitzt worden sein! Erstens habe ich nachts im Bett gelegen, fragen Sie meine Frau. Zweitens wäre ich dann ziemlich dämlich gewesen, ich fahre dort jeden Tag zweimal lang, an der Stelle lasse ich mich bestimmt nicht blitzen, glauben Sie mir."

Ich glaubte es ihm fast. „Hatten Sie Differenzen mit Herrn Kuschinski?", wiederholte ich meine Frage.

„Nein, hatte ich nicht", antwortete er und rollte dabei mit den Augen.

„Was war mit Ihren Petrischalen?" Ich ließ mich nicht von diesem Wissenschaftler vom Thema abbringen. „Hat Herr Kuschinski mit dem Austausch der billigen Kunststoffschalen ihre Versuche verzögert? Hat das die nächste Phase zur Zulassung des Medikamentes auf unbestimmte Zeit verschoben? War die Zulassung gar gefährdet? Wären Sie dafür von der Konzernleitung verantwortlich gemacht worden und hätten Ihren Job deshalb verloren?"

„Was? Nein, das hat Dieter nicht!", rief Hanssen und massierte wieder seine Hände. Ich hatte einen wunden Punkt erwischt. „Ich war froh, dass er den Grund für die Verunreinigungen gefunden hatte. So konnten wir die Sache ein für alle Mal aufklären und darlegen, dass wir nicht schuld an den versauten Versuchsreihen waren."

Tatsächlich? Ich glaubte ihm kein Wort. „Was machen Sie mit den Petrischalen?“ Ich wollte ihn verführen, wieder mit seinen Fantastereien anzufangen.

„Zelllinien kultivieren für ...“

„Warum in diesem Stadium?“, unterbrach ich ihn. „Sie wollten Ihr neues Medikament bald an gesunden Menschen testen!“

„Weil wir die ersten Versuche mit den neuen Petrischalen wiederholen wollten, um sicherzugehen!“, rief Hanssen und beugte sich vor, als könnte er mich damit besser überzeugen.

„Das glaube ich Ihnen nicht“, antwortete ich und sah ihn mit einem kalten Blick an.

Schweißperlen bildeten sich auf seiner Stirn. „Dann lassen Sie es halt“, meinte er und wischte sich mit der rechten Hand durch sein Gesicht.

„Herr Hanssen, es muss etwas vorgefallen sein, das zu der Ermordung Ihres Kollegen Dieter Kuschinski geführt hat. Das waren gewiss nicht die Zellkulturen. Worum ging es?“ Ich schlug mit der Faust auf den Tisch. Das Mikrofon machte einen Satz.

„Das müssen Sie herausfinden! Bei der Pharmorena AG laufen bestimmt keine Mörder herum, das kann ich Ihnen versichern“, blaffte Hanssen. „Wir forschen zum Wohle der Menschen, haben hohe Qualitätsansprüche. Fragen Sie besser bei der Konkurrenz nach, die wollen uns schon seit Monaten Knüppel zwischen die Beine werfen. Sie fürchten unseren Erfolg.“

„Herr Hanssen, warum lügen Sie?“, brüllte ich.

„Ich lüge nicht!“

***

Nach diesem Protokoll musste ich eine kurze Pause machen. Ich war aufgewühlt und wütend. Bis zu diesem Punkt hatte ich keinen der Pharmorena-Mitarbeiter zu packen bekommen. Ich rieb mir die Schläfen und schloss die Augen. Als ich sie wieder öffnete, fiel mir die Mineralwasserflasche auf meinem Schreibtisch in meinen Blick. Ich griff nach ihr und schenkte mir ein Glas ein. Ich stellte die Flasche an die Seite und beobachtete, wie die Kohlensäure in dem Glas aufstieg. Die Bläschen klebten am Boden und an den Wänden, sie schienen sich festhalten zu wollen, aber eine unsichtbare Kraft nahm ihnen den Halt und riss sie zur Wasseroberfläche. Ob sie wollten oder nicht. Sie schwebten und zerplatzten. Plötzlich weg, als wären sie nie dagewesen. Aber wie von Zauberhand kamen unzählige neue nach, die man vorher gar nicht hatte erkennen können.

Dieses Schauspiel wiederholte und wiederholte sich vor meinen Augen. Es war, als hinge ich selbst in dem Glas, als krallte ich mich an dessen Wand fest, die Bläschen schnellten an mir vorbei, überrannten mich. Verhöhnten mich, um dann zu verschwinden und über der Wasseroberfläche weiter ihren Untaten nachzugehen. Ungesehen. An einem Ort, den ich nie erreichen würde. Wie es die Pharmorena-Wissenschaftler mit mir vorhatten. Es schienen immer mehr von ihnen aus dem Boden zu sprießen. Gute und Böse. Schuldige und Unschuldige. Alle waren sie gefangen in einem Strudel der Wissenschaft, dem sie nicht mehr entkamen.

Ich griff nach dem nächsten Protokoll.

***

***Gesprächsnotiz*: Frankfurt, Bahnhofsviertel, Freitag 20.09.2019, 09:11 Uhr: Telefonanruf von Karin Weidmann bei Blumentopfkultur, Einzelhandelsgeschäft**

„Willkommen bei der Blumentopfkultur, dem innovativen Green Dealer in Frankfurt/Main, Ömer am Apparat. Wie kann ich Ihnen helfen?“

„Green Dealer sind Sie also, schönes Wortspiel.“

„Mit welcher bezaubernden Dame spreche ich denn?“

„Mit Frau Weidmann. Kann ich bei Ihnen schwarze Rosen bekommen?“

„Die müssten Sie vorbestellen, Frau Weidmann. Wir haben sie nicht jeden Tag vorrätig. Wie viele dürfen es denn sein?“

„Na dann, dann ist es zu spät, ich bräuchte sie heute. Wie sieht es mit dem Blauen Eisenhut aus, kann ich den bei Ihnen bekommen?“

„Der Blaue Eisenhut ist giftig, gnädige Frau. Wir verkaufen ihn nur im Topf als Zierpflanze für Staudenbeete, und nur an Gartengestalter. Wir haben sogar einige da, aber wir geben sie nicht mehr an Privatleute, die Sache ist uns zu heikel. Sind Sie im Gartengewerbe tätig, Frau Weidmann?“

„Sowas Ähnliches. Ich komme heute Nachmittag bei Ihnen vorbei.“

„Sehr schön, bis später, Frau Weidmann.“

***

Bei diesem Protokoll musste ich unwillkürlich grinsen. Ich konnte mir gut vorstellen, wie Karin das penetrante Anbiedern des Blumenverkäufers abgeschmettert hatte. Es bereitete mir Spaß, es noch zweimal zu lesen. *Sowas Ähnliches wie Gartengewerbe* ... Und: *am Nachmittag vorbeikommen* ... Das war ein dermaßen mieser Trick von ihr, ich lachte laut auf und schaute hoch. Karin saß gegenüber von mir an ihrem Schreibtisch und brütete über einer weniger witzigen Akte. Sie warf ihre Stirn in Falten und fuhr sich mit den Fingern durch die ohnehin zerzausten Haare. Sie hatte mein Lachen offensichtlich nicht gehört. Ich nahm mir das nächste Protokoll vor. Karin im Blumenladen – am Morgen. Ich grinste noch etwas breiter.

***

***Protokoll:* Blumentopfkultur, Frankfurt, Bahnhofsviertel, Freitag 20.09.2019, 09:14 Uhr: Zeugenbefragung durch Karin Weidmann von Ömer Krämer, männlich, 26 Jahre, Verkäufer bei Blumentopfkultur**

„Schönen guten Morgen gnädige Frau, wie kann ich Ihnen helfen?"

„Ich hatte gerade angerufen, wegen des Blauen Eisenhuts."

„Äh, Sie sagten doch, Sie würden erst heute Nachmittag kommen!"

„Stimmt. Aber ich habe es mir anders überlegt. Dahinten stehen ja noch einige der Topfpflanzen.

Ich bin wohl gerade noch rechtzeitig hergekommen. Ihre Kollegin schafft sie raus in den Hinterhof, wie ich sehe."

***

Karin, du bist unübertrefflich, dachte ich, und grinste weiter in mich hinein. Herrlich, ihre Verhörmethoden, und kombiniert mit einem umtriebigen Zeugen, waren die Protokolle wie eine Kriminalkomödie zu lesen.

„Ähm, ja, wir räumen unsere Angebotstische um, da brauchen wir etwas Platz."

„Aha, und gerade der Blaue Eisenhut muss Ihrem Mega-Angebot weichen. Hat es sich schon herumgesprochen?"

Ich wusste genau, worauf Karin hinauswollte, es war einfach köstlich.

„Was denn?", tat Ömer Krämer, als wüsste er von nichts.

„Dass bei der Pharmorena AG jemand mit einem Extrakt aus der Knolle des Blauen Eisenhuts umgebracht wurde?"

„Also, nein, davon wusste ich nichts, ich, äh ..."

Wie vermutet, wusste Herr Krämer absolut nichts davon.

„Und bei Ihren Topfpflanzen ist die giftige Knolle auch noch dran, oder?", hakte Karin nach.

„Lassen Sie mich nachdenken ..."

„Jetzt erzählen Sie mir nichts, es ist eine Topfpflanze", schob Karin nach. Ich musste lachen, als ich das las.

„Ja, natürlich, mit Knolle", bestätigte Herr Krämer.

„Hat am 12.09.2019 ein Mann bei Ihnen mehrere Töpfe mit dem Blauen Eisenhut gekauft?", wollte Karin wissen.

Der 12.09.2019 war zu dem Zeitpunkt der Befragung über eine Woche her. Es wäre durchaus nachvollziehbar, wenn Herr Krämer sich nicht ad hoc daran erinnern könnte.

„Ich kann mich nicht erinnern."

„Das habe ich mir gedacht. Aber eine Bestellung von fünfzig schwarzen Rosen werden Sie bestimmt nicht vergessen haben, oder?", unterstellte Karin.

„Ach so, der Mann, ja, an den erinnere ich mich."

Welch Wunder, Herr Krämers Gedächtnis warf doch noch etwas Brauchbares aus!

„Hat er auch den Blauen Eisenhut bei Ihnen erworben?"

Ganz bestimmt nicht, dachte ich mir und rollte die Augen beim Lesen der folgenden Antwort.

„Nicht, dass ich wüsste. Außerdem ist mir nicht klar, warum ich einer Gärtnerin wie Ihnen das alles erzählen sollte. Es geht Sie nichts an, was unsere Kundschaft hier kauft."

„Das geht mich sehr wohl etwas an, ich bin Karin Weidmann vom Hessischen LKA in Wiesbaden. Ich möchte Sie nun bitten, mir alle Bestellungen, Lieferscheine, Bons und sonstige Belege vom September 2019 zu zeigen."

Karin gab ihre Deckung auf, sie war nicht aus dem Gartengewerbe, hahaha!

„Was wollen Sie?"

Herr Krämer hatte bei diesem Gespräch bestimmt Schweißperlen auf seiner Stirn, die ihm nun in Bächen an seinem Hals herunterliefen.

„Sie haben richtig gehört, Herr, äh, wie ist Ihr Name noch?“

„Ömer Krämer.“

„Herr Krämer, ich möchte jetzt gerne einen Blick auf die erwähnten Belege werfen, und zwar bevor Ihre Kollegin diese auch noch wegschafft.“

Karin war in ihrem Element, ich kam aus dem Grinsen nicht mehr heraus.

„Jule, kümmerst du dich ab jetzt um den Laden? Ich muss kurz mit der lästigen Dame hier nach hinten ins Büro. Kommen Sie mit, Frau Heitmann.“

„Weidmann. Und das lästig habe ich gehört!“, beschwerte sich Karin.

„Dann eben Weidmann. Hier, in den drei Ordnern finden Sie alle Bestellungen, Lieferungen und Verkäufe der letzten Wochen, vermutlich nach Datum sortiert. Werden Sie glücklich damit.“

„Danke, ich blättere sie gleich einmal durch“, erwiderte Karin.

„Nur zu.“

Ich konnte förmlich Ömer Krämers Abneigung spüren. Es war klar, dass er Bescheid wusste, dass er keineswegs vergessen hatte, wer die Giftknollen gekauft hatte.

„Na, was sehe ich denn da?“, rief Karin aus.

„Ja, was sehen Sie denn?“

„Zwei Kassenbelege, es wurden am 12.09.2019 fünfzig schwarze Rosen und fünf Töpfe vom Blauen Eisenhut verkauft.“

Karins Genugtuung klang durch jede niedergeschriebene Silbe im Protokoll hervor.

„Hab ich doch gesagt, dieser Mann, von dem Sie sprachen, hat die Rosen gekauft. Wer das mit dem Blauen Eisenhut war, kann ich nicht sagen. Bin auch nicht der einzige Verkäufer hier", relativierte Herr Krämer.

„Die beiden Kassenbelege liegen laut Zeitstempel nur drei Minuten auseinander. Kann es nicht doch sein, dass es derselbe Mann war, der Rosen und Blauen Eisenhut gekauft hat?", mutmaßte Karin.

Für mich war die Lage klar. Ömer Krämer log.

„Ich sagte doch schon, ich weiß es nicht."

„Die Rosen wurden laut Beleg mit Karte bezahlt, der Blaue Eisenhut bar. Gibt es bei Ihnen eine Videoüberwachung?", wollte Karin wissen, zu Recht, eventuell war der Käufer darauf zu sehen.

„Äh, ja schon, die machen wir aber erst abends an, bevor wir schließen, falls in der Nacht jemand einbrechen sollte."

So war das also, eine Videoüberwachungsanlage nur für die Nacht. Die zwielichtigen Gestalten, die tagsüber in den dubiosen Laden kamen, wollten nicht aufgezeichnet werden. Ich würde nach Abschluss unseres Pharmafalles die Kollegen aus Frankfurt anrufen, damit sie das Blumengeschäft hochnahmen.

„So, so. Also keine Chance, sich den Käufer des Blauen Eisenhuts einmal anzusehen?", fragte Karin nicht ohne Ironie.

„Bedaure, sieht leider so aus."

„Das ist sehr schade, Herr Krämer. Ich nehme die Belege mit, Sie bekommen sie zurück, sobald der Fall

geklärt ist. Bis dahin werden wir Sie bestimmt noch einige Male besuchen", drohte Karin.

„Tun Sie, was sie nicht lassen können, Frau Heitmann."

„Weidmann!"

***

Das folgende Protokoll las ich ebenfalls mit Freude, denn ich hatte Karin durch die Kollegin Susi eine unliebsame Aufgabe aufdrücken lassen. Und das auf ihrer Rückfahrt von der Blumentopfkultur in Frankfurt ins LKA in Wiesbaden.

***

***Gesprächsnotiz:* Frankfurt, Theodor-Heuss-Allee, Freitag 20.09.2019, 10:21 Uhr: Telefonanruf von Susi Knippschildt (LKA-Zentrale, Empfang) bei Karin Weidmann**

„Hallo Karin, hier ist Susi Knippschildt. Störe ich?"

„Nein, alles gut, bin gerade im Auto auf dem Rückweg nach Wiesbaden. Hab die Freisprechanlage an."

„Okay, ich wollte dich kurz darüber informieren, dass ich mittlerweile sechszehnmal versucht habe, Silke Jakob zu erreichen, nothing. Ich habe dann mit Peter darüber gesprochen und er meinte, ich sollte mich bei den Fluggesellschaften schlaumachen, welchen Flug sie gebucht hat und wo sie wann gelandet ist."

***

„Und?“, wollte Karin wissen. Ich konnte ihre Anspannung regelrecht spüren.

„Jetzt pass auf!“, antwortete Susi. „Sie hatte für den 19.09.2019 einen Flug nach Fuerteventura gebucht, aber ihn gar nicht angetreten! Sie hat auch keinen späteren Flug genommen.“

„Verdammt noch mal!“

Wie ich Karin kannte, hatte sie bei den Worten bestimmt mit der flachen Hand aufs Lenkrad geschlagen. Verflucht, es war aber auch eine endlose Suchaktion um Silke Jakob gewesen.

„Warte, es kommt noch mehr, Karin“, fuhr Susi fort. „Es war eine Pauschalreise, und ich habe herausgefunden, welches Hotel sie gebucht hat und habe dort angerufen. Die Hoteldame hat mir erklärt, dass sie ein Einzelzimmer reserviert und sich bei einer Surfschule angemeldet hatte. Aber Silke Jakob hat nicht bei dem Hotel eingecheckt. Dann habe ich noch die Surfschule angerufen, auch nichts. Daraufhin habe ich ihren Vermieter in Freiburg kontaktiert, er wusste von nichts, hat mir aber die Telefonnummer von ihrem direkten Nachbarn in dem Wohnhaus gegeben. Der hat sie seit Wochen nicht mehr gesehen.“

„Scheiße“, fluchte Karin.

„Genau“, stimmte Susi ihr zu. „Peter will es jetzt über ihre Eltern versuchen, sie wohnen auch in Freiburg. Er versucht gerade, ihre Telefonnummern herauszubekommen. Er möchte, dass du schnellstmöglich bei Silke Jakobs Eltern anrufst. Peter meint, du wärst die Einfühlsamere von euch beiden.“

„Na toll.“

Karin hatte den Braten sofort gerochen. Das war eine faule Ausrede von mir gewesen, ich hatte schlichtweg keine Lust gehabt, Silke Jakobs Eltern zu kontaktieren. Ich wollte deren besorgte Fragen um ihre vermisste Tochter weder hören, noch beantworten. Aber Karin hatte sich leider nicht dazu verleiten lassen, die Eltern direkt aus dem Dienstwagen anzurufen. Sie wartete mit dem unliebsamen Gespräch, bis sie zurück im Büro war.

***

***Gesprächsnotiz:* LKA Wiesbaden, Büro 1.21 Peter Groß und Karin Weidmann, Freitag 20.09.2019, 12:38 Uhr: Telefonanruf von Karin Weidmann bei Louise Jakob, weiblich, 66 Jahre, Freiburg (Mutter der Zeugin Silke Jakob)**

„Guten Tag, Frau Jakob. Mein Name ist Karin Weidmann, ich arbeite für das hessische LKA in Wiesbaden."
„Wiesbaden?"
„Ja, Wiesbaden. Die beiden Kollegen von der Kriminalpolizeidirektion Freiburg sind gerade bei Ihnen, richtig?"

***

Karin führte zwar das Gespräch, hatte aber das Telefon laut gestellt und mich dazu verdonnert, mich neben sie zu setzen, um mitzuhören. Missmutig hockte ich auf einem Drehocker und lauschte. Frau Jakobs Stimme klang brüchig, sie zog die Silben in die Länge, als wäre jedes Wort eine Frage. Sie schien verwirrt, nicht ganz bei der Sache.

„Ja, die sind wohl da", bestätigte Frau Jakob. „Die haben mir schon gesagt, dass Sie mich jetzt zu einer dringenden Angelegenheit anrufen, weil Sie etwas von mir wissen wollen. Ist meinem Mann etwas passiert?"

Frau Jakobs Gedanken kreisten also als Erstes um ihren Mann. Sie schien hellhörig geworden zu sein, sie sprach nun etwas schneller, aber immer noch langsam genug, um ihr eine gewisse Schläfrigkeit unterstellen zu können. Anscheinend hatte sie das Anliegen der Freiburger Kollegen noch nicht einmal im Kern verstanden.

„Nein, Frau Jakob, keine Sorge. Ich ermittle in einem Mordfall. Ein Forscher wurde im Büro eines Pharmaunternehmens in Frankfurt ermordet."

„Ein Forscher. In Frankfurt?"

Frau Jakobs Worte reflektierten das totale Unverständnis.

„Ja, Frau Jakob, in Frankfurt. Bitte bekommen Sie jetzt keinen Schreck, es ist eine reine Routinebefragung", erläuterte Karin, um ihre Gesprächspartnerin behutsam an das leidige Thema heranzuführen.

„Sie rufen bestimmt an, weil meine Silke mal dort gearbeitet hat, stimmt's?", jetzt war der Groschen gefallen. „Sie war bei vielen Firmen in Frankfurt und hat dort so Computersachen gemacht, wissen Sie?"

„Ja, genau deshalb rufe ich an, Frau Jakob. Hat Silke Ihnen etwas von der Pharmorena AG erzählt?"

„Nein, sie hat mir und meinem Mann fast gar nichts von ihrer Zeit in Frankfurt erzählt! Nachdem sie

zurück nach Freiburg gezogen ist, haben wir auch erfahren warum."

Ein Vorwurf lag in Frau Jakobs Stimme. Anscheinend ein Streitthema in der Familie. Ich war gespannt, was die Hintergründe waren.

„Warum?", fragte Karin und schaute mich fragend an.

Ich saß immer noch stumm neben ihr, hörte zu und ließ sie das Telefongespräch alleine führen. Karin kniff die Augenbrauen zusammen. Ich erkannte einen gewissen Missmut, ignorierte ihn aber gekonnt.

„Sie hatte da so einen türkischen Freund, den hat sie uns monatelang verschwiegen", tönte Frau Jakob aus dem Telefonlautsprecher. Ich musste grinsen, das Thema schien sie aufgeweckt zu haben. „Erst als sie sich getrennt haben und sie wieder bei uns unterkommen wollte, hat sie mit der Sprache rausgerückt. Kurz darauf hat sie sich eine eigene Wohnung hier in Freiburg genommen."

„Türkischstämmig, Frau Jakob, Herr Aydin war Deutscher."

„Tatsächlich?"

Ohne Frau Jakob sehen zu können, erkannte ich an ihrem Ausruf, dass sie ihre Aussage eventuell noch einmal überdenken wollte.

„Ja, Frau Jakob", bestätigte Karin. „Und leider wurde er auch ermordet."

„Was? Wieso denn? Hatte es etwas mit Drogen zu tun?", rief Frau Jakob aus. Ihre Stimme klang nun wacher, aufmerksamer. Und die Zweifel an ihrer vorherigen Aussage waren verflogen, die Vorurteile drängten sich wieder in den Vordergrund. „Ich habe ihr gleich

gesagt, sie soll nicht nach Frankfurt gehen! Und jetzt so-was. Rufen Sie deshalb an, weil meine Silke ...?"

„Nein, Frau Jakob, nein, nicht deshalb", versucht Karin sie zu beschwichtigen. Ich war heilfroh, dass ich meiner Kollegin das Gespräch aufgebrummt hatte, es war noch schlimmer, als ich befürchtete.

„Bitte reißen Sie sich zusammen, Herr Aydin war kein Verbrecher", fuhr Karin fort. „Er musste vermutlich sterben, weil er für die Pharmorena AG gearbeitet hat und dort etwas vorgefallen ist, was er nicht hätte mitbekommen sollen. Wir versuchen nun herauszubekommen, was das gewesen sein könnte."

„Oh nein, das darf doch nicht wahr sein! Sie müssen Silke darüber informieren. Es muss sie doch jemand warnen! Sie ist auch in Gefahr, oder?", befürchtete Frau Jakob. Ihre Vorurteile gegenüber Herrn Aydin hatte sie anscheinend schon wieder vergessen, endlich war ihre Tochter im Fokus. Hoffentlich blieb Silke Jakobs Mutter nun länger als zwei Minuten in diesem Modus.

„Das weiß ich nicht, Frau Jakob." Karin versuchte ruhig zu bleiben und das Gespräch in eine vernünftige Richtung zu lenken. „Wann haben Sie Ihre Tochter das letzte Mal gesehen?"

„Das ist schon über eine Woche her. Zum Glück ist sie gerade auf Fuerteventura, da kann ihr nichts passieren", versuchte sich Frau Jakob zu beruhigen. Man konnte durch den Lautsprecher ihren beschleunigten Atem hören.

„Hatten Sie Kontakt mit ihr, seit Silke in den Urlaub geflogen ist?", fragte Karin weiter, ohne Silkes Mutter über den nicht angetretenen Urlaub aufzuklären.

„Nein. Nein, hatte ich nicht, ihr Handy war ständig aus, wir haben sie nicht erreicht. Heißt das etwa ...? Nein, bitte nicht! Nicht mein Kind!", schluchzte Frau Jakob, sie schien zu weinen.

„Frau Jakob, bitte, beruhigen Sie sich und hören Sie mir zu!", forderte Karin sie auf. „Wir haben herausgefunden, dass Ihre Tochter nicht auf Fuerteventura angekommen ist. Die beiden Kollegen von der Kriminalpolizeidirektion Freiburg werden Sie nun weiter befragen. Sie werden sich auch die Wohnung von Silke ansehen und ihre Nachbarn anhören."

„Machen die das heute noch?", fragte Frau Jakob, sie schniefte dabei.

„Sehr wahrscheinlich, Frau Jakob, wenn sie Silkes Nachbarn antreffen. Bitte geben Sie den Kollegen vor Ort die nötigen Informationen und unterstützen Sie sie bei der Suche nach Silke. Dann sehen wir weiter."

„Bitte! Bitte beeilen Sie sich! Meiner Silke darf doch nichts passieren wegen so einer Sache ... das arme Kind!"

***

„Ciao, Peter!", grinste der italienische Pizzalieferant mich an.

„Ciao, Salvatore", begrüßte ich den Mann mit der chronisch guten Laune.

Ich schaute von dem Protokoll hoch, rieb mir das Gesicht, verwarf alle Gedanken an Silke Jakobs Mutter und beobachtete Karin aus den Augenwinkeln. Ihre Wangen hatten angefangen zu glühen, als Salvatore in unser Büro gestürmt war.

„Möchtest du einen Kaffee, Salvatore?“, fragte Karin mit einer Stimme, die so unsicher und mädchenhaft klang, dass ich sie kaum wiedererkannte.

„No, no, bella! Euer Kaffee ist grässlich.“

Salvatore zwinkerte ihr zu, für ihn war unser Gebräu eine Zumutung, und das wusste Karin. Er nahm breitbeinig auf einem Stuhl gegenüber von mir Platz, legte lässig einen Arm um die Rückenlehne und zeigte uns seine strahlendweißen Zahnreihen, die durch seinen dunklen Teint besonders hervorstachen. Karin konnte ihren Blick nicht von ihm abwenden. Ich schüttelte den Kopf voller Unverständnis.

„Dann lass uns mal loslegen, Salvatore. Ich rufe eben den Kollegen an“, sagte ich und griff nach dem Telefonhörer.

Nachdem ich den Kollegen zu uns hochbestellt hatte, legte ich wieder auf und beobachtete, wie Karin sich enttäuscht an ihren Schreibtisch setzte und wieder durch die Protokolle blätterte.

Ich versuchte sie abzulenken: „Sag mal, Karin, hast du am 20.09.2019 etwas auf meinem Schreibtisch gesucht?“

„Was für ein Tag war das?“, fragte sie genervt.

„Der Tag, an dem du bei dem Blumengeschäft in Frankfurt gewesen bist.“

„Nein, warum sollte ich?“

„Ich war kurz draußen, als du in Frankfurt unterwegs warst, und als ich zurückkam, war der Schreibtisch nicht mehr so, wie ich ihn zurückgelassen hatte“, erklärte ich.

Ich hatte gerade das Protokoll wiederholt durchgelesen und mich erinnert, dass an dem Tag etwas mit den

Akten auf meinem Schreibtisch nicht gestimmt hatte. Damals hatte ich dem noch keine große Bedeutung zugeschrieben, heute war das anders.

„Nein, ich habe mir nur den Zettel mit der Telefonnummer von Silke Jakobs Eltern genommen. Er lag oben auf deinem üblichen Chaos."

„Aha?", wunderte ich mich.

Welches Chaos meinte Sie? Und wo war die Nummer hergekommen? Jedenfalls nicht von mir. Hatte jemand meinen Schreibtisch durchsucht? Ich vergaß die Überlegung gleich wieder, da unser Kollege Sebastian mit seinem Notebook hereinkam. Er setzte sich neben Salvatore, klappte es auf und startete ein Phantombildprogramm, das zur Erstellung einer fotorealistischen Darstellung diente.

„Dann mal Klartext, Salvatore, wie sah die Kleine aus, die dir den Kopf so verdreht hat?", fragte Sebastian und sah Salvatore auffordernd an.

Karin zuckte zusammen, ihre Stirn kräuselte sich. Auch wenn das Ganze eine Tortur für sie war, musste ich schmunzeln.

„Ah, sie war eine klasse Frau, Sebastian."

Karin blinzelte. Ich vermutete, dass gerade Tränen in ihre Augen traten.

„Salvatore, bitte, vernünftige Angaben. Schau her, auf dem Bildschirm kannst du verschiedene ...", begann Sebastian.

„Blond, circa einen Meter siebzig, schlank, dunkler Wollmantel, graue Strumpfhose, schwarze Stiefel", unterbrach ihn Salvatore mit einem verträumten Blick.

„Salvatore! Schau auf den Bildschirm, hier gibt es keine Wollmäntel, Strumpfhosen und Stiefel.

Konzentriere dich jetzt, es geht um ihr Gesicht“, holte Sebastian Salvatore auf den Boden der Tatsachen zurück.

Ich musste lachen.

„Jung, bildhübsch, blond, blaue Augen“, meinte Salvatore beleidigt.

„Salvatore, so wird das nichts“, tadelte Sebastian und deutete auf seinen Bildschirm. „Es geht zunächst um die Gesichtsform. Schau her, war sie eher schmal, rund, oval, breit?“

Der Italiener betrachtete die Auswahl an Gesichtsformen mit Abscheu. Das Richtige schien nicht dabei zu sein.

„Sie hatte eine normale Gesichtsform, weder schmal, rund, oval, breit. Einfach perfecto“, erklärte Salvatore, formte mit Daumen und Zeigefinger seiner rechten Hand einen Kreis und deutete einen Kuss an.

Karins Mundwinkel bogen sich nach unten. Sie richtete ihren Blick auf die vor ihr liegende Aktenmappe. Sebastian rollte die Augen und zog eine runde Gesichtsform aus der Auswahl am rechten Rand in die Mitte des Bildschirms.

„Als nächstes die Augen, blau sagtest du. Waren sie eher groß, klein, schmal, Schlupflieder, Froschaugen? Sag an!“

„Sie hatte wunderschöne, große, blaue Augen“, erzählte Salvatore mit einem wissenden Lächeln.

Karin schien Magenkrämpfe zu bekommen, sie starrte Salvatore von ihrem Schreibtisch aus an und verzog das Gesicht.

„Okay, also blau und groß. Die Nase: schmal, breit, lang, kurz?“, fragte Sebastian weiter und zeigte auf die

Auswahl unterschiedlicher Nasentypen am Bildschirmrand.

„Ihr süßes Näschen war so wie die da“, meinte Salvatore und wies mit seinem rechten Zeigefinger auf eine kleine Stupsnase.

„Na, geht doch!“, munterte Sebastian Salvatore auf. „Dann mal zu den Wangenknochen: waren sie hoch, tief, flach?“

„Hoch“, meinte Salvatore knapp.

„Und ihre Haare: War es ein heller oder dunkler Blondton?“

„Hellblond, wie von einem Engel!“, gab Salvatore an.

Ich schielte zu Karin hinüber, sie schien erneut den Tränen nahe. Ich krallte meine Fingernägel in die Tischplatte, lange würde ich das Schauspiel nicht mehr aushalten.

„Und wie lang war ihr engelblondes Haar?“, wollte Sebastian mit einem Kopfschütteln wissen.

„Schon lang, so bis über die Brustwarzen! Hahaha“, brach es aus Salvatore heraus, er beugte sich vor, stemmte seine Hände auf die Knie, in seine dunklen Augen trat ein funkelnder Glanz.

Karin sprang auf, marschierte aus dem Büro und knallte die Tür zu. Ich musste später unbedingt mit ihr reden. Ich widmete mich wieder den Protokollen und hörte nicht weiter zu, wie Sebastian und Salvatore noch ungefähr zwanzig Minuten weiter an dem Fine-Tuning des Phantombildes arbeiteten.

„Fertig!“, rief Sebastian plötzlich und riss mich damit aus meinen Gedanken.

Ich stand gespannt auf, lief um meinen Tisch herum und starrte auf das ziemlich realistisch wirkende

Abbild der Frau, die sehr wahrscheinlich den kurzen Drohbrief an unseren Pizzakarton geklebt hatte. Das Ergebnis am Bildschirm kam mir bekannt vor, aber so sehr ich es auch wollte, ich konnte es nicht zuordnen.

„Eh, kann ich davon einen Ausdruck haben, Sebastian?“, bat Salvatore.

***

Salvatore hatte sich nicht abwimmeln lassen. Er war erst gegangen, als Sebastian ihm unter Fluchen das Phantombild der schönen Fremden ausgedruckt und übergeben hatte. Jetzt saß ich wieder allein mit Karin in unserem Büro. Sie wirkte niedergeschlagen. Sie hatte ihr Herz ganz offensichtlich an den Falschen verloren. Aber was sollte ich tun? Am Ende würde sie doch nicht auf meinen Rat hören. Die Differenzen wollte ich mir ersparen, ich hatte aktuell genug andere Sorgen. Trotzdem konnte ich mir einen beiläufigen Kommentar nicht verkneifen.

„Lass dich von diesem Casanova nicht so ärgern, das ist er nicht wert.“

Karin sah mich wutentbrannt an. Doch dann senkte sie den Blick und griff nach der Aktenmappe.

„Vergiss ihn einfach und lass uns weitermachen“, riet ich, rollte meinen Stuhl zu ihrem Tisch und setzte mich neben sie.

Sie wirkte wie ein Häufchen Elend. Konnte es sein, dass sie sich genauso mies fühlte wie ich? Ich schüttelte verständnislos den Kopf. Es war unglaublich! Ich hatte Todesangst, bangte um meine Familie, und sie verschwendete ihre Gedanken an diesen Gigolo.

„Komm, Salvatore tritt jetzt in die hintere Reihe zurück. Ganz vorne steht nun wieder die Pharmorena AG, Dieter Kuschinski, Bernhardt Moscher und Konsorten!“, ordnete ich an. „Weck deine Instinkte, deinen Drang, alles zu hinterfragen, die sogenannten Fakten kritisch zu betrachten. Los, Karin, schieb die gekränkte Eitelkeit weg, lass die Löwin wieder raus!“

Sie sah mich an. Das hatte zumindest für den Moment gewirkt. Karin setzte sich aufrecht hin, klappte den Aktendeckel auf und suchte nach bestimmten, protokollierten Aussagen.

„Du hast Recht Peter. Der kann mich mal.“

Ich lächelte und legte ihr eine Hand auf die Schulter.

„Sieh mal hier, Peter, das ist mir gerade trotz Salvatores Anwesenheit aufgefallen.“

Sie zeigte auf zwei Textpassagen aus unseren Protokollen und der Anwesenheitsliste des Pförtners Kurz von der Pharmorena AG und meinte: „Günter Hanssen und Bernhardt Moscher haben gelogen. Der Forscher Hanssen war am 13.09.2019 nicht erst kurz vor 07.00 Uhr angekommen, sein Dienst hat bereits um 04:30 Uhr begonnen und er war eine halbe Stunde vorher in Liederbach geblitzt worden.“

„Sehr gut, Karin. Ohne die Listen von Herrn Kurz hätten wir das nicht belegen können“, überlegte ich, mir war die Unstimmigkeit der Zeitangaben längst aufgefallen, aber ich wollte Karin nicht enttäuschen und ließ sie in dem Glauben, etwas Wichtiges aufgedeckt zu haben. „Warum hat also Herr Hanssen nicht zugeben wollen, dass er bereits um 04:30 Uhr bei der Pharmorena vor Ort war?“

„Weil er da eine Giftmischung vom Blauen Eisenhut angerührt und mit einem Spachtel an einen der Fenstergriffe geschmiert hat?“

So gefiel mir Karin wesentlich besser, sie war wieder auf der Spur. Bevor ich etwas erwidern konnte, klingelte das Telefon auf meinem Schreibtisch. Es traf mich wie ein unerwarteter Stromschlag, der mir durch den ganzen Körper fuhr. Es bildete sich ein Kloß in meinem Hals. Hanne? Finn?

„Geh du dran“, hauchte ich Karin zu.

Sie sprang auf, lief zu meinem Telefon und griff nach dem Hörer.

„Weidmann. Ah, hallo Gerd.“

Ich hörte die Stimme des Dienstellenleiters Gerhard Driller vom 17. Polizeirevier Frankfurt Höchst durch den Hörer quäken. Karin lauschte den Worten, die ich leider nicht verstand. Ihre Augen weiteten sich, sie sah mich an und hielt sich die Hand an die Stirn, als würden sie fürchterliche, tonnenschwere Gedanken niederdrücken wollen.

„Gut, dass du angerufen hast, Gerd. Ich werde es gleich Peter sagen. Schick uns bitte eure Berichte zu. Danke, Gerd.“

Sie legte auf, ging wie in Trance an ihren Platz zurück und ließ sich mit hängenden Schultern auf den Stuhl fallen.

„Was ist passiert, Karin? Wieder ein Toter?“, flüsterte ich.

Sie schüttelte den Kopf.

„Sag schon, Karin“, bat ich, griff an ihre Schultern und rüttelte sie sanft.

Sie schreckte hoch und meinte: „Vielleicht ist es noch schlimmer als ein Toter."

„Was denn?", fragte ich ungeduldig.

„Gerd hat mit erzählt ..." Karin musste schlucken, bevor sie weitersprach: „Er hat mir erzählt, dass ihm bestimmte Auffälligkeiten bei aktuell vermissten Personen im Raum Frankfurt Sorgen machen, weil sich die Fälle seit Monaten häufen. Und jetzt, wo das bei der Pharmorena AG ..."

„Welche vermisste Personen?"

„Demenzpatienten." Karin spuckte das Wort regelrecht aus, griff sich dann mit der Hand an den Mund, als könnte sie das Ausgesprochene damit zurückdrücken, rückgängig, ungeschehen machen.

Ich starrte sie an. Meine Gedanken überschlugen sich, drehten sich im Kreis, ließen mich auf meinem Stuhl taumeln, dass ich fast hinunterfiel. Der Kloß in meinem Hals wuchs und wuchs, er drückte mir die Luft weg.

***

Ich saß regungslos in meinem ledernen Fernsehsessel. Mein Blick war auf den flachen, schwarzen Flatscreen gerichtet. Der Fernseher war aus, aber ich wusste nicht, wo ich sonst hinsehen sollte. Mein Kopf war leer wie eine längst ausgetrunkene Flasche, die noch sinnlos auf einem Tisch stand und bereits von einer dünnen Staubschicht bedeckt war. Kein Gedanke, kein Geistesblitz, nur Leere. Eine allumfassende, ratlose Leere, hervorgerufen durch das unbegreiflich abartige Handeln skrupelloser Menschen, deren rücksichtsloses, lebensverachtendes Gebaren einem den Boden unter den Füßen wegriss. Hochgebildete Menschen, die einen mit einer Abgebrühtheit Lügen auftischten, dass einem speiübel dabei wurde. Das Unverständnis darüber hatte mir jeden weiteren Gedanken geraubt. Mein Gehirn war restlos gefüllt von einer nichtssagenden, bedeutungslosen Leere. Wie in einem unendlichen Vakuum, in dem man hilflos herumschwebte, ohne Aussicht, je wieder Halt zu finden.

Ein Geräusch riss mich aus meiner Starre. Erschrocken schaute ich hinüber zur Dachterrasse. Es war der Regen. Er hatte plötzlich wieder angefangen und prasselte nun lautstark gegen die Terrassentür, die das Wohnzimmer von unserer recht ansehnlichen grünen Oase trennte. Ihr sattes Grün verwandelte sich im Herbst wie von Geisterhand in wunderschöne Gelb-, Rot- und Brauntöne. Dieses Naturwunder Jahr für Jahr aufs Neue bestaunen zu können, war jedes Mal ein Hochgenuss für uns. Die Geschehnisse dieses Herbsts hatten mich jedoch für das beeindruckende Schauspiel blindgemacht. Ein Begriff kam immer wieder in mir hoch, wenn die Leere meinen Gedanken Platz machte. Ein Begriff, den ich dann nur noch von mir abschütteln wollte, über den ich nicht weiter nachdenken konnte, aber musste. Wenn ich es nicht tun würde, dann waren unsere Ermittlungen zum Scheitern verurteilt.

Menschenversuche.

Nach der niederschmetternden Nachricht von Gerd Driller war ich heimgefahren. Eine sich häufende Anzahl vermisster Demenzpatienten im Raum Frankfurt am Main. Im Büro hatte ich diesen Hinweis nicht weiter verfolgen wollen. Der Schock hatte zu tief gesessen.

War so etwas in Deutschland möglich? Jeder würde als Antwort darauf laut „NEIN!" schreien wollen. Kurz darauf hatte uns eine E-Mail von Gerd mit einer chronologisch sortierten Aufstellung der Vermissten erreicht. Es waren Menschen aus Pflegeheimen, Seniorenwohnanlagen, aber auch Obdachlose, die einfach verschwunden waren. Drei davon hatten den ganzen Sommer über an den Hausbooten an der Nidda in Höchst herumgelungert. Einige davon hatte Gerd persönlich gekannt. Ich war unfähig gewesen, die Bedeutung dieser stetig wachsenden Personenliste weiter zu hinterfragen. Ich war einfach heimgefahren, hatte Karin ohne ein weiteres Wort im Büro stehenlassen.

Als ich zu Hause angekommen war, hatten Hanne und Finn gerade vor ihrem Abendessen gesessen. Als sie meinen finsteren Blick erkannten, haben sie gleich Messer und Gabel fallenlassen und mich mit ängstlichen Augen angesehen.

„Ihr müsst fort", hatte ich nur gesagt, mehr war nicht möglich gewesen.

Hanne hatte mit düsterer Miene genickt, sie hatte gleich gewusst, worum es ging. Finn war stumm geblieben, er spürte unsere Anspannung. Kannte solche Situationen. Er war viel zu jung für diese Abgründe! Wiederholt machte ich mir Vorwürfe wegen meiner Berufswahl. Eine unsichtbare Hand drückte mir die Kehle zu. Ich konnte nichts essen, half nur beim Abräumen und packen. Dann habe ich sie samt Gepäck zum Bahnhof gebracht, sie noch einmal umarmt und geküsst. Die Tickets hatte ich vorsorglich und ohne ihr Wissen am Morgen im Büro online gekauft und ausgedruckt. Am Bahnsteig habe ich sie Hanne in die Hand gedrückt. Sie hat sie wortlos eingesteckt. Die beiden waren kurze Zeit später mit dem ICE Richtung Norden losgefahren. Über das Ziel verloren wir nicht ein Wort.

Jetzt war ich allein. Endlich allein. Ich saß hier in meinem Sessel, in unserem Wohnzimmer. Es war der 30.09.2019. Die Kladde lag auf meinen Knien. Ich sträubte mich dagegen, aber ich konnte nicht weiter die Augen davor verschließen. Ich fing wieder an zu lesen.

Teil 2

***Gesprächsnotiz:* LKA Wiesbaden, Büro 1.21 Peter Groß und Karin Weidmann, Montag 23.09.2019, 08:21 Uhr: Telefonanruf von Dienstellenleiter Stefan Pelz, 10. Polizeirevier (Niederrad) - Polizeipräsidium Frankfurt**

„Groß!“

„Stefan hier, Peter. Schlechte Nachrichten.“

„Nicht schon wieder, Stefan.“

„Doch. Heinrich Kurz, der Pförtner der Pharmorena AG, ist tot.“

„Verdammte Scheiße! Hört das nie auf?“

„Die Sache scheint immer größere Ausmaße anzunehmen, Peter. Heinrich Kurz wurde erschossen vor seinem Auto aufgefunden. So, wie es aussieht, wollte er gerade einsteigen. Die Fahrertür stand noch offen, als eine Nachbarin ihn gefunden hat.“

„Wo war das?“

„Vor seinem Haus in Schwanheim, An der Schwarzbachmühle.“

„Wahrscheinlich wollte er gerade zur Arbeit fahren.“

„Mag sein, Peter. Es war übrigens ein Schuss auf seine Halsschlagader. Vom Winkel her von oben, vielleicht von einem Garagen- oder Hausdach der gegenüberliegenden Straßenseite. Die Kriminaltechnik ist schon vor Ort.“

„Ich komme mit Karin vorbei, Stefan. Bitte warte dort auf uns, ich möchte dringend persönlich mit dir reden."

***

Ein gezielter Schuss auf seine Halsschlagader. Warum nur? Heute konnte ich es mir denken. Als mich Kollege Stefan Pelz vor rund einer Woche angerufen hatte, hatte ich noch keine Ahnung von dem Ausmaß dieser Tat gehabt. Ich war nach dem Telefongespräch unverzüglich zum Tatort gefahren. Ich musste schlucken, schloss noch einmal die Augen und atmete durch, bevor ich weiterlas.

***

***Gesprächsnotiz:* Frankfurt Schwanheim, Montag 23.09.2019, 09:13 Uhr: Peter Groß mit Dienstellenleiter Stefan Pelz, 10. Polizeirevier (Niederrad) - Polizeipräsidium Frankfurt**

„Hallo Stefan."
„Hallo Peter. Wir haben ihn für euch liegenlassen, der Tatort ist noch unverändert."
„Sieht grausam aus."

***

Ja, grausam hatte es ausgesehen. GRAUSAM. Die Bedeutung dieses Wortes konnte nicht im Ansatz beschreiben, welche Szenerie ich vor mir sah. Die Autotür war weit aufgerissen. Die Leiche des Pförtners Heinrich Kurz hing aus seinem Auto heraus.

Die Beine steckten noch im Fußraum, das Gesäß befand sich noch auf dem Fahrersitz. Jedoch neigte sich der Oberköper extrem nach links, die Arme hatten sich im festgesteckten Gurt verfangen, der Kopf berührte den Asphalt des Stellplatzes. Heinrich Kurz war, wie es aussah, beim Anschnallen erschossen worden, hatte noch eine Zeit lang aufrecht gesessen, bevor sich sein Oberkörper langsam zur Seite geneigt hatte. Literweise Blut hatte sich über seinen Körper, den Autositz, den Gurt, den Fußraum ergossen. Als er in diese Schräglage geraten war, hatte sich alles aus seiner Halsschlagader weiter auf den Stellplatz verbreitet. Alles um ihn herum war dunkelrot. Dunkelrotes, angetrocknetes Blut. Ich starrte auf seinen Hals. Das kleine Loch an der linken Seite war bereits verkrustet. Das Lebenselixier entronnen.

„Du sagst es“, stimmte mir Stefan zu. „Er hat durch die Schusswunde Unmengen an Blut verloren. Wirkt wie ein Auftragsmord. Die Kollegen sind sich sicher, dass der Schuss von dort drüben kam, vom Garagendach. Die Garage mit dem rot gestrichenen Tor.“

„Hat jemand einen Schuss gehört?“, wollte ich wissen und sah mich dabei um. Alle Haustüren und Fenster waren verschlossen. Bei einigen waren sogar noch die Rollläden heruntergelassen.

„Bisher niemand, wir haben aber noch nicht alle Anwohner befragen können“, erklärte mir Stefan. „Die Ehefrau des Toten, Frau Gerlinde Kurz, scheint auch unterwegs zu sein. Ich gehe mal davon aus, dass der Täter einen Schalldämpfer benutzt hat. Spricht wiederum für einen Profi.“

„Welcher Profi zielt auf Halsschlagadern, Stefan?“

„Ich kenne keinen. Bisher.“

Ich fühlte, wie sich meine Nackenhaare sträubten. Ein eiskalter Schauer erfasste mich. Warum hatte der Täter nur auf den Hals seines Opfers gezielt? Ein Schaudern packte mich. Ich wusste, dass es einen Grund dafür geben musste. Und dieser Grund würde uns noch zu schaffen machen, das wurde mir bereits bewusst.

„Ich auch nicht. Bald werden wir mehr zur Tatwaffe wissen. Sonst noch was, Stefan?“

„Ja. Die Zeugin, die ihn gefunden hat, ist eine direkte Nachbarin von ihm. Sie hat erzählt, dass er jeden Tag mit einer Ledertasche zur Arbeit fährt. Er hat sie immer auf seinen Beifahrersitz gestellt. Sie ist weg.“

Ich versuchte, einen Blick um die mit Blut übergossene Leiche auf dem Beifahrersitz zu werfen. Er war leer.

„Das heißt, der Täter oder jemand anderes hat sie wahrscheinlich mitgenommen“, folgerte ich.

„Scheint so. Frage ist nun, was in der Tasche drin war.“

„Es hätte ein Raubmord gewesen sein können, Stefan.“

„Hätte?“

Ja, hätte. Wären da nicht die Umstände um die Pharmorena AG. Alles, was aktuell passierte, brachte ich damit in Verbindung. Warum sonst sollte der Pförtner des Pharmakonzerns gerade jetzt ermordet worden sein? Bestimmt nicht wegen Diebstahls.

„Der Täter hat es nur wie ein Raubmord aussehen lassen“, spann ich meine Gedanken weiter. „Er wollte aber gezielt Herrn Kurz beiseiteschaffen. Eventuell war sogar etwas Belastendes in seiner Ledertasche.

Verdammt noch mal, dieser Fall weitet sich für meinen Geschmack zu sehr aus."

„Möchte nicht in deiner Haut stecken, Peter. Da kümmere ich mich lieber um Hausfriedensbruch und randalierende Ehepartner."

„Danke für deine Anteilnahme, Stefan. Sag mal, warum ich dich auch noch sprechen wollte ...", begann ich mit meinem nächsten Verdacht.

„Ja?"

„Das muss aber unter uns bleiben", bat ich meinen Kollegen vom Polizeirevier Niederrad.

„Klar, Peter."

„Sind dir in letzter Zeit gehäuft Vermisstenfälle in deinem Bezirk aufgefallen?"

„Vermisstenfälle?", überlegte Stefan. „Nein, nicht unbedingt."

„Nicht unbedingt?"

„Nein, Vermisstenanzeigen gibt es im Raum Niederrad nicht mehr als sonst."

„Ganz sicher?"

„Eigentlich schon. Uns sind nur ein paar Verwirrte abhandengekommen. Ohne Vermisstenanzeige", erläuterte Stefan weiter. „Das Übliche: Sie schleichen sich aus ihren Einrichtungen heraus, laufen ziellos durch die Straßen, wir lassen Radiodurchsagen machen."

„Aha. Was für Menschen waren das?"

„Meist ältere. Einer war fünfzig, die anderen alle deutlich über sechzig. Die Einrichtungen oder deren Familien haben das bei uns gemeldet. Die meisten sind schwere Wiederholungstäter, schon des Öfteren abgehauen. Sie wissen nicht mehr, wo sie sind, treiben sich irgendwo herum, sprechen Passanten an, quatschen

dummes Zeug, suchen dann irgendwann etwas Essbares. Nur haben wir sie sonst meist wiedergefunden, nicht weit entfernt, meist bei einem Bäcker, im Supermarkt oder anderen Läden. Sie haben Hunger und fragen sich durch, dann fallen sie den Leuten auf und jemand ruft uns an. In der letzten Zeit sind aber einige nicht mehr aufgetaucht."

„Mehr als sonst?", hakte ich nach.

„Schon, zwei bis vier pro Monat. Wenn ich so überlege, du hast recht, ist eine Steigerung im Vergleich zu den letzten Jahren."

***

Die Nacht war schrecklich gewesen. Ständig waren die alten Bilder des blutüberströmten Heinrich durch meinem Kopf gekreist. Ich hatte kaum geschlafen, war ohne Frühstück ins Büro gefahren. Heute war der 1. Oktober 2019. Hanne und Finn waren gut bei der Oma angekommen. Hannes Mutter hatte die beiden am Morgen gleich zum Hafen gebracht, um die Herbstferien gemeinsam bei ihrer Schwester auf einer der ostfriesischen Inseln zu verbringen. Sie hatte am Telefon nur von einer Schiffsreise gesprochen, aber nicht erwähnt, von welchem Hafen aus und mit welchem Ziel. Uns quälte der Gedanke, dass jemand unsere Telefone abhören könnte. Ich rechnete zu diesem Zeitpunkt mit allem Möglichen, schließlich hatten sie mir bereits zwei Morddrohungen zukommen lassen.

Ich saß nun im Büro und brütete wiederholt über den Auswertungen der Log-Daten des Zugangskontrollsystems der Pharmorena AG vom 13.09.2019, dem Tag, als

Dieter Kuschinski ermordet worden war. Was einem direkt auffiel, war, dass ausschließlich das Reinigungspersonal der Saubermann GmbH das Tatort-Büro am Abend des Vortages betreten hatte, so die Aufzeichnungen, die die Nummer der Zugangskarte enthielten. Natürlich kann jemand deren Karte benutzt haben, was heute niemand mehr nachweisen konnte. Danach war bis 05:54 Uhr am 13.09.2019 niemand mehr im Moscher-Kuschinski-Büro gewesen. Die erste Zugangskarte, die dann wieder die Bürotür geöffnet hatte, war die von Dieter Kuschinski kurz vor seinem Tod gewesen. Dann kam einige Zeit lang nichts, da Bernhardt Moscher nach Auffinden der Leiche die Glastür nicht geöffnet und einen Notruf abgesetzt hatte.

Ich wartete auf Karin, um mit ihr noch einmal gemeinsam die Gebäudepläne studieren zu können. Und die Zutritte der restlichen Pharmorena-Mitarbeiter am 13.09.2019 in den anderen Etagen. In der Zwischenzeit griff ich zum nächsten Protokoll.

***

Protokoll: Frankfurt, Industriepark Höchst, Pharmorena AG, Besucherraum 1-3.10, Montag 23.09.2019, 14:33 Uhr: Zeugenbefragung durch Peter Groß von Dr. Reiner Baum, männlich, 51 Jahre, Experimental Brain Research bei der Pharmorena AG

„Dr. Baum, guten Tag, ich bin Peter Groß vom hessischen LKA in Wiesbaden."

„Ich grüße Sie, Kommissar Groß!"

***

Ich grüße Sie, hatte er mir mit einem überschwänglichen Lächeln geantwortet. Dieser Mensch musste vollkommen krank sein, wenn er unter diesen Umständen noch gutgelaunt war.

„Bevor ich mit der Befragung beginne, Dr. Baum, möchte ich Ihnen etwas mitteilen. Sie sind der Erste hier im Haus, der es erfährt", erklärte ich und beobachtete ihn genau bei seiner Antwort.

„Eine exklusive Nachricht? Immer raus damit, ich bin gespannt."

Dr. Baum lachte wie ein Kind, dem ich einen Luftballon geschenkt hatte. Ich war irritiert. Er war Hirnforscher, eine Koryphäe auf seinem Gebiet, wie es hieß. Auf mich wirkte er nicht ganz zurechnungsfähig. Wir saßen einander gegenüber in bequemen, schwarzen Ledersesseln, zwischen uns ein penibel gereinigter, nierenförmiger Glastisch. Steril, wie alles in diesem Pharma-Gebäude.

„Der Pförtner Heinrich Kurz wurde heute am Morgen vor seinem Haus erschossen", sagte ich und hoffte, dem Forscher damit eine volle Breitseite zu geben.

„Nun ja, Kommissar Groß, was soll ich sagen, irgendwann erwischt es jeden einmal."

„Wie bitte?", rief ich aus.

Ich krallte meine Fingernägel in das Leder des Sessels, auf dem ich saß. Die Ermordung des Pförtners schien Dr. Baum nicht im Geringsten zu tangieren. Beruhige dich, Peter, beruhige dich!

„Den einen trifft es früher, den anderen später. Hoffen wir, dass wir beide der zweiten Kategorie angehören, nicht wahr, Herr Kommissar? Hahaha", lachte er wie ein Irrer.

„Dr. Baum, ich bitte Sie, es ist Ihr zweiter Kollege, der innerhalb von zwei Wochen ermordet wurde! Und das ist alles, was Sie dazu zu sagen haben?"

Wut stieg in mir hoch, ich musste durchatmen – wie so oft in diesem Fall.

„Kollegen, Kollegen, ich kenne diesen Kurz kaum", versuchte Dr. Baum seine Abgebrühtheit zu erklären. „Ich habe unten in meinen Labors wenig bis gar keinen Kontakt zu Kollegen. Ich arbeite in anderen Sphären als die, glauben Sie mir!"

Das glaubte ich ihm aufs Wort. Dieser Mann war total entrückt, nicht mehr in dieser Welt, wie es mir vorkam.

„Sie haben keinen Kontakt zueinander?", fragte ich einerseits ungläubig, andererseits erwartete ich nichts anderes als ein JA auf meine Frage. Experimental Brain Research *nannte sich Dr. Baums Abteilung, das klang nach aufgeschnittenen Hirnen. Unwillkürlich fiel mein Blick auf seine Hände. Sie waren feingliedrig, wirkten manikürt. Mich überkam ein Würgereiz.*

„Höchstens an der Eingangspforte, im Fahrstuhl, eventuell in der Kantine ... wenn ich denn mal Zeit zum Essen hätte", erklärte er, bewegte sich etwas, um eine noch bequemere Sitzposition einnehmen zu können, und lächelte mich dabei unverfroren an.

Ein Workaholic also. Das erklärte Einiges. Aber nicht alles.

„Wie sind denn Ihre regulären Arbeitszeiten, Dr. Baum?"

„Regulär gibt es bei mir nicht", erklärte er. „Ich lebe nahezu ausschließlich im Labor, nächtige dort auch oft."

Langsam aber sicher bekam ich ein Bild von diesem Mann. Er lebte für seine Forschung. Was genau er machte, wollte ich gar nicht im Detail wissen.

„Sie scherzen!", versuchte ich ihn aus der Reserve zu locken.

„Nein, Kommissar Groß, das ist kein Scherz!", entrüstete sich Dr. Baum. „Ich kann meine Versuchsreihen nicht unbeaufsichtigt lassen, dafür sind sie zu wichtig für die Pharmorena. Eine Vertretung habe ich aktuell nicht, also bin ich auf mich allein gestellt, so gut wie ununterbrochen hier und arbeite."

Er opfert sein Leben für die Forschung. Was war daran so wichtig? Warum waren die Pharmorena-Mitarbeiter durch die Bank dazu bereit, sich dem Konzern hinzugeben?

„Haben Sie kein Privatleben, Dr. Baum?"

„Nein."

Eine klare Antwort. Ich glaubte es ihm.

„Was ist mit ihrem Team? Sie haben vier Labormitarbeiter, habe ich gehört. Wo sind die?", fragte ich weiter.

„Ach die, die können Sie vergessen. Die haben mit meinen Versuchen nichts zu schaffen. Sie sind lediglich für die Organisation unserer Abläufe und Bestellungen sowie die Reinigung der Labore zuständig. Das dürfen unsere externen Putzleute hier ja nicht", erwiderte Dr. Baum und zupfte sich am Ohrläppchen.

„Verstehe. Was ist mit Dieter Kuschinski, hatten Sie mit ihm zu tun?", versuchte ich das Gespräch zum nächsten Thema zu leiten.

„Nicht viel, der war für die Drug Developer zuständig. Unten bei mir gibt es strenge Zutrittsregeln. Dort dürfen keine Keime reinkommen, sie könnten meine

Versuche versauen. Das würde uns ein Heidengeld und Unmengen an zusätzlicher Arbeit und Zeit kosten. In meine Labors kommt man nur, wenn es sich gar nicht vermeiden lässt.“

So war das also. Dr. Baum war aufgrund seines Arbeitsauftrages zur Einsamkeit verdammt. Er schien mir dafür geboren zu sein.

„Wann zum Beispiel?“, wollte ich wissen, irgendjemand musste doch hin und wieder seine Labore betreten.

„Lieferungen“, meinte er knapp.

„Welche?“

„Nahrungsmittel, Versuchsmaterialien und andere Utensilien.“

„Wer bringt Ihnen das?“, fragte ich ihn und erwartete, nun endlich ein paar Namen zu hören.

„Roboter.“

„Roboter?“

Ich setzte mich auf und rieb mir die Schläfen. Dieses Gespräch brachte mich an meine Grenzen.

„Ja, desinfizierte Roboterwagen, stumme Helfer, die mich beliefern.“

Stumme Helfer also. Ich ertrug diesen verschrobenen Dr. Baum nicht mehr, wollte jedoch mehr über seine Metall-Knechte wissen.

„Unglaublich, Dr. Baum. Wie kommen die zu Ihnen?“

„Sie werden durch einen zentralen PC gesteuert, er steht im Serverraum. Sie haben eigene Fahrstühle und Tunnel, öffnen Türen per Funkbefehl und rufen mich an, wenn sie vor meiner Pforte stehen.“

Wo war ich hier nur gelandet? Wurden etwa in den sensiblen Gebäudetrakten Roboter eingesetzt, weil diese nichts beobachten, nicht reden konnten?

„Sie sind also hochtechnologisiert, Dr. Baum", schloss ich daraus. „Aber mit wem arbeiten Sie dann überhaupt zusammen?"

„Mit meinen Mäuschen."

„Mäuschen?"

Jetzt sprang ich auf, fuhr mir mit den Händen durch die Haare und setzte mich wieder. Ich ertrug ihn nicht mehr.

„Ja, Kommissar Groß, Mäuschen!", lachte dieser Irre mich an.

„Wurden noch keine Versuche an Menschen durchgeführt?", fuhr ich ihn etwas zu laut an, ich konnte mich kaum noch beherrschen.

„Nein", meinte er, sein Lächeln erstarb. „Nach den Mäuschen kommen erst gesunde Menschen dran, danach folgen die klinischen Studien mit Erkrankten."

„Wo bekommen Sie gesunde Menschen her, die sich für derartige medizinische Studien zur Verfügung stellen?", bellte ich zurück.

„Wir haben eine Drittfirma dafür beauftragt, die bereits Ausschreibungen dafür macht, die SALA Arzneimittelforschung GmbH in Potsdam."

„In Potsdam, aha."

Ich schüttelte den Kopf über dieses Konstrukt, vermutete jedoch, dass diese Vorgehensweisen in der Pharmaindustrie üblich waren.

„Das ist heutzutage so üblich, Herr Kommissar", bestätigte Dr. Baum prompt. „Auch die Konkurrenz nutzt dafür größtenteils Drittanbieter."

„Nun denn. Und wie geht die SALA Arzneimittelforschung GmbH dabei vor?", fragte ich und starrte diesen undurchschaubaren Menschen mit der goldenen Nickelbrille an.

„Sie veröffentlichen Ausschreibungen über Zeitschriften, Radiowerbung, Facebook und so weiter."

„Facebook?", wunderte ich mich.

„Ja, gesponserte Beiträge. Läuft ganz gut, auf diesem Kanal findet man viele Leute mit wenig Hirn, die auf einfache Weise viel Geld verdienen wollen."

„Man verdient viel Geld damit, sich diesen Versuchen zu unterziehen?", fragte ich skeptisch.

„Ja, für diese Leute ist es viel Geld, circa zweitausend Euro Aufwandsentschädigung pro Monat, plus einen gewissen Tagessatz, plus kostenlose Unterkunft in einer Forschungseinrichtung, plus kostenlose Verpflegung, plus Pipapo. Aber damit habe ich dann nichts mehr zu tun. Ich bleibe hier bei meinen Mäuschen. Bei diesen possierlichen, kleinen, bärtigen, vierbeinigen Nagern, die bereits seit vielen Jahrzehnten eine bedeutende Stellung in der medizinischen Forschung einnehmen. Winzige Gesellen, die uns unschöne erste Versuche an höherentwickelten Wesen ersparen und geduldig und ohne zu murren unsere Tests über sich ergehen lassen. Einfach goldig, wie sie tapfer mit ihren kirschgroßen Köpflein unsere Hirnforschung vorantreiben. Überaus erfolgreich sogar, Kommissar Groß."

***

Nach diesem Gespräch war mir schlecht. Auch jetzt, wo ich das Protokoll noch einmal durchgelesen hatte, wurde mir speiübel. Nach seinem letzten Satz zur Hirnforschung waren mir die Knie weichgeworden, ich hatte Dr. Baum keine Frage mehr stellen können, war regelrecht geflüchtet, erinnerte ich mich jetzt wieder. Was trieb dieser Mann nur tagein, tagaus dort unten in den Labors, was kein anderer außer ihm leisten konnte? War sein Arbeitsbereich so komplex, erforderte ein so tiefgehendes Fachwissen, dass man noch keine gleichrangigen Kollegen für ihn hatte finden können? Oder war seine Arbeitsaufgabe so sensibel, so kritisch, so prekär, dass man das Wissen um die Versuche nur auf einen Menschen, in diesem Falle Dr. Reiner Baum, konzentrierte? Ging es dabei nicht nur um Mäuse? Ging es wirklich um Versuchsmenschen, wie Silke Jakob vermutet hatte? Wurden deshalb nur Roboter zu ihm geschickt, damit draußen niemand etwas davon mitbekam? Wer wusste eigentlich, was alles bei der Pharmorena vor sich ging?

Ich musste mir diesen Wissenschaftler dringend noch einmal gemeinsam mit Karin vornehmen. Sie verfügte über empfindlichere Antennen, wenn es um menschliche Abgründe ging. Wurde ich mit dermaßen abartigen Machenschaften konfrontiert, blockte ich meist ab. Ich ertrug diese tiefsitzende Schlechtigkeit nicht, die einige Mitmenschen an den Tag legten. Um mich selbst vor der Erkenntnis zu schützen, dass es Leute gab, denen rein gar nichts heilig war, schottete ich mich ab. In meinem Berufszweig eine nicht gerade förderliche Eigenart, die ich seit Jahren zu überwinden versuchte. Bei den sogenannten kleinen Fischen gelang es mir auch zunehmend. Aber jetzt, wo mir immer mehr Exemplare dieser selbsternannten Schöpfer, die an menschlichen Gehirnen herumexperimentierten, begegneten, kam es mir wieder hoch. Karin wusste von meiner Schwäche, hatte während der letzten drei Jahre bereits zusammen mit mir an einigen polizeiinternen Weiterbildungen und Psychotrainings teilgenommen. Sie deckte mich, wo es nur ging, unterstützte in kritischen Situationen, griff ein, wenn ich einmal wieder blockiert war.

Ich starrte auf meinen Schreibtisch. Ein Gedanke wollte sich bilden, konnte sich aber nicht zu einem sinnhaften Zusammenhang formen, da ich noch zu sehr vom Ekel ergriffen war. Ekel vor der Pharmorena AG. Was war das nur für ein Konzern? Was waren das für Menschen, die sich ihm verschrieben? Ich durfte nicht weiter darüber nachdenken, musste meinen Kopf freiräumen. Was trieb sich gerade unterschwellig in meinem Bewusstsein herum? Eben erst war es aufgeblitzt. Ich wollte nach dem Gedanken greifen, wollte ihn festhalten, ihn verstehen. Aber die Vorstellung, was Dr. Reiner Baum mit seinen Mäuschen machte, hatte alles getilgt. Eine Maus zappelte verzweifelt vor meinem geistigen Auge, piepste hysterisch um Hilfe. Der Gedanke war weg.

***

<u>Protokoll</u>: Frankfurt, Industriepark Höchst, Pharmorena AG, Besucherraum 1-3.05, Dienstag 24.09.2019, 09:28 Uhr: Zeugenbefragung durch Peter Groß von Dr. Dr. Michael Kopf, männlich, 54 Jahre, Director Experimental Brain Research bei der Pharmorena AG

„Guten Morgen, Dr. Dr. Kopf, ich bin Peter Groß vom hessischen LKA in Wiesbaden. Ich möchte Ihnen einige Fragen stellen. Würden Sie mir dazu bitte kurz Ihre Position bei der Pharmorena erläutern?"

„Guten Morgen, Herr Groß. Gerne, ich bin Director des Bereichs Experimental Brain Research und Mitglied des GMT."

***

Dr. Dr. Kopf war Dr. Baums Vorgesetzter. Ich hatte ihn direkt im Anschluss befragt. Dieser hochintelligente Wissenschaftler warf gleich zu Anfang mit für Außenstehende unverständlichen Abkürzungen um sich. Vermutlich, um seine Überlegenheit deutlich zu machen. Ich ließ mich gezwungenermaßen darauf ein.

„GMT?"

„General Management Team, ich bin im Vorstand", erwiderte er und rückte seinen Kittelkragen zurecht.

Nun saß er vor mir an dem nierenförmigen Glastisch. Auf dem schwarzen Ledersessel, auf dem zuvor Dr. Baum gesessen hatte.

„Ah, verstehe. Und Sie sind dem Titel nach Vorgesetzter von Dr. Reiner Baum, stimmt das?"

Wie immer erst die üblichen Fragen zur Person, unverfänglich und entspannt.

„Ja, das stimmt", bestätigte Dr. Dr. Kopf. „Um ehrlich zu sein, ist das etwas ungewöhnlich bei uns, aber mein Team stellt das größte hier im Haus dar. In anderen Pharmakonzernen hat man das meiste Personal in der Medikamentenentwicklung. Wir legen dagegen den höchsten Wert auf die Forschung.

Wir möchten sichergehen, dass unsere Produkte erfolgreich sind, machen weitreichende Testphasen, um ein Minimum an Nebenwirkungen gewährleisten zu können. Die Konkurrenz legt Wert auf Risikominimierung mit High Content Screening, bei der Zellkulturen mit Körpergeweben Minipatienten darstellen und die klinischen Phasen verschlanken und billiger machen sollen und die teuren Tierversuche weitestgehend auslassen. Wir bleiben der Sicherheit halber bei den herkömmlichen Verfahren mit Versuchstieren und menschlichen Probanden. Daher die vielen Labors hier im Haus."

„Wie wird das alles finanziert, Dr. Dr. Kopf?", hakte ich nach. „Wäre es dann nicht zumindest günstiger, die Labors im kostenfreundlicheren Ausland anzusiedeln?"

„Nein, Herr Groß, das wäre nicht günstiger", belehrte mich Dr. Dr. Kopf. „Es ist uns enorm wichtig, kurze Wege zu haben. Die Forschung direkt neben der Entwicklung, nur so können wir schnell reagieren, kürzere Entwicklungszeiten garantieren und früher auf den Markt gehen. Wir können unserer Konkurrenz so zuvorkommen und schneller Gewinne abschöpfen. Außerdem ist der Bereich Hirnforschung sehr sensibel, im Ausland hätten wir unsere Versuche nicht in der Art unter Kontrolle, wie hier. Es könnte Wissen nach außen dringen, verstehen Sie? Sehr wertvolles Wissen."

„Sie verantworten also den wichtigsten Bereich des Konzerns, Dr. Dr. Kopf?", wollte ich wissen, obwohl ich die Antwort schon kannte.

„So ist es."

„Und wer hält dafür seinen Kopf hin?", fragte ich zweideutig.

„Wie bitte?"

„Wer stellt Ihnen sein Gehirn für Ihre Forschungsarbeiten zur Verfügung?", verfeinerte ich meine Frage, lehnte mich auf meinem Ledersessel zurück und verschränkte die Arme vor meiner Brust – ein Zeichen der Abneigung, das mein Gegenüber gewiss verstand.

„Sehr nettes Wortspiel, Herr Groß", konterte er geschickt. „Aber es ist recht sensationslos, es sind hauptsächlich Mäuse."

„Hauptsächlich?"

„Ja, lebende Tiere. Dafür ist Dr. Baum zuständig. Wir forschen aber auch an gespendeten Hirnen von verstorben Menschen. In diesem Bereich wird ein zwanzigköpfiges Team von mir eingesetzt. Wir haben hier neuartige Methoden etabliert und uns patentieren lassen. Wir sind auf diesem Gebiet Vorreiter! Auch wir möchten Tests an lebenden Wesen so weit wie möglich vermeiden."

Das nahm ich ihm nicht ab. Und ich konnte mir nicht vorstellen, was man an den Köpfen von Toten noch forschen konnte.

„Was machen Sie mit den Köpfen verstorbener Menschen?"

„Aufschneiden und reinsehen", meinte er platt, ich ärgerte mich darüber, kam mir dabei vor wie ein kleiner Schuljunge. „Vor allem interessieren uns Hirne von verhaltensgestörten Menschen. Wir sehen nach, inwieweit das Gewebe abnorm ist und überlegen, wie man die Veränderungen hätte verhindern können.

Gehirne sind nach dem Tod nicht sofort auf null runtergefahren, da läuft noch was. Sie haben vielleicht in der Presse über die reaktivierten Gehirne von seit Stunden toter Mäuse in Großbritannien gelesen. Manchmal gelingt es uns sogar an den Menschenhirnen der Verstorbenen Medikamente zuzuführen, die noch vom Gewebe aufgenommen und teilweise verarbeitet werden, um es mal laienhaft auszudrücken."

Na klar, laienhaft. Dieses Wort war mir bei den Ermittlungen bereits einige Male untergekommen. Ich konnte es nicht mehr hören.

„Verstehe. Führen Sie auch Versuche an lebenden Menschen durch?", fragte ich angeekelt und beugte mich herausfordernd vor.

„Ja."

Er gab es also zu!

„Ja? Welche?", wollte ich wissen.

„Wir sind nicht Frankenstein, alles ganz harmlos, Herr Groß", lachte Dr. Dr. Kopf, es war ein falsches Lachen.

„Dann erklären Sie es mir!", forderte ich ihn auf.

„In der neurologischen Forschung arbeiten wir mit der Elektroenzephalografie, also EEG. Ein zehnköpfiges Team bei mir. Wir messen die summierte elektrische Aktivität des Gehirns unserer Probanden. Das sind meist verhaltensauffällige Jugendliche oder junge Erwachsene."

„Was kann man da genau messen?"

„Wir zeigen ihnen zum Beispiel Filme, die Gewalt darstellen, und messen, was sich in ihrem Gehirn tut, wenn gerade jemand verprügelt wird", dozierte Dr. Dr. Kopf. „Wir konnten so feststellen, dass gewaltbereite

Menschen oft kein Mitleid empfinden. Ihr Gehirn ist auf diesem Gebiet sozusagen verkümmert, oder besser gesagt nicht entwickelt. Für Sie als Laien gesprochen, den Probanden wurde in ihrer Kindheit kein Mitleid beigebracht."

„So ist das also. Diese Erkenntnis bringt auch uns beim LKA etwas, um Täter und ihr Verhalten besser verstehen zu können", kommentierte ich gereizt. „Aber was bringt Ihnen dieses Wissen?"

„Wir wissen jetzt, an welchen Stellschrauben im Gehirn man medikamentös drehen muss, wenn man das Mitleid nach einer verpatzen Kindheit einspeisen möchte."

„Das geht?", wunderte ich mich.

„Ja, das geht, sobald unsere Medikamente zugelassen werden."

„Sehr interessant, Dr. Dr. Kopf. Warum machen diese gewaltbereiten, jungen Menschen bei Ihrer Forschung mit?"

„Sie sind jung, untalentiert und brauchen das Geld. Das reicht denen als Anreiz", erklärte der Wissenschaftler. Mir wurde an seiner ethisch unkorrekten Wortwahl deutlich, dass diese jungen Leute Menschen zweiter Klasse für ihn waren.

„Aha. Und die Mäuse?", wechselte ich das Thema. Mir war immer noch nicht klar, was so ein winziges Mäusehirn zur Forschung an Menschenhirnen beitragen konnte.

„Die Mäuse verlangen nicht viel, sie bekommen täglich ihr Futter", lachte Dr. Dr. Kopf.

„Ich wollte wissen, was Sie mit den Mäusen machen!", entfuhr es mir einen Ton zu laut.

„Mäuse haben wir hunderte hier bei uns. Dr. Baum leitet, wie gesagt, die Forschung mit den kleinen Nagern. Er implantiert ihnen zum Beispiel zu Messzwecken Elektroden ins Gehirn, er pflanzt ihnen für Verhaltenstests falsche Erinnerungen ein oder ...“

„Moment einmal, Dr. Dr. Kopf“, unterbrach ich das Vorstandsmitglied der Pharmorena AG, das mir plötzlich nicht weniger verrückt als dieser Dr. Baum vorkam. „Würden Sie mir bitte vorab erklären, warum Sie diese Tests mit Mäusen durchführen? Das menschliche Gehirn stelle ich mir doch weit komplexer vor. Wie kann denn die Forschung für Ihre neuen Medikamente auf Versuchen mit Mäusen basieren?“

„Ich war noch nicht fertig, Herr Groß. Dr. Baum hat einen Weg gefunden, neuronale Stammzellen von Menschen in Mäusehirne zu verpflanzen. Er hat eine Gruppe von Mäusen mit gesunden eingepflanzten menschlichen Hirnzellen und eine andere Gruppe von Mäusen mit defekten transplantierten Stammzellen aus menschlichen Hirnen, die zu diversen Krankheiten, wie zum Beispiel Alzheimer, führen.“

Eine Hitzewelle überkam mich. Was trieben diese Wissenschaftler nur mit den armseligen Tierchen? Ich konnte mir nicht vorstellen, dass diese Versuchsreihen mit dem Tierschutz hierzulande vereinbar waren.

„Menschliche Stammzellen ... ist das in Deutschland zulässig, Dr. Dr. Kopf?“

„Eine Maus wird dadurch kein Mensch, Herr Groß! Wir halten uns strikt an die ethischen Richtlinien.“

***

In Anbetracht dieses angsteinflößenden Protokolls war es mir wieder eingefallen. Die akute Angst machte mich nüchtern, half mir meine Starre aufzulösen, wieder denken zu können. Der Selbsterhaltungstrieb hatte mich schon oft aus der Handlungsunfähigkeit gerettet. Und jetzt wusste ich, welcher Gedanke sich mir hatte aufdrängen wollen, welcher sich jedoch stumm ergeben hatte, verschwunden war in den Weiten meines Hirns, das aktuell von unschönen Eindrücken aus der Pharmaindustrie überflutet wurde. Es war jetzt ein Punkt erreicht, an dem ich mich persönlich bedroht fühlte. Versuche mit menschlichen Stammzellen in Mäusehirnen, die angeblich den ethischen Richtlinien entsprachen. Ich musste dringend Ute Gazek fragen, ob das so stimmte. Dr. Dr. Kopf hatte es vermutlich nur zugegeben, weil er sich später nicht mehr würde herausreden können. Als ich das Gespräch am 24.09.2019 mit ihm geführt hatte, hatte ich das Gebäude der Pharmorena völlig perplex verlassen. Ich hatte es nicht für möglich gehalten, dass solche Versuche in Deutschland durchgeführt wurden. Ich war wieder in einer Starre gefangen gewesen, hatte es gerade noch mit dem Dienstwagen zum LKA geschafft, wo mich Karin empfangen und wieder aufgerichtet hatte.

Heute endlich löste sich diese Starre langsam. Der persönliche Angriff auf mich durch die zwei Drohbriefe hatte seine Wirkung nicht verfehlt. Ich musste mein Leben, das von meiner Familie und auch das von Karin verteidigen, diese Wissenschaftler durften nicht ihr Todesurteil über uns richten. TOD. Ein kurzes Wort, nur drei Buchstaben, die den Sinn nach dem Leben beendeten. Alles, was der Mensch während seines Lebens gesehen, erfahren, durchgemacht, besiegt hatte, alles was er gelernt, gesagt, verteidigt und erkämpft hatte, mit seinem Tod war es weg, existierte nicht mehr für ihn. Er und sein Leben waren Geschichte. TOD. Das Wort war schnell ausgesprochen, so kurz wie ein Knall, ein Schuss, dann war alles vorbei.

Die Pharmorena AG hatte keine Achtung vor dem Leben. Ich war ganz offensichtlich einem alles andere als ethisch zulässigen Vorhaben auf der Spur, einem Vorhaben, das menschenfeindlich und damit ethisch höchst bedenklich war. Nur war ich mir noch nicht sicher, wie weit die Planungen des Pharmakonzerns gingen. Aber ich wusste jetzt, was zu tun war. Ich würde André Grahl kontaktieren. Silke Jakob hatte von Videoüberwachung in den Untergeschossen gesprochen. Wir mussten irgendwie an die Aufzeichnungen kommen. Aber wenn es Dinge gab, die kein Externer sehen sollte, Methoden vertuscht werden sollten, die ausschließlich der Kontrolle durch die Konzernleitung etabliert worden waren, würden die offiziell freigegebenen Videoaufzeichnungen uns nichts zeigen, was das LKA nicht wissen dürfte. Die Führungsspitze der Pharmorena AG überließ nichts dem Zufall, zeichnete nichts auf, was sie in Bedrängnis bringen würde, sie arbeitete unter einem Deckmantel, ließ nichts von ihren wahren Vorhaben an die Öffentlichkeit dringen, das war mir mittlerweile klar geworden. Es steckte eine große Sache hinter den drei Morden, es musste etwas derart Verteufeltes vor sich gehen, dass man Menschen sofort ausschaltete, die aus der Reihe tanzten. Dieter Kuschinski. Orhan Aydin. Heinrich Kurz. Was hatten sie getan? Wie hätten sie die Pharmorena AG in Bedrängnis bringen können? Was war mit Silke Jakob geschehen? Sie wusste zu viel, das war klar. Sie hatte uns bereits informiert. Sie war aus der Reihe getanzt. Und sie war einfach von der Bildfläche verschwunden.

***

„Grüß dich, Ute."

„Hallo Peter, schön, dass du mich wieder einmal anrufst. Wie immer störst du gerade."

Ich konnte an ihrer rauen Stimme erkennen, dass ich sie wirklich störte. Leider gab es nur keine Gelegenheit, bei der man die Gerichtsmedizinerin Dr. Ute Gazek nicht bei irgendetwas Wichtigem unterbrach. Deshalb rief sie auch niemand von unserem Team freiwillig während der Arbeitszeiten an. Außer mir. Und privat kontaktierte sie sowieso niemand.

„Ute, ich benötige dringend dein umfassendes Fachwissen. Mir ist niemand anderes eingefallen, der mir meine Fragen so kompetent beantworten könnte wie du. Und du hast mir erzählt, dass du schon einmal mit Medikamentenentwicklung zu tun ..."

„Schon gut, Peter, mach es kurz."

Geschafft, mein Unterbrechungsversuch war erfolgreich, jetzt nur nichts Falsches sagen.

„Wann benötigt man während der Medikamentenentwicklung Petrischalen? Also, ich meine ..."

„Ganz zu Anfang der Forschung, für die Zellkulturen, vor den klinischen Phasen."

„Okay, gibt es danach noch Einsatzgebiete für die Dinger?"

„Wenn man Tests wiederholen will."

„Verstehe.“ Mir fiel auf, dass das genau der Aussage der Pharmorena-Mitarbeiter entsprach. Verdammt.

„Sehr schön, dann wäre das erledigt. Machs gut, Peter.“

„Halt, warte, Ute!“

„Noch etwas?“

„Ja, noch etwas. Es ist so, ich habe mit einem Dr. Dr. Kopf von der Pharmorena AG gesprochen, er ...“

„Hirni.“

„Wie bitte?“

„Nicht Kopf, Hirni.“

„Was meinst du damit?“

„Der ist vollkommen irre.“

„Du kennst ihn, Ute?“

„Ja, den kenne ich. Wir sind ein Jahrgang, haben die letzten drei Semester gemeinsam an der Goethe-Uni in Frankfurt verbracht. Er kam aus München zu uns. Wir haben ihn alle nur Hirni genannt. Ich bin dann in die USA gegangen, er in die Forschung.“

„Und?“

Ein grausamer Verdacht drängte sich mir auf. Dr. Dr. Kopf war irre? Er hatte sehr von sich überzeugt auf mich gewirkt. Aber wenn Ute in dieser Weise über jemanden sprach, musste etwas vorgefallen sein. Sie hatte ihre Wortwahl, mit der sie ihren Mitmenschen gehörig vor den Kopf stieß, aber es lag auch immer ein Funken Wahrheit ihn ihren Aussagen. Fast immer.

„Der Hirni hat sich jedes Mal als Erster gemeldet, wenn es um Tierversuche ging. Wir haben ihn damals mehrmals in den Labors heimlich beobachtet. Bevor er seine Versuche gestartet hat, hat er die Tiere gequält.“

„Inwiefern?“

„Er hat Faltern Flügel eingerissen, Fröschen die Zehen zerquetscht und Mäusen die Beine gebrochen. Die Versuche waren damit nichts mehr wert, die Tiere waren zu gestresst, die Versuche sinnlos."

Mir kam meine letzte Mahlzeit wieder hoch, ich musste sie erneut herunterschlucken.

„Ute, das ist abartig", krächzte ich.

„Sag ich doch, der ist ein Hirni."

„Warum hat er das getan? Seine Versuche zeigten dann bestimmt falsche Ergebnisse, wie du schon angemerkt hast, Ute. War das nicht schlecht für seine Noten, seinen Abschluss?"

„Nein, er hat immer irgendwelche Behauptungen aufgestellt, meist, dass die Tiere durch die Versuche aggressiv geworden wären. Alle waren erstaunt, dass er sich da so sicher war. Am Ende behielt er durch seine Manipulation auch noch recht, zumindest schien es so."

„Wie konnte er damit durchkommen?"

„Er hat es in einer Art gemacht, dass die Professoren es nicht auf ihn zurückführen konnten. Die hielten alle viel von ihm, er war ein Schleimer und Streber. Wir hatten keine Chance, ihn anzuschwärzen, das hätte nur nach Neid geklungen. Es waren alles Verletzungen, die sich die Tiere auch selbst in den Käfigen hätten zufügen können. Sie lebten dort meist dicht gedrängt. Die Richtlinien waren damals noch nicht so streng wie heute. Heute haben die Tiere Junior Suiten in den Labors, Greenpeace sei Dank."

Utes letzter Satz war unüberhörbar gespickt mit Ironie. Bestimmt befürwortete sie Tierversuche, in gewisser Weise zum Wohle der Menschheit. Mir schien, als wäre die Hemmschwelle bei Medizinern in dieser Hinsicht höher als bei anderen. Aber Dr. Dr. Kopf schien trotz allem nicht auf ihrer Wellenlänge zu liegen.

„Ute, um zu meinen Fragen zurückzukommen, die übrigens hervorragend zu deinen Ausführungen passen, Dr. Dr. Kopf hat mir erzählt, dass man in seinen Labors menschliche Stammzellen in Mäusehirne einpflanzt. Was kann ...“

„Ich habe nichts anderes von dem Hirni erwartet. Der hätte schon damals zu Studienzeiten liebend gerne an Menschen herumexperimentiert. Er hat sogar kurz nach dem Studium angefangen, neuartige Virenstämme zu züchten. Wir haben uns alle gefragt, was er damit vorhatte. Vielleicht sie als Waffe gegen Menschen einzusetzen?“

„Menschen“, flüsterte ich ins Telefon.

„Hast du etwas gesagt, Peter?“

Hatte Dr. Dr. Kopf jetzt erreicht, was er schon immer hatte tun wollen? Experimentierte er heute an Menschen und ihren Gehirnen herum?

„Äh, nein Ute, ich habe nichts gesagt.“

„Jetzt komm endlich zum Punkt, Peter, ich habe nicht ewig Zeit für deine Fragerei.“

„Ja, schon gut. Ich wollte von dir wissen, was es für Auswirkungen hat, wenn man menschliche Stammzellen in Mäusehirne einpflanzt.“

„Menschenklone im Mäusekörper.“

„Was!?“

„War ein Scherz, Peter. Es kommt drauf an.“

„Worauf?“

„Ob er nur einen Teil des Mäusehirns mit den Menschenzellen auffüllt, oder ob das Mäusehirn nach seinem Eingriff nur noch aus Menschenzellen besteht. Im letzteren Fall kann Dr. Dr. Hirni alles Mögliche mit den armen Menschen-Mäuschen simulieren."

„Er könnte ihnen zum Beispiel Psychopharmaka einflößen, die er an Menschen noch nicht testen darf? Und er würde damit feststellen können, wie ein menschliches Gehirn darauf reagiert?"

Bei der Frage konnte ich meinen Herzschlag bis in den Hals spüren.

„Ja, das könnte er. Wobei es ihn wahrscheinlich nicht groß interessieren würde, was er an Menschen testen darf und was nicht."

Ich musste schlucken. Ich schloss meine Augen, atmete tief durch, um die nächste Frage stellen zu können.

„Hältst du es für möglich, dass er Medikamente entwickeln könnte, mit denen man dauerhaft menschliche Eigenarten beeinflussen oder ausschalten, oder gar abnormes Hirngewebe heilen kann?"

„Ich traue es ihm zu. Wahnsinn und Genialität liegen bekanntlich nicht weit auseinander."

***

Karin kam herein, sie hielt einen Bericht in ihrer Hand.

„Gut, dass du kommst", begrüßte ich sie. „Du kannst dir gleich mal die Gebäudepläne der Pharmorena ansehen und mit mir schauen, wer zum Zeitpunkt von Dieter Kuschinskis Mord wann in welchem Raum war. Ich habe gerade schon damit angefangen, sehe aber nichts Besonderes."

„Mache ich gerne, Peter."

„Sag mal, gibt es eigentlich schon brauchbare Rückmeldungen zu Salvatores Phantombild?"

Als ich den Namen ausgesprochen hatte, bereute ich es gleich. Karin zuckte bei dem Wort „Salvatore" sichtlich zusammen. Hoffentlich verfiel sie jetzt nicht wieder in Melancholie. Gedanken an hoffnungslose Sehnsüchte, unerreichbare Liebe und sinnlose Tränen konnte ich aktuell nicht gebrauchen. Die Zeit lief uns davon, bald würde die LKA-Präsidentin vor uns stehen und Ergebnisse sehen wollen. Und die hatten wir nicht, nicht einmal ansatzweise.

„Nein, bisher wurde nur Blödsinn von der Bevölkerung gemeldet, keine brauchbaren Hinweise", fasste Karin mit ernster Miene zusammen, ich sah, wie sie sich langsam wieder fasste.

Um sie von den Gedanken an Salvatore loszureißen fragte ich: „Was hast du in der Hand?"

„Das sind die Ergebnisse von der IT. Sie sind fertig mit dem ersten von Dieter Kuschinskis Notebooks", erklärte sie und atmete tief durch.

„Und?"

„Nichts Ungewöhnliches. Ich verstehe nicht so viel von dem Zeug, aber sie haben Logfiles ausgewertet, sich Session-IDs angesehen, seine lokal gespeicherten Dateien durchsucht und die E-Mails gecheckt. Ihnen ist nichts Verwerfliches aufgefallen. Von den medizinischen Fachausdrücken waren sie allerdings überfordert, das müssen wir noch einmal einem Fachmann vorlegen. Die IT-ler meinten, dass wir noch Zugriff zu diesem Tracking-Tool der Pharmorena beantragen sollen. Dieter Kuschinskis Eingaben sind nicht auf dem

Notebook, man sieht sie nur im System selbst. Aber eine Sache habe ich nicht ganz verstanden. Es ging um die Session-IDs des Users *d.kuschinski*, es gab parallel mehrere davon mit dem gleichen Zeitstempel. Weißt du, was das bedeutet, Peter?"

„Keine Ahnung, ich wollte sowieso den Heiligen Grahl anrufen."

Karin grinste mich an, das war unser Spitzname für André Grahl, einen Hacker, der bereits des Öfteren in IT-Systeme von Großkonzernen und Banken eingedrungen war, um den IT-Bossen zu zeigen, wo der Hammer hing, wie er es selbst umschrieb. Er rieb den hochnäsigen Topmanagern regelmäßig die Schwachstellen ihrer firmeninternen Anwendungen unter die Nase. Einer unserer IT-Experten hatte André Grahl vor drei Jahren während einer seiner Angriffe auf das System einer Bank in Frankfurt am Main geschnappt, ihm war daraufhin eine Bewährungsstrafe aufgebrummt worden. Seitdem handelte André Grahl nur noch mit offiziellem Auftrag, entweder wurde er direkt von den ehemaligen Angriffszielen, also Konzernen und Banken, engagiert, oder auch vom LKA. Ich fand, es war dringend einmal wieder an der Zeit.

Wir benötigten erstens einen umfassenden Einblick in das Tracking-Tool der Pharmorena AG und zweitens die Aufzeichnungen aus deren Zugangs- und Videoüberwachungssystem. Ich vermutete, dass uns die Geschäftsführung der Pharmorena lediglich eingeschränkten Einblick gewähren würde. Und ich wusste durch vergangene Einsätze von André Grahl, dass es Mittel und Wege gab, sensible Daten in IT-Anwendungen zu verstecken, so dass sie nicht durch die offiziellen

Untersuchungen unserer internen IT-Experten gefunden werden konnten. Der Hinweis mit den mehrfachen Session-IDs hatte mich diesbezüglich hellhörig gemacht. Und ich wollte keine Zeit mehr verschwenden. Bevor ich mir mit Karin die Gebäudepläne ansah und die nächsten Protokolle durchging, wählte ich André Grahls Mobilnummer. Er meldete sich nach dem dritten Klingeln.

***

<u>Gesprächsnotiz:</u> LKA Wiesbaden, Büro 1.21 Peter Groß und Karin Weidmann, Dienstag 24.09.2019, 11:58 Uhr: Telefonanruf beim Marionettentheater Salzburg, Gundolf Kuschinski, männlich, 67 Jahre (Onkel des Ermordeten Dieter Kuschinski)

„Marionettentheater Salzburg, Sie sprechen mit Monika Lederle, guten Tag."

„Guten Tag, Frau Lederle. Mein Name ist Peter Groß vom hessischen LKA in Wiesbaden, Deutschland. Kann ich bei Ihnen Herrn Gundolf Kuschinski erreichen?"

„Ja, wir haben es schon gehört, sein Neffe Dieter ist ermordet worden. Was für eine tragische Geschichte. Gundolf hat sich einige Tage freigenommen, jetzt ist er wieder da. Moment, ich versuche ihn für Sie zu erreichen."

***

Frau Lederle sprach mit diesem angenehmen, österreichischen Dialekt, den ich so mochte. Er klang nach

Urlaub, Alpen und Wohlbefinden. Trotz des unangenehmen Themas.

„Vielen Dank, Frau Lederle."

Es knackte in der Leitung, dann meldete sich eine männliche Stimme.

„Kuschinski."

„Guten Tag, Herr Kuschinski. Ich möchte mit Ihnen über Ihren Neffen Dieter Kuschinski sprechen."

„Dann beweisen Sie mir erst einmal, dass Sie von der deutschen Polizei sind! Könnte ja jeder hier anrufen."

Hier handelte es sich um einen oberbayerischen Dialekt, ich erkannte ihn sofort. Und ich hatte vollstes Verständnis für die Zweifel des Angerufenen. Ich hätte in seiner Lage gewiss ähnlich reagiert.

„Gehen Sie im Internet auf unsere Homepage, bitte schreiben Sie mit, das ist etwas lang: https://www.polizei.hessen.de/dienststellen/hessisches-landeskriminalamt/. Wählen Sie die dort aufgeführte Telefonnummer von unserer Zentrale, dann lassen Sie sich mit Kommissar Peter Groß verbinden."

„Mache ich, bis gleich, Herr Groß."

„Bis gleich."

Es knackte wieder in der Leitung, ich legte den Hörer auf. Kurz darauf klingelte mein Telefon.

„Groß."

„Kuschinski hier."

„Ah, da sind Sie schon wieder", ich war beruhigt, dass Gundolf Kuschinski, der Onkel des Ermordeten, mich unverzüglich zurückgerufen hatte. „Sie sind misstrauisch, das kann ich verstehen. Aber wir müssen dringend mehr über Ihren Neffen erfahren, die Ermittlungen gestalten sich äußerst schwierig."

„Kein Problem, Herr Kommissar, das ist mir bewusst. Die Kollegen von der Salzburger Polizei haben mich schon besucht und mir erzählt, dass es ihn erwischt hat. Bei dem Job kein Wunder. Habe immer versucht, ihm das auszureden."

„Was genau wollten Sie ihm ausreden?", wollte ich wissen. Etwas an der Tätigkeit seines Neffen Dieter Kuschinski schien mit tödlichen Gefahren verbunden gewesen zu sein, über die ich jetzt hoffentlich mehr erfahren würde.

„Dass er sich mit solchen Werwölfen abgibt!", schrie Gundolf Kuschinski.

Ich wunderte mich über seinen aggressiven Tonfall und fragte: „Wen meinen Sie damit?"

„Na, diese Tierquäler, Menschenfresser. Die haben doch keine Achtung mehr vor gar nichts!"

Jetzt kamen wir endlich an den Punkt, auf dessen Klärung ich so lange gewartet hatte.

„Würden Sie mir bitte mehr davon erzählen, Herr Kuschinski?"

„Ich habe schon versucht, es den zweien von der Salzburger Polizei zu erzählen, die haben aber sofort abgeblockt, wollten nichts davon hören. Meinten, sie wären die Falschen, wären nur Nachrichtenüberbringer. Ich müsste mich an eine andere Truppe wenden."

„Es wurde uns aber von den Kollegen ausgerichtet, Herr Kuschinski", beschwichtigte ich Gundolf Kuschinski. „Deshalb rufe ich Sie jetzt an. Wir konnten Sie leider in den letzten Tagen nicht erreichen."

„Ja, ich bin für ein paar Tage in die Sonne geflogen, musste abschalten, wieder Kraft tanken, nach dieser

niederschmetternden Nachricht über Dieter. Davor habe ich ihn immer gewarnt."

„Jetzt erzählen Sie mir doch bitte, was vorgefallen ist", bat ich ihn ungeduldig.

„Es war so, Herr ... Herr ..."

„Groß."

„Herr Groß. Das sind alles Kopfspalter und Bauchaufschlitzer!"

„Wie bitte?" Ich zuckte zusammen, mich überkam eine schreckliche Vorahnung.

„Sie haben keine Ahnung, was Dieter mir alles von denen erzählt hat. Gewissenlose Mistkerle sind das. Die besorgen sich unzählige Leichen, holen die Gehirne aus den Köpfen raus und schneiden verstorbenen Schwangeren die Bäuche auf, um ..., das kann ich gar nicht aussprechen, Herr Kommissar. Das ist ...", hörte ich Gundolf Kuschinski sagen, seine Stimme wurde brüchig.

„Herr Kuschinski, bevor Sie weiter reden", unterbrach ich ihn, „haben Sie das Gefühl, dass Sie seit der Ermordung Ihres Neffen beobachtet oder verfolgt werden?"

„Bin mir nicht sicher. Aber von dem skrupellosen Pack lasse ich mich nicht einschüchtern, das können Sie mir glauben."

„Herr Kuschinski, ich möchte Sie nicht beunruhigen, aber es sind mittlerweile zwei weitere Morde verübt worden, die vermutlich im Zusammenhang mit der Pharmorena AG stehen. Beides Menschen, die zu viel von dem Konzern und seinen Machenschaften wussten. Eventuell leben Sie nur noch, weil Sie in die Sonne geflogen sind", erklärte ich dem für uns ungemein *wichtigen Zeugen, wir mussten ihn unverzüglich in Sicherheit bringen.*

„Sag ich ja, ich lasse mich von denen nicht einschüchtern. Mir war schon klar, dass die mich suchen“, erklärte er, tiefe Einsicht klang aus seiner Stimme. „Ich bin heute auch nur im Marionettentheater, um mir ein paar Dinge einzupacken, die ich hier gelagert habe. Dann verschwinde ich gleich wieder. Habe in der letzten Zeit jede Nacht in einem anderen Hotel geschlafen, und habe immer meine kleine Beretta 8000 unter dem Kopfkissen.“

„Ich frage jetzt nicht, wo Sie die Handfeuerwaffe herhaben und wie es um Ihren Waffenschein bestellt ist“, meinte ich und musste grinsen, dieser Mann verstand es, sich zu helfen. „Aber habe ich es richtig mitbekommen, Sie haben brisantes Material im Marionettentheater gelagert? Und das holen Sie heute ab, um es in Sicherheit zu bringen?“

„Mag sein.“

„Herr Kuschinski, das wäre am besten bei uns aufgehoben. Können wir uns treffen?“, fragte ich ihn, mein Herz machte einen Sprung bei der Aussicht auf Beweismaterial.

„Sicher.“

„Dann kommen Sie nach Deutschland!“, forderte ich ihn auf.

„Falls das Telefon hier abgehört wird ...“, lamentierte Gundolf Kuschinski.

„Sprechen Sie nicht weiter, wir finden einen Weg, den Treffpunkt zu vereinbaren, Herr Kuschinski. Ich gehe davon aus, dass Sie durch Ihren Neffen belastendes Insiderwissen erlangt haben?“, mutmaßte ich.

„Das kann man so sagen."

„Könnte das, was er Ihnen erzählt hat, ein ausreichender Grund für seine Ermordung sein, Herr Kuschinski?"

„Ja."

***

***Protokoll:* Frankfurt, Industriepark Höchst, Pharmorena AG, Besucherraum 1-3.05, Mittwoch 25.09.2019, 10:33 Uhr: Zeugenbefragung durch Peter Groß von Dr. Dr. Michael Kopf, männlich, 54 Jahre, Director Experimental Brain Research bei der Pharmorena AG**

„Guten Morgen, Dr. Dr. Kopf, ich ..."

„Sie schon wieder! Was wollen Sie? Sie waren doch erst gestern hier."

***

Dieser Mensch war mir mittlerweile noch weit unangenehmer als Bernhard Moscher. Ich kam gleich zum Punkt, um das Gespräch so kurz wie nur irgend möglich zu halten.

„Dr. Dr. Kopf, wir sind zwischenzeitlich zu dem Schluss gekommen, dass die Ermordung von Dieter Kuschinski durch sein Arbeitsumfeld begründet sein muss. Und da Sie dem Vorstand der Pharmorena AG angehören, muss ich Sie leider noch einmal damit belästigen."

„Wie sind Sie auf diesen hanebüchenen Schluss gekommen, Herr Groß?", warf er mir unverblümt vor.

„Uns liegen Hinweise vor, dass Dieter Kuschinski Interna ausgeplaudert hat, die Sie vor der Öffentlichkeit zurückhalten wollten und ...“

„Hahaha“, unterbrach er mich, er nahm meine Worte alles anders als ernst. „Hat Ihnen das sein verwirrter Onkel erzählt? Wir nennen ihn hier Lebenskünstler, aber eigentlich ist er ein Vagabund, der am Salzburger Marionettentheater an der Bühne herumschrauben darf, damit er sich sein nächstes Bierchen kaufen kann. Er leidet übrigens seit zwei Jahren an Alzheimer. Mit ein Grund, warum sein Neffe Dieter hier so verbissen am Werke war.“

Mit einem Schlag hatte er all meine Hoffnungen zunichtegemacht. Sei auf der Hut, Peter Groß, bleib skeptisch, es könnte ein schäbiger Trick sein!

„Sie wollen sagen, dass Dieter Kuschinski bei der Pharmorena im Qualitätsmanagement gearbeitet hat, weil er mit den neuentwickelten Medikamenten seinen Onkel vor dem geistigen Verfall retten wollte?“, fragte ich schockiert.

„Damit liegen Sie vollkommen richtig.“

Ein Schwindel erfasste mich. Es fühlte sich an, als würde mein Ledersessel anfangen, sich zu drehen. Er wurde immer schneller, schneller. Ich griff nach der Tischkante des nierenförmigen Glastischs, um die vermeintliche Drehung zu stoppen. Dr. Dr. Kopf begann zu lächeln. Er erkannte meine Unsicherheit, machte sich über mich lustig. Ich hasste ihn dafür.

„Können Sie das belegen, Dr. Dr. Kopf?“, bellte ich ihn an.

„Natürlich! Gundolf Kuschinski war vor einem Jahr hier. Dieter hat einen Arzt eingeschaltet, den er privat

kannte. Sein Onkel war nicht krankenversichert. Es gibt eine Patientenakte von ihm hier im Haus, die kann ich Ihnen bringen lassen. Gundolf wollte sich erst als Proband zur Verfügung stellen, dann hat er es sich anders überlegt. Er war ganz schön wirr im Kopf, er wäre ein gutes Testobjekt gewesen", erklärte Dr. Dr. Kopf und lehnte sich selbstgefällig in seinem Sessel zurück. Er lächelte immer noch milde.

Mein Schwindel war weg. Jetzt krallte sich eine knöcherne Hand um meinen Hals. Ich bekam kaum Luft. Meine Hoffnungen fielen in sich zusammen wie ein Kartenhaus.

„Was hat Dieter Kuschinski dann getan?", keuchte ich. Ich musste husten, um meinen Hals wieder freizubekommen.

„Er hat ihn gehen lassen, hatte aber regelmäßig Kontakt zu seinem Onkel, ist während seines Urlaubs immer nach Salzburg gefahren, er war sein einziger Verwandter. Dieter hing an ihm, und Alzheimer ist tödlich. Ein paar Jahre hätte er noch Zeit gehabt, unser neues Medikament wird gewiss noch rechtzeitig fertig. Falls Sie Gundolf Kuschinski treffen, richten Sie ihm das aus, wir nehmen ihn gerne als Probanden auf, wäre alles kostenlos für ihn", meinte Dr. Dr. Kopf und stieß ein abartiges, kehliges Lachen aus.

„Werde es versuchen, Dr. Dr. Kopf", meinte ich angewidert. „Aber noch etwas Anderes. Sagt Ihnen der Name Silke Jakob etwas?"

„Nie gehört."

War nicht anders zu erwarten gewesen. „Sie hat bei FlashData gearbeitet und war bei der Pharmorena tätig, um Telefone einzurichten."

„Wie gesagt, nie gehört“, widersprach Dr. Dr. Kopf ein zweites Mal.

„Sie ist verschwunden“, merkte ich an und beobachtete seine Reaktion.

„Frauen verschwinden hin und wieder, sie wird ihre Gründe dafür haben“, meinte er lapidar und lächelte wissend.

„Und sie verschwindet genau zu dem Zeitpunkt, an dem auch Dieter Kuschinski und Heinrich Kurz ermordet wurden? Sind das nicht zu viele Zufälle, Dr. Dr. Kopf?“, fuhr ich ihn an und bereute es gleich. Bleib ruhig, Peter Groß, bleib ruhig!

„So etwas passiert“, kommentierte er gelangweilt und blieb bei seiner abstoßenden Art.

„Und der Name Orhan Aydin, sagt der Ihnen etwas?“

„Nein.“

„Er war Silke Jakobs Lebenspartner, hat auch bei der FlashData gearbeitet. Er hat hier alle Telefone aufgestellt, auch das in Ihrem Büro, Dr. Dr. Kopf!“, rief ich, es musste wie ein Vorwurf klingen. Es war mir egal.

„Mag sein, aber ich habe hier erst angefangen zu arbeiten, als das Telefon bereits auf meinem Schreibtisch stand“, meinte Dr. Dr. Kopf gelassen, er machte sich über mich lustig.

„Orhan Aydin ist vor einigen Tagen umgebracht worden“, klärte ich ihn auf.

„Im Rhein-Main-Gebiet gibt es viele Todesfälle. Ich gehe davon aus, dass nicht alle mit der Pharmorena AG in Verbindung stehen.“

Diese Information hatte ihn völlig kaltgelassen. Ich ekelte mich vor diesem Wissenschaftler.

„Warum meinen Sie, ist Heinrich Kurz umgebracht worden? Den Pförtner der Pharmorena AG werden Sie doch wohl kennen, Dr. Dr. Kopf?", fragte ich weiter.

„Sie werden es nicht glauben, aber Herr Kurz war sehr vermögend, Sohn reicher Eltern. Sein Job hier war nur ein Hobby. Er hat sein Leben lang als Pförtner im Industriepark Höchst gearbeitet, mal hier mal da. Er fand es spannend, sich den ganzen Tag im Hochsicherheitstrakt zu bewegen und auf alles aufzupassen. Er hatte keine Ausbildung, daher war das eine Ehre für ihn. Er hat seinen Job sehr ernst genommen. Nach Firmengründung hat er sich direkt bei uns beworben, war vom ersten Tag an dabei. Aber was seine Ermordung angeht, würde ich an Ihrer Stelle in seinem privaten Umfeld ermitteln. Er hatte einiges auf der hohen Kante, hat auch Privatkredite vergeben, verstehen Sie?"

Wieder erwischte er mich kalt. Ich kam mir vor, als hätte ich bisher ausschließlich unsinnige Spuren verfolgt. Dass der ermordete Pförtner vermögend war, war uns durch unsere Ermittlungen bekannt, er hatte geerbt. Aber was sich in seinem Leben abgespielt hatte, wussten wir noch nicht. Wir hatten uns scheinbar an den falschen Hinweisen festgebissen. Warum kam das alles erst jetzt ans Tageslicht? Ich ärgerte mich über mich selbst, über meine beengte Sicht.

„Ich werde dem nachgehen, Dr. Dr. Kopf", meinte ich knapp und erhob mich, um dieses grauenhafte Pharmorena-Gebäude zu verlassen.

„Tun Sie das, damit liegen Sie bestimmt richtig", rief Dr. Dr. Kopf hinter mir her.

***

***Protokoll:* Frankfurt, Schwanheim, An der Schwarzbachmühle, Mittwoch 25.09.2019, 13:44 Uhr: Zeugenbefragung durch Peter Groß von Gerlinde Kurz, weiblich, 67 Jahre (Witwe von Heinrich Kurz)**

„Guten Tag, Frau Kurz, mein Name ist Peter Groß, ich bin vom hessischen LKA Wiesbaden. Noch einmal mein herzliches Beileid."

***

Gerlinde Kurz war eine kleingewachsene, dürre alte Dame um die siebzig. Sie spähte misstrauisch durch den Türspalt, die Haustür war mit einer Kette gesichert. Ihre Augen verrieten eine tiefsitzende Traurigkeit. Ich hatte unmittelbar ein schlechtes Gewissen, der Witwe von Heinrich Kurz nun mit unangenehmen Fragen zu belästigen, die uns bei unseren Ermittlungen hoffentlich einen großen Schritt weiterbrachten. Wir mussten unbedingt tiefer in das Umfeld des ermordeten Pförtners eindringen. Hier schien einer der Schlüssel zur Lösung des Falles zu schlummern. Wir mussten ihn nur endlich finden. Sie schloss die Tür wieder. Ich hörte die Kette klappern, dann öffnete sie die Haustür wieder.

„Guten Morgen, Kommissar Groß. Kommen Sie herein."

„Ich muss Sie zu Ihrem Mann Heinrich Kurz befragen", erklärte ich mein unangemeldetes Erscheinen. „Es ist sehr wichtig, damit wir seinen Mörder identifizieren können."

„Ich verstehe das, ich verstehe das“, murmelte sie und führte mich in ihre Küche. „Kommen Sie, setzen Sie sich. Möchten Sie Kaffee, Tee, Wasser?“

Ihr kleines Häuschen in Schwanheim musste weit über einhundert Jahre alt sein. Es war ein Fachwerkhaus, das innen zum letzten Mal in den Neunzehnhundertsechziger- oder Siebzigerjahren renoviert worden war. Die Küche bestand aus zusammengewürfelten, alten Schränken, die ich von meiner Oma kannte, einem Gasofen und einem großen Boiler, der in der Ecke zwischen Fenster und Spüle stand. Ich wollte ihr keine Umstände machen, lehnte ein Heißgetränk ab und ging gleich zu meinen Fragen über.

„Nein, danke, Frau Kurz. Ihr Mann wäre nächsten Monat einundsiebzig Jahre alt geworden. Warum hat er noch bei der Pharmorena gearbeitet?“

„Er konnte nicht aufhören, Herr Kommissar“, meinte sie und setzte sich gemeinsam mit mir an einen alten, klapprigen, weißen Esstisch. „Es wäre mir lieber gewesen, er hätte mit mir seinen Ruhestand genossen, glauben Sie mir. Aber der Industriepark bedeutete ihm sehr viel, und er hätte gar nicht gewusst, was er denn den lieben langen Tag tun sollte.“

Dieses Problem schienen mir einige betagte Leute zu haben, abgesehen von den Geldsorgen, die sie im Alter hatten. Laut Dr. Dr. Kopf sollte es bei Heinrich Kurz nicht so gewesen sein. Die Ausstattung seines Hauses zeugte jedoch nicht davon. Viel hineingesteckt hatte der Ermordete darin nicht.

„Er hätte es aber nicht nötig gehabt, oder, Frau Kurz?“, versuchte ich das sensible Thema anzusprechen.

„Sie meinen wegen des Geldes?“, fragt mich Gerlinde Kurz und sah mich dabei mit ihren wachen, grauen Augen an.

„Es ist bestimmt eine unangenehme Frage für Sie, aber es wird behauptet, dass Ihr Mann durch seine vermögenden Eltern über sehr viel Kapital verfügte. Stimmt das?“

Gerlinde Kurz starrte mich durchdringend an, als wolle sie den Grund der Frage in meinen Augen erkunden. Dann senkte sie den Blick und meinte: „Ja, das stimmt. Seine Eltern hatten eine gutgehende Rechtsanwaltskanzlei in Frankfurt, Kurz&Knapp heißt die, eine recht große, sie hatten immer um die acht bis zehn Anwälte angestellt. Sie waren beide sehr erfolgreich. Heinrich war ihr einziger Sohn, keine Geschwister. Er hatte als Kind einen Unfall an den Bahngleisen im Frankfurter Bahnhof. Er hatte eine schlimme Kopfverletzung. Bei der Obduktion werden Sie bestimmt seine Narbe ... Sie werden ...“

Tränen traten in ihre Augen.

„Beruhigen Sie sich, Frau Kurz. Lassen Sie sich Zeit.“

„Danke“, sagte sie und wischte sich die Tränen mit dem Handrücken aus dem faltigen Gesicht.

„Kein Problem.“

„Entschuldigung, jetzt geht es wieder“, sagte sie, schniefte und fuhr fort: „Der Heinrich ist als Kind mit dem Kopf auf die Gleise gefallen, er hatte davon eine lange Narbe am Kopf. Durch die Haare hat man sie nicht gesehen. Auf jeden Fall konnte er damals, er muss acht oder neun gewesen sein, lange nicht zur Schule gehen. Danach war er ein schlechter Schüler, für ein Studium oder für eine Ausbildung hat es nicht gereicht, er

hatte eine Lernschwäche. Man sagte, die Verletzung war der Grund dafür. Sein Vater hat ihn über einen guten Freund bei der früheren Farbwerke Höchst AG untergebracht, als Pförtner. Der Heinrich hat sein ganzes Leben im Industriepark verbracht. Seine Eltern sind vor einigen Jahren verstorben, er war Alleinerbe. Die Rechtsanwaltskanzlei Kurz&Knapp besteht immer noch, der Heinrich hat einen Geschäftsführer, den Herrn Rolffs, eingestellt, der sie jetzt leitet."

„Die Verletzung an seinem Kopf, könnte sie von Interesse für die Wissenschaftler der Pharmorena gewesen sein?"

Bei der Frage fühlte ich mich mies, aber ich musste sie stellen. Ein leiser Verdacht kam in mir hoch. Am liebsten wäre ich davongerannt, hätte die grausamen Gedanken in die Hölle geschrien. Aber es wäre sinnlos gewesen, der Verdacht würde mich bis in den Schlaf verfolgen. Ich musste eine Antwort darauf haben.

Und Gerlinde Kurz bestätigte es mir: „Bestimmt, die fummeln ja die ganze Zeit an Köpfen herum."

Ich musste würgen, schlucken, die Augen schließen. Hörte das denn nie auf? Kamen immer wieder neue abscheuliche Dinge ans Licht? Warum musste es unbedingt um Menschenhirne gehen? Wieder überfiel mich ein Ekelgefühl.

„Ist Ihr Mann dort untersucht worden?", fragte ich, obwohl ich die Antwort bereits ahnte.

„Ja, das ist er", bestätigte die Witwe. „Deshalb war er auch in einigen Labors unten im Keller. Die haben ihm so Sensoren angeklebt und was in seinem Gehirn gemessen. Sie wollten dann irgendetwas machen, was er abgelehnt hat. Es gab Streit deshalb."

„Wie lange ist das her?“

„Vielleicht zwei Monate.“

Zwei Monate. War das etwa der Grund für seine Ermordung gewesen? War noch etwas an oder in seinem Kopf gewesen, was niemand hätte finden dürfen? Und was war mit seinem Kapital passiert? In seinem Haus steckte es auf jeden Fall nicht.

„Noch etwas anderes. Hat Ihr Mann auch einmal Geld verliehen?“, fragte ich.

„Nein! Das sind alles Gerüchte!“, rief Gerlinde Kurz, ihre Hände begannen, nervöse Zuckungen zu zeigen, dieses Thema erregte sie offensichtlich. „Er hat sich immer von seinen Eltern beraten lassen, weil er selbst nicht sehr gut mit Geld umgehen konnte, er hatte es einfach. Und sie haben ihm gesagt, dass man für alles Verträge machen soll. Das war ihm aber viel zu kompliziert. Auch in den letzten Jahren hat er immer den Herrn Rolffs gefragt, wenn es um seine Geldangelegenheiten ging. Der hat ihm auch bei der Steuererklärung geholfen. Der Heinrich hat viel gespendet, für benachteiligte Kinder und Jugendliche, für Flüchtlinge, aber verliehen hat er nichts.“

„Also hat mir jemand einen Bären aufgebunden, Frau Kurz, Ihr Mann hat keine Privatkredite vergeben?“

„Niemals hat er das!“, echauffierte sich Gerlinde Kurz.

„Hat er vielleicht Geld bei der Pharmorena AG investiert?“

„Das kann sein. Bei dem Streit vor zwei Monaten hat er aber alles zurückverlangt. Den aktuellen Stand dazu kenne ich nicht, fragen Sie besser Herrn Rolffs.“

„Werde ich tun. Dann noch eine Frage, die ich stellen muss, bitte verstehen Sie sie nicht falsch", entschuldigte ich mich gleich.

„Was denn?"

„Wo waren Sie, als ihr Mann ermordet wurde? Sie waren nicht hier im Haus, stimmt's?", ich schämte mich regelrecht, das zu fragen.

„Ja, das stimmt, ich war in Nied, in der Dürkheimer Straße, in der neuen Flüchtlingsunterkunft. Ich gebe da ehrenamtlich Deutschunterricht. Der Heinrich ist halt jeden Tag zur Arbeit, da habe ich mir auch was Sinnvolles gesucht. Ich mache das schon seit über sechszehn Jahren in verschiedenen Einrichtungen."

„Verstehe, sehr löblich, Frau Kurz."

„Es wird viel zu wenig für diese armen Menschen getan."

„Da mögen Sie recht haben", bestätigte ich und ging zum nächsten, nicht weniger wichtigen Punkt über. „Wissen Sie eigentlich, was Ihr Mann in seiner Aktentasche hatte? Sie ist seit seinem Mord verschwunden."

„Ja, das weiß ich."

Ich war erleichtert, dass ich es nun endlich erfahren würde und sah Gerlinde Kurz fragend an. Sie erwiderte meinen Blick und blieb stumm.

„Und, würden Sie es mir bitte sagen?", forderte ich sie auf.

„Ach so, Entschuldigung", meinte sie, diese Situation schien sie doch zu überfordern. „Er hat immer gesagt, da ist seine Lebensversicherung drin."

„Seine Lebensversicherung?", wunderte ich mich.

„Ja, seine Lebensversicherung. Er wollt sie immer bei sich tragen, sie nicht irgendwo herumliegen lassen. Aber ...“

„Aber?“

„Weil Sie von der Polizei sind, sage ich Ihnen was“, flüsterte sie und sah sich in ihrer Küche um, als könnte uns jemand belauschen.

„Was denn, Frau Kurz?“, flüsterte ich zurück und beugte mich etwas vor, um sie besser verstehen zu können.

„Es weiß außer mir niemand.“

„Was weiß niemand?“, fragte ich verschwörerisch.

„Er hat Kopien davon im Safe.“

„Kopien? Wovon?“

„Von seiner Lebensversicherung, die auch in seiner Aktentasche war.“

Ich lehnte mich zurück und sprach wieder mit einer normalen Lautstärke: „Frau Kurz, dann erzählen Sie mir doch bitte, was das genau ist, seine Lebensversicherung. Wenn man einen Vertrag abschließt, dann muss man den ja für gewöhnlich nicht ständig mit sich herumtragen, oder?“

„Es war keine gewöhnliche Lebensversicherung“, deutete Gerlinde Kurz an.

„Sondern?“

„Unterlagen von der Pharmorena AG.“

Wieder dieser Name. Bei allem und jedem schienen diese Forscher und Wissenschaftler ihre Finger im Spiel zu haben. Und jetzt auch bei Lebensversicherungen?

„Sie meinen eine betriebliche Lebensversicherung?“, wollte ich wissen.

„Sowas Ähnliches."

„Sagen Sie mir, was Sie damit meinen, Frau Kurz", bat ich sie. „Geht es um seine Investitionen dort?"

„Es waren ausgedruckte Fotos."

Fotos als Lebensversicherung. Eine böse Vorahnung machte sich in mir breit. „Was für Fotos?", fragte ich weiter und rieb mir dabei die Schläfen. Ich wusste, dass das, was ich nun zu hören bekam, nicht einfach zu verarbeiten sein würde.

„Fotos von Versuchsberichten, von Tieren in Käfigen, von Apparaturen, von Schränken mit irgendwelchen Reagenzgläsern, Fläschchen und Dosen, von Laboren, von ...", begann Gerlinde Kurz aufzuzählen.

„Ich verstehe, Frau Kurz", unterbrach ich sie. „Ich hätte jetzt doch gerne einen Tee."

„Sehr gerne, Moment."

Die Witwe stand auf und hantierte am Herd herum. Kurz darauf hörte ich heißes Wasser in einem Kessel blubbern. Dann griff sie in einen Hängeschrank, klapperte mit Geschirr und stellte eine mit kleinen, bunten Blumen bemalte Teetasse vor mir auf den Tisch.

„Und Sie sagten, dass Ihr Mann auch Kopien im Safe hat?", fragte ich sie.

Sie hängte einen Beutel, dessen Pappschildchen mit dem Aufdruck „Hibiskus" versehen war, in die Tasse und goss das heiße Wasser aus dem Kessel hinein.

„Ja, das hat er. Bitte, Ihr Tee. Zucker?"

„Nein, danke. Ist der Safe hier im Haus?"

„Ja, natürlich."

Ich war hin- und hergerissen. Sollte ich warten, bis der Tee gezogen war und mir einen Schluck gönnen? Oder sollten wir besser gleich zum Safe gehen?

„Würden Sie mir den Safe bitte zeigen?“, bat ich sie.

„Ja, kommen Sie mit. Wir müssen die Treppe hoch, ins Schlafzimmer“, plauderte sie und machte sich gleich auf den Weg. Ich folgte ihr und lauschte weiter ihren Worten. „Entschuldigen Sie, ich habe es seit Heinrichs Tod nicht mehr aufgeräumt. Ich kann seine Sachen noch nicht wegpacken. Es geht einfach nicht, es ist noch zu früh. Er war etwas unordentlich, wissen Sie?“

„Das macht nichts, Frau Kurz, das kann ich verstehen“, beruhigte ich sie und folgte ihr die Treppe hoch.

Sie öffnete eine alte, knarzende Holztür. Dahinter verbarg sich das Schlafzimmer der Eheleute Kurz. Abgelaufener, roter Teppichboden, ein altes Himmelbett mit vergilbter Tagesdecke, mächtige Schränke aus dunklem Holz, ein großer, eingerahmter Spiegel an der Wand.

„Sehen Sie, hier hinter meinem Schminkspiegel, da ist der Safe in der Wand“, erklärte mir Gerlinde Kurz.

Es klang wie eine Entschuldigung. Die zierliche, alte Dame wäre niemals imstande gewesen, an den Safe heranzukommen.

„Moment, das macht nichts, ich hänge ihn ab, Frau Kurz“, beruhigte ich sie und trat an den Spiegel.

Er musste mehrere Tonnen wiegen, ich bekam ihn nicht von der Wand. Ich musste den davor stehenden Schminktisch zur Seite rücken, bevor ich es noch einmal versuchte.

„Ja, er ist schwer, der Spiegel“, bestätigte Gerlinde Kurz.

„So, jetzt haben wir es geschafft“, keuchte ich, hob den Spiegel zur Seite und lehnte ihn an die Wand. „Würden Sie ihn bitte öffnen?“

„Das kann ich nicht, Herr Kommissar!“

„Das können Sie nicht?“, fragte ich sie verwundert.

„Nein, die Zahlenkombination kennt, äh, kannte nur der Heinrich. Gott, hab ihn selig.“

***

Es war genug für heute, ich musste heim. Schlafen. Das gemeinsame Studium der Gebäudepläne und Zutrittskontrollen mit Karin hatte nichts weiter ergeben. Am Tag von Dieter Kuschinskis Ermordung gab es keine Auffälligkeiten, die Zugänge zu den Büros hatten sich nicht signifikant von denen an anderen Wochentagen unterschieden. Vielleicht hatte tagsüber jemand mit einem anderen Kollegen das Büro betreten und sich bis zum Abend darin versteckt, um am späten Abend den Fenstergriff zu präparieren?

Karin und ich hatten auf den Gebäudeplänen noch nach den Fluren und Tunneln für diese Transportroboter gesucht, die Dr. Baum erwähnt hatte. Einige waren zwar auf den Blättern verzeichnet, jedoch war nicht ersichtlich, wohin sie genau in den Untergeschossen führten. Manche schienen einfach in den Wänden zu verschwinden. Es musste weitere Pläne geben! Der Termin mit André Grahl stand, er war sofort Feuer und Flamme gewesen, er wollte direkt morgen bei uns vorbeikommen.

Die Protokolle lasteten auf mir wie ein tonnenschwerer Betonbrocken, der mich aus einem riesigen, gesprengten Büroturm getroffen hatte. Ein Büroturm, in dem die Pharmorena AG saß.

Nur leider stand das Gebäude des teuflischen Konzerns immer noch, die skrupellosen Wissenschaftler arbeiteten weiter rund um die Uhr an ihren abscheulichen Versuchsreihen. Und ich brauchte jetzt dringend eine Pause. Morgen, am 02.10.2019 würde ich wieder in meinem Büro sitzen. Und morgen würde auch die LKA-Präsidentin bei uns hereinschneien, zurück aus Berlin. Vielleicht käme ich ja heute Abend daheim in meinem Fernsehsessel noch dazu, ein paar Protokolle zu lesen.

***

***Gesprächsnotiz:* LKA Wiesbaden, Büro 1.21 Peter Groß und Karin Weidmann, Mittwoch 25.09.2019, 17:56 Uhr: Telefonanruf von Dr. Ute Gazek, Rechtsmedizinerin bei der Goethe-Universität Frankfurt, Institut der Rechtsmedizin, Forensische Medizin**

„Groß!"
„Hier Klein!"
„Wer?"

***

Wer um Himmelswillen war das denn? Klein kannte ich nicht.

„Ich bin es, Peter, Ute Gazek!"

„Du rufst mich unter einem falschen Namen an?"

Ich hätte sie durchs Telefon ohrfeigen können. Diese Frau machte mich rasend. Ich beruhigte mich nur langsam, während sie weitersprach.

„Ja, soweit ich mich erinnere, ist es das erst Mal während deiner Karriere beim LKA, dass ich dich anrufe, da wollte ich den Spannungsbogen hochhalten."

Miststück. Sie hatte mich voll erwischt und kostete die Situation aus.

„Wirklich amüsant, Ute. Was gibt es denn Wichtiges?", blaffte ich sie an.

„Du wirst es nicht glauben, Peter, aber es ist wirklich wahr."

Himmelherrgott! Fing das Spielchen jetzt wieder an?

„Was?", fragte ich betont gelangweilt.

„Ich bin mit der Leiche von Heinrich Kurz fertig."

Endlich, sie war mit der Leiche von Heinrich Kurz fertig!

„Wow, Wahnsinn, so schnell, wirklich nicht zu glauben", lobte ich sie.

„Gleich werden dir deine schlechten Witze im Hals steckenbleiben!", drohte die Gerichtsmedizinerin mir.

„Also, was ist mit der Leiche?", fragte ich und versuchte, ab sofort sachlich zu bleiben. Es fiel mir äußerst schwer.

„Er wurde durch einen Schuss in die Halsschlagader getötet, direkt durch die Mitte rein, bum, tot", erklärte Dr. Ute Gazek.

„Wirklich, Ute, das ist eine bahnbrechende Neuigkeit für mich, ich kann mich kaum mehr auf dem Stuhl halten."

„Ja, ja, Peter, warte nur, was noch kommt. Wirf schon mal einen Tranquilizer ein", riet sie mir.

„Was soll ich? Egal. Also, Ute, was hast du noch während deiner Leichenfledderei rausbekommen?"

„Nichts."

„Nichts?“

„Nein, ich habe ihm seine Organe wieder reingepackt, ihn zugenäht und ihn in die Kühlung gelegt.“

Es war der nächste Zeitpunkt erreicht, an dem ich sie am liebsten durchs Telefon geohrfeigt hätte. Ich biss die Zähne zusammen und versuchte einen höflichen Ton anzuschlagen. Es misslang mir.

„Sehr schön, wie du dich ausdrückst, Ute, da freue ich mich auf das anstehende Abendessen.“

„Guten Appetit, Peter. Ich habe die Berichte fertiggestellt und ihn heute Morgen für die Bestattung vorbereiten wollen.“

„Sehr interessant, Ute. Warum hast du mich angerufen?“, bellte ich in meinen Telefonhörer.

„Ich musste ihm vor der Bestattung noch den Kopf absägen!“

Der Telefonhörer entglitt mir, rutschte mir aus der Hand und landete scheppernd auf meinem Schreibtisch. Mein Herz schlug mir bis in den Hals, als ich nach ihm griff und mir wieder ans Ohr hielt.

„Was? Bist du wahnsinnig geworden?“, fragte ich die Gerichtsmedizinerin.

„Nein, Peter. Entschuldigung, dass ich dich dermaßen erschrocken habe. War nicht zu überhören, dass dir der Hörer runtergefallen ist“, lachte Dr. Ute Gazek. „Es war ein Vertreter des Amtsgerichts hier bei mir. Das hat der Ermordete so in seinem Testament verfügt: Sein Kopf sollte vor der Bestattung fachmännisch abgesägt werden. Deshalb hat der Scharfschütze ihm eventuell auch nicht in den Kopf geschossen, Peter, der wäre dann nämlich nichts mehr wert gewesen. Es war heute Morgen auch ein Mann von der Pharmorena AG dabei,

Adam Frost, er hat den Kopf in einer Kühlbox mitgenommen.“

Ich hoffte zu schlafen und nur einen völlig miserablen Albtraum zu haben. Aber ich befürchtete, dass das hier die bittere Realität war.

„Warum, um Himmels Willen?“, fragte ich.

„Weil Heinrich Kurz per Testament der Pharmorena AG zu Versuchszwecken seinen Kopf vermacht hat, Peter!“

***

***Gesprächsnotiz:* LKA Wiesbaden, Büro 1.21 Peter Groß und Karin Weidmann, Donnerstag 26.09.2019, 08:31 Uhr: Telefonanruf von Peter Groß bei Gerlinde Kurz, weiblich, 67 Jahre (Witwe von Heinrich Kurz)**

„Gerlinde Kurz am Apparat.“

„Guten Morgen Frau Kurz, hier ist Peter Groß vom hessischen LKA in Wiesbaden. Ich war gestern bei Ihnen und habe noch eine dringende Frage an Sie. Entschuldigen Sie die Störung am frühen Morgen, es ist kein schönes Thema.“

***

Ich schämte mich vor der Witwe in Grund und Boden. Diese ganzen Verstrickungen brachten mich an den Rand der Verzweiflung.

„Dann fragen Sie schon, Herr Kommissar. Hauptsache, es hilft, Heinrichs Mörder zu finden“, munterte sie mich auf.

„Gestern, da haben Sie angefangen zu weinen, als es um die Narbe am Kopf ihres Mannes und um seine Obduktion ging", begann ich vorsichtig.

„Ja, ich erinnere mich."

„Auch wenn es pietätlos klingt, ich muss es wissen, Frau Kurz. Warum haben Sie in diesem Moment geweint?"

Ich kam mir schäbig vor. Natürlich hat sie geweint, weil ihr Ehepartner ermordet worden war. Weil er einen abscheulichen Tod sterben musste. Weil das Ganze erst vor einigen Tagen passiert war. Und weil es sie immer noch belastete, dass er einen unwiderruflichen gesundheitlichen Schaden bei seinem Unfall im Kindesalter erlitten hatte. Trotz allem musste ich diese Fragen stellen, Fragen, die uns hoffentlich weiterbrachten.

„Sie können sich nicht vorstellen, was dieser Pharmakonzern alles von seinen Mitarbeitern verlangt", begann Gerlinde Kurz. Ich hörte durchs Telefon, das sie wieder anfing, zu weinen. „Ich kann es kaum in Worte fassen, auf was sich der Heinrich da eingelassen hat. Ich frage mich langsam, ob es ihnen um seine Dienste als Pförtner ging, als sie ihn eingestellt haben. Er war ja auch schon im Rentenalter, als er das unterschrieben hat. Er hätte es nicht tun sollen."

„Was meinen Sie, Frau Kurz? Erklären Sie mir das bitte!"

„Sie wussten von seinem Vermögen. Sie haben ihn vor seiner Einstellung nicht nur dazu überredet, stiller Teilhaber bei ihnen zu werden. Er hat mir nie gesagt, wieviel Geld das war."

Ich schloss die Augen. Sie hatte offensichtlich recht. Die Pharmorena AG hatte bestimmt nicht besonderen

Wert auf seine Dienste als Pförtner gelegt. Es war um sein Geld gegangen. Und um ...

„Was wollte die Pharmorena noch von ihm?", fragte ich.

„Seinen Kopf!"

„Was wollten sie?" Ich konnte, wollte es nicht glauben. Mir wurde einmal mehr übel bei dem Gedanken an die Machenschaften der Pharmorena AG.

„Er sollte sein Testament ändern und ihnen im Todesfall seinen Kopf für medizinische Versuche überlassen!", schrie Gerlinde Kurz ins Telefon.

„Warum haben Sie mir das nicht schon gestern erzählt, Frau Kurz?", warf ich ihr vor, es tat mir sofort leid und fügte hinzu: „Das ist ungemein wichtig für unsere Ermittlungen."

„Es war einfach alles zu viel für mich, bitte entschuldigen Sie. Ich bin jetzt ganz allein mit dem Schlamassel und weiß nicht, was noch auf mich zukommen wird. Ich bin eine alte Frau, was soll ich nur ..."

„Schon gut, Frau Kurz, schon gut", beschwichtigte ich sie. „Wer hat das Testament für Ihren Mann verfasst?"

„Das war Herr Rolffs, der Geschäftsführer von Kurz&Knapp, vor drei Jahren, kurz bevor der Heinrich bei der Pharmorena angefangen hat."

„Der Herr Rolffs also, na schön", kommentierte ich, den Namen würde ich mir merken. „Sie haben mir gestern von einem Streit ihres Mannes mit der Pharmorena erzählt. Worum ging es dabei genau?"

„Es ging um die Aufzeichnungen, die sie von seinen Hirnströmen gemacht hatten. Sie haben da irgendetwas entdeckt und wollten ihm für weitere Tests feste Sensoren in den Kopf einpflanzen. Er wäre dann nur

noch ein Versuchskaninchen gewesen, mit den Dingern hätte er nicht mehr als Pförtner arbeiten können. Damit war er nicht einverstanden. Er hat mir gegenüber erwähnt, dass er sein Testament auch wieder ändern wollte. Die kriegen meinen Kopf niemals, hat er mir einen Tag vor seiner Ermordung noch gesagt, Herr Kommissar, niemals! Bitte finden Sie seine Mörder, ich bitte Sie inständig!"

***

<u>Protokoll:</u> Frankfurt, Westend, Rechtsanwaltskanzlei Kurz&Knapp, Donnerstag 26.09.2019, 10:48 Uhr: Zeugenbefragung durch Peter Groß von Roland Rolffs, männlich, 41 Jahre, Geschäftsführer der Rechtsanwaltskanzlei Kurz&Knapp

„Guten Morgen, Herr Rolffs, ich bin Peter Groß vom hessischen LKA in Wiesbaden. Ich muss Sie dringend zu dem Mordfall Heinrich Kurz befragen."

„Dann schießen Sie mal los."

***

Roland Rolffs war mir direkt unsympathisch. Ein Rechtsverdreher allererster Güte. So wirkte er zumindest auf mich. Geschniegelt, pikfeiner Anzug, keine Ecken und Kanten, auf alles eine nichtssagende Antwort parat. Und er hatte mich anderthalb Stunden in seinem Wartezimmer hockenlassen, solange, bis ich mich bei seiner Assistentin beschwert hatte.

Sie hatte ihn damit entschuldigt, dass er ein langes Telefongespräch gehabt hätte. Ich schluckte meinen Ärger darüber so gut es ging hinunter.

„Sie haben Heinrich Kurz in seinen Geldangelegenheiten beraten, sein Testament verfasst und seine Steuererklärung gemacht?"

„Ja, das stimmt", bestätigte Herr Rolffs und kraulte sich dabei gelangweilt in seinem mächtigen Schnäuzer.

„Hat Heinrich Kurz Privatkredite vergeben?"

„Nein."

Er kraulte immer noch seinen Schnäuzer. Aus ihm kamen diese verdammten kurzen Antworten, denen nichts hinzuzufügen war. Ich mochte Roland Rolffs nicht. Und ich glaubte ihm nicht. Aber ich bekam ihn nicht zu fassen. Noch nicht.

„Wie lange sind sie schon Geschäftsführer bei Kurz&Knapp?"

„Seit über drei Jahren."

„Drei Jahre also. Das wundert mich nicht", kommentierte ich vieldeutig, es wirkte.

„Wie meinen Sie, Herr Groß?", fragte er interessiert, seinen Schnäuzer überließ er nun sich selbst.

„Kennen Sie die Pharmorena AG?"

„Natürlich, die kennt jeder im Rhein-Main-Gebiet", antwortete er, meinem Geschmack nach etwas zu gehetzt.

„Eben, seit über drei Jahren hat sie ihren Sitz im Industriepark Höchst. Haben Sie Verbindungen zu ihnen?", bohrte ich weiter.

Jetzt rückte Roland Rolffs seinen Anwaltsstuhl zurecht, platzierte sich neu und meinte: „Nein, ich hatte nur durch Herrn Kurz mit ihnen zu tun. Persönlich war ich nie dort, ich habe nur die Verträge mit verfasst.“

„Hat es Sie nicht gewundert, dass der Pharmakonzern den Kopf von Herrn Kurz haben wollte?“, preschte ich mich ohne Vorwarnung vor.

Roland Rolffs war auf diese Frage vorbereitet gewesen. Er war ein abgebrühter Rechtsverdreher, mit allen Wassern gewaschen, wie es schien. Die Frage ließ ihn kalt. Und er kehrte sie um zu einem Vorwurf Richtung meiner Person. Als hätte ich ihm Unrecht getan. Widerwärtig.

„Das ist schon sehr reißerisch formuliert, Herr Groß, Sie könnten auch bei der Presse arbeiten.“

„Die Presse ist mir in diesem Fall lieber als die Pharmaindustrie, Herr Rolffs. Beantworten Sie meine Frage!“, fuhr ich ihn an.

Er lächelte mich überheblich an und klärte mich auf: „Es ist in der Pharmabranche nicht unüblich, dass Menschen ihren Körper für Versuche hergeben, Herr Kommissar Groß. Und das auch nicht nur nach dem Tod. Es geht dabei meist um viel Geld. Ich weiß, Sie werden jetzt sagen, dass Herr Kurz bereits viel Geld hatte. Die Sache ist nur, dass seine Eltern ihr Vermögen ausschließlich ihrem einzigen direkten Nachfahren vermacht haben. Frau Gerlinde Kurz wird das Haus von ihrem Mann erben, und alles andere, was sie sich gemeinsam während ihrer Ehe angeschafft haben. Aber von der gutlaufenden Rechtsanwaltskanzlei wird sie nichts abbekommen. Heinrich Kurzs Eltern wollten damit verhindern, dass die Frauen ihn ausnehmen, er war da etwas blauäugig. Er war schon zum dritten Mal verheiratet. Hätte er Kinder gehabt, hätten diese ihn beerben können, aber nicht seine Ehefrauen. So hatten es seine Eltern gewünscht."

„Zum dritten Mal verheiratet?", entfuhr es mir. Davon hatte ich nichts gewusst.

„Ja, er hatte in den 1990er Jahren bereits zwei Ehen hinter sich gebracht. Ganz zu schweigen von den Damen, die er nicht geehelicht hat, das waren einige. Sie hatten angeblich alle ein Auge auf sein Vermögen geworfen, daher haben seine Eltern dem Ganzen einen Riegel vorgeschoben. Man muss jedoch sagen, dass Gerlinde Kurz ein Glücksgriff für ihn war, sie waren über zwanzig Jahre verheiratet."

„Und trotzdem die Vorsicht seiner Eltern?", wunderte ich mich.

„Ja, man konnte ja nie wissen, hat sein Vater immer gesagt. So hat es mir zumindest Heinrich Kurz erzählt. Seine Eltern habe ich nicht mehr kennengelernt. Er hat mir ihr Testament gezeigt, als ich Geschäftsführer von Kurz&Knapp wurde."

„Und wie viel bekommt seine Witwe nun für seinen Kopf?", fragte ich angewidert.

„Sein Kopf war der Pharmorena zweihunderttausend Euro wert."

Ich musste schlucken. „Zweihunderttausend?"

„Ja, das reicht ein paar Jahre für eine alte, genügsame Witwe, oder, Herr Groß?", lachte mich der Widerling an.

„Mag sein."

„Das ist aber nichts gegen die Summe aus seiner stillen Teilhaberschaft bei der Pharmorena AG", deutete Roland Rolffs vielsagend an und nahm wieder seinen Schnäuzer in die Zange.

„Wie viel?", fragte ich und schloss die Augen, um die Antwort ertragen zu können.

„Er hat gut gelebt, hatte das Haus in Schwanheim gekauft, eine Wohnung auf Mallorca, zwei schicke Limousinen. Alles, was da noch möglich war, hat er in diesen Pharmakonzern gesteckt, da konnte er wirklich keine Privatkredite mehr vergeben."

„Wie viel, Herr Rolffs?", wiederholte ich meine Frage.

„Drei Millionen."

Ich riss meine Augen wieder auf. Mit einer solch hohen Summe hatte ich nicht gerechnet.

„Was passiert jetzt mit seinen drei Millionen, die bei der Pharmorena liegen?", fragte ich nach.

„Das ist eine gute Frage. Ich vermute, darüber werden sich nun die Anwälte streiten. Auf der einen Seite die Pharmorena AG, auf der anderen Seite ich als Vertreter der Kanzlei Kurz&Knapp, das Geld ist natürlich aus unseren Erträgen an Herrn Kurz geflossen. Eventuell wird die Witwe von Heinrich Kurz auch noch ein Wörtchen mitreden wollen, schließlich war das eine Investition, die er während ihrer Ehe getätigt hat, jedoch mit Geldern aus der Kanzlei. Sein Ziel war bestimmt, dass es auf diese Weise doch etwas für sie zu erben gab, abgesehen von den Immobilien und den Autos. Man muss nun prüfen, inwieweit sie Ansprüche auf die drei Millionen hat. Wenn die Pharmorena AG sie überhaupt rausrückt, wie gesagt, man muss sich die Verträge einmal ansehen."

„Sie haben ihn doch bei Geldangelegenheiten beraten, kennen bestimmt die Verträge. Können Sie nicht jetzt schon sagen, wie der Fall liegt?", forderte ich ihn zu einer Aussage auf.

Er blieb schwammig, wie es nicht anders von einem Anwalt seines Schlages zu erwarten war: „Nein, einerseits ist das eine Erbangelegenheit, andererseits gibt es bei der stillen Teilhaberschaft vertragliche Fristen, die den Verfügungen im Testament widersprechen könnten. Darüber hinaus hat auch die Kanzlei Kurz&Knapp Interessen, die sie vertreten wird. Es wird nicht einfach, auch das Recht ist leider, leider Auslegungssache, Herr Kommissar Groß. Am Ende wird der Richter entscheiden."

„Sie haben Heinrich Kurzs Testament verfasst, Herr Rolffs?", fragte ich ihn. Ich nahm ihm nicht ab, dass er die Rechtslage zu diesem Zeitpunkt nicht einschätzen konnte.

„Ja, das stimmt."

„Dann kennen Sie den Inhalt!", fuhr ich ihn wiederholt an.

„Ja. Er hat es natürlich in seinem Sinne von mir verfassen lassen. Ob das in diesem komplexen Fall den gesetzlichen Rahmenbedingungen entspricht, ist fraglich. Ich vermute, dass einige Formulierungen ausgehebelt werden, auf der einen Seite durch die Verfügungen seiner Eltern, auf der anderen Seite durch die Verträge mit der Pharmorena AG."

Meine Vorurteile gegen diesen Rechtsanwalt bestätigten sich im vollen Maße.

„Sie sagten doch gerade, dass Sie sein Testament in seinem Sinne verfasst ...", versuchte ich es erneut.

„Ja, das habe ich, aber das war vor dem Vertrag mit der Pharmorena. Niemand konnte wissen, dass er unter diesen Umständen stirbt. Wir hätten gestern einen

Termin für die Überarbeitung seines Testaments gehabt."

„Scheiße!", schrie ich und schlug auf die Armlehne meines Stuhles. „Was passiert mit der Kanzlei Kurz&Knapp?"

„Sie wird eine Stiftung."

***

„Was können Sie mir zu den Mordfällen bei der Pharmorena AG sagen, Herr Groß? Jetzt zieren Sie sich nicht so!"

Heute war der 02.10.2019. Es war früher Nachmittag, und ich saß vor der LKA-Präsidentin. Sie hatte natürlich schon die Protokolle überflogen, als sie im Flieger von Berlin nach Frankfurt gesessen hatte. Bereits aus dem Taxi hatte sie mich angerufen und um einen sofortigen Termin gebeten. Sie blätterte auch jetzt demonstrativ in meinen Protokollen, als würde sie vergebens die Lösung des Falles darin suchen. Ich kam mir vor wie ein Erstklässler, der gerade von seiner Lehrerin wegen ungenügender Leistung in die Ecke gestellt worden war. Wie damals bei Oberstudienrätin Barthstübner bildeten sich Falten auf der Stirn der LKA-Präsidentin, nicht fragende sondern zornige Falten.

„Es ist so ...", fing ich an, machte dabei eine zu große Pause, die ihr die Gelegenheit zu einem erneuten Angriff gab.

„Jetzt kommen Sie zum Punkt, Kommissar Groß! Uns läuft die Zeit davon. Dort draußen rennen Mörder herum, die jeden Moment wieder zuschlagen werden, wenn ihnen jemand in die Quere kommt! Was haben

Sie nur die ganze Zeit gemacht, verdammt noch einmal?"

Die Protokolle wieder und wieder gelesen und mir aus Angst um meine Familie in die Hosen gemacht, wollte ich sagen, hätte mir damit aber wahrscheinlich eine schallende Ohrfeige und obendrauf noch eine Beurlaubung eingefangen. Also schwieg ich lieber. Ja, der Vorwurf hatte gesessen. Was hatte ich eigentlich die ganze Zeit seit dem 13.09.2019 getan? Als Erstes hatte ich viele Befragungen durchgeführt. Aber einen nicht unbeachtlichen Teil der zwei Wochen war ich blockiert gewesen, hatte nur gelesen, keine Lösung inmitten der desaströsen Umstände finden können. Diese Pharmaleute führten uns vor wie Witzfiguren. Wir hatten bisher keinen Hebel gefunden, um sie festnageln zu können. Und genau das war der LKA-Präsidentin, scharfsinnig wie sie nun einmal war, sofort aufgefallen. Die Protokolle hatten gereicht, um unsere Misere deutlich zu machen. Mit jeder Befragung waren weitere Abgründe aufgekommen, hatten uns kalt erwischt, uns überfordert. Genau an diesem Punkt versuchte ich nun zu unserer Verteidigung anzusetzen.

„Frau Präsidentin, gewiss kennen Sie bereits unsere Protokolle. Der Fall hat eine Komplexität angenommen, die wir zu zweit kaum mehr bewältigen ..."

„Okay, dann bekommen Sie ein paar Leute dazu! Wenn das alles ist. Ab sofort wird Sie Awet Berhane unterstützen. Ich lasse sofort einen dritten Schreibtisch in Ihr Büro bringen. Nicht, dass Sie mich falsch verstehen, Sie und Frau Weidmann sind ein hervorragendes Team, aber in stürmischen Zeiten muss frischer Wind in die Segel, damit man nicht am Ziel vorbeinavigiert.

Dann werden wir die Kollegen aus Freiburg und Salzburg noch einmal kontaktieren, und sie vor Ort auf die Suche schicken. Ich aktiviere weitere interne Spezialisten, die Sie und Frau Weidmann bei den Befragungen und Spezialthemen hier im LKA unterstützen. Darüber hinaus stelle ich Ihnen zwei Kollegen von der IT zur freien Verfügung, ich habe die Vermutung, dass man aus den Systemen der Pharmorena noch Einiges herausholen kann. Und um eines ganz deutlich zu machen, Kommissar Groß, diesen Grahl will ich hier nicht mehr sehen, ist das klar?“

Ich schluckte den Kloß in meinem Hals so gut es ging hinunter. Ich musste den Heiligen Grahl gleich anrufen und einen Treffpunkt draußen vereinbaren. Und ich musste Karin beichten, dass ich mir durch meine ungeschickte Argumentationsweise den Kollegen Awet Berhane hatte aufbrummen lassen.

***

„Bitte nicht Awet! Peter, sag, dass das nicht wahr ist.“

Karin sah mich verzweifelt an und starrte auf den neuen Schreibtisch, der kurz zuvor in unserem Büro aufgestellt worden war.

„Doch, Karin, die Präsidentin hat ihn bereits informiert. Ich konnte doch nicht wissen, dass sie gerade ihn auserwählt“, jammerte ich und rieb mir die Augen.

Ich hatte mich aber auch zu dämlich angestellt. Karin schüttelte ihren Kopf. Ihre blonden Haare waren zerzaust wie eh und je, sie war sich gerade aus Verzweiflung immer wieder mit den Finger durch die ohnehin wirre Frisur gefahren. Ich musste ungewollt grinsen.

„Wir werden ihn schon irgendwie beschäftigen", versuchte ich sie zu beruhigen.

„Wenn du meinst."

Awet Berhane war achtundzwanzig Jahre alt und ein eritreischer Flüchtling. Er hatte an der HfPV (Hochschule für Polizei und Verwaltung) den Bachelor-of-Arts-Studiengang Kriminalpolizei absolviert und war im Sommer aufgrund seiner Bestnoten in den Dienst beim hessischen LKA aufgenommen worden. Seitdem hatten die meisten Kollegen erfolgreich versucht, sich vor einer Zusammenarbeit mit ihm zu drücken. Seit seinem Start beim LKA im August 2019 hatte er die meiste Zeit im Büro verbracht. Anscheinend hielt unsere LKA-Präsidentin es nun für angebracht, ihn auch einmal mit rauszunehmen. Und sein erster echter Fall sollte unsere Pharma-Mordserie sein? Es grauste mir davor.

„Wir könnten ihn gleich mit den übelsten Vertretern dieser Branche konfrontieren, vielleicht schreckt ihn das ab?", fragte mich Karin. Dann stutzte sie, sie schien sich selbst über ihre Worte zu erschrecken.

Einen solchen Satz hatte ich aus ihrem Munde noch nie gehört. Bisher hatte sie sich unserem Nachwuchs gegenüber immer zuvorkommend und hilfsbereit verhalten. Diese zarten Keimlinge musste man gut pflegen, damit aus ihnen einmal kräftige Bäume werden konnten, hatte sie immer gemeint. Heute schien die Lage eine andere zu sein. Es lag gewiss an Awet Berhanes undurchsichtigem Charakter. Ihre Lust, mit ihm zusammenzuarbeiten, hielt sich offensichtlich in Grenzen. Das Gleiche galt für mich.

„Das wäre Schocktherapie. Wir können es uns nicht leisten, dass er uns die Ermittlungen mit unkontrolliertem Verhalten versaut. Wir sollten vorsichtiger an die Sache herangehen“, antwortete ich, überlegte aber weiter, ob Karins Vorschlag nicht doch förderlich sein könnte.

„Wenn er es versaut, wird er wieder von unserem Pharma-Fall abgezogen“, sprach Karin ihre Hoffnung aus.

„Vielleicht hast du recht.“

„Habe ich, Peter.“

„Okay, diesen Dr. Reiner Baum, müssen wir dringend noch einmal besuchen. Eigentlich wollte ich das mit dir zusammen machen, er hat mich letztes Mal auf dem falschen Fuß erwischt. Ich war ...“

„Blockiert?“, fragte Karin.

„Kann man so sagen. Ich schlage vor, du stattest diesem Mäuseheini einen Besuch ab, zusammen mit Awet.“

„Sehr gut, so machen wir es. Wenn Awet sieht, wie der den Mäuschen im Gehirn rumpult, hat sich vielleicht schon alles für ihn erledigt“, meinte Karin und lächelte mich an. „Das schaffen wir schon, keine Sorge.“

Ich fragte mich, was Karin schaffen wollte, hakte aber nicht weiter nach. Mein Smartphone klingelte. Ich erkannte die Handynummer und entschied, nicht dranzugehen. Karin ging um meinen Schreibtisch herum, um zu sehen, wer es war.

„Es nutzt nichts, Peter, da musst du jetzt durch“, lachte sie.

Ich nahm zögerlich das Gespräch an.

„Groß!“

„Hallo Peter“, hörte ich seine monotone Stimme, eine Stimme, die nicht den Funken einer Gefühlsregung verriet. „Hier ist Awet Berhane. Die Präsidentin hat mir gesagt, ich soll euch bei dem Pharma-Fall unterstützen. Wo seid ihr gerade?“

„Ja, Awet, so sieht es aus. Komm gleich mal bei uns im Büro vorbei, so in fünfzehn Minuten, dann können wir alles besprechen.“

„Mache ich.“

Es klickte in der Leitung, er hatte aufgelegt.

„Karin, wir müssen unbedingt die restlichen Protokolle von den letzten vier Tagen im September noch einmal durchgehen, bevor wir mit Awet Berhane durchstarten. An einer Stelle muss uns etwas entgangen sein, ich habe das im Gefühl. Wir müssen rausbekommen, was es war, damit wir endlich einen Ansatzpunkt haben. Und zwar bevor Awet sich da reinkniet.“

„Gute Idee. Ich schlage aber noch Folgendes vor“, meinte Karin, „wir geben Awet erst einmal Hausaufgaben auf, damit er beschäftigt ist. Ich nehme ihn dann bei der nächsten Gelegenheit zu dem Mäuseheini mit.“

***

„Hallo Peter, Karin.“

Awet Berhane trat ein und baute sich vor meinen Schreibtisch auf. Er war hochgewachsen und athletisch, aus seinem dunklen Gesicht schauten mich große, aufmerksame Augen an. Seine pechschwarzen Haare waren kurzgeschoren, nicht länger als sein Dreitagebart. Er trug wie immer eine Jeans und eine schwarze Lederjacke. Und wie immer war er die Ruhe in Person. Seine achtundzwanzig Jahre sah man ihm nicht an, er wirkte älter, reifer, vielleicht auch verbrauchter.

Ich stand auf, reichte ihm die Hand und sagte: „Willkommen im Team, Awet. Unser Pharma-Fall nimmt an Komplexität zu, wir können jede Hilfe gebrauchen. Es ist so, wie es ist, erstmal gibt es Schreibtischarbeit. Ich schlage vor, dass du unsere bisherigen Protokolle liest, um dich in die Hintergründe einzuarbeiten. Du wirst auch in den nächsten Tagen beim Verfassen der neuen Protokolle mitwirken. Wie du bestimmt während deines Studiums gelernt hast, sind schriftliche Wortprotokolle immer noch Pflicht, und es wird viel zu Schreiben geben."

Karin grinste mich an, ich hatte es ausreichend diplomatisch formuliert. Awet nickte nur. Ihm war nicht anzusehen, ob er sich über seinen ersten offiziellen Einsatz freute oder nicht. Ich griff hinter mich und schnappte mir den Packen Protokolle vom Schreibtisch, die ich noch einmal komplett für Awet ausgedruckt hatte und drückte sie ihm in die Hand.

Er nahm sie entgegen, ohne den Blick von mir abzuwenden, und meinte: „Ich werde sie gleich heute Abend daheim lesen."

Daheim. Awet Berhane lebte mit seinem jüngeren Bruder Dawit Berhane zusammen in einem Mehrfamilienhaus in der Wiesbadener Innenstadt. Sie waren alleine, ohne Eltern oder andere Verwandte, vor rund zwanzig Jahren aus Eritrea geflüchtet. Die Umstände müssen abscheulich gewesen sein, wo der Rest seiner Familie war, hatte bisher niemand von uns zu fragen gewagt.

Ich sah Awet Berhane direkt in die Augen, in diese großen, schwarzen Augen, dessen Weiß sich mit einer scharfen Linie von seinen dunklen Lidern abgrenzte. Ich versuchte eine Gefühlsregung in seinem Blick zu erhaschen, sei sie auch noch so winzig. Aber da war nichts. Sein Gesicht war ausdruckslos, seine glatte, dunkle Haut nahezu makellos. Bis auf ... ich schaute genauer hin, dort am Kinn, da war etwas. Es war verdeckt von seinem Dreitagebart, eine feingezogene Narbe, die seitlich an seinem Hals verlief. Bisher war ich ihm nicht so nahe gekommen, hatte sie nie bemerkt.

„Was kann ich jetzt machen?", fragte er monoton.

Karin griff ein, sie erkannte, dass ich gerade in Gedanken war. Was war mit Awet Berhane als Kind in dessen Heimat passiert? Er hatte im LKA nie darüber gesprochen.

„Am besten befasst du dich einmal mit den ersten Protokollen. Peter und ich werden jetzt auch noch einige Protokolle durchgehen, als Vorbereitung. Danach fährst du mit mir zur Pharmorena AG, um erneut einen Forscher zu befragen, Dr. Reiner Baum. Ich werde dir im Auto die aktuelle Situation zusammenfassen", forderte Karin unseren neuen Kollegen auf.

Awet nickte stumm, ging mit seinem Papierstapel zu dem dritten Schreibtisch, den uns die Präsidentin für ihn hatte ins Büro stellen lassen und setzte sich. Er fing gleich an zu lesen.

„Uns ist irgendetwas entgangen, wir versuchen es seit Tagen in den Protokollen zu finden", entfuhr es mir, ich hätte mich dafür ohrfeigen können.

Awet Berhane, schaute auf, sah mich an und richtete seinen Blick wieder auf die Protokolle. Er fing an zu blättern, schien sich gezielt bestimmte Seiten herauszusuchen. Dann begann er zu lesen.

***

***Protokoll:* Frankfurt, Schwanheim, An der Schwarzbachmühle, Freitag 27.09.2019, 11:04 Uhr: Zeugenbefragung durch Peter Groß von Gerlinde Kurz, weiblich, 67 Jahre (Witwe von Heinrich Kurz)**

„Guten Morgen, Frau Kurz, ich habe zwei Kollegen mitgebracht, wir möchten heute gerne Ihren Safe öffnen. Das ist Frank Wedel, Leiter der Kriminaltechnik."

„Guten Morgen, die Herren. Dann gehen Sie mal hoch ins Schlafzimmer."

***

Frau Kurz ließ ihre Schultern hängen, ihre Augen waren gerötet und müde. Ich nahm sie beiseite.

„Können wir beide uns vorher ungestört hier unten in Ihrer Küche unterhalten, Frau Kurz? Die Kollegen können ja schon einmal den Safe in Angriff nehmen."

Ich hoffte, dass in der Küche eine bessere Atmosphäre herrschte als hier in der Diele. Es roch nach abgestandener, muffiger Luft, als wäre tagelang nicht gelüftet worden. Das war mir bei meinem letzten Besuch nicht aufgefallen.

Sie schien erleichtert: „Ja, Herr Kommissar. Möchten Sie wieder einen Tee mit mir trinken?"

„Gerne, danke."

Sie begann, an ihrem alten Herd herumzuhantieren, füllte den Kessel mit Wasser, stellte ihn auf die Gasflamme, klapperte mit dem Teeservice.

„Was möchten Sie denn wissen?", fragte sie beiläufig.

„Es ist so, Frau Kurz, ich war gestern bei Herrn Rolffs und habe ihn nach dem Testament Ihres Mannes befragt."

Sie hielt inne, drehte sich langsam um, sah mich fragend an.

„Und, wissen Sie schon, was drinsteht?"

„Wissen Sie es nicht?", wunderte ich mich.

„Nein, Herr Kommissar, ich und der Heinrich, wir haben nicht darüber gesprochen. Seine Geldangelegenheiten gehen mich nichts an, ich bin ja mit nichts in die Ehe gekommen. Er hat immer gut für mich gesorgt. Ich habe auch viele Jahre als Tagesmutter gearbeitet, wir hatten ja selbst keine Kinder. Und in Frankfurt gibt es viele wohlhabende Familien, von denen beide Elternteile arbeiten gehen. Ich hatte hier im Haus ein Spielzimmer und einen Ruheraum eingerichtet, und wenn der Heinrich im Industriepark war, habe ich kleine Kinder bis drei Jahre betreut. Ich habe also auch etwas Geld verdient, und auf ..."

„Das ist sehr interessant, Frau Kurz", unterbrach ich sie unsanft und sträubte mich davor, das unangenehme Thema anzusprechen. „Aber zurück zu dem Testament. Ich darf Ihnen leider noch nichts dazu sagen. Jedoch habe ich eine Neuigkeit. Nun, es ist etwas unappetitlich, entschuldigen Sie, aber sie sagten ja, dass Ihr Mann ... also, dass ihr Mann seinen Kopf der Pharmorena AG für wissenschaftliche Versuche vermacht hat.

Es tut mir wirklich leid, das sagen zu müssen, aber er ist bereits in ihrem Besitz."

„Die haben schon Heinrichs Kopf?", rief Gerlinde Kurz mit spitzer Stimme aus. „Ich wollte mich doch noch von ihm verabschieden, in der Leichenhalle, wissen Sie?"

Sie schloss die Augen, suchte mit ihrer Hand nach einem Stuhl, zog ihn zu sich heran und setzte sich. Das Wasser im Kessel begann zu brodeln.

„Ja, Frau Kurz, sein Kopf wurde bereits abgetrennt", bestätigte ich betreten. „Ich rate Ihnen davon ab, sich den aufgebahrten Leichnam Ihres Mannes noch einmal anzusehen."

„Diese Teufel!", flüsterte sie.

„Es lässt sich leider nichts mehr daran ändern", bedauerte ich und musterte sie.

Ihre Augen waren immer noch geschlossen als sie sagte: „Die haben ihn doch umgebracht, damit er sein Testament nicht mehr ändern kann, Herr Kommissar! Er hatte schon einen Termin mit Herrn Rolffs. Verstehen Sie das nicht?"

Sie riss die Augen auf. Der Kessel fing allmählich an, zu pfeifen.

„Bitte bleiben sie ruhig, Frau Kurz", bat ich sie. „Wir haben die gleiche Vermutung wie Sie. Und es geht dabei nicht nur um den Kopf Ihres Mannes, sondern auch um seine Geldeinlage bei der Pharmorena AG. Es war ein sehr hoher Betrag. Wissen Sie, warum er denen so viel Geld überlassen hat?"

Das Pfeifen des Kessels wurde immer lauter. Der schrille Ton schmerzte in den Ohren.

„Ja, der Heinrich hat mir mal gesagt, dass es ein Vermögen ist. Und wenn er vor mir geht, dann würde ich davon gut leben können", erklärte Gerlinde Kurz. Tränen bildeten sich in ihren Augen.

„Was haben Sie gerade gesagt?", fragte ich.

Das Pfeifen war unerträglich geworden. Die Pfeife, die auf dem Kessel saß, begann zu vibrieren.

„Die haben ihn natürlich in seinem Alter nur eingestellt, weil er ihr stiller Teilhaber war, sie haben ihn dazu überredet", schrie die Witwe, um das Pfeifen zu übertönen. „Er hat das aber auch für mich gemacht, hat er immer gesagt. Wenn das Geld bei Kurz&Knapp rauskommt und bei der Pharmorena AG liegt, dann kann ich es erben, hat er immer gesagt."

Die Kesselpfeife verlor ihren Halt, der Druck war zu groß geworden. Sie löste sich vom Kessel, schoss einige Zentimeter hoch und fiel mit einem Plumps auf den mit hellgrünem Linoleum ausgelegten Küchenboden.

„Ach ja, Herr Kommissar, jetzt hätte ich beinahe den Tee vergessen", meinte Frau Kurz, stand auf, griff nach dem Kessel und goss das brodelnde Wasser in die Teetasse. „Hier, bitteschön."

„Danke, Frau Kurz."

„Wissen Sie", fuhr sie fort, „Heinrichs Eltern waren übervorsichtig mit ihrem Nachlass, sie wollten nicht, dass eine seiner Frauen etwas davon bekommt. Sie wussten, dass ich nicht so eine war, aber die anderen, die er vor mir hatte. Er hat sich von denen jedes Mal ausnehmen lassen. Deshalb war er auch zweimal geschieden, die wollten nur sein Geld. Als sie es nicht gekriegt haben, haben sie ihn sitzenlassen."

„Und weil die Eltern Ihres Mannes das Erbe nicht an seine Ehefrauen verlieren wollten, haben sie ihr Testament entsprechend verfasst und auf direkte Nachkommen beschränkt. Und das wollte Ihr Mann, als seine Eltern verstorben waren, mit der Geldeinlage bei der Pharmorena AG umgehen, damit Sie etwas von dem Erbe haben. Er hat das Geld aus der Kanzlei herausgezogen und neu angelegt, stimmt das so, Frau Kurz?“

„So ist es, Herr Kommissar. Das Haus hier, die zwei Autos, eine Ferienwohnung auf Mallorca und das Geld bei der Pharmorena, das ist jetzt alles meins, weil wir das alles während unserer Ehe gemacht haben. So hat er es mir immer erklärt. Ach, und das Geld für seinen Kopf bekomme ich ja auch noch. Schmeckt Ihnen der Tee?“

Ich nahm einen ersten Schluck des noch immer heißen Tees.

„Sehr lecker, Frau Kurz, sehr lecker. Ich schlage vor, wir ...“

„Peter, du kannst hochkommen!“, rief einer der Kollegen die Treppe herunter.

„Ah, ich höre gerade, Frau Kurz, die Kollegen sind fertig mit dem Safe. Dann schauen wir mal, was sich darin befindet.“

***

<u>Gesprächsnotiz:</u> LKA Wiesbaden, Büro 1.21 Peter Groß und Karin Weidmann, Freitag 27.09.2019, 15:32 Uhr: Unterhaltung Peter Groß mit Kollegin Karin Weidmann, <u>Kriminalkommissarin</u>

„Weidmannsheil, Karin."

***

Wie so oft begann ich das Gespräch mit Karin mit diesen Worten. Der Witz hatte bereits einen langen Bart.

„Peter, schon zurück von der traurigen Witwe?", fragte sie.

Sie saß gerade an ihrem PC und tippte rasend schnell auf der Tastatur. Ich vermutete, dass sie gerade ein Protokoll verfasste.

„Ja, und zwar mit den Papieren aus ihrem Safe", antwortete ich.

Sie blickte auf, sah mich neugierig an und fragte: „Jetzt sag schon! Was ist das alles?" Karin stand auf und kam zu mir herüber.

„Das Testament von Heinrich Kurz, sein Vertrag von der stillen Teilhaberschaft mit der Pharmorena AG. Und Fotos."

„Fotos?", meinte sie ungläubig.

„Genau, Fotos. Er nannte sie auch seine Lebensversicherung."

„Zeig her!"

Ich hatte mich mittlerweile an meinen Schreibtisch gesetzt und den Umschlag mit den Fotos geöffnet. Ich griff nun hinein. Karin stellte sich hinter mich und schaute mir über die Schulter.

„Atme erst einmal tief durch", bat ich sie.

„Warum?"

„Weil es dir gleich übel werden wird", erklärte ich.

„Her mit den Fotos!", rief sie, ihre Neugier war größer als ihre Furcht vor den abgebildeten Abscheulichkeiten.

„Hier", meinte ich, holte die Fotos aus dem Umschlag heraus und breitete sie auf meinem Schreibtisch aus.

Karin beugte sich vor, starrte die Bilder an.

„Schränke mit Fläschchen und Ampullen. Da stehen unaussprechliche Bezeichnungen drauf", kommentierte sie.

„Die Gazek kann uns bestimmt erklären, was das ist. Dann haben wir noch diese, Karin", meinte ich und holte den nächsten Packen aus dem Umschlag heraus.

„Gebäudepläne. Da sind kleine Gänge drauf verzeichnet", erkannte Karin treffend.

„Die Tunnel für die Transportroboter zum dritten Untergeschoss von Dr. Reiner Baum", erklärte ich ihr.

„Ah, verstehe. An die wären wir bei der Pharmorena bestimmt nicht herangekommen. Fantastisch. Aber warum sollte mir dabei übel werden?", wunderte sich Karin und sah mich fragend an.

„Die nächsten Fotos, bitteschön, die Dame."

Ich legte die nächsten Fotos auf meinen Tisch.

„Das sind ja Tierversuche!", rief Karin aus. „Mäuse mit Verbänden. Mäuse mit offenen Wunden. Mäuse mit und ohne Fell. Mäuse mit Kabeln im Kopf. Leider bringen uns solche Fotos nichts, Peter, es gibt keinen Nachweis, dass sie von der Pharmorena sind."

„Ja, leider ist das so. Und dann noch dieser Packen Fotos, der uns so gesehen auch nichts bringt. Halte dich fest, Karin."

„Menschen mit Verbänden. Menschen mit offenen Wunden. Menschen mit kahl rasierten Köpfen. Menschen ... Menschen mit Kabeln im Kopf!"

***

<u>Gesprächsnotiz:</u> LKA Wiesbaden, Büro 1.21 Peter Groß und Karin Weidmann, Freitag 27.09.2019, 17:56 Uhr: Telefonanruf bei Dr. Ute Gazek, Rechtsmedizinerin bei der Goethe-Universität Frankfurt, Institut der Rechtsmedizin, Forensische Medizin

„Ute Gazek!"

„Hallo Ute, hier ist Peter."

„Nicht du schon wieder."

„Deine Begrüßungen sind immer so herzlich, da freut man sich jedes Mal, dich anzurufen!"

***

Mich hatte eine unbeschreibliche Welle der Vorfreude erfasst, als klar geworden war, dass wir wieder einmal einige Punkte mit Frau Dr. Ute Gazek klären mussten. Karin stand grinsend neben mir. Ich hatte den Lautsprecher meines Telefons angeschaltet, damit sie mithören konnte.

„Was willst du, Peter?", fauchte Ute. Ich schloss daraus, dass ich sie bei etwas Wichtigem unterbrochen hatte.

„Ich lese dir was vor, und du sagst mir, was es ist", versuchte ich einen Spannungsbogen aufzubauen, um die Gerichtsmedizinerin bei Laune zu halten.

„Also ein Rätselquiz zum Feierabend, herrlich. Dann leg mal los", meinte Dr. Ute Gazek, mein Trick schien zu funktionieren.

„Diacetylmorphin", versuchte ich den Zungenbrecher halbwegs treffend auszusprechen.

„Solltest du als Kommissar kennen, Peter, das ist Heroin", fuhr mich Ute an. Ich musste aufpassen, sie nicht zu sehr zu reizen.

„Heroin?", wunderte ich mich. „Was machen die ...? Na, egal. Das Nächste: Gabapentin."

„Ein Antiepileptikum, zur Behandlung von Epilepsie und neuropathischen Schmerzen", erklärte Ute.

„Interessant. Dann noch: Transferrin", ein nicht allzu schwieriges Wort, es ging mir leicht über die Lippen.

„Ein Glykoprotein, das hauptsächlich in der Leber, aber auch im Gehirn gebildet wird. Es bindet und transportiert Eisen im Körper", war Utes Antwort.

„Und: Putrescin", fuhr ich fort.

„Jetzt wird es aber kompliziert, Peter", lachte Ute, sie traute mir anscheinend nicht zu, dass ich ihre Ausführungen dazu verstehen würde. „Das ist das natürlich vorkommende Polyamin Butan-1,4-diamin. Hast du noch mehr?"

Sie hatte recht, ich kapierte kein Wort, fragte aber nicht weiter nach, um sie nicht mit meinem Unwissen zu verärgern. Die Stimmung war gerade noch gut.

„Ja, das hier", las ich den nächsten Zungenbrecher vor. „Polybit... äh, Poly Butyl Cyanoacrylat."

„Herrje, Peter, du wirst es kaum verstehen."

Das befürchtete ich auch, forderte sie aber auf: „Versuche es!“

„Es handelt sich dabei um ein pharmakologisch unbedenkliches Polymer, das in Form von Nanopartikeln die Blood Brain Barrier überwinden kann.“

„Die was?“, fragte ich genervt.

„Blood Brain Barrier, auch BBB, also Blut-Hirn-Schranke.“

Jetzt erinnerte ich mich: „Habe ich schon einmal bei der Pharmorena gehört. Was war das noch?“

„Für dich als Laien gesprochen, das ist die Abgrenzung des Blutes vom Gehirn. Sie schützt es vor im Blut enthaltenen Krankheitserregern, und ebenso vor den medikamentösen Zugriffen der Pharmaindustrie.“

„Was?“, entfuhr es mir.

Karin hockte auf meiner Schreibtischkante. Sie hatte den Mund aufgerissen, sah mich entsetzt an.

„Bei der Medikamentenentwicklung sind schon einige an der BBB gescheitert, Peter“, erklärte Dr. Ute Gazek. „Da du dich gerade in diesem Umfeld bewegst, ein wichtiger Hinweis meinerseits: Alle von dir genannten Wirkstoffe dienen zur Überwindung der Blut-Hirn-Schranke!“

***

***Gesprächsnotiz:* LKA Wiesbaden, Büro 1.21 Peter Groß und Karin Weidmann, Freitag 27.09.2019, 17:22 Uhr: Unterhaltung Peter Groß mit Kollegin Karin Weidmann, Kriminalkommissarin**

„Das waren also die ganzen Mittelchen, die bei der Pharmorena in den Schränken stehen, Karin."

„Peter, das heißt, die Pharmorena hortet Wirkstoffe, die durch diese Schranke durchgehen können!"

***

Ich schaute Karin an. Das Entsetzen war ihr immer noch ins Gesicht geschrieben. Meine Hände zitterten, als ich nach einem der Fotos von den Laborschränken griff.

„So ist es", bestätigte ich. „Laut Herrn Moscher haben sie an der Öffnung der Blut-Hirn-Schranke geforscht. Und gemäß Ute Gazek schleusen diese Mittel von Heinrich Kurzs Fotos andere Mittelchen durch die geöffnete Schranke in das Hirn, die ansonsten nicht durchdringen könnten."

„Ob das funktioniert?"

„Keine Ahnung, Karin. Wenn ich nur eines dieser Mäuschen der Ute übergeben könnte!"

Ich sah Karin durchdringend an. In ihrem Gesicht hatte sich etwas geändert. Da war ein Aufblitzen. Ihre Augen weiteten sich, sie schien eine Idee zu haben. Doch dann kehrte sie wieder in ihre vorherige Stimmungslage zurück. Sie hatte den Gedanken anscheinend wieder verworfen.

„Wunschdenken, Peter, alles nur Wunschdenken. Ich habe übrigens noch eine Info für dich."

„Was denn?"

„Die Kollegen haben eine sichere Verbindung mit Gundolf Kuschinski hinbekommen und mit ihm einen

Treffpunkt vereinbart. Er ist noch zögerlich, traut sich aktuell nicht rüber nach Deutschland."

„Und jetzt?", wollte ich wissen.

„Jetzt will er noch ein paar Tage warten. Er meinte, er mischt sich am 03.10.2019 in den Reiseverkehr. Er sagt, an dem Feiertag tummelt sich immer viel an der deutsch-österreichischen Grenze, vor allem an den Bahnhöfen."

„Es sind dann auch Ferien, Karin, zumindest in Hessen", erklärte ich ihr, sie hatte ja keine Kinder.

„Ich weiß. Der 03.10. ist ein Donnerstag und viele Deutsche machen ein verlängertes Wochenende in Salzburg, auch die, die nicht auf die Ferien angewiesen sind. An dem Feiertag, sagt Gundolf Kuschinski, ist immer besonders viel los, und er kommt dann zu uns rüber, er will mit dem ICE nach Wiesbaden fahren. Seiner Meinung nach würde ihn niemand in den Menschenmassen an den Bahnhöfen finden können."

***

Awet war kurz herausgegangen. Karin saß an ihrem Schreibtisch und sah mich an. Unsere Köpfe rauchten bereits vom vielen Protokoll-Lesen. Sie rieb sich die Schläfen, atmete tief durch.

„Bist du auch gerade bei dem Protokoll mit der Blut-Hirn-Schranke?", fragte sie mich.

„Ja."

Karin stand auf, ging zur Tür und schloss sie.

„Du hast am 27.09.2019 gesagt, lass mich zitieren: Wenn ich nur eines dieser Mäuschen der Ute übergeben könnte!"

Ich erinnerte mich, wie Karin damals reagiert hatte, ihre Idee, die sie anscheinend gleich wieder verworfen hatte. Kam sie jetzt zu dieser Idee zurück?

„Das stimmt, habe ich gesagt“, stimmte ich zu.

Ich schaute noch einmal in das Protokoll und fand immer noch, dass das eine hervorragende Idee von mir gewesen war. Nur wie sollte man das bewerkstelligen?

„Peter?“

„Ja?“

„Awet Berhane.“

„Was meinst du, Karin?“

„Awet könnte gleich Dr. Reiner Baum eine Maus klauen!“

Mein Herz setzte einen Schlag aus. „Ich liebe deinen bissigen Humor, Karin.“

***

„Ich komme auch mit“, sagte ich, ich wollte Karin nun nicht mehr mit Awet Berhane alleine zur Pharmorena fahren lassen. Die Sache mit dem Mausklau war eine wahnwitzige Idee von ihr gewesen, aber auch eine sehr verlockende. Sie hatte es im Scherz gesagt, und ich war hin- und hergerissen, ob ich das nicht doch zulassen sollte. Wir gingen zu unserem Dienstwagen, der vor unserem LKA-Gebäude parkte, und stiegen ein. Ich setzte mich ans Steuer, Karin auf den Beifahrersitz und Awet Berhane nahm im Fond Platz. Wir schnallten uns an, ich fuhr los. Es war früher Nachmittag, noch war die A66 Richtung Frankfurt nicht überfüllt, wir kamen gut voran. Ein Gespräch wollte nicht aufkommen. Es lief wieder SWR3, wir lauschten den neuesten Hits, dann begannen die 15:00-Uhr-Nachrichten.

„Dr. Dr. Kopf von der Pharmorena AG in Frankfurt-Höchst hat sich gegenüber der Presse wiederholt zu den Morden an seinen Kollegen Dieter Kuschinski und Heinrich Kurz geäußert. Unseren SWR3-Reportern gab er an, dass nach seinem aktuellen Kenntnisstand noch kein Ermittlungserfolg zu verzeichnen sei. Der Fall gestalte sich äußerst komplex, da es sich bei dem ermordeten Riskmanager Dieter Kuschinski um einen Giftmord handele, wie er sonst eher unter Spionen üblich sei. Er bezweifle weiterhin, dass der Mord an dem Pförtner Heinrich Kurz damit in Zusammenhang stehe, laut Dr. Dr. Kopf solle man in dessen privaten Umfeld nach dem Mörder suchen", teilte uns die Nachrichtensprecherin mit.

Das war der Anstoß für Karins Versuch, Awet auf einen ungewöhnlichen Einsatz vorzubereiten.

„Dieser Mistkerl", urteilte sie und schaltete das Radio aus. „Dr. Dr. Kopf streut Gerüchte in die Welt, um von den eigenen Machenschaften abzulenken."

Awet sprang direkt darauf an: „Dr. Dr. Kopf ist im Vorstand der Pharmorena AG und der Chef von Dr. Baum, den wir gleich befragen werden, richtig?"

„So ist es", bestätigte ich, unglaublich, dass Awet Berhane das in der Kürze der Zeit bereits erfasst hatte.

„Von was für Machenschaften, meint ihr, möchte Dr. Dr. Kopf ablenken?", fragte er gewohnt emotionslos.

„Wie weit hast du die Protokolle schon gelesen?", fragte ich neugierig, um zu checken, wie schnell er war.

„Ich habe alles überflogen, was mit Dr. Baum und seinen Mäusen zu tun hat, weil wir ihn jetzt besuchen wollen. Ich bin nach den Titeln der Protokolle vorgegangen."

Eine äußerst strukturierte und zielführende Vorgehensweise des jungen Kollegen. Ich erkannte, dass ich in seinem Alter chaotischer damit umgegangen wäre, um nicht zu sagen orientierungsloser. Ich hätte ihn gerne dafür bewundert, aber seine eiskalte Art ließ mich erschaudern, und genau das hinderte mich daran, ihm zu trauen.

„Dann hast du unsere Gesprächsnotizen dazu noch nicht gelesen. Wir vermuten, dass Dr. Dr. Kopf nicht nur an Mäusen herumexperimentiert", unterbrach Karin meine Gedanken.

„Es geht hier sehr wahrscheinlich um Menschenversuche", fügte ich hinzu und beobachtete im Rückspiegel seine Reaktion. Er verzog keine Miene, als hätte ich etwas völlig Belangloses gesagt.

„Verstehe", sagte er nur. „Um auf den aktuellen Stand eurer Ermittlungen zu kommen, werde ich heute Abend noch die restlichen Protokolle lesen."

Na, dann viel Erfolg damit, dachte ich und lächelte in mich hinein. Wenn er das am heutigen Tag noch schaffen würde, würde ich morgen im Büro öffentlich Beifall für ihn klatschen.

„An welchem Ort führen sie eurer Meinung nach die Menschenversuche durch?", fragte Awet interessiert, als würde er die Funktionsweise einer neuartigen Erfindung verstehen wollen.

Ich schaute ihn wieder im Rückspiegel an, das war eine äußerst kluge Frage von ihm, die uns allerdings auch ein wenig in die Enge trieb, ja, sogar einen Funken von Zweifel mitschwingen ließ.

„Wir gehen aufgrund widersprüchlicher Zeugenaussagen davon aus, dass die Pharmorena AG der Öffentlichkeit zwei Untergeschosse in ihrem Gebäude verschweigt. Es gibt offiziell nur drei davon. Angeblich soll es aber fünf unterirdische Etagen runtergehen", erklärte ich ihm.

Ich sah ihn im Rückspiegel stumm nicken, dann richtete ich meinen Blick wieder nach vorne auf die Autobahn. Am Kriftler Dreieck bog ich von der A66 ab Richtung Sindlingen, fuhr auf der B40 weiter und überquerte den Main. Still floss er durch die noch grüne Landschaft, die sich bald in tristen Brauntönen präsentieren würde. Die Felder würden dann brachliegen und in einigen Monaten unter einer Schneedecke verschwinden, bis die Frühlingssonne sie wieder von ihrem Winterkleid befreite. Die Natur schien unbeeindruckt von den hohen Industrietürmen, von den rauchspuckenden Schornsteinen und grauen Gebäudewänden, an denen unzählige Rohre und Leitungen entlangkrochen. Diese Industriemeiler hatten sich bereits vor Jahrzehnten wie Fremdkörper in den ehemals fruchtbaren Untergrund gerammt. Heute schienen hier nur noch Betonteile aus dem Boden zu sprießen.

Ich fuhr von der B40 ab, wir schlängelten uns über eine kurvige Landstraße an das Tor Süd des Industrieparks heran, wiesen uns aus und fuhren auf den Parkplatz. Wir liefen zu Fuß weiter zum Tor der Pharmorena AG. Es folgten die üblichen Sicherheitskontrollen, wir zeigten unsere Ausweise und gingen zum Eingang.

***

Mein Herz wurde schwer, als mich zum ersten Mal nicht der Pförtner Heinrich Kurz, sondern ein jüngerer, blonder Mann empfing, auf dessen Namensschild „Phillip Schulte“ stand. Awet Berhane nahm er besonders in die Mangel, forderte ihn auf, seine Jacke auszuziehen, klopfte sein dunkelblaues Hemd und seine Jeans ab. Nach der Personenkontrolle überreichte er uns Besucherausweise, die wir anstecken sollten, und Überzieher für unsere Schuhe, die wir nach der ersten Schleuse im dritten Untergeschoss überziehen mussten. Dann rief er Dr. Reiner Baum an, bei dem wir uns vor zirka einer Stunde angemeldet hatten. Erst hatte der Forscher versucht, uns abzuwimmeln, er wollte uns nicht in seine Labore lassen. Da wir aber eine amtliche Verfügung vorlegen konnten, hatte er keine Chance, uns den Zutritt zu verwehren.

Nach sechs Minuten erschien Dr. Reiner Baum, ein weißhaariger Mann mittleren Alters. Er begrüßte uns und ging mit uns zum Fahrstuhl. Er betätigte den Knopf „-3“. Es war das unterste Geschoss, das der Fahrstuhl anzeigte.

Ich versuchte es erneut: „Wie viele Untergeschosse gibt es noch einmal, Dr. Baum?“

„Drei, das sehen Sie doch.“

Aus den Augenwinkeln erkannte ich, dass Awet den Forscher nicht aus den Augen ließ, er beobachtete jede seiner Bewegungen. Die Tür öffnete sich, wir stiegen aus. Dr. Baum führte uns in einen Nebenraum. Dort mussten wir unsere Hände desinfizieren, uns Überzieher über die Schuhe stülpen und einen weißen Ganzkörperanzug überwerfen. Dann gingen wir durch mehrere verschachtelte Flure, in denen keine Lampen hingen, trotzdem war es hell.

„Wo kommt das Licht her?“, fragte Karin, ihr war es auch aufgefallen.

„In den Wänden sind OLEDs, also organische Leuchtdioden, verbaut. Genau gesagt, spenden die Tapeten das Licht“, erklärte Dr. Baum.

„Alles vom Feinsten hier“, kommentierte ich.

Wir folgten ihm zu einem großen, schweren Stahltor. Daneben hing ein mit bunten Lämpchen bestückter Kasten, der an einer Schiene verschraubt war. Dr. Baum stellte sich davor, zog ihn auf seine Augenhöhe und drückte auf einen blauen Knopf. Aus einer winzigen schwarzen Öffnung drang ein roter Strahl, der sein rechtes Auge zu scannen schien, danach piepste es und mehrere Lämpchen wechselten ihre Farbe von Rot auf Grün. Ein metallisches Schleifen folgte, dann hörte man einen Motor summen, mit einem Zischen öffnete sich die Schleuse, das Tor schwang auf.

„Dann treten Sie mal ein“, forderte uns Dr. Baum auf.

Wir gingen einige Schritte vor und standen in einem rechteckigen, kahlen Raum, der an der vorderen Seite ebenfalls ein stählernes Tor zeigte. Hinter uns schloss sich die erste Schleuse wieder mit einem Zischen. Auch hier hingen keine Lampen, aber es war trotzdem hell. Ein dünner Nebel hing in der Luft und es roch nach Desinfektionsmitteln. Mir wurde mulmig. Wir waren hier im dritten Untergeschoss, circa acht Meter unter der Erde zwischen zwei stählernen Pforten. Wenn Dr. Baum es wollte, würden wir hier nie wieder herauskommen.

Er trat erneut vor einen Kasten, der neben der zweiten Schleuse an der Wand hing. Dieses Mal war es eine Art schräges Pult, auf dessen Oberfläche eine Glasplatte angebracht war. Dr. Baum legte seine rechte Hand darauf, drückte einen blauen Knopf und ein helles Licht beleuchtete die Glasplatte von unten. Hier wurde offensichtlich seine Handfläche gescannt. Auch an diesem Türöffner wechselten die roten Lämpchen ihre Farbe auf Grün, die Schleuse glitt auf. Sie gab den Blick frei in ein helles Labor mit unzähligen Gängen und Käfigen, soweit das Auge reichte.

„Dann schauen Sie sich mein Reich an", meinte Dr. Baum und ging voraus.

Wir folgten ihm durch diese uns fremde Welt, die mit der Realität oben im Freien rein gar nichts mehr zu tun hatte. Dieses Labor erinnerte mich an eine Raumstation, in der zig Kabel, Pakete, Laptops, Apparaturen und Gerätschaften eingebaut waren, nur war das Labor um ein Vielfaches weitläufiger und verfügte über keine Fenster mit Blick ins All. Wir sahen uns beeindruckt um. Erst auf den zweiten Blick nahm ich die Insassen der vielen Käfige wahr, in jedem saßen zwei bis drei Mäuse. Manche waren quietschfidel, andere fielen gerade über ihr Futter her, als hätten sie seit Tagen nichts mehr gefressen. Manche kuschelten sich zusammen in eine Ecke, andere griffen sich gegenseitig an, kratzten und bissen sich. Ob sie alle mit irgendwelchen Mittelchen aus der Pharmorena-Giftküche vollgepumpt waren?

Dr. Baum lief flink wie ein Wiesel zwischen den vielen Käfigen herum und schien uns schon wieder vergessen zu haben. Er betrachtete die kleinen Nager und tippte etwas auf den Tablet-PCs ein, die vor ihren Käfigen fest in eckigen Halterungen angebracht waren. Wir liefen hinter ihm her, um den Anschluss nicht zu verlieren. Je weiter wir vordrangen, desto schlechter wirkte der Zustand der Mäuse in den vergitterten Behausungen. Unzählige Nager hockten in diesem Bereich des Labors apathisch hinter den schmalen Gittern und sahen hilfesuchend auf, als ich an ihnen vorbeiging. Sie reckten ihre kleinen Vorderbeine hoch, als wollten sie nach mir greifen, als könnten sie mich so aufhalten. Als ich an einem der Käfige stehenblieb und sie näher betrachtete, setzte mein Herz einen Schlag aus. Mir wurde schwindelig, als ich erkannte, was man mit ihnen gemacht hatte. Den kleinen Tierchen waren Sensoren in das Hirn gepflanzt worden. Aus ihren Köpfen ragten Kabel heraus, die mit einem Gerät neben dem Käfig verbunden waren, das ununterbrochen ihre Hirnströme zeigte. Die Geräte waren wiederum an die Tablet-PCs angeschlossen. Damit die kleinen Tierchen sich mit ihren Kabeln nicht ineinander verknoteten, hatte hier jede Maus einen eigenen Käfig. Die verängstigten Geschöpfe waren also vollkommen auf sich allein gestellt, liefen in einem kargen Behältnis herum, in dem nur ein Wasser- und ein Futternapf standen.

„Entschuldigen Sie“, warf der Forscher ein, „aber Sie sind zu einem schlechten Zeitpunkt gekommen, ich muss gerade eine Bestandsaufnahme machen und meine Beobachtungen erfassen. Es dauert noch ein paar Minuten. Schauen Sie sich einfach solange um, ich stehe Ihnen gleich für Fragen zur Verfügung.“

Ich wunderte mich darüber, wie Dr. Baum denken konnte, dass er aus den Hirnen dieser Mäuse irgendetwas Nützliches für die medizinische Forschung herausbekommen würde, außer wie völlig verstörte Wesen in einer total fremden, kargen und abstoßenden Umgebung psychisch zugrundegingen. Was sollte das mit bahnbrechenden Demenz- oder Schlaganfallmedikamenten zu tun haben? Eine kaum niederzukämpfende Übelkeit überfiel mich. Ich fing an, die Forscher der Pharmorena AG zu verachten. Ich drehte mich nach Karin und Awet um, um zu sehen, wie sie das Ganze hier aufnahmen. Karin war bleich, ich sah ihr an, dass sie nur mit Mühe und Not ihren Mageninhalt zurückhalten konnte. Awet dagegen schien unbeeindruckt von dem hier herrschenden Martyrium. Ich stieß Karin an und machte eine Kopfbewegung Richtung Awet. Sie schaute ihn an. Ich erkannte an ihrem zornigen Blick, dass ihr seine Emotionslosigkeit missfiel. Dann ging sie auf ihn zu. Verdammt, hoffentlich rastete sie jetzt nicht aus. Ich begleitete sie und stellte mich neben die beiden, bereit, sofort einzugreifen, falls Karin ihn anfahren würde.

Sie stellte sich dicht neben den jungen Kollegen, außerhalb Dr. Baums Reichweite flüsterte sie Awet mit einem Quäntchen Hinterhalt zu: „Awet, wir brauchen so eine Maus.“

***

<u>Protokoll:</u> Frankfurt, Industriepark Höchst, Pharmorena AG, Besucherraum 1-3.12, Samstag 28.09.2019, 09:51 Uhr: Zeugenbefragung durch Peter Groß von Bernhardt Moscher, männlich, 48 Jahre, Teamlead Quality Validation bei der Pharmorena AG

„Guten Morgen, Herr Moscher. Schön, dass Sie auch an einem Samstag Zeit für mich haben."

„Kein Problem, wenn es Sie endlich bei Ihren Ermittlungen weiterbringt. Ich bin aktuell jeden Tag hier, Sie wissen, ich muss die Arbeit von Dieter Kuschinski auffangen."

***

Immer diese unüberhörbaren Seitenhiebe, ich hasste ihn.

„Richtig, das hatten Sie mir gegenüber bereits erwähnt", meinte ich. „Es ist etwas dringend, daher muss ich Sie nun wohl oder übel am Wochenende stören."

„Nur zu. Wir sind sehr daran interessiert, dass Sie Dieters Mord nun bald aufklären", stichelte er weiter.

Ich schluckte meinen Ärger über diesen arroganten Wissenschaftler herunter.

„Und den Mord an Ihrem Pförtner Heinrich Kurz natürlich auch. Oder haben Sie ihn schon vergessen, Herr Moscher?", gab ich ihm eine Retourkutsche. Es ärgerte mich sehr, dass die Ermordung des Pförtners in diesem Hause etwas völlig Belangloses zu sein schien.

„Nun ja, wir sind eher der Meinung, dass dieser Fall nichts mit der Pharmorena zu tun hat. Der Grund für

seine Ermordung ist gewiss in seinem privaten Umfeld zu suchen", erklärte Moscher kühl.

„Wie kommen Sie darauf, Herr Moscher?"

„Herr Kurz stand nur unten an der Tür. Er hatte keinen Einblick in unsere Arbeit. Bei ihm war nichts zu holen, was die Konkurrenz hätte weiterbringen können."

Ich konnte es nicht fassen: „Sie gehen immer noch davon aus, dass Ihnen jemand Ihre Ideen klauen oder Ihre Forschung verzögern wollte?"

„Natürlich! Was sollte sonst hinter Dieters Ermordung stecken? Sie werden es kaum glauben, letztes Jahr haben wir eine Wanze an einem unserer Transportroboter gefunden. Die Konkurrenz schläft nicht, im Gegenteil sie will uns anzapfen!"

„Haben Sie die Wanze noch?", wollte ich wissen, konnte mir die Antwort jedoch denken.

„Nein, wir haben Sie vor Monaten schon entsorgt und daraufhin unsere internen Sicherheitsmaßnahmen verschärft."

Klar, Wanzen werden entsorgt, die Ermittlungsbehörden nicht eingeschaltet. Ich hegte meine Zweifel daran, dass diese Wanze jemals existiert hatte. Klären wollte ich diesen Punkt nicht weiter, es machte einfach keinen Sinn.

„Wie auch immer, Herr Moscher, wir brauchen weitere Informationen von Ihnen. Wie sieht es zum Beispiel mit der Firma SALA Arzneimittelforschung GmbH mit Sitz in Potsdam aus, ist die vertrauenswürdig?"

„Was sollen die Mitarbeiter dieser Firma mit Dieters Ermordung zu tun haben?", blaffte Moscher, das Thema missfiel ihm offensichtlich.

„Dr. Baum nannte uns den Namen dieser Firma“, erläuterte ich. „Sie soll für Sie Probanden suchen, hat er uns erzählt. Dazu benötigt diese Firma Informationen über ihre Medikamentenentwicklung. Was genau wissen die Mitarbeiter von SALA von Ihrer Forschung?“

„Ich hoffe nichts! Sie sollen lediglich gesunde Menschen unterschiedlicher Altersklassen für uns auftreiben, mehr nicht. Dazu benötigt man kein Wissen über unsere Forschung. Also bleiben Sie bei der Sache, Herr Kommissar!“

Ich hatte ein Reizthema angesprochen. Moscher wollte nicht über die SALA sprechen. Was steckte da nur wieder dahinter?

„Wir ermitteln in alle Richtungen, und darum bin ich heute hier“, fuhr ich fort. „Sie sagen, dass es kein Pharmorena-Mitarbeiter gewesen sein kann. Falls es wirklich jemand Externes war, der Ihren Kollegen Dieter Kuschinski getötet hat, müssen wir herausfinden, wie er hier hereingekommen ist. Und das könnte auch jemand von SALA gewesen sein.“

„Quatsch! Warum ist das so interessant für Sie?“

„Wir konnten bisher keine Spuren sichern, die uns zu dem Mörder führen. Wir hoffen, dass wir, sobald wir wissen, wie er in das Gebäude hineingekommen ist, auch irgendwo seine DNA finden werden.“

„Verstehe. Na dann, wie kann ich Ihnen dabei helfen? Fassen Sie sich kurz, ich muss dringend zurück zu den Kollegen“, versuchte Moscher weiter Druck aufzubauen.

„Wir haben bereits Gebäudepläne von Ihrem Facility Management bekommen.“

„Ja, stimmt, die Kollegen sind aber heute nicht da", meinte Moscher und schaute demonstrativ auf seine Armbanduhr.

„Das ist mir klar. Aber Sie könnten mir eventuell dabei helfen, noch weitere Pläne zu bekommen. Es ist äußerst dringend, wir brauchen sie so schnell wie möglich", forderte ich.

„Welche Pläne denn jetzt noch? Haben Sie nicht schon alles?"

„Wir haben erfahren, Herr Moscher, dass Sie im Haus Transportroboter nutzen, die eigene Tunnel befahren. Diese Tunnel werden auf den Plänen, die wir vorliegen haben, nicht dargestellt."

Moscher sah mich genervt an und meinte, als hätte er unser Problem erst jetzt verstanden: „Ach, die meinen Sie. Ich rufe unten beim Pförtner Phillip Schulte an, wir brauchen dafür eine Zugangskarte zum Facility Management. Die haben die Pläne im Schrank, Sie können sie sich kopieren. Herr Schulte hilft Ihnen dabei, ich muss zurück an die Arbeit."

***Gesprächsnotiz:* LKA Wiesbaden, Büro 1.21 Peter Groß und Karin Weidmann, Samstag 28.09.2019, 12:31 Uhr: Unterhaltung Peter Groß mit Kollegin Karin Weidmann, Kriminalkommissarin**

„Karin, ich habe gerade zusätzliche Gebäudepläne von Herrn Moscher bekommen, sie zeigen die Tunnel für die Transportroboter."

„Sehr gut, Peter, dann lass uns die mal mit den Plänen auf den Fotos von Heinrich Kurz vergleichen. Schau, ich habe sie vergrößert und nochmal ausgedruckt."

„Leg sie mal hier neben, dann ist es einfacher."

„Peter, das sind andere Pläne!"

„Du hast recht, hier verlaufen die Tunnel anders als auf den offiziellen Plänen vom Facility Management. Es gibt viel mehr Tunnel, als auf denen vom Moscher."

„Wo hatte Heinrich Kurz nur die Pläne her?"

„Das herauszufinden, wird nicht einfach sein, Karin. Aber wohin führen diese zusätzlichen Tunnel? Schau mal, die gehen hier an diesen Stellen gar nicht weiter."

„Ja, als wären da zusätzliche Abzweigungen, die ins Nichts führen."

„Oder in ein weiteres Untergeschoss, Karin, eines, das hier nicht abgebildet ist."

***

Ich erinnerte mich an die Protokolle vom 28.09.2019, die ich heute Morgen noch gelesen hatte. Nun durchquerten wir die Gänge im dritten Untergeschoss, das von den Robotern angefahren und mit Material versorgt wurde.

„Sagen Sie mal, Dr. Baum, wie kommen nun die Transportroboter hier rein?"

„Ah, verstehe, das wollten Sie hier herausfinden", meinte der Forscher, als er endlich mit seiner Bestandsaufnahme fertig war.

Wir standen immer noch in Dr. Baums Reich. In der Zwischenzeit hatten wir uns die Käfige genauer angesehen und erkannt, dass im vorderen Bereich des Labors ein kleiner Teil halbwegs normaler Mäuse lebte, die anscheinend in einer Art Warteschlange verweilten. Sobald eines der Sensor-Mäuschen tot umfiel, war die nächste bemitleidenswerte Kreatur dran, vermuteten wir. Awet war einige Male auf und ab gegangen und hatte dabei immer wieder auf seiner Smartwatch herumgetippt. Meines Erachtens war er Wege abgegangen, hatte sich irgendetwas ausgedacht und die Zeit dafür gemessen. Keine Ahnung, was er nach Karins Wunschäußerung in Bezug auf die Mäuse vorhatte.

„Ich zeige Ihnen, wo die Transportroboter ankommen, wenn wir gleich wieder rausgehen", beantwortete Dr. Baum meine Frage. „Hier habe ich Transportwagen, sehen Sie? Die fahre ich zur Schleuse vor, und lade die Lieferungen um. Danach verschwinden die Transportroboter wieder in ihren Tunneln."

„Mir ist vor der Schleuse kein Tunnel aufgefallen", meinte Karin.

„Es sind Klappen davor, man sieht sie kaum", erklärte Dr. Baum.

„Würde ein Mensch dadurch passen?", fragte Awet.

Dr. Baum sah ihn misstrauisch an, ähnlich wie gerade der Pförtner. Ich erkannte wiederholt, dass Awet schon allein durch sein Erscheinungsbild mit einer Menge an Vorurteilen zu kämpfen haben musste. Mir war klar, dass ich ihm gegenüber ebenfalls zurückhaltend war, aber ich meinte, dass es durch sein Verhalten begründet war. Durch seine Kindheit in einer völlig anderen Kultur oder durch die Geschehnisse, die zu seiner Flucht aus der Heimat Eritrea geführt hatten. Trotzdem konnte ich mich ihm nicht öffnen, ihm kein Vertrauen schenken, wie ich es bei Karin tat. Da war etwas, das mich zurückschrecken ließ, und das hatte nichts mit seiner Hautfarbe und seiner Abstammung zu tun, es war in seiner undurchsichtigen Art begründet. Er hatte bisher keinem einzigen Kollegen etwas Privates erzählt. Es keimte der Verdacht in mir auf, dass ich gar nicht hören wollte, was er als Kind hatte mitansehen oder gar am eigenen Leibe erfahren müssen. Ich dachte an Anne und Finn, und inwieweit ein Mensch fähig war, bestialische Dinge ertragen zu können, die er den Rest seines Lebens mit sich herumtragen musste. Awets Narbe am Kinn fiel mir wieder auf. Ich wandte mich schnell ab.

„Ja, ein Mensch würde dadurch passen, wenn er kriecht", antwortete der Forscher.

„Warum ist das hier so ein Hochsicherheitstrakt?", hakte Awet weiter nach.

„Ja, ich weiß, es scheint für Sie übertrieben, aber es geht nicht darum, dass uns die Mäuschen hier herauslaufen, Chemikalien entweichen oder unbefugte Kollegen von oben zu mir reinkommen. Es geht darum, dass wir Medikamente entwickeln, die es noch nie gegeben hat. Medikamente, die aktuell niemand anderes entwickeln kann. Wir haben schlichtweg Angst, dass man uns unsere Forschungsergebnisse klaut."

„Dafür haben Sie Ihre fünf Untergeschosse mit allem gesichert, was der Security-Markt hergibt?", fragte Awet.

Sehr schlau von ihm, hintergründig die fünf Untergeschosse einzubauen, von denen es zwei offiziell gar nicht gab.

„Ja, so ist es", tappte Dr. Baum in die Falle, korrigierte sich jedoch sofort. „Moment, was sagen Sie denn? Drei Untergeschosse, drei sind es!"

Dr. Baum schien nun etwas gereizt, versuchte sich aber schnell wieder zu fangen.

„Sie pflanzen Mäusen menschliche Stammzellen ein?“, wechselte Awet abrupt das Thema.

Ich starrte ihn an. Völlig unbeeindruckt stellte er Fragen, die mir starke Bauchschmerzen bereitet hätten. Dr. Baum schien zu merken, dass er hier einen objektiv und emotionslos vorgehenden Ermittler vor sich hatte. Einen, der sich durch seine Unbetroffenheit nicht täuschen und nicht verwirren lassen würde. Es keimte wieder ein Funken Bewunderung für Awet Berhane in mir auf. Aber gleichzeitig verspürte ich eine unüberbrückbare Distanz zu ihm.

„Ja, da bin ich aber nicht der Einzige auf der Welt“, konterte Dr. Baum.

„Das ist mir klar, die ersten Erfolge in diesem Bereich wurden vor einigen Jahren in Amerika gemacht. Eine Sensation, die erste Maus mit einem Menschenhirn“, erläuterte Awet, ich fragte mich, woher er das wusste.

„Da haben Sie recht. Heute ist das in der Hirnforschung eine gängige Vorgehensweise, auch in Deutschland. Eine Maus wird dadurch kein Mensch!“, schloss Dr. Baum.

Ich meinte mich zu erinnern, diesen Satz schon einmal gehört zu haben, und fragte mich, ob das so stimmte.

„Darf ich mir Ihre Schleuse noch einmal ansehen?“, fragte Awet übergangslos und machte sich auf den Weg, ohne eine Antwort abzuwarten.

„Wie Sie wollen“, meinte Dr. Baum mit gerunzelter Stirn. „Sie werden nichts Besonderes daran finden. Man benötigt mein Auge und meine Hand, um sie zu öffnen, von beiden Seiten, sonst geht da gar nichts.“

Karin und ich sprachen weiter mit Dr. Baum über Mäusehaltung, um ihn abzulenken. Währenddessen ging Awet nach vorne, in den Bereich, wo die noch glücklichen Mäuse ohne Gehirnsensor in kleinen Grüppchen hausten. Ich fragte mich, was er vorhatte. Ein Stich wie von einer langen Nadel fuhr mir durch das Herz. Wollte er jetzt und hier eine Maus mitgehen lassen? Wenn die LKA-Präsidentin davon Wind bekäme, wären wir alle suspendiert. Nach kurzer Zeit sah ich Awet wieder. Ich blickte Dr. Baum über die Schulter, er stand mit dem Rücken zu meinem jungen Kollegen. Was ich dann sah, raubte mir den Atem. Awet Berhane hatte seinen weißen Schutzanzug an der Brust geöffnet. Er griff mit der rechten Hand hinein, holte eine der quietschfidelen Mäuse aus seiner Jackentasche, brach ihr das Genick, schlitzte ihr mit dem Verschluss seines stählernen Uhrenarmbandes den Kopf auf, öffnete blitzschnell einen der Käfige mit einer Sensor-Maus, die die gleiche Fellfärbung hatte, schnappte sie sich, riss ihr den Sensor aus dem Kopf und tauschte die beiden Mäuse aus. Er ließ die Sensor-Maus geschickt in seiner Jackentasche verschwinden. Als ein piepsender Alarm losging, schloss er den Käfig wieder, hechtete zur Seite und verschwand zwischen den anderen Käfigen.

Dr. Baum flog herum, suchte rechts und links nach der Ursache des Alarms und erkannte dann das rotblinkende Licht an dem besagten Käfig. Er stürmte hinüber und besah sich den Vorfall. Zu diesem Zeitpunkt stand Awet bereits wieder neben Karin und mir, er hatte so getan, als wäre er von vorne zu uns zurückgekehrt.

„Herrje, da hat es wieder eine erwischt. Manche Sensoren sitzen recht unbequem, sind bei den kleineren Köpfchen einfach zu groß. Es stört die Mäuschen und sie reißen sich die Dinger aus dem Gehirn. Ihr sicheres Ende“, kommentierte der Forscher mit großem Bedauern, holte die Maus aus dem Käfig, warf sie in einen Mülleimer und sah zu uns dreien herüber.

„Jetzt haben Sie bestimmt noch Einiges zu tun, Dr. Baum. Wir verabschieden uns für heute“, meinte Awet. „Würden Sie uns bitte hinausbringen?“

***

„Du bist wahnsinnig, Awet, einfach wahnsinnig!“, schrie ich, während wir mit unserem Dienstwagen aus dem Industriepark hinausfuhren. Es war bereits früher Abend, vereinzelte Wolken zogen über den Himmel, die Sonne tauchte den Westen in satte Gelb- und Orangetöne.

„Karin wollte eine Maus, jetzt hat sie eine“, meinte Awet Berhane sachlich.

„Awet, das war nicht ernstgemeint, ich habe das nur so gesagt. Ich wollte dir klar machen, welch hohe Bedeutung die kleinen Tierchen für uns haben, aber es war nur ein Scherz, um dich wachzurütteln. Du hast abwesend gewirkt, verstehst du?“, versuchte es Karin auf die sanfte Tour und drehte sich auf ihrem Beifahrersitz zu ihm herum.

„Nein, das verstehe ich nicht. Die Bedeutung der Mäuse war mir von Beginn an klar. Ich war hochkonzentriert, habe mir alles im Detail angesehen, habe versucht jede einzelne Kleinigkeit in Dr. Baums Labor aufzunehmen. Wenn du mir etwas als Vorgesetzte sagst, dann mache ich das auch. Ich hinterfrage deine Anweisungen nicht, auf jeden Fall nicht, während wir in einem Labor der Pharmorena ermitteln. Aber ab jetzt mache ich das besser", drohte Awet an.

Nüchtern betrachtet hatte er irgendwie recht. Aber irgendwie auch nicht. Ein Gefühl, dass er es hatte darauf ankommen lassen, bohrte sich in meinen Kopf. So dumm war er nicht, auf keinen Fall. Ich nahm es ihm nicht ab, dass er Karins Scherz nicht verstanden hatte. Er hatte ihn eher für seine eigenen Interessen ausgenutzt, nur konnten wir daran jetzt nichts mehr schönreden. Karin hatte sich einfach zu weit aus dem Fenster gelehnt. Es hatte sie gestört, dass er teilnahmslos herumgestanden hatte, dass ihn das Martyrium der Mäuse nicht berührt hatte. Wir mussten mit diesem Kollegen höllisch aufpassen.

„Schon gut, Awet, es war ein Missverständnis. Ich werde solche blöden Scherze nicht mehr machen. Zumindest nicht in derart ernsten Situationen", ruderte Karin zurück, sie gestand sich den Fehler ein.

„Okay. Bevor du auf die Autobahn auffährst, Peter, was machen wir jetzt mit der Maus?", fragte mich Awet.

„Was sollen wir damit schon machen? Weg damit! Wir kriegen einen Heidenärger mit der Präsidentin, wenn wir sie ..."

„Ich könnte behaupten, ich hätte sie auf dem Boden vor einem Käfig gefunden", schlug Awet von der Rückbank aus vor.

„Jetzt hör auf damit! Es ist nicht zulässig, eine ...", schrie ich los.

Karin, legte mir eine Hand auf den Oberschenkel, sie wollte mich anscheinend beruhigen, oder besser zurückhalten.

„Dr. Baum hat selbst gesagt, dass es öfters passiert, dass sich Mäuse den Sensor rausreißen. Er hat sie einfach neben den Mülleimer geworfen, und ich habe sie eingesteckt“, sponn Awet den Faden weiter.

„Das ist genauso unzulässig!“, urteilte ich. „Du hättest sie dann auch ohne Befugnis entwendet.“

„Aber es ist nicht so schlimm wie Tötung und Diebstahl einer Maus aus dem Labor“, warf Karin ein. „In ähnlichen Fällen in der Vergangenheit hat sich die Präsidentin damit schon einmal breitschlagen lassen. Wenn man es ihr vernünftig darlegt, hat sie bestimmt …“

„Sagt mal, spinnt ihr jetzt beide?“, brüllte ich, fuhr etwas langsamer als gewöhnlich in Richtung Autobahnauffahrt und dachte angestrengt darüber nach.

Ich schaute in den Rückspiegel direkt in Awets Augen. Er saß dort wie immer mit seiner nicht zu interpretierenden Miene. Aber etwas in seinen Augen machte mich rasend. War da eine Gefühlsregung, oder bildete ich mir das nur ein? Ich meinte etwas wie Genugtuung gepaart mit Belustigung in seinem Blick zu erkennen. Mit einem Gesicht, das niemals auch nur im Ansatz seine Gemütslage widerspiegelte. Quatsch, ich bildete es mir nur ein, bei diesem Eisklotz kamen doch keine Gefühle auf, oder? Er wich meinem Blick nicht aus, hielt ihm ohne zu Zucken stand. Ich schaute wieder auf die Straße. Dieser Mensch brachte mich aus der Ruhe, ich würde froh sein, wenn der Pharma-Fall beendet wäre und ich nichts mehr mit Awet Berhane zu tun haben würde.

Awet öffnete sein Fenster im Fond. „Ich kann sie jetzt rauswerfen“, schlug er vor.

Ich warf einen gereizten Blick in den Rückspiegel, meine Hände zitterten am Lenkrad, der Dienstwagen neigte sich kaum merklich hin und her.

„Oder du fährst statt nach Wiesbaden nach Frankfurt und wir übergeben die Maus an Dr. Ute Gazek“, fügte Awet hinzu.

Im letzten Moment riss ich das Lenkrad herum ohne zu blinken. Awet schloss das Fenster wieder.

„Aaahhhh“, schrie ich und schlug auf das Armaturenbrett.

Karin grinste still in sich hinein.

***

Ich schaute durch das runde Bullauge, das einen eingeschränkten Einblick in die dunkelsten Abgründe der Menschheit bot. Dann sah ich sie. Die Gerichtsmedizinerin Dr. Ute Gazek schlenderte mir mit ihrem üblichen, überheblichen Lächeln entgegen, trat auf die Tür mit dem Bullauge zu und öffnete sie mit dem Ellbogen. Sie trug einen weißen Kittel, der mit roten Sprenkeln übersäht war, ihre Hände steckten in verschmierten Gummihandschuhen. Der typische Geruch von langsam aber sicher verwesenden Leichen schlug mir durch die Tür entgegen. Eine leichte Übelkeit überkam mich.

„Na, Ute, hast du wieder einen, ähm, geöffnet?“, fragte ich und versuchte mit Ironie die unappetitliche Situation zu überspielen.

„Was sollte ich sonst schon machen, Peter?“

„Tja, Berufsrisiko, am Ende sägt man nur noch unsere toten Mitbürger auf.“

„So sieht es aus. Du hast Besuch mitgebracht? Und das zu so später Stunde?“, fragte mich die Gerichtsmedizinerin und warf dabei einen interessierten Blick auf Awet.

Karin wartete im Auto, sie verabscheute die hochnäsige Gerichtsmedizinerin. Ich wusste, dass sie nicht auf Ute treffen wollte, und hatte sie gewähren lassen.

„Ja, das ist Awet Berhane, ein junger Kollege von mir. Unser Pharma-Fall ist sein Debüt“, erklärte ich.

Ute ging einen Schritt auf ihn zu, reichte ihm ihre Hand, die immer noch in dem blutverkrusteten Handschuh steckte und grinste breit.

„Sehr schön, Herr Be... wie war noch Ihr Name?“

Ohne zu zögern griff Awet nach ihrer Hand, drückte sie fest und sagte: „Awet Berhane.“

„Ah, dann herzlich willkommen in der harten Realität!“, meinte Ute und schüttelte ihm kräftig die Hand.

„Danke.“

Mir sträubten sich alle Nackenhaare, als ich Awets Hand an dem verschmierten Handschuh sah. Der Ekel überkam mich, ich musste würgen. Ich wendete mich kurz ab, um durchzuatmen, dann drehte ich mich wieder zu den beiden um. Ich sah Ute, wie sie erst ihre Hand und dann Awet mit offenem Mund anstarrte. Ich musste grinsen. Diesen widerlichen Spaß hatte sie sich schon mit vielen geleistet, auch mit Karin. Mit ein

Grund, warum niemand gut auf Ute zu sprechen war, geschweige denn mit ihr Kontakt pflegen wollte. Niemand hatte ihr bisher die Hand gereicht. Aber nun verfügten wir ganz offensichtlich über einen ihr ebenbürtigen Kollegen. Ute schloss den Mund wieder, zog aus einem Spender auf dem nebenstehenden Tisch ein Feuchttuch und reichte es Awet. Er wischte sich die Hand damit ab. Ute zog endlich die ekelhaften Handschuhe aus und warf sie in einen Müllsack, der an einem Haken an der Wand hing. Dann desinfizierte sie ihre Hände. Ich fand langsam meine Sprache wieder.

„Warum ich hier bin, Ute", fing ich unverfänglich an, ich wollte nicht gleich mit der Tür ins Haus fallen. „Soviel ich weiß, hast du dein Studium nicht nur in Deutschland absolviert, stimmt's?"

„Deshalb bist du extra hergekommen?"

„Ich hatte die Hoffnung, du könntest mir gleich Material mitgeben, Material aus deinem allwissenden Schrank", deutete ich an und machte eine Kopfbewegung Richtung des grauen Möbelstücks.

„Material, wozu?"

„Beantworte doch erst einmal meine Frage!"

„Ja, Peter, das hast du richtig gehört, ich war für vier Semester in den USA. Warum?"

Awet schaute erst zu Ute und dann zu mir. Man sah es ihm nicht an, aber bestimmt wunderte er sich über meine Vorgehensweise, mischte sich jedoch nicht ein.

„Hast du dort irgendetwas von Medikamentenentwicklung mitbekommen?", fragte ich weiter.

„Ich habe zwar forensische Medizin studiert, aber trotzdem: ja."

„In Amerika sehen sie es nicht so eng mit der Ethik, stimmt's, Ute?“

„Stimmt.“

„Und?“

„Willst du nicht wissen, Peter.“

„Doch, will ich, Ute.“

„Ich möchte dich von dem unschönen Wissen verschonen.“

„Jetzt sag schon!“

Awet stand neben mir wie eine steinerne Säule, bewegungslos und ohne einen Hauch von Körpersprache.

„Deine zartbesaitete Seele würde Schaden nehmen, wenn ich es dir offenbaren würde, Peter.“

„Ute, ich will es jetzt wissen!“

„Lass es lieber.“

„Warum?“

„Es würde dich und deine weltverbessernden Absichten in den Grundmauern erschüttern.“

„Jetzt hör schon auf mit dem Unsinn und sag es!“

Awet stand weiter mit ausdruckslosem Gesicht neben mir und wartete auf seinen Einsatz, mit der toten Maus in seiner Jackentasche.

„Nein, ich sage nichts dazu, Peter. Du sollst weiterhin ohne ungutes Gefühl deine Blutdrucksenker nehmen können.“

„Ich nehme überhaupt keine Blutdrucksenker!“

„Wenn ich dich so anschaue, lange dauert's nicht mehr.“

„Sehr charmant, Ute, wie immer. Aber egal, was du während deines Studiums vor einem halben Jahrhundert davon mitgekriegt hast, es ist heute sowieso lange überholt, vermute ich.“

„Ich habe keine Zeit für solchen Unsinn, Peter. Es ist spät, und ich mache jetzt Feierabend für heute. Ich schicke dir demnächst meine Obduktionsberichte von euren drei Leichen per E-Mail und auch eine kurze Zusammenfassung über Medikamentenentwicklung in den neunzehnhundertdreißiger Jahren."

Ute wandte sich abrupt zum Gehen. Ich war einmal mehr gereizt von ihrer überheblichen Art. Weil sie mich wieder einmal kalt erwischt hatte. Ich verpasste es, sie zurückzuhalten, hatte die Maus vor Ärger schon fast vergessen. Als sie bereits durch ihre Bullaugen-Tür verschwinden wollte, schaltete sich Awet ein.

„Dr. Gazek, wir sind noch wegen etwas anderem hier."

„Ach stimmt, Sie sind ja auch noch da, Herr Be..."

Ute kam wieder zu uns zurück.

„Berhane. Ich habe hier eine Maus aus einem Labor der Pharmorena AG. Ihr wurden menschliche Hirnzellen eingepflanzt, und sie war mit einem Sensor ausgestattet. Würden Sie sie für uns untersuchen?"

Awet Berhane zog die Maus, die mittlerweile eine Leichenstarre aufwies, aus seiner Jackentasche. Sie lag auf seiner flachen Hand, er reichte sie Ute. Ute nahm sie entgegen und betrachtete sie neugierig. Noch neugieriger betrachtete sie Awet.

„Einen sehr interessanten Kollegen hast du da, Peter. Endlich einmal frischer Wind in eurer muffigen Bude!"

Ich musste einen ziemlich mürrischen Gesichtsausdruck gemacht haben, denn plötzlich fing Ute an zu lachen.

Dann wandte sie sich wieder Awet zu: „Wie sind Sie an die Maus gekommen, Herr Bera..."

„Berhane. Ich habe sie gefunden."

„So, so, gefunden. Sie gefallen mir, Herr Bare...“

„Berhane. Können Sie die Maus für uns untersuchen?“, wiederholte Awet seine Bitte.

„Natürlich kann ich das. Ich schicke Ihnen den Bericht zu, Herr ..., ich kann mir Ihren Namen einfach nicht merken.“

„Awet Berhane.“

***

***Gesprächsnotiz:* LKA Wiesbaden, Büro 1.21 Peter Groß und Karin Weidmann, Samstag 28.09.2019, 13:08 Uhr: Unterhaltung Peter Groß mit Kollegin Karin Weidmann, Kriminalkommissarin**

„Karin, lass uns noch einmal über die letzten Ergebnisse der Kollegen reden. Zeig mal die Berichte.“

„Hier, als Erstes das Umfeld der Putzkraft Maria Barthel-Garcia. Sie stammt aus einer spanischen Einwandererfamilie und hat vor fünf Jahren Jürgen Barthel geheiratet.“

***

Einige Kollegen hatten uns unterstützt, sie hatten weitere Recherchen und Befragungen geführt. Karin und ich prüften nun deren erste Berichte. Wir hockten an ihrem Schreibtisch und brüteten über einem Stapel Papier.

„Jürgen Barthel. Wer ist das?“, fragte ich Karin.

„Das spielt heute keine Rolle mehr, er ist vor drei Jahren gestorben.“

„Wie?“

Mir fuhr ein Schreck durch die Glieder. Wie jedes Mal, wenn ich hörte, dass in den letzten drei Jahren jemand verstorben ist. Karin zog die Stirn kraus, ihr Gesichtsausdruck bestätigte meine Befürchtungen.

„Das glaubst du nicht, Peter."

„Lass mich raten, Karin, es hat was mit der Pharmorena zu tun?"

Ich wusste, dass nun ein „Ja" folgen würde.

„Ja, das hat es. Er war Kranfahrer bei der Bauunternehmung Stock GmbH."

„Den Namen habe ich schon einmal gehört", erinnerte ich mich, stützte meine Ellbogen auf Karins Schreibtisch und warf einen Blick auf das vor ihr liegende Blatt Papier.

„Ja, von Silke Jakob. Das war die Firma, die das Pharmorena-Gebäude hochgezogen hat."

„Das alles ist ein unendlicher Sumpf, Karin. Was ist Herrn Barthel passiert?"

Ich schloss die Augen, fuhr mir mit beiden Händen durch mein Gesicht. Wenn ich ehrlich war, wollte ich es gar nicht hören, auf welche abartige Art und Weise Jürgen Barthel gestorben war.

„Er ist vom Baukran gefallen", sagte Karin knapp.

„Das ist ... Karin ..., wurde der Unfall untersucht?"

„Ja, wurde er. Jürgen Barthel hatte 2,2 Promille in seinem Blut, als er abgestürzt ist. Nachdem man das wusste, wurden die Untersuchungen eingestellt."

„Unglaublich, lass uns hier später noch einmal ansetzen. Wir werden seine Frau, äh, Witwe noch einmal dazu befragen. Zeig den nächsten Bericht."

Karin nickte. Sie kramte in der vor ihr auf dem Schreibtisch liegenden Mappe und zog einen Bericht heraus.

„Das ausgebaute Fenster von der Pharmorena AG“, begann sie. „Es war gut geputzt, die Kollegen haben nur wenige Fingerabdrücke gefunden. Sie stammen allesamt von Dieter Kuschinski, Bernhardt Moscher, Birte Hanssen und Adam Frost. Also die einzigen vier, die dieses Fenster regelmäßig geöffnet und geschlossen haben. Die vier Menschen, die auch in dem Büro arbeiten, in dem Dieter Kuschinski starb.“

„Toll. Und weiter?“, fragte ich und ärgerte mich, dass auch hier kein weiterer Ansatzpunkt zu finden war.

„Am Fenstergriff war eine Klinge mit Powerkleber angebracht, die mit dem Extrakt aus der Knolle des Blauen Eisenhuts beschmiert war. Das wussten wir ja schon. Ansonsten nichts Neues vom Fenster. Im Büro selbst Massen an DNA-Spuren, die alle den Pharmorena-Mitarbeitern und den Putzleuten zugeordnet werden konnten. Es scheint kein Fremder im Büro gewesen zu sein, Peter.“

„Na, immerhin etwas. Ob die Eingrenzung uns was bringt, ist jedoch fraglich. Und sonst?“

„Da haben wir noch die ballistische Untersuchung der Kugel in Heinrich Kurzs Hals, sie war in seiner Halswirbelsäule steckengeblieben. Er wurde eindeutig von dem Dach der Garage gegenüber seines Hauses erschossen. Der Munition nach hat der Täter eine Maschinenpistole MP7 Kaliber 4.6mmx30 verwendet. Gesehen hat ihn niemand. Wahrscheinlich ist er von hinten aus dem Garten auf das Garagendach geklettert und ist auch nach dem Schuss wieder über den Garten

verschwunden. Der Rasen war matschig vom Regen. Die Kollegen haben Abdrücke von Stiefeln mit groben Profil Größe 44 sichern können."

„Das sieht mir sehr nach einem Profi aus, Karin. MP7, die ist auch bei der Polizei weit verbreitet. Sind in letzter Zeit welche bei uns abhandengekommen?", wollte ich wissen, bestimmt hatten die Kollegen das bereits recherchiert.

„Ja, das steht hier ebenfalls in dem Bericht, eine ist vor anderthalb Jahren bei einem Einsatz in der Frankfurter Innenstadt verschwunden. Der Kollege vom SEK ist bei einem Einsatz im Drogenmilieu angeschossen worden. Seine Waffe war danach nicht mehr aufzufinden, er hat sie beim Schusswechsel von einem Hochhausdach fallen lassen."

„Die Sache sollten die Kollegen weiter verfolgen. Welche Wege ist diese Waffe gegangen. Ich vermute aber, wenn unser Mann ein Profi war, finden wir den Mörder von Heinrich Kurz nie", meinte ich.

„Die Auftraggeber müssen wir finden. Wir werden sie bei der Pharmorena suchen, oder was meinst du, Peter?"

„Auf jeden Fall", meinte ich forsch, lehnte mich in meinem Stuhl zurück und dachte dabei an Moscher und Konsorten.

Sie sollten nicht unbescholten davonkommen, selbst wenn sie nicht persönlich für Dieter Kuschinskis Ermordung verantwortlich waren. Ich war mir mittlerweile sicher, dass ihre Forschung nicht auf legalem Wege durchgeführt wurde.

„Noch was anderes", fuhr Karin fort. „Die Aktentasche von Heinrich Kurz ist nicht mehr aufgetaucht, die können wir abschreiben."

„Das dachte ich mir. Die muss dann eine zweite Person gestohlen haben, wenn der Profikiller von der Garage durch den Garten gekommen und auch wieder verschwunden ist. Hat jemand von den Zeugen noch etwas dazu gesagt?"

„Nein, Peter, nichts dergleichen."

„Na super. Damit kommen wir zu dem nächsten Bericht, zeig mal her", forderte ich Karin auf. Wir liefen bisher immer nur in Sackgassen.

„Die Durchsuchung der Wohnung des ermordeten Dieter Kuschinski", begann Karin. „Man hat persönliche Gegenstände, mehrere Akten, zwei Notebooks und einige Speichermedien wie USB-Sticks und externe Festplatten rausgeholt. Die IT-Forensik ist noch dran. Sie haben viele Dateien auf den Notebooks und Speichermedien gefunden, Fotos und medizinische Akten. Das meiste davon waren Analysen, Versuchsberichte, Notizen und irgendwelche kaum zu entziffernde Stichpunkte. Sie haben es an unsere Mediziner weitergegeben, wir warten noch auf die Auswertungen."

„Wir sollten uns davon nicht zu viel versprechen, Karin. Bei den Themen, die die Pharmorena hat, kommen unsere Mediziner vermutlich nicht mehr mit, die sind ja keine Hirnforscher", kommentierte ich und begann langsam aber sicher zu resignieren.

„Vielleicht sollten wir es an einen externen Spezialisten geben?", fragte Karin und sah mich mitleidig an.

Sie fühlte, wie es um meine Motivation bestellt war und schien mir neue, erfolgversprechende Optionen aufzeigen zu wollen.

„Warten wir erst mal ab, was bei den internen Kollegen herauskommt", meinte ich, ich wollte verhindern, der LKA-Präsidentin erklären zu müssen, warum unsere Leute das nicht selbst hinbekommen haben und ich einen zusätzlichen Kostenblock durch eine Beauftragung externer Mediziner verursacht hatte. „Lass uns mit dem nächsten Punkt anfangen, Karin."

„Die Videos aus den Überwachungskameras der U-Bahnstation, in der der Mörder von Orhan Aydin verschwunden ist, zeigen einen dunkelgekleideten Mann, der in Richtung Römer gefahren ist", erläuterte Karin. „Vielleicht war es auch eine große Frau, genau kann man das nicht sagen. Der Aufruf an die Öffentlichkeit hat nichts ergeben, Hunderte wollen dunkelgekleidete Männer und Frauen in der Bahn gesehen haben, sie sind in alle möglichen Richtungen gefahren oder ausgestiegen. Der Mörder ist uns durch die Lappen gegangen, Peter. Aber eines kann ich hier auf dem vergrößerten Ausdruck erkennen."

„Was meinst du?", fragte ich, betrachtete das Foto und kniff die Augen zusammen. Ich wusste nicht, was sie meinen könnte.

„Sieh mal hier", meinte Karin und zeigte auf die Füße der dunkelgekleideten Person.

„Seine Stiefel."

„Ja, Peter, seine Stiefel. Sie sehen grob aus, mit dickem Profil, oder?"

„Ja. Das könnten dieselben sein, wie die von Heinrich Kurzs Mörder. Meinst du das?"

„Eventuell“, gab Karin zu. „Es gibt bestimmt tausende dieser Modelle, aber einen Versuch ist es wert. Also suchen wir nach Schuhgeschäften, die diese Modelle führen, nach Stiefelkäufern, Stiefelträgern, Stiefelbeobachtern, die ganze Palette?“

„Ja, Karin, das werden wir als Nächstes organisieren“, bestätigte ich und machte mir eine Notiz dazu, endlich mal ein Ansatzpunkt. „Gibt es noch mehr?“

„Ja, die Wohnung von Orhan Aydin. War alles aufgeräumt, geputzt, auf Hochglanz poliert. Viel zu sauber, Peter. Abgesehen von DNA wurde absolut nichts dort gefunden, was uns irgendwie weiterbringen könnte. Seltsam war aber, dass die Kollegen kein Smartphone, kein Notebook, keine Festplatten, keine USB-Sticks, keine Fotoapparate, einfach nichts Derartiges dort entdeckt haben.“

„Es ist jemand bei ihm eingestiegen und hat alles mitgenommen, was noch Informationen von der Pharmorena zeigen könnte?“, fragte ich meine Kollegin.

„Ja, Peter. Oder er war ein IT-Spezialist, der keine IT in der eigenen Wohnung hatte.“

„Höchst unwahrscheinlich“, meinte ich und musste über ihren Kommentar grinsen.

„Ich habe die Kollegen gebeten, alles an DNA aus der Wohnung auszuwerten“, fuhr Karin fort. „Vielleicht haben wir einen Treffer in unserer Datenbank und wissen dann mehr.“

„Sehr gut!“, lobte ich sie. „Tu mir einen Gefallen, Karin, bitte die Kollegen aus Freiburg um eine DNA-Probe von Silke Jakob. Die werden bestimmt eine Haarbürste oder sonst etwas in ihrer Wohnung finden. Zur Not sollen sie ihre Mutter Louise danach fragen.“

„Du willst wissen, ob Silke in letzter Zeit bei ihrem Exfreund Orhan war?", wollte Karin wissen. Sie hatte sofort verstanden, worauf ich hinauswollte.

„Ja."

„Alles klar, wird erledigt. Dann sind wir auch schon beim nächsten Thema, Peter, die Verträge zwischen der FlashData und der Pharmorena AG."

„Was haben unsere Anwälte dazu gesagt?", fragte ich gespannt und rückte meinen Stuhl etwas vor, um besser in die Unterlagen schauen zu können.

„Sie blicken nicht durch, Peter."

„Sie blicken nicht durch?", fragte ich entsetzt. Wie waren diese IT-Verträge aufgesetzt worden, dass selbst unsere Anwälte sie nicht verstanden?

„Nein, es ist absolut unmöglich", bedauerte Karin. „Es gab einen Rahmenvertrag, der lange vor Orhan Aydins Einsatz von beiden Parteien unterschrieben wurde. In den darauffolgenden zwei Jahren ist der so oft und so kryptisch umformuliert worden, dass niemand mehr sagen kann, was Orhan Aydin im Detail gemacht hat. Immer wieder wurden Passagen gestrichen, neu formuliert oder auch Anhänge zugefügt, die wiederum andere Passagen aushebelten. Am Ende hat Orhan Aydin auf Zuruf gearbeitet und nicht mehr schriftlich festgehalten, was er alles bei der Pharmorena installiert hat. Es gibt noch Wochenberichte von seinen letzten Arbeiten. Die waren aber so kurz gefasst und nicht im Rahmenvertrag enthalten, so dass die FlashData am Ende vermutlich keinen Cent mehr dafür gesehen hat."

„Wie hoch war der Auftragswert?", wollte ich wissen.

„Anfangs zweihundertzwanzigtausend inklusiv Hardware. Dann wurde nach acht Monaten aufgestockt auf dreihunderttausend.“

„Verdammt, Karin, was haben die da getrieben?“

„Jetzt pass auf, Peter“, fuhr Karin fort. „Ganz am Anfang hat anscheinend jemand von der Pharmorena nicht aufgepasst.“

„Warum?“, fragte ich und blickte gespannt auf.

„Es ging um die Kosten, auch um die in den zwei Untergeschossen, von denen keiner etwas wissen durfte.“

„Ah, verstehe, Karin, die Frage, ob es drei oder fünf Untergeschosse gibt“, murmelte ich.

„Genau“, bestätigte Karin. „Im Rahmenvertrag heißt es für die Installationen: Pauschalpreis zwanzigtausend Euro pro Etage.“

„Also sechs Obergeschosse plus fünf Untergeschosse, das macht elf Etagen mal zwanzigtausend Euro, das sind zweihundertzwanzigtausend.“

„Richtig, Peter, hast in Mathe gut aufgepasst!“

***

„Hallo André.“

„Hi Peter, grüß dich. Was gibt's Neues aus dem LKA?“

Es war Mittwochabend, am 02.10.2019 um 19:30 Uhr. Ich hatte nach unserem Besuch bei Dr. Reiner Baum Karin alleine mit Awet zurück nach Wiesbaden fahren lassen. Ich würde später mit der Bahn heimfahren, vorher hatte ich noch eine Verabredung. Ich saß mit dem Heiligen Grahl, unserem inoffiziellen Polizeihacker, im Manufactum brot&butter in Frankfurt. Da mir die LKA-Präsidentin untersagt hatte, André Grahl noch einmal ins LKA hereinzulassen, hatte ich mich mit ihm draußen an einem neutralen Ort verabredet. In den späten neunziger Jahren war der Heilige Grahl geschnappt worden, als er der Welt hatte vorführen können, dass er von außen Bankensysteme manipulieren konnte. Seine Aussage war damals schon gewesen: „Kein IT-System ist sicher!" Und damit hatte er bis heute recht behalten.

Nun saßen wir im Bistro und genossen herrliches, frischgebackenes Brot, belegt mit sündhaft teurem Biokäse, und tranken dazu Neumarkter Lammsbräu Zisch. Er ließ sich gerade einen großen Schluck durch die Kehle gluckern. Als er die Flasche wieder absetzte, blieb etwas Schaum in seinem Bart hängen. Er wischte ihn mit dem Handrücken weg.

„Ich denke, wir brauchen deine Hilfe, André. Du weißt, meine Kollegen aus der IT machen nur, was sie dürfen ..."

„... und was sie können", fügte er mit einem breiten Grinsen hinzu.

Damit hatte der Hacker leider recht. Unter meinen IT-Kollegen waren auch einige Koryphäen, jedoch waren ihnen bei manchen Dingen aufgrund rechtlicher Vorgaben die Hände gebunden, auf der anderen Seite fehlte ihnen bei speziellen Anwendungsfällen schlichtweg die Erfahrung. Sie machten zwar regelmäßig Fortbildungen, aber mir schien, der Heilige Grahl war ihnen immer einen Schritt voraus. Auf dem freien Markt hackte er, was ihm vor die Nase kam, meine IT-Kollegen waren gebunden an die Curricula, die ihnen vorgesetzt wurden.

„Stimmt wohl", meinte ich und biss in mein Käsebrot.

„Soll ich etwa schon wieder ein System für dich hacken?“, meinte der Heilige Grahl schmatzend.

Ich kaute zu Ende und schluckte den Bissen Krustenbrot mit Allgäuer Bergkäse und nickte mit dem Kopf.

„Ist hoffentlich für ‘n guten Zweck?“, hakte André nach.

„Na klar!“, bestätigte ich kauend.

„Dann erzähl mal.“

***

Ich saß wieder in meinem Fernsehsessel. Das Treffen mit André Grahl war äußerst fruchtbar gewesen. Ich hatte ihm die Pharma-Morde skizziert, die Kopien der Verträge mit FlashData gezeigt, die Ergebnisse unserer IT-Kollegen geschildert und den Hinweis gegeben, dass sie nun Zugriff zu diesem Tracking-Tool der Pharmorena haben. Dort werden sie in den nächsten Tagen Dieter Kuschinskis Eingaben zu den Forschungsarbeiten überprüfen. Die Sache mit den mehrfachen Session-IDs des Users *d.kuschinski*, die den gleichen Zeitstempel aufweisen, hatte ich dem Heiligen Grahl auch dargelegt. Seine Augen hatten gleich angefangen zu glänzen, er wusste jetzt, wonach er zu suchen hatte. Ich hatte ihm unerlaubterweise die Zugangsdaten unserer IT-Kollegen zu dem Tracking-Tool gegeben. Er wollte sich in den nächsten Tagen wieder bei mir melden. Ich hoffte, dass wir bald mehr zu Dieter Kuschinskis Arbeit erfahren würden, vor allem, was er eventuell herausgefunden hatte, wem er damit auf die Füße getreten war, und wer ihn daraufhin ermordet hatte.

Dann hatten wir noch gemeinsam nach der SALA Arzneimittelforschung GmbH in Potsdam gegoogelt. Es handelte sich um eine Firma, die einige Referenzen auf ihrer Homepage veröffentlicht hatte, allesamt namhafte Pharma-Konzerne. Ob es in ihrem Geschäftszweig illegale Vorgehensweisen gab, war nicht klar. André Grahl hatte daraufhin noch weiter nachgeforscht, wir wollten wissen, wie viel eine derartige Firma über die Forschungsaufträge zu wissen hatte. Es war herausgekommen, dass sie im ersten Schritt nur nach den Vorgaben der Pharma-Konzerne Probanden beschafften. Erst wenn die ersten Studien begannen, erhielten Firmen wie die SALA weitere Informationen zu dem Forschungsauftrag. Geheimhaltung war auch hier oberstes Gebot, Bernhardt Moscher hatte mit seiner Behauptung also nicht gelogen. An dieser Stelle konnte der heilige Grahl demnach mit einem Hackerangriff an keine nennenswerten Daten gelangen, vermuteten wir.

Jetzt und hier konnte ich nicht mehr viel tun. Ich hatte keinen Hunger, ließ das Abendessen aus. Mit meiner Familie telefonierte ich nicht, um sie nicht in Gefahr zu bringen, das hatten wir so ausgemacht. Also blieb mir wieder nur der Urlaubskatalog-Ordner mit unseren Protokollen. Vor allem weil ich wusste, dass A-wet heute Abend ebenfalls darüber brüten würde. Er durfte auf keinen Fall vor mir damit fertig sein. Und außerdem hatte Gundolf Kuschinski morgen vor, nach Wiesbaden zu reisen, und dann wollte ich endlich mit den Protokollen durch sein. Uns würde ab sofort die Zeit fehlen, um weiter in Papierbergen herumzuwühlen.

Also schlug ich die Seiten vom 29.09.2019 auf, und begann die letzten Protokolle der vergangenen Wochen zu lesen.

***

Gesprächsnotiz: LKA Wiesbaden, Büro 1.21 Peter *Groß und Karin Weidmann, Sonntag 29.09.2019, 08:10 Uhr: Telefonanruf von Frank Wedel, Leiter Kriminaltechnik*

„Grüße dich, Frank, was gibt es Neues?"

„Hi Peter. Wir haben am Hafen im Industriepark Höchst alles auf den Kopf gestellt, es gibt keine Hinweise darauf, dass dort jemand über den Main reingekommen ist."

„Verdammt, wir kommen einfach nicht weiter."

***

Beim Lesen des Protokolls erinnerte ich mich wieder, wie ich damals am Telefon geflucht hatte. An keiner Stelle waren wir bisher weitergekommen. Es waren lediglich mit jedem Ermittlungsschritt neue Baustellen aufgekommen. Frank hatte es mir noch einmal vor Augen geführt.

„Peter, es ist vollkommen utopisch zu denken, dass dort jemand Unbefugtes eindringen kann. Der Hafen ist die ganze Nacht über hell beleuchtet, dort stehen Zäune, es hängen überall Videokameras, wie auch auf dem Rest des Geländes. Ein Boot oder ein Schwimmer würden auffallen und einen Alarm auslösen. Falls ein

Externer der Mörder war, dann muss er anders reingekommen sein."

„Aber wie, Frank?", wollte ich von dem Kriminaltechniker wissen, als hätte er eine Lösung parat.

„Zum Beispiel über eine Anlieferung, versteckt in einem Transportbehälter für Handtücher, Kittel, Decken oder sonstwas. In diesem Falle sollten wir uns jedoch die Sicherheitsrichtlinien der Pharmorena AG zu Gemüte führen. Ich befürchte, für Unbefugte wird es auch dort schwierig."

„Macht es Sinn, alle Transportbehälter zu untersuchen?", fragte ich.

„Kannst du vergessen, Peter. Erstens sind es zu viele, zweitens werden die für den Industriepark regelmäßig gereinigt und desinfiziert. Selbst wenn wir sie untersuchen, wird uns das nicht weiterbringen. Ich glaube kaum, dass wir daran noch brauchbare Spuren sicherstellen können, es ist zu lange her. Aber wenn du es für sinnvoll hältst und einen entsprechenden Antrag stellst, machen wir das."

„Vergiss es, Frank, ich gehe sowieso davon aus, dass es ein interner Pharmorena-Mörder gewesen sein muss", mutmaßte ich.

„Das denke ich auch. Selbst die Auswertung der Videoüberwachung und des Zugangskontrollsystems hat nichts ergeben. Die registrierten Bewegungen der Mitarbeiter haben sich am 12.09. und 13.09.2019 nicht von denen an den anderen Tagen unterschieden. Es kann also nach unserem aktuellen Kenntnisstand nur ein interner Mitarbeiter oder einer von den Putzleuten am Vorabend den Fenstergriff mit dem Gift präpariert haben."

„Wo war Günter Hanssen am frühen Morgen des 13.09.2019, Frank?“, überlegte ich. „Er hat uns belogen, was seine Arbeitszeit an besagtem Tag anging.“

„Er hat das Gebäude um 04:31 Uhr betreten, hat den Fahrstuhl um 04:48 Uhr in das Erdgeschoss fahren lassen und ist damit in das dritte Untergeschoss gefahren“, referierte Frank. Ich hörte, wie er während des Gesprächs auf seiner Tastatur tippte, er hatte bestimmt die zugehörigen Daten aufgerufen, um sie mir vorzulesen. „Dort war er laut Kontrollsystem bis 13:32 Uhr. Das heißt, er oder eine andere Person, die seine Karte benutzt hat.“

„Da war Dieter Kuschinski schon Stunden tot“, stellte ich enttäuscht fest. „Kann man auf den Videos nicht erkennen, ob es Herr Hanssen war?“

„Nein, Peter. Es war nur eine Person im Kittel zu sehen, die ein Haarnetz unter einer schiefsitzenden Mütze getragen hat. Wie man es auch dreht und wendet, das Gesicht ist leider nicht zu erkennen. Wer es wirklich gewesen ist, hätte uns nur der Pförtner Heinrich Kurz sagen können.“

„Verdammte Scheiße! Wann hat die Putzkolonne Dieter Kuschinskis Büro verlassen?“, fragte ich weiter.

„Ziemlich spät, es war 20:58 Uhr.“

***

Protokoll:** **LKA Wiesbaden, Verhörraum 1, Sonntag 29.09.2019, 10:21 Uhr: Zeugenbefragung durch Peter Groß von Maria Barthel-Garcia, weiblich, 41 Jahre, Reinigungskraft bei der Saubermann GmbH

„Frau Barthel-Garcia, entschuldigen Sie unsere Aufforderung, an einem Sonntag herzukommen, aber es ist sehr dringend. Wir haben erfahren, dass Ihr Mann vor drei Jahren während der Bauarbeiten am Pharmorena-Gebäude ums Leben kam. Warum haben Sie uns das nicht gesagt?“

„Sie nicht haben gefragt!“

***

Während dieser Befragung war mir mit unerwarteter Wucht klargeworden, welche Ausmaße das Treiben der Pharmorena haben musste. Es gab nicht einen Zeugen, der nicht persönlich betroffen war. Persönlich betroffen durch Krankheit, durch Hilflosigkeit, durch Verzweiflung, auf der Suche nach einer rettenden Hand. Was sie jedoch fanden, war die Hölle. Mit jeder Befragung taten sich mehr und mehr Abgründe auf.

„Aber das ist wichtig für unsere Ermittlungen, Frau Barthel-Garcia, das hätten Sie wissen müssen!“, redete ich auf sie ein.

Wieder und wieder saß ich in diesem kargen, hellbeleuchteten Vernehmungsraum mit dem großen weißen Tisch in der Mitte vor einem Zeugen, in diesem Falle einer Zeugin, die nicht reden wollte oder nicht reden konnte. Aus welchen Gründen auch immer. Was die Pharmorena AG mit den Menschen in ihrem Umfeld anstellte, wurde durchweg totgeschwiegen, vertuscht oder ins Gegenteil gekehrt.

„Jürgen schon drei Jahre tot, er nichts haben gemacht mit Kuschinski!“, verteidigte sie sich.

Herrgott noch einmal! Sie hatte mich missverstanden, glaubte, ich würde ihrem Mann den Mord an dem Wissenschaftler unterstellen wollen. Dabei vermutete ich eher, dass Jürgen Barthel ebenfalls ermordet worden ist. Aber warum nur?

„Das ist uns klar“, versuchte ich ihr zu erklären. „Aber vielleicht wusste er etwas, etwas das wir wissen müssen! Wem haben Sie damals die Schuld für den Tod Ihres Mannes gegeben? Vielleicht einem der Herren aus der Konzernspitze, Frau Barthel-Garcia? Hat einer der Forscher Interesse daran gehabt, dass Ihr Mann tot ist?“

„Was Sie sagen da? Jürgen immer hat Alkohol getrunken, er oft besoffen. Er selbst schuld, haben alle gesagt.“

Mir blieb der Mund offenstehen. Was hatte sich nur alles während des Baus des Pharma-Gebäudes abgespielt?

„Er war als Baukranführer oft betrunken?“, hakte ich nach und schüttelte den Kopf. Wie lange würde ich das noch ertragen müssen.

„Si.“

„Wie konnte er so noch weiter arbeiten?“, brüllte ich ungehalten und schlug mit der Hand auf den Tisch, der zwischen uns stand.

„Er war gewohnt Rausch, hat Kran immer gut gelenkt“, erklärte mir Frau Barthel-Garcia voller Inbrunst. Schweißperlen bildeten sich auf ihrer Stirn.

„Bitte seien Sie ehrlich zu mir“, redete ich mit Engelszungen auf sie ein, um sie zum Reden zu bringen. „Frau Barthel-Garcia, wussten die Leute von der Pharmorena AG, dass Ihr Mann Alkoholiker war?“

„Si. Si, sie wussten“, gab sie zu. Sie sackte in ihrem Stuhl zusammen, ließ die Schultern hängen. Jetzt hatte ich sie.

„Ich habe so eine Ahnung, warum die Forscher das nicht gestört hat. Aber warum durften Sie noch dort putzen?“

„War schlechte Gewissen von denen, wollten machen wieder gut mit Geld für mich“, meinte sie den Tränen nahe.

„Was wollte die Pharmorena wiedergutmachen?“, bohrte ich weiter, stützte meine Fäuste auf den Tisch und beugte mich zu ihr vor.

„Unfall von Jürgen nicht wurde geklärt!“, rief sie und sprang dabei auf. „Er besoffen, Akte zu. Aber er immer war besoffen, sonst nie ausgerutscht und von Kran gefallen.“

Nun heulte sie los. Ich ging um den Tisch herum, legte die Hände auf ihre Schultern und drückte sie sanft zurück auf den Stuhl.

„Beruhigen Sie sich, Frau Barthel-Garcia, wir werden den Fall jetzt wieder aufrollen und klären, warum Ihr Ehemann bei diesem Arbeitsunfall gestorben ist“, versuchte ich sie zu beruhigen. „Hätte die Pharmorena AG denn ein Interesse daran gehabt, dass Ihr Mann tot ist?“

„Nicht wissen, Herr Kommissar“, schluchzte sie.

„Na dann. Wenn Sie mir bitte noch sagen würden, warum Ihr Mann Alkoholiker war. Gab es einen Grund dafür? Hatte er Probleme?“

„Er haben angefangen nach Diagnose“, meinte sie, zog ein Papiertaschentuch aus ihrer Handtasche und putzte sich lautstark die Nase.

„Welche Diagnose?“, fragte ich.

Was würde nun folgen? Das Entsetzen kroch langsam an meinen Beinen hoch, jede Haarwurzel an ihnen begann zu stechen wie eine Nadel.

„Hirntumor", spuckte Frau Barthel-Garcia das Wort aus.

„Er hatte einen Hirntumor?", kreischte ich. Ich musste mich räuspern.

„Si, nicht reparabel", erklärte sie. Erneut liefen Tränen über ihre Wangen. Sie vergaß das Papiertaschentuch in ihrer Hand, wische sie mit ihrem Ärmel weg.

„Sie meinen nicht operabel, Frau Barthel-Garcia?", korrigierte ich sie. Mir war schwindelig.

„Si, nicht operabel."

„Wie ist Ihr Mann bestattet worden?", fragte ich, schloss die Augen und legte mir die Hände auf das Gesicht.

„Geäschert."

Geäschert, geäschert, geäschert ... dumpf klangen ihre Worte wie durch einen dichten Nebel bis zu meinen Ohren, wurden immer lauter.

„Verdammt noch mal", schrie ich und riss die Augen wieder auf.

Ich erkannte, wie sie zusammenzuckte. Sie flüsterte: „Nicht ganz geäschert."

„Wie meinen Sie das?", hauchte ich, mir versagte die Stimme.

„Kopf hat Pharmorena."

Kopf, Kopf, Kopf ... schallte es durch den Raum. Mir wurde übel. Mein Magen stülpte sich um. Ich musste mich zusammenreißen, um mich nicht vor der Zeugin zu übergeben. Bleib cool, Peter Groß, bleib cool!

„Was sagen Sie da, Frau Barthel-Garcia?“, flüsterte ich.

„Jürgen hat in Testament sein Kopf an Pharmorena gemacht. Ich dafür nach Tod haben dreißigtausend Euro gekriegt.“

***

<u>Protokoll:</u> Frankfurt, Schwanheim, An der Schwarzbachmühle, Sonntag 29.09.2019, 12:53 Uhr: Zeugenbefragung durch Peter Groß von Gerlinde Kurz, weiblich, 67 Jahre (Witwe von Heinrich Kurz)

„Guten Tag, Frau Kurz, entschuldigen Sie die Störung, ich muss noch einmal mit Ihnen sprechen.“

„Das macht doch nichts, Herr Kommissar, die Tage sind unendlich lang ohne den Heinrich. Kommen Sie herein.“

„Danke.“

***

Ich betrat die Diele mit der altmodischen, hölzernen Garderobe und dem abgelaufenen, braunen Teppichboden. Ich bemerkte, dass es heute noch einen Hauch muffiger war als letztes Mal. Die Luft war abgestanden, feucht, fast faulig.

„Wir gehen wieder in die Küche und ich mache Ihnen einen Tee, gell?“, fragte mich die Witwe und ging vor.

„Sehr gerne, Frau Kurz.“

Wir gingen in die Küche, zum Glück war das Fenster gekippt. Frische Luft strömte hinein.

„Möchten Sie auch ein Stückchen Marmorkuchen dazu? Den habe ich gestern selbst gebacken. Das war Heinrichs, Gott habe ihn selig, Lieblingskuchen, aber alleine kann ich den gar nicht essen, Herr Kommissar."

Frau Kurz stand vor mir wie ein Häufchen Elend. Voller Bedauern betrachtete sie den Marmorkuchen mit dem weißen Puderzucker unter der Kuchenhaube.

„Wenn Sie mich so fragen ... ich hatte heute noch nichts Vernünftiges."

Gerlinde Kurz atmete auf. Sie hob die Kuchenhaube ab, holte ein großes Messer aus der Schublade und begann, den Kuchen anzuschneiden.

„Ja dann, dann bekommen Sie ein großes Stück, bitteschön", meinte sie, legte eine beinahe 5 cm dicke Scheibe auf einen Teller und stellte ihn vor mir auf den Tisch. Ich musste grinsen. Hanne hätte mir dieses Stück nicht gegönnt, pures Hüftgold. Mein Lächeln erstarb, als ich mir bewusst wurde, dass Hanne und Finn an der Nordsee waren.

„Danke, Frau Kurz, das ist wirklich sehr nett von Ihnen", bedankte ich mich und probierte ein Stück von dem Kuchen, er schmeckte herrlich. „Warum ich hier bin, es geht um die Fotos, die wir aus dem Safe Ihres Mannes haben. Haben Sie die Fotos schon einmal gesehen?"

Gerlinde Kurz hantierte am Herd herum, kochte mir gerade einen Tee. Sie hielt inne und zog die Stirn kraus.

Dann antwortete sie: „Nicht alle, der Heinrich meinte, das wäre nichts für zarte Seelen. Er hat mir ein paar gezeigt, auf denen Schränke mit Fläschchen und Döschen drauf waren. Dann gab es noch welche mit Mäuschen, aber die hat er mir schon nicht mehr gezeigt, er hat sie gleich weggepackt. Hier, bitte, Herr Kommissar, Ihr Tee."

„Danke. Es gibt nicht nur unappetitliche Fotos von Mäusen, Frau Kurz, es gibt auch noch welche von Menschen. Ich habe Kopien dabei, und würde sie Ihnen gerne zeigen. Sind Sie damit einverstanden?"

„Natürlich! Der Heinrich war immer übervorsichtig mit mir, aber ich denke, ich kann das verkraften", erklärte Frau Kurz und setzte sich gegenüber von mir an den Tisch.

„Die Fotos sind wirklich nicht sehr schön. Ich fange einmal mit den harmlosen an. Hier, zwei Menschen in einem Labor. Kennen Sie die Personen oder die Räume?"

Ich hatte einige Fotos aus einem Umschlag gezogen, drehte sie herum und hielt sie Frau Kurz vor die Nase. Sie trug ihre Lesebrille mit einem Band um den Hals. Nun griff sie danach und setzte sie sich auf, um die Fotos zu betrachten.

„Die haben ja Verbände um den Kopf und sitzen da mit geschlossenen Augen", wunderte sich Gerlinde Kurz.

„So ist es. Wir vermuten, dass die Pharmorena mit diesen Menschen Versuche gemacht haben. Versuche, die sie auch mit Ihrem Mann durchführen wollten."

Gerlinde Kurz zuckte zusammen. „Sehen Sie, er hat gleich gesagt, dass er sowas nicht machen will! Dann haben die sich ja einfach andere für ihre Giftküche rangeholt. Die kenne ich aber nicht, ich habe die Leute noch nie gesehen."

„Und das Labor, kennen Sie das, Frau Kurz?", fragte ich und legte weitere Fotos vor sie auf den Tisch.

Sitzmöbel. Ich setzte mich auf das Sofa und wartete, bis er zurückkam. Er kam aus der Küche geschlichen, atmete schwer. Er drückte mir das Glas Wasser in die Hand. Die Kohlensäure sprudelte noch so sehr, dass meine Finger nass wurden.

„Vielen Dank, Herr Wanker“, meinte ich und nahm einen Schluck. Es sprudelte in meinem Mund, dass ich fast niesen musste. Von dem Prickeln traten mir Tränen in die Augen. „Warum dachten Sie ...“

„Es geht bestimmt um den Franz, oder?“, vermutete Hartmuth Wanker.

„Wenn Sie Franz Stock, den ehemaligen Geschäftsführer der Bauunternehmung Stock meinen, dann haben Sie recht mit Ihrer Vermutung“, bestätigte ich.

Ich war gespannt, was der alte Mann mir über die Hintergründe zu dem Bau des Pharmorena-Gebäudes erzählen konnte. Er setzte sich links von mir auf einen Sessel.

„Ah ...“, stöhnte er und griff sich an den Rücken.

„Geht es Ihnen nicht gut, Herr Wanker?“, fragte ich und beugte mich zu ihm hinüber.

„Moment, ich muss kurz durchatmen, bin nicht mehr der Jüngste.“

„Kein Problem, lassen Sie sich Zeit“, meinte ich und lehnte mich wieder zurück.

„Danke“, schnaufte er, er fühlte sich offensichtlich nicht wohl. „Ja, den ehemaligen Geschäftsführer, genau den meine ich. Der Franz und ich, wir haben ja über dreißig Jahre hier nebeneinander gewohnt. Bis er dann weg ist.“

„Erzählen Sie mir bitte davon“, forderte ich ihn auf.

Ich wollte endlich erfahren, warum Franz Stock nicht mehr hier war.

„Er hat ab Ende 2013 das Pharmorena-Gebäude hochgezogen“ erzählte Hartmuth Wanker langsam, das Sprechen bereitete ihm Probleme. „Das war ein Millionengeschäft für den. Sein Laden lief davor nicht so gut. Er hat sich damit gesundsaniert. Ich hatte das Fliesengeschäft von meinem Vater geerbt und bis zu meiner Rente betrieben, habe ihn gefragt, ob es für mich vielleicht auch etwas dort zu tun gäbe. Aber er hat gleich abgeblockt, sollte alles aus seiner Hand kommen. Er hat extra noch zehn oder elf Leute eingestellt, damit er das alles schafft.“

„Wo sind die Mitarbeiter jetzt?“, fragte ich.

„Ah ...“, stöhnte er erneut auf.

„Ist alles in Ordnung mit Ihnen, Herr Wanker?“

„Entschuld..., ah!“

„Nur die Ruhe, machen Sie sich keinen Stress“, versuchte ich ihn zu beruhigen. Das Thema beunruhigte ihn, das war offensichtlich.

„Mein Herz, ich mache es nicht mehr lange, Herr Kommissar“, gab er zu.

„Atmen Sie ruhig durch, dann erzählen Sie weiter, wenn es wieder geht“, beruhigte ich ihn weiter.

„Schon gut. Es geht schon wieder“, meinte er beschwichtigend. „Die kamen alle aus dem Osten, sind wieder zurück in ihre Heimat. Die Bauunternehmung Stock gibt es nicht mehr. Franz ist nach dem Pharmorena-Bau angeblich nach Südamerika ausgewandert, hat alle Unterlagen mitgenommen oder verbrannt, ich weiß es nicht. Ist jetzt alles weg, als hätte es das Geschäft nie gegeben.“

Hartmuth Wanker starrte betroffen auf seine Füße, als würde er noch heute bedauern, dass er Franz Stock damals nicht aufgehalten hätte. Aber warum war er unter diesen mysteriösen Umständen weggezogen?

„Wissen Sie, was ihn dazu getrieben hat, Herr Wanker?“, wollte ich wissen.

„Der Franz wurde von denen zur Geschäftsaufgabe genötigt, alle Akten mussten verschwinden. Das war Teil des Vertrages gewesen, hat mir der Franz mal bei einem Schoppen Äppelwoi erzählt. Sie haben es mit Sicherheitsmaßnahmen begründet, keiner sollte mehr feststellen können, was die sich da gebaut haben. Die haben dem Franz weisgemacht, dass das in der Pharma-Branche so üblich wäre. Der ist ziemlich blauäugig da reingeschlittert, hat nur das Geld gesehen und alles gemacht was die wollten, nachdem die ihm gesagt haben, sie könnten sich auch eine andere Bauunternehmung suchen.“

„Und Herr Stock ist auf die Forderungen eingegangen?“

„Ja“, bestätigte Hartmuth Wanker. „Er hat dafür eine hohe Summe entgegengenommen, müssen viele Millionen gewesen sein. Der muss jetzt nicht mehr arbeiten, und seine Kinder auch nicht.“

„Sie wissen, was bei der Pharmorena passiert ist, Herr Wanker?“

„Ja, da ist einer der Mitarbeiter und der Pförtner ermordet worden. Entschuldigung, ich muss eine kurze Pause machen, noch mal durchatmen“, schnaufte Herr Wanker.

„Kein Problem.“

Ich beobachtete ihn, wie er da in seinem Sessel saß und mehrere kräftig Atemstöße machte. Seine Augen waren geschlossen, seine Brust hob und senkte sich, als würde er beatmet.

„Jetzt geht es wieder", keuchte er und schaute mich an. „Seien Sie bloß vorsichtig bei Ihren Ermittlungen. Bei diesem Konzern geht es nicht mit rechten Dingen zu!"

„Ich bin immer vorsichtig, Herr Wanker, keine Sorge. Kannten Sie einen der Ermordeten oder dessen Hinterbliebene?", fragte ich ihn. Ich nahm noch einen Schluck Wasser, die Kohlensäure hatte sich gelegt.

„Nein, zu den Leuten von der Pharmorena hatte ich bisher noch keinen Kontakt, habe nur von den Gerüchten gehört, die hier in Frankfurt grassieren."

„Welche Gerüchte meinen Sie, Herr Wanker?", wollte ich wissen, und setzte mich auf.

„Dass die da Menschenköpfe sammeln", entfuhr es ihm.

„Das erzählt man sich in Frankfurt?", fragte ich und fand den Gedanken mittlerweile gar nicht mehr so abwegig.

„Ja, schon seit ein, zwei Jahren."

Wie viele Köpfe musste die Pharmorena schon haben?

„Interessant", meinte ich und runzelte die Stirn. „Kennen Sie denn jemanden persönlich, der seinen Kopf hergegeben hat?"

„Nein, das nicht."

Schade. Ich hätte gerne einen noch lebenden Zeugen kennengelernt, der der Pharmorena seinen Kopf vererben wollte, und ihn nach den Beweggründen gefragt.

Ganz zu schweigen von den Umständen, unter denen derjenige sein Testament verfasst hatte.

„Können Sie sich noch an die Namen der Auftraggeber von der Pharmorena erinnern, mit denen Herr Stock die Bauverträge gemacht hat?", fragte ich weiter.

„Nicht wirklich. Aber warten Sie, einen hat der Franz mir mal genannt, weil der so gut zum Thema passte."

„Welcher war das?", wunderte ich mich.

„Dr. Dr. Kopf."

Teil 3

„Guten Morgen, André, hast du schon etwas für mich?"

Es war Donnerstag, der 03.10.2019, der Tag der Deutschen Einheit, und ich hatte endlich einmal wieder ausgeschlafen. Ich konnte immer noch mein eigenes Herz schlagen hören, so aufgeregt war ich, nachdem ich die Nummer des Heiligen Grahls in meinem Display erkannt hatte. Ich hatte gerade in der Küche vor meiner Kaffeemaschine gestanden und gegrübelt, ob Awet Berhane schon mit allen Protokollen durch war, als mein Handy klingelte.

„Klaro, Peter, halt dich fest!"

Ich setzte mich mit der Tasse Kaffee an den Tisch und lauschte den Ausführungen des IT-Spezialisten.

„Konzerne halten ihre Daten immer redundant, oft an verschiedenen Orten, damit im Falle eines Falles nicht alles verlorengeht, was sie in ihren Datenbanken gespeichert haben. Heutzutage geben die Firmen die Verantwortung meist an Drittanbieter ab, die eine Cloud betreiben und somit für die Datenhaltung und Sicherheit zuständig sind. Nicht so die Pharmorena AG."

„Was haben sie gemacht?"

„Sie haben ganz sicher einen Server-Raum im Keller, so paranoid wie die sind."

„Wie kommst du darauf?"

„Du hast mir doch gestern die Verträge von der Flash-Data gezeigt. Sie haben bei denen zig Server bestellt und sie von ihnen einrichten lassen. Und darüber hinaus habe ich gestern Abend noch einen Traceroute gemacht!"

„Einen was?"

„Einen Traceroute. Ich habe Datenpakete mit ICMP Echo Request an eine IP-Adresse der Pharmorena AG gesendet und gesehen ..."

„André, ich habe davon keine Ahnung, bitte erkläre mir, was das bedeutet!"

„Dass die Datenpakete auf ihrem Weg durch das Netz bei keinem Cloud-Anbieter landen. Das ist zwar kein eindeutiger Beweis, aber wenn man sieht, was die alles an Servern im Keller stehen haben ..."

„Okay, weiter! Was heißt das nun?", fragte ich den Hacker und wagte kaum zu atmen.

„Das Tracking-Tool, das sie nutzen, betreiben sie auf eigenen Servern im Keller, und müssen sich selbst um die Datensicherheit kümmern. Sie haben für die redundante Datenhaltung irgendwo ein Schattensystem stehen, und ich vermute, dass sie das Tracking-Tool doppelt laufenlassen."

„Wie, doppelt laufenlassen?"

„Sie haben eine offizielle und eine inoffizielle Version. Die inoffizielle hält mehr Daten als die offizielle."

„Welche Daten, André? Sag schon!"

„Zusätzliche Daten, die die Realität widerspiegeln. Daten, die man in der offiziellen Version, die sehr wahrscheinlich auch für die Genehmigung weiterer Entwicklungsphasen für ihre neuen Medikamente genutzt wird, nicht sehen darf. Deshalb die mehrfachen Session-IDs des Users *d.kuschinski*."

„Du meinst, weil sie illegale Versuche durchführen, und die Ergebnisse daraus nicht im offiziellen Tracking-Tool erfassen?"

„Richtig!"

„Die haben also ein Schattensystem mit schlimmen Daten. Kommst du da ran?", ich hörte selbst den Funken Hoffnung in meiner Stimme.

„Klaro! Dauert aber ein bisschen."

***

Es war mittlerweile Mittagszeit. Wir saßen auch am heutigen Feiertag im LKA und diskutierten unsere Erkenntnisse aus den Protokollen. Karin und ich hatten jetzt alle durchgelesen, uns war keine weitere Unstimmigkeit mehr aufgefallen. Im Raum standen die widersprüchlichen Aussagen zu den Arbeitszeiten der Pharmorena-Mitarbeiter am Tage von Dieter Kuschinskis Ermordung, den Petrischalen und den aktuellen Forschungsbereichen, in denen der Konzern tätig war. Ich und Karin hatten die drei Punkte an unser Whiteboard geschrieben. Nun standen wir unschlüssig daneben und fragten uns, wie wir jemals in diesem Fall weiterkommen sollten. Mit jedem neuen Ansatzpunkt wuchs die Komplexität der Hintergründe, die zu Dieter Kuschinskis Ermordung geführt hatten. Statt mit jedem Ermittlungsschritt mehr und mehr durchzublicken, wurde das Ganze immer undurchsichtiger. Und es kamen immer mehr Tote dazu.

Awet Berhane saß vor uns und schaute uns an. Ich betrachtete ihn. Er war schon ein gutaussehender Kerl, aber leiden konnte ich ihn deshalb trotzdem nicht. Er hatte stumm zugesehen, wie wir unsere dürftigen Punkte zusammengetragen hatten.

„Awet, hast du denn schon alle Protokolle durch?“, fragte ich ihn und hoffte, dass er verneinen würde.

„Ja, habe ich.“

Verdammt, der junge Kollege war blitzschnell, objektiv, scharfsinnig und hochintelligent, das musste ich ihm immer wieder zugestehen. Nur störte mich seine Art dermaßen, dass ich ihn am liebsten rausgeworfen hätte.

„Und was meinst du dazu? Was haben wir in den letzten zwei Wochen übersehen, Awet?“, fragte ich gereizt.

Ich wollte trotz allem seine Meinung hören, er schien bei Weitem bedachter als ich und Karin vorzugehen. Diese Erkenntnis war in mir gewachsen wie ein Krebsgeschwür, ich hasste sie. Aber es musste eine Erklärung dafür geben, dass Karin und ich diesem Neuling unterlegen waren. Entweder waren wir durch die vielen Verbrechen, durch die wir uns während unserer Zeit beim LKA hatten kämpfen müssen, betriebsblind oder träge geworden. Oder beides. Vielleicht waren wir sogar ängstlich? Ich spürte, wie mir die Farbe aus dem Gesicht wich. Der Gedanke, dass wir mit zunehmenden Bedrohungen unsicherer wurden, kroch unerwartet an mir hoch. Wie ein kalter Hauch. Wurden wir etwa langsam zu alt für unseren Job?

Awets Resümee war vernichtend: „Euer Fehler war, dass ihr euch von den Wissenschaftlern aus dem Konzept bringen lassen habt. Deshalb lauft ihr konsequent an euren Zielen und der Aufklärung des Falles vorbei.“

„Wie bitte?“, fragte ich.

Eine unerbittliche Wut erklomm mich. Ich wollte mir von diesem Jüngling nicht meine Arbeit erklären lassen, vor allem nicht in dieser besserwisserischen Art und Weise. Ich ging einen Schritt auf ihn zu. Karin legte mir eine Hand auf die Schulter und hielt mich zurück.

„Man sieht es deutlich an euren Punkten am Whiteboard. Von denen bezieht sich nur einer auf die Ermordung Dieter Kuschinskis, und das auch nur indirekt."

„Was soll das ...?", fing ich an und schüttelte Karins Hand von meiner Schulter ab, um auf ihn loszugehen.

„Lass ihn ausreden, Peter, bitte", beschwichtigte mich Karin und zog mich an meinem Arm ein Stück zurück.

Awet stand von seinem Stuhl auf, sah mich mit gewohnt festem Blick an und begann mit seiner Analyse, die Karin und mich blass werden ließ: „Ihr könnt davon ausgehen, dass ihr es bei der Pharmorena AG mit hochintelligenten Wissenschaftlern zu tun habt. Durch ihre geschickten Aussagen haben sie euch irrgeleitet und mit widersprüchlichen Aussagen beschäftigt, Beispiel: ADAC und Petrischalen. Das war pure Absicht, da bin ich mir sicher. Genauso das Thema Demenz, erst halten sie das Thema zurück, dann lassen sie es scheinbar durch ein Versehen raus. Auch Taktik, sie wussten, dass ihr euch darauf stürzen und daran festbeißen würdet. Ihre Rechnung ist voll aufgegangen, ihr habt euch von ihnen von den wichtigen Dingen ablenken lassen. Mit diesen falschen Ködern habt ihr euch zu viel Zeit gelassen und versäumt, euch weiter um die relevanten Rahmenbedingungen zu kümmern. Stichwort: London."

Mir blieb die Luft weg, ich musste mich setzen. Auch Karin schien wackelige Knie bekommen zu haben. Das sollte also unser Fehler gewesen sein? Ein Fehler, den nicht nur die Protokolle offenlegten, sondern schon die paar Punkte am Whiteboard? Die LKA-Präsidentin hatte unsere Protokolle kurz im Flugzeug und im Taxi überflogen. War es ihr bereits aufgefallen? Hatte sie uns deshalb Awet Berhane zugewiesen, und nicht, weil ich ihr gesagt hatte, dass der Fall zu komplex für nur zwei Ermittler sei? Dachte sie, dass Karin und ich nicht mehr effizient waren?

„Wie ... warum ... Stichwort: London, was willst du damit sagen, Awet?“, wollte ich wissen.

„Yvonne Heitmann und Karlheinz Schumann. In einer bedeutenden Entwicklungsphase sind sie nicht vor Ort, sondern halten sich wochenlang auf einem Kongress und bei Partnerlaboren in London auf. Da stimmt etwas nicht, Peter.“

„Was ...?“, wollte ich anfangen.

Es klopfte an der Tür. Sie wurde geöffnet, ohne eine Antwort von uns abzuwarten.

„Na, wie schaut's aus? Bringt Kollege Berhane frischen Wind in eure vier Wände?“, fragte uns die LKA-Präsidentin.

Ich versuchte schnellstmöglich meine Fassung zurückzugewinnen, stand auf und begrüßte sie mit einem Händedruck.

„Natürlich, natürlich, wir lassen uns gerade von ihm die Leviten lesen“, sagte ich im Scherz und verspürte dabei einen eiskalten Luftzug meinen Rücken hinunterwandern. Da die Präsidentin an einem Feiertag extra ins LKA gekommen war, mussten wir höllisch aufpassen, sie nicht mit unprofessionellen Bemerkungen auf die Palme zu bringen.

„Nein, im Ernst, er hat uns bereits tatkräftig unterstützt", fügte Karin schnell hinzu und sah mich dabei strafend an.

Ich schüttelte nur den Kopf und dachte an die von Awet getötete Maus und daran, dass Dr. Ute Gazek sich gerade an ihr ausließ. Am liebsten hätte ich der Präsidentin die Augen über ihren Schützling geöffnet, ließ es aber. Wenn ich nur die Beweggründe für ihre Entscheidungen kennen würde. Ich entschied abzuwarten. Karin und ich hatten das Mäuse-Spielchen mitgespielt, wir konnten Awet nicht anschwärzen, ohne uns selbst mit reinzureiten. Sobald Ute Gazek etwas Brauchbares in dem Mäusekopf gefunden hatte, mussten wir höchst bedacht damit umgehen.

Karin und Awet reichten der LKA-Präsidentin ebenfalls die Hand.

„Sie sind also weitergekommen?", fragte sie.

„Natürlich, mit Awets Unterstützung kommen wir besser und erheblich schneller voran", antwortet Karin nebulös. Ich hätte diesen Satz nicht herausgebracht.

„Wir konnten Gewebe aus den Laboren der Pharmorena AG an die Rechtsmedizin übergeben. Gewiss sind wir einen riesigen Schritt weiter, wenn wir die Ergebnisse vorliegen haben", fasste ich unseren ersten gemeinsamen Ermittlungserfolg mit Awet Berhane zusammen.

Ich hoffte ihm damit seine arrogante Selbstsicherheit zu nehmen. Durch diesen Satz schwebte unterschwellig der Vorwurf unzulässiger Beweismittelbeschaffung im Raum. Die LKA-Präsidentin ahnte nichts davon und war mit meiner Antwort zufriedengestellt. Sie fragte nicht weiter nach. Ich vermutete schon längere Zeit, dass sie sich vollkommen bewusst aus diesen Dingen heraushielt, um die Ermittlungen nicht auszubremsen. Wenn sie jedoch wüsste, um welche Art Gewebe es sich handelte und wie wir daran gekommen waren, wäre sie bestimmt an die Decke gegangen.

„Sehr schön, Herr Berhane, sehr schön, ich habe nichts anderes von Ihnen erwartet. Weiter so!"

***

„Hallo Peter, hier ist Mesut Birol vom 6. Polizeirevier Frankfurt Bornheim."

„Hallo, Mesut, lange nicht mehr gehört! Was gibt's?"

Gerade als die LKA-Präsidentin wieder aus unserem Büro herausgegangen war, hatte mein Telefon geklingelt.

„Wir haben einen Toten in einer Wohnung in Frankfurt Bornheim, Buchwaldstraße. Die Nachbarn haben heute Morgen bei ihm geklingelt, weil sie zum Feiertags-Frühstück verabredet waren. Als er nicht geöffnet hat, haben sie die Wohnungstür mit einem Zweitschlüssel geöffnet und seine Leiche auf dem Sofa im Wohnzimmer entdeckt."

„Seine Leiche? Und die hatten einen Wohnungsschlüssel von ihm?"

„Ja, die Nachbarn haben unter sich die Wohnungsschlüssel ausgetauscht, für Notfälle. Sie sind alle älteren Semesters."

Mich überkam eine entsetzliche Ahnung.

„Wo, sagtest du, war das?"

„Frankfurt Bornheim, Buchwaldstraße, ein einundsiebzigjähriger Mann. Keine äußeren Anzeichen von

Gewalt, könnte ein natürlicher Tod gewesen sein bei dem Alter. Aber da es in letzter Zeit mehrere Morde im Zusammenhang mit der Pharmorena AG gab, wollte ich euch ...“

„Wie ist sein Name?“

Ich fühlte meinen Pulsschlag im Hals, spürte wie mir die Hitze bis zum Haaransatz stieg.

„Hartmuth Wanker.“

„Scheiße noch mal! Wer ist alles in die Wohnung reingegangen?“, fragte ich Mesut, mein Herzschlag pochte so stark, dass ich ihn in meinen Ohren spüren konnte.

„Sein Nachbar mit Frau, ein Arzt, zwei Rettungssanitäter und zwei unserer Kollegen aus Frankfurt.“

„Geht es ihnen allen gut?“

„Ja, denke schon. Warum?“

Schweiß bildete sich in meinem Nacken. Ich spürte, wie er langsam an meinem Rücken hinunterlief.

„Ruf die Kollegen vor Ort an und sag ihnen, sie sollen dort bleiben“, forderte ich Mesut auf. „Sie sollen die Türen und Fenster verschlossen halten, nicht rausgehen, jeden weiteren Kontakt vermeiden und keinen mehr in das Haus lassen. Wir kommen mit den Kollegen von der Toxikologie!“

***

Drei Männer und eine Frau in weißen Ganzkörperanzügen, Helm und mit Sauerstofftank auf dem Rücken betraten das Haus. Sie wirkten wie Astronauten, die statt auf dem Mond in Frankfurt Bornheim gelandet waren. Und statt fremden Welten erkundeten sie die Wohnung von Hartmuth Wanker, der tot auf seinem grünen Sofa lag. Klaus, der Einsatzleiter, hatte eine Webcam am Helm montiert. Ich saß mit Karin und Awet im Einsatzwagen und beobachtete das Geschehen am Bildschirm eines Notebooks. Nachdem sie die Treppe hochgegangen waren, hatten sie eine Art Zelt vor der Wohnungstür aufgebaut, mit Folien verklebt, damit nichts herausdringen konnte. Sie hatten die beiden Frankfurter Kollegen gebeten, die Tür von innen zu öffnen. Die zwei wirkten fit. Wir konnten sehen, wie die Toxikologen in Hartmuth Wankers Wohnung eintraten, den mit dicken Teppichen ausgelegten Flur durchquerten und in das mit Siebzigerjahre-Möbeln ausgestattete Wohnzimmer gingen. Der Einsatzleiter betrachtete den Toten und richtete damit die Webcam auf ihn, so dass wir ihn ebenfalls gut auf dem Bildschirm erkennen konnten. Er lag dort zusammengekrümmt wie ein Embryo, seine Augen waren weit aufgerissen, starrten ins Leere, und sein Mund war geöffnet. Der Einsatzleiter kniete sich vor den Toten, betrachtete Hartmuth Wanker aus der Nähe. Das Gesicht prangte auf unserem Bildschirm. Es schien schweißnass zu glänzen, sein hoher Haaransatz war feucht, Speichel war aus seinem noch offenstehenden Mund gelaufen und hatte einen Fleck auf dem hellgrünen Sofa hinterlassen. Vor dem Sofa lag ein Glas, dessen Inhalt einen feuchten Fleck in dem braunen Teppichboden hinterlassen hatte. Die Webcam drehte sich nach rechts, wir konnten seinen Körper wieder sehen. Seine Arme und Beine waren angewinkelt, seine Hände wirkten verkrampft. Ein erschreckender Gedanke durchzuckte mich, als ich dieses Szenario verinnerlicht hatte: *Er ist durch Fremdeinwirkung gestorben!*

„Karin, da stimmt etwas nicht“, sagte ich laut.

„Was meinst du?“, fragte Karin.

„Hypoglykämie“, meinte Awet.

„Was?“, fragte ich gereizt und warf meinen Kopf zu ihm herum.

„Abnorm niedriger Blutzuckerspiegel durch eine Überdosis Insulin. Symptome dafür sind Schweißausbrücke, Herzrasen, Bewusstseinstrübungen“, erklärte Awet.

„Er war herzkrank“, erwiderte ich, um ihm den Wind aus den Segeln zu nehmen.

„Dann war es ein Einfaches für den Mörder. Insulin gibt es literweise im Industriepark Höchst“, fuhr Awet fort.

Karin sah ihn an. Es lag eine Art Bewunderung kombiniert mit Abscheu in ihrem Blick. Ich empfand ebenso. Wir wandten uns wieder dem Notebook zu. Die Webcam schwenkte in den Raum und wir erkannten, wie die Kollegen mit Pipetten, Klebestreifen und kleinen Schabern am Fußboden und an den Möbeln Proben aufsammelten und diese in die mitgebrachten Testapparaturen steckten. Sie schüttelten immer wieder den Kopf und hielten die Daumen nach unten. Sie hatten noch nichts gefunden. Kein Gift, ich atmete kurzzeitig auf. Aber es war noch lange nicht vorbei. Ich klopfte Mike, unserem Funker, auf die Schulter. Er drehte sich zu mir um und hob seinen Kopfhörer am rechten Ohr etwas an, um mich verstehen zu können.

„Mike! Bitte Klaus, am Körper des Toten nach einer Einstichstelle zu suchen“, bat ich ihn.

Der Funker brummte etwas in sein Headset, ich hoffte, dass Klaus es in seinem Helm verstehen würde.

Er hatte es offensichtlich verstanden, denn Mike fragte nun: „Was vermutet ihr, Drogen?“, fragte mich Mike.

„Nein, irgendein Medikament“, antwortete ich, ich wollte Awet nicht gleich zum Topstar machen.

Mike brummte wieder etwas ins Mikrofon und fragte wiederholt nach: „Ihr müsst es schon genauer definieren, damit Klaus weiß, an welcher Stelle er suchen soll. Er kann ihn jetzt hier nicht komplett auf dem Sofa auseinandernehmen, dafür ist die Rechtsmedizin zuständig.“

„Insulin“, sagte Awet.

Mike schaute den jungen Kollegen an. Der Funker zögerte, wusste nicht, ob er dem unbekannten Neuling abnehmen sollte, dass er einer Ferndiagnose fähig war. Ich nickte Mike unwillig zu. Mike gab den Verdacht weiter an Klaus. Der erhob sich nun, öffnete Hartmuth Wankers Gürtel, zog ihm so gut es ging die Hose ein Stück herunter, nahm eine kleine LED-Taschenlampe und fuhr damit an seinem Bauch entlang. Nichts. Dann zog er die Hose weiter herunter und nahm sich den oben liegenden Oberschenkel vor. Wir konnten sehen, wie er an der Hinterseite in einer Hautfalte knapp unter der rechten Pobacke fündig wurde. Dort war ein winziger, geröteter Punkt zu sehen. Er winkte die Kollegin herbei, sie sah sich den Punkt an und holte einen Klebestreifen und einen kleinen Spachtel aus ihrem Koffer. Klaus nahm mit dem Klebestreifen Gewebe von der Wunde und ihrer Umgebung auf, kratzte mit dem Spachtel die Hautoberfläche ab, steckte die Gewebeproben in ein Reagenzglas und schloss es mit einem Gummipfropfen. Danach nahm er sich zwei Spritzen aus dem Koffer. Mit der ersten stach er in den roten Punkt und sog Flüssigkeit aus der Einstichstelle. Mit der zweiten entnahm er dem Toten eine Blutprobe aus dem Arm.

„Klaus sagt, wenn es Insulin war, wird das irgendwann soweit im Körper des Toten abgebaut, dass es nicht mehr nachweisbar ist. Je früher man eine Blutprobe nimmt, desto besser“, richtete Mike uns aus.

***

Die Kollegen hatten nichts Toxisches in Hartmuth Wankers Wohnung nachweisen können. Seine Leiche war zusammen mit den Gewebeproben und dem entnommenen Blut in die Rechtsmedizin gebracht worden. Die Nachbarn, Sanitäter sowie der Arzt und die Kollegen aus Frankfurt waren untersucht und zur weiteren Beobachtung in die Quarantänestation des Universitätsklinikums gebracht worden. Es ging ihnen gut und sie konnten, wenn es gut lief, morgen oder übermorgen wieder ihrer Wege gehen. Wir saßen nun zu dritt in unserem LKA-Büro und warteten auf die Ergebnisse von Dr. Ute Gazek. Insulin würde sie sicher schnell in dem entnommenen Blut nachweisen können.

„Wann erwarten wir Gundolf Kuschinski in Wiesbaden?“, fragte ich Karin, um die Zeit sinnvoll zu überbrücken.

Der Onkel vom ermordeten Dieter Kuschinski wollte heute, am 03.10.2019, eine Aussage bei uns machen und uns endlich das Beweismaterial seines Neffen überbringen.

„Ich weiß es nicht, Peter. Wir haben nichts mehr von ihm gehört. Ich hoffe, ihm ist nichts passiert."

Karin sah besorgt aus. Es war mittlerweile 16:48 Uhr. Ich schaute an meinem Laptop nach, wann ein ICE aus Salzburg eintreffen würde. Es gab für heute nur noch einen, und der hatte Verspätung, erwartete Ankunftszeit war 19:55 Uhr.

„Wir haben noch Zeit, Karin, er kommt bestimmt mit dem letzten ICE heute um kurz vor acht."

„So spät?"

„Ja, Deutsche Bahn halt."

Mein Smartphone piepste kurz, eine WhatsApp war angekommen.

Ich öffnete den Chat und sah eine Nachricht von Ute Gazek: „Herzlichen Glückwunsch, gut kombiniert, es war Insulin! Und am Hintern hat er sich die Spritze bestimmt nicht selbst gesetzt, so beweglich war der alte Mann nicht mehr. Musste ihm den Kopf absägen, auch er hat seine grauen Zellen der Pharmorena AG vererbt. Aber jetzt nicht mich anrufen, habe heute keine Zeit mehr für euch, auch ich habe ein Recht auf einen Feiertag!"

Na toll, Awet Berhane hatte also richtiggelegen. Ich sah ihn an. Wie immer schaute er zurück, ohne eine Miene zu verziehen. Mein Ärger darüber verzögerte meine Reaktion auf die restlichen Informationen aus der WhatsApp-Nachricht. Auch Hartmuth Wanker hatte seinen Kopf der Pharmorena vermacht? Warum nur hatte er mir das nicht gesagt, als ich bei ihm war?

Verwirrt gab ich Ute Gazeks Lob weiter: „Herzlichen Glückwunsch, Awet, Hartmuth Wanker wurde mit einer Überdosis Insulin ermordet."

Awet nahm meine gutgemeinten Worte emotionslos entgegen. Das machte mich rasend. Selbst, wenn man ihn lobte, kam nichts zurück. Gerne würde ich ihm einmal eine schallende Ohrfeige geben, um zu sehen, ob er dann immer noch regungslos wie eine steinerne Statue vor mir stehenbleiben würde.

***

Als ich abends vor meinen Nudeln mit Tomatenketchup, Salamistreifen und Parmesankruste saß, klingelte das Diensthandy. Ich erkannte die österreichische Vorwahl 0043. Ich hielt inne, bevor ich dranging. Es war bestimmt ein Anruf wegen Gundolf Kuschinski! Als er sich bis 20:30 Uhr nicht bei uns gemeldet, geschweige denn hat blicken lassen, haben Karin, Awet und ich beschlossen, heimzufahren. Ich atmete durch und nahm das Gespräch an.

„Groß!"

„Hier Michelle Winkler von der Polizeiinspektion Salzburg. Spreche ich mit Kommissar Peter Groß?"

„Genau mit dem sprechen Sie. Was gibt's?"

„Grüaß Sie, ich habe Ihre Nummer von der LKA-Zentrale Wiesbaden. Es gibt leider schlechte Nachrichten."

„Gundolf Kuschinski?"

„Ja. Er hatte für heute ein Ticket der Deutschen Bundesbahn und wollt mit dem ICE nach Wiesbaden fahren. Wir haben ihn observiert, einer unserer Kollegen hat ihn in zivil begleitet. Herr Kuschinski wusste davon nichts, wir wollten auf Nummer sicher gehen. Herr Kuschinski hat in einem Abteil gesessen, unser Kollege ist in regelmäßigen Abständen daran vorbei gegangen und hat geprüft, ob alles okay ist. Kurz vor Wiesbaden ist Herr Kuschinski mit seinem Trolley aus dem Abteil herausgegangen Richtung Ausstieg. Der Kollege war zu der Zeit gerade im Großraumabteil, viele Fahrgäste sind aufgestanden, haben ihr Gepäck aus den Fächern gehoben, er konnte Herrn Kuschinski nicht schnell genug folgen. Seinen Trolley hat er danach nirgendwo finden können. Auf dem Bahnsteig hat er Herrn Kuschinski auch nicht wiedergesehen."

„Und dann?", hauchte ich, befürchtete das Schlimmste.

Ich verlor langsam die Hoffnung, dass uns in diesem Fall noch etwas gelingen würde.

„Dann ist der Kollege zurück in den ICE und hat gesehen, dass ein WC gegenüber des Ausstiegs verriegelt war. Als auf sein Klopfen hin niemand geantwortet hat, hat er die WC-Tür vom Schaffner öffnen lassen."

„Was war darin? Sprechen Sie doch weiter!", rief ich.

„Kuschinskis Trolley."

„Kuschinskis Trolley?", wiederholte ich perplex.

„Ja. Es ist ein großer, roter Trolley. Hätte jemand anderes damit den Zug verlassen, wäre dem Kollegen das sofort aufgefallen. Die Entführer haben das sehr geschickt gemacht."

„Und was war drin?"

„Der Trolley war aufgebrochen und leer. Herr Kuschinski blieb verschwunden. Der betroffene ICE-Waggon wurde abgekoppelt und auf ein Abstellgleis gefahren.

Er steht für Ihre kriminaltechnischen Untersuchungen bereit. Mein Kollege wartet dort auf Sie."
„Scheiße, Scheiße, Scheiße!", schrie ich.

***

„Guten Morgen Herr Groß, Sie haben geerbt!", sagte eine mir bekannte Stimme am Telefon.

Es war Christian Berthold, ein früherer Schulkollege von mir, der jetzt beim Amtsgericht Frankfurt arbeitete und mich am Morgen des 04.10.2019 angerufen hatte, kurz bevor ich in die Dusche steigen wollte. Mein Kopf brummte noch, die Nacht war grausam gewesen. Ich war am Vortag noch um 21:00 Uhr zum Wiesbadener Hauptbahnhof gefahren und hatte mir den ICE-Waggon und das WC angesehen, worin Gundolf Kuschinski sich aufgehalten hatte. Sein Trolley war schon nicht mehr dagewesen, die Kriminaltechnik hatte ihn bereits mitgenommen. Laut Aussage der Kollegen vor Ort war er leer gewesen, aber die KTU würde ihn komplett zerlegen und nachsehen, ob irgendwo doch noch etwas versteckt war. Wir hatten daraufhin die Salzburger Polizei um Amtshilfe gebeten und weitere Informationen zu Gundolf Kuschinski angefordert. War er wirklich ein Vagabund? Oder war diese ganze Geschichte nur Tarnung von ihm gewesen? Tarnung dafür, unbehelligt einen Feldzug gegen die Pharmorena AG zu führen, um die illegalen Vorgänge dort ans Tageslicht zu befördern? Die ganze Nacht hatte ich mit diesen Fragen verbracht. Langsam rebellierte mein Körper, forderte Ruhe, Entspannung und vernünftiges und vor allem ungestörtes Essen ein, aber darauf würde er noch lange warten müssen.

„Na sowas, Christian! Schön, mal wieder von dir zu hören", freute ich mich, die Abwechslung konnte ich jetzt gut gebrauchen.

Christian und ich hatten während unserer Schulzeit auf dem Gymnasium *Am Mosbacher Berg* einige Nächte durchzecht, und uns vor drei Jahren das letzte Mal gesehen.

„Aber warum veräppelst du mich nach so langer Zeit? Lass uns lieber einen trinken gehen", forderte ich ihn auf.

„Hahaha, Peter, sehr gerne! Aber ich veräpple dich nicht. Du kannst doch bestimmt einen kleinen Zuschuss gebrauchen?", scherzte Christian weiter.

„Immer, Christian, immer. Aber von wem sollte ich denn etwas erben? Mit fällt gerade niemand aus der Verwandtschaft ein, der ins Gras gebissen hätte und der auch noch vermögend gewesen wäre." Bei den letzten Worten bekam ich eine Gänsehaut – es war doch nichts passiert, wovon ich noch nichts wusste?

„Keine Sorge, Peter, es ist niemand aus deiner Familie. Ich habe dir heute einen amtlichen Brief geschickt, da steht alles drin."

„Okay. Kannst du mir nicht noch einen Tipp geben?", hakte ich nach.

„Gewiss kann ich das, Peter. Du erbst einen ollen, zerschrammten, vom Holzwurm angefressenen Schreibtisch eines einsamen Greises."

„Hör endlich auf mit deinen Späßen, Christian! Wie sieht's aus, sollen wir uns nächste Woche mal in Frankfurt treffen?"

„Können wir gerne machen!"

***

Wir saßen wieder gemeinsam in unserem Büro, ich, Karin und Awet. Es waren Unterlagen von der Kriminalpolizeidirektion Freiburg angekommen, Protokolle zu den Befragungen von Silke Jakobs Eltern und Nachbarn, Fotos von Silke Jakob und ein Tütchen, das eine ihrer Haarbürsten enthielt. Wir ließen es gleich von einem Boten zur Forensik bringen, bald hätten wir Silke Jakobs DNA. Die Protokolle, Berichte und Fotos legten wir nebeneinander auf den Tisch, gingen an ihm entlang wie an einem Buffet und griffen mal nach diesem und mal nach jenem Papier, um es genauer anzusehen.

Bei den Fotos blieb Awet stehen. Er nahm eines in die Hand, das Silke Jakobs Gesicht recht gut zeigte, und hielt es hoch. Er betrachtete es lange, dann sah er mich an.

„Hast du was gefunden, Awet?", fragte ich.

Karin drehte sich zu uns um. Ich stellte mich mit ihr neben Awet und wir starrten gemeinsam das Foto an. Silke Jakob war um die dreißig Jahre alt, attraktiv und hatte ihr langes, braunes Haar zu einem Pferdeschwanz gebunden. Sie befand sich auf einer Terrasse, im Hintergrund konnte man helle Steinplatten und einen gepflegten Garten mit hübsch angelegten bunten Blumenbeeten erkennen.

„Was ist damit?", fragte Karin.

„Fällt euch daran nichts auf?", fragte Awet.

Wir untersuchten jedes abgebildete Detail, wussten aber nicht, was er meinte. Ging es ihm um Silke Jakob oder um Gegenstände im Hintergrund? War dort etwas, das uns weiterbrachte? Ich fand nichts.

„Nein. Sag schon, was los ist!", zischte ich, langsam verlor ich die Geduld mit ihm.

Awet ging zu unserem Regal und zog einen schmalen Ordner heraus. Er schlug ihn auf und blätterte zu einer bestimmten Seite. Er nahm sie heraus und kam damit zu uns zurück. Er legte das Blatt neben das Foto von Silke Jakob. Karin und mir blieb der Mund offenstehen, als wir die beiden Abbildungen verglichen.

„Verdammt, Awet, du hast ein Computerhirn!", rief Karin.

Awet hatte Salvatores farbig ausgedrucktes Phantombild der blonden Schönheit neben das Foto von Silke Jakob gelegt. Das Foto zeigte sie etwas mehr im Profil, auf dem Phantombild sah man das hübsche Gesicht von vorne. Aber es war im direkten Vergleich unverkennbar dieselbe Frau! Nur hatte Silke Jakob auf ihren Privatfotos dunkle Haare. Sie schien sich mit einer blonden Perücke getarnt zu haben, um zu mir kommen zu können! Bestimmt war sie verfolgt worden, aber dann hatte Salvatore ihr Vorhaben mit seiner plumpen Anmache unterbrochen. Wo war sie jetzt nur? Hatten sie sie erwischt? Und wer hat dann die Morddrohung an den Pizzakarton geklebt? In dieser Sache mussten wir noch einmal ganz von vorne anfangen, befürchtete ich nun. Dann schoss mir ein Gedanke durch den Kopf.

„Ja, jetzt weiß ich es wieder!“, entfuhr es mir. „Mir kam dieses Gesicht auf dem Phantombild gleich bekannt vor, und ich erinnere mich jetzt auch, woher.“

Karin starrte mich erschrocken an: „Du hast Silke Jakob schon einmal gesehen?“

„Nein, nicht sie, aber ein Foto von ihr. Karin, hol dein Smartphone her“, bat ich sie.

Karin lief zu ihrem Schreibtisch und kam mit dem Smartphone zurück. Sie entsperrte es.

„Und jetzt?“

„Verdammt, sie war in Wiesbaden, hat vor dem LKA gestanden! Jetzt zeig uns das WhatsApp-Profilbild von Silke Jakob“, forderte ich Karin auf.

Sie öffnete WhatsApp und vergrößerte das Foto auf ihrem Display, das eine junge Frau mit Surfboard zeigte. Es war etwas unscharf, und man musste sehr genau hinsehen, um das Gesicht erkennen zu können.

„Schlechte Bildqualität bei WhatsApp, aber ja, das ist sie“, sagte Awet und heftete das Phantombild wieder ab.

***

<u>Protokoll:</u> Haus der Eltern von Silke Jakob in Freiburg, Dienstag 01.10.2019, 10:48 Uhr: Befragung von Louise Jakob, weiblich, 66 Jahre (Mutter der Zeugin Silke Jakob) durch Martin Herzog, Hauptkommissar der Kriminalpolizeidirektion Freiburg

„Guten Tag, Frau Jakob, mein Name ist Martin Herzog, Kriminalhauptkommissar hier in Freiburg. Wir haben gestern den Termin für heute vereinbart, um über ihre Tochter Silke Jakob zu sprechen."

„Ja, ich weiß. Wissen Sie schon etwas? Wo ist das arme Kind?"

„Wir können dazu leider noch keine Auskunft geben, die Kollegen in Wiesbaden leiten den Fall. Sie informieren uns, sobald es Neuigkeiten gibt. Jetzt erst einmal zu Ihnen. Wie oft hatten Sie in letzter Zeit Kontakt zu ihrer Tochter Silke?"

***

Ich hatte den Kollegen Herzog gebeten, noch einmal Silke Jakobs Mutter Louise zu befragen. Wir mussten unbedingt erfahren, wo sie sich aktuell aufhielt. Silke Jakob schien mir aktuell die wichtigste Zeugin zu sein. Die Kriminalpolizeidirektion Freiburg hatte mir das Protokoll zugeschickt.

„Als sie in Frankfurt war, haben wir sie nur alle paar Monate gesehen", erzählte Louise Jakob. „Herrschaftszeiten, ich war von Anfang an dagegen gewesen, dass sie in dieser Stadt mit den Finanzhaien arbeitet! Das hat sie jetzt davon, das arme Kind. Zum Glück hat sie eine Arbeit hier in Freiburg bekommen und kam vor drei Jahren zurück. Ab da hat sie uns wieder regelmäßig besucht."

„Wie oft, Frau Jakob?", fragte Kollege Martin Herzog.

„Alle ein bis zwei Wochen, meistens donnerstags zum Abendessen. Wir haben dann immer etwas Vernünftiges für sie zubereitet. Die jungen Dinger können ja alle nicht richtig kochen, kaufen sich so Fertigessen für die

Mikrowelle oder Döner und so ein Zeug und sind dünn wie Besenstiele."

„Hat Silke hier in Freiburg Freunde? Was unternimmt sie in ihrer Freizeit?"

„Sie hat ein paar Freunde, noch von damals, von der Uni. Die wenigen, die nicht weg sind, um irgendwo Karriere zu machen. Sie fahren viel Mountainbike, und im Winter Ski am Feldberg. Sie macht viel Sport, auch Surfen am Meer, wenn sie es sich leisten kann. Mehr weiß ich auch nicht, sie erzählt nicht viel."

„Verstehe. Hat Silke noch Geschwister?", fragte Martin Herzog weiter.

„Ja, einen älteren Bruder. Hubertus lebt in London, hat da eine Frau geheiratet. Den sehen wir leider kaum noch, Herr Kommissar."

„Hatte Silke noch Kontakt zu ihm?"

„Nur selten, sie haben manchmal telefoniert. An Weihnachten kommt er zu uns, oder bei größeren Familienfeiern."

„Weiß ihr Sohn Hubertus, dass Silke aktuell unauffindbar ist?"

Das war der springende Punkt, jetzt wo wir wussten, dass Silke einen Bruder hatte. Den Kontakt zu ihren Eltern hatte sie offensichtlich auf ein Minimum beschränkt. Aber was war mit ihrem Bruder in London? London? Mir brach kalter Schweiß aus, als ich das Protokoll las. Auch die Pharmorena AG hatte Kontakte in London!

„Ich habe ihm beim letzten Telefongespräch vor zwei Tagen erzählt, dass die Silke weg ist. Wissen Sie, die jungen Leute sind ja heutzutage so schlecht zu

erreichen, obwohl die alle Internet und diese Schreibprogramme haben."

„Halten Sie es für möglich, Frau Jakob, dass sich Silke bei ihrem Bruder Hubertus aufhält? Vielleicht, um sich vor ihren Verfolgern zu verstecken?", wollte Kollege Herzog wissen.

„Nein, Herr Kommissar, nein, das ist unmöglich, das hätte er mir doch gesagt!"

„Er hat also nichts dergleichen erzählt?", hakte er nach.

„Nein, um Himmelswillen, was denken Sie denn? Der Junge lügt mich doch nicht an!"

„Vielleicht möchte Ihr Sohn Sie und Ihren Mann nur schützen, Sie nicht mit in die Sache hineinziehen. Hat er sich denn am Telefon seltsam verhalten?"

Martin Herzog war wirklich gut. Er ließ nicht locker.

„Lassen Sie mich überlegen. Jetzt, wo Sie es sagen, Herr Kommissar. Er war nicht gerade überrascht, dass Silke sich nicht mehr meldet. Er meinte sowas wie: Die hat vielleicht wieder so einen komischen Kerl kennengelernt, den sie euch nicht zeigen will! Aber so hat er schon immer über ihre Partner geredet."

Also doch. Hubertus Jakob war nicht darüber erstaunt gewesen, dass seine Schwester unauffindbar war!

„Sie ist also schon des Öfteren verschwunden und hat sich erst nach Monaten wieder bei Ihnen gemeldet?", fragte Martin Herzog Silke Jakobs Mutter.

„Ja, so war das manchmal. Zum Beispiel als sie damals nach Frankfurt ist, da hat sie uns nichts davon erzählt, war einfach weg, und nach drei Monaten hat sie erst von dem Arbeitsvertrag mit dieser seltsamen Data-

Firma erzählt. Mein Mann hat sich tierisch darüber aufgeregt. Und von diesem Türken hat sie uns erst erzählt, als sie sich von ihm getrennt hatte!"

„Wo ist ihr Mann gerade, Frau Jakob?"

Martin Herzog war aufgefallen, dass Louise Jakob in keinem ihrer Sätze ihren Ehemann erwähnt hatte. Was war nur mit ihm, dass er dermaßen außenvor war?

„Er ist im Krankenhaus. Er hat Probleme mit seinem Knie. Ich habe ihm noch nichts von der Silke erzählt, er versteht das alles nicht mehr richtig, wissen Sie?"

Er versteht das alles nicht mehr richtig. Der Satz geisterte in meinem Kopf herum. War er etwa nicht nur an seinem Knie erkrankt. Litt er auch an Demenz?

„Die Kollegen aus Wiesbaden haben Sie am 20.09.2019, also vor knapp zwei Wochen, über Silkes Verschwinden informiert. Und Ihr Mann weiß davon noch nichts?", wiederholte Martin Herzog. Er schien ebenso überrascht wie ich.

„Mmh, Sie wundern sich bestimmt darüber, aber ja, so ist es. Er denkt halt, sie ist noch im Surf-Urlaub auf Fuerteventura. Das ist besser so für ihn."

***

Protokoll: St. Josefskrankenhaus Freiburg, Zimmer 3.41, Dienstag 01.10.2019, 13:53 Uhr: Befragung von Gustav Jakob, männlich, 69 Jahre (Vater der Zeugin Silke Jakob) durch Martin Herzog, Hauptkommissar der Kriminalpolizeidirektion Freiburg

„Guten Tag, Herr Jakob. Haben Sie Ihre Knie-OP gut überstanden?"

„Wie man's nimmt, Herr Kommissar, einen Hürdenlauf kann ich damit nicht mehr machen."

***

Kollege Martin Herzog hatte sich unverzüglich auf den Weg ins Krankenhaus begeben, um der Sache auf den Grund zu gehen. Warum war es besser für Gustav Jakob, nichts vom Verschwinden seiner Tochter zu erfahren?

„Entschuldigen Sie, Herr Jakob, dass wir Sie hier im Krankenhaus belästigen, aber es ist wichtig", begann Martin Herzog die Befragung.

„Nur zu, Herr Kommissar, hier ist es sowieso stinklangweilig. Worum geht es denn?"

„Es geht um Ihre Tochter Silke", deutete der Kollege vorsichtig an. Ich ahnte beim Lesen des Protokolls, dass er behutsam vorgehen wollte, weil er, ähnlich wie ich, davon ausging, dass der Patient mit dem kaputten Knie weitere Gebrechen aufweisen könnte.

„Die Silke hat was mit der Polizei zu schaffen? Was hat sie wieder angestellt?"

Der Vorwurf in Gustav Jakobs Worten war kaum zu überhören, oder besser zu überlesen gewesen.

„Sie hat nichts angestellt", beruhigte Kollege Herzog den Mann. „Sie hat durch ihre Arbeit bei FlashData in Frankfurt sehr wahrscheinlich Insiderwissen über die Pharmorena AG, einem Pharmakonzern, erlangt, das sehr wichtig für die Ermittlungen der Kollegen vom LKA Wiesbaden ist. Die Kollegen müssen dringend Ihre

Tochter sprechen. Silke ist eine wichtige Zeugin, sie ist allerdings aktuell nicht auffindbar."

„Sie ist ja auch im Urlaub auf Fuerteventura, Herr Kommissar. Aber sie müsste in ein paar Tagen zurückkommen. Wir sagen Ihnen dann Bescheid."

„Herr Jakob, ich muss Ihnen leider sagen, dass Ihre Tochter nie auf Fuerteventura angekommen ist. Sie ist nicht einmal losgeflogen. Sie ist nicht im Urlaub", gab Martin Herzog Silkes Vater gegenüber zu.

„Aber ... aber, das kann nicht sein. Hat das Mädel wieder gelogen! Sie hat bestimmt wieder so einen unflätigen Freund, den sie uns nicht vorstellen will."

„Ich denke, dieses Mal ist es anders, Herr Jakob", erklärte Martin Herzog. „Es wurden bereits mehrere Menschen ermordet, die sich mit der Pharmorena AG anlegen wollten. Wir müssen Ihre Tochter unbedingt finden."

„Das freche Ding, ständig führt sie uns an der Nase herum. Das muss jetzt mal aufhören, mit diesen miesen Gestalten, mit denen sie sich immer rumtreibt. Immer wieder fällt sie auf die gleichen Typen rein. Wenn ich hier raus bin, dann werde ich ein ernstes Wörtchen mit ihr reden, das können Sie mir glauben, Herr Kommissar!"

***

Die beiden Protokolle der Freiburger Kollegen hatten wir kurz überflogen. Bei dem Wort *London* hatten sich mir die Nackenhaare hochgestellt. Awet hatte uns bei seinem niederschmetternden Resümee über unsere Ermittlungsarbeit mit dem Kopf darauf gestoßen, dass wir das Thema *London* bisher nicht ausreichend beachtet hätten. Wir mussten uns später unbedingt darum kümmern, jetzt standen wir erst einmal im Großraumbüro von Frank Wedel, dem Leiter der Kriminaltechnik. Dort herrschte wie immer totales Chaos. Dass er und seine Kollegen bei dieser Unordnung noch den Durchblick über die Beweismittel behielten, war mir ein unbegreifliches Rätsel. In Regalen und offenstehenden Schränken türmten sich Notebooks, Tablett-PCs, ausgebaute Festplatten, Monitore, Smartphones, Fotoapparate, Fernsehgeräte, Kaffeemaschinen, Kabel, Steckdosenleisten und vieles mehr, alles in beschrifteten Tüten. Die Schreibtische sahen auch nicht besser aus, auf ihnen thronten auseinandergelegte Computer, Handys und andere Elektrogeräte, genauso wie Kleidungsstücke, Küchen- und Badutensilien. Alles, was man heute in den Wohnungen, Taschen und in der Kleidung von Verdächtigen fand, wurde akribisch untersucht. Jedes Bit an Daten, jedes Haar, jede Hautschuppe, jedes Staubkorn, das an den Opfern, Tätern, an ihren Gebrauchsgegenständen und in deren Wohnungen klebte, wurde kriminaltechnisch analysiert.

Frank Wedel arbeitete in Abteilung 6, dem Kriminalwissenschaftlichen und –technischen Institut des Hessischen LKA. Er hatte sein Büro hier bei uns in Wiesbaden. Auf einem seiner Untersuchungstische lag nun der große, knallrote Trolley von Gundolf Kuschinski. Als die Spurensicherung abgeschlossen und der Trolley freigegeben war, hatte Frank uns sofort angerufen. Wir, Karin, Awet und ich, waren unverzüglich zu ihm in das Nebengebäude gestürmt. Was befand sich in dem Trolley? Hatte der Onkel von Dieter Kuschinski etwas darin versteckt, das seine Entführer nicht hatten finden können?

Als wir den Trolley nun anschauten, legte sich unsere Euphorie wieder. Er sah aus, als hätte ein Rudel Wölfe ihn mit seinen Reißzähnen zerfetzt. Man konnte kaum noch erkennen, wie viele Fächer und Taschen er einmal gehabt hatte. Der synthetische, rote Stoff hing zerrissen an dem klapprigen, zerbrochenen Aluminiumgestell, das seine letzten Reste noch zusammenhielt.

„Ist das jetzt eure neue Vorgehensweise zur Spurensicherung?“, fragte ich enttäuscht.

„Sehr witzig, Peter. Nein, da hat jemand ganze Arbeit geleistet.“

„Warum hat derjenige nicht einfach den ganzen Trolley mitgenommen?“

„Wäre wahrscheinlich zu auffällig gewesen. Wir hätten dann Zeugen gehabt, die den oder die Täter mit Kuschinskis Trolley gesehen haben. Kuschinski scheint schlau zu sein, wenn ihm einer dieses riesige, rote Teil geklaut hätte, hätten sich einige daran erinnert, wenn plötzlich jemand anderes damit abzieht. Deshalb hat er bestimmt so einen auffälligen Trolley genutzt. Den Dieben blieb nichts anderes übrig, als den Inhalt auszuräumen. Der oder die Täter haben den Trolley also auf dem ICE-WC auseinandergenommen und den Inhalt in andere Taschen umgepackt.“

„Wo ist nur Kuschinski?“, dachte Karin laut.

„Vermutlich haben sie ihn auf dem WC überwältigt und ihm den Trolley abgenommen. Wir müssen die Fahrgäste finden, die in der Nähe waren und etwas beobachtet haben“, erklärte Frank.

„Was ist mit seinem Handy?“, fragte ich.

„Wir haben eine Ortung durchgeführt, die letzte Verbindung war in einer Funkzelle in Höchst. Jetzt scheint es aus zu sein. Die Kollegen suchen dort alle Straßen, Gebäude, Büsche und Mülleimer ab. Bisher haben sie nichts gefunden.“

„Aktuell bleibt uns also nur dieses Klappergestell“, stellte ich fest.

„Ja, das Teil wurde komplett auseinandergenommen, nicht eine Naht wurde ausgelassen. Sogar die Räder wurden zerschlagen, die Rohre zerbrochen und die Hohlräume geöffnet. Da ist wirklich kaum noch etwas, das heile ist. Da war ein Profi am Werk“, erläuterte der Kriminaltechniker.

„Nein“, meinte Awet.

„Wie bitte?“, fragte Frank, er kannte den jungen Kollegen noch nicht.

„Das ist Awet Berhane, Frank, er ist ein neuer Kollege, der uns bei den Ermittlungen unterstützt“, erklärte ich etwas säuerlich, immer musste dieser stocksteife Neuermittler Widerspruch einlegen.

„Dann mal raus damit! Wo könnte noch etwas versteckt sein?“, fragte Frank interessiert. Wenn er Awet besser kennenlernen würde, würde er gewiss anders reagieren.

„In dem Rohr dort. Darf ich es anfassen?“, fragte Awet.

„Nur zu, wir sind fertig mit dem hässlichen Ding“, forderte Frank ihn auf und stützte seine Hände erwartungsvoll in die Hüften.

Awet griff nach einem circa zwanzig Zentimeter langen Abschnitt eines schwarzen Aluminiumrohrs, das einmal von rotem Stoff umwickelt gewesen war, der jetzt nur noch in Form von Fetzen daran herabhing. Awet zog den Stoff ab, und entfernte oben wie unten die Reste von abgeknickten Streben, die einmal mit dem Rohr am Trolley verbaut gewesen waren. Er schüttelte den hohlen Aluminiumabschnitt, es war nichts zu hören. Ich musste lächeln, er konnte sich also auch einmal irren. Er ignorierte seinen Misserfolg und zog einen kleinen Kugelschreiber aus seiner Gesäßtasche, an dessen Ende eine LED-Lampe angebracht war. Er schaltete sie an und leuchtete von beiden Seiten in das Rohr.

„Man kann nicht durchsehen, da steckt was drin", erkannte Awet.

„Lass es gut sein, Awet", meinte ich mit Genugtuung und wandte mich ab. „Du kannst nicht immer recht behalten. Es ist einfach kein Leerrohr."

Awet schaltete die LED-Lampe wieder aus und überreichte Frank das Rohr.

„Da steckt etwas drin", blieb Awet bei seiner Theorie.

Frank schaute hinein und meinte: „Vielleicht hast du doch recht, wir werden es überprüfen."

Frank nahm es wenig erfreut entgegen. Wenn Awets Behauptung stimmte, hatte er Frank und sein Team mit der Aktion bloßgestellt. Dem Kriminaltechniker war diese Entdeckung offensichtlich entgangen, konnte man nur hoffen, dass nichts Wichtiges in dem Rohr steckte. Awet mutierte ansonsten in jeglichem Bereich zum Helden.

„Es ist einfach nicht hohl, es ist eventuell innen verschweißt, zur Stabilisierung", versuchte Frank zu erklären, seine gerunzelte Stirn verriet mir jedoch, dass auch er Zweifel daran zu hegen schien.

Frank öffnete eine Schublade an seinem Tisch und zog seine eigene Taschenlampe und einen Metallstiel heraus. Er leuchtete ebenfalls in das Rohr, dann legte er die Lampe ab, presste den Metallstiel in das Rohr und drückte mit voller Kraft. Es bewegte sich nichts. Er stellte das Rohr auf den Tisch und legte ein dick zusammengefaltetes Stück Schaumstoff darunter, um Kratzer auf der Platte zu vermeiden.

„Peter, halte du mal hier in der Mitte fest, ich drücke dann von oben", bat mich Frank.

Ich tat wie geheißen und beobachtete Frank, wie er mit schmerzverzerrtem, hochrotem Gesicht den Metallstiel in das Rohr presste und presste. Ich musste kräftig dagegenhalten, damit das Ende des Rohres auf dem Tisch blieb. Das Ganze erinnerte mich entfernt an die Geburt meines Sohnes Finn, Hanne hatte damals einen ähnlichen Gesichtsausdruck gezeigt wie Frank. Ich musste grinsen. Plötzlich gab etwas in dem Rohr langsam nach, Frank bekam es aber nicht heraus.

„Warte, ich helfe dir", meinte Awet.

Er zog zum ersten Mal, seit ich ihn kannte, seine schwarze Lederjacke aus. Darunter trug er ein dunkelblaues T-Shirt, aus dem recht kräftige Oberarme hervorlugten. Mir fiel auf, wie muskulös er war. Bei diesem Anblick kam ich mir alt, knitterig und eingerostet vor. Nicht nur körperlich, sondern auch geistig. Mit jedem Tag, an dem wir mit dem jungen Kollegen ermittelten, wurde mir klarer, dass er Karin und mich längst überholt hatte. Um ehrlich zu sein, musste ich anerkennen, dass die Entscheidung der LKA-Präsidentin ein überaus weiser Schachzug gewesen war. Gefallen konnte ich daran trotz allem nicht finden.

Awet griff nach dem Metallstiel und drückte gemeinsam mit Frank das Objekt weiter nach unten. Awets Bizepse spannten sich zu einer Größe an, die die meinigen im Verlaufe meines bisherigen Lebens niemals erreicht hatten und auch niemals mehr erreichen würden.

„Stop!", rief Frank gequält. „Das Ding ist unten angekommen."

Awet ließ den Metallstiel los, trat einen Schritt zurück. Frank atmete schwer, wischte sich mit dem Ärmel den Schweiß von der Stirn, er war auch nicht mehr der Jüngste. Er zog den Metallstiel heraus, nahm Awet das Rohr ab und drehte es herum. An der unteren Öffnung klemmte ein dunkles, rundes Päckchen. Es war mit einem matten, schwarzen Gummiüberzug umwickelt. Es hatte ausgesehen wie eine Verstärkung, ein Stück Rohr, das nicht hohl war, zur Stabilisierung, wie Frank es gesagt hatte. Er holte eine Zange aus der Schublade.

Dieses Mal sprach er direkt Awet an, ich war ihm anscheinend nicht kräftig genug: „Halte du das Rohr, ich ziehe!"

Mit einem Plopp löste sich das schwarze Teil, Frank taumelte unvorbereitet zurück und fiel auf seinen Hosenboden.

„Hast du dir wehgetan?", fragte Karin besorgt.

„Nein, nein, alles gut", brummte Frank.

Ich reichte ihm die Hand, er griff danach und ließ sich von mir hochziehen. Schweißgebadet ging er zurück zum Tisch, öffnete die Zange und legte das stoffbespannte Päckchen mit schwarzem Gummiüberzug auf die Tischplatte. Er zog sich Einweghandschuhe über und fummelte Gummi und Stoff auseinander. Zum Vorschein kam eine silbrigglänzende, längliche Pillendose mit Schraubverschluss. Frank öffnete sie und kippte den Inhalt auf den Tisch. Es handelte sich um einen kleinen USB-Stick und ein darum gerolltes Stück Papier. Frank zog es auseinander und las vor.

„Sie sind hinter mir her, es sind mindestens drei hier im Zug. Ich bin jetzt im WC, einer von denen rappelt an der Tür, die anderen warten an den Ausgängen auf mich. Ich komme nicht heil aus dem ICE raus. Das gesamte Material im Trolley wird ihnen in die Hände fallen, aber diesen quietschroten Trolley werden die bestimmt nicht mitnehmen. Ich verstecke den USB-Stick in einem Rohr. Hoffentlich finden ihn die Richtigen! G. Kuschinski"

***

„Was machen wir, bis wir die Ergebnisse vom USB-Stick haben?", fragte mich Karin.

Karin, Awet und ich saßen an unseren Schreibtischen und warteten auf die Rückmeldungen aus der IT-Forensik.

„Essen", meinte Awet.

„Guter Vorschlag, ich hole uns etwas aus der Kantine hoch", bot sich Karin an und stand auf.

„Wir könnten uns noch einmal mit unserem Kollegen hier über unserer Vorgehensweise bei den Mordermittlungen unterhalten", schlug ich vor und schaute dabei Awet an. „Er hat inzwischen eventuell erkannt, dass weitreichende Gründe für die vier Morde und zwei Entführungen vorliegen. Und dass wir uns keinesfalls von hochgelobten Forschern haben blendenlassen, sondern dass wir genau das getan haben, was notwendig war. Um London können wir uns später kümmern, Awet, aber bisher hatten wir nicht die Möglichkeit, diese weitreichenden Ermittlungen im Ausland anzustoßen. Jetzt haben wir mit dem USB-Stick von Gundolf Kuschinski hoffentlich mehr in der Hand und werden es über die Präsidentin versuchen."

Karin schaute betroffen zu Boden. Awets Kritik an unseren Ermittlungsmethoden hatte uns tief getroffen. Ja, wir waren etwas unstrukturiert vorgegangen. Unsere Studienzeiten waren lange her, wir hatten noch andere, heute als veraltet geltende Lerninhalte gehabt, konnten aber mit einer gehörigen Portion an Erfahrung aufwarten, da durfte man auch einmal aus dem Bauch heraus entscheiden. Awet mochte durch sein Bachelor-Studium der Kriminalpolizei über aktuelleres Fachwissen verfügen, Dinge, von denen ich und Karin niemals gehört hatten, selbst nicht bei den regelmäßigen Fortbildungen während der letzten Jahre. Aber Awet hatte noch keine Intuition, er war zu unbedarft, hielt sich noch an den Lerninhalten fest, an der trockenen Theorie. Unsere Erfahrung würde er erst im Laufe der nächsten Jahre erlangen, trotzdem war er ein wertvoller Kollege für uns. Er hatte eine hervorragende Ausbildung absolviert, war auf dem neuesten Stand was Kriminalitätsphänomene und Umgang mit neuen Medien anging. Er verfügte über ein beachtliches Allgemeinwissen, war hochintelligent und hatte sein Studium mit Bestnoten abgeschlossen. Das hieß aber noch lange nicht, dass er uns alten Hasen etwas vormachen konnte. Auf jeden Fall nicht in allen Bereichen!

Mir fiel auf, dass ich ähnlich dachte, wie Bernhardt Moscher, der Birte Hanssen und Adam Frost im Qualitätsmanagement der Pharmorena AG lediglich stupide Handlangertätigkeiten zutraute. Awet hatte jedoch mehrfach bewiesen, dass er bereits zur Erledigung komplexerer Aufgaben fähig war. Auch, wenn es sein erster Kriminalfall war. Vielleicht tat ich ihm doch Unrecht?

„Ihr habt mich gefragt, was mir an den Protokollen aufgefallen ist, und ich habe es euch gesagt", begründete Awet seine Kritik von heute Mittag. „Wir sollten mit der Präsidentin darüber sprechen und die Staatsanwaltschaft informieren, damit wir eine offizielle Zusage zu den breiteren Ermittlungen erhalten."

Ich schaute Awet prüfend an. Er hatte recht. Ich nickte. Karin schaute immer noch zu Boden.

„Wir sollten auch darlegen, dass Ute Gazek die Maus ...", fuhr Awet fort.

„Das ist ein guter Punkt, Awet. Sollte sie etwas Brauchbares an dem Tierchen finden, müssen wir es auch verwenden dürfen. Am besten übernimmst du das und informierst die Präsidentin", schlug ich vor und wälzte damit den unangenehmsten Teil der Sache an den jungen Kollegen ab, schließlich hatte er die Maus auch mitgehen lassen.

„Du bist der Ermittlungsleiter. Möchtest du nicht ...", begann Awet.

„Nein."

Karin schaute auf und sah mich strafend an.

„Okay", meinte Awet, zog sein Smartphone aus der Gesäßtasche und wählte einen Kontakt. „Hallo Frau

Präsidentin, es gibt Neuigkeiten, können wir später bei Ihnen vorbeikommen? ... Ja, das passt. Bis dann."

„Was sollte das?", fragte ich entsetzt und sprang auf.

„Du hast doch gesagt ..."

„Ja, aber wenn man einen Termin mit der Präsidentin ausmacht, sollte man etwas vorlegen können. Harte Fakten, am besten mit einer stichhaltigen Präsentation."

„Das schaffen wir doch noch bis sechs", meinte Awet, und schaute dabei auf seine Armbanduhr.

„Dann übernimm du die Präsentation", forderte ich ihn auf.

Karin sah mich wieder strafend an.

***

Awet brütete seit einer Stunde an seiner Präsentation. Meine Schadenfreude bereitete mir kein schlechtes Gewissen. Wer unerlaubterweise im Dienst ein Versuchstier aus einem Labor entwendete, und das unter meiner Leitung, musste leiden.

„Karin, bitte die Freiburger Kollegen, noch einmal mit Louise Jakob zu reden", bat ich sie. „Ihr Mann scheint geistig nicht auf der Höhe zu sein. Wir müssen herausfinden, ob es bei der Familie Jakob weitere Beziehungen zur Pharmorena AG gibt."

„Wird gemacht, Peter."

Unsere Bürotür wurde plötzlich aufgerissen. Mateo, unser Praktikant, stürmte außer Atem herein, in der Hand hielt er eine rote Heftmappe.

„Das soll ich euch von Susi bringen", keuchte er. „Ist gerade an unserer Zentrale angekommen."

„Alles klar, danke schön, Mateo", meinte Karin, stand auf und ging ihm entgegen.

„Das ist ein Fax aus Salzburg!", verriet er, bevor er unser Büro wieder verließ.

Karin öffnete die Heftmappe und zog vier engbeschriebene Bögen heraus. In Salzburg schien noch auf die konventionelle Art gearbeitet zu werden. Bei uns in Wiesbaden waren Faxe weitestgehend durch E-Mails ersetzt worden.

„Wow, die österreichischen Kollegen haben sich richtig Mühe gegeben", urteilte sie.

„Zeig her", forderte ich sie auf, sie reichte mir die Blätter.

Ich überflog die Zeilen und pfiff durch die Zähne. Awet war aufgestanden und stand nun neben Karin vor meinem Schreibtisch. „Was gibt's?", wollte er wissen.

„Unglaublich", meinte ich geistesabwesend.

„Lass uns an deinen Gedanken teilhaben!", rief Karin.

Ich zuckte zusammen, schaute auf und sah zwei fragende Gesichter vor mir.

„Okay, Kurzversion", begann ich, die Informationen zusammenzufassen. „Gundolf Kuschinski ist der jüngere Bruder von Dieter Kuschinskis verstorbenem Vater Maximilian Kuschinski. Die Familie stammt aus Wien. Maximilian Kuschinski hat 1970 einen Lehrstuhl an der Technischen Universität in München übernommen und hat dort Barbara Gerber geheiratet, die ebenfalls verstorbene Mutter von Dieter Kuschinski. Mutter wie Vater sind 2012 bei einem Autounfall ums Leben gekommen. Gundolf Kuschinski ist seitdem Dieters einziger noch lebender Verwandter. Gundolf ist siebenundsechzig Jahre alt, hat viele Jahre an der TU

München verbracht, an der sein Bruder Prof. Dr. Maximilian Kuschinski bis zu seinem Tod gearbeitet hat. Gundolf Kuschinski hat erst Maschinenbau und später Elektrotechnik studiert, mit wenig Erfolg, einen Abschluss hat er nicht. Dann ist er 1989 zurück nach Österreich gegangen und hat sich dort mit diversen Jobs in Fabriken durchgeschlagen. Ende der neunziger Jahre hat er eine Ausbildung zum Mechatroniker begonnen und diese tatsächlich im Jahre 2001 abgeschlossen, und zwar bei der Firma RoboTain GmbH, damals ein Start-up Unternehmen, das seinen Sitz in Salzburg hat. Ein ungewöhnlicher Standort für ein Technologieunternehmen, aber sie haben sich dort aufgrund der Nähe zur deutschen Grenze und zur TU München angesiedelt. Sie haben von der Uni viele Studienabgänger für sich gewinnen können."

„Gundolf Kuschinski hat also bei denen noch mit über vierzig Jahren eine Ausbildung zum Mechatroniker begonnen?", warf Awet ein.

„So ist es", bestätigte ich. „Der gute Ruf seines Bruders Maximilian hat ihm dabei geholfen. Gundolf Kuschinski hat sogar einen guten Job gemacht, sie haben ihn fest angestellt. Er hat bei der RoboTain GmbH bis zu seiner Frührente gearbeitet. Dann ist er Bühnenbildner beim Marionettentheater geworden."

„Warum ist er in Frührente gegangen?", fragte Karin.

„Er ist vor drei Jahren an Alzheimer erkrankt", antwortete ich.

„Dann stimmt es also doch", schloss Karin.

„Ja", bestätigte ich. „Die Diagnose war sein Absturz, er ist psychisch nicht damit klargekommen. Obwohl er noch ausreichend Geld zur Verfügung hatte, hat er seine Wohnung nicht halten können. Er hat sich eingemüllt und sich extrem daneben benommen, hat mitten in der Nacht Fernseher und Stereoanlage aufgedreht, im Flur herumgeschrien und tagsüber die Kinder der Nachbarn erschreckt. Sein Vermieter hat ihn hinausgeworfen. Gundolf Kuschinski hat ab da auf der Straße gelebt. Er war wegen seines aggressiven Verhaltens hin und wieder in psychiatrischer Behandlung."

„Du hast doch mit ihm gesprochen, Peter", merkte Karin an. „Wie hat er sich dir gegenüber verhalten?"

„Ich habe von seiner Erkrankung nichts bemerkt, aber ich habe ihn ja auch nicht live erlebt", erklärte ich. „Laut Bericht litt er an einer langsam fortschreitenden Alzheimererkrankung. Bei einigen Menschen dauert es sieben, bei anderen zwanzig Jahre bis zum Tod."

„Was produziert die RoboTain?", wollte Awet wissen.

Ich schaute noch einmal in dem Fax nach und las vor: „Entwicklung und Herstellung von Kleinstrobotern."

***

Protokoll: Haus der Eltern von Silke Jakob in Freiburg, Freitag 04.10.2019, 14:11 Uhr: Befragung von Louise Jakob, weiblich, 66 Jahre (Mutter der Zeugin Silke Jakob) durch Martin Herzog, Hauptkommissar der Kriminalpolizeidirektion Freiburg

„Guten Tag, Frau Jakob, wir brauchen eine weitere Auskunft von Ihnen."

„Was gibt es denn noch, Kommissar Herzog?"

***

Die Begrüßung ließ darauf schließen, dass Louise Jakob die Besuche des Kollegen Martin Herzog leid war. Aus jeder Silbe des Protokolls war es herauszulesen. Ich musste unfreiwillig grinsen, war ich doch froh, dass die Freiburger Kollegen sich damit herumschlagen mussten.

„Sie haben bei unserem letzten Gespräch erwähnt, dass Ihr Mann noch nichts von Silkes Verschwinden weiß, weil es so besser für ihn wäre. Wir mussten ihn befragen und haben ihn dazu informiert", gab Martin Herzog zu.

„Um Himmelswillen, wie konnten Sie ..."

Kollege Herzog unterbrach die erzürnte Frau, auch seine Geduld schien langsam am Ende zu sein: „Frau Jakob, es geht um Ihre Tochter, möglicherweise wurde sie entführt oder wird erpresst. Sagen Sie uns also sofort, was es mit dem Gesundheitszustand Ihres Mannes auf sich hat!"

Martin Herzog machte richtig Druck, das gefiel mir. Sobald wir mit diesem Fall fertig waren, musste ich ihn mal besuchen und ihm einen ausgeben. Ich musste wieder grinsen.

„Was soll schon sein, der ist plemplem!", antwortete Louise Jakob ohne Umschweife.

Plemplem? Ich ahnte etwas.

„Erläutern Sie mir das bitte?", forderte Martin Herzog Silke Jakobs Mutter auf.

Mein Grinsen wurde breiter. Wie hielt er das nur aus?

„Der hat nicht mehr alle Tassen im Schrank!", erklärte Louise Jakob. „Und wenn man ihn reizt oder er sich aufregt, flippt der aus. Deshalb ist auch sein Knie kaputt, er hat vor ein Auto getreten, weil der Fahrer nicht

rechtzeitig vor dem Zebrastreifen gehalten hat, den er überqueren wollte. So ist das mit dem. Ich muss sofort im Krankenhaus anrufen, sonst schlägt der da jetzt alles kurz und klein. Sowas! Wie konnten Sie nur?"

Beim Lesen dieser Zeilen konnte ich mir gut vorstellen, wie Silke Jakobs Mutter ausgerastet war. Der arme Kollege.

„Frau Jakob, Sie bleiben jetzt hier sitzen und erklären mir, was mit Ihrem Mann passiert ist", beharrte Martin Herzog. „War er schon immer aggressiv?"

„Nicht so wie heute", meinte Frau Jakob.

„Was bedeutet das?"

„Er war schon aufbrausend, als wir geheiratet haben. Mit den Jahren wurde es immer schlimmer. Erst hat er die Leute nur beschimpft, später hat er auch mal Dinge zertrümmert oder ist mit dem Auto vor eine Wand gefahren, so Sachen halt. Aber geschlagen hat er noch keinen, das schwöre ich!"

„Hat Ihr Mann Medikamente genommen?", fragte Martin Herzog weiter.

„Er hat sich immer geweigert, zum Psychiater zu gehen und solche Psychopharmaka einzunehmen. Bis ..."

„Bis?"

„Bis die Silke diesen Job in Frankfurt angenommen hat."

Mir wurde heiß und kalt gleichzeitig, als ich begann, die Bedeutung dieser Aussage zu begreifen.

„Frau Jakob, was sagen Sie da? Was hat Silkes Stelle bei FlashData damit zu tun?", hakte Kollege Herzog nach.

„Nicht diese Data-Firma, die Pharmorena meine ich."

„Frau Jakob, welchen Bezug hatte Ihr Mann zu der Pharmorena?“, wollte Martin Herzog nun wissen.

„Er ... er hat von der Silke von denen erfahren. Er hat ... er wollte ...“

Louise Jakob kam ins Stottern. Meine Ahnung würde sich nun bestimmt bestätigen. Ich rutschte beim Lesen der nächsten Protokollzeilen nervös auf meinem Stuhl hin und her.

„Was hat er?“, fragte Martin Herzog.

„Er hat bei denen angerufen, weil die Silke ihm erzählt hat, dass die Sachen im Kopf reparieren können, ohne Medikamente.“

„Ohne Medikamente?“, wiederholte Martin Herzog ungläubig. „Also ging es um eine Operation? Die Pharmorena ist aber keine Klinik, Frau Jakob.“

„Nein, das weiß ich doch. Es ging nicht um eine Operation, die haben andere Sachen gemacht mit dem Gustav.“

Einhundertprozentig würde sich meine Ahnung nun bestätigen! Ich las gespannt weiter.

„Ihr Mann war also bei der Pharmorena in Frankfurt Höchst?“, hakte Martin Herzog nach.

„Ja, das war der Gustav“, gab Louise Jakob zu.

„Und was hat er dort mit sich machen lassen, Frau Jakob? Jetzt sagen Sie es endlich! Das ist sehr wichtig für die Ermittlungen des hessischen LKA. Wenn Sie es nicht sagen ...“, drohte Martin Herzog, ich begann ihn zu mögen.

„Schon gut, schon gut, ich sage es doch, Herr Kommissar! Die haben ... die haben dem Gustav etwas ins Gehirn gesteckt, um so eine Barriere im Kopf zu umgehen. Ich weiß nicht mehr, wie die das genannt haben, aber *die haben ein Loch in seinen Schädel gebohrt und einen Schlauch durchgelegt. Durch den Schlauch haben die da was reingespritzt."*

„Frau Jakob, ich bitte Sie, bleiben Sie bei der Wahrheit! Wir werden das alles untersuchen lassen", fuhr Martin Herzog die Zeugin an.

Im Gegensatz zu ihm glaubte ich ihr jedes Wort.

„Verdammt noch einmal, ich sage Ihnen doch die Wahrheit, Herr Kommissar! Der Gustav war fast einen ganzen Monat bei denen. Hat in der Zeit bei Silke gewohnt. Dieser Schlauch war die ganze Zeit in seinem Kopf und die haben da Sachen reingespritzt und wieder abgesaugt. Aber geholfen hat es nichts. Gustav ist ausgerastet, hat dort randaliert. Silke hat ihm irgendeine Droge, die sie am Frankfurter Bahnhof besorgt hat, eingeflößt, damit er für ein paar Stunden ruhig ist, und hat ihn wieder heimgebracht. Hier hat er sich den Schlauch dann einfach rausgerissen. Ich hatte eine Angst, das glauben Sie nicht, aber es hat gar nicht geblutet."

„Haben Sie den Schlauch noch?", wollte Kollege Herzog wissen.

„Nein, den hat die Silke mitgenommen, der muss bei ihr sein, oder sie hat ihn weggeworfen. Sie ist danach jedenfalls nicht mehr nach Frankfurt zurück. Diese Data-Firma hat ihr eigentlich im Anschluss an ihre Studentenstelle eine unbefristete Anstellung angeboten, die hat sie dann aber nicht angenommen. Ich will nur da weg, Mutti, hat sie zu mir gesagt."

***

Es rumpelte im Flur. Der Krach hatte mich von dem Protokoll hochschrecken lassen, in das ich gerade vertieft war. Ich vernahm mehrere Männerstimmen. Auf Karins Anruf vor einigen Stunden hin hatte Martin Herzog von der Kriminaldirektion Freiburg direkt Louise Jakob kontaktiert, um zu erfragen, in welchem Geisteszustand sich ihr Mann aktuell befand. Der Freiburger Kollege hatte uns unverzüglich sein Protokoll per E-Mail zugeschickt. Die Nachricht hatte mich umgehauen, dreimal hatte ich Louise Jakobs Aussage gelesen.

Der Krach im Flur kam nun näher, dann hörte ich ein Klopfen an unserer Tür.

„Herein!", rief ich und betrachtete amüsiert, wie Awet sich nicht davon stören ließ und ohne hochzusehen an seinem Notebook arbeitete, die Präsentation schien ein harter Brocken für ihn zu sein.

Die Tür wurde aufgeworfen, ein Mann mit einem beigen Arbeiterdress kam herein und fragte: „Peter Groß?"

„Das bin ich. Wie kann ich helfen?"

„Wir liefern einen Schreibtisch. Wo soll er stehen?"

Karin kam gerade herein, sie hatte uns ein paar belegte Brötchen unten aus der Kantine besorgt. Sie legte die prallgefüllten Tüten auf ihren Tisch und sah mich fragend an.

„Du hast einen Schreibtisch bestellt?", fragte sie.

„Ach der, den können sie hier an die Wand stellen, direkt neben die Tür", forderte ich den Möbelpacker auf.

„Alles klar. Hierhin, Männer!"

Das Gerumpel wurde lauter, ein mächtiger, alter Eichenschreibtisch wurde von drei kräftigen Männern hereingetragen. Er passte kaum durch die Tür, sie schoben und zerrten an dem Holz, hoben ihn an und wuchteten ihn unter Ächzen schräg durch. Dabei bekam er zwei, drei Macken von der Stahlzarge unserer Tür ab. Als er sich endlich in unserem Büro befand, schoben die drei ihn keuchend an die Wand. Gut dass ich das Monstrum nicht zu mir nach Hause bestellt hatte, meine liebe Ehefrau Hanne hätte mich gekillt. Die drei Möbelpacker atmeten durch und verließen uns grußlos. Der vierte Mann, der mit mir gesprochen hatte, kam zu mir herüber.

„Würden Sie mir die dann abzeichnen?“, fragte er mich und warf mir eine Empfangsbestätigung für das Amtsgericht auf den Tisch.

Ich zeichnete sie ab, behielt den Durchschlag und gab ihm das Original zurück.

„Wiedersehen!“, murmelte er, als er schon durch die Tür hinausgegangen war.

„Auf Wiedersehen“, rief ich hinter ihm her.

„Was ist das, Peter?“, fragte mich Karin mit großen Augen.

„Ein Schreibtisch“, erklärte ich.

„Was du nicht sagst“, meinte Karin.

Ich ging zu dem prächtigen Möbelstück, hockte mich davor, öffnete die Türen und Schubladen und schaute hinein. Er war komplett ausgeräumt, lediglich Kratzer, Macken und vereinzelte graue Staubflusen zierten sein Innenleben.

Awet stand auf, kam zu mir und fragte: „Warum ist er hier?“

Ich musste ungern zugeben, er stellte sinnvollere Fragen als Karin.

„Hartmuth Wanker hat mir seinen Schreibtisch vererbt. Ich habe nicht vor, ihn mir in die Wohnung zu stellen, deshalb habe ich ihn mir ins Büro liefern lassen."

Karin sah mich verständnislos an. Awet hockte sich neben mich.

„Da ist etwas unter der Tischplatte eingraviert, Stock GmbH", las er vor.

Verdammt, er war wieder schneller gewesen als ich.

„Dann war das hier nicht der Schreibtisch von Hartmuth Wanker, sondern von der Baufirma Stock, die das Pharmorena-Gebäude hochgezogen hat?", fragte Karin erstaunt.

„Keine Ahnung", murmelte ich.

Ich konnte diese Frage nicht beantworten und ärgerte mich weiter über Awet, der, im Gegensatz zu mir, alles um sich herum in Nullkommanichts erfasste.

„Awet, kümmere dich weiter um unsere Präsentation, ich untersuche mein Erbstück in der Zeit. Vielleicht gibt es ja gleich Neuigkeiten, die wir mit in deinen Bericht aufnehmen können. Und du, Karin, schau bitte einmal in den Unterlagen von den Freiburger Kollegen nach, ob sie in Silke Jakobs Wohnung einen kurzen Schlauch gefunden haben."

***

„Hallo Peter, störe ich?"

Ja, Frank Wedels Telefonanruf störte mich gerade extrem, denn ich war immer noch mit dem Schreibtisch beschäftigt, hatte auf dem Fußboden gelegen und seine Unterseite untersucht. Ich hatte bisher nichts gefunden, aber es musste einen Grund geben, warum mir Hartmuth Wanker das alte Monstrum vererbt hatte. Er hatte Angst gehabt, als ich bei ihm gewesen war, das war ganz offensichtlich gewesen. Und kurz darauf ist er ermordet worden. Ich war mir sicher, dass etwas in dem Schreibtisch versteckt war, worüber er während meines Besuchs bei ihm nicht hatte reden wollen.

„Was gibt es denn, Frank?", fragte ich nach, vielleicht war es ja doch wichtiger als mein neuer Schreibtisch.

„Zwei Dinge. Erstens, in der Wohnung von Hartmuth Wanker haben die Kollegen eine Wanze gefunden, sie war an der Oberseite des Türrahmens im Wohnzimmer festgemacht. Sie haben Kratzer rundherum entdeckt. Es sieht aus, als hätte Herr Wankers Mörder noch versucht, sie zu entfernen. Erfolglos, sie klebte zu fest, auf der Innenseite. Und den ganzen Türrahmen auszubauen und mitzunehmen, hat er in der Kürze der Zeit nicht geschafft."

„Hartmuth Wanker ist also abgehört worden?"

„Ja, und nachdem sie mitbekommen haben, dass du bei ihm warst und was er dir erzählt hat, haben sie ihn mit Insulin stummgeschaltet."

„Was sind das nur für widerliche Menschen?"

Ich war fassungslos angesichts dieser neuen Wendung. Hartmuth Wanker hatte kurz nach meinem Besuch eine Anlage zu seinem Testament zugefügt, das ebenfalls von Herrn Rolffs von Kurz&Knapp verfasst worden war, und die Dokumente in einem Umschlag unter der Matratze seines Bettes versteckt. Er hatte sehr wahrscheinlich geahnt, dass man ihn überwachte, und hat mir mit dem Schreibtisch der Stock GmbH still und heimlich Beweismittel überlassen wollen. Aber wo steckten sie nur?

„Es muss hier um eine große Sache gehen, Peter. Es sieht aus, als würde die Pharmorena AG alle Menschen rund um die Uhr kontrollieren, die einmal mit ihnen in Kontakt standen und zuviel wissen. Das Gleiche gilt übrigens für Punkt zwei."

„Was ist Punkt zwei?", wollte ich wissen.

„Es geht um die Haarbürste von Silke Jakob."

„Was ist mit ihr?", fragte ich, das Grauen schlich an mir hoch wie ein stetiger, eisiger Wind, der einem nach und nach jegliche Wärme aus dem Körper zog.

„Wir konnten ihre DNA sicherstellen, in Orhan Aydins Wohnung, und zwar überall. Sie muss es gewesen sein, die seine Wohnung geputzt und aufgeräumt hat. Sie hat zwar höchstwahrscheinlich Handschuhe getragen, alles war blitzeblank, aber wir haben überall vereinzelte Haare und Hautschuppen von ihr gefunden, sogar in den Schränken."

„Das ist ... das ist ... kaum zu glauben, Frank. Sie hatte mir selbst noch geraten, dass wir Orhan Aydins Wohnung durchsuchen sollen! Und jetzt sagst du, dass sie selbst die Beweismittel weggeschafft hat?", stotterte ich und setzte mich, um einmal durchzuatmen, die Neuigkeiten fegten meine bisherigen Erkenntnisse über die Hintergründe dieses Pharma-Falles weg wie ein belangloses Blatt Papier.

„Tja. Aber das ist noch nicht alles, Peter. Halte dich fest, auch an den zwei Zetteln, die du uns geschickt hast, haben wir Silke Jakobs DNA nachweisen können, die Drohungen mit dem tödlichen Oktober.“

***

„Welche bahnbrechenden Neuigkeiten haben Sie für mich?“, wollte die LKA-Präsidentin wissen.

Sie saß an ihrem großen, mit hohen Papierstapeln und Mappen übersäten Schreibtisch, lehnte sich im Bürostuhl zurück und schaute uns fragend an. Es war mittlerweile Abend, entsprechend war ihre Laune.

Awet war mit seinem spontanen Anruf bei ihr vor einigen Stunden zu voreilig gewesen. Sie war es gewohnt, dass man sie nach Abschluss bedeutsamer Ermittlungsschritte mit hieb- und stichfesten Ergebnissen kontaktierte und erwartete nun Entsprechendes. Davon waren wir jedoch weit entfernt.

„Silke Jakob, die ehemalige Mitarbeiterin der FlashData, die bei der Implementierung der IT-Infrastruktur bei der Pharmorena AG unterstützt hat, hat sehr wahrscheinlich die Drohbriefe an uns verteilt. Ihre DNA konnte daran gesichert werden. Sie hat vermutlich auch die Wohnung von Orhan Aydin von wichtigen Beweismitteln befreit“, erklärte ich zurückhaltend, mit solch dünnem Zwischenstand hatte ich noch nie bei ihr vorgesprochen.

Awets Präsentation würden wir nun nicht mehr herausholen, obwohl sie sehr strukturiert die wichtigsten Fakten unseres Pharma-Falles darstellte. Ich hatte ihm gesagt, dass wir sie später erweitern und auch benutzen würden, sobald wir vorzeigbare Ermittlungsergebnisse vorweisen konnten. Unser aktueller Stand war durch die Hiobsbotschaften von Frank Wedel geradezu in sich zusammengestürzt wie ein Kartenhaus. Wir benutzten jetzt die neuesten Erkenntnisse der Forensik als Aufhänger für unser Gespräch mit der Präsidentin, am liebsten hätte ich es jedoch abgesagt. Nach dem Telefonat mit Frank Wedel war uns klargeworden, dass das Gespräch mit ihr einen anderen Lauf nehmen würde, als wir erwartet hatten. Und so war es nun auch.

„War das nicht ihre wichtigste Zeugin, Herr Groß?", fragte die Präsidentin, zog ihre linke Augenbraue hoch und tippte mit ihrem Zeigefinger auf die Tischplatte. Das monotone Geräusch zerrte an meinen Nerven.

Sie *war* meine wichtigste Zeugin gewesen. Ob sie es jetzt noch sein konnte, daran hegte ich begründete Zweifel. Silke Jakob hat uns erst auf die Idee gebracht, bei der Pharmorena nach unterirdischen Geheimetagen zu suchen und herauszufinden, ob dort illegale Menschenversuche vorgenommen werden. Andererseits hat sie uns auf die falsche Fährte bezüglich der Demenzforschung gelenkt und uns Drohbriefe überbracht. Was war sie für ein Mensch? Konnte man ihr und ihren Aussagen trauen? Oder war sie nur ein weiteres Ablenkungsmanöver der Pharmorena AG? Mir wurde mehr und mehr klar, dass man in diesem Fall niemandem trauen konnte. Jeder, der bezüglich der Ermordung von Dieter Kuschinski bisher mit uns in Kontakt war, war auf irgendeine Weise mit dem Pharmakonzern verbunden. Unsere Zeugen waren allesamt auf die ein oder andere Art unglaubwürdig geworden.

Mir wurde speiübel bei diesem Gedanken, aber es schien, dass die Pharmorena die Menschen in ihrem Umfeld vollkommen im Griff hatte. Machte es überhaupt noch einen Sinn, weiterzumachen? Für diesen Gedanken hätte ich mich selbst ohrfeigen können. Ich musste versuchen, meinen Zorn herunterzuschlucken, mich zusammenzureißen und mich zu konzentrieren. Gar nicht einfach mit den wachsenden und gutbegründeten Zweifeln, und das auch noch vor der Präsidentin.

„Ja, sie war unsere wichtigste Zeugin", musste ich wohl oder übel zugeben, auch wenn ich damit bis zum heutigen Tag vermutlich falsch gelegen hatte.

„Wo ist sie jetzt?"

„Das wissen wir nicht. Ihren angekündigten Urlaub auf Fuerteventura hat sie jedenfalls niemals angetreten. Sie ist von der Bildfläche verschwunden. Auch die Kollegen in Freiburg haben keine Spur von Silke Jakob finden können. Sie haben uns aber einige Fotos von ihr geschickt. Sollen wir eine Fahndung einleiten?", fragte ich, aus meiner Sicht war dies die einzige Möglichkeit, an die dubiose Zeugin heranzukommen.

„Tun Sie das, Herr Groß, ich kümmere mich um einen Untersuchungshaftbefehl, dann können Sie morgen loslegen. War das alles?"

„Nein, Frau Präsidentin", meldete sich Karin zu Wort. „Silke Jakobs Vater hat von der Pharmorena AG vermutlich Experimente an seinem Gehirn vornehmen lassen. Wir können noch nicht genau sagen ..."

„Verschonen Sie mich mit Ihren ungelegten Eiern, Frau Weidmann. Gibt es noch etwas Wichtiges zu dem Fall zu sagen?"

„Ja“, fuhr Karin gereizt fort, „gibt es! Gundolf Kuschinski, der Onkel des ermordeten Pharmorena-Mitarbeiters Dieter Kuschinski, ist aus dem ICE entführt worden, und mit ihm die Beweismittel, die er uns übergeben wollte. Herr Berhane hat lediglich noch einen USB-Stick in seinem demolierten Trolley gefunden, der ist aktuell bei der IT-Forensik.“

„Der Herr Berhane also, wenigstens einer, der etwas vorzuweisen hat. Ihre Ermittlungen scheinen mir nicht gerade vom Erfolg verwöhnt zu sein. Müssen Sie mir noch mehr beichten, Frau Weidmann, Herr Groß?“

„Von meiner Seite ...“, sagte ich zögerlich.

Ich war mir nicht sicher, ob ich zum jetzigen Zeitpunkt schon ein Fass aufmachen und unsere dünne Indizienkette auf den Tisch legen sollte, unvorbereitet, unkoordiniert und ohne jeglichen Beweis für das, was die Pharmorena in ihren geheimen Untergeschossen trieb. Leider basierte alles, was wir bisher herausgefunden hatten, auf Vermutungen und Aussagen von toten oder verschwundenen Zeugen. Bis auf die Fotos von Heinrich Kurz, für die uns der Nachweis fehlte, dass sie im Gebäude der Pharmorena geknipst worden waren. Und dass etwas Brauchbares auf Kuschinskis USB-Stick gespeichert war, und dass der Schlauch in Gustav Jakobs Kopf noch heute nachgewiesen werden könnte, konnten wir nur hoffen.

„Ich bin der Meinung, wir benötigen weitere Genehmigungen von der Staatsanwaltschaft, Frau Präsidentin“, mischte sich Awet plötzlich ein. Ich warf ihm einen finsteren Blick zu, er ließ sich nicht davon einschüchtern.

„Was gibt es noch, Herr Berhane?“, fragte die Präsidentin und stütze die Ellbogen auf ihren Schreibtisch.

„Wir suchen aktuell nach einem oder mehreren Mördern, Frau Präsidentin, aber es geht hier um weitaus mehr. Nach den letzten Vorkommnissen sind wir uns sicher, dass die Pharmorena AG über ein weitgespanntes Netz an Observatoren im In- und Ausland verfügt. Diese Observatoren scheinen jeden zu beobachten und eventuell auch abzuhören, der bisher direkten oder indirekten Kontakt zur Pharmorena hatte und über ihre Arbeitsweisen Bescheid weiß. Mit jedem weiteren Mordfall bestärkt sich die Vermutung, dass sie gezielt Zeugen töten, die kurz davor sind, gegen sie auszusagen.“

Die Präsidentin richtete sich in ihrem Stuhl auf, legte die Hände auf den Schreibtisch und schaute Awet eindringlich an.

„Das ist eine gewagte Theorie“, urteilte sie. „Was sagen Sie dazu, Herr Groß?“

Leider musste ich Awet rechtgeben, nur ärgerte ich mich schwarz darüber, dass er mir wieder einmal zuvorgekommen war. Wir hatten nichts, absolut gar nichts in der Hand, und er erwartete von der Präsidentin, dass sie unsere aktuell wenig bis gar nicht fundierten Vermutungen unterstützte. Meine jahrelange Erfahrung hatte mir gezeigt, dass man sie besser nicht mit seinen haltlosen Fantasien belästigte, sondern erst an sie herantrat, wenn man harte Fakten auf ihren stets überfüllten Tisch legen konnte.

„Die Pharmorena AG scheint Menschenversuche in geheimen Untergeschossen ihres Gebäudes durchzuführen. Sie entführen dazu Obdachlose, kaufen sich

Köpfe von Toten und experimentieren an der Blut-Hirn-Schranke“, zählte Awet weiter auf und baute damit die nötige Dramatik ein, um zu seinem Ziel zu gelangen.

„An der was?“, fragte die Präsidentin scharf und beugte sich weiter zu ihm vor.

„An der Blut-Hirn-Schranke. Sie versuchen sie durch irgendwelche Mittelchen zu öffnen, um etwas in Menschenhirne einzuflößen, das sonst nicht durchkommen würde. Das mit dem Schlauch in Gustav Jakobs Kopf scheint ja nicht geklappt zu haben“, erklärte ich, um einen Funken Expertise zu zeigen.

„Und das, was sie da einflößen wollen, scheint nicht auf dem legalen Weg der Medikamentenentwicklung hergestellt worden zu sein“, fuhr Karin fort und nickte mir zu, sie schien froh zu sein, dass es nun endlich heraus war.

Die Präsidentin sah von einem zum anderen, stand langsam auf, verschränkte die Arme hinter ihrem Rücken und schaute dann vor sich auf den Boden.

„Sie drei wollen mir also sagen, dass es um weit mehr geht, als um die paar Morde. Sie meinen, es steckt eine ganz große Sache dahinter, und damit soll ich zur Staatsanwaltschaft gehen und Ihnen eine Generalvollmacht für Ihre allumfassenden Ermittlungen besorgen?“, sie blickte auf, in ihren Augen blitzte die pure Ablehnung.

„Ja, so ungefähr“, begann ich ohne Aussicht auf Erfolg.

„Ich fasse zusammen“, erklärte die Präsidentin und lief dabei einige Runden in ihrem Büro. „Ihre Vermutungen begründen sich durch die Aussagen von getöteten Menschen, die eine Hirnverletzung hatten, über siebzig Jahre alt und sehr wahrscheinlich senil waren oder auf Behauptungen von Menschen, die bei Ihnen angerufen und sich als Zeugen ausgegeben haben, ohne dass Sie ihnen jemals persönlich begegnet sind! Und damit soll ich jetzt zur Staatsanwaltschaft gehen und angeben, dass die Pharmorena AG Köpfe von Toten kauft, Mitbürger von der Straße weg entführt und illegale Menschenversuche an Obdachlosen in geheimen, unterirdischen Laboren durchführt? Das erwarten Sie von mir, Herr Groß, Frau Weidmann, Herr Berhane?"

Die Präsidentin blieb stehen und schaute uns durchdringend an. Ihr Blick bohrte sich durch meine Brust und hinterließ einen drückenden Schmerz, der mir das Atmen schwermachte. Ich fürchtete um meinen Job.

„Ja", sagte Awet.

Mein Herz blieb für einen kurzen Moment stehen, ich wich dem Blick der Präsidentin aus und hoffte, dass sie sich nun auf Awet stürzen würde. Ich sah, wie Karin die Hand hob und sie sich vor den Mund hielt. Sie erwartete, wie ich, ein Donnerwetter. Awet stand weiter gelassen da und schaute der Präsidentin, ohne mit der Wimper zu zucken, geradewegs in die Augen.

Sie ging zwei Schritte auf Awet zu und baute sich vor ihm auf, er überragte sie trotzdem um einen ganzen Kopf.

„Sonst kamen Herr Groß und Frau Weidmann immer mit solch absurden Forderungen zu mir. Haben die zwei Sie in der kurzen Zeit bereits angefixt mit ihren Hirngespinsten?", zischte sie.

„Wir brauchen weitere Befugnisse. Die Telekommunikation einiger Pharmorena-Mitarbeiter sollte überwacht und auch ihre Häuser durchsucht werden", fuhr Awet unbeirrt fort.

„Herr Berhane, ich hatte mehr von Ihnen erwartet. Sie haben gerade erst Ihr Studium mit Bestnoten abgeschlossen, da hätte ich gedacht, dass Sie nicht nach ein paar Wochen bereits die Vorgehensweisen bei der Leitung von Ermittlungsverfahren durch die Staatsanwaltschaft und zu richterlichen Beschlüssen für Eingriffsermächtigungen vergessen haben!"

„Wir müssen in das Pharmorena-Gebäude und herausfinden, wie man in das vierte und fünfte Untergeschoss kommt. Die Baupläne zeigen weder die betroffenen Räume noch deren Zugänge", forderte Awet weiter, ohne auf den Vorwurf der Präsidentin einzugehen.

„Haben Sie drei vielleicht schon einmal darüber nachgedacht, dass die Pläne diese Geheimgeschosse nicht zeigen, weil sie gar nicht existieren? Dass Ihnen jemand einen Bären aufgebunden hat, um Sie von den eigentlichen Delikten, den Morden an Kuschinski, Aydin, Kurz und Wanker abzulenken?", schrie die Präsidentin uns nun an.

„Ja, das haben wir, Frau Präsidentin", sprang ich ein, um Awets Behauptung mehr Fundament zu geben, eventuell könnten wir sie doch noch weichkochen, wenn wir zusammenhielten. „Nach und nach werden Menschen umgebracht, die Interna der Pharmorena AG hätten ausplappern können. Interna, die vermutlich die Vorhaben des Pharmakonzerns zunichtegemacht hätten. Nach aktuellem Stand muss es sich um Manipulationen im menschlichen Gehirn handeln, die nach heutigen wissenschaftlichen Erkenntnissen noch nicht möglich und vor allem nicht legal sind. Bevor die Pharmorena damit ein offizielles Genehmigungsverfahren startet, möchte sie sichergehen, dass es auch von Erfolg gekrönt ist. Sobald die Konkurrenz davon Wind bekommt, besteht die Gefahr des Ideenklaus, der Nachahmung, also forschen sie undercover in ihren Kellern und gehen erst den offiziellen Weg, wenn sie sich sicher sind, dass ihre Eingriffe ins Gehirn auch funktionieren! Dann können sie ein Patent darauf anmelden und Milliarden abkassieren."

„Und wir wissen jetzt, dass Yvonne Heitmann und Karlheinz Schumann von der Pharmorena AG aktuell in London arbeiten. Und Hubertus Jacob tut das ebenfalls, seit Jahren. Wir müssen unsere Ermittlungen auf London ausweiten", erklärte Awet.

Die Präsidentin stemmte nun ihre Hände in die Hüften und sprach mit leiser Stimme, die sie jedes Mal einsetzte, wenn das Fass kurz vor dem Überlaufen war: „Ich werde mich unverzüglich um den Untersuchungshaftbefehl für Silke Jakob kümmern. Und sobald sie oder ein anderer noch lebender Zeuge hier bei uns erscheint und eine akzeptable Aussage macht, untermauert mit Beweismitteln, die uns weiterbringen, können wir über die nächsten Schritte reden. Und jetzt verschwinden Sie alle drei und kommen erst wieder, wenn Sie mir etwas Belastbares vorlegen können!"

***

„Ich hätte gedacht, dass du mit deinen Bestnoten im Dienst streng nach Vorschrift vorgehst, Awet“, sagte ich mit einem milden Lächeln und musste dabei an die von ihm getötete Maus denken, die aktuell auf Dr. Ute Gazeks Seziertisch lag.

Wir saßen wieder zu dritt in unserem Büro, nachdem uns die Präsidentin hinausgeworfen hatte. Es war Zeit, endlich Feierabend zu machen, aber wir waren aufgerüttelt von dem Gespräch mit der Präsidentin, konnten uns noch nicht von dem Fall lösen und uns in unser Privatleben verkriechen.

„Meine Familie hat in unserer Heimat streng nach den dort herrschenden Regeln und Gesetzen gelebt. Bis auf mich und meinen Bruder sind alle tot.“

Ich musste schlucken. Mit dieser Antwort hatte ich nicht gerechnet, sie traf mich unvorbereitet, erschlug mich regelrecht. Mein Lächeln erstarb. Gedanken an die Umstände, die zu Awets Flucht aus seiner Heimat Eritrea im Alter von acht Jahren mit seinem noch jüngeren Bruder geführt hatten, wollte ich hier und jetzt nicht aufkommen lassen. Das Thema war mir zu bedrückend, zu traurig, ich konnte es jetzt nicht auch noch ertragen.

„Verstehe“, sagte ich knapp. Zum Glück klingelte mein Telefon, ich nahm ab. „Groß!“

„Hi Peter, Florian hier. Wir haben die Daten von Gundolf Kuschinskis USB-Stick vorliegen. Mögt ihr mal rüberkommen?“

„Klar, wir sind schon auf dem Weg!“

Ich legte auf, schnappte mir meine Jacke und lief gemeinsam mit Karin und Awet zum Nebengebäude hinüber. Als wir die Tür öffneten, schlug uns ein Geruch von heißem Knoblauch und Tomatensoße entgegen. Es war bereits Abend und mein Magen meldete sich mit einem kaum zu überhörenden Brummen. Zu gerne hätte er auch eine Portion abbekommen. Die IT-Kollegen ließen sich oft einen riesigen Topf Pasta von Salvatore liefern, den sie sich dann teilten. Sie wurden aus diesem Grunde von uns hinter vorgehaltener Hand IT-Noodles genannt. Ich beneidete sie, sie waren satt für heute, mein Abendessen lag hingegen noch in weiter Ferne. Wir betraten Florians Labor, auch hier roch es nach Salvatores Nudel-Lieferung.

„Da seid ihr ja schon", stellte Florian fest. „Kommt mit zu meinem Schreibtisch."

Florian war an die einen Meter neunzig groß und kräftig. Sein rotes Kräuselhaar hatte er wie immer zu einem Dutt zusammengebunden, der oben auf seinem Kopf thronte. Seinen langen Bart hatte er zu einem Zopf geflochten. Er legte einen Schritt vor, mit dem wir kaum mithalten konnten. Er setzte sich auf seinen Stuhl und entsperrte den Rechner. Auf dem Bildschirm erschien der Explorer, in dem er uns einige Dateien von Gundolf Kuschinskis USB-Stick zeigte.

„Ich habe ein Datenträgerabbild gemacht, es ist jetzt alles auf meinem PC", erklärte uns Florian. „Es sind viele Dokumente in den unterschiedlichen Ordnern abgespeichert. Ich habe mir nur die Titel angesehen, das hat mir gereicht, tiefer möchte ich in diese Materie nicht eindringen. Es geht dabei jedenfalls um die Entwicklung von Robotern. Es sind Baupläne enthalten, Erläuterung von Schaltkreisen, wissenschaftliche Abhandlungen zur externen Stromversorgung, über

Möglichkeiten zur Steuerung und zu Prototypen. Hilft euch das?"

„Bisher null", urteilte ich enttäuscht.

„Hier ist noch ein Ordner mit Fotos", erläuterte Florian und klickte sich durch. „Ich habe mir schon einige angesehen, das sind irgendwelche technischen Apparaturen, seht mal."

Wir schauten uns die Fotos an, es waren hunderte. Sie zeigten Räume vollgestopft mit Geräten und Werkzeugen, die ich noch nie gesehen hatte. Es gab Fotos mit offenstehenden Schränken, die mit Kleinelektronik und Kabelbergen überfüllt waren. Daneben standen Vitrinen mit Messgeräten. Uns sagte das alles nichts. Florian suchte weiter. Er fand noch ein Video, das ebenfalls in dem Foto-Ordner gespeichert war.

„Das habe ich noch nicht gesehen, bin gespannt, was Herr Gundolf Kuschinski da gefilmt hat", sagte Florian und beugte sich zu seinem Bildschirm vor.

Wir standen gespannt neben ihm und verfolgten das Geschehen, das Gundolf Kuschinski als so wichtig angesehen hatte, dass er es auf dem USB-Stick gespeichert und mit viel Aufwand in seinem Trolley versteckt hatte. Zu Beginn sah man eine weiße Tischoberfläche. Eine Hand kam ins Bild, breitete eine hellblaue Matte mit glatter Oberfläche darauf aus und verschwand wieder. Dann kam die Hand zurück und legte einen grauen, schlabberigen Fetzen auf die Matte. Anders konnte ich es nicht beschreiben, es sah aus wie ein Silikonstück mit Minirucksack, insgesamt nur einige Millimeter groß. Nun wurde ein Gerät auf den Tisch gestellt. Es erinnerte mich an die Fernsteuerung eines Modellflugzeuges. Die Hand verband einige Kabel mit der Matte und stellte das Gerät an. Mehrere bunte Lämpchen leuchteten auf. Die Hand bediente verschiedene Tasten. Was ich dann sah, konnte ich nicht glauben. Der kleine Silikonfetzen fing an, sich zu bewegen. Er beugte sich hoch und streckte sich wieder, so kroch er wie eine Raupe über die Matte.

„Was ist das denn?“, fragte Karin erstaunt.

„Keine Ahnung“, meinte Florian.

„Ein Kleinstroboter“, antwortete Awet.

Wir drehten uns alle ruckartig zu ihm herum und starrten ihn mit offenem Mund an.

„Er wird durch externe Magnetfelder gesteuert, deshalb die Matte“, erläuterte Awet.

„Aber warum denn? Was hat man davon?“, fragte Karin.

„Ich habe eine Reportage darüber im Fernsehen gesehen“, erzählte Awet weiter. „Man möchte diese Milliroboter aus Polymer unter anderem in Zukunft nutzen, um Medikamente im menschlichen Darm direkt an einen Entzündungsherd zu bringen. Vor allem bei alten Menschen, die oral einzunehmende Präparate nicht mehr vertragen. Statt Pillen werden die Patienten zukünftig diese Roboter schlucken, sie bewegen sich dann durch den Körper zum erkrankten Gewebe und legen dort das Medikament ab. Die Milliroboter werden gerade an Schweinemägen getestet.“

***

Abends hatte ich nicht weiter über London und die drei Menschen nachgedacht, die dort arbeiteten. Stattdessen hatte ich mich auf die kleinen Roboter gestürzt und Internet-Recherche betrieben. Ich hatte einige Videos gefunden, die Awets Ausführungen zu Millirobotern bestätigten. Der Appetit war mir danach vergangen. Ich hatte dann zwar einschlafen können, aber die ganze Nacht mit absonderlichen Träumen von Robotern verbracht, die sich wie Buslinien durch Menschenbäuche bewegten, um diverse Medikamente und Ersatzteile von A nach B zu transportierten und Organe reparierten. Der menschliche Körper blähte sich so zu einem eigenen Universum auf, das von Robotern beherrscht wurde. Sie errichteten Produktionsbetriebe, bestellten Waren, bauten Tunnel und kümmerten sich um die Logistik. Dann fingen sie auf einmal an, sich unkontrolliert zu vermehren, sie gründeten Familien und setzten Reihenhäuser in die Darmlandschaft. Um 04:28 Uhr wachte ich schweißgebadet auf. Die Nacht war für mich gelaufen, ich stand auf und aß endlich etwas. Da ich keine Zeit zum Einkaufen gefunden hatte, plünderte ich unser Eisfach. Ich briet mir Fischstäbchen und schob ein Blech mit French Fries in den Backofen. Dazu gab es ein paar runzelige Tomaten und Gurkenscheiben, die ich noch im Kühlschrank gefunden und in letzter Sekunde vor ihrem bitteren Ende im Biomüll bewahrt hatte. Dazu trank ich eine halbe Flasche Rotwein. Danach ging es mir besser. Ich setzte mich in meinen Fernsehsessel und fuhr ihn mit der elektronischen Steuerung senkrecht, um nach dem feudalen Mahl die Beine hochlegen zu können. Eine hervorragende Position, um einzunicken, hatte ich bereits des Öfteren am eigenen Leib erfahren. So auch jetzt. Nach anderthalb Stunden wachte ich wieder auf, dieses Mal ohne mich über absurde Träume ärgern zu müssen. Ich duschte, stattete mich mit frischer Kleidung aus und fuhr am frühen Morgen des 05.10.2019 zum LKA.

„Im Gegensatz zu mir siehst du recht gut erholt aus, Peter“, begrüßte mich Karin. „Ich konnte nach dem Video und Awets Ausführungen über Milliroboter einfach nicht einschlafen.“

Karin war schon seit Jahren Single und kam mit dem Alleinleben nicht wirklich klar. Sie verbarrikadierte sich regelrecht, hatte zig Schlösser an ihrer Wohnungstür anbringen lassen. Eine unbegründete, tiefsitzende Angst war ihre Pein, sobald sie alleine in ihrer Wohnung war. Und weiter auf ein Zusammenleben mit Salvatore zu warten, hatte ich ihr mühsam ausgeredet. Also gab es kurzfristig keine Hoffnung auf eine Besserung ihrer häuslichen Situation.

Ihr blondes Haar war zerzaust, nichts Besonderes, aber heute zierten auch noch tiefe Augenringe ihr graues Gesicht.

„Das sieht nur so aus“, beschwichtigte ich sie. „Ich habe Albträume gehabt und mitten in der Nacht Fischstäbchen gegessen, um mich abzulenken.“

„Okay, auch nicht besser“, grinste sie. „Übrigens, ich habe die Berichte aus Freiburg gecheckt, die Kollegen haben in Silke Jakobs Wohnung keinen kurzen Schlauch gefunden. Entweder hat sie ihn in den Müll geworfen, oder ihn woanders versteckt. Auch sonst gab es da nichts Besonderes zu entdecken. Entweder sie ist, abgesehen von den Drohbriefen an uns, nicht weiter in unseren Fall verwickelt, oder sie hat gut aufgeräumt.“

„So, wie in Orhan Aydins Wohnung. Tja, der Schlauch ist weg.

Dann haben wir weiterhin keinen Beweis dafür, dass ihr Vater von der Pharmorena AG als Versuchskaninchen benutzt worden ist. Verdammt, alles läuft hier schief, Karin! Sie sollen noch einmal in die Wohnung reingehen, vielleicht haben sie etwas übersehen."

„Ich kümmere mich darum, Peter."

„Sag ihnen, wo die Wanzen bei Hartmuth Wanker gefunden worden sind. Schicke ihnen den Bericht dazu nach Freiburg. Sie müssen alles auseinandernehmen", forderte ich.

„Mache ich. Einen Erfolg können die Kollegen aus Freiburg aber vorweisen, sie haben eine Schriftprobe von Silke Jakob. Sie senden uns Fotografien davon per E-Mail, wir können ihre Schrift zumindest mit der der Drohbriefen vergleichen."

„Super, das bringt uns viel", blaffte ich.

„Peter, ich werde das Gefühl nicht mehr los, dass unsere sogenannten Zeugen Pingpong mit uns spielen. Sie scheuchen uns von einer Ecke in die andere, wie sie lustig sind. Wir dürfen uns nicht ..."

„Guten Morgen."

Awet lief in unser Büro, setzte sich gleich an seinen Schreibtisch und startete seinen Rechner.

„Guten Morgen, Awet."

Karin und ich schauten uns an. Was hatte er nun schon wieder?

Er tippte auf seiner Tastatur herum, klickte auf seiner PC-Maus und meinte: „Kommt mal her, ich möchte euch etwas zeigen."

„Was ist denn los?", fragte ich und erwartete nichts Gutes.

Karin und ich stellten uns hinter ihn und beobachteten das Treiben auf seinem Bildschirm. Er hatte die Homepage von der RoboTain GmbH aufgerufen. Stimmt, daran hatte ich gestern gar nicht mehr gedacht. Ich hatte nur nach Kleinstrobotern geforscht, aber nicht nach Gundolf Kuschinskis ehemaligem Arbeitgeber.

„Seht mal, was die in ihrem Portfolio haben. Es geht ausschließlich um die Entwicklung unterschiedlichster medizinischer Kleinstroboter. Das sieht für mich aus, als würden sie exklusiv für die Forschung in der Pharmabranche arbeiten“, meinte Awet.

Ich schaute Karin an. In ihrem Gesicht machte sich blankes Entsetzen breit. Ihre Augen weiteten sich, sie hielt sich die rechte Hand an die Stirn und schüttelte den Kopf, als wolle sie sich damit von ihren niederschmetternden Gedanken befreien.

„Haben die was mit der Pharmorena zu tun?“, flüsterte sie.

Ich schaute auf ihren rechten Unterarm, es zierte ihn eine Gänsehaut.

Gundolf Kuschinski also auch. Er wäre ein Kandidat für einen der wichtigsten Zeugen gewesen. Und nun kam heraus, dass er selbst an der Entwicklung und dem Bau von Millirobotern beteiligt gewesen war. Hatte er uns damit auch nur auf eine falsche Spur bringen wollen? Oder hatte er erst zu spät erkannt, worum es der Pharmorena AG ging?

„Ich habe die halbe Nacht mit dieser Frage verbracht, aber im Internet habe ich nichts dazu finden können“, gestand Awet. „Wenn ja, dann machen sie das nicht offiziell.“

„Man kann keinem mehr trauen“, meinte Karin. „Diese ganzen Zeugen können wir vergessen. Wir dürfen uns auf keinen Fall weiter von den Fantastereien beeinflussen lassen!“

„Wir müssen unbed...“

Das Telefon unterbrach meinen Satz. Ich lief hinüber zu meinem Schreibtisch und nahm den Hörer ab.

„Guten Morgen Peter, hier deine allseits beliebte Gerichtsmedizinerin mit dem veralteten Wissen aus der Vorkriegszeit!“

Die allseits unbeliebte Gerichtsmedizinerin Dr. Ute Gazek konnte ich nun gar nicht gebrauchen. Obwohl, sie hatte ja noch unsere Maus!

„Ute, wie schön, dich zu hören! Was hat dir unser Mäuschen nach seinem Ableben noch erzählen können?“, fragte ich gespannt.

„Das geht nicht am Telefon, Peter. Ihr müsst zu mir kommen. Und bringe deinen netten Kollegen mit, diesen Herrn Bant...“

„Awet Berhane meinst du? Mache ich!“

***

Ich war mit Awet zum Institut der Rechtsmedizin in Frankfurt gefahren. Karin war im Büro geblieben. Erstens, um Ute Gazek nicht begegnen zu müssen, und zweitens, um weiter an unserer Präsentation für die Präsidentin zu arbeiten. Langsam verdichtete sich unsere Indizienkette, und bald könnten sie und die Staatsanwaltschaft unsere Argumente nicht weiter ignorieren. Außerdem wollte sie versuchen, Hubertus Jakob, den Bruder unserer verschwundenen Zeugin Silke

Jakob, in London zu erreichen. Es war Samstag und wir hofften, dass er erreichbar wäre und in den letzten Tagen Kontakt zu seiner Schwester gehabt hatte oder uns zumindest helfen könnte, sie aufzufinden. Wir mussten klären, warum sie uns Morddrohungen hatte zukommen lassen, und warum sie uns die Pharmorena-Experimente am Kopf ihres Vaters verschwiegen hatte.

Awet und ich standen währenddessen vor der Tür von Dr. Ute Gazek. Heute empfing sie uns in ihrem Büro. Statt weißem Kittel trug sie ein weinrotes Kostüm mit knielangem Rock und passenden Stilettos. Auf ihrem Kopf erkannte ich eine aufwendige Hochsteckfrisur. Diesen Auftritt musste sie bewusst geplant haben, so hatte ich sie noch niemals zuvor gesehen. Ich vermutete, dass es etwas mit meinem neuen Kollegen Awet zu tun hatte. Unglaublich, er war mindestens zwanzig Jahre zu jung für die seit jeher alleinstehende Gerichtsmedizinerin.

„Was gibt es denn für bahnbrechende Neuigkeiten?“, begann ich das Gespräch.

Sie setzte sich an ihren penibel aufgeräumten, glänzenden Schreibtisch, auf dem ein weißer Flatscreen, eine kabellose weiße Tastatur, eine ebenso kabellose, mit einer Reihe blauer LED-Lämpchen ausgestatteten PC-Maus und ein olivgrüner Blumentopf mit einer prachtvoll blühenden, weißen Orchidee standen. Sie bot uns zwei lederne Besucherstühle gegenüber an, bückte sich nach unten, kramte in einer Schreibtischschublade, holte etwas heraus und schloss die Schublade wieder.

„Euer Mäuschen“, sagte sie und warf eine Tüte auf ihren geleckten Tisch, in der wir den bereits am Fäulnisprozess partizipierenden Kadaver erkannten.

Awet griff nach der Tüte und schaute sich den mittlerweile schwarz gewordenen, verformten Kopf der Maus an.

„Sie haben das Gehirn entnommen“, stellte er fest.

Ich musste meinen Kopf schütteln. Hier hatten sich zwei auf gleicher Wellenlänge getroffen.

„Sehr gut erkannt, Herr Bent...“

„Berhane.“

„Ja, genau“, stimmte Ute zu und griff noch einmal unter ihren Schreibtisch.

Sie holte zwei kleine Glasbehälter mit ungefähr fünf Zentimetern Durchmesser hervor und stellte sie auf den Tisch. In dem einen lag eine gräuliche, wabernde Masse, in der anderen ein winzig kleines, undefinierbares Teil.

„Das links ist das Gehirn der Maus?“, fragte ich.

„Da hast du sehr wohl recht, Peter.“

„Und das kaum zu erkennende Ding da?“, wollte ich wissen.

Mir war klar, dass sich Ute das Beste immer bis zum Schluss aufhob, um es in einem atemberaubenden Showdown rauslassen zu können.

„Nicht so schnell, Peter. Erst einmal zum Gehirn des kleinen Kerls“, meinte Ute, stand auf und nahm einen dünnen Zeigestab aus ihrer obersten Schublade.

Sie kam mit dem einen Glasbehälter um den Schreibtisch herum und stellte sich zwischen unsere Stühle. Ich rückte etwas ab, Awet blieb regungslos sitzen.

„Hier oben“, fuhr sie fort und bohrte den kleinen Zeigestab in eine winzige Vertiefung, die kaum noch an der Oberseite des Mini-Gehirns zu erkennen war, „saß der Sensor, den Dr. Baum dem Mäuschen eingepflanzt hat, um Hirnströme aufzeichnen zu können. Das ist aber noch nicht alles. Beim MRT konnte ich feststellen, dass es noch eine weitere Einstichstelle an dem Mäusehirn gibt.“

„Eine weitere Einstichstelle, wofür?“, fragte ich, und versuchte mir das kleine Gehirn nicht allzu genau anzusehen.

„Hier, etwas rechts von dem Sensor hat Dr. Baum etwas mit einer Spritze eingebracht.“

Awet beugte sich über den Glasbehälter und versuchte, die Einstichstelle zu erkennen.

„Und damit kommen wir zu Schüssel zwei“, triumphierte die Gerichtsmedizinerin.

Sie stellte den ersten Glasbehälter zurück und nahm den zweiten bedächtig in die linke Hand, hockte sich zwischen uns, damit wir besser hineinsehen konnten, und zeigte mit dem Metallstab auf das mikroskopisch kleine Teil, das darin lag. Dabei rutschte ihr roter Rock bedenklich hoch und gab einen großen Teil ihrer Oberschenkel frei. Awet ließ der visuelle Reiz kühl, ich sah mich gezwungen, noch ein Stück von der entblößten Haut der Gerichtsmedizinerin abzurücken.

„Ich kann kaum erkennen, was das ist, Ute“, gestand ich.

„Du hast auch keine Ahnung davon, was das ist!“, meinte sie und bewegte mit ihrem Zeigestab das gelbliche Ding in dem Glasbehälter hin und her.

Dann stellte sie sich wieder aufrecht hin, ihr Rock rutschte zurück in seine Sollposition. Sie stellte den Glasbehälter auf den Schreibtisch. Awet und ich mussten von unseren Stühlen aufstehen und uns neben sie stellen, um beobachten zu können, was sie nun trieb. Aus einer Aufbewahrungsbox unter ihrem Schreibtisch holte sie ein eckiges Gerät heraus und stellte es neben den Glasbehälter. Es erinnerte an ein Mikroskop, es verfügte jedoch statt eines Okulares über eine große, eckige Linse. An der Rückseite des Geräts war ein kleines Fach, aus dem Ute eine Pinzette und einen Objektträger herauszog. Mit der Pinzette nahm sie das kleine Teil aus dem Glasbehälter und positionierte es auf einem Glasplättchen unter der großen Lupe und schaltete das Licht ein. Zu dritt schauten wir durch die große Linse. Es war ein ovaler Körper zu erkennen, wahrscheinlich aus weichem Kunststoff, an dessen Vorderseite zwei hauchdünne Ärmchen mit kleinen Schaufeln angebracht waren. Hinten hatte er eine zweiflügige Schraube, wie eine Art Propeller. Zwischen den beiden Armen ragte eine Art Nase aus dem Kunststoffkörper, die vorne über ein Loch verfügte. Sobald Ute mit ihrem Zeigestab darauf drückte, gab die Oberfläche nach. Es handelte sich also um eine dehnbare, hohle Kapsel mit Armen und Propeller.

„Und, Männer, was könnte das sein, was ich da in dem Mäusehirn gefunden habe?“, fragte Ute.

Wir richteten uns wieder auf. Ich zuckte mit den Schultern.

„Ein Nanoroboter“, meinte Awet.

Ute klopfte ihm anerkennend auf die Schulter. „Bravo! Er war der Grund, warum sich einige von Dr.

Baums Mäusen den Sensor herausgerissen haben. Nicht der Sensor hat sie gestört, sondern dieser herumkrabbelnde Roboter in ihrem Hirn! Und ihr glaubt nicht, was sich in seiner Kapsel befindet, und was er vorne durch seine Nasenöffnung herausspritzen kann!“

„Was kann er vorne aus seiner Nase herausspritzen, Ute?“, fragte ich, um ihr Spielchen mitzuspielen, sie zog die Geschichte wie immer unnütz in die Länge.

„Einen organischen Kleber!“

„Organischen Kleber?“, fragte ich irritiert. „Keine Psychopharmaka oder Demenzmedikamente?“

„Nein, nichts dergleichen. Ich habe in dem Nanoroboter Reste eines organischen Klebers gefunden.“

„Was klebt man mit diesem organischen Kleber?“, fragte Awet, während ich noch darüber nachdachte, ob wir tatsächlich die ganze Zeit einem Hirngespinst hinterhergelaufen waren, wie es die Präsidentin vermutet hatte.

„Damit kann man zum Beispiel im Hirn Dinge zusammenkleben, die zusammengehören, Herr Barhone“, erklärte Ute und tippte sich dabei an die Stirn. „Den Kleber sollte man auch bei Ihrem Kollegen Peter Groß einmal anwenden, um die Lücken an seinen Synapsen zu flicken. Damit seine Neurotransmitter wieder unterbrechungsfrei laufen und Reizübertragungen wie Denkprozesse im Lobus parietalis beschleunigt werden.“

„Berhane, Frau Dr. Gazek, ich heiße Awet Berhane.“

***

<u>Protokoll:</u> LKA Wiesbaden, Büro 1.21 Peter Groß und Karin Weidmann, Samstag 05.10.2019, 10:13 Uhr: Telefonische Befragung von Hubertus Jakob, männlich, 32 Jahre (Bruder der Zeugin Silke Jakob) durch Karin Weidmann

„Mein Name ist Karin Weidmann, guten Morgen, Herr Jakob. Ich bin Kriminalkommissarin beim hessischen LKA in Wiesbaden."

„Äh, guten Morgen. Warum rufen Sie mich an?"

„Ich erreiche Sie auf einer deutschen Mobilfunknummer, Herr Jakob. Leben Sie nicht mehr in London?"

***

Ich las Karins Protokoll, da sie zwischendurch immer wieder versucht hatte, Hubertus Jakob anzurufen, während ich und Awet in der Rechtsmedizin gewesen waren. *Und das hatten wir wirklich nicht erwartet, er war auf seiner deutschen Mobilfunknummer zu erreichen. War er etwa öfter in Deutschland, als seine Mutter es uns gegenüber angegeben hatte?*

„Schon, aber ich habe immer noch meine alte Nummer", verteidigte er sich. „In London habe ich nur ein Diensthandy meines Arbeitgebers. Und das schalte ich außerhalb der Arbeitszeiten immer aus."

„Wo halten Sie sich gerade auf?", wollte Karin wissen.

„Ich bin in München."

„In München, nicht in London?"

Karin hatte sich während des Gesprächs genauso darüber gewundert wie ich jetzt beim Lesen des Protokolls. Was trieb Hubertus Jakob in München?

„Nein, ich bin gerade nicht in London. Ich besuche Freunde in München, ich habe an der TUM studiert, wissen Sie?“

München. Dr. Dr. Kopf war aus München an die Uni Frankfurt gekommen, hatte unsere Gerichtsmedizinerin Dr. Ute Gazek mir erzählt. Ebenso hatten Vater und Onkel des ermordeten Dieter Kuschinski an der TU München gearbeitet. Hing das etwa alles zusammen?

„Sie haben an der Technischen Universität München studiert?“, fragte sich auch Karin.

„Ja. Warum?“, gab Hubertus Jakob an.

„Das erstaunt mich.“

„Warum denn? Worum geht es überhaupt?“, wollte Hubertus Jakob von Karin wissen.

„Es geht um Ihre Schwester Silke. Ist sie mit Ihnen in München?“, schnellte Karin ohne Vorwarnung vor. Ich liebte ihre Befragungen.

„Äh, nein, sie ist nicht in München. Ich habe schon lange nichts mehr von ihr gehört.“

„Das heißt, Sie wissen nicht, wo sie sich gerade aufhält?“, hakte Karin nach.

„Nein. Meine Mutter hat mir erzählt, Silke hätte einen Urlaub auf Fuerteventura gebucht.“

„Wie oft haben Sie und Silke Kontakt?“, wollte Karin wissen.

„Alle paar Monate mal, wenn sie zufällig bei unseren Eltern zu Besuch ist, und wir telefonieren, mit Video.“

„Mit Video?“, vergewisserte sich Karin.

„Ja, die Eltern kriegen es nicht hin, einen Laptop zu bedienen, Silke hilft ihnen immer bei dem Videoanruf. Sie möchten mich halt auch mal sehen, wenn ich in London bin.“

„Persönlich treffen Sie sich also nicht?", konkretisierte Karin ihre Frage.

„Kaum."

„Verstehe. Und jetzt sind Sie in München?"

„Ja."

„Wissen Ihre Eltern davon?", hakte Karin nach.

Sie sprang mit ihren knappen Fragen von einem Thema zum anderen, verwirrte den Zeugen, der so nur noch kurze, hastige und zum Teil unüberlegte Antworten geben konnte. Köstlich. Gleich hatte sie ihn.

„Nein."

„Um auf Ihre Schwester zurückzukommen, wann haben Sie sie das letzte Mal gesehen oder gehört?", fragte Karin weiter.

Sie stellte ihm eine Falle nach der anderen. Ich wartete nur darauf, dass er bald hineintappen würde.

„Muss Ende August gewesen sein."

„Wieder per Videoanruf?", fragte Karin.

Jetzt musste ich lachen. Bei dieser Art der Befragung konnte kein Zeuge den Überblick über seine Antworten behalten.

„Ja."

„Danach haben Sie nicht mehr mit Ihren Eltern telefoniert?"

„Schon, aber ohne Video und ohne Silke."

„Wann war das?"

„Wir telefonieren jede Woche."

„Also auch letzte Woche?"

„Ja."

Köstlich, einfach köstlich, Karin!

„Hat Ihre Mutter Ihnen nicht etwas über Silke erzählt?"

„Doch, hat sie."
„Was hat sie Ihnen erzählt, Herr Jakob?"
„Dass Silke mal wieder irgendwohin verschwunden ist und sich nicht meldet."
„Mal wieder? Kommt das öfters vor?"
„Ja, jedes Mal, wenn sie einen neuen Freund hat. Also mindestens ein bis zweimal im Jahr."
„Machen Sie sich keine Sorgen darüber?"
„Nein, wieso?"
„Was ist mit Ihrem Vater?"
„Was soll mit ihm sein?"
„Ist er krank?"
„Der war schon immer krank, im Kopf."
„Was genau hat er?"
Ich konnte mich kaum noch halten vor Lachen. Karin war hervorragend. Ich würde sie drücken, sobald sie mir das nächste Mal über den Weg laufen würde.
„Der hat sie nicht mehr alle beisammen, ist aggressiv, schreit nur rum, pöbelt alle an."
Endlich hatte Karin ihn weichgekocht. Er packte aus. Ich richtete mich auf meinem Stuhl auf und las gespannt weiter.
„Hat er eine Verhaltensstörung, Herr Jakob?"
„Keine Ahnung, er spinnt einfach."
„Was haben Sie an der TU München studiert?"
„Bioinformatik."
Karin, ich liebe dich und deine Befragungsmethoden! Ich lachte wieder.
„Ich kenne mich damit nicht gerade gut aus, Herr Jakob. Was macht ein Bioinformatiker?", stellte sie ihm die nächste Falle.

„Er kümmert sich um die enormen Datenmengen und deren Verarbeitung im lebenswissenschaftlichen Sektor."

Lebenswissenschaftlicher Sektor, dass ich nicht lache. Medizin meinte er damit bestimmt. Und Medizin bedeutete Pharmabranche. Nun sträubten sich meine Nackenhaare. Karin war während der Befragung ganz offensichtlich cooler geblieben, sie fragte im gewohnten Stil weiter.

„Und was machen Sie in London?"

„Ich arbeite für ein internationales Forschungsinstitut."

„Worum handelt es sich dabei genau?"

„Ich bin an der Entwicklung von Datenmodellen und Datenbanken beteiligt. Die Wissenschaftler erfassen die Ergebnisse ihrer Versuchsreihen, und ich kümmere mich darum, dass sie auf effizientem und vor allem korrektem Wege Schlüsse aus ihrer Forschungsarbeit ziehen können. Ich bin also dafür zuständig, dass sie nicht auf den falschen Weg geraten, weil sie den Überblick über ihre anfallenden Daten verlieren. Stichwort Big Data."

„Ah, davon habe ich schon einmal gehört. Big Data gibt es also auch in der Forschung?"

„Sicher."

„Woran forscht Ihr Institut in London gerade?"

„An der sinnvollen Verwendung von Biomasse."

Biomasse! Herzlichen Glückwunsch, Karin, du hast es geschafft! Ich war mir nun sicher, dass auch Hubertus Jakob seine Finger in dem schmutzigen Spiel der Pharmorena AG hatte.

„Darunter kann ich mir gar nichts vorstellen, außer vielleicht den kontrovers diskutierten Einsatz zur Energiegewinnung. Was kann man noch alles mit Biomasse anstellen?", wollte Karin wissen.

„Dünger, Nahrung, Futter, Kunststoffe und ..."

„Moment, Herr Jakob, sagten Sie Kunststoffe?", unterbrach ihn Karin. Genau an der richtigen Stelle, wie ich dachte.

„Ja, Biokunststoffe. Sie werden aus nachwachsenden Rohstoffen erzeugt und sind biologisch abbaubar."

„Kennen Sie die Pharmorena AG?"

„Ja, Silke hat bei denen einmal hunderte Telefone ausgepackt", meinte Hubertus Jakob lapidar. Damit konnte er Karin nicht täuschen.

„Herr Jakob, haben Sie oder Ihr Arbeitgeber einen Bezug zur Pharmorena AG?"

„Nein."

„Nein?"

„Nein!"

***

Nachdem wir aus Frankfurt zurückgekommen waren, hatte mir Karin dieses Gesprächsprotokoll auf den Tisch gelegt. Ich hatte das Protokoll sofort gelesen. Biokunststoffe also. Setzte die Pharmorena AG Biokunststoffe in ihrer Forschung ein? Liefen ihre Probanden mit Biokunststoff aus London im Gehirn herum? Und baute sich dieser nach einiger Zeit restlos im Körper ab? Konnte man seine Existenz im Gehirn nach einigen Wochen nicht mehr nachweisen? Wie weit würde sich unser Pharma-Fall noch verzweigen? Wer war alles in die illegalen Versuchsreihen der Pharmorena AG verwickelt? Wir mussten diese ganzen Puzzleteile in akribisch genauer Kleinstarbeit zusammenfügen, um ein Gesamtbild erhalten zu können, das uns hoffentlich bald zu den Tätern führen würde. Aber welche Täter? So, wie es sich aktuell darstellte, konnte man gleich die komplette Belegschaft der Pharmorena AG hinter Gitter stecken. Und mit ihnen unsere Zeugen, die ausnahmslos in den Fall verwickelt schienen.

Und es gab nicht nur Milliroboter, sondern auch noch wesentlich kleinere Nanoroboter. Das hatte ich gerade im Büro von Dr. Ute Gazek gelernt. Wir mussten dieses eigenständig durch Gehirne krabbelnde Kleinstgerät untersuchen lassen, um festzustellen, ob es aus Biokunststoff hergestellt worden war. Und wir mussten herausfinden, wo man speziell diesen Biokunststoff beziehen konnte. Frage dabei war, ob uns diese Erkenntnis den Mördern von Kuschinski, Aydin, Kurz und Wanker näherbringen würde. Die Präsidentin würde daran gewiss ihre Zweifel hegen. Verdammt, wieder basierte alles, was wir herausfanden, auf Vermutungen. Langsam mussten wir einen eindeutigen Nachweis für unsere Behauptungen liefern, sonst würden wir niemals eine Genehmigung von der Staatsanwaltschaft für die Erweiterung unserer Ermittlungen erhalten.

„Peter, schau mal hier“, sagte Karin und deutete auf einen Ausdruck. „Ich habe auch die Fotos von Silke Jakobs Schriftprobe aus Freiburg erhalten. Das ist genau die schmale, langgezogene, zackige, nach rechts kippende Schrift von den Drohbriefen. Das heißt wir ...“

„Das ist jetzt egal, Karin“, unterbrach ich sie und sah sie eindringlich an.

„Wieso?"

„Karin, im Kopf der Maus hat Ute Gazek einen Nanoroboter gefunden, der eigenständig durch das Gehirn schwimmen und organischen Kleber verspritzen kann."

„Was sagst du da?"

„Nanoroboter in Gehirnen, die Medikamente oder Kleber darin verteilen, das ist es, woran die Pharmorena AG forscht!"

„Ich fasse es nicht", meinte Karin und schaute abwechselnd mich und Awet an, als würde sie erwarten, dass Awet meine grässliche Aussage relativierte. „Davon hat uns bisher keiner der Zeugen etwas gesagt!"

„Vielleicht wollte Gundolf Kuschinski uns das sagen?", antwortete ich und hegte die leise Hoffnung, dass zumindest er einer von den Guten war.

„Ich denke", warf Awet ein, „die Blut-Hirn-Schranke ist das Einzige, woran die Pharmorena-Wissenschaftler aktuell noch scheitern. Sie testen, wie sie diese Schranke öffnen und die Nanoroboter in das Gehirn hinein bekommen. Deshalb wollen sie all ihren Versuchsmenschen Schläuche in den Kopf legen. So können ihre zukünftigen Patienten aber nicht herumlaufen. Sie brauchen eine Lösung dafür."

„Da magst du recht haben", überlegte ich. „Karin, Awet, was fällt euch ein, wie wir herausfinden können, ob der Biokunststoff, den Hubertus Jakob in London herstellt, mit dem Kunststoff dieses Nanoroboters aus dem Kopf der Maus übereinstimmt?"

„Wo befindet sich Hubertus Jakob gerade, Karin?", wollte Awet wissen.

„In München."

„Da wird er wahrscheinlich keine Materialproben mitgenommen haben, sonst hätten wir Kollegen aus München beauftragen können“, meinte Awet. „Wir könnten aber bei dem Forschungsinstitut in London anrufen und uns als ein interessiertes Unternehmen ausgeben, das Proben verschiedener Biokunststoffe …“

„Okay, was produzieren wir?“, unterbrach ich ihn.

„Warum machen wir es nicht offiziell über eine Polizeidienststelle in London?“, fragte Karin.

„Falls Hubertus Jakobs Arbeitgeber in die Machenschaften der Pharmorena AG eingebunden ist, können wir es gleich vergessen, wenn wir mit der Polizei bei ihnen antanzen. Aber Awet hat schon einen guten Ansatz erwähnt, wir lassen Hubertus Jakob von den Kollegen in München observieren. An die Biokunststoffe müssen wir dann auf anderem Wege herankommen“, erklärte ich.

„Na gut, Awet, was produzieren wir?“, fragte Karin.

***

Florian aus der IT-Forensik hatte uns eine Kopie der Daten von Gundolf Kuschinskis USB-Stick auf unserem Server bereitgestellt. Awet hatte sich vorgenommen, noch einmal alle Fotos zu überprüfen. Eventuell hatten wir gestern übersehen, dass genau diese Nanoroboter mit den Greifarmen und der Klebenase in den Schränken der RoboTain GmbH schlummerten. Falls dem so war, mussten wir herausfinden, welche Kunststofflieferanten die Firma hatte, und wie dieser Kunststoff hergestellt worden war. Genauso mussten wir die Biokunststoffe mit dem Material des Nanoroboters aus dem Mäusehirn vergleichen. Wir brauchten also unter allen Umständen Probematerial von dem Londoner Forschungsinstitut. Und dafür musste Dr. Ute Gazek herhalten. Ich wählte ihre Nummer und stellte mein Telefon laut, damit Karin und Awet mithören konnten.

„Was willst du schon wieder, Peter? Reicht es nicht, dass du fast jeden Tag bei mir auf dem Besucherstuhl hockst?"

„Wegen deiner höflichen Begrüßungen traut sich kein Kollege aus dem LKA mehr, dich anzurufen. Daher muss ich alle Telefonate mit dir führen, Ute. Gerne mache ich das auch nicht. Übrigens hört mein neuer Kollege Awet Berhane mit, wir haben eine Frage an dich."

„Ach so, ja, dann schießt mal los."

Ich konnte regelrecht sehen, wie Ute am anderen Ende der Telefonleitung errötete, weil Awet ihre unflätigen Worte mitbekommen hatte.

„Wofür kann man Biokunststoffe gebrauchen?", fragte ich.

„In der Medizin", fügte Awet hinzu.

„Was habt ihr vor?", fragte Ute zurück.

„Wir möchten unter einem Vorwand unterschiedliche Proben von Biokunststoffen bestellen, um sie mit dem Nanoroboter aus der Maus zu vergleichen", erklärte Awet.

Ich ließ ihn gewähren, er kam bei Ute am schnellsten ans Ziel.

„Der Biokunststoff wird also bei eurem vorgetäuschten Vorhaben innerhalb des menschlichen Körpers verwendet. Ich würde euch Forschung an neuartigen, nebenwirkungsfreien Verhütungsmitteln vorschlagen, die mit Nanorobotern direkt zu den Eierstöcken transportiert werden sollen."

Ich musste unfreiwillig grinsen. Hervorragendes Thema zwischen Ute und Awet. Dabei war ich mir hundertprozentig sicher, dass Dr. Ute Gazek diesbezüglich keine Verhütungsmittel benötigte.

„Das Telefonat mit diesem Forschungsinstitut in London müsstest du übernehmen, Ute", meinte ich. „Uns fehlt dazu der nötige wissenschaftliche Hintergrund."

***

„Hier ist er!", rief Awet.

„Wer?", fragte ich, hob den Kopf und stieß mir dabei mächtig die Stirn. „Verdammt noch einmal!"

Ich kauerte gerade unter meinem geerbten Schreibtisch des Baugeschäfts Stock und war während meiner Suche nach versteckten Beweismitteln gegen die Pharmorena AG durch Awets Ausruf aufgeschreckt worden.

„Der Nanoroboter", meinte Awet und zeigte auf seinen Bildschirm.

Er hatte die letzte halbe Stunde die Fotos von Gundolf Kuschinskis USB-Stick durchforstet, die uns von der IT-Forensik auf unserem Server bereitgestellt worden waren. Ich sprang auf und hechtete zu Awet hinüber. Karin stand auf und stellte sich neben mich. Wir beugten uns über Awets Schultern und starrten auf seinen Bildschirm. Auf dem dargestellten Foto sahen wir einen geöffneten, grauen Schrank, in dem sich eine aufgeklappte, schwarze Box befand, worin mehrere winzige, gelbliche Kunststoffteile lagen. Awet zoomte das Foto größer. Es hatte eine gute Auflösung, wir erkannten kleine Greifarme, eine zweiflüglige Minischraube und eine Nasenöffnung.

„Das sind die gleichen wie der aus dem Mäusekopf", urteilte Awet. „Und es müssen hunderte sein. Seht, da liegen mindestens vierzig von diesen Boxen."

„Stimmt", meinte Karin, ihr Gesicht färbte sich dabei grau.

Ihr war anzusehen, dass ihr diese Tatsache zusetzte. All diese Roboter waren gebaut worden, um durch menschliche Gehirne zu krabbeln. Ich lehnte mich an Awets Schreibtischecke und ließ diese neue Erkenntnis auf mich wirken. Gundolf Kuschinski, der Onkel des ermordeten Dieter Kuschinski, hatte also wirklich bei der RoboTain GmbH in Salzburg an der Herstellung der Nanoroboter für die Pharmorena AG mitgewirkt. Und wenn wir jetzt noch nachweisen konnten, dass Hubertus Jakob, der Bruder von Silke Jakob, in London den Biokunststoff dafür lieferte, dann schloss sich der Kreis langsam. Bedenklich an dieser Konstellation fand ich, dass beide Familien durch ihre erkrankten Mitglieder in die illegale Hirnforschung der Pharmorena AG verwickelt waren. Hatten sie alle diesen verfluchten Pharmakonzern unterstützt, um ihre Angehörigen vor dem geistigen Verfall zu retten?

„Leider bringen uns die Fotos nichts", meinte Awet. „Wir können nicht nachweisen, dass sie wirklich in den Räumen der RoboTain GmbH aufgenommen wurden. Wir bräuchten einen Durchsuchungsbeschluss von der Staatsanwaltschaft."

„Du hast gehört, dass wir nichts kriegen", warf Karin ein. „Die Präsidentin wird nichts dergleichen anstoßen, solange wir nicht endlich etwas Handfestes haben."

„Wir brauchen schnellstmöglich die Biokunststoffproben aus London", dachte ich laut.

Karin nickte.

Mein Telefon klingelte, ich lief herüber zu meinem Schreibtisch und sah Ute Gazeks Nummer im Display. Ich nahm das Gespräch an und stellte mein Telefon laut.

„Ich habe einen gut bei dir, Peter!"

„Warum dieses Mal, Ute?", fragte ich.

„Weil es dämlich wirkt, wenn eine europaweit bekannte Gerichtsmedizinerin Biokunststoffe für die Forschung an Verhütungsmitteln bestellt!"

„Und?", fragte ich und grinste Karin und Awet breit an.

Karin schüttelte nur den Kopf. Awet zeigte keine Reaktion.

„Ich habe einen Kollegen der Gynäkologischen vom Universitätsklinikum gebeten, das zu übernehmen. Ist glaubwürdiger."

„Hervorragend, Ute. Ich war mir sicher, du weißt dir zu helfen", antwortete ich und konnte mir das Lachen kaum verkneifen.

„Nicht mir, dir! Ich helfe dir einmal wieder, Peter. Und ich hoffe, du gehst nicht davon aus, dass du die auf diesem Wege beschafften Kunststofflappen vor deiner Präsidentin für irgendetwas Offizielles gebrauchen kannst!"

Es tutete aus meinem Telefonlautsprecher, Ute hatte aufgelegt.

***

Ich kauerte wieder unter dem Schreibtisch. Ich hatte alle Schubladen ausgebaut, alle Türen und Klappen abgeschraubt, alle Nischen und Schienen unter die Lupe genommen. Aber da war nichts. Ich kroch wieder unter dem Ungetüm hervor, stand auf und musste mich erst einmal strecken. Es krachte in meiner Wirbelsäule, ich hatte zu lange zu krumm unter dem Schreibtisch gelegen. Ich sammelte die fünf Schubladen vom Boden auf und legte sie auf die Tischplatte.

„Und, hast du etwas gefunden?“, fragte Karin.

„Nichts“, brummte ich und schaute mir die Schubladen an.

Als ich die fünf nebeneinanderliegen sah, fiel mir auf, dass die zweite von rechts nicht so tief war wie die anderen. Ich nahm sie in die Hand, drehte und wendete sie.

„Doch etwas gefunden?“, fragte Awet.

„Vielleicht“, grübelte ich.

Ich nahm einen Schraubendreher und klopfte auf den Schubladenboden. Es hörte sich an, als wäre dort ein Hohlraum hinter dem Holz. Ich legte die Schublade wieder auf den Schreibtisch, klemmte den Schraubendreher in eine Ecke und versuchte den Holzboden anzuheben. Es knirschte und knackte. Dann wölbte sich das Holzbrett, die Ecke brach ab. Ich schaute in das Loch. Da war wirklich ein doppelter Boden!

„Da ist etwas drin“, kommentierte Awet.

„Ist mir klar“, antwortete ich und war froh darüber, dass ich es selbst herausgefunden hatte.

„Brich den Boden raus, Peter!“, forderte Karin mich auf, sie trat von einem Bein auf das andere, als wolle sie auf der Stelle den versteckten Inhalt sehen.

Ich nahm einen größeren Schraubendreher, setzte ihn in dem Loch an und hebelte den doppelten Boden aus der Schublade heraus. Das Holz knirschte, und das Brett zersprang in drei Teile. Ich brach die Bruchstücke ab, und zum Vorschein kam ein weißer Schnellhefter.

***

„Man kommt nur an dieser Stelle rein“, sagte Awet. „Silke Jakobs Aussage stimmte, man muss drei Etagen mit dem Fahrstuhl runter. Dort findet man auch die Labors von Dr. Reiner Baum. Erst wenn man durch sie hindurchgeht, kommt man hinten zu dem Schacht mit dem nächsten Fahrstuhl.“

„Genauso ist es“, stimmte ich zu. „Nur ist dieser ausschließlich für Transportroboter gedacht.“

„Er scheint nur ungefähr einen Meter hoch zu sein“, meinte Karin und zeigte mit dem Finger auf einen beschrifteten Strich auf dem Bauplan.

Den Bauplan hatten wir in dem weißen Schnellhefter gefunden, der in dem doppelten Boden der Schublade aus dem Schreibtisch der Baufirma Stock GmbH gesteckt hatte. Sie hatte den Pharmorena-Bau hochgezogen. Hartmuth Wanker, der mit einer Überdosis Insulin getötete Nachbar der Familie Stock, hatte sich diesen Schreibtisch offensichtlich unter den Nagel gerissen, als die Firma aufgelöst worden war. Und dann hatte er ihn mir vererbt. Zum ersten Mal hatte ich Glück. Unbeschreibliches Glück, dass endlich etwas geklappt hatte. Mir war jetzt klar, dass Hartmuth Wanker geahnt haben musste, dass man ihn abgehört hatte und ihn hatte umbringen wollen, weil er mit mir gesprochen hatte. Aber der alte Mann war schlau gewesen. Schlauer als diese verfluchten Wissenschaftler. Bezahlt hatte er dafür mit seinem Kopf, im wörtlichen Sinne. Die Pharmorena AG nutzte ihn gewiss schon für ihre Versuchsreihen. Mit seinem Vermächtnis hatte Hartmuth Wanker ihnen eine trügerische Sicherheit vorgegaukelt, Sicherheit darüber, dass er anscheinend nichts von der Stock GmbH und ihren Bauplänen wusste und dem Pharmakonzern so nicht in Bedrängnis bringen konnte. Ich hielt jetzt die Baupläne des Pharmorena-Gebäudes in Händen und wir wussten, wie wir in die abgeriegelten, unterirdischen Labore gelangen konnten, in denen wir die Versuchsmenschen vermuteten.

Mein Telefon klingelte, es war unter einem Berg von Papier begraben. Ich schob den Bauplan zur Seite, schaufelte mein Telefon frei und nahm den Hörer ab.

„Groß!“

Ich hörte der männlichen Stimme am anderen Ende zu. Ich fühlte, wie mir die Hitze in den Kopf stieg. Schweiß bildete sich auf meiner Stirn.

„Danke“, sagte ich knapp und legte auf.

„Was ist los, Peter?“, wollte Karin sofort wissen.

„Das war Martin Herzog von der Kriminaldirektion Freiburg“, antwortete ich.

„Und?“, fragte Awet.

„Sie sind noch einmal in Silke Jakobs Wohnung gegangen, weil sie beim ersten Mal nichts Bedeutendes gefunden haben.“

„Was haben sie jetzt gefunden?“, Karin warf ihre Stirn besorgt in Falten.

„Wanzen. Überall Wanzen. Sie sind ihnen vorher nicht aufgefallen, weil sie in den Türzargen versteckt waren, wie bei Hartmuth Wanker. Als sie den Bericht zu seiner Wohnungsdurchsuchung von uns gelesen hatten, haben sie noch einmal nachgeschaut und alles auseinandergenommen. Sie hatten beim ersten Versuch vor einigen Tagen eine Thermografie-Kamera angewendet, um die Bausubstanz zu überprüfen und so das Wärmefeld von dem Hotspot zu finden. Der Trick war, dass die Wanzen im Styropor hinter der Türzarge gesessen haben, ihre Wärmestrahlung wurde damit nicht erkannt. Die Freiburger Kollegen haben die Türen heute auf Verdacht ausgebaut, und Bingo!"

„Das heißt, die Täter, wer auch immer das ist, haben sehr wahrscheinlich gehört, wie Silke mit uns telefoniert hat", überlegte Karin.

„Bestimmt", bestätigte ich.

Eine Hoffnung keimte in mir auf. Die Hoffnung, dass auch Silke Jakob zu den Guten gehörte. Dass sie die Morddrohungen an uns nur verteilt hatte, weil sie erpresst worden war. Erpresst von einer Gruppe Menschen, die ihre Forschungen und vor allem ihre Ergebnisse daraus bedroht sahen. Erpresst, weil sie Informationen dazu an uns gegeben hatte. Erpresst mit Drohungen, die sie und ihre Familie betrafen. Was war *jetzt* mit Silke Jakob? War sie bereits tot?

***

„Hi, Christian, alter Kerl!", begrüßte ich meinen ehemaligen Schulkollegen Christian Berthold, den ich seit

Jahren nicht mehr gesehen hatte, und der nun beim Amtsgericht Frankfurt arbeitete.

„Grüß dich, Peter! Schaust gestresst aus, Kollege", meinte er mit einem besorgten Blick auf mein Gesicht. „War das Erbstück so grässlich?"

Christian hatte mich vorgewarnt, dass ich einen Schreibtisch erben würde. Der Inhalt des Schreibtisches war ein Glücksfall für mich gewesen. Aber ich durfte es meinem alten Kumpel nicht verraten. Mit niemandem durfte ich über meine Ermittlungen reden. Polizeibeamte mussten selbst mit ihrem Päckchen, das sie zu tragen hatten, klarkommen. Ein Päckchen, das schnell zu einem Paket, zu einem Container, zu einer unbeschreiblichen, alles niederdrückenden Last werden konnte. Man stellte uns zwar Polizeipsychologen zur Seite, ich kenne jedoch keinen, der sich ohne Hemmungen bei ihnen auf die Couch legte. Ich musste an meinen frischen Kollegen Awet Berhane denken. Wie lange würde es noch dauern, bis auch seine Persönlichkeit darunter leiden würde? Dann fiel mir seine Flucht aus Eritrea ein, und dass nahezu seine gesamte Familie dabei ums Leben gekommen war. Es drängte sich mir der Gedanke auf, dass die berufliche Last nichts dagegen war, was er als Achtjähriger hatte durchmachen müssen. Er musste verdammt stark sein, wenn er das überwunden hatte. Und er wirkte auf mich so, als wenn er es überwunden hatte. Nichts schockte ihn, selbst im Angesicht der tiefsten menschlichen Abgründe blieb er kühl und gelassen. Er würde den Polizeidienst schaffen, ohne sich mit seiner Dienstpistole zu erschießen, wie es schon einige meiner Kollegen getan hatten. Awet Berhane würde ein verdammt guter

Kriminalkommissar werden. Leiden konnte ich ihn aber immer noch nicht. Ich wusste immer noch nicht, auf welcher Seite er stand.

„Es ist ein scheußliches Möbelstück, Christian, der kommt direkt auf den Sperrmüll", grinste ich.

„Hahaha. Du bist immer noch der Alte, Peter", lachte Christian mich an und klopfte mir auf die Schulter. „Komm, lass uns reingehen und endlich den Abend genießen."

Wir hatten uns vor der Alten Oper getroffen, hatten beide in der Tiefgarage geparkt, waren gemeinsam losgezogen und überquerten nun eine der riesigen Straßenkreuzungen Frankfurts, um in den *Jazzkeller* zu gehen – wie in alten Zeiten. Den Jazz-Club gab es bereits seit 1952 und wir waren in jungen Jahren unzählige Male dort gewesen.

Heute war der 05.10.2019, und es trat ein Quintett aus Deutschland gemeinsam mit einem US-amerikanischen Saxophonisten auf. Viele Menschen tummelten sich am Eingangsbereich, eine lockere, plappernde, fröhliche Spaßgesellschaft. Hier würde ich abschalten können. Wir betraten das von außen recht unauffällige, mehrstöckige, graue Gebäude. Sobald man sich jedoch im Jazz-Keller befand, war man in einer anderen Welt. Schummriges Licht erhellte sparsam den urigen Raum mit den dunklen Tischen, Stühlen und Bänken aus Holz. Das Ambiente entsprach dem eines Weinkellers mit den braunen Bruchsteinen an den Wänden und den Gewölben an der Decke. An einer Seite hingen Fotos berühmter Jazzmusiker, weiß gerahmt und akkurat in einer Reihe. Hier fühlte ich mich wohl, konnte die Anstrengungen der letzten Wochen hinter mir lassen. Wir setzten uns an die Bar uns bestellten zwei Bier. Wir schwiegen, genossen die Atmosphäre und hörten den Gesprächen der anderen Besucher zu. Kurz darauf kamen die Musiker herein. Das Publikum geriet schon bei dem ersten Ton aus dem Häuschen, wir applaudierten, johlten und feuerten die Jazzmusiker an. Dann begannen sie lächelnd zu spielen. Leichte, lockere Musik. Die Klänge aus Kontrabass, Schlagzeug, Trompeten und Saxophon umschmeichelten unsere Gehörgänge. Ein langsamer, angenehm ruhiger Rhythmus entführte uns. Wir ritten mit auf den sanften Wellen des Jazz, die uns auf direktem Wege in eine heile, paradiesische Welt transportierten. Das Konzert war grandios, die erste Halbzeit viel zu kurz. Nach drei Bierchen fühlte ich mich leichter, aber wir brauchten nach den fünfundvierzig Minuten in diesem alten Gemäuer frischen Sauerstoff. In der Pause gingen wir vor die Tür. Christian zündete sich eine Zigarette an. Ich hatte dieses Laster bereits vor elf Jahren aufgegeben. Für Finn.

„Christian, eine dienstliche Frage ...“, begann ich und wusste, dass er es hasste.

„Och nee, Peter.“

„Doch, Christian. Es hat mit meinem aktuellen Fall zu tun. Und ich bin mir sicher, dass dir die Frage gefallen wird“, lockte ich ihn.

„Wenn du meinst.“

„Du hast bestimmt schon tausende Testamente gesehen und kennst dich aus, was geht, und was nicht geht.“

„Bestimmt“, meinte Christian gelangweilt und zog an seinem Glimmstängel, er schien ihm kaum noch zu schmecken.

„Ist es möglich, jemandem nach dem Tod den Kopf zu vererben?“, platzte ich mit meiner Sensationsfrage heraus und grinste. Mir war klar, dass sie ihn umhauen würde.

Christian fiel die brennende Zigarette hinunter, sie streifte seine hellbraune Anzughose und hinterließ eine schwarze Brandspur auf ihrem Stoff. Mein Grinsen erstarb, mir blieb die Luft weg. Ich befürchtete, dass ich nun seinen Armani-Dress bezahlen musste, er war diesbezüglich mehr als pingelig.

„Verdammt, Peter, du immer mit deinen schlechten Scherzen!“, schrie er mich an und begann, mit einem Stofftaschentuch aus seiner Hosentasche an den Kokelspuren zu reiben.

Keine Chance, die Hose war für immer versaut. Ich bekam ein schlechtes Gewissen. Aber wie hätte ich ahnen können, dass die Frage ihn dermaßen aus der Fassung geraten ließ?

„Was ist los mit dir, Christian? Du bist doch sonst nicht so ein Sensibelchen“, meinte ich und hoffte, dass er mir verzeihen könnte.

„Peter, ich darf es dir nicht sagen!“

„Was?“

„Wenn ich nicht schon ein paar Bierchen intus hätte, würde ich jetzt Stillschweigen bewahren!“

„Wozu, Christian?“

„Na, dazu, dass ich in den letzten Jahren unzählige solcher Testamente auf dem Tisch hatte! Alle verfasst von einem Herrn Roland Rolffs von der Rechtsanwaltskanzlei Kurz&Knapp. Das ist schon ein Running Gag. Immer, wenn ein Testament bei uns im Amt eingeht, das von ihm verfasst wurde, halten sich alle die Köpfe fest."

***

Wir waren zur zweiten Halbzeit in den *Jazzkeller* zurückgekehrt und hatten uns weitere drei Bierchen bestellt. Danach hatte ich hervorragend geschlafen. Aber mir brummte immer noch der Schädel. Heute war der 06.10.2019, ein Sonntag. Eigentlich hätte ich frei gehabt. Eigentlich. Aber der aktuelle Fall ließ es nicht zu. Wir waren gezwungen, weiterzumachen. Also saß ich wieder am frühen Morgen mit Karin und Awet im Büro.

„Peter, mir ist etwas eingefallen", meinte Karin zu mir.

Am liebsten hätte ich alle hinausgeworfen, um meine Ruhe zu haben. „Was, Karin?"

„Dem Protokoll vom Samstag, den 14.09.2019, 12:45 Uhr nach, hast du Bernhardt Moscher, den Vorgesetzten des ermordeten Dieter Kuschinski, von der Pharmorena befragt. Er hat gesagt, Moment, ich lese vor: *Es existiert eine Menge von Krankheitsbildern, die wir in naher Zukunft beheben oder von vornherein verhindern können, und zwar nicht durch die umstrittene Genmanipulation, sondern medikamentös, sogar pränatal.*"

„Dann wird es wohl so gewesen sein", meinte ich und trank einen Schluck Mineralwasser, angeblich sollte das den Restalkohol aus dem Blut schwemmen.

„Peter, jetzt werde doch mal wach!", maßregelte Karin. „Was ist mit dir los?"

„Nichts, sag einfach, was du wissen willst."

Ich hatte meinen Kollegen noch gar nicht mitgeteilt, was ich gestern Abend von meinem alten Freund Christian gehört hatte. In den letzten Jahren hatte er viele Testamente auf dem Tisch gehabt, in denen Köpfe an die Pharmorena vermacht worden waren. Alle verfasst von Roland Rolffs von der Rechtsanwaltskanzlei Kurz&Knapp, der Kanzlei, die Heinrich Kurz gehört hatte, dem ermordeten Pförtner der Pharmorena AG.

„Dieser Satz zu den pränatal einsetzbaren Medikamenten ist nur einmal gefallen. Wir haben ihm bisher wenig Beachtung geschenkt, Peter. Und ich frage mich jetzt, wie die Testreihen für die pränatalen Versuche aussehen“, sagte Karin, ihr Blick verriet höchste Besorgnis, er weckte mich mit einem Ruck auf.

Ich vergaß die testamentarisch vererbten Menschenköpfe, griff hektisch in meine Schublade, zog ein Blatt Papier heraus und überflog eine unserer Listen zum Fall Pharmorena AG. Meine Augen blieben an einem Namen hängen. Ich verspürte einen eisigen Hauch in meinem Nacken.

„Ich rufe Gerd an!“, meinte ich wie in Trance und griff nach dem Telefonhörer, um dem Kollegen Gerhard Driller, 17. Polizeirevier (Höchst) vom Polizeipräsidium Frankfurt eine Frage zu stellen, die mir wie ein Betonklotz im Magen lag.

„Gerd, ich grüße dich! So eine Schweinerei, du hast auch am Sonntag Dienst?“, startete ich das Gespräch mit einem Scherz, so war das Folgende hoffentlich besser für mich zu ertragen.

„Ah, verstehe. Eine Frage, Gerd, auf der Liste der verschwundenen Obdachlosen aus Frankfurt Höchst steht auch ein Frauenname. Helga. Kannst du mir mehr zu ihr erzählen?"

Ich hörte Gerd zu. Ich hörte seine Worte. Sie schallten durch meinen Kopf wie ein unaufhörliches Echo. Ein Echo, das die Worte vervielfältigte, sie immer wieder wiederholte, als wollten sie nie wieder aufhören zu erklingen.

„Danke dir, Gerd", würgte ich mit letzter Kraft heraus.

„Was ist, Peter?", rief Karin viel zu laut.

„Helga ist schwanger", krächzte ich.

Schwanger, schwanger, schwanger, hallte es in meinem Kopf nach.

Karin sprang auf, rannte zu unserem Büromülleimer, hielt ihn sich vor das Gesicht und übergab sich.

Awet stand von seinem Schreibtisch auf. Er kam langsam zu mir herüber und sah mich an. Ich starrte zurück, konnte nichts sagen. Ich bekam kein Wort mehr heraus. Was war mit ihm? Würde er jetzt zum ersten Mal eine Gefühlsregung zeigen? Würde er vor meinem Schreibtisch ausrasten?

„Ich gehe da heute Nacht rein", entschied Awet.

***

Awet war ohne ein weiteres Wort hinausgegangen. Ich stand am Fenster unseres Büros und sah ihn über den Parkplatz gehen. Ich hatte keine Ahnung, was er nun tun würde.

„Peter, ich muss dich etwas fragen", sagte Karin.

Sie hatte sich hinter mich gestellt und beobachtet, wie Awet hinter einer Häuserzeile des LKAs verschwand.

„Was gibt's?", fragte ich sie und drehte mich zu ihr um.

Ihre Augen waren gerötet, ich erkannte weggewischte Tränen, deren Reste noch an ihren Wimpern klebten.

„Ich bin mir sicher, dass etwas fehlt", meinte sie.

„Was fehlt?", fragte ich sie.

„Ein Protokoll. Der Ausdruck ist nicht in den Ordnern, und auf unserem Server habe ich es auch nicht gefunden."

„Welches Protokoll meinst du?", wollte ich wissen.

„Wir haben doch Adam Frost befragt, um zu erfahren, was er mit dem Kopf von Heinrich Kurz gemacht hat. Erinnerst du dich, Peter?"

Ich erinnerte mich. Wir hatten Adam Frost noch einmal eingeladen, nachdem wir von Dr. Ute Gazek erfahren hatten, dass sie nach der Obduktion Heinrich Kurz, dem Pförtner der Pharmorena AG, den Kopf hatte absägen müssen. Ein Vertreter des Amtsgerichts Frankfurt und Adam Frost, der junge Kollege des ermordeten Dieter Kuschinski, hatten den Kopf in einer Kühlbox in der Rechtsmedizin abgeholt.

„Du hast Recht, Karin", meinte ich und ging zurück zu meinem Schreibtisch. „Schau du bitte noch einmal die Aktenordner nach und durchsuche alle Ausdrucke, vielleicht haben wir das Protokoll an der falschen Stelle abgeheftet. Es muss in der letzten Septemberwoche gewesen sein. Ich suche auf dem Server."

Karin ging zu unserem Regal und holte alle Ordner heraus, legte sie auf ihren Schreibtisch und fing an zu blättern. Ich klickte mich an meinem Notebook durch, bis ich den Dateiordner auf unserm Server geöffnet hatte. Die Protokoll-Dateien waren chronologisch sortiert. Ich schaute mir alle Dateinamen der letzten Septemberwoche 2019 an. Nichts. Ich öffnete alle Dateien und prüfte, ob das Protokoll des Verhörs von Adam Frost mit einem falschen Namen oder mit einem falschen Datum abgespeichert worden war. Auch nichts.

„Ich bin fertig. Ich kann es nicht finden“, schloss Karin.

„Ich auch nicht.“

„Was denkst du, Peter?“

„Ich weiß nicht.“

„Sag schon.“

„Ich ... ich möchte niemanden zu Unrecht beschuldigen, aber findest du nicht auch, dass Awet sich seltsam verhält?“

„Du meinst, er hat Protokolle vernichtet, um unsere Ermittlungen zu behindern, Peter?“

„Ich kann es dir nicht sagen“, antwortete ich.

Unser junger Kollege war undurchschaubar, er hatte in seiner Kindheit Bestialisches erlebt. Er war kalt wie Eis, gefühlslos. Ich musste wieder an die von ihm getötete und gestohlene Maus denken. Wusste er, was Recht und Unrecht war? Konnte man ihm trauen? Durfte jemand wie er im Polizeidienst stehen?

„Ich rufe die Kollegen von der internen IT an“, meinte ich. „Sie können Dateien wiederherstellen. Vielleicht hat es jemand aus Versehen gelöscht, bevor ich alles für uns ausgedruckt habe. Und falls nicht, können sie überprüfen, wer es absichtlich getan hat.“

„Peter, du denkst, wir haben die ganze Zeit mit einem Maulwurf zusammen gearbeitet?“

„Ich habe wirklich keine Ahnung.“

„Du machst mir Angst, Peter."

***

„André, wie schaut's aus? Hast du Neuigkeiten für mich?", fragte ich gespannt.

Der heilige Grahl, unser inoffizieller Hacker, hatte mich angerufen. Ich hatte ihn gleich mit Fragen bombardiert, ohne mich mit Namen zu melden.

„Klaro, ich habe gerade das Schatten-System von dem Tracking-Tool der Pharmorena geknackt."

„Und?"

„Halt dich fest, Peter. Darin sind ganz sicher die echten Ergebnisse ihrer verbotenen Versuchsreihen. Die enthaltenen Daten weichen stark von denen des Echtsystems ab. Das Echtsystem wird zur Dokumentation genutzt, da ist alles sauber. Mit den enthaltenen Funktionen für das Berichtswesen kann man die Anträge zur offiziellen Genehmigung der nächsten Entwicklungsphase des Medikaments erstellen. Bisher sind nur Versuche an Mäusen mit menschlichen Stammzellen dokumentiert."

„Und das Schatten-System?", fragte ich, ich hielt die Luft an, um kein Wort des heiligen Grahls zu verpassen.

„Das Schatten-System sieht ganz anders aus. Das ist ekelhaft, Peter. Es geht um Menschenversuche. Demenzpatienten, Schlaganfallpatienten, Unfallopfer mit Hirnschäden. Es sind sogar Schwangere dabei."

„Scheiße, André, das ist verdammte Scheiße, was die da treiben."

„Richtig!"

„Hast du auch Versuche mit Robotern im Schatten-System finden können?“, fragte ich gebannt.

„Roboter? Nein, bisher nicht. Aber ich habe noch nicht alle Schatten-System-Berichte durchgesehen, das ist zu viel. Und verstehen tue ich davon auch nur die Hälfte. Ich stelle euch Dateien zusammen, die alles enthalten. Und du erklär dann mal deiner lieben Präsidentin, woher die Daten kommen.“

Verdammt, noch ein Problem mehr.

***

„Groß“, meldete ich mich.

Es war mittlerweile Mittag. Wir hatten noch nichts gegessen und würden es auch die nächste Zeit nicht tun. Mein Telefon hatte geklingelt. Karin und ich hatten weiterhin die Akten gewälzt und versucht herauszufinden, wo das verschwundene Protokoll abgeblieben war. Awet war noch nicht zurück. Wir hatten die Ausdrucke mit den Dateien auf unserem Server abgeglichen und hatten erkannt, dass noch mehr Dateien fehlten. Uns lagen mehr Ausdrucke vor, als Dateien abgespeichert waren. Mein Herz raste, ich atmete flach und hoffte, dass wir die Unstimmigkeit bald aufklären konnten.

„Hier Cordula, von der internen IT.“

„Hi Cordula, hast du schon etwas herausfinden können?“, fragte ich erleichtert.

„Ja, leider.“

„Leider?“ In meinem Bauch machte sich ein unangenehmes Gefühl breit. Ich ahnte, dass die interne IT nichts Gutes zu berichten hatte. Karin hielt inne und starrte mich an.

„Das von euch vermisste Protokoll vom 26.09.2019 ist gelöscht worden."

„Wer war es?", fragte ich.

Es musste jemand gewesen sein, der über die Berechtigung verfügte, auf unsere Dateiordner zuzugreifen. Und das waren im aktuellen Pharmorena-Fall nur drei Personen, ich, Karin und ... in meinen Ohren schallte der Name *Awet, Awet, Awet* wie eine böse Vorahnung. Wo war er jetzt? Saß er bei den Pharmorena-Bossen und erstattete Bericht über unsere Misserfolge?

„Susi Knippschildt, unsere Empfangsdame."

„Unsere Susi?!", entfuhr es mir, ich war fassungslos.

Karin öffnete ihren Mund, als wollte sie etwas sagen, aber sie brachte keinen Ton heraus.

„Ja, unsere Susi", bestätigte Cordula. „Sie hat keine Zugriffsrechte auf euren Server. Ihre User-Rechte wurden ein Tag zuvor von ihr geändert. Wir versuchen gerade anhand der Log-Files herauszubekommen, wie sie das bewerkstelligt hat. Sie muss es für jemanden getan haben, der es nicht geschafft hat, von extern in unser geschütztes Netzwerk einzudringen. Von innen ist ein Angriff einfacher. Aber ich kenne Susi, sie hat keine Ahnung davon, wie das funktioniert. Es muss ihr jemand Hacking Software dafür bereitgestellt haben. Sie hat sich damit selbst Admin-Rechte gegeben, mit denen sie die Berechtigung für alles hatte. Sie hat verschiedene Varianten ausprobiert und es dann irgendwie hinbekommen. Wie, das kriegen wir bald raus, Peter."

Mir wurde schwindelig. Sie waren in unser Netzwerk eingedrungen, über Social Engineering. Sie hatten Susi

Knippschildt manipuliert, und ihr gezeigt, wie man auf unsere geschützten, internen Server kommt. Das, was ich seit Wochen ahnte, bewahrheitete sich nun.

„Verstehe. Könnt ihr unsere Datei wiederherstellen?"

„Warte, es kommt noch mehr, Peter. Susi hat weitere Dateien gelöscht, sie waren alle in dem Dateiordner mit dem Namen Pharmorena abgelegt. Das war am 28.09.2019", fuhr Cordula fort.

Am 28.09.2019? Das war der Tag gewesen, an dem ich die Protokolle gedruckt und alle Dateien vervielfältigt hatte! Deshalb lagen uns mehr Ausdrucke als Dateien auf dem Server vor. Und das Protokoll von dem Verhör mit Adam Frost musste Susi gelöscht haben, bevor ich es hatte ausdrucken können. Wir arbeiteten heutzutage nahezu papierlos, jetzt war ich jedoch froh, dass ich die über fünfhundert Blatt Papier durch unseren Drucker gejagt hatte.

Mir fiel wieder ein, dass ich zusätzlich an verschiedenen Stellen USB-Sticks mit Kopien aller Ermittlungsergebnisse deponiert hatte. Aber das wollte ich Karin unter keinen Umständen wissen lassen. Sie war weniger angreifbar, je weniger sie über meine Sicherheitsvorkehrungen wusste.

„Und, könnt ihr die Dateien wiederherstellen?", wiederholte ich meine Frage an Cordula.

„Wir haben gerade geprüft, ob der Backup-Server auch angegriffen wurde."

„Und?", fragte ich.

„Wurde er. Aber Susi hat einen Fehler gemacht, sie hat es nicht hinbekommen. Der Server steht in einem anderen Netz. Die Backup-Dateien sind alle noch da. Wir stellen sie euch auf einem anderen Server bereit, einen, den Susi nicht kennt. Dauert ungefähr eine halbe Stunde.“

„Ich danke dir, Cordula.“

„Es tut mir leid, Peter, aber es sieht so aus, als wolle Susi eure Ermittlungen zu dem Pharmorena-Fall durchkreuzen. Wir werden das melden“, klärte Cordula mich auf.

„Verstehe. Tue mir bitte vorher noch einen Gefallen, Cordula, überprüfe alle Gespräche, die Susi über die Zentrale getätigt hat. Ich brauche eine Liste aller Telefonate der Monate September und Oktober 2019, egal wie lang sie ist! Wir haben Susi im Pharmorena-Fall mit mehreren Telefongesprächen beauftragt, und sie hat uns wiederholt erzählt, dass sie die Gesprächsteilnehmer nicht erreichen konnte.“

„Schlechte Nachricht“, meinte Cordula dazu. „Die Liste muss mein Kollege erstellen, ich bin nicht für die Telefonanlage zuständig. Gute Nachricht, sobald ich ihn erwischt habe, kann er das mit einem Knopfdruck für dich machen.“

***

Es war kurz nach drei. Awet kam zurück ins Büro. Er war fast fünf Stunden fort gewesen. An seinem Gesicht konnten wir nicht erkennen, wie es ihm ging, es war wie immer ausdruckslos. Ich ärgerte mich schwarz darüber, ich konnte ihn weder einschätzen, noch wusste ich wie er über mich und Karin dachte. Die Erkenntnis, dass unsere Kollegin Susi Knippschildt vorsätzlich und unter Anwendung einer externen Hacking-Software wichtige Dateien gelöscht hatte, war ein Schock für

Karin und mich gewesen. Und nun kam Awet herein, und stellte sich emotionslos wie immer vor uns auf.

„Was ist los?“, fragte er.

Zumindest erkannte er die emotionalen Regungen seiner Mitmenschen. Er schien bemerkt zu haben, dass uns etwas zu schaffen machte.

„Susi Knippschildt hat Verhörprotokolle von unserem Server gelöscht. Sie hat mit einer Malware ihre User-Rechte manipuliert und sich selber Admin-Rechte auf unserem Server gegeben“, erklärte ich.

„Die Susi vom Empfang?“, fragte Awet, ohne eine Miene zu verziehen.

„Ja, genau die, unsere Susi vom Empfang!“, schrie ich viel zu laut.

„Peter, bitte, er kann doch nichts dafür“, versuchte Karin mich zurückzuhalten und hielt mich am Arm fest.

Ich ging einen Schritt auf Awet zu. Er war einen halben Kopf größer als ich. Ich schaute ihn aus der Nähe an, versuchte auch nur eine Regung in seinem Gesicht zu erkennen. Nichts. Ich sah nur seine Narbe. Die feingezogene Narbe am Kinn, die durch seinen Dreitagebart verdeckt wurde und über seinen Hals verlief. Ich hatte zu viel Nachsicht mit ihm und seinem Verhalten gezeigt, weil ich Mitleid mit ihm gehabt hatte. Mitleid darüber, was ihm als Kind widerfahren war. Ein großer Fehler von mir.

Insgeheim ärgerte ich mich, dass nicht er es gewesen war, der die Protokolle gelöscht hatte, dann wären wir ihn jetzt endlich los. Aber nein, es war unsere Susi vom Empfang gewesen, die Susi, die seit fünf Jahren dort arbeitete, die stets hilfsbereit, zuvorkommend und freundlich gewesen war, eine gute Seele, von der ich derartige Abgründe nie erwartet hatte. Auch darüber ärgerte ich mich, ich hatte sie ganz offensichtlich falsch eingeschätzt, jahrelang. Noch ein Fehler meinerseits.

„Warum schreist du mich an?“, fragte Awet kühl.

Ich hasste ihn in diesem Moment. Dafür, dass er ohne erkennbare Regung Lob, Kritik, ja, sogar unfaires Verhalten dermaßen an sich abprallen ließ. Ich kochte innerlich.

„Weil ich dich nicht einschätzen kann. Weil du seit Wochen mit uns zusammenarbeitest und ich nicht *einmal* erkennen konnte, was du denkst, was du fühlst, wie es dir mit der ganzen Scheiße hier geht!“, brüllte ich.

Meine Hände zitterten, ich musste sie unter größter Anstrengung unter Kontrolle halten, sie wollten ihn würgen. Ich spürte, wie mein Herzschlag beschleunigte, wie er in meinen Ohren pochte. Zu lange hatte ich mich zurückgehalten, hatte es geschluckt. Jeden Tag hatte ich darüber hinweggesehen, dass Awet absolut gefühllos mit uns umging. Er nahm uns nicht ernst, machte sein Ding, ohne auch nur eine freundliche Geste. Jetzt kam das ganze Thema in mir hoch, ich hatte mich zu lange zurückgenommen. Susi Knippschildts Fehlverhalten hatte das Fass zum Überlaufen gebracht. Ich starrte Awet an, immer noch keine Reaktion. Ich musste mich jetzt beruhigen, sonst würde ich Awet im Dienst eine Ohrfeige geben. Das durfte nicht geschehen, wenn ich weiter hier arbeiten wollte.

„Lass ihn, Peter, bitte“, flehte Karin und zog mich zurück. „Lasst uns um Himmelswillen in Frieden zusammenarbeiten.“

„Siehst du die Narbe an meinem Hals, Peter?", fragte Awet. „Bei unserer Flucht aus Eritrea hat ein Soldat versucht, mir mit einer Machete die Halsschlagader zu durchtrennen. Ich war erst acht. Ich habe mich gewehrt so gut es ging, bin gestürzt und habe mir das Felsenbein gebrochen, den Knochen hier oben am Schläfenbein. Mein Vater ist dazwischen gegangen, er hat mich gerettet, er hat den Soldaten mit einem Messer getötet und wurde dabei von einem anderen Soldaten erschossen. Genauso meine Mutter, mein Onkel, meine Tanten, meine Cousinen und meine Cousins. Nur mein Bruder und ich haben es geschafft, mein kleiner Bruder hat mich weggeschleppt. Seit der Verletzung ist der obere Teil meines Gesichts gelähmt. Ich habe keine Mimik mehr."

Ich schluckte. Wankte. Eine heiße Hitzewelle durchschoss meinen Körper. Schwindel überkam mich. Angst kroch in mir hoch, Angst darüber, gleich ohnmächtig umzukippen. Mein ganzer Ärger über Awet stürzte in sich zusammen, verpufft zu nichts. Ich setzte mich auf meine Schreibtischkante, hielt mich krampfhaft daran fest und fing an zu heulen.

***

„Wo genau willst du heute Nacht rein?", fragte Karin ruhig.

Sie hatte Awet eine Hand auf die Schulter gelegt und wollte von ihm wissen, was er nun vorhatte. Ich hockte hinter meinem Schreibtisch und beobachtet die zwei. Ich hatte mich noch nicht gefangen, schämte mich in Grund und Boden. Hätte ich eher mit Awet gesprochen, wäre das Thema um sein maskenhaftes Gesicht geklärt gewesen. So fühlte ich mich aber wie ein mieses Schwein, das jemanden aufgrund einer Verletzung gemobbt und diskriminiert hatte.

„Ich werde heute Nacht versuchen, in die zwei abgeriegelten Untergeschosse der Pharmorena AG zu kommen“, antwortete Awet.

„Bist du verrückt?“, fragte Karin. „Peter, sag du doch auch etwas!“

Ich überlegte, was ich dazu sagen sollte. Er wollte zu den Versuchsmenschen gelangen. Sollte ich ihn abhalten? Oder unterstützen? Awet war stark, er könnte es schaffen.

„Es tut mir leid, Awet“, flüsterte ich, stand auf und klopfte meinem Kollegen auf die Schulter. „Ich hätte früher mit dir darüber reden sollen. Ich meine über deine ... über deine fehlende Mimik.“

„Schwamm drüber“, meinte Awet knapp. „Was ist jetzt? Helft ihr mir heute Nacht?“

„Das ist Wahnsinn“, flüsterte Karin.

„Eigentlich keine schlechte Idee“, antwortete ich. „Aber ich würde es langfristiger planen. Wir müssen sehen, wie wir dich da halbwegs sicher einschleusen können.“

„Peter!“, schrie Karin.

„Ich habe schon einen Plan“, sagte Awet.

Es klopfte an der Tür, sie war nur angelehnt. Dr. Friese, unser Betriebsarzt, der mich und Karin nach dem Pizzaessen untersucht hatte, nachdem wir den Drohbrief von Silke Jakob daran gefunden hatten, trat ein.

„Grüße Sie, Frau Weidmann, Herr Groß und Herr ...?“

„Berhane“, sagte Awet.

„Und Herr Berhane. Ich komme wegen der Daten auf dem USB-Stick eines gewissen Gundolf Kuschinski. Die IT-Forensik hat mir Kopien davon geschickt, damit ich mir das Ganze einmal ansehen kann.“

„Ah, kommen Sie, Dr. Friese, setzen sie sich“, meinte ich und rückte ihm einen Besucherstuhl vor meinem Erbstück, dem Schreibtisch der Firma Stock GmbH, zurecht.

Er nahm gleich Platz und legte eine rote Heftmappe auf den Tisch. Ich erkannte durch die Folie einen Ausdruck, der ein menschliches Gehirn skizzierte. Endlich würden wir erfahren, was uns der verschwundene Onkel des ermordeten Quality Managers der Pharmorena AG auf dem USB-Stick gespeichert hatte.

„Es waren einige Dateien darauf zu finden, die Dokumentationen sehr interessanter Versuchsreihen enthielten“, begann Dr. Friese und zeigte auf einige Blätter aus dem Hefter. „Das Wichtigste habe ich ausgedruckt und mit Kommentaren versehen. Sehen Sie, immer am Rand, in Rot. Ich habe herausfinden können, dass die Pharmorena AG Forschung zur Öffnung der Blut-Hirn-Schranke betreibt. So wie es aussieht, haben sie vor, biobasierte Kunststoffe durchzuschleusen, die sich nach einiger Zeit selbstständig und ohne Rückstände wieder abbauen, sogenannte Biopolymere. Dazu haben sie menschliche Stammzellen in Mäusehirne eingepflanzt.“

„Abbaubar ... habe ich es mir doch gedacht“, warf ich ein. „Bitte weiter, Dr. Friese.“

„Es muss sich um eine Art automatische Behandlung handeln, die die Pharmorena plant. Durch vordefinierte Auslöser, wie zum Beispiel elektromagnetische Strahlung, soll ein Medizinprodukt an gewisse Bereiche im Gehirn abgegeben werden. Welche Wirkstoffe das sein sollen, und wie sich die sogenannten Nanocarrier aus Biokunststoff im Gehirn bewegen sollen, wird durch die Dateien auf dem USB-Stick nicht beantwortet. Aber es ist klar, dass bei bestimmten, auftretenden Hirnaktivitäten, wie zum Beispiel einer Depression, ein Elektromagnet aktiviert werden soll, der die Behandlung und somit die Medikamentenabgabe durch den Carrier auslöst."

„Automatisch?", fragte ich nach, ich konnte es noch nicht ganz glauben.

„Ja, automatisch", bestätigte Dr. Friese. „Aber es hat bisher nicht geklappt. Die Versuche waren lediglich erfolgreich, wenn die Nanocarrier durch implantierte Schläuche in das Gehirn eingeführt wurden. Es scheint Probleme bei der Öffnung der Blut-Hirn-Schranke zu geben, die gewählten Materialien werden nicht durchgelassen. Sie experimentieren anscheinend an einer neuartigen Biomasse, die die Blut-Hirn-Schranke passieren und ungehindert in das Gehirn eindringen kann."

„Wie meinen Sie das, Dr. Friese?", fragte Karin. „Wie hat die Pharmorena das herausgefunden? Hat sie das nur an den Mäusen getestet? Oder auch an lebenden Menschen?"

„So wie es hier in den Versuchsdokumentationen auf dem USB-Stick dargestellt wird, ja", antwortete Dr. Friese. „Nach den Mäuseversuchen wollten sie die ersten Versuche an Köpfen von toten Menschen durchführen. Hauptsächlich, um zu erfahren, wie groß die

Nanocarrier höchstens sein dürfen, wie sie sich durch das menschliche Gehirn bewegen und welche Mengen des Wirkstoffs sie gezielt abgeben können. Danach haben sie das Ganze an lebenden Menschen ausprobiert. Bisher hat es nur mithilfe der implantierten Schläuche geklappt. Es sieht so aus, als wären einige Probanden daran gestorben. Es gibt diverse Hinweise darauf, kurze Formulierungen wie *Test negativ, Exodus.*“

„Scheiße“, entfuhr es mir. „Es gibt also noch mehr Tote, nur bekommen wir sie nie zu Gesicht, weil sie unterirdisch gehalten werden, abgeriegelt von der Welt, wie Versuchstiere.“

„Sind Sie sich da sicher?“, fragte Dr. Friese.

„Ja, leider“, meinte Karin mit Tränen in den Augen.

Dr. Friese schüttelte angewidert seinen Kopf.

„Haben Sie Namen von Probanden in den Dokumenten finden können?“, fragte ich Dr. Friese.

„Nein, die Dokumentationen hatten eher den Charakter von Planungen, Planungen für weitere Versuche, weil die ersten zur Öffnung der Blut-Hirn-Schranke keinen Erfolg gezeigt hatten. Was daraus geworden ist, wird leider nicht aufgezeigt.“

„Vermutlich hat Gundolf Kuschinski auf die Ergebnisse keinen Zugriff gehabt, oder besser gesagt, sein Neffe Dieter Kuschinski“, überlegte ich.

„Zumindest hat Herr Kuschinski sie nicht auf seinen USB-Stick gepackt“, meinte Dr. Friese.

„Es sind Nanoroboter, die die Pharmorena in das Gehirn einschleusen möchte“, erklärte Awet. „Sie können sich mittels einer zweiflügligen Schraube an ihrer Rückseite bewegen, den Strom erhalten sie durch Elektromagnetismus. Unsere Rechtsmedizin hat so einen Nanoroboter, seine Kapsel enthält einen organischen Kleber."

„Nanoroboter? Mit organischem Kleber?", wiederholte Dr. Friese ungläubig, kratzte sich am Kinn und schaute von einem zum anderen.

„Ja, Dr. Friese", sagte ich. „Was könnte die Pharmorena damit bezwecken wollen?"

„Mit organischem Kleber? Tja, diese Frage wird ebenfalls nicht durch die vorliegenden Dateien beantwortet. Ich kann mir nur vorstellen, dass sie damit Gewebe flicken wollen, das durchtrennt oder zerstört wurde, zum Beispiel bei einem Schlaganfall, oder sich nie korrekt entwickelt hat."

„Apropos nie korrekt entwickelt", warf ich ein. „Haben Sie Hinweise auf pränatale Versuchsreihen in den Dateien finden können, Dr. Friese?"

„Nein, das habe ich nicht."

***

„Du musst die Kapsel schlucken, kurz bevor du reingehst", meinte Klaus.

Klaus war der Funker, der uns bereits bei dem Einsatz in Bornheim vor Hartmuth Wankers Wohnung unterstützt hatte, als die Kollegen von der Toxikologie vor Ort gewesen waren. Heute wollte Klaus Awet mit einem Sender ausstatten.

„Die Kapsel ist säureresistent, löst sich nicht auf, du wirst sie morgen oder übermorgen wieder auskacken", erklärte Klaus. „Der Sender ist bis dahin in deinem Körper. Die Pharmorena-Leute können ihn nicht finden, falls sie dich erwischen. Und solange wissen wir genau, wo du bist. Dann nimmst du noch dieses Handy mit, es nutzt eine Frequenz, mit der nur wir kommunizieren können. Du kannst damit telefonieren, filmen und fotografieren. Und uns natürlich alles zuschicken, solange die Pharmorena-Leute es dir nicht wegnehmen."

„Gut", meinte Awet.

Karins Stirn zierten Sorgenfalten: „Willst du das wirklich tun, Awet?"

„Ja."

„Habt ihr schon die Genehmigung dafür?", fragte Klaus.

„Noch nicht", meinte ich nebulös, die Präsidentin wusste noch nichts davon, und ich war mir nicht im Klaren darüber, ob ich sie an einem Sonntag damit behelligen sollte, Awet wollte aber noch heute Nacht dort hinein.

Klaus schaute mich an, als würde er es bereuen, dass er schon mit dem Sender und dem Spezialhandy angetanzt war. Wir standen alle unter Druck, es musste verdammt schnellgehen und er hatte sich darauf verlassen, dass alles in trockenen Tüchern war. War es aber nicht. Ich schaute ihn an wie ein bettelnder Hund.

„Peter, ich setze voraus, dass ihr vor dem Einsatz des Equipments eine Genehmigung von der Präsidentin bekommt", brummte er und warf seinen Koffer zu. „Ich lasse euch das Zeug dann hier."

„Alles klar, Klaus, danke dir, ich kümmere mich darum, versprochen", log ich und boxte ihn freundschaftlich an den Arm.

„Ja, ja", meinte er und verschwand in den Flur.

***

„Peter, was meinst du, wie Susi an die Papierversion des Protokolls vom 26.09.2019 gekommen ist, das sie entwendet hat?“, fragte mich Karin.

„Sie muss hier im Büro gewesen sein, und hat es aus unseren Ordnern mitgehen lassen. Habt ihr eure Mappen mit den Kopien immer mit heimgenommen?“, fragte ich meine beiden Kollegen.

„Ich nicht, ich habe immer die Originale aus den Ordnern benutzt, und die stehen hier im Regal“, beichtete Karin.

„Ich habe die Kopien von dir, Peter, und habe sie nur manchmal mitgenommen“, antwortete Awet.

„Und ich habe meine Kopien, wenn wir gemeinsam rausgefahren sind, einige Male in der Schublade meines Schreibtisches liegenlassen. Bin mir nicht sicher, ob ich ihn immer abgeschlossen habe“, dachte ich laut nach.

„Ich habe Susi einmal hier erwischt“, sagte Awet.

„Was?!“, fragte ich und sprang auf.

„Das war an dem Tag, als Karin bei dem Blumengeschäft in Frankfurt war und du kurz rausgegangen bist, Peter“, erklärte Awet. „Sie stand an deinem Schreibtisch, als ich von der Toilette zurückkam, und hat mir gesagt, sie würde dir nur die Telefonnummer von Silke Jakobs Eltern auf den Tisch legen. Ich habe es ihr geglaubt, da lag wirklich der Zettel, ich habe es nachgesehen.“

„Stimmt, sie hat mir den Zettel hier hingelegt, ich erinnere mich wieder“, meinte ich. „Weißt du noch, Karin, ich habe dich danach gefragt, als Salvatore bei uns war, wegen des Phantombildes.“

„Ja, ich weiß“, meinte Karin. „Aber Awet, damals warst du noch nicht in unserem Team. Was hast du hier bei uns im Büro getan?“

Ich bekam eine Gänsehaut. Daran hatte ich gar nicht gedacht. Was für eine Rolle spielte Awet? Hatte ich ihm wegen seiner geschilderten Kindheitstraumata voreilig mein Vertrauen geschenkt?

„Die Präsidentin hat mich an dem Tag zu euch geschickt, um mich vorzustellen. Aber ihr wart beide nicht im Büro“, antwortete Awet.

„Die Präsidentin hat dich hergeschickt, ohne uns vorher zu informieren? Das kann ich nicht glauben“, antwortete ich.

„Sie war im Stress und konnte euch nicht erreichen. Sie hat sich ziemlich darüber geärgert“, erklärte Awet. „An dem Tag habe ich nicht darüber nachgedacht, ob es plausibel ist, dass Susi in eurem Büro steht.“

„Tja, das kann ich verstehen“, meinte Karin und warf mir einen unsicheren Blick herüber.

„Wahrscheinlich hat Susi bei der Gelegenheit die Akten durchsucht und das eine Protokoll entwendet“, vermutete Awet. „Sie ist dann mit mir raus. Vermutlich hat mein Erscheinen sie davon abgehalten, noch weitere Protokolle aus den Ordnern zu nehmen.“

„Vielleicht“, meinte ich und überlegte, ob Awet uns doch etwas vormachte.

„Wir sollten mit Susi reden, auch wegen der Hacking-Software“, schlug Awet vor. „Ich möchte wissen, was da los war, bevor ich heute Nacht in den Pharmorena-Keller reingehe.“

Das klang logisch. Ich grübelte, wie wir weiter vorgehen sollten, auch davon wusste die Präsidentin noch nichts. Wollte Awet nur auf diese Weise verschwinden? Arbeitete er doch mit den Pharmorena-Bossen zusammen? Cordula von der internen IT hatte bestimmt schon die ersten Schritte gegen Susi eingeleitet. Ich ging zu meinem Schreibtisch, griff nach dem Telefonhörer und wählte Cordulas Nummer. Hier und jetzt konnte ich sie nicht fragen, ob Susis Account intern von jemand anderem missbraucht worden war, um es so aussehen zu lassen, als wäre sie es gewesen. Den Punkt musste ich später klären.

„Hi Peter, gut, dass du anrufst“, sagte Cordula gleich. „Der Kollege hat die Anrufliste bereits erzeugt, er schickt sie dir in diesem Moment per E-Mail zu. Und ich habe dir die von Susi gelöschten Protokolle auf dem NOF-2-Server bereitgestellt. Den kennst du doch, oder?“

„Ja, den kenne ich, habe auch noch die Zugangsdaten hier.“

„Gut, Peter, falls du noch Fragen hast, rufe einfach an.“

„Danke dir, Cordula“, antwortete ich und verabschiedete mich gleich wieder.

Ich öffnete mein E-Mail-Postfach und hielt Ausschau nach der Anruferliste, sie war noch nicht bei mir angekommen. Ich loggte mich auf dem NOF-2-Server ein und erkannte gleich einen Dateiordner mit dem Namen *Pharmorena_Backup*. Ich klickte darauf und es erschienen die Protokolle, Berichte und Gesprächsnotizen zu unserem aktuellen Fall.

„Wer möchte die Dateien aus dem Backup-Ordner durchgehen, sie mit den Dateien aus unserem

Verzeichnis abgleichen, und identifizieren, was Susi gelöscht hat?"

„Ich habe noch etwas Zeit bis heute Abend, das kann ich übernehmen", meldete sich Awet freiwillig.

„Wir müssen schnellstens herausfinden, um welche Themen es in den gelöschten Dateien ging", sagte ich und hatte dabei Angst um unsere Daten, aber die IT hatte noch alles auf dem Backup-Server, daher überließ ich Awet das Thema.

„Verstanden", bestätigte Awet.

„Kommt mal beide her, Karin, Awet, gleich wissen wir noch mehr", bat ich meine Kollegen.

Ich wollte Awet in Sicherheit wiegen und bezog ihn bei den nächsten Schritten mit ein. Heute Abend wäre er weg, dann würde ich Karin in meinen Verdacht einweihen. Bis dahin mussten wir das Theater weiterspielen. Die zwei stellten sich hinter mich. Wir starrten auf mein Postfach, als gerade das E-Mail mit der Anrufliste eintraf. Hektisch klickte ich es an und öffnete den Dateianhang. Es war eine Excel-Liste mit eingehenden und ausgehenden Anrufen an unserer Zentrale. IT hatte ganze Arbeit geleistet, sie hatten gleich mit angegeben, wer zur jeweiligen Zeit Dienst an der Zentrale gehabt hatte und nach Susi Knippschildt sortiert.

„Hier, Peter", meldete sich Karin zu Wort. „Sie hat es wirklich zigmal bei Silke Jakob auf dem Handy und auf dem Festnetzanschluss probiert, und es kam zu Anfang kein Gespräch zustande. Aber am 20.09.2019 wurde ein Gespräch auf Silke Jakobs Handy angenommen. Das Telefonat hat fünf Minuten und dreiunddreißig Sekunden gedauert."

„Stimmt", bestätigte ich, das wiederum entlastete Awet. „Susi hat also mit jemandem an Silke Jakobs Handy gesprochen. Und uns hat sie immer erzählt, dass sie niemanden erreicht hat."

„Da hat sie gelogen", schloss Awet.

Die Beschuldigung traf mich wie ein Pfeil. Wälzte er die Schuld auf sie ab? Für Dinge, die er zu verantworten hatte? Ich musste durchatmen. Es sah so aus, als hätten Silke Jakob und Susi miteinander telefoniert. Was hatten die zwei besprochen, das wir nicht hatten wissen durften?

„Ob Susi von Silke die Hacking-Software bekommen hat?", fragte Karin.

Sie sprach aus, was ich dachte. Oder auch nicht dachte, nicht denken wollte. Hatte Awet die Dateien manipuliert? Hatte er und nicht Susi Kontakt zu Silke Jakob gehabt?

***

<u>Protokoll:</u> Frankfurt, Industriepark Höchst, Pharmorena AG, Besucherraum 1-3.12, Donnerstag 26.09.2019, 13:13 Uhr: Zeugenbefragung durch Peter Groß von Adam Frost, männlich, 31 Jahre, Quality Engineer, Team Quality Validation bei der Pharmorena AG

„Herr Frost, ich habe gestern erfahren, dass sie den Kopf ihres ermordeten Kollegen Heinrich Kurz zu Versuchszwecken in die Labore der Pharmorena AG gebracht haben. Was haben Sie mit ihm gemacht?"

„Was soll ich schon mit ihm gemacht haben? Ich habe ihn in den Kühlschrank gestellt."

„Was haben Sie mit ihm vor, Herr Frost?"

„Wir werden ihn für eine Versuchsreihe nutzen, so wie es Herr Kurz in seinem Testament verfügt hat."

„Passiert es öfter, dass Sie Köpfe von Toten erben?"

„Ja, das ist nicht selten. Oft sind es Familien, die Geld benötigen. Sie vermachen uns die Köpfe nach ihrem Tod, die Hinterbliebenen erhalten dafür eine hohe Summe als Entschädigung, zum Beispiel um eine angemessene Beisetzung des Toten bezahlen zu können. Wir ziehen jedes Mal unsere Rechtsanwälte hinzu, damit die Testamente und Verträge rechtlich sauber formuliert werden. Ist also alles legal."

„Und was machen Sie mit den Köpfen der Verstorbenen?"

„Wir schneiden sie auf, schauen uns das Gehirn an. Falls die Toten unter einer Erkrankung oder an Nachwirkungen eines Unfalls litten, versuchen wir festzustellen, welche Auswirkungen das Ganze auf die Gehirne hatte. Und wir testen auch an den Köpfen, wie man Medikamente in das Gehirn einbringen kann, um die Schäden behandeln zu können."

„Kommen Sie sich bei Ihrer Arbeit nicht abartig vor, Herr Frost?"

„Nein, wieso?"

„Weil das ekelhaft ist, was Sie da tun! Oder geben diese Menschen ihre Köpfe freiwillig an Sie ab?"

„Klar tun sie das, sie helfen uns damit immerhin bei der Entwicklung eines Medikaments, das zukünftig anderen Menschen mit den gleichen Hirnerkrankungen helfen wird. Die Verstorbenen haben oft ihr Leben lang darunter gelitten und möchten das anderen ersparen. Ist doch sehr edel von ihnen, oder?“

„Mit Ihrer Version der Geschichte hört es sich edel an, Herr Frost. Ich hege aber trotzdem noch meine Zweifel, dass das alles mit rechten Dingen zugeht.“

„Fragen Sie doch unsere Rechtsanwälte, Sie werden hören, dass alles rechtens ist.“

„Dann erklären Sie mir doch einmal, wie sie die Kontakte zu diesen Menschen herstellen, Herr Frost! Fragen Sie jeden, der Ihnen begegnet, ob er nicht nach dem Tod seinen Kopf spenden will? Und wie konnten Sie darauf hoffen, rechtzeitig für die Versuche ausreichend Menschenköpfe zu erhalten? Immerhin können die Gefragten noch zig Jahre leben. In diesem Fall hätten Sie nicht einen Kopf für Ihre Forschung!“

„Da müssen Sie Herrn Moscher fragen, an dieser Planung war ich nicht beteiligt. Ich habe die Köpfe immer nur abgeholt.“

***

Das war das Protokoll, dessen Datei Susi gelöscht und dessen Papierversionen sie hatte verschwinden lassen. Oder war es Awet gewesen? Egal, wer es getan hatte, warum gerade dieses Protokoll? Und warum noch einige andere? Es mussten Ansätze darin enthalten sein, die uns Dinge aus der Forschung der Pharmorena AG offenlegen, die aus deren Sicht besser im Verborgenen bleiben sollten.

Awet stand von seinem Bürostuhl auf und ging in den Druckerraum. Er kam mit einigen Ausdrucken zurück und legte sie auf meinen Tisch.

„Ich weiß jetzt, welche Protokolle entfernt beziehungsweise gelöscht wurden“, meinte er.

„Welche?“, fragten ich und Karin wie aus einem Munde.

„Es sind alles Aussagen von Adam Frost. Ich habe sie ausgedruckt, hier“, erklärte Awet und zeigte auf den Packen Papier.

„Nur die Aussagen von Adam Frost, oder noch andere?“, wollte ich sicherstellen und sah den Stapel skeptisch an.

„Nur die von Adam Frost.“

„Was hat das zu bedeuten, Peter?“, fragte Karin, sie kam herüber, griff nach den Ausdrucken und blätterte sie durch.

„Er könnte im Auftrag des Pharmorena-Vorstandes alle unbequemen Zeugen beseitigt haben“, mutmaßte Awet. „Oder jemand wollte, dass es so aussieht, und hat deshalb alle Aussagen von ihm verschwinden lassen.“

„Jemand wollte, dass es so aussieht?“, fragte ich und wäre ihm am liebsten an die Kehle gesprungen.

Mir war nicht klar warum, aber Awet war immer noch ein rotes Tuch für mich. Ich konnte ihm einfach nicht vertrauen. Seine herzerweichenden Geschichten würden jeden zu Tränen rühren. Auch mich. Und genauso war es mir geschehen. Nur, war das pure Berechnung von ihm? Manipulierte er auf diese Weise seine Mitmenschen? Hatte er es damit auch bei Susi geschafft? Selbst wenn sein Gesicht durch den Angriff eines Soldaten zu keiner Mimik mehr fähig war, so sollte er noch zu Gefühlsregungen fähig sein. Aber auch das hatte ich an ihm nie erkennen können. Selbst seine Stimme zeigte weder Aufregung, noch Trauer, noch

Wut. Wie war das möglich? War das hier alles Kinderkram für ihn im Vergleich zu den bestialischen Erfahrungen, die er als Achtjähriger hatte erleben müssen? Awet und seine Vergangenheit machten mir Angst, weckten Gefühle in mir, die ich einfach nur unterdrücken wollte. Er musste schnellstens hier weg.

„Awet, ab jetzt kümmere ich mich mit Karin darum“, entschied ich. „Wir werden dich jetzt auf deinen Einstieg in das Pharmorena-Gebäude vorbereiten. Es ist schon halb sechs, gleich wird es dunkel. Lasst uns sofort damit beginnen.“

***

„Susi ist verschwunden“, erklärte mir Cordula am Telefon. „Wir haben über die Personalabteilung versucht, sie zu erreichen und eine Stellungnahme von ihr zu bekommen.“

„Scheiße, scheiße, scheiße“, fluchte ich, es wurde von Tag zu Tag schlimmer.

Hatte Awet etwas damit zu tun? Hatte er Susi aus dem Verkehr gezogen, als er heute Morgen verschwunden war? Kurz vorher hatte er noch gesagt, dass er in das Pharmorena-Gebäude einsteigen will. Danach war er zurückgekehrt und hatte augenscheinlich die Sache mit den fehlenden Protokollen geklärt.

„Ich melde mich später bei dir, wir müssen die nächste Stunde eine wichtige Sache vorbereiten“, vertröstete ich Cordula, anders ging es gerade nicht, Awet stand noch vor mir, also legte ich auf.

„Wer war das?“, fragte mich Karin.

„Gerd. Es geht noch einmal um die Knöllchen von den Pharmorena-Dienstwagen. Ist jetzt nicht so wichtig, machen wir später. Jetzt geht es in erster Linie um Awet", log ich und half ihm dabei, alles Notwendige für seinen sogenannten Undercover-Einsatz in den unterirdischen Laboren zurechtzulegen und sinnvoll einzupacken. Die Sender-Kapsel, die er kurz vor seinem Einstieg schlucken sollte, steckten wir in einen Hohlraum in seiner linken Schuhsohle. Das Handy mit der Geheimfrequenz packten wir in eine ultraflache Gürteltasche, die er sich um den Bauch schnallte. Darüber zog er ein dunkles, langärmliges Shirt und darüber wiederum eine schusssichere Weste. Diese versteckte er unter seiner obligatorischen schwarzen Lederjacke.

„Mehr Hilfsmittel können wir dir nicht mitgeben, sonst wird es zu auffällig, wenn sie dich schnappen", meinte ich ohne Bedauern. „Nur eines noch."

„Was?", fragte Awet.

„Dein Revolver", sagte ich. „Willst du ihn mitnehmen?"

„Nein."

Nein? Wie konnte er ohne Waffe dort hineingehen wollen, fragte ich mich. Weil er dort keine Feinde hatte? Weil er mit dieser ekelhaften Sorte Mensch zusammenarbeitete? Oder einfach, weil er ein furchtloser Held war?

„Nein?", fragte Karin, ihr war das pure Entsetzen ins Gesicht geschrieben, sie schien im Gegensatz zu mir nicht misstrauisch zu sein.

„Nein", antwortete Awet. „Als Kind hatte ich auch keine Waffen. Ich bin durchgekommen."

Ich schüttelte den Kopf. Nicht aus Unverständnis. Sondern weil ich endlich diese Gedanken abschütteln wollte. Gedanken über Awet und seine unerträgliche Vergangenheit. Bestimmt hatte er sich bereits zu Kinderzeiten mit List aus brenzligen Situationen retten müssen. Er kannte es nicht anders und konnte nicht anders. Vermutlich wendete er seine Tricks auch heute noch an, um an sein Ziel zu kommen. Sollte man seine Geschichten also glauben? Oder war alles Manipulation? Social Engineering der übelsten Sorte?

„Okay, dann bringen wir dich jetzt nach Höchst. Unterwegs erklärst du uns deinen Plan", forderte ich.

***

„Das sind die Dateien, die André Grahl in dem Schatten-System der Pharmorena gefunden hat?", fragte mich Karin, als wir wieder zurück waren und beide vor meinem Notebook im Büro saßen.

Wir hatten Awet ungefähr um 19:45 Uhr in Höchst am Main aus dem Auto steigen lassen. Vor unseren Augen hat er die Kapsel mit dem Sender geschluckt, ob sie wirklich in seinem Magen angekommen war oder nicht, hätte ich nicht sagen können. Er wollte am Ufer entlangkriechen und an einer geeigneten Stelle ungesehen in den Industriepark eindringen, zur Not auch schwimmend. Die Baupläne des vierten und fünften Untergeschosses des Pharmorena-Gebäudes, die im Schreibtisch der Stock GmbH versteckt gewesen waren, hatten gezeigt, wie man in die Geheimetagen gelangen konnte. Awet wollte mithilfe eines Transportroboters hineinfahren, ihre Wege und Haltepunkte waren auf den Plänen eingezeichnet. Die Kisten, die die Roboter beförderten, wurden in einer Lagerhalle befüllt. Einige zum Beispiel mit Decken, Handtüchern und Lappen.

Awet hatte vor, sich durch ein Lieferantentor in das Pharmorena-Gebäude hineinzuschleichen, sich in die Lagerhalle zu begeben und dann in einer solchen Kiste zu verstecken, die der Transportroboter noch heute Nacht in die untersten Etagen bringen würde. Er hoffte so die Schleusen umgehen zu können, die man lediglich mit Dr. Baums Finger- und Augenscan öffnen konnte. Diesen Plan hatte uns Awet während der Autofahrt nach Höchst aufgetischt. Ich konnte der obskuren Geschichte keinen Glauben schenken. Wenn es so einfach wäre, in diesen Hochsicherheitstrakt zu gelangen, dann hätte jeder dort hineinspazieren können.

„Ich muss dir etwas über Awet erzählen“, ignorierte ich Karins Frage bezüglich des Schatten-Systems.

Sie sah mich mit großen Augen an, sie hatte wieder einmal sofort gemerkt, dass etwas mit mir nicht stimmte.

„Was ist los, Peter?“

„Ich traue Awet nicht“, fing ich an. „Ich glaube nicht, dass er einfach so in das Pharmorena-Gebäude hereinspazie...“

„Peter, ich dachte, das hätten wir geklärt!“

„Nichts ist geklärt!“, widersprach ich. „Was hat er heute Morgen getrieben, als er stundenlang weg war? Wo ist Susi? Sie ist genau zu dieser Zeit verschwunden.“

„Susi ist verschwunden?“

„Ja, Cordula hat es über die Personalabteilung erfahren. Sie hat mich kurz vor unserer Abfahrt angerufen, nicht Gerd. Ich wollte es vor Awet nicht sagen. Ich wollte, dass er ... dass er endlich abhaut."

„Du glaubst doch nicht, dass er ..."

„Doch, das glaube ich, Karin."

Karin schaute aus dem Fenster. Ihr Blick verlor sich in der Ferne. Ich konnte es förmlich sehen, wie es in ihrem Kopf ratterte. Bestimmt wägte sie gerade verschiedene Optionen ab, was Awet getan und was Susi passiert war. Sie konnte ganz offensichtlich zu keinem Ergebnis kommen. Wer hätte das zu diesem Zeitpunkt schon tun können? Niemand.

„Das ist unmöglich, er kann doch nicht Susi entführen. Warum sollte er das tun?"

„Weil er verdammt schlau ist, Karin. Er hat vielleicht die Hacking-Software laufen lassen und Susis Account dafür missbraucht. Du hast dich selbst gewundert, als er behauptet hat, er hätte Susi an meinem Schreibtisch erwischt, bevor er in unserem Ermittlungsteam war."

„Das stimmt. Ich glaube nicht, dass die Präsidentin ihn einfach so zu uns losgeschickt hat."

„Siehst du. Awet scheint ihr Liebling zu sein, darum frage ich sie jetzt nicht danach. Aber ich habe nachgedacht", spann ich den Faden weiter. „Er könnte es gewesen sein. Ich habe keinen Beweis dafür, aber wir müssen ab jetzt vorsichtiger sein und alles hinterfragen. Awet ist erst einmal weg. Wir müssen die Zeit nutzen und alles ein weiteres Mal aufrollen."

„Schon wieder?"

„Ja, schon wieder. Du schaust dir noch einmal die Protokolle an, die er gerade geprüft hat und schaust nach, ob wirklich nur die entfernt wurden, die Aussagen von Adam Frost enthalten. Vielleicht wollte Awet nur weitere Verdachtsmomente auf Adam Frost schieben. Ich schaue mir in der Zeit die Dateien vom heiligen Grahl an."

Karin nickte und ging zurück zu ihrem Schreibtisch. Sie machte sich gleich an die Arbeit. Ich öffnete währenddessen die erste Datei, die uns der extern beauftragte Hacker André Grahl übermittelt hatte. Es war ein Bericht aus dem Tracking-Tool der Pharmorena AG, genaugenommen aus dem Schatten-System mit den bösen Daten.

***

***Bericht 04.08.2019:* Ernst Kowalski, 63 Jahre alt, Schlaganfallpatient, 3. Lauf Schlaganfalleinleitung mit künstlich erzeugtem Gefäßverschluss, Auslösung mit elektromagnetischer Strahlung, systematische Thrombolyse durch automatischen Nanocarrier, erster Versuch**

1. Schlaganfalleinleitung: negativ
2. Schlaganfalleinleitung: negativ
3. Schlaganfalleinleitung: positiv

Erzeugung elektromagnetischer Strahlung: positiv
Aktivierung automatischer Nanocarrier: positiv
Abgabe Medikament am Schlaganfallherd: positiv
Ergebnis:
Auflösung Blutgerinnsel innerhalb 6,2 Sekunden, partielle Hirnschädigung am Schlaganfallherd

Vergleichsperson (weiblich): besserer Erfolg bei gleicher Dosis, Auflösung Blutgerinnsel innerhalb 4,3

Sekunden, minimale Hirnschädigung am Schlaganfallherd

Testperson und Vergleichsperson: geringfügige Verletzung Hirngewebe durch Bewegung Nanocarrier

Testperson und Vergleichsperson: Entfernung Schlauch nach drei Tagen, Exodus

***

So begannen die Berichte durch die Bank. Und es ging endlos auf diese Art weiter. Sie waren miserabel verfasst und alle gleich aufgebaut. Ich vermutete, dass die Anfänger Birte Hanssen und Adam Frost die Texte anhand von mehr oder weniger unleserlichen Aufzeichnungen des ermordeten Dieter Kuschinski unter Zeitdruck in das System eingehämmert hatten. Mir wurde übel von den Inhalten, ich konnte nach dem achten Bericht keinen weiteren mehr sehen. Ich musste eine Pause einlegen.

„Peter, Awet hatte recht“, rief mir Karin herüber, als ich mich streckte. „Es wurden nur Protokolle beseitigt, die Aussagen von Adam Frost enthielten.“

„Vielleicht nur eine bewusst falschausgelegte Fährte. Ich traue in diesem Fall niemandem mehr“, antwortete ich.

„Mir kannst du schon noch trauen, Peter, wie in den letzten sechszehn Jahren!“

„So meinte ich das nicht, Karin, entschuldige. Was hier in den Berichten steht, ist einfach widerlich.“

„Warum? Was steht darin?“

„Die Forscher haben bei ihren Probanden willentlich Schlaganfälle durch künstlich verursachte

Blutgerinnsel herbeigeführt. Sie haben die gleichen Versuche an Männern und Frauen durchgeführt. Anscheinend benötigen die Männer höhere Dosen, wenn die Medikamente durch die Nanoroboter an die Krankheitsherde transportiert werden. Dafür leiden die Männer dann auch mehr."

„War doch schon immer so", kommentierte Karin.

Ich ignorierte ihr Grinsen und fuhr fort: „Die Wissenschaftler haben bei den Probanden die Dosen immer weiter erhöht, um zu sehen, ab welcher Menge die Wirkstoffe toxisch wirken. Sie haben den Übergang zur Überdosis ausgetestet, direkt im Gehirn. Die Werte sind in diesen Fällen erheblich geringer, als wenn die Medikamente oral eingenommen werden und über die Blutbahn gehen. Was das alles bedeutet, kannst du dir vorstellen."

„Was?"

„Wenn die Überdosis die Probanden nicht bereits umgebracht hat, dann die Verletzungen, die sie durch die durch ihr Hirn krabbelnden Nanoroboter oder spätestens die Entfernung des Schlauchs aus ihrem Kopf", erläuterte ich.

„Das ist skrupellos und menschenverachtend", urteilte Karin angewidert. „Hast du auch schon etwas zu dem organischen Kleber gefunden, den unsere Frau Dr. Gazek erwähnt hat?"

„Ja, in einigen Fällen haben die Wissenschaftler versucht, zerstörtes Gewebe im Gehirn damit zu flicken. Mit mäßigem Erfolg. Wir sollten das Ganze an unsere Mediziner geben, sie können uns die Versuchsreihen systematisch nach Krankheitsverlauf und Behandlung auflisten und die Ergebnisse zusammenfassen.

Ich komme mit den vielen Krankheitsbildern und Fachausdrücken nicht klar und verstehe, wenn es hochkommt, knapp die Hälfte."

***

<u>Protokoll:</u> Frankfurt, Westend, Rechtsanwaltskanzlei Kurz&Knapp, Montag 07.10.2019, 09:02 Uhr: Zeugenbefragung durch Peter Groß von Roland Rolffs, männlich, 41 Jahre, Geschäftsführer der Rechtsanwaltskanzlei Kurz&Knapp

„Guten Morgen, Herr Rolffs, Sie kennen mich bestimmt noch, ich bin Peter Groß vom hessischen LKA in Wiesbaden. Ich muss Sie noch einmal befragen. Sie können sich denken, warum."

„Nicht wirklich. Ich habe Ihnen bereits alles über Heinrich Kurz und sein Testament erzählt. Was wollen Sie noch?"

***

Dieser Rechtsverdreher Roland Rolffs stand auf meiner Liste der Höchstverdächtigen. Er musste eine bedeutende Rolle in diesem schmutzigen Spiel der vererbten Köpfe eingenommen haben. In jedem Testament, das die Pharmorena als „Erbin" genannt wurde, stand sein Name. Er hatte sie alle beglaubigt und bestimmt auch mit verfasst. Und genau deshalb war ich heute Morgen noch einmal zu ihm gefahren.

„Ich möchte von Ihnen wissen, Herr Rolffs, welche Beziehungen Sie zur Pharmorena AG im Industriepark Höchst pflegen. Ich denke, Sie waren diesbezüglich nicht ganz ehrlich zu uns."

Er saß an seinem wuchtigen Holztisch, seine Hände lagen gefaltet vor ihm auf seiner Schreibunterlage. Er war umringt von aufgetürmten, aufgeschlagenen Büchern und sah mich an, als hätte ich ihn gerade bei der Ausarbeitung seines nächsten Präzedenzfalles gestört.

„Ich habe Ihnen alles erzählt, Herr Kommissar. Ich hatte bis heute nichts mit diesem Pharmakonzern zu tun", blaffte er mich an.

„Dann bitte ich Sie, mir jetzt alle von Ihnen verfassten Testamente auszuhändigen, in denen Vereinbarungen über abzutrennende Köpfe enthalten sind, die der Pharmorena AG zu Versuchszwecken vermacht werden sollen, egal ob es um bereits verstorbene oder noch lebende Klienten von Ihnen geht."

Seine Nase zuckte. Die Lesebrille machte einen kleinen Satz und rutsche von seinem Riechorgan herunter. Danach hing ihr Bügel nur noch an seinem rechten Ohr, die Gläser baumelten vor seinem Kinn.

„Wie bitte?", rief er aus, nahm die Brille ab und legte sie vor sich auf den Tisch.

„Sie haben richtig gehört, Herr Rolffs. Ich möchte hier und jetzt diese Testamente sehen! Und erklären Sie mir nicht, dass es nur um Heinrich Kurz ging."

„Es scheint Ihnen jemand Schauermärchen erzählt zu haben, Herr Kommissar", konterte er sichtlich ertappt. „Ja, es ist richtig, Heinrich Kurz hat das erste Testament dieser Art von mir aufsetzen lassen. Die Pharmorena AG scheint weiter sogenannte Kopfspender aufgetan

zu haben, und hat sie zu mir geschickt. Die Verfügungen wurden alle ähnlich formuliert, ich musste sie größtenteils nur kopieren. Das ist so üblich unter Juristen, es werden wieder und wieder die gleichen Textpassagen verwendet. Man muss ja nicht das Rad immer wieder neuerfinden, wenn das Gesetz sich nicht geändert hat."

Eine schöne Erklärung für die abartigste Art, Inhalte von Testamenten zu verfassen, die mir je untergekommen ist.

„Das heißt, Sie bleiben dabei, dass die Pharmorena AG keine weiteren Kontakte zu Ihnen hatte?", hakte ich nach.

„So ist es."

„Sie lügen, Herr Rolffs!"

„Tue ich nicht, Herr Kommissar."

Ja, ihr Rechtsverdreher lügt nie, dachte ich bei mir, ihr legt euch das geschriebene Recht nur in einer Weise aus, wie ihr es gerade benötigt.

„Sie denken, als versierter Jurist können Sie sich aus jeder brenzligen Situation herausreden? In diesem Fall aber nicht!", drohte ich ihm.

„Was meinen Sie?"

„Wann wurde das Testament von Heinrich Kurz verfasst?"

„Am 05.08.2016."

„Da haben wir es doch schon", meinte ich und klatschte dabei in die Hände. Das schien ihn zu verunsichern. Er sah mich fragend an. Ich erkannte, dass es hinter seiner Stirn arbeitete, er versuchte abzuschätzen, was ich meinen könnte, versuchte, sich schon im Vorhinein passende Ausreden einfallen zu lassen.

„Was haben wir?“

„In dem Jahr haben Sie auch die Geschäftsführung der Kanzlei Kurz&Knapp übernommen, stimmt's?“

„Ja, das stimmt. Ist das ein Verbrechen?“, fragte er. Seine Finger trommelten nervös auf seiner Schreibunterlage.

„Wir haben ein Testament von Jürgen Barthel vorliegen, Herr Rolffs. Das war der Kranführer, der bei der Bauunternehmung Stock GmbH gearbeitet hat. Diese Firma hat den Pharmorena-Bau in Höchst hochgezogen. Seine Frau Maria Barthel-Garcia ist heute noch Putzfrau bei der Pharmorena AG. Und sie hat uns das Testament ihres Mannes kopiert. Es ist mit dem 14.12.2015 datiert. Das war lang vor Heinrich Kurz' Testament, und es war vor Ihrer Zeit bei der Kanzlei Kurz&Knapp, Herr Rolffs. Und auch dieses Testament haben Sie verfasst. Damals hatten Sie zusammen mit einem Partner eine Kanzlei in Frankfurt Höchst. Ist das Pflaster dort zu heiß für Sie geworden, nachdem die Pharmorena AG ihr Gebäude im Industriepark Höchst hat bauen lassen? War da zu viel Nähe?“

„Ach, die alte Geschichte“, meinte er lapidar. „Quatsch, gar nichts war da heiß. Mein Partner und ich hatten Differenzen, deshalb bin ich aus der Kanzlei in Höchst rausgegangen. Und weil ich zu der Zeit noch nicht für Kurz&Knapp gearbeitet habe, habe ich das Testament von Jürgen Barthel eben bei meiner Aussage außen vor gelassen.“

„Sie werden mir jetzt sofort alle betroffenen Testamente ausreichen, Herr Rolffs. Und gehen Sie davon aus, dass Sie weiterhin bei uns im Visier sind.

Halten Sie sich zur Verfügung und verlassen Sie Frankfurt nicht!"

***

Es war Montag, der 07.10.2019. Ich war am frühen Morgen bereits in der Kanzlei Kurz&Knapp gewesen, um Herrn Rolffs zu befragen, und hatte gerade das Protokoll erfasst, als Karin ins Büro kam. Ein Stapel schauriger Testamente lag auf meinem Schreibtisch.

„Guten Morgen, Peter. Hast du schon etwas von Awet gehört?"

„Nein, habe ich nicht. Aber ich habe Kopien aller Testamente von Herrn Rolffs, in denen es um Kopfsachen geht."

„Zeig mal her!"

Karin griff nach dem Stapel Papier, setzte sich damit an ihren Schreibtisch und blätterte die Testamente durch.

„Der hat ja überall das Gleiche reingeschrieben! Nur die sogenannten Entschädigungen differenzieren."

„So sieht es aus, Karin."

„Frau Barthel-Garcia hat dreißigtausend Euro, Frau Kurz zweihunderttausend Euro für den Kopf ihres verstorbenen Ehemannes erhalten. Hartmuth Wankers Kopf war nur zehntausend Euro wert. Er hat das Geld dem Roten Kreuz vermacht."

„Ja, so ist das. Nicht alle Köpfe haben den gleichen Preis, Nachfrage und Angebot, du weißt", meinte ich gereizt.

„Peter!", Karin sah mich aufgebracht an, dann entspannte sich ihr Gesichtsausdruck wieder. „Na ja, vielleicht hast du recht. Jeder dieser Menschen litt unter einer anderen Hirnerkrankung, ihre Köpfe hatten anscheinend unterschiedliche Preise."

„Oder die eine Familie war mit einem geringeren Betrag zufriedenzustellen als die andere", kommentierte ich.

Ich schüttelte mich. Die Vorstellung um die Umstände der Preisbildung bereiteten mir Magenkrämpfe. Diese sogenannten Wissenschaftler handelten eiskalt Preise für Köpfe aus, ließen sie von den Toten absägen, transportierten sie in Kühlboxen in ihre Labore und stellten sie bei sich in den Kühlschrank. Abartig.

„Mal etwas anderes, Peter", unterbrach Karin meine Gedanken. „Was machen wir jetzt mit Awet?"

„Da ich nichts weiter gehört habe, gehe ich davon aus, dass er sich im Pharmorena-Gebäude befindet. Egal, auf welcher Seite er nun steht, dort ist er auf sich allein gestellt", sagte ich und fragte mich, was der Kollege gerade trieb.

„Wir sollten Klaus fragen, was der Sender meldet, den Awet geschluckt hat."

„Wenn er ihn geschluckt hat", zweifelte ich.

„Meinst du, er ist einfach abgehauen, Peter."

„Wir versuchen es zu klären", meinte ich und griff nach dem Telefonhörer. „Hi Klaus, was sagt der Sender, den unser junger Kollege Awet Berhane geschluckt hat?"

„Der Sender sagt, dass er sich im Pharmorena-Gebäude bewegt."

„Wirklich?"

„Wirklich, Peter. Er muss sich gestern Abend ungefähr um 20:00 Uhr über das Ufer des Mains in den

Industriepark Höchst eingeschlichen haben. Er ist zum Tor Süd gelaufen. Von dort aus ist er zu einer Be- und Entladestation für LKWs gegangen. Er hat es tatsächlich geschafft, durch den Lieferanteneingang in das Gebäude gekommen. Er befindet sich gerade im westlichen Trakt."

„So detailliert kannst du das sehen?", fragte ich Klaus.

„Ja, unsere Technik ist genauer, als das handelsübliche GPS, wir können die Position des Senders bis auf fünf Meter genau bestimmen."

„Klaus, können wir kurz zu dir runterkommen und uns das ansehen?"

„Sicher. Ich habe auch noch mehr für euch."

***

Es war düster. Nur unscharfe Konturen waren zu sehen. Grau in Grau. Schemenhaft erkannte man Schränke, Regale, Tische, Stühle auf der einen Seite, Betten auf der anderen. Dazwischen befanden sich fahrbare Wagen, auf denen technische Geräte standen. Zu welchem Zweck sie dienten, war nicht zu erkennen. Man hörte ein stetiges Rauschen, Surren und Piepen, der Ursprung der Geräusche war nicht auszumachen. Dazwischen ertönten hin und wieder Stimmen. Leise Stimmen, die verzerrte Worte bildeten. Worte, die weder einen Satz noch einen Sinn ergaben.

Kein verdascht Fressen.

Verpossel, kost nix.

Verschranke, geh zum Metzi.

Alle doood, alle.

De Bomme, de Bombe, pass aaauuuu!

Kille, kille!

Plötzlich flackerte ein Lichtkegel auf. Er erhellte Ausschnitte des Raumes, wie eine Taschenlampe. Das Licht beleuchtete einzelne Abschnitte. Man sah Betten, die durch dunkelblaue Vorhänge, die von der mit grauen Platten verkleideten Decke bis zum Fußboden herunterhingen, getrennt waren. An den Deckenplatten hingen Videokameras. Jedes Bett stand in einer durch den schweren Stoff abgetrennten Kammer. Die Vorderseiten dieser Kammern standen offen, man konnte hineinsehen. Es reihte sich eine Kammer an die nächste. Unzählige finstere Kammern. Der Lichtstrahl wanderte wie in Zeitlupe an ihnen vorbei, erhellte die Dunkelkammern und brachte das Grauen zum Vorschein, das in ihnen hauste. In jedem Bett lag ein Mensch. Die Schädel der Menschen waren kahlrasiert. Kabel und Schläuche steckten in ihren Köpfen. Sie waren an Maschinen angeschlossen. In ihren Armen steckten Nadeln, durch die eine helle Flüssigkeit aus einem Tropf in ihre Venen floss. Das nächste Bett kam ins Bild. Darin lag eine Frau. Ihre Augen waren geschlossen, sie schien zu schlafen. Auch sie hing am Tropf. Sie war mit schwarzen Riemen an Kopf, Armen und Beinen an das Bett fixiert. Ihr dicker Bauch wölbte sich unter der dünnen Bettdecke. Die Decke hatte eine Öffnung an der linken Seite, ein kleines Loch, durch das Schläuche und Kabel gelegt waren, die direkt in ihren Bauch mündeten.

Helga, Helga, Helga, hallte es in meinem Kopf. Helga, die schwangere Obdachlose aus Höchst, die von der Straße verschwunden war.

Mich überkam ein kaum zu unterdrückender Würgereiz. Ich musste mehrmals schlucken, aber es half nichts. Mein Mageninhalt drückte bis in meinen Hals. Ich wandte mich ab. Eine nicht abzuschüttelnde Abscheu wuchs in mir, eine Abscheu gegen die abartigen Forscher der Pharmorena AG. Das war mehr als menschenverachtend!

Wir saßen zu dritt vor Klaus' Bildschirm, ich, Karin und Klaus. Es war unbegreiflich, was wir hier sahen. Awet hatte vor fünfzehn Minuten eine Videodatei über sein Handy an Klaus geschickt. Karins Gesicht hatte eine grünliche Farbe angenommen. Sie hatte einige Male die Augen vor den schlimmsten Bildern dieses Albtraums geschlossen.

„Das ist vermutlich das, was ihr wissen wolltet", vermutete Klaus bedrückt, würgte und schluckte dabei.

„Ehrlich gesagt, ich hätte es lieber nicht gewusst. Ich hatte bis eben noch gehofft, dass wir uns geirrt haben", antwortete ich.

„Habt ihr mittlerweile die Genehmigung für Awets Einsatz von der Präsidentin bekommen? Ansonsten könnt ihr mit dem Film nichts anfangen", meinte Klaus beiläufig.

„Nein", beichtete ich.

„Nein?", Klaus riss seinen Kopf herum und starrte mich an.

„Klaus, wir haben ein Problem mit Awet", gab ich zu.

„Ein Problem?"

„Uns ist nicht klar, auf welcher Seite er steht", erklärte Karin.

„Und dann lasst ihr ihn mit meinem Equipment da rein, ohne mir Bescheid zu geben?“, fragte Klaus aufgebracht.

„Tut mir leid, Klaus“, entschuldigte ich mich, „aber wir mussten ihn beschäftigen, ihn loswerden, um einige Dinge allein klären zu können. Und wir dachten, dass wir mit diesem Undercover-Einsatz herausbekommen, wie er tickt.“

„Da er ganz offensichtlich nicht abgehauen ist, sondern unter Einsatz seines Lebens diesen Film für euch gedreht hat, gehe ich davon aus, dass er sauber ist“, schloss Klaus, man erkannte an seinen zusammengekniffenen Augenbrauen, dass er immer noch wütend war.

„Ich hoffe es“, meinte ich.

***

„Sind Sie wahnsinnig, Herr Groß?“, schrie mich die Präsidentin an.

Sie stand nur wenige Zentimeter vor mir, jede Pore ihres Gesichts konnte ich erkennen. Ihre Haut war stark gerötet. Ihr Haaransatz war während meiner Ausführungen zum aktuellen Ermittlungsstand feucht geworden, kleine Schweißtropfen bildeten sich auf ihrer Stirn. Sie war von ihrem Bürostuhl aufgesprungen. Ich hatte gemeinsam mit Karin die Karten auf ihren Tisch gelegt. Alle Karten. In den Augen der Präsidentin blitzte die pure Verachtung.

„Ich weiß, dass wir gegen die Regeln verstoßen hab...“, begann ich.

„Gegen die Regeln verstoßen?“, fauchte sie. „Was denken Sie, Herr Groß, Frau Weidmann, was ich tun sollte, wenn Kollege Berhane nicht mehr zurückkommt? Sei es, weil er getötet wurde, oder noch schlimmer, wenn er eine Marionette der Pharmorena AG war?“

Letzteres hatte meiner Meinung nach die Präsidentin selbst zu verantworten, sie hatte ihn uns schließlich aufgedrückt und uns keine weiteren Befugnisse für ausgeweitete Ermittlungen gegeben. Für alles andere musste ich vermutlich geradestehen.

„Ist Ihnen klar, was Sie angestellt haben?“, fuhr die Präsidentin mit ihren Anschuldigungen fort. „Sie haben wirklich alles versaut, Herr Groß und Frau Weidmann. Nicht nur, dass Sie beide bis heute keinen einzigen Beweis für ihre Mutmaßungen haben, Sie können noch nicht einmal den Verdächtigenkreis eingrenzen. Sie tun, als wären alle Pharmorena-Mitarbeiter Verbrecher, Entführer, Mörder. Wir haben nichts auch nur gegen einen von ihnen in der Hand. Und dann ziehen sie dieses üble Spiel mit Awet als letzten Joker ab. Herr Groß, Sie werden sofort ...“

Ich zuckte zusammen, mein Smartphone klingelte. Ich zog es aus der Gesäßtasche und schaute auf das Display.

„Wer ist das?“, kreischte die Präsidentin und fuhr sich mit den Händen mehrfach durch ihr Haar.

„Dr. Ute Gazek“, antwortete ich erleichtert. Ich war zum allerersten Mal erleichtert, dass Ute Gazek mich anrief.

„Gehen sie dran!“, befahl die Präsidentin, ging um ihren Schreibtisch herum und setzte sich. Mit ihren zerwühlten Haaren sah sie aus wie eine Vogelscheuche.

„Ute, gut, dass du anrufst“, meldete ich mich und warnte sie gleich vor. „Bitte fasse dich kurz, wir sind gerade im Büro der Präsidentin.“

Ute verstand sofort. Sie überbrachte mir eine Nachricht, die mein Herz einen Schlag aussetzen ließ.

„Danke dir, Ute“, verabschiedete ich mich und sah die Präsidentin an, ihr Gesichtsausdruck hatte sich noch nicht wieder entspannt.

„Was wollte die alte Krähe?“, fragte die Präsidentin.

„Dr. Ute Gazek hat die Proben der Biokunststoffe von dem Forschungsinstitut aus London untersucht. Eine Probe stimmt mit dem Material aus dem Kopf der toten Maus überein, die Awet Berhane aus dem Labor der Pharmorena AG mitgehen lassen hat“, erklärte ich und rieb mir innerlich die Hände.

„Die tote Maus“, wiederholte die Präsidentin leise und schrie plötzlich: „Was Sie mir heute alles erzählt haben, Herr Groß und Frau Weidmann, reicht für eine zehnfache Suspendierung für sie beide! Verschwinden Sie! Und kommen Sie erst wieder mit den Namen der Mörder von Dieter Kuschinski, Heinrich Kurz und Konsorten zu mir zurück! Wenn Sie Glück haben, aber auch nur dann, könnte ich unter Umständen all Ihre Fehltritte vergessen. Ansonsten gnade Ihnen Gott!“

Die letzten Worte hatte die Präsidentin geflüstert. Für mich klang das nach einem Freifahrtschein.

***

Gundolf Kuschinski hatte bei der RoboTain GmbH in Salzburg Nanoroboter gebaut. Aus dem Biokunststoff, an dessen Entwicklung Hubertus Jakob, der Bruder von

Silke Jakob, in dem Londoner Forschungsinstitut mitgewirkt hatte. Hubertus Jakob befand sich gerade in München. Gundolf Kuschinski und Silke Jakob waren immer noch verschwunden. Die Handyortung hatte nichts ergeben, Silke Jakob wäre demnach seit zwei Wochen in Freiburg und Gundolf Kuschinski seit drei Wochen in Salzburg. Ihre Geräte hatten vor Wochen das letzte Mal Funkkontakt und schienen ausgeschaltet worden zu sein.

„Karin, wir müssen Hubertus Jakob zu uns bestellen. Wir müssen mit ihm reden", forderte ich.

„Ich kümmere mich darum, ich rufe ihn noch einmal an. Was ist mit unseren offenen Fragen?", wollte Karin wissen und zählte die Punkte auf. „Bernhardt Moscher hat offensichtlich gelogen, als es um den ADAC-Einsatz am 13.09.2019 an seinem Auto ging. Dann sein Kollege Günter Hanssen, er war ebenso am 13.09.2019 bereits um 04:30 Uhr bei der Pharmorena. Und es gibt noch die Knöllchen von Karlheinz Schumann und Günter Hanssen im Frankfurter Bahnhofsviertel am Vortag von Dieter Kuschinski, dem 12.09.2019. Dann noch die Stiefelabdrücke Größe 44 an zwei Tatorten. Sollen wir das noch weiter verfolgen?"

„Das können wir alles vergessen, es bringt uns einfach nichts mehr. Wir müssen uns ab sofort auf das Wesentliche konzentrieren. Und das liegt irgendwo in den unzähligen Beziehungen zwischen unseren sogenannten Zeugen."

„Du denkst das gleiche wie ich, oder?", meinte Karin. „Alle unsere Zeugen sind in den Fall verwickelt. Und wir wissen nicht, in welcher Art. Jeder von ihnen hatte mindestens ein Motiv, Dieter Kuschinski umzubringen. Selbst sein Onkel."

„Ja, selbst sein Onkel", dachte ich laut. „Er war unheilbar an Alzheimer erkrankt, hoffte auf einen baldigen Forschungserfolg. Vielleicht hat er seinen Neffen Dieter aus dem Weg räumen wollen, weil der Qualitätsrisiken aufgedeckt hat, die eine weitere Medikamentenentwicklung verhindert hätten. Das hätte für den Onkel den Tod bedeutet."

„Das Gleiche gilt für Silke und Hubertus Jakob", meinte ich. „Ihr Vater ist hirnkrank, sie hofften ebenfalls auf ein Medikament. Und Dieter Kuschinskis Chef Bernhardt Moscher hatte ein Problem mit der Erreichung der nächsten Entwicklungsphase. Dann wurden nach und nach weitere Zeugen ermordet, die uns die Wahrheit sagen wollten. Es kristallisiert sich heraus, dass Dieter Kuschinski ermordet worden sein muss, weil er Risiken und Mängel bei der Medikamentenentwicklung erkannt hat, die die Berechtigung zur nächsten Phase verhindert hätten, selbst wenn er alle illegalen Versuchsreihen außen vor gelassen hat. Selbst die offiziellen Versuchsergebnisse müssen Mängel aufgewiesen haben, zum Beispiel die Öffnung der Blut-Hirn-Schranke. Damit wäre alles, was die Pharmorena bisher erreicht hat, umsonst gewesen."

„Du hast recht, Peter. Und so wie diese unterirdische Forschungsabteilung aussieht, die Awet gefilmt hat, gab es zusätzlich zu der offiziellen, geschönten Version Unmengen an Risiken und Mängel, um nicht zu sagen Verstöße gegen medizinische und ethische Richtlinien."

„Ich frage mich die ganze Zeit, ob dieses Filmchen echt ist, Karin."

***

Mit dem Freifahrtschein der Präsidentin konnte ich es nun richtig krachen lassen. Ich ging davon aus, dass mein Job verloren war, es sei denn, ich würde den Pharmorena-Fall klären. Ich hatte also Narrenfreiheit. Aus diesem Grunde engagierte ich Oskar Bornemann, einen ehemaligen Schauspieler aus Frankfurt und unser gelegentlicher Undercover-Ermittler, einundsechzig Jahre alt und unglaublich gerissen. Er sollte einen Demenzpatienten simulieren, um die Drahtzieher der Pharmorena AG auf sich aufmerksam zu machen. Ich ließ – ohne Genehmigung der Präsidentin – eine Vermisstenmeldung über diverse Radiosender verbreiten. Auf SWR3, FFH und Planet Radio wurde die Nachricht eines entlaufenen, verwirrten, alten Mannes in Höchst verbreitet. Am selben Tag noch lief Oskar mit einem orangenen Lampenschirm auf dem Kopf, einem karierten Schlafanzug gekleidet und einem Krückstock in der Hand ziellos durch die Höchster Straßen und machte dabei einen fabelhaft verwirrten Gesichtsausdruck.

Karin saß am Steuer eines alten, gelben VW Caddy mit einer Pizzeria-Werbung an den Seiten, ich hockte zusammen mit Klaus auf der Rückbank.

„Was habt ihr noch rausgefunden in den letzten Tagen?", fragte Klaus.

„Nicht viel. Das ist alles ein zäher Brei, Klaus. Wir wissen jetzt mehr über die illegalen Versuchsreihen der Pharmorena AG, aber wer der oder die Täter waren, frag mich nicht. Ob Awet in dem Gebäude erfolgreich war oder gar nicht mehr lebt, keine Ahnung. Susi Knippschildt ist verschwunden. Es wird von Tag zu Tag schlimmer. Deshalb habe ich Oskar hinzugezogen, er ist ein hervorragender Lockvogel."

„Ich habe Hubertus Jakob übrigens bisher nicht erreicht, Peter", klärte uns Karin auf. „Ich habe eine Handyortung veranlasst, er ist einer der wichtigsten Zeugen für uns und wurde uns wie alle anderen vor der Nase weggeschnappt."

„Hört sich alles nicht gut an", schloss Klaus.

Wir zogen unsere Kreise durch Höchst, waren kontinuierlich auf dem Sprung, um Oskar Bornemann im Falle des Falles zur Seite stehen zu können. Wir hatten ihm eine Minikamera in eines seiner Knopflöcher gesteckt, um seine fingierte Reise ins Vergessen und hoffentlich auch seine anstehende Entführung aufzeichnen zu können, mit Bild und Ton. Wir waren uns sicher, dass die Pharmorena AG händeringend nach neuen Probanden suchte, weil offensichtlich einige ihrer Versuchsmenschen aufgrund der ihrer Unfähigkeit ihrer Wissenschaftler verstorben waren.

Klaus und ich beobachteten das Geschehen auf dem Notebook. Die Videokamera in Oskars Knopfloch lieferte hervorragende Bilder. Nach einigen Stunden und endlosen Kreisen durch die engsten Gassen lief Oskar in eine schmale, wenig befahrene Seitenstraße in der Nähe des Höchster Schlosses. Ein weißer Transporter näherte sich im Schneckentempo, bog unerwartet in die Straße ein und hielt neben ihm. Oskar machte einen preisverdächtigen Job. Er blieb in seinem karierten Schlafanzug stehen, schaute in den Himmel und schwenkte seinen Krückstock wie eine Fahne durch die Luft.

„Ich bin zurück!“, rief er euphorisch den historischen Hauswänden entgegen. „Wir können jetzt wieder raus. Wieder raus, hört ihr alle? Die Bomben haben aufgehört!“

Ich und Klaus klatschten Beifall in unserem VW Caddy, während wir seine Vorstellung am Bildschirm beobachteten.

„Los, fahr die zweite dahinten rechts, danach die erste links!“, rief ich Karin zu, wir hofften, die Entführer gleich stellen zu können.

Karin gab Gas. Dann hielten wir die Luft an. An unserem Bildschirm sahen wir, wie die Schiebetür des weißen Transporters aufgerissen wurde. Ein kräftiger Arm griff nach Oskar Bornemann und zerrte ihn in das Innere des Autos. Die Tür wurde gleich wieder zugeworfen. Es war dunkel im Innern des Wagens. Schemenhaft erkannten wir, wie Oskar auf eine Bank gedrückt wurde. Der Ton war umso besser.

„Mein Junge, welch Glück, du hast es auch geschafft!“, rief Oskar Bornemann seinem Entführer zu und tätschelte ihm freundschaftlich die Wange.

Die Kamera stellte sich langsam auf die herrschenden, dunklen Lichtverhältnisse ein. Wir erkannten den Entführer. Es war Adam Frost!

***

Klaus fackelte nicht lange. Karin war falschherum in die Einbahnstraße hineingefahren und fuhr nun direkt auf den weißen Transporter zu. Klaus war noch während der Fahrt aus unserem VW Caddy gesprungen und hatte seinen Revolver gezogen. Man merkte ihm noch heute die zwölf Jahre Streife in Frankfurt an, die er absolviert hatte, bevor er vor vier Jahren zu den Funkern gewechselt war. Er stand breitbeinig auf dem Asphalt und schoss ohne zu zögern auf die Vorderreifen des Kastenwagens, in dem Oskar Bornemann mit Adam Frost saß. Karin legte eine Vollbremsung hin, die mir Klaus' Notebook aus den Händen riss. Es flog in den Fußraum. Ich schaute aus dem Autofenster. Die Reifen unserer Widersacher waren platt. Karin hatte sie eingekeilt, sie kamen nicht mehr von der Stelle. Der Fahrer des Kastenwagens riss die Autotür auf, sprang von seinem Sitz auf die Straße. Er war dunkel gekleidet, trug eine Kapuze auf dem Kopf und hatte den Rest seines Gesichts mit einem schwarzen Schal verdeckt.

„Hände hoch!", schrie Klaus.

In Sekundenbruchteilen zog der Fahrer eine Schnellfeuerwaffe aus dem Wageninneren hervor, rannte in die entgegengesetzte Richtung und ballerte hinter seinem Rücken ohne hinzusehen unzählige Schüsse ab. Karin und ich warfen uns sofort in den Fußraum des VW Caddy, Klaus hechtete hinter unser Auto. Als wir nach einigen Sekunden keine Schüsse mehr hörten, wagte ich vorsichtig wieder aufzuschauen. Durch die zersplitterte Frontscheibe konnte ich nicht viel erkennen. Ich reckte meinen Kopf durch die Seitentür hinaus und sah den flüchtenden Fahrer circa einhundertfünfzig Meter entfernt um eine Hausecke verschwinden. Er trug grobe Stiefel, es musste ungefähr Größe 44 sein.

Der weiße Kastenwagen hatte ebenfalls einige Kugeln abbekommen. Karin und ich stiegen aus dem VW

Caddy aus und pirschten uns in geduckter Haltung und gezogenen Waffen an. Plötzlich flog die Schiebetür des Transporters auf. In dieser Situation konnten wir den Flüchtigen vergessen. Wären wir jetzt unachtsam, würde uns höchstwahrscheinlich der nächste Insasse aus dem Kastenwagen hinterrücks erschießen. Klaus sprang auf und rannte mit gehobener Waffe zu uns hinüber.

„Hände hoch!", schrie er wieder.

Ein Bein reckte sich heraus. Es steckte in einer karierten Hose. Oskar Bornemann kletterte mit erhobenen Händen aus dem durchlöcherten Gefährt heraus.

„Verdammte Scheiße, das war knapp. Aber den jungen Kerl hier drin hat's leider erwischt", flüsterte er.

***

Adam Frost war tot. Den Fahrer des Kastenwagens hatten wir nicht mehr finden können. Wir hatten unverzüglich Gerd Driller vom 17. Polizeirevier (Höchst) - Polizeipräsidium Frankfurt um Unterstützung gebeten und mehrere Streifenwagen angefordert, die nun nach dem Flüchtigen mit dunkler Kleidung und Stiefeln in Größe 44 suchten.

„In deiner Haut will ich jetzt nicht stecken", meinte Gerd zu mir.

„Es reicht mir", ärgerte ich mich. „Ich will sofort Bernhardt Moscher sprechen, er steckt auf jeden Fall in dieser Sache drin, Adam Frost war sein Handlanger!"

„Dann lass ihn uns aufsuchen, der Industriepark ist nicht weit. Komm, Klaus, wir lassen uns von Gerd rüberfahren", meinte Karin.

Wir meldeten uns telefonisch bei der Pharmorena an. Zehn Minuten später waren wir an dem Gebäude angekommen und standen vor der Theke des neuen Pförtners.

***

<u>Protokoll:</u> Frankfurt, Industriepark Höchst, Pharmorena AG, Besucherraum 1-3.10, Montag 07.10.2019, 15:48 Uhr: Zeugenbefragung durch Peter Groß von Bernhardt Moscher, männlich, 48 Jahre, Teamlead Quality Validation bei der Pharmorena AG

„Guten Tag, Herr Moscher. Adam Frost ist tot. Er wurde erschossen, nachdem er einen Demenzpatienten von der Straße weg entführt hat. Er wurde erschossen von dem Fahrer des Kastenwagens mit einem gestohlenen Kennzeichen aus dem Main-Taunus-Kreis, in dem Adam Frost selbst saß."

„Er ... Was sagen Sie da?"

***

Da saß er nun vor mir, der Mann, der von nichts wusste und seine Hände in Unschuld wusch.

„Sie haben richtig gehört, Herr Moscher", bestätigte ich. „Ich warne Sie, Sie sind die Nummer eins auf unserer Liste. Und wenn Sie die Morde nicht selbst begangen haben, dann haben Sie andere damit beauftragt!"

„Ich habe Adam nicht umgebracht", verteidigte er sich. „Ich war die ganze Zeit hier im Büro. Das können alle bezeugen!"

Natürlich können das alle, du Mistkerl. Bleib ruhig, Peter Groß, beherrsche dich!

„Wie ich schon sagte, Sie haben andere beauftragt", warf ich ihm vor. „Wäre uns Adam Frost in die Fänge gegangen, hätte er sich in dieser Situation nicht mehr herausreden können. Er hat verwirrte Menschen und Obdachlose von der Straße eingesammelt, und zwar für Ihre illegalen Versuchsreihen, Herr Moscher!"

„Sie müssen verrückt sein. Was hätte ich davon, meine eigenen Mitarbeiter zu ermorden? Ich benötige hier jeden Mann."

Ja, das klang logisch. Wenn man die ganzen Hintergründe nicht kannte.

„Sie benötigen nur die, die nichts ausplaudern. Und das wird langsam zu einem großen Problem für Sie. Sie können es nicht mehr kontrollieren. Es wollen immer mehr Betroffene reden. Nur wird uns jeder Zeuge umgebracht, bevor wir ihn weiter befragen oder er uns Beweismaterial übergeben kann. Es wird der Tag kommen, an dem Ihre Observatoren die Sache nicht mehr im Griff haben. Und dann ist es vorbei mit der Pharmorena AG, Herr Moscher. Dann können Sie hier alles einstampfen!", schrie ich ihn an.

Ich sprang auf. Mein linkes Knie stieß an den gläsernen, nierenförmigen Glastisch, der zwischen uns stand, und an dem ich bereits einige Male gesessen hatte. Ich rieb mein Knie. Gerne hätte ich diesen verdammten Tisch aus dem geschlossenen Fenster geworfen. *Beruhige dich, Peter Groß, beruhige dich!*

„Was für Observatoren? Sie sind verrückt!"

Ich erkannte, wie sich Bernhard Moschers Gesichtsfarbe änderte. Er wurde blass.

Ich setzte mich wieder und fuhr fort: „Die Observatoren, die unter anderem in den Wohnungen von Hartmuth Wanker und Silke Jakob Wanzen angebracht haben. Sie haben Zeugen abgehört, Menschen, die mit der Pharmorena AG schlechte Erfahrungen gemacht haben. Und als diese Menschen angefangen haben, über ihre Versuchsreihen zu reden, haben Sie sie umbringen lassen, Herr Moscher!“

„Ich habe diese Namen noch nie gehört! Hören Sie auf damit, sonst lasse ich Sie von der Security rauswerfen! Ich habe Kontakte, Herr Groß, Sie können sich gar nicht vorstellen, wie weit die hochreichen“, zischte er. Seine Gesichtsfarbe hatte sich zu Rot geändert.

„Wollen Sie mir drohen, Herr Moscher? Das haben schon viele versucht. Erfolglos. Ich möchte jetzt noch mit Dr. Dr. Kopf, Karlheinz Schumann und Günter Hanssen reden.“

„Nicht möglich, sie sind alle seit vorgestern in Potsdam bei der SALA Arzneimittelforschung GmbH. Wie Sie wissen, Herr Kommissar, wird dieses Unternehmen in den nächsten Monaten die ersten Probanden für unsere Testreihen suchen“, erklärte Moscher mir.

„Die ersten Probanden, das ist ein schlechter Scherz!“, lachte ich bitter. „Sie haben längst Probanden. Was soll das also? Versuchen Sie immer noch, mit fingierten Mitteln offiziell die nächste Phase genehmigt zu bekommen? Oder haben sich die drei Kollegen bereits abgesetzt, um ihren Haftstrafen zu entgehen?“

„Was erlauben Sie sich? Wir ...“

„Ich lade Sie hiermit vor, Herr Moscher“, unterbrach ich seine nächste Lüge. „Sie werden noch heute im hessischen LKA in Wiesbaden erscheinen und eine

Aussage machen. Wir werden ihr Verhör aufzeichnen und vor Gericht verwenden. Sie können Ihre neuen Medikamente vergessen, Herr Moscher. Die Art, wie Sie Ihre Versuchsreihen aufbauen, könnte illegaler nicht sein, das wissen wir jetzt. Und versuchen Sie nicht, sich gleich während des Verhörs herauszureden, wir haben Videobeweise aus Ihrem vierten und fünften Untergeschoss. Stellen Sie sich also auf eine Untersuchungshaft ein."

„Wenn das so ist, Herr Kommissar, nehmen Sie mich gleich mit, dann werden wir sehen."

***

Nach dem Verhör von Bernhardt Moscher war ich zur Präsidentin hochgegangen. Ich zögerte noch vor ihrer Tür. Moscher hatte nach seinem Anwalt verlangt. Der hatte die ganze Zeit in unserem Verhörraum neben ihm gesessen und Moscher geraten, nichts auszusagen. Dementsprechend dünn war das Verhörprotokoll. Es enthielt lediglich die von mir und Karin gesprochenen Phrasen und Anschuldigungen. Von Moscher war nur Schweigen gekommen. Die gegenwärtigen Ermittlungsergebnisse zeugten jedoch von einem dringenden Tatverdacht. Es war zu vermuten, dass Bernhardt Moscher ein Täter oder zumindest ein Teilnehmer mehrerer Straftaten gewesen war. Zudem bestand Fluchtgefahr. Ich hatte einen Antrag an die Staatsanwaltschaft vorbereitet, um ihn dem Haftrichter vorführen zu lassen, damit er in Untersuchungshaft gesteckt werden konnte. Mit Dr. Dr. Kopf, von Dr. Ute Gazek auch Hirni genannt, und seinen Kollegen Karlheinz Schumann und Günter Hanssen hätte ich gerne das gleiche getan, wollte mich jedoch zu diesem Zeitpunkt nicht zu weit aus dem Fenster lehnen, eventuell waren sie wirklich in Potsdam bei der SALA. Aber das würden wir bald herausfinden. Ich hatte beschlossen, die drei orten und beschatten zu lassen. Frage war nur, wie ich das durchbekommen würde. Ich hatte auch hierfür einen entsprechenden Antrag verfasst. Dr. Baum ließ ich erst einmal außen vor, er schien in seinem Labor ausschließlich kleine Mäuschen zu quälen.

Ich riss mich zusammen und klopfte. Dann öffnete ich die Bürotür, trat ein und warf unserer Präsidentin die soeben von mir verfassten Protokolle und die vorbereiteten Anträge auf den Schreibtisch. Sie schaute mich mit hochgezogener Augenbraue an. Dann machte ich auf dem Absatz kehrt und verließ wortlos ihr Büro. Ich spürte ihren durchdringenden Blick in meinem Rücken.

***

Es war Dienstag, der 08.10.2019. Ich saß bereits um 06:48 Uhr an meinem Schreibtisch und hatte gerade mein Notebook hochgefahren. Ich schaute in dem für die aktuellen Ermittlungen angelegten Pharmorena-Bereich auf unserem internen Info-Server nach dem Stand der Dinge. Ich musste unwillkürlich grinsen. Alle meine Anträge waren genehmigt worden. Der Tod Adam Frosts hatte seine Wirkung getan, die Präsidentin schien einzusehen, dass die Pharmorena-Mitarbeiter für ihre Versuchsreihen Menschen von der Straße entführten und vermutlich sogar unangenehme Zeugen beiseitegeschafft hatten.

„Du hast gute Laune?“, fragte mich Karin, als sie hereinkam und mein Lächeln erkannte.

„Ja, kurzfristig“, meinte ich. „Schau dir am besten kurz meine Anträge an und verschaffe dir einen Überblick. Ich habe sie gestern ausgefüllt, als du schon gegangen warst. Sie sind alle von der Präsidentin genehmigt worden. Ich muss jetzt kurz mit der IT telefonieren.“

Ich wählte Cordulas Nummer und hoffte, dass sie mittlerweile mehr über Susi Knippschildt wusste.

„Hi Cordula, was gibt es Neues?“

„Wenn ich gewusst hätte, dass du so früh schon im Büro bist, hätte ich dich längst angerufen.“

„Kein Problem, schieß los!“

„Es gibt schlechte Nachrichten, Peter.“

„Schon wieder?“, ich konnte diesen Satz langsam nicht mehr hören, die Worte hingen mir zum Hals heraus.

„Leider. Es ist so, wir haben herausgefunden, dass Susi Knippschildts Account gehackt wurde. Jemand hat ihr Passwort geknackt und ihre Credentials für den internen Angriff mit der Hacking-Software genutzt. Ich habe es mir gleich gedacht, Susi kann mit so einer Software nicht umgehen. Die hat uns für jeden Kleinkram zu sich bestellt, sie konnte noch nicht einmal die Bildschirmauflösung alleine ändern.“

„Verdammt, wer war es dann, Cordula?“

„Jemand internes, er hat eure Protokolle gelöscht.“

„Ich ahne es ...“, meine Gedanken drehten sich im Kreis, wie ein Karussell, das immer schneller und schneller wurde, so schnell, dass man sich irgendwann nicht mehr festhalten konnte und hinausgeschleudert wurde.

„Es war Awet, Peter, tut mir leid."

„Scheiße."

Ich legte auf und stütze meinen Kopf in meine Hände.

„Hätte ich nicht gedacht, dass die Präsidentin das kommentarlos genehmigt. Vor allem den mit Awets Wohnung. Warum willst du sie durchsuchen lassen?", meinte Karin zu mir und stellte sich neben mich. „Was ist los mit dir, Peter?"

„Ich kann nicht mehr, Karin", flüsterte ich und schaute von meinem Bürostuhl zu ihr hoch.

„Was ist denn passiert?"

„Awet hat Susi Knippschildts Credentials dafür genutzt, die Hacking-Software laufenzulassen, und er hat auch unsere Protokolle gelöscht."

„Das kann nicht wahr sein", hauchte Karin und ließ sich auf meinen Schreibtisch sinken. „Er hatte doch Zugriff auf unseren Server."

„Ja, aber hätte er die Dateien mit seinem Login gelöscht, hätte es die IT sofort feststellen können."

„Peter, ich kann das nicht glauben. Ich habe die ganze Nacht nicht schlafen können, weil ich ständig darüber nachdenken musste. Awet hat für uns die Maus gestohlen, er hat nächtelang über den Protokollen gebrütet, er hat ohne Pause an dem Fall gearbeitet, hat alles zu den Nanorobotern herausgefunden, ist sogar mit zu dieser Furie Ute Gazek gegangen. Das kann einfach nicht sein!"

„Genau das ist es, Karin, er hat zu viel gewusst. Das hat er nicht alles erst während der Ermittlungen herausgefunden. Er muss schon vorher Kontakt zur Pharmorena gehabt haben und kannte die Hintergründe. Er hat uns alle hervorragend an der Nase herumgeführt."

Karin schüttelte den Kopf, sie wollte es nicht wahrhaben. Mein Telefon klingelte, es war Florian von der IT-Forensik.

„Ja?", fragte ich und vergaß jeglichen Gruß.

„Hi Peter, es gibt Neuigkeiten."

„Moment, ich stelle das Telefon laut, dann kann Karin mithören. Jetzt bitte."

„Karin hatte uns gebeten, eine Handyortung von Hubertus Jakobs Smartphone durchzuführen. Wir haben ihn, er ist keinesfalls in München, wie er es euch weismachen wollte."

„Sondern?", fragte ich.

„Er ist seit fünf Tagen in Frankfurt. Und gestern war er in Höchst, in der Funkzelle, in der sich das Höchster Schloss befindet. Das ist der Bereich, wo ihr die Schießerei hattet, Peter."

„Was?!"

Ich legte benommen auf. Mein Telefon klingelte erneut. Ich erkannte die Durchwahl von Gerhard Driller vom 17. Polizeirevier (Höchst), Polizeipräsidium Frankfurt. Karin saß immer noch mit starrem Blick auf meinem Tisch.

Ich stellte mein Telefon laut und meldete mich: „Gerd, du auch noch?"

Gerd verstand es als Scherz und lachte kurz, dann wurde er sofort wieder ernst: „Peter, wir haben im Main eine Leiche gefunden, unten an der Brücke in Höchst, bei der Süwag."

„Wer ist es?“, wollte ich wissen, mein Herz schlug mir wieder einmal bis in den Hals.

„Wir gehen davon aus, dass es Gundolf Kuschinski ist. In dem Mantel, den der Tote trug, wurde sein Handy gefunden. Es befindet sich auf der Rückseite eine Gravur mit seinem Namen. Dr. Ute Gazek ist bereits vor Ort und wird die Leiche gleich abtransportieren. Sie meinte, die hat seit Tagen im Wasser gelegen. Erkennen konnte man nicht mehr viel vom Gesicht.“

***

Das sollte Gundolf Kuschinski sein? Zur Mittagszeit stand ich statt vor einer Dönerbude zusammen mit Karin neben Dr. Ute Gazek am Seziertisch. Auf ihm lag die Leiche eines älteren Mannes, sein Körper war ab der Hüfte mit einem grünen Laken bedeckt. Wir betrachteten den aufgedunsenen, behaarten Oberkörper und das überdimensionale, schwammige Gesicht, dessen Haut aussah wie ein Handkäse, der wochenlang in zu viel Öl eingelegt gewesen war. Ähnlich roch es auch hier. Ich musste die Luft anhalten. Karin presste sich die Hand vor Mund und Nase.

„Frau Weidmann, Sie werden auch nicht gerade nach Rosenwasser duften, wenn Sie einmal hier liegen“, wagte Ute Gazek anzumerken.

Ich erkannte aus den Augenwinkeln, wie sich Karins Gesichtshaut tiefrot färbte, und hoffte, dass der vorherrschende Geruch sie weiterhin dazu zwingen würde, sich die Hand vor den Mund zu halten. Ein Wortgefecht der beiden Damen würde ich in diesem Umfeld nicht ertragen.

„Kommen wir zur üblichen Frage, Ute“, unterbrach ich die giftigen Blicke zwischen ihr und Karin. „Wie ist er gestorben?“

„Er hat Wasser in der Lunge. Was schließt Herr Kriminalhauptkommissar daraus?“, stellte Ute eine ihrer gern gestellten Gegenfrage.

„Er muss ertrunken sein“, schlussfolgerte ich angewidert.

„Hervorragend kombiniert“, antwortete Ute. „Was mich nur stutzig macht ...“

„Was, Ute?“

„Es handelt sich um Chlorwasser.“

„Wie bitte?“

Ute spielte wieder ihr Frage- und Antwortspiel. Sie liebte es, den Polizeibeamten das Leben schwerzumachen. Vermutlich die einzige, erfreuliche Abwechslung in ihrem grauenhaften Berufsumfeld.

„Chlorwasser, Peter, wie es in Schwimmbädern genutzt wird.“

„Ist klar, Ute. Aber wie gelangte es in die Lungen dieses Mannes?“

„Es ist deine Aufgabe, das herauszufinden. Ich kann dir nur sagen, dass er zwar im Main gefunden wurde, aber nicht dort ertrunken ist. Das Mainwasser wird meines Wissens nach nicht gechlort. Deine Anspielung gefällt mir übrigens“, antwortete Ute mit der Absicht, noch mehr Fragen aufzuwerfen.

„Welche Anspielung?“, fragte ich genervt.

Karin hielt sich immer noch die Hand vor Mund und Nase, sie hatte es aufgegeben, sich mit Dr. Ute Gazek zu unterhalten.

„*Dieses Mannes*", wiederholt Ute. „Du hast noch nicht akzeptieren wollen, dass es Gundolf Kuschinski sein könnte?"

„Hast du es?", fragte ich zurück.

„Ich bin gerade dabei, das zu klären. Ich habe mir den Personalausweis angesehen, den der Tote bei sich trug. Er steckte in einer Klarsichthülle in seiner Geldbörse. Es ist der Ausweis von Gundolf Kuschinski, er wurde 2011 in Salzburg erstellt. Das ist acht Jahre her. Was mir direkt aufgefallen ist: Dieser Mann hier hat nicht das üppige Haupthaar wie Gundolf Kuschinski auf seinem Passbild", erklärte Ute und hielt uns den eingeschweißten Ausweis vor die Nase. „Er kann natürlich innerhalb der letzten Jahre massig Haare verloren haben, in seinem Alter nicht unüblich. Wenn ich dich ansehe, Peter, steht dir das demnächst auch bevor, dein Haaransatz ist deutlich auf dem Rückzug."

„Danke für den Hinweis, Ute. Zurück zu dem Toten. Das Gesicht ist so aufgedunsen, es ist unmöglich, es ohne technische Hilfsmittel mit dem Passfoto zu vergleichen. Hast du ..."

„Genauso stellt es sich dar. Wärt ihr zwei Quälgeister nicht gerade bei mir hereingeschneit, säße ich jetzt an meinem PC und würde mein schlaues Gesichtsrekonstruktions-Tool danach fragen, DNA-Proben von dem Ausweis nehmen und sie mit denen der Leiche vergleichen lassen, et cetera, et cetera."

„Verstehe, Ute. Dann möchten wir dich nicht länger davon abhalten. Nur noch eine Frage."

„Bitte!"

„Adam Frost liegt auch bei dir. Todesursache?"

„Er wurde erschossen, Peter, du und Karin wart gestern dabei, falls du dich erinnerst."

„Ja, Ute, das wissen wir noch. Ich wollte nur sichergehen, dass er nicht auch Chlorwasser oder dergleichen ..."

„Peter, du müsstest dich langsam mal mit deinen Ermittlungen beeilen, sonst ist Frankfurt bald leergefegt", meinte Dr. Ute Gazek zu mir und machte sich auf den Weg in ihr Büro.

***

„Hier ist der Durchsuchungsbeschluss. Machen Sie etwas daraus!", zischte die Präsidentin.

Es war mittlerweile früher Nachmittag, und die Präsidentin stand unerwartet vor mir. Sie warf mir ein Blatt Papier auf den Schreibtisch, drehte sich um und marschierte ohne ein weiteres Wort wieder hinaus. Auf die gleiche Art und Weise war sie vor dreißig Sekunden hereingekommen.

„Die hat ja eine Laune", kommentierte Karin. „Aber immerhin noch freundlicher als Frau Dr. Ute Gazek."

Ich musste grinsen. Das Verhältnis zwischen Karin und Ute würde sich wahrscheinlich nie zum Guten wenden.

„Denk nicht weiter über unsere liebe Gerichtsmedizinerin nach. Lass uns los, wir bestellen jetzt unsere Einsatztruppe in den Industriepark Höchst und nehmen das Pharmorena-Gebäude auseinander. Pack die Baupläne ein, damit wir den Eingang zu den versteckten Untergeschossen finden. Gleich werden wir wissen, ob Awet wirklich dort unten ist."

„Wird gemacht, Peter. Ich rufe die Kollegen schnell an."

Endlich ging es voran. Endlich konnten wir etwas gegen diese sogenannten Hirnforscher unternehmen. Und in wenigen Stunden wären wir einen erheblichen Schritt weiter. Wenn wir erst die Versuchsmenschen gefunden hatten und der Präsidentin damit darlegen konnten, was die Pharmorena AG trieb, konnten wir den Vorstand geschlossen in Untersuchungshaft stecken. Ich spürte, wie das Adrenalin in meinen Körper ausgeschüttet wurde. Meine Atmung beschleunigte sich, mein Herz pochte so stark, dass ich es in meinen Ohren hören konnte. Es ging los.

Ich lief mit Karin die Treppe hinunter, stieß die Ausgangstür auf und rannte zum Parkplatz. Als wir an unserem Dienstwagen ankamen, erkannte ich, dass etwas an der Seitenscheibe steckte. Jetzt nahmen sich diese lästigen Autoaufkäufer sogar schon unsere zivilen Einsatzwagen vor? Ich griff nach dem Zettel und wollte ihn wegwerfen. Dann fiel mir auf, dass er gar nicht bedruckt war.

„Was hast du da, Peter?"

Ich nahm Karins Frage nicht wahr. Ich drehte den Zettel herum und erkannte eine zackige Handschrift.

Eine Schifffahrt, die ist lustig!

„Was ist das?", fragte Karin dieses Mal lauter.

Ihre Worte drangen nicht zu mir durch. Sie stellte sich neben mich und las die Nachricht, die ganz offensichtlich an mich gerichtet war.

„Ich fahre, Peter. Los, setz dich auf den Beifahrersitz", befahl Karin. „Und du rufst jetzt sofort bei Florian in der IT-Forensik an und lässt eine Handyortung durchführen. Er kann hoffentlich feststellen, wo deine Familie gerade ist, und kontaktiert dann umgehend die Kollegen im hohen Norden."

„So eine Scheiße", flüsterte ich, Tränen drückten sich in meine Augen.

Dieser Zettel versetzte mir einen Schlag in die Magengrube. Mir blieb die Luft weg. Immer und immer wieder las ich die fünf Wörter. Eine unsichtbare Faust drückte gegen meinen Kehlkopf und klemmte mir den Sauerstoff ab.

„Mach dich nicht verrückt, Peter. Bisher waren das alles leere Drohungen. Verstehst du?", versuchte Karin mich zu beruhigen. „Außerdem ist mir etwas aufgefallen."

„Sie wissen, wo Hanne und Finn sind", dachte ich laut, ohne Karins Worte wahrzunehmen.

„Hast du gehört, Peter? Mir ist etwas aufgefallen!", rief Karin, parkte aus und fuhr los. „Das hat jemand anderes geschrieben. Das ist nicht die gleiche Schrift wie von den anderen Drohbriefen!"

Ich starrte auf den Zettel, sah mir jeden einzelnen Buchstaben an. Die Schrift war zackig, kippte aber nicht nach rechts. Sie war aufrecht und spitz. Es stimmte, sie war anders. Je länger ich sie betrachtete, desto mehr verformten sich die langen, schmalen Buchstaben zu einer Silhouette, die mich an Spritzen erinnerte. Ich schloss die Augen.

„Du magst recht haben", schloss ich und holte mein Handy vor. „Ich rufe Florian an."

Nachdem ich Florian alles erklärt hatte, ging es mir besser. Er hatte das Gleiche gesagt, wie Karin, bisher wären es lediglich leere Drohungen gegen uns gewesen. Nichtsdestotrotz gab es mindestens einen Maulwurf im LKA, entweder Susi Knippschildt oder Awet Berhane. Und beide waren verschwunden. Es könnte auch ihnen etwas passiert sein, vielleicht waren sie entführt worden oder gar getötet. In diesem Fall war nicht mehr von leeren Drohungen zu sprechen.

Ich schaute hoch und sah durch die Frontscheibe. Wir waren bereits auf der A66 Richtung Frankfurt. In Kürze würden wir von der Autobahn abfahren und am Industriepark Höchst ankommen. Dann würden wir mit unserem Durchsuchungsbeschluss hineinmarschieren.

***

Wir hatten über zwanzig Kollegen zugeteilt bekommen. Es standen mehrere unserer Kastenwagen vor dem Industriepark Höchst, vom Pharmorena-Gebäude aus nicht zu sehen. Übertragungswagen, Transporter und Technikwagen. Es war 16:48 Uhr. Zehn Kollegen gingen durch die Büros und sammelten die Notebooks der Führungsetage ein. Sie räumten Schränke und Regale leer und packten alles in unsere Transporter. Sie stießen auf heftigen Widerstand, gegen den Dursuchungsbeschluss konnten die Vorstandsmitglieder jedoch nichts unternehmen. Vier weitere Kollegen saßen im Übertragungswagen und hörten Funkfrequenzen ab. Wir vermuteten, dass die Belegschaft in den zwei von der Außenwelt abgeriegelten Untergeschossen Funkkontakt zu anderen Pharmorena-Mitarbeitern hatten.

Wir standen am Eingang des Pharmorena-Gebäudes und schauten an den Mauern hoch. Was würden uns die Betonwände alles erzählen, könnten sie reden? Wir traten ein. Ich machte mich mit Karin und zehn Einsatzkräften auf den Weg in den Keller. Wir gingen zu den Fahrstühlen.

„Wo wollen Sie hin?“, schrie der neue Pförtner Phillip Schulte uns an, der Endzwanziger mit blondem Bürstenhaarschnitt.

„Sie können Dr. Reiner Baum anrufen und benachrichtigen, dass wir zu ihm runterkommen“, rief ich ihm zu. „Er soll uns schon einmal seine Pforten öffnen!“

„Sie müssen die Überzieher für Ihre Schuhe mitnehmen!“, brüllte Pförtner Schulte und griff unter seinen Tresen.

Er rannte mit den Überziehern hinter uns her.

„Rufen Sie endlich Dr. Baum an“, fuhr ich ihn an.

Wir betraten gerade zu zwölft den Fahrstuhl. Es wurde eng, die Kollegen trugen voluminöse, schwarze Schutzkleidung, Waffen und Werkzeug bei sich. Falls Dr. Baum uns nicht weiterhelfen konnte, würden wir damit die Luken und Klappen zu dem unterirdischen Verlies zur Not mit Gewalt öffnen. Auch ich und Karin trugen unsere Waffen und schusssicheren Westen. Ich hatte mir den Bauplan in eine Seitentasche an meinem Bein gestopft. Die Fahrstuhltüren schlossen sich langsam. Phillip Schulte versuchte, Karin einen Packen der Überzieher zu reichen, aber die Tür war schon fast zu. Durch den kleinen Spalt sah ich, wie der Pförtner mit den Überziehern in der Hand auf dem Absatz kehrtmachte und zu seinem Telefon lief. Ich hörte ihn fluchen, verstand jedoch seine Worte nicht mehr.

Wir standen zu zwölft gequetscht wie die Ölsardinen in der Aufzugkabine, Karin drückte den Knopf für das dritte Untergeschoss. Weiter führte dieser Fahrstuhl nicht hinunter. Nach einigen Sekunden hielt er, die Tür öffnete sich. Vor uns stand Dr. Reiner Baum in seinem weißen Kittel.

„Guten Morgen, Dr. Baum“, begrüßte ich ihn und trat aus der Kabine aus. „Schön, Sie wiederzusehen. Wie geht es Ihren Mäuschen?“

„Sehr gut, sehr gut, wir sind einen Riesenschritt weitergekommen seit Ihrem letzten Besuch“, antwortete Dr. Baum verwirrt.

Groß zu wundern, warum zehn vollausgestattete SEK-Kollegen bei uns waren, schien er sich nicht. Ich fragte mich, ob er in seinen Labors etwas von der Außenwelt mitbekam.

„Schön, Dr. Baum“, meinte ich, zog den Bauplan aus meiner Beintasche und faltete ihn auf. „Wir benötigen noch einmal ihre Hilfe. Sehen Sie mal, hier, da möchten wir hin. Können wir nur durch Ihr Labor dorthin gelangen?“

Dr. Baum kratzte sich am Kopf. Sein weißes Haar stand störrisch ab, als würde er sich den ganzen Tag auf diese Art kratzen.

„Da müssen wir schauen, zeigen Sie mal her“, meinte der Forscher und betrachtet den Bauplan und das Rote Kreuz, das ich darauf eingezeichnet hatte. „Ah, das ist ihr Ziel. In meine Labore dürfen keine Keime hereinkommen, sie könnten die Versuchsreihen versauen, das wissen Sie bestimmt noch vom letzten Mal. In meine Labors kommt man nur, wenn es sich gar nicht vermeiden lässt.“

„Ich erinnere mich“, bestätigte ich. „Uns ist es egal, wo wir langgehen. Wenn Sie uns einen anderen Weg nennen können?“

Dr. Baum kratzte sich wieder am Kopf, er schien angestrengt zu überlegen. Ich sah seinem zerknitterten Gesichtsausdruck förmlich an, dass er unschlüssig war.

„Es gibt schon noch einen anderen Weg“, meinte der Mäuseforscher. „Das sind aber eigentlich Tunnel für die Transportroboter. Sehen Sie hier, da geht es lang. Wir müssten geduckt dort hindurchkriechen, wenn es Ihnen nichts ausmacht. Ich habe wirklich große Bedenken, wenn sie alle durch mein Labor laufen, Sie verunreinigen mir meine Räume!“

Ich sah Dr. Baum an. Man konnte ihm seine Sorgen um die von uns hineingeschleppten Keime und Bakterien fast abnehmen. Ein Restzweifel blieb jedoch, dass er uns nicht in sein Labor hineinlassen wollte, weil wir nichts von seinen Versuchen mitbekommen sollten.

„Was wollen Sie denn da?“, fragte Dr. Baum mit einem skeptischen Blick.

„Wir möchten sichergehen, dass dort unten niemand ist“, meinte ich und gab Dr. Baum damit ausreichend Interpretationsspielraum.

„Jemand ist? Wer sollte denn da unten in den Transportwegen sein?“, wollte er wissen.

„Sie haben uns vor einigen Tagen gesagt, dass es drei Untergeschosse gibt, Dr. Baum. Diese Pläne hier zeigen aber mehr, nämlich fünf Untergeschosse“, erklärte ich und zeigte auf den Bauplan, der aus dem mir vererbten Schreibtisch der Baufirma stammte, die dieses Gebäude hochgezogen hatte und danach aufgelöst worden war.

„Den habe ich noch nie gesehen. Wo haben Sie den Plan her?“, fragte Dr. Baum.

„Von der Bauunternehmung Stock GmbH. Na gut, Dr. Baum, dann kriechen wir halt“, entschied ich. „Wo geht es lang?“

„Hier, durch diese Tür“, antwortete Dr. Baum, zog zögerlich einen Schlüssel aus seinem Kittel und öffnete eine Klappe, die sich neben der großen, runden Schleuse befand, durch die wir letztes Mal in seine Labore gelangt waren. An der Innenseite des Tunnels befand sich ein Bedienfeld mit bunten Knöpfen und blinkenden Lämpchen. Dr. Baum begann, mehrere Tasten zu drücken.

Danach piepste es, eine rote Lampe blinkte auf und eine weibliche Maschinenstimme sagte: „System offline, all deliveries stopped. System blocked for twenty minutes.“

Der Gang war ungefähr einen Meter hoch. An der Decke zog sich eine Leiste heller LED-Leuchten entlang. Dr. Baum schaute mich an, als würde er sein Schicksal noch einmal abwenden wollen. Ich bemühte mich um einen ruppigen Gesichtsausdruck und zeigte noch einmal energisch auf den Bauplan. Er zog die Augenbrauen hoch, gab seinen Widerstand wortlos auf, kroch in den Tunnel und robbte vor.

Er drehte sich kurz um und meinte: „Kopf einziehen, das ist eigentlich für Transportroboter gebaut. Passen Sie auch auf die Streben oben an der Decke auf.“

Ich kroch hinter ihm her. Karin und die zehn Kollegen folgten uns.

***

Es war eng und roch penetrant nach Desinfektionsmitteln. Wir keuchten und stöhnten. Seit über fünfzehn Minuten krochen wir durch den Tunnel, der rundherum mit Edelstahl verkleidet war. Hin und wieder waren wir an Verzweigungen rechts oder links abgebogen, waren parkenden Transportrobotern ausgewichen und hatten gemeinsam mit Dr. Baum auf den Bauplan gesehen, um auf dem richtigen Weg zu bleiben. Unsere Knie und Hände schmerzten mittlerweile, die Luft war schlecht und es war unerträglich warm. Dieser Tunnel war eindeutig nicht dafür ausgelegt, dass dreizehn Menschen durch ihn hindurchkrabbelten.

Wir kamen an einer Art Schleuse an, eine verbarrikadierte Luke, an der ein Scanner angebracht war. Dr. Baum hob seine rechte Hand und hielt sie vor das Gerät. Es piepste, ein grünes Lämpchen leuchtete, und die Schleuse sprang auf.

„Wie würde ein Transportroboter diese Schleuse öffnen, Dr. Baum?“, wollte ich wissen.

„Über einen Code. Die Transportroboter funken ihn, wenn sie vor der Schleuse stehen. Der Code und auch ihr Ziel werden ihnen eingespeist, wenn sie oben in der Lieferantenhalle starten.“

„Verstehe.“

„Letzte Nacht hat es übrigens einen Zwischenfall dabei gegeben“, merkte Dr. Baum an.

„Einen Zwischenfall?“, fragte ich und hielte inne.

„Ja, aus einem nicht nachzuvollziehenden Grunde war ein Transportroboter zu viel hier unten angekommen. Es sollten fünf losfahren, aber sechs hielten hier. Der vorletzte hatte einen falschen Code gesendet. Er war leer. Alle anderen hatten die von mir beauftragten Lieferungen geladen."

„Seltsam", meinte ich und dachte darüber nach, ob A-wet diesen Zwischenfall verursacht hatte.

Dr. Baum robbte durch die Schleuse und stellte sich auf der anderen Seite aufrecht hin. Ich sah nur noch seinen Unterkörper durch die Öffnung. Waren wir angekommen? Wir folgten ihm und freuten uns, endlich wieder stehen zu können. Wir befanden uns in einem rechteckigen Raum, circa fünf mal acht Meter groß. Auch er war mit grauem Metall verkleidet und beleuchtet. Eine Lampe konnte man nicht sehen. An einer Wand standen drei leere Transportroboter. Am gegenüberliegenden Ende des Raumes befand sich eine Schiebetür.

„Was ist das hier?", fragte Karin.

„Das ist sozusagen eine Garage. Hier werden die Transportroboter geparkt, die gerade nicht in Betrieb sind", erklärte Dr. Baum. „Der hier in der Mitte ist der leere von heute Nacht."

Der Transporter war mit einer Klarsichtfolie überzogen. Ich schaute hinein. Ich erkannte ein vertrocknetes Blatt eines Baumes und Erde darin, beides hätte aus dem Profil eines Schuhs stammen können. Ich schaute Karin fragend an. Sie zuckte mit den Schultern.

„Der Dreck dürfte nicht darin sein", erklärte Dr. Baum. „Hier dürfen nur desinfizierte Roboter einfahren. Deshalb habe ich die Folie darüber gespannt. Die Kollegen von der Logistik müssen unbedingt prüfen, was passiert ist."

„Und die Schiebetür dahinten? Wohin führt sie?", fragte ich, um von dem Thema abzulenken.

„Dahinter ist ein Desinfektionsraum. Bevor die geparkten Transportroboter von hier losfahren, werden sie erneut desinfiziert. Wir wollen an jeder Stelle verhindern, dass sich Keime, Viren und Bakterien verbreiten“, fuhr Dr. Baum fort. „Jetzt haben Sie alles gesehen, und wir können wieder zurück. Bitte alle Mann ...“

„Moment, Dr. Baum!“, unterbrach ich ihn. „Ich möchte erst sehen, was hinter der Schiebetür ist.“

„Das kann ich Ihnen nicht zeigen. Man müsste dafür einen Lieferprozess starten und einen dieser Transportroboter losschicken. Ich habe aber gerade alle Roboter deaktiviert, damit wir durch den Tunnel kommen.“

„Wie kann man den Prozess starten?“, fragte Karin.

„Entweder ich von meinem Labor aus, oder die Kollegen oben in der Lieferantenhalle. Lassen Sie uns jetzt gehen“, drängte Dr. Baum.

„Wir gehen nicht, bevor wir nicht hinter diese Tür geschaut haben“, entschied ich und machte eine Kopfbewegung Richtung eines Kollegen, der daraufhin mit seinem Werkzeug-Rucksack zu der Schiebetür hinüberging.

„Was tun Sie da?“, rief Dr. Baum.

Er lief zu dem Kollegen und versuchte ihn am Arm von der Tür wegzuziehen.

„Lassen Sie ihn los, Dr. Baum“, sagte ich betont ruhig. „Behindern Sie nicht unsere Ermittlungen, ansonsten müssen wir Sie festnehmen.“

Dr. Baum schrak zurück. Er starrte mich mit offenem Mund an und wischte sich mit dem Handrücken über seine feuchte Stirn.

„Sie werden damit einen Alarm auslösen!“, warnte er uns.

„Kein Problem, der Pförtner weiß Bescheid“, log ich.

Der Kollege hatte mittlerweile ein Stemmeisen aus seinem Rucksack ausgepackt, hakte es in einen Schlitz an der Zarge ein und versuchte die Schiebetür aufzustemmen. Er schaffte es nicht. Also beugte er sich wieder über seinen Rucksack und zog einen Trennschleifer heraus. Er warf ihn an, setzte das Gerät oben in den Spalt zwischen Wand und Schiebetür ein und zog es langsam bis zum Boden hinunter. Der Trennschleifer machte einen Höllenlärm, dreimal ertönte ein unerträgliches Jaulen, als würde er in dem Türspalt einige besonders widerspenstige Metallteile durchschleifen. Es stank nach angekokeltem Stahl und verbranntem Öl. Eine ohrenbetäubende Alarmglocke ertönte plötzlich. Ein zweiter Kollege schnappte sich schnell das Stemmeisen und hebelte die Tür auf. Gerade noch rechtzeitig, der Alarm hatte eine Sicherheitseinrichtung ausgelöst, die die Schiebetür mit aus der Wand fahrenden, zusätzlichen Metallkrallen sichern sollte. Da diese nun aufgehebelt war, griffen die Krallen ins Leere.

„Können Sie den Alarm ausstellen?“, schrie ich Dr. Baum zu.

„Nein, kann ich nicht, habe keinen Code dafür!“, brüllte er zurück.

„Dann rufen Sie oben an und lassen das vom Pförtner arrangieren!“, schrie Karin.

„Geht nicht, kein Empfang hier unten!“, schrie Dr. Baum.

Ich hielt mir die Ohren zu und schaute hilfesuchend zu meinen Kollegen hinüber. Diesen lautstarken Alarm würden wir nicht lange aushalten, geschweige denn auf unserem zwanzigminütigen Rückweg ertragen können. Vermutlich würden wir alle dabei kollabieren. Ein Kollege hob den Zeigefinger und schnallte sich seinen Rucksack ab. Er öffnete vorne eine kleine Tasche und zog mehrere Päckchen heraus. Ohrstöpsel.

***

Es war dunkel. Wir hatten unsere Kopflampen herausgeholt und umgeschnallt. Zwölf Lichtkegel erhellten den großflächigen Raum. Es war eher eine Halle. Der mittlere Bereich war vollgestellt mit futuristischen, technischen Apparaturen. An den Seiten der Halle hingen zugezogene, blaue Vorhänge.

Mein Herz klopfte mir bis in den Hals. Meine Hände zitterten. Ich erinnerte mich an den Zettel, der in meiner Hosentasche steckte und sich anfühlte, als würde er sich in meinen Oberschenkel bohren wollen.

Eine Schifffahrt, die ist lustig!

Mir wurde heiß. Schweiß drückte sich durch meine Haut. Ich spürte, wie der Stoff an den Innenseiten meiner T-Shirt-Ärmel feucht wurde. Die Hitzewelle fuhr durch meinen Körper und lähmte mich. Karin stieß mich an. Ich warf den Kopf zu ihr herum.

„Wer soll nachsehen?", fragte sie mich.

Sie musste gegen die lärmende Alarmanlage anschreien und gegen die Ohrstöpsel, die wir alle trugen. Ich verstand sie kaum, erkannte die Worte jedoch an der Bewegung ihrer Lippen.

„Ich“, entschied ich, zeigte mit dem Finger auf mich und gab den Kollegen durch eine Kopfbewegung zu verstehen, was sie nun tun sollten.

Die zehn stellten sich in einer Reihe auf, zogen ihre Handfeuerwaffen und sicherten den Raum hinter mir in alle Richtungen ab. Karin stand mit gezogener Waffe an meiner rechten Seite. Dr. Baum hatte sich in eine Ecke verdrückt, er kaute an seinen Fingernägeln und blickte hektisch von einer Seite des Raumes zur anderen. Es kam mir vor, als hätte er diese unterirdischen Katakomben noch niemals gesehen.

Ich ging auf einen der blauen Vorhänge zu. Als ich ihn fast berührte, blieb ich stehen. Karin war zwei Meter hinter mir in eine halb gehockte Position gegangen und zielte mit ihrer Waffe auf die Mitte des von der Decke hängenden Stoffs. In meiner ausgestreckten, rechten Hand hielt ich meinen Revolver. Mit der linken griff ich nach dem Vorhang. Ich atmete durch. Dann warf ich ihn mit einem Ruck zur Seite. Meine Kopflampe warf ihr Licht in die düstere Kammer. Es stand ein Bett darin. Es war leer. Auf dem Bettzeug erkannte man noch den Abdruck eines Körpers. Ich ging näher heran und legte meine Hand darauf. Es war warm. Das Laken war im oberen Bereich mit Blutflecken übersäht. Ich schaute zur Decke. Über dem Bett hing eine Videokamera, neben ihrer Linse leuchtete ein rotes Lämpchen. Neben dem Bett stand ein Tropf, dessen Schlauch herabhing. Die helle Flüssigkeit platschte auf den Boden. Auf der anderen Seite des Bettes standen weitere Apparaturen, die aussahen wie Schaltpulte, in einer davon war ein Bildschirm angebracht. Er zeigte eine Flatline.

Ich ging langsam aus der Kammer heraus und gab Karin ein Zeichen, mir zu folgen. Die zehn Kollegen verblieben im Raum verteilt auf ihren Positionen und sicherten uns. Ich ging zu der nächsten Kammer, griff nach dem Vorhang und warf ihn auf. Das gleiche Bild wie bei der ersten. Ich lief zum nächsten Vorhang, warf ihn auf, wieder das gleiche. Dann der nächste und nächste. Karin hechelte hinter mir her. Ich rannte fluchend an den Vorhängen vorbei, riss sie alle auf, es mussten über fünfzig sein. Alle Kammern waren leer.

„SCHEIßE!", schrie ich gegen die nervenzerreibende Alarmanlage an.

***

„Auf eine Straßenkontrolle waren die anscheinend nicht eingestellt", meinte Gerd zu mir.

Gerhard Driller vom 17. Polizeirevier (Höchst), Polizeipräsidium Frankfurt, stand neben mir am Rand der B8 auf der Höhe von Sulzbach am Taunus. Karin unterhielt sich gerade mit zwei Polizisten. Gerd war während seiner Streife um 20:35 Uhr die Königsteiner Straße entlanggefahren, sie führte aus Frankfurt Höchst heraus und ging in die B8 über. Ihm war ein Schweinetransporter aufgefallen, der von der Autobahn abgebogen und direkt auf die Straßenkontrolle zugefahren war. Gerd war ihm gefolgt und hatte die Kollegen angefunkt. Die hatten den LKW angehalten, nun parkte er auf dem rechten Standstreifen. Der osteuropäische Fahrer hatte gestikulierend zu verstehen gegeben, dass er kein Wort Deutsch spreche. Und er hatte sich geweigert, die Türen seines Anhängers zu öffnen. Wo sich der

Schlüssel dazu befand, war unklar. Als ein Kollege auf das schwere Vorhängeschloss gezeigt hatte, hatte er nur den Kopf geschüttelt und die Hände gehoben, als wolle er sagen, dass er keine Ahnung von dem Verbleib des Schlüssels hatte. Also saß er nun mit Handschellen im Streifenwagen und schaute zu, wie einige Polizisten sich an dem Schloss seiner Anhängertür zu schaffen machten.

Gerd und ich gingen langsam um den Anhänger herum. An den Seiten waren Lüftungsschlitze angebracht, wie sie für Tiertransporter üblich waren. Wenn ich zuvor neben diesen Zügen hergefahren war, hatte ich oft beobachten können, wie die Schweine auf dem Weg zum Schlachter ihre rosafarbenen Nasen durch die Schlitze steckten, um frische Luft abzubekommen. Vermutlich hatte es keinem von ihnen etwas genutzt, nach wenigen Stunden hatten sie zerteilt an Fleischerhaken gehangen. Von Weitem fiel es in der Dunkelheit nicht auf, aber bei diesem Tiertransporter, konnte man nicht in das Innere sehen. Wenn man näher heranging, erkannte man, dass die Lüftungsschlitze von innen mit einer dunklen Plane abgedeckt worden waren.

„Man hört nichts, er könnte leer sein", raunte mir Gerd zu. „Es kam mir seltsam vor, dass um diese Uhrzeit noch so ein Gefährt unterwegs ist. Deshalb bin ich hinterher. Die Kollegen haben ihn hier an der Straßenkontrolle gestoppt."

Wir gingen weiter an dem Anhänger entlang, bis wir hinten bei den Kollegen ankamen, die sich gerade das Schloss vornahmen.

„Wir knacken es auf", entschied der Einsatzleiter.

Einer der Einsatzkräfte holte einen Bolzenschneider, setzte ihn an und öffnete gewaltsam das Schloss. Er zog die Bruchstücke aus der Metallöse, legte die Türöffner um und schwang die zwei Türen auf. Vier weitere Einsatzkräfte kamen mit Scheinwerfern hinzu und leuchteten in den Innenraum des Tiertransporters. Gerd und ich stellten uns neben sie. Was wir nun sahen, ließ uns erschaudern.

***

Mein Smartphone hatte geklingelt. Kollegen vom LKA hatten Awets Wohnung durchsucht und Unglaubliches gefunden. Wie in Trance hatte ich das Gespräch beendet. Versteinert stand ich vor dem geöffneten Anhänger des LKWs, konnte meine Augen nicht abwenden. Ich war nicht fähig abzuwägen, ob mich die telefonische Nachricht der Kollegen oder der Inhalt dieses zweckentfremdeten Schweinetransporters mehr schockierte. Karin gesellte sich zu mir und Gerd. Sie sah mit aufgerissenen Augen zu, wie mehrere Einsatzkräfte in den Anhänger stiegen. Gerd setzte einen Notruf ab und forderte ein Großaufgebot an Rettungswagen, Hubschraubern und Ärzten an. Das Klinikum Höchst war nicht weit, ebenso die Main-Taunus-Klinik in Bad Soden. Sie würden in wenigen Minuten hier sein und hoffentlich ausreichend Kapazitäten in ihren Häusern haben. Ich rief in der LKA-Zentrale an und bestellte die Forensik her. Wir mussten unverzüglich mit den Sofortrettungsmaßnahmen beginnen. Mindestens fünfzig Menschen lagen bewusstlos auf der Ladefläche. Die Schädel der Menschen waren kahlrasiert, Kabel und

Schläuche steckten in ihren Köpfen. Die Enden lagen wie abgeschnittene Nervenstränge neben ihnen. In den Armen der Bewusstlosen steckten Nadeln, Zugänge, die einmal an einen Tropf angeschlossen gewesen waren.

„Atmen sie noch?“, fragte ich die anderen und sprang auf die Ladefläche.

„Sieht danach aus“, meinte einer der Kollegen hilflos.

Keiner von uns wusste, was geschehen, was diesen Menschen verabreicht worden war. Wir begannen, bei allen Bewusstlosen zu prüfen, ob sie noch atmeten, und positionierten sie in der stabilen Seitenlage. Mehr als sie zu beobachten und aufzupassen, dass bei keinem von ihnen die Atmung aussetzte, konnten wir augenblicklich nicht tun. Mein Blick glitt nach links. Dort lag eine Frau. Ich erkannte sie wieder. Ihr dicker Bauch wölbte sich unter dem dünnen, gelben Nachthemd. Schläuche und Kabel ragten daraus hervor. Ich lief als erstes zu ihr. Karin folgte mir. Die Brust der Frau hob und senkte sich. Gott sei Dank, sie atmete auch.

„Meinst du, das Ungeborene lebt noch?“, fragte mich Karin, obwohl ihr bewusst sein musste, dass ich ihr diese Frage keinesfalls beantworten konnte.

„Ich hoffe es“, sagte ich nur.

Wir legten sie auf die Seite und gingen weiter zu den nächsten Bewusstlosen. Gerd kam mit einigen Decken angelaufen, die er an uns verteilte, damit wir die ausgekühlten Menschen damit bedecken konnten. Sie reichten bei Weitem nicht aus. Je weiter wir in das Innere des Transporters vordrangen, desto mehr Bewusstlose sahen wir. Und desto schlechter wurde die Luft. Es roch nach Schweiß, menschlichen Ausscheidungen und Dreck. Es war der reine Horror, was die Forscher der

Pharmorena AG angestellt hatten. *Die Würde des Menschen ist unantastbar!* Der Satz geisterte durch meinen Kopf. Unfassbar, wie sich Wissenschaftler über die Würde einzelner erhoben und dermaßen menschenverachtend für die Entwicklung eines irrsinnigen Medikamentes vorgehen konnten.

Eine Schifffahrt, die ist lustig!

Der Zettel in meiner Tasche kam mir wieder in den Sinn. Hatten Sie Hanne und Finn bereits etwas angetan? War es schon zu spät? Ich zog mit schweißnassen Händen mein Smartphone aus der Hosentasche und schaute auf dem Display nach, ob jemand versucht hatte, mich zu erreichen. Nichts. Gerne hätte ich Hanne angerufen und gefragt, wie es ihr und Finn ging. Aber ich konnte nicht. Ich durfte es einfach nicht. Wahrscheinlich hörten sie uns ab, hatten bereits all unsere Telefongespräche mitgeschnitten, wussten ständig, wo wir waren und was wir taten.

„Nein!", schrie Karin plötzlich.

Sie stand circa sechs Meter von mir entfernt und kauerte neben einem auf dem Boden liegenden, gekrümmten Körper. Ich ging vorsichtig zu ihr hinüber, stieg über mehrere Bewusstlose und versuchte dabei nicht auf deren Gliedmaße zu treten.

„Neeeiiiin!", schrie Karin erneut.

Ich kam näher an den Körper heran. Sein Gesicht konnte ich nicht erkennen, Karin hockte davor und beugte sich über ihn. Er war gekleidet mit einer dunkelblauen Jeans und einer schwarzen Lederjacke.

Ich stellte mich neben Karin und schaute an ihr vorbei in das Gesicht des bewusstlosen Mannes. Eine heiße Welle durchschoss mich wie ein Blitz.

***

Ich saß neben Karin auf dem Grünstreifen neben dem Tiertransporter. Ihr war schwarz vor Augen geworden, sie hatte frischen Sauerstoff benötigt. Der Mann, den sie gefunden hatte, war Awet. Er war also tatsächlich bei den Versuchsmenschen in den unterirdischen Laboren gewesen. Nur welche Rolle er dort gespielt hatte, war mir noch nicht klar. War er ein weiteres Opfer der Wissenschaftler geworden? Oder war er ein Verbündeter gewesen, den sie hatten loswerden wollen, nachdem er das getan hatte, was sie von ihm verlangt hatten? Letzteres schien mir aktuell wahrscheinlicher.

„Warum haben wir Awet dort hineingehen lassen, Peter?", meinte Karin, die Frage klang wie ein Vorwurf. „Dazu noch alleine. Das war unverantwortlich!"

Karin schien ihn immer noch für unschuldig zu halten, als den etwas verschrobenen Kollegen, der uns unterstützen wollte. Ich musste ihr schonend die Wahrheit über Awet beibringen. Die Wahrheit, die die Kollegen vom LKA mir vor ungefähr zwanzig Minuten telefonisch mitgeteilt hatten.

„Karin, ich habe gerade einen Anruf bekommen", sagte ich zu ihr. „Kurz nachdem die Tür des Schweinetransporters geöffnet wurde."

„Und?", fragte Karin und wischte sich dabei die Tränen aus dem Gesicht. Sie verschmierte dabei ihre

Wimperntusche, braune Schlieren zogen sich über ihre Wangen.

„Es waren die Kollegen, die Awets Wohnung durchsucht haben“, begann ich mit der bitteren Wahrheit.

„Was haben sie gefunden, Peter?“, Karin warf den Kopf herum und starrte mich an. Sie ahnte, dass etwas Schreckliches passiert sein musste.

„Awets jüngerer Bruder hat ihnen die Tür geöffnet, aber keinen Ton gesagt. Sie sind in die Wohnung hineingegangen, haben alle Räume durchsucht. In einem der zwei Schlafzimmer haben sie Silke Jakob und Susi Knippschildt gefunden. Verwirrt und nicht ansprechbar, aber sie leben.“

***

„Awet, sag was!“, schrie ich meinen Kollegen an, den Kollegen, der uns allen etwas vorgemacht hatte, der uns auf übelste Weise getäuscht hatte.

Awet lag auf einer Pritsche in einem der Rettungswagen, die neben dem Schweinetransporter standen. Die B8 war mittlerweile gesperrt worden. Ein Rettungsarzt saß an Awets Seite, Karin und ich standen neben ihm. Ich schlug Awet mit der flachen Hand ins Gesicht. Seine Augen waren nur zur Hälfte geöffnet. Er lallte und konnte sich nicht selbstständig aufrichten.

„Nicht so forsch!“, maßregelte der Rettungsarzt, er hatte Awet soeben eine Spritze gegeben, die seine Lebensgeister zurückholen sollte. „Lassen Sie ihm Zeit. Es dauert, bis er wieder zu sich kommt.“

„Sie ahnen nicht, wie wichtig seine Aussage für uns ist!“, schrie ich. „Er muss so schnell wie möglich ...“

„Sie müssen abwarten“, unterbrach mich der Arzt ungehalten. „Auf diese Weise kommt er nicht schneller zu Bewusstsein.“

Ich schluckte meinen Ärger hinunter und stieg wieder aus dem Rettungswagen aus. Ich entfernte mich ein paar Meter und lief ungeduldig im Kreis. Awet konnte uns wichtige Hinweise geben. Jetzt, wo wir wussten, was er getan hatte, gab es keinen Ausweg mehr für ihn. Er musste uns die Hintergründe für seine Tat mitteilen. Und ich war mir sicher, dass wir die Wahrheit aus ihm herausbekommen würden. Er musste nur endlich wieder zu sich kommen.

„Awet, du bist wieder bei uns!“, hörte ich Karin ausrufen, ich fand einige Nuancen zu freundlich.

Ich lief zu ihnen hinüber und sprang in den Rettungswagen. Awet saß nun aufrecht auf der Pritsche, mit einer Decke um die Schultern und rieb sich die Stirn. Neben ihm standen Karin und der Arzt, sie stützten ihn. Ich stellte mich neben sie.

„Du sagst uns jetzt sofort zwei Dinge, Awet: Was hast du mit Susi Knippschildt und Silke Jakob gemacht? Und was hast du mit der Pharmorena AG zu schaffen?“, fuhr ich ihn an.

„Jetzt lass ihn erst einmal durchatmen“, meinte Karin. „Er weiß ja noch gar nicht, wo er sich befindet!“

Awet rieb sich immer noch die Stirn, kniff die Augen zusammen und öffnete sie wieder, als wolle er den Bildern, die seinem Gehirn geliefert wurden, nicht glauben.

„Awet, du bist in dem Schweinetransporter da draußen mit vielen anderen Menschen aus den abgeriegelten Laboren der Pharmorena AG abtransportiert worden“, erklärte Karin. „Kannst du dich erinnern, was dort passiert ist?“

„Ich … ich weiß nichts mehr“, nuschelte Awet und fuhr sich mit den Händen durch sein Gesicht, er hatte seine Zunge offensichtlich noch nicht unter Kontrolle.

„Was ist das Letzte, an das Sie sich erinnern können?“, fragte der Arzt.

„Ich war im fünften Untergeschoss und habe mit meinem Handy einen Film gedreht. Von den … von den Versuchsmenschen“, erklärte Awet, seine Stimme klang schon etwas fester. „Den Film habe ich an die Kollegen vom LKA geschickt. Ab da weiß ich nichts mehr.“

„Du bist bestimmt von ihnen erwischt worden“, überlegte Karin laut. „Sie haben nachgesehen, wem du das Video geschickt hast und haben dich ausgeschaltet. Dann haben sie irgendwann angefangen, alle Versuchsmenschen aus den Laboren rauszuschaffen. Sie haben euch in den Schweinetransporter gesteckt und abtransportiert. Was hast du sonst noch rausgefunden?“

„Ich weiß es nicht mehr“, sagte Awet, schüttelte den Kopf und fragte plötzlich: „Was ist mit der Maus?“

Er stand noch neben sich. Bestimmt meinte er die Maus, die er Dr. Reiner Baum entwendet hatte.

„Sie hatte den Nanoroboter mit dem Biokunststoff von Hubertus Jakob im Kopf, das weißt du doch“, erklärte ich ihm. „Dr. Baum wird sie nicht vermissen, er hat tausende davon in seinem Labor.“

„Dr. Baum“, wiederholte Awet. „Wo ist er jetzt?“

„Wir haben ihn laufenlassen“, antwortete ich. „Wir wollen sehen, was er nun tut. Wir vermuten, dass er …“

„Er ist unschuldig", unterbrach mich Awet. „Er wollte mir helfen."

„Er wollte was?", fragte ich ungläubig.

Awet schloss die Augen und schluckte, bevor er weitersprach. „Er wurde gezwungen, den Versuchsmenschen Spritzen zu geben. Er hat weniger gespritzt, damit sie eine Chance haben. Mir hat er auch weniger gespritzt, er hat es mir gesagt."

„Wer hat ihn dazu gezwungen, Awet?", fragte Karin.

„Ich erinnere mich nicht an die Namen."

Mir platzte langsam der Kragen. Awet wusste, dass Dr. Baum ein Lebensretter war, aber die Namen der anderen kannte er nicht mehr?

„Ich kann dir ein paar Namen nennen", fuhr ich ihn an. „In deiner Wohnung wurden Susi Knippschildt und Silke Jakob gefunden. Du musst dich daran erinnern, das war weit vor deinem Einstieg in das Pharmorena-Gebäude!"

„Das kann sich auch anders darstellen", griff der Rettungsarzt ein. „Ihr Kollege könnte durch den Angriff und ein dadurch verursachtes Trauma an einer dissoziativen Amnesie leiden, die Gedächtnislücken verursacht hat."

„Auf welcher Seite stehen Sie?", schrie ich den Arzt an.

Karin griff nach meinem Arm. „Peter, beruhige dich. Das Wichtigste ist jetzt, dass Awet sich wieder erinnert und wir ihm ..."

„Ihr glaubt ihm also, dass er sich nicht erinnern kann?", unterbrach ich Karin. „Das ist wieder nur ein Spielchen von ihm! Er hat uns die ganze Zeit etwas vorgemacht, Karin. Los, Awet, gib es endlich zu, du hast Susi Knippschildt und Silke Jakob entführt! Das war kein Angriff auf dich. Du hast sie aus dem Verkehr gezogen, im Auftrag der Pharmorena AG!“

„Nein, Peter“, widersprach Awet. Er saß immer noch auf der Pritsche, sah mich nun mit wacheren Augen an, das Medikament des Rettungsarztes schien ihn wieder auf die Beine zu bringen. „Ich arbeite nicht mit der Pharmorena zusammen. Wie kommst du auf so etwas?“

***

Es war stockdunkel. Wir hockten zu dritt im Dienstwagen und fuhren Richtung Höchst, Karin, Awet und ich. Ich hatte dem Rettungsarzt versprochen, Awet zur weiteren Untersuchung in ein Krankenhaus in Wiesbaden, seinem Wohnort, zu bringen. Awet schien es wieder besser zu gehen. Es hatte ihn nicht so schwer erwischt, wie die Versuchsmenschen, die Wochen oder gar Monate lang von den Wissenschaftlern der Pharmorena AG mit Medikamentencocktails vollgepumpt worden waren. Bevor man sie aus dem unterirdischen Labor hinausgeschafft hatte, war ihnen ein Mittel verabreicht worden, das sie ruhigstellen oder gar umbringen sollte. Bisher war noch keiner von ihnen wieder zu Bewusstsein gekommen, sie wurden nach und nach auf die naheliegenden Kliniken verteilt. Bei Awet schien das Mittel weniger brutal gewirkt zu haben, er konnte bereits wieder laufen und war ohne Hilfe in unser Auto eingestiegen. Im Gegensatz zu den Versuchsmenschen hatte er keine medizinische Vorgeschichte. Ich befand Awet als ausreichend wiederhergestellt, sodass ich ihn statt ins Krankenhaus zurück zum Pharmorena-Gebäude fuhr.

Karin sah mich wutentbrannt an. „Was soll das, Peter? Awet muss dringend untersucht werden. Wir haben keine Ahnung, was sie ihm gegeben haben."

„Verdammt, er muss sich daran erinnern, was er da im Keller getrieben hat!", schrie ich und schlug mit der Hand auf das Lenkrad. „Wenn er erst einmal dort ist, fällt es ihm hoffentlich wieder ein. Falls er es überhaupt vergessen hat."

„Das ist zu gefährlich", widersprach Karin. „Sieh ihn dir doch an, er ist alles andere als fit!"

„Schon gut, Karin, ich komme mit euch mit", meinte Awet, der angeschlagen im Fond saß. Im Rückspiegel sah ich, wie er sich die Schläfen rieb und tief durchatmete.

„Dass du auch noch zustimmst", fauchte Karin Awet an, „das ist Irrsinn."

„Es ist seine Pflicht", korrigierte ich. „Er hat eine Hacking-Software im LKA laufen lassen und Susi Knippschildt und Silke Jakob entführt."

„Was habe ich?", fragte Awet und schaute hoch.

„Du hast sie entführt!", schrie ich ihm über meine Schulter zu, setzte den Blinker und fuhr von der A66 Richtung Höchst ab.

„Nein, ich meine die Hacking-Software", meinte Awet. „Was habe ich damit gemacht?"

„Siehst du, Peter, er erinnert sich nicht daran", maulte Karin und verschränkte die Arme vor ihrer Brust.

„Von wegen", meinte ich. „Er ist ein hervorragender Schauspieler."

„Die interne IT hat herausgefunden, dass du mit den Credentials von Susi Knippschildt eine Hacking-Software angewendet hast, um auf unserem Server Verhörprotokolle löschen zu können“, erklärte Karin.

Ich schüttelte den Kopf darüber, dass sie ihm diese Nummer abnahm.

„Susi Knippschildt ...“, wiederholte Awet.

„Du hast uns alle hintergangen. Warum hast du das getan, Awet?“, warf ich ihm vor.

„Hacking-Software ... ich erinnere mich wieder“, flüsterte er so leise, dass wir es vorne kaum verstanden.

„Dann erzähl mal deine Version“, forderte ich ihn auf.

„Susi ist erpresst worden“, begann Awet. „Silke Jakob hat sie vor dem LKA abgefangen, ihr einen USB-Stick gegeben und ihr gedroht, dass Susi nicht mehr lange leben würde, wenn sie die Hacking-Software nicht innerhalb der nächsten drei Tage im LKA zum Laufen bekommen würde.“

Ich schaute Karin skeptisch an. Sie drehte sich mit offenem Mund zu Awet um. Ich sah es ihr an, sie glaubte ihm jedes Wort.

„Susi hat am Empfang einen PC, an dem die USB-Ports gesperrt sind“, fuhr Awet fort. „Sie hat mich um Hilfe gebeten. Wir haben meinen Rechner dafür genommen, und die Hacking-Software mit ihrem Account gestartet.“

„Du hilfst Susi dabei, eine Hacking-Software im LKA-Netz zum Laufen zu bringen?“, fragte ich fassungslos, verriss dabei das Lenkrad und streifte kurz einen Bordstein. „Wie kommst du dazu, uns einen derartigen Schwachsinn zu erzählen?“

Der Dienstwagen rumpelte am Bordstein entlang, ich brachte ihn mit beschleunigtem Puls wieder auf die richtige Spur.

„Das ist kein Unsinn“, erklärte Awet ruhig wie immer. „Ich wollte verhindern, dass Susi mit den Erpressern Ärger bekommt. Es ist eine intelligente Hacking-Software, sie hat Benachrichtigungen versendet, Statusmeldungen über ihre Anwendung. Sie hat die Konfiguration unseres Proxy-Servers ausgelesen und einen Request an einen externen Server über den Port 80 versendet.“

„Was redest du da?“, fauchte ich Awet an. Ich verstand absolut nicht, was er gerade erklärte und hatte die Befürchtung, dass er ähnlich gut in IT-Themen war, wie unser inoffizieller LKA-Hacker André Grahl.

„Das war eine Absicherung der Erpresser, dass die Hacking-Software auch wirklich in unserem LKA-Netz gelaufen ist“, erwiderte Awet. „Hätte ich Susi nicht geholfen, wäre sie in Gefahr gewesen. Deshalb habe ich sie auch vorgestern Abend mitgenommen und bei mir in der Wohnung versteckt.“

„Dass ich nicht lache! Zusammen mit ihrer Erpresserin Silke Jakob? Du musst noch unter Drogen stehen“, warf ich Awet vor und musste dreimal schlucken, um nicht sofort anzuhalten und ihn zu verprügeln.

„Silke Jakob wurde genau wie Susi erpresst. Bernhardt Moscher hat ihr gedroht, ihre Eltern in Freiburg umbringen zu lassen, wenn sie nicht tut, was er ihr aufträgt“, fügte Awet hinzu und schaute mir im Rückspiegel in die Augen. „Silke habe ich gestern Vormittag erwischt, als sie versucht hat, Susi zu kontaktieren, bevor ich am Abend bei der Pharmorena eingestiegen bin. Mein Bruder hat auf die beiden aufgepasst.“

„Aufgepasst? Dein Bruder?“, warf ich spöttisch ein. „Den haben die Kollegen gleich mitgenommen. Er hat nichts, absolut gar nichts dazu gesagt, warum Susi Knippschildt und Silke Jakob in eurer Wohnung waren.“

„Haben die Kollegen nicht die Narbe an seinem Hals gesehen?“, fragte Awet. „Bei unserer Flucht aus Eritrea hat ein Soldat mit einem Messer die Nerven seiner Stimmbänder verletzt. Mein Bruder ist stumm.“

***

„Gut, dass ihr kommt“, meinte der Einsatzleiter des SEK zu mir. „Die Kollegen haben das Gebäude fast komplett ausgeräumt. Sie haben uns gerufen, weil sich dahinten am Tor Süd etwas tut. Es ist ein LKW vorgefahren. Der Pharmorena-Pförtner war ziemlich nervös. Die Kollegen haben mitbekommen, wie er ständig telefoniert hat, es ging um Abfahrtzeiten und Personenzahlen. Es müssen noch Leute in dem Gebäude sein, die Kollegen haben die Büros und die Labore durchsucht, konnten sie aber nicht finden.“

Es war mittlerweile 21:48 Uhr. Ich stand mit Karin und Awet vor dem Pharmorena-Gebäude. Das SEK war mit mehreren Wagen angerückt, hatte diese auf dem Parkplatz am Tor Süd stehen lassen und sich durch die Dunkelheit gemeinsam mit uns an das Pharmorena-Gebäude angepirscht. Die Security des *Industrieparks Höchst* haben wir zu Stillschweigen verdonnert, die Information über unseren verdeckten Einsatz durfte nicht an die ansässigen Firmen weitergegeben werden. Mit uns hatten sich um die dreißig mit schwarzer Schutzkleidung, Helmen und Schnellfeuerwaffen ausgestattete Männer und Frauen auf den Weg zur Pharmorena gemacht. Nun standen wir gemeinsam hinter drei weißen Kastenwagen, in denen sich die ausgeräumten Gerätschaften aus den Büros und Laboren befanden. Von den Fenstern der Pharmorena aus konnte man uns nicht sehen. Falls sich dort wirklich noch Leute versteckten, dachten sie gewiss, dass unsere Kollegen bald mit ihren Kastenwagen abfahren würden und sie danach ungesehen verschwinden konnten. Falsch gedacht. Wir waren auch noch da, und davon wussten die mutmaßlichen Verbrecher noch nichts.

„Es gibt versteckte Räume in dem Bau. Ich habe die Pläne dabei, die können wir uns ansehen", schlug ich vor.

„Machen wir gleich. Wir legen uns hier hinter den Büschen auf die Lauer, warten, bis die Kollegen weg sind, dann gehen wir rein", klärte der SEK-Leiter uns auf und fragte mich: „Wollt ihr dabei bleiben?"

Namen gab es beim SEK nicht, nur Rang und Nummern. Ich schaute den fremden Mann an, dessen Gesicht ich kaum hinter seinem Helm erkennen konnte. Blaue Augen hatte er und eine raue Stimme, mehr wusste ich nicht von ihm.

„Ja", entschied ich. „Wir haben hier einen jungen Kollegen, der an vorübergehender Amnesie leidet. Er weiß mehr über die Machenschaften der Pharmorena-Forscher, als uns lieb ist."

Der schwarze Helm des SEK-Leiters verdeckte zwar nahezu sein komplettes Gesicht, aber an seinem stechenden Blick erkannte ich tiefsitzende Skepsis.

„Seid ihr sicher, dass das die richtige Entscheidung ist?“, wollte er wissen.

„Verdammt sicher“, grunzte ich und schaut Awet durchdringend an.

„Ich weiß wieder, was mir Silke Jakob erzählt hat, als ich sie vor Susis Wohnung abgefangen habe“, verkündete Awet plötzlich. Die Situation vor Ort schien ihn langsam aber sicher wachzurütteln.

„Dann sag es uns, bevor wir da reingehen!“, forderte ich ihn auf.

„Leiser“, zischte der SEK-Leiter. „Lasst uns erst in den Büschen verschwinden, die Kollegen machen sich gleich vom Acker, dann ist unsere Deckung hin.“

Wir gaben unsere Position hinter den weißen Kastenwagen auf und schlichen in geduckter Haltung Richtung Büsche. Die Dunkelheit war auf unserer Seite, man konnte uns kaum wahrnehmen. Wir verteilten uns auf ungefähr zwanzig Meter Buschreihe und hockten uns hinter die dichten Äste. Karin, Awet und ich blieben in der Nähe des SEK-Leiters. Er musste wissen, was Awet nun von sich gab. Eventuell nahm seine Aussage Einfluss auf das weitere Vorgehen.

„Silke Jakob hatte ihr komplettes Umfeld angelogen“, begann Awet. Keine umwerfende Neuigkeit für mich. „Sie wurde von Pharmorena-Mitarbeitern abgehört und unter Druck gesetzt. Die Wissenschaftler haben ihr gedroht, ihre Familie auszulöschen, weil sie Interna der Pharmorena AG an uns weitergegeben hat. Sie haben Silke beauftragt, die Drohbriefe an uns zu verteilen. Ihr direkter Kontakt war Adam Frost. Silke sollte uns ablenken und dafür Sorge tragen, dass das LKA in die Irre geleitet wird."

„Den letzten Drohbrief hat jemand anderes verfasst. Es war eine andere Schrift. Er klemmte heute Morgen an meiner Autoscheibe. Und wenn deine Aussage von vorhin stimmt, war Silke Jakob zu dem Zeitpunkt bereits in deiner Wohnung", konterte ich, ich traute Awet immer noch nicht.

Der SEK-Leiter hörte uns zu, unterbrach uns nicht.

„Das war ihr Bruder Hubertus Jakob", meinte Awet.

„Hubertus ist hier?", fragte Karin mit zitternder Stimme.

Eine dunkle Ahnung kam in mir hoch. „Wie kommst du darauf, Awet?"

„Silke hat mir erzählt, dass Hubertus für die Pharmorena AG arbeitet", erklärte Awet. „Nicht, was die Biokunststoffe aus London betrifft, sondern ..."

Es wurde ein Dieselmotor nach dem anderen gestartet, das dröhnende Tuckern übertönte Awets Worte. Die weißen Kastenwagen machten sich nach und nach auf den Rückweg zum LKA Wiesbaden. Es stank nach verbranntem Treibstoff und Ruß. Der beißende Geruch wirkte wie ein ätzendes Gas in unseren Lungen, wir hielten die Luft an und drückten unsere Hände vor Nase und Mund.

Als sie abgefahren waren, hob ich meine Hand und flüsterte Awet zu: „Sag das noch einmal, ich habe dich nicht verstanden."

„Hubertus Jakob ist von Adam Frost beauftragt worden, Orhan Aydin, Hartmuth Wanker und Heinrich Kurz zu töten. Er ist also der dunkelgekleidete Mann mit Stiefeln Größe 44, der an mehreren Tatorten seine Spuren hinterlassen hat."

„Schön, dass du dich wieder an die ganzen Namen erinnerst. Wenn dem so ist, hat er sehr wahrscheinlich auch Adam Frost getötet. Karin und ich waren heute live dabei, wie ein dunkelgekleideter Mann mit groben Stiefeln Größe 44 Adam Frost erschossen hat und geflüchtet ist", erzählte ich Awet, um zu sehen, wie er darauf reagierte. Mir wurde bewusst, dass Awet sich immer dunkel kleidete, seine Schuhgröße könnte ebenfalls passen. Schob er die Tötungsdelikte auf den uns unbekannten Hubertus Jakob?

„Heute Morgen?", war alles, was Awet dazu sagte.

„Heute Morgen", bestätigte ich.

Der SEK-Leiter mischte sich immer noch nicht ein. Er verfolgte unseren Schlagabtausch kommentarlos, ließ alles auf sich wirken. Ich vermutete, dass er während seiner Laufbahn bereits den übelsten Gesellen begegnet war, bisher war das hier bestimmt noch Kindergarten für ihn.

„Weißt du, was mit Gundolf Kuschinski passiert ist?", fragte Karin Awet leise.

„Er sollte getötet werden, hat mir Silke erzählt", erklärte er. „Sie haben ihn verfolgt. Er hat sich ins Rebstockbad in Frankfurt geflüchtet und wollte sich dort in den Kabinen unter den Gästen verstecken, die sich kurz vor Schluss umgezogen und das Bad verlassen haben. Silke wusste aber nicht, was daraus geworden ist."

„Im Main ist ein ertrunkener Mann gefunden worden, mit Chlorwasser in den Lungen“, erklärte ich A-wet.

***

Knarzend öffnete sich das Lieferantentor. Es wurde langsam geöffnet, nur einen Spalt breit. Es lugte etwas hervor, ich konnte es aus der Entfernung nicht erkennen. Die Beleuchtung vor dem Tor war kurz zuvor ausgeschaltet worden, es war einfach zu dunkel. Der SEK-Leiter hob sein Nachtsichtgerät und sah hindurch.

„Es schaut sich jemand um“, flüsterte er in das Mikrofon seines Headsets.

Wir waren mittlerweile alle verkabelt, trugen In-Ear-Kopfhörer und Mikrofone. Obwohl der SEK-Leiter leise sprach, konnte man ihn hervorragend verstehen.

„Er kommt raus“, kommentierte der SEK-Leiter. „Ein Zweiter schaut durch die Toröffnung.“

Es waren also mehrere. Nur, wer war es? Adam Frost war tot. Bernhardt Moscher saß seit mehreren Stunden in Untersuchungshaft. Er musste Verbündete haben. Verbündete, die sehr wahrscheinlich Mithelfer oder sogar Täter waren. Ich spürte, wie mein Körper Adrenalin ausschüttete. Meine Atmung beschleunigte sich, meine Handflächen wurden feucht, Arme und Beine begannen zu kribbeln. Gleich würden wir zuschlagen. Ich hielt mich unter größter Anstrengung zurück, ich durfte es jetzt nicht versauen. Wir mussten alle auf das Kommando des SEK-Leiters warten.

„Der Erste hält eine Waffe in der Hand“, meinte der SEK-Leiter, der die Verdächtigen noch immer durch sein Nachtsichtgerät beobachtete. „Jetzt kommen zwei raus, sie tragen eine größere Kiste. Der Erste zielt mit der Waffe in verschiedene Richtungen, er gibt ihnen Deckung."

„Kommen noch mehr?", fragte ich ungehalten und lauschte der Stimme des SEK-Leiters in meinem Headset.

„Ja", flüsterte er. „Noch einer mit einer Kiste. Und noch einer. Bisher sind es also fünf. Sie gehen Richtung elf Uhr. Der Erste mit der Waffe begleitet sie. Sie schaffen offensichtlich Material weg."

„Wie lange warten wir noch?", fragte ich, ich konnte meinen Drang, endlich loszulaufen, kaum mehr unterdrücken.

„Moment", entschied der SEK-Leiter, „wir warten, ob noch mehr rauskommen."

„Ich möchte verhindern, dass sie davonkommen", drängelte ich und dachte an die angedrohte Suspendierung der Präsidentin. Karin und ich durften jetzt nicht versagen. „Ich sehe sie nicht mehr."

„Ich aber", meinte der SEK-Leiter. „Sie kommen zurück. Ohne Kisten. Sie haben sie irgendwo abgestellt. Ich vermute, sie holen noch mehr aus der Halle. Wir warten bis sie drin sind, dann geht es los. Hier draußen stehen unsere Chancen schlechter, es gibt zu viele Möglichkeiten zu verschwinden."

Ich hoffte inständig, dass der SEK-Leiter damit Recht behielt. Ich starrte in die Dunkelheit. Es waren nur undeutliche Schemen zu erkennen, etwas bewegte sich auf das Lieferantentor zu.

„Sie gehen jetzt rein", kommentierte der SEK-Leiter. „Alpha eins bis fünf, geht auf zwei Uhr, positioniert euch unterhalb der Laderampe. Alpha sechs bis zehn bewegt euch Richtung elf Uhr, sichert die rausgetragenen Kisten. Alpha elf bis zwanzig, verteilt euch hinter der Lagerhalle, versucht durch die Seiten- und Hintereingänge reinzukommen, sichert alle Türen. Alpha einundzwanzig bis dreißig, ihr geht mit mir und den Kommissaren durch das Haupttor rein, sobald ich freigebe."

Zwanzig SEK-Einsatzkräfte erhoben sich, krochen zwischen den Ästen der Büsche hervor und machten sich in geduckter Haltung mit gezogenen Waffen auf ihren Weg. Sie streuten in alle Richtungen aus und verschwanden lautlos in der Dunkelheit. Ein weiterer Adrenalinstoß durchschoss meinen Körper. Das Haupttor stand immer noch offen. Gleich würden wir mit zehn SEK-Kräften dort hineingehen. Ich schaute Karin und Awet an, sie nickten mir beide zu. Ich hielt die Luft an und wartete auf das Kommando des SEK-Leiters.

„Zugriff!", schallte es durch unsere Headsets.

***

Wir rannten los. Es war dunkel und kalt. Da die Beleuchtung von den Pharmorena-Mitarbeitern ausgeschaltet worden war, konnten wir nur ahnen, wohin wir traten. Bei jedem weiteren Schritt befürchtete ich, zu stürzen. Würde mir etwas im Weg stehen, ich würde lang hinfallen und mir die Knochen aufschlagen. Es war wie ein Sprint auf der 400-Meter-Bahn bei den Bundesjugendspielen vor vielen Jahren. Heute jedoch war es, als hätte man uns dabei die Augen verbunden. Ein Sprint in die Ungewissheit. Das Lieferantentor war undeutlich in zweihundert Metern zu erkennen, wir kamen mit jedem Schritt näher. Die SEK-Einsatzkräfte trugen Schuhe mit dicken Gummisohlen, sie waren kaum auf den Pflastersteinen zu hören. Karins, Awets und meine Schuhe waren weniger geeignet, jeder Schritt hämmerte in meinen Ohren.

„Leiser!", zischte der SEK-Leiter durch unsere Headsets.

Wir drei mussten uns zusammenreißen und versuchen, beim Laufen auf der Ferse zu landen, elastisch abzufedern und lautlos über den ganzen Fuß abzurollen. Es war anstrengend, nach einigen Metern kam ich außer Atem, die Beine schmerzten von der ungewohnten Bewegung. Noch ungefähr einhundert Meter, dann hatten wir es geschafft. Die SEK-Kräfte waren weitaus schneller, sie konnten entspannt sprinten, waren topfit. Awet lief vor Karin und mir, seine Lebensgeister schienen zwei Stunden nach der Aufwachspritze des Rettungsarztes wiederhergestellt zu sein.

Noch fünfzig Meter trennten uns vom Lieferantentor. Ein metallisches Schleifen drang aus der Lagerhalle an unsere Ohren. Der SEK-Leiter an der Spitze unserer Truppe reduzierte seine Laufgeschwindigkeit und gab uns hinter seinem Rücken ein Handzeichen, langsamer zu werden. Wir trabten in geduckter Haltung hinter ihm her und kamen an dem halbgeöffneten Tor an. Wir stellten uns hinter dem Stahltor auf. Der SEK-Leiter ging in die Hocke und spähte vorsichtig in das Innere der Lagerhalle. Er hielt uns den Daumen hoch, das sollte bedeuten, der Weg war frei. Wir krochen um das Tor herum in die Halle. Nach vier Metern hockten wir vor einem schweren Gummivorhang, der in der Mitte geteilt war. Der SEK-Leiter zog ihn vorsichtig zwei Zentimeter auseinander und schaute durch den schmalen Schlitz. Ein schwacher Lichtstrahl fiel durch die Öffnung. Er ließ den Gummivorhang los und ließ die Enden wieder zusammenfallen.

„Ich sehe zwei Männer und eine Frau, alle um die dreißig Jahre alt", flüsterte er in sein Mikrofon. „Sie stehen am hinteren, rechten Ende der Halle und packen Geräte und Behälter in Kisten."

Um die dreißig? Dr. Dr. Kopf und Dr. Baum waren eindeutig älter. Wer waren die Verbündeten von Bernhardt Moscher? Und wo befanden sich die zwei anderen Personen, die wir gerade noch draußen beobachtet hatten? Es waren insgesamt fünf gewesen.

„Wir gehen rein", entschied der SEK-Leiter. „Die LKA-Kollegen bleiben bei mir, Alpha 21, 22 und 23 kommen mit uns rechts herum an der Wand entlang. Alle anderen gehen links. Versucht solange wie möglich in Deckung zu bleiben. An den Wänden steht viel Kram herum, der uns dabei behilflich ist, ihr werdet es gleich sehen."

Wir teilten uns vor dem Vorhang in zwei Gruppen auf, eine Truppe rechts, eine links. Der SEK-Leiter schob den Gummivorhang wieder zwei Zentimeter auseinander und überprüfte die Lage. Ich hockte mit Karin und Awet neben ihm auf der rechten Seite.

„Rein!", zischte seine Stimme durch unsere Headsets.

***

Während wir mit gezogenen Waffen in die Lagerhalle stürmten, an der Wand entlangkrochen und hinter stehenden Schränken und Kisten Deckung suchten, warf ich einen Blick auf die Tür am anderen Ende des Raumes.

„Ich muss wieder raus“, jammerte Karin durch das Headset. „Mir kitzelt was in der Nase.“

„Zu spät, runter!“, flüsterte der SEK-Leiter.

Als die Tür sich langsam öffnete, verschwanden wir in verschiedenen Nischen, damit uns niemand vorzeitig entdecken konnte. Karin grunzte leise, sie schien ein Niesen unterdrücken zu wollen. Drei Personen schleppten nun eine sperrige Apparatur durch die Tür. Zwei Männer wandten uns den Rücken zu, gegenüber von ihnen erkannte ich eine blonde Frau, die gemeinsam mit ihren zwei Verbündeten versuchte, das schwere Gerät in die Lagerhalle zu wuchten. Als sie sich unter einem an der Decke hängenden Strahler befanden, erkannte ich das Gesicht der Frau. Es war Birte Hanssen! Aber wer waren die beiden Männer?

Der SEK-Leiter machte keine Anstalten, einzugreifen. Ich vermutete, er wollte abwarten, bis die Truppe weiter in die Halle hineinging, damit sie nicht wieder durch die Tür flüchten und hinter sich verriegeln konnten. Also drückten wir uns alle weiter in unsere Nischen, um uns nicht zu verraten. Die drei schleppten die schwergewichtige Apparatur mühsam Zentimeter für Zentimeter Richtung Ausgang. Dieser war immer noch um die zwanzig Meter entfernt. Auf halber Strecke warteten wir auf unseren Einsatz. Der SEK-Leiter rührte sich nicht. Die drei mussten das Gerät immer wieder abstellen, um durchzuatmen. Dann wuchteten sie es einen halben Meter weiter. Jetzt befanden sie sich ungefähr in der Mitte der Lagerhalle und setzten es wieder ab. Sie wischten sich mit den Ärmeln den Schweiß aus dem Gesicht. Die Männer drehten sich um und prüften, wie weit es noch bis zum Ausgang war. Als ich sie erkannte, blieb mir die Luft weg. Es waren der Pförtner Phillip Schulte und Silke Jakobs Bruder Hubertus! Ich drehte mich vorsichtig zu Karin um. Sie presste die Hand vor Mund und Nase und kniff die Augen dabei zu. Sie hatte die Männer vermutlich noch nicht erkannt. Ihre Augenlider hoben sich langsam. Als sie die zwei Männer sah, weiteten sich ihre Augen ungläubig. Awet kniete teilnahmslos neben ihr. Ich fragte mich, ob er nicht doch noch unter Drogen stand. Aber ich war auch erleichtert, wir hatten jetzt die Gewissheit, dass die Mitglieder der Familie Jakob tatsächlich auch Handlanger der Pharmorena AG waren.

„Scheiße, das dauert ewig, bis wir das Ding draußen haben", wetterte der Pförtner Phillip Schulte. „Sollen die ihren Mist doch selbst wegschaffen. Kommt, wir hauen ab, dann sind wir raus aus der Nummer, und uns kann keiner mehr was!"

„Spinnst du?", zischte Birte Hanssen. „Wenn uns die Bullen nicht kriegen, kriegen die Pharmatypen uns. Ich will das hier zuende bringen, sonst machen die uns das Leben zur Hölle. Falls wir dann noch ein Leben haben."

„Dann mach die Kacke doch alleine, blöde Tussi, ich haue jetzt ab", entschied Phillip Schulte und machte Anstalten, zu gehen.

Hubertus Jakob hechtete ihm hinterher, griff ihn an den Kragen und schrie: „Du bleibst schön hier und hilfst uns, sonst gibt's Ärger!"

Phillip Schulte boxte Hubertus Jakob in die Magengrube und versuchte sich zu befreien. Dieser krümmte sich vor Schmerz, hielt aber den Kragen des Pförtners weiter fest. Ich fragte mich, warum der SEK-Leiter nicht eingriff. Ich tippte ihm von hinten auf die Schulter. Er schüttelte forsch den Kopf. Ich zog meinen Arm zurück. Die Tür am anderen Ende der Halle öffnete sich wieder. Dr. Reiner Baum und Dr. Dr. Kopf kamen herein. Jetzt wurde mir klar, worauf der SEK-Leiter gewartet hatte.

„Probleme?", fragte Dr. Dr. Kopf in die Runde.

Sein Gesicht zierte ein flackernder, irrer Blick. Dass unter den Verbündeten tiefe Zerwürfnisse herrschten, schien ihm gänzlich zu entgehen. Er konzentrierte sich einzig und allein auf das riesige Gerät. Ich verabscheute diesen wahnsinnigen Forscher. Ute Gazek hatte vollkommen recht, er war eindeutig ein Hirni.

Phillip Schulte und Hubertus Jakob ließen voneinander ab und meinten einstimmig: „Nein."

„Das Ding ist so schwer, wir schaffen es kaum", erklärte Birte Hanssen.

„Dann hilf den jungen Leuten doch mal, Reiner!", forderte Dr. Dr. Kopf seinen Kollegen Dr. Baum auf.

Dieser ging zu den dreien hinüber und packte mit an. Zu viert zerrten sie die schwere Apparatur einen Meter weiter.

„Seid vorsichtig damit!", bellte Dr. Dr. Kopf. „Da steckt meine gesamte Hirnforschung drin!"

Dr. Dr. Kopf ging auf sie zu, aber statt beim Tragen zu helfen, meinte er: „Ich halte euch den Gummivorhang auf."

„Das dauert noch", keuchte Hubertus Jakob.

Wenn sie in dem Tempo weitermachten, wären sie erst in zehn Minuten am Ausgang.

Karin riss an meinem Ärmel. Ich drehte mich zu ihr um, sah in ihr verzweifeltes Gesicht. Dann nieste sie.

***

Die schwergewichtige Apparatur krachte auf den Boden. Ihre Träger hatten sie Knall auf Fall losgelassen und warfen nun ihre Köpfe herum. Sie starrten in unsere Richtung. Dr. Dr. Kopf riss eine Pistole aus seiner Hosentasche und zielte in unsere Richtung. Sein Köper zuckte, er hatte sich nicht mehr unter Kontrolle. Er ballerte sechsmal ziellos umher. Dann erst schaute er, ob oder was er getroffen hatte. Nun zückte auch Hubertus Jakob eine Waffe und starrte mit zusammengekniffenen Augen in unsere Richtung. Hinter mir hörte ich kurz ein leises Jammern, wagte es aber nicht, mich umzudrehen und damit die Verbrecher aus den Augen zu lassen. Der Ausruf „Zugriff" des SEK-Leiters war obsolet, die SEK-Kollegen auf der gegenüberliegenden Seite schnellten mit gezogenen Waffen hoch, stellten sich auf und zielten auf die fünf Übeltäter.

„Waffen runter!", schrie einer von ihnen.

Die fünf Ertappten schnellten herum und erkannten die schwarzvermummten Einsatzkräfte. Phillip Schulte und Birte Hanssen hoben ihre Hände. Dr. Reiner Baum duckte sich hinter die Apparatur und hielt seine Arme schützend vor sein Gesicht. Die Erkenntnis, sich der falschen Seite zugewandt zu haben, schien sich in ihnen breitzumachen. Sie wussten also nicht, dass wir auch noch da waren, und zwar hinter ihnen.

Hubertus Jakob gab noch nicht auf. Er schoss dreimal auf die Einsatzkräfte, dann erkannte er, dass ihre schusssicheren Westen sie schützten. Einer zielte auf ihn und schoss ihm in den rechten Arm. Hubertus Jakob heulte auf und ließ seine Waffe fallen. Nur Dr. Dr. Kopf war noch im Besitz einer Waffe. Seine Augen sprangen nervös hin und her. Er schien unschlüssig, wem er seine letzten zwei Kugeln widmen sollte. Nun gab der SEK-Leiter uns ein Zeichen ebenfalls zuzugreifen, und zwar von hinten. Seine Absicht war, die Pharmorena-Mitarbeiter lebend hier herauszubekommen, mit dem Tod wären sie zu einfach davongekommen. Dr. Reiner Baum erkannte uns als Erster, da er hinter den anderen auf dem Boden neben der Apparatur hockte. Er legte sich nun flach auf den Boden und trat mit seinem Fuß vor Hubertus Jakobs Waffe. Sie schlitterte zu den SEK-Kollegen. Einer von ihnen griff nach ihr und steckte sie ein.

Als ich nach meinen Kollegen schaute, um herauszufinden, wer gerade gejammert hatte, blieben meine Augen an Awets Gesicht hängen. Es war ausdruckslos wie immer, aber irgendetwas war anders als sonst. Er biss die Zähne zusammen. Ich schaute an ihm herab. Es trat Blut aus seinem linken Oberschenkel. Er presste eine Hand auf die Wunde. In der anderen hielt er seinen Revolver. Ich gab ihm ein Zeichen, um ihm zu verstehen zu geben, dass er sich zurücklehnen und aus der Sache raushalten sollte, wir würden es auch ohne ihn schaffen. Er nickte. Ich sah wieder hinüber zu den Pharmorena-Mitarbeitern. Dr. Dr. Kopf starrte seinen Kollegen Dr. Baum an und riss ungläubig den Mund auf. Langsam drehte er sich ihm zu, hob die Waffe und zielte auf ihn.

Dr. Baum legte schützend die Hände über seinen Kopf und heulte: „Das hat doch alles keinen Sinn mehr!"

Karin, ich und die SEK-Kollegen kamen aus unseren Verstecken hervor und schlichen uns an Birte Hanssen, Phillip Schulte, Hubertus Jakob und Dr. Dr. Kopf an.

„Waffe runter!", brüllte der SEK-Leiter.

Nun warfen sich auch Birte Hanssen, Phillip Schulte und Hubertus Jakob neben Dr. Baum auf den Boden. Die SEK-Kollegen von der gegenüberliegenden Seite sprangen vor, zogen die vier aus dem Schussbereich und fixierten sie. Es blieb nur noch Dr. Dr. Kopf zurück. Er war mittlerweile auf seine Apparatur gesprungen, um sich dem Zugriff zu entziehen. Dann hielten wir alle inne.

***

Von draußen ertönte ein ohrenbetäubender Lärm. Ein lauter Dieselmotor jaulte auf. Es waren mehrere Schüsse und Geschrei zu hören. Plötzlich wurde der Gummivorhang am Ausgang aufgerissen. Ein LKW fuhr hindurch und rollte auf uns zu. Karin hechtete geistesgegenwärtig hinter einen Stahlschrank. Vier grobschlächtige Kerle rissen die Autotüren auf, richteten ihre Waffen auf uns und feuerten los. Das musste die beauftragte Truppe sein, die sich um den Abtransport der Geräte und Maschinen kümmern sollten. Ich warf mich auf den Boden und robbte Awet entgegen, der immer noch in seiner Nische hockte. Die SEK-Kollegen suchten Deckung und feuerten zurück. Einige wurden getroffen, die Schutzkleidung hielt die Kugeln jedoch zurück. Unzählige Geschosse zischten durch die

Luft. Es roch nach verbranntem Fleisch. Dann war plötzlich Ruhe.

Ich richtete mich langsam auf, schaute hinter mich, konnte die vier Kerle blutend am Boden liegen sehen. Sie waren tot. Dann fiel mein Blick auf Dr. Dr. Kopf. Er stand immer noch auf seiner Apparatur auf der gegenüberliegenden Seite. Er hatte sich nicht in der Schusslinie befunden, und auf den Hirni hatte anscheinend niemand gezielt. Wie eine irre Krähe thronte er da oben, als wolle er sein Gerät bis zum letzten Atemzug verteidigen. Er kicherte irre. Dann schaute er sich um. Seine Augen verrieten, dass er nicht begriff, was er sah. Er zuckte am ganzen Körper, drehte sich etwas. Dann trafen sich unsere Augen.

„Der muss weg", hauchte er und verzog sein Gesicht zu einer hässlichen Fratze.

Er zielte in meine Richtung, drückte ab. Seine siebte Kugel. Es war wie in Zeitlupe. Ich sah, wie der Lauf seiner Pistole direkt auf meinen Kopf zeigte. Mein Körper war wie gelähmt. Ich konnte meine Hand nicht heben. Konnte nicht mehr meinen Revolver auf ihn richten. Es ging alles viel zu schnell. Der Knall kam. Ich sah, wie eine kleine Staubwolke aus seinem Magazin drang. Ich erwartete, dass die Kugel jetzt und in diesem Moment meinen Kopf zerschmettern würde.

Eine Schifffahrt, die ist lustig!

Ich würde nie erfahren, wie es Hanne und Finn ergangen war. Hatten sie sie erwischt? War ich bereits Witwer? Alle Kraft entwich aus meinem Körper. Meine Augenlider fielen zu. Bilder aus längst vergangenen Tagen blitzten auf. Meine Schaukel am Apfelbaum, meine

Abiturfeier, meine Hochzeit, Finns Geburt. Ich musste würgen. Etwas drückte mir die Luft ab. Ich riss die Augen wieder auf. Dann erst spürte ich einen kräftigen Arm an meiner Brust. Er war voller Blut. Er zerquetschte mich fast. Er riss mich zur Seite. Eine Kugel pfiff an meinem Ohr vorbei. Dann sah ich den zweiten Arm neben mir. Die Hand hielt einen Revolver. Ich hörte den Schuss.

Blut spritzte aus Dr. Dr. Kopfs Bauch. Er sah an sich herab. Dann schaute er mich verständnislos an. Ich konnte es mir genauso wenig erklären. Dr. Dr. Kopf fiel von seiner Apparatur herunter, stürzte auf den Beton. Er bewegte sich noch, zappelte wie ein Fisch im Netz. Der SEK-Leiter lief zu ihm herüber, um ihn festzunehmen. Dr. Dr. Kopf hob seine Hand, er hielt immer noch seine Pistole umklammert. Ein Gedanke durchfuhr mich. Acht!

„Vorsicht!“, rief ich mit kraftloser Stimme, heraus kam nur ein unverständliches Gurgeln. Ich schluckte und versuchte es noch einmal: „Er hat noch eine Kugel!“

Der SEK-Leiter blieb stehen. Dr. Dr. Kopf beachtete ihn gar nicht. Der gefallene Forscher starrte mich hasserfüllt an. Er hob seine Pistole, fuchtelte damit in der Luft herum, richtete sie plötzlich auf mich. Dann hob er sie an seine Schläfe. Er drückte ab.

Ich wandte mich um. Wollte sein austretendes Hirn nicht sehen. Aber ich wollte wissen, wessen Arm das gewesen war. Der Arm, der mich gerettet hatte. Er stand immer noch hinter mir. Seine Hand lag auf meiner Schulter. Ich blickte direkt in Awets Augen. Augen voller Erleichterung. Ich spürte die Tränen, die über meine Wangen liefen. Ich nahm Awet in die Arme. Ich drückte ihn an mich. So fest es ging. Ich spürte seinen Atem, roch seinen Schweiß, sein Blut. Sah wieder seine Narbe.

***

<u>Protokoll:</u> LKA Wiesbaden, Verhörraum 4, Mittwoch 09.10.2019, 10:58 Uhr: Zeugenbefragung durch Peter Groß von Birte Hanssen, weiblich, 28 Jahre, Quality Engineer, Team Quality Validation bei der Pharmorena AG

„Wir zeichnen das Gespräch auf. Wiederholen Sie Ihre Aussage von gestern, Frau Hanssen!"

„Was meinen Sie?"

„Das wissen Sie genau! Als wir Sie festgenommen haben, haben Sie angegeben, dass Sie eine Mörderin sind. Was meinten Sie damit?"

„Können Sie sich doch denken. Ich stand unter Schock."

„Dies ist ein Verhör, Frau Hanssen, und wir denken uns hier nichts aus. Reden Sie endlich!"

„Dr. Dr. Kopf ist irre, deshalb hat er sich das Gehirn weggeschossen. Er wollte die Weltherrschaft an sich reißen, glauben Sie mir! Er hat dazu an einem Virus gefor..."

„Das ist nicht die Antwort auf meine Frage, Frau Hanssen! Ich wiederhole sie zum letzten Mal: Was haben Sie damit gemeint, dass sie eine Mörderin sind?"

„Sie müssten viel weiter in seiner Vergangenheit graben, Herr Kommissar. Das rate ich Ihnen eindringlich! Er war oft in Forschungslabors in China. Sie glauben nicht, was man da mit Affen macht. Und auch mit Menschen. Die Pharmorena war nur ein Deckmantel für ihn, und ich und Herr Moscher wollten ..."

„Lenken Sie nicht ab, Frau Hanssen. Wen haben Sie wann aus welchem Grunde ermordet, will ich wissen!"

„Dr. Dr. Kopf hat von uns verlangt, Mitarbeitern und anderen der Pharmorena AG nahestehenden Menschen ihre Köpfe abzuschwatzen. Dieser Rolffs von der Kanzlei *Kurz&Knapp* hat dann die Testamente für sie verfasst."

„Wen haben Sie umgebracht, Frau Hanssen?"

„Es wurde immer schlimmer. Dr. Dr. Kopf hat mich und Adam dazu gezwungen, obdachlose und verwirrte Menschen für ihn von der Straße einzusammeln, für seine Versuche. *Macht euch keine Gedanken, die vermisst keiner, und die merken auch nichts mehr*, hat er jedes Mal gesagt. Er hat Herrn Moscher erpresst. Der musste sein Spiel mit..."

„Frau Hanssen, meine Frage war ..."

„Hören Sie doch zu! Dr. Dr. Kopf hat uns allen gedroht mit seinem tödlichen Virus. Er hatte vor, alles zu verseuchen, wenn wir nicht mitmachten. Dr. Dr. Kopf hat Adam zu einem Killer gemacht. Ich habe mit Adam zusammen Medizin studiert, in Mainz. Ich kannte ihn gut. Er war nicht böse. Er war immer sehr nett und hilfsbereit. Die Hälfte von seinem Gehalt hat er seinen Eltern gegeben, damit sie ihr Haus abbezahlen können. Er hat Heinrich Kurz erschossen. Und Silke Jakob entführt. Er hat dem alten Greis in Bornheim Insulin gespritzt. Und wir waren in dem ICE, mit dem der Onkel von Kuschinski gefahren ist. Was Adam nachher mit dem gemacht hat, weiß ich gar nicht. Vielleicht war es auch Hubertus Jakob, der sich den Alten vorgenommen hat. Er hilft uns seit ein paar Wochen, weil wir uns sein Schwesterchen Silke geschnappt haben. Er war auch bei der Ermordung von dem Kurz dabei. Und Hubertus hat diesen Türken von der IT-Firma vor den LKW geschubst. Den hat Hubertus gehasst, weil seine Schwester Silke wieder mit dem zusammengekommen ist. Der Türke wollte ihr helfen und eine Aussage bei der Polizei machen."

„Das haben wir alles schon selbst herausgefunden. Mich interessiert nun, wen SIE umgebracht haben, Frau Hanssen!"

„Ich wollte nicht, dass Adam so ein Monster wird, glauben Sie mir! Dr. Dr. Kopf hat uns alle ..."

„Frau Hanssen, es ist gut, dass Sie uns das alles erzählen. Aber es ist nicht gut, dass sie nun alles auf einen Toten schieben. Jetzt sagen Sie mir endlich, welche Rolle Bernhard Moscher dabei gespielt hat und warum SIE eine Mörderin sind!"

„Ich habe das Gift besorgt und an den Fenstergriff in unserem Büro angebracht, damit Kuschinski endlich stirbt! Er hat das alles gewusst, was Dr. Dr. Kopf getrieben hat. Zu viel hat er gewusst. Dr. Dr. Kopf hat mich zu dem Mord gezwungen! Er hat mir damit gedroht, dass Kuschinski sonst das Virus freisetzt, das Dr. Dr. Kopf gezüchtet hat, einen, das uns alle umbringen würde! Er hat mir den genetischen Bauplan gezeigt, und ..."

„Frau Hanssen, bitte!"

„Ich habe dann diese Knollen im Blumengeschäft besorgt, kurz nachdem mein Onkel dort war, damit es so aussieht, als hätte er das gemacht. Ich bin nach der Geburtstagsparty meiner Tante am 13.09.2019 mitten in der Nacht mit dem Auto meines Onkels zur Pharmorena gefahren. Dann habe ich das Fenster präpariert. Kuschinski musste aus dem Weg geräumt werden, sonst wären wir ALLE gestorben!"

„Sie beschuldigen Dr. Dr. Kopf und Dieter Kuschinski? Ich gehe davon aus, dass Dieter Kuschinski selbst ein Opfer war, und zwar von Bernhardt Moscher. Sogar sein Onkel Gundolf Kuschinski wurde ermordet. Wir haben jetzt Gewissheit, dass es seine Leiche war, die wir im Main gefunden haben."

„Nichts wissen Sie. Nichts!"

„Mein Kollege hat Silke Jakob abgefangen und sie zusammen mit meiner Kollegin Susi Knippschildt in seiner Wohnung versteckt, sonst wären die beiden auch ermordet worden. Das Gleiche gilt für meine Frau und meinen Sohn, sie wurden bedroht, mussten sich bei Verwandten verstecken und haben es glücklicherweise geschafft."

„Sie haben überhaupt keine Ahnung, worum es hier geht, Herr Kommissar."

„Bernhardt Moscher hat im Hintergrund die Fäden für all das gezogen, Frau Hanssen. War es nicht so? Und sie schieben alle Schuld auf den toten Dr. Dr. Kopf, damit Moscher davonkommt, stimmt's?"

„..."

„Jetzt reden Sie endlich! Jetzt können Sie ja reden, Dr. Dr. Kopf und Herr Kuschinski sind tot, können Ihnen nicht mehr mit diesem ominösen Virus drohen."

„Es ist genau anders herum, Herr Kommissar. Sie sind tot, und jetzt kann es niemand mehr stoppen."

„Frau Hanssen, hören Sie auf damit! Sagen sie endlich, warum Sie Dieter Kuschinski beschuldigen! Wir haben durch die Untersuchung seines Notebooks herausgefunden, dass er versucht hat, sich gegen die illegalen Machenschaften aufzulehnen. Er hat sich geweigert, Menschenversuche durchführen zu lassen. Das hat er in viele Berichte geschrieben, die er auf einem Schatten-System gespeichert hatte. Und deshalb sollten Sie in Bernhardt Moschers Auftrag Dieter Kuschinski töten. Stimmt das?"

„Tja, Kuschinski hat es wohl so aussehen lassen. Er war sehr schlau."

„Bernhardt Moscher war der Entscheider bei diesem miesen Spiel, nicht Dieter Kuschinski. Oder? Moscher hat sich mit labilen Persönlichkeiten umgeben: Dr. Dr. Kopf, Dr. Baum, Adam Frost ... und Sie, Frau Hanssen. Das hat Herr Moscher wirklich geschickt eingefädelt, Sie hatten alle seiner dominierenden Persönlichkeit nichts entgegenzusetzen, waren seine Marionetten. Sie haben alle getan, was er wollte. Er hat Sie zu Verbrechern umerzogen und sich nicht selbst die Hände schmutziggemacht. Das hat er alles Ihnen, Adam Frost und Dr. Dr. Kopf überlassen. Später kam noch Hubertus Jakob dazu, den er mit Androhung der Tötung seiner Schwester erpresst hat. Also sagen Sie die Wahrheit! Sie wollten eigentlich Bernhardt Moscher mit dem Giftanschlag treffen, Frau Hanssen. Sie wollten keine Menschen mehr für illegale Versuchsreihen entführen. Sie wollten sich von ihm befreien, als er Sie zur Mörderin machen wollte. Zur Mörderin von Dieter Kuschinski. Und das konnten Sie nicht. Habe ich recht? Sie wollten eigentlich Bernhard Moscher töten!"

„..."

„Sie haben keinen anderen Weg mehr gesehen, als Bernhardt Moscher umzubringen. So muss es gewesen sein. Geben Sie es zu, Frau Hanssen! Sie wussten, wer welche Termine hatte, wer als erstes ins Büro kommen und den Fenstergriff anfassen würde. Nur hat es am Ende doch den Falschen getroffen, Dieter Kuschinski war aufgrund unvorhersehbarer Umstände an dem Tag zu früh im Büro."

„..."

„Warum schützen Sie Bernhardt Moscher immer noch? Sie hätten jetzt die Möglichkeit, gegen ihn auszusagen und ihn für Jahrzehnte hinter Gitter zu bekommen. Das würde sich vor Gericht positiv für Sie auswirken. Danach können Sie wieder ein normales Leben führen, Frau Hanssen. Ohne Bernhardt Moscher. Sagen Sie doch etwas!"

„..."

„Ich erzähle Ihnen noch etwas, Frau Hanssen. Wir konnten anhand des Zugangssystems lediglich nachweisen, dass Dr. Dr. Kopf, Dr. Baum, Adam Frost und Sie, Frau Hanssen, sich in den Untergeschossen aufgehalten haben. Nach Rekonstruktion der Bauphase konnten wir feststellen, dass die Baupläne für die geheimen Untergeschosse von Dr. Dr. Kopf in Auftrag gegeben wurden, er ist jetzt tot. Und Herr Moscher ist bei allem fein raus, wenn Sie uns nicht die Wahrheit sagen! Also reden Sie jetzt, verdammt noch einmal!"

„..."

„Frau Hanssen, brechen Sie endlich ihr Schweigen! Wir können Sie vor ihm schützen."

„..."

„Bernhardt Moscher wird davonkommen, wenn Sie nicht gegen ihn aussagen. Wir haben absolut nichts gegen ihn in der Hand. Sie sind unsere einzige Hoffnung, um ihn zur Verantwortung zu ziehen. Sonst verschwindet er mit den Versuchsergebnissen und macht irgendwo anders weiter. Also reden Sie!"

„..."

„Frau Hanssen, warum schweigen Sie?"

„Das Virus wird kommen."

„Lenken Sie nicht mit diesen Horrorgeschichten ab, Frau Hanssen, reden Sie endlich!"

„..."

„Warum, Frau Hanssen? WARUM?"

***

Warum? Diese Frage würde ich mir nur noch einige Wochen lang stellen. Vielleicht bis November oder Dezember 2019? Danach würde diese Frage mehr und mehr in Vergessenheit geraten. Sie würde belanglos werden, überwuchert von einer außer Kontrolle geratenen Versuchsreihe. Alles Geschehene wäre mit einem Mal wie ausgelöscht, nicht mehr existent. Vergraben unter unbeschreiblichen Zukunftsängsten, unerträglichen Leiden, millionenfachen Tod. Weil bald die Welt aus den Fugen geraten wird. Hervorgerufen durch etwas Unvorstellbares, nie zuvor Dagewesenes. An dem Tag, an dem unser Globus völlig hilflos ausgeliefert sein wird. An dem die Machthaber ungläubig die Augen verschließen, später fassungslos ihr eigenes Versagen eingestehen. An diesem Tag null würde die gesamte Menschheit von einem Virus bedroht werden. Einem

Virus, der aus einem Forschungslabor eines geisteskranken Forschers entwichen war? Die Welt wird kopfstehen. Und es wird eine Schlacht der wissenschaftlichen Institute, Universitätskliniken und Pharmakonzerne um den ersten Impfstoff geben. Und die Vergangenheit des Dr. Dr. Michael Kopf wird mich in meinen Albträumen heimsuchen.

Ein auf den ersten Blick unbedeutend wirkendes E-Mail wird mich bald erreichen.

Und ich werde zu spät begreifen.